늪지대
아리랑

長 篇 박 길 림 실 화 소 설

늪지대
아리랑

초판인쇄 2024년 01월 19일
초판발행 2024년 01월 19일

지은이 천광노 · 박길림
펴낸이 채종준
펴낸곳 한국학술정보(주)
주 소 경기도 파주시 회동길 230(문발동)
전 화 031-908-3181(대표)
팩 스 031-908-3189
홈페이지 http://ebook.kstudy.com
E-mail 출판사업부 publish@kstudy.com
등 록 제일산-115호(2000. 6. 19)

ISBN 979-11-6983-917-4 03810

저작권등록번호: C-2023-052606

長峇 박길림 실화 소설

늪지대
아리랑

천광노 · 박길림 공저

한국중앙정보

작가의 말

저자 **천광노**

원제(原題)는 '늪지대'입니다. '아리랑'은 늪에서도 살아나는 생존력(生存力)입니다.

아리랑은 한(恨)만을 노래하지 않으며 민족혼을 잇는 것이 '늪지대 아리랑' 정신입니다. 아리랑 정신(善-義)은 착하고 올바름입니다.

이 소설의 주 무대는 늪지대지만 깊은 늪지를 벗어나는 주인공의 장엄한 일대기입니다.

때는 인터넷 챗봇 AI 스마트 시대라고 책을 보지 않는 문명퇴화 중입니다마는, 이 모든 문명의 원소(元素)는 진실 인간이므로 이 책은 인간(人間) 이야기를 쓴 실화입니다.

인간을 위해 존재하지 않는 학문이나 영화, 드라마, 소설, 모든 문화예술은 늪을 모르거나 아리랑 정신을 모르면 그 종착지(終着地)는 빠진 늪지의 상처뿐일 것입니다.

늪지대… 주인공 박일억을 소개하겠습니다.

1. 어머니 재가(再嫁), 계부(繼父) 환경 반항으로 가출,

2. 14살부터 얻어먹는 동냥아치(거지)로 연명,

3. 금마 동냥아치, 부산 영화숙 감치 후 탈출, 대전재생원 입소

4. 장애인 가정 대리 가장으로 구두닦이가 5년,

5. 대전 대흥동시외버스터미널과 서부터미널 義拳,

6. 강한 주먹으로 사람을 패지 않는 의인(義人),

7. 의리와 신의로 산 늪지대 아리랑 정신,

8. 약자를 돕다 아내에게 이혼당한 홀아비,

9. 부족한 남편 못다 한 아비 노릇이 아픈 마음,

10. 이재(理財) 감각은 무엇이고,

11. 개같이 벌어 정승같이 쓰기란 무엇이며,

12. 착함에도 힘든 사람을 돕는 삶과,

13. 그럼에도 입지적(立志的) 인물이 된 일생,

14. 가난, 폭력, 밑바닥 인생의 환경을 이겨낸 비결,

15. 그의 노년의 꿈은 무엇이고 메시지는 무엇이며,

16. 그가 말하는 인간성이 어우러진 한국인의 정신…

거지, 구두닦이, 호객꾼, 그럼에도 악한 가해자를 응징하고 선한 피해
자라면 발 벗고 나서는 현대판 의인입니다.

지금은 '노인돌보미'와 늦깎이 '환경운동가'로 노인신문 발행인이며
노인사랑운동본부 회장이자, 환경단체 총재로서, 현 대학원생 이야기이
기도 합니다.

저자가 근대사에 이어 17년 만에 펴내는 현대사입니다.

근대역사서는 2007년~2012년까지 써 한국학술정보주식회사가 출간했습니다.

대한민국의 태동기 민족대표 33인을 선임하고 3.1독립만세운동을 배후에서 진두지휘하여 상해임시정부 태동의 씨앗을 뿌린 대한민국의 국조(國祖) 월남 이상재 선생 일대기(근대사)로서 전 5권입니다.

후속과도 같은 본서 《늪지대 아리랑》은 대한민국 현대사를 담은 실화 소설입니다. 주인공의 인생 이야기가 국제화 시대 선도국 우리 민족의 웅장한 현대판 아리랑이 되기를 소망합니다.

2023. 12. 30.
세종시 퇴비글방에서
堆肥 천광노

공저자 長범 박길림
인사의 말씀

공저자 **박길림**

노인신문 발행인/노인사랑운동본부 회장
전국환경감시협회중앙본부 대표회장

이 책《늪지대 아리랑》의 주인공 및 공저자 박길림 인사드립니다.

충남 장항에서 태어났습니다. 대전 살고 남매를 둔 아버지이자 금년 일흔넷, 손자손녀 여섯을 둔 할아버지입니다.

부끄러운 인생임에도 주위의 권유도 있었지만 스스로 결심하여 이 책으로 독자 여러분을 만나게 되었습니다.

책을 내라는 권유는 이렇습니다. 살아온 일생이 말과 글로 다 할 수 없는 고난의 연속으로, 늪지 속 더러운 오지(汚池)였고 최악의 사지(死地)였음에도 헤치고 나와 기적처럼 살아왔다는 것 때문이라고 생각합니다.

결코 자랑할 것은 없습니다. 오히려 부끄럽고 수치스러운 삶이었습니다. 이에 뭐가 잘났다고 책을 내느냐 할 것 같음에, 인생 칠십 넘어서며 큰 결심에 따라 펴내는 책입니다.

읽어 주시고 그럼에도 잘 살았다 격려해 주시면 고맙겠습니다마는, 그저 나오는 대로 욕하고 흉을 보셔도 괜찮습니다.

저는 누구처럼 자서전이니 전기를 낼 무엇 하나 자랑할 것 없는 인생을 살았습니다.

　반대로 굶고 맞고 죽지 않으려 갖은 수단을 다 생각하다, 피해자로만 살아서는 안 된다는 생각에 주먹도 쓰고 해서는 안 될 짓도 했습니다. 이 모든 이유는,

　"살자니까~"

　"자식들 먹이자니까~"

　"착하기만 해서는 못 살겠으니까~"

　이런 마음이었으며 누구를 손해 보게 하고 거짓말이나 하고 도둑질하고 살지 않으려 몸부림친 인생수첩입니다.

　돈밖에 모르고 자식밖에 모르고, 안다는 것은 열심히 일하는 것 하나였던 제 일생을 담은 이 책은,

　감추지 말자,

　감추는 것은 사내답지 않다,

　잘 살았다는 사람만 책을 내는 것이 아니다.

　필연 못난 인생 책에도 반면 스승이 있다는 생각에 따라 형제 같은 심정으로 독자 여러분 곁에 앉습니다.

　특히 지근에서 10여 년 제 삶을 지켜보시고 마침내 이 책을 써주신 천광노 작가님과 못난 인생 이야기를 출간해 주신 채종순 한국학술정보주식회사 대표이사님께 감사드립니다.

　이로써 손자 길연이와 상연이를 비롯 여섯 후손들은 물론 독자 여러분의 손자손녀 성장에도 유익한 빛이 되기만을 소망합니다.

癸卯大寒之節

長岩 박길림 拜

목차

작가의 말 · 5
공저자 長범 박길림 인사의 말씀 · 8

제1부 **해병대 군장 전투**   19

박종회 부부   · 20
출생과 세월   · 24
장항제련소   · 30
첫 의례(儀禮)   · 32
장어 잡기와 미꾸라지 잡기   · 34
초겨울   · 37
그날 저녁   · 40
늪에 빠진 종회   · 41
봉이모래선달?   · 46
영재 소년 박길림   · 49

제2부 **고모네 오층석탑**   53

탑생이 가는 형제   · 54
성북리 탑생이 마을   · 59
라디오와 스피커   · 63
일억이 하는 공부와 일   · 66
소   · 68
새벽 도망   · 72
장항 신창동   · 74
군산 해망동   · 75
엄니와 길림   · 82
모정을 끊고   · 85

제3부 **금마 동냥아치**   89

식욕 잃은 나흘 길 · 90
이제 그만 · 93
떠돌이 방황길 · 95
저수지 · 98
도망 이유 · 102
첫 직장? 첫 취직? · 108
1차 늪지대 · 110
인사해라 · 114
취업 신고 · 115

제4부 **다리 밑 동냥살이**   123

꽃잠 집 · 124
하마루 어른 · 129
동냥살이 애환 · 132
도둑질 안 한다는 교훈 · 136
뱀 잡아 돈 벌기 · 141
가을이다 · 144
도망 결심 · 146
이리역 거쳐 대전역 · 150
부산역에서 영화숙으로 · 152

제5부 **생지옥감치 영화숙**   159

강제 납치 · 160
영화숙 밥 · 165
영화숙 주거-방 · 167
부산 시내 쓰레기처리장 · 169
영화숙의 노역-일 · 173
조상철의 증언 · 180
맞아도 죽지 않고 사는 비결 · 188
박일억 너 반장 해라 · 190

오줌싸개 쌀개방 반장 · 193

다시 찾은 영화숙 구터 · 197

진화위? · 201

현 피해 생존자는 343명 · 204

영화숙, 사지(死地) 탈출 궁리 · 206

박일억 탈출 감행 · 209

제6부 **생사의 탈출** 213

야밤 5인의 탈출 · 214

열차 무임 탑승 성공 · 217

안도하는 일억 · 219

달리는 기차에서 · 223

집 없고 부모 없는 서러움 · 230

대전역 대합실에 앉아 · 232

은인 형님들 · 235

갱생–재생–새출발 · 238

재생원 알기 · 241

빡통이 돈 통 · 243

제7부 **구두 따끄~어~~!!** 247

새 친구 삼수 · 248

초보 딱새 · 252

아이스 깨끼 장사 · 255

시청에서 시키는 일 · 258

형님이자 스승 김기순 · 261

사람이 돈이다 · 263

일단 재생원을 떠나야? · 266

참외 선심 · 269

구두닦이 내 점포 · 273

대흥동 딱새 터 · 275

배운 기술 맞장까기 · 279

청년이 된 박일억 · 282

기순이 형의 친형님 · 284

말 못 한 사연은 뭐지? · 287

기호 형님의 형편 · 294

제8부 성남동 대리 가장 297

성남동 남의 집 가장 · 298

가장(家長) 노릇 · 302

가장의 위치 · 306

아 징역? · 309

가장? 이건 아니야 · 312

장갑 팔이와 소독 · 316

모래선달 회상 · 320

차 내 소독하는 일 · 323

딱 터 물려주다 · 327

시계 노점? · 329

터미널에 알려지다 · 331

사람이 좋아 · 334

사람이 재산 · 337

잊지 못할 친구들 · 340

제9부 요지경 속 터미널 345

터미널 사람들 · 346

가출남녀 · 350

공순이와 쌩고 · 352

가짜 세상 · 355

대전교도소 · 357

교도소 구내식당 · 362

KLO부대 · 364

똥치골목 · 366

딱한 사정 · 369

제10부 　오빠 같이 살아요~　373

무슨 일 있으세요?	· 374
사연인즉	· 377
시인 지망생	· 380
동거	· 384
임신	· 389
맏딸 출생	· 395
가출 후 첫 어머니를 뵙다	· 397
친형님 박일선	· 401
첫 상면 장인어른 환갑	· 404
이인구 회장의 부름	· 410
김희동 사장	· 414
시계 수리와 판매	· 417

제11부 　도장~! 3,000원~!　423

전 재산 도난	· 424
ㅇㅇ경찰서장	· 428
도장과 모래 구덩이	· 430
도장-인장업	· 433
짱깨협 회장	· 437
회장직을 맡은 것은	· 442
나라시-탕 뛰기	· 445
아는 사이라고 하는 것	· 449
꿈길을 벗어나나?	· 451
유천동 텍사스	· 454
뱀탕의 진실	· 459
노름빚 산승	· 462

제12부 **더럽게 버는 돈**   471

노름 창고 · 472

해결사? · 476

아들 상규 출생 · 484

1980년 컬러TV 방송 시작 · 486

광주 계엄령 · 488

삼청교육대? · 492

휴~ 한숨 놓다 · 499

둔산신도시 조성 계획 · 502

제13부 **둔산 집달리**   509

발전하는 대전 · 510

입대 장병 수송 · 516

돈 벌어야 하는 봉사 · 518

돈벌이 또 내리막 · 522

아내의 불만 · 527

IMF 금융 위기 · 528

길상이 동거녀 · 529

결과는 폭행+@ · 532

교도소 · 533

징조 불길 · 535

아~~ 이혼당함 · 539

서울로 강남으로 · 542

바로 이거다~! · 544

돈돈돈, 호남고속터미널 · 550

돈벌이도 대목이 있어 · 553

첫 집 장만 · 556

명절은 고민이 많으니까 · 560

집 구경 오신 어머니 · 561

투기는 아니고 · 566

제14부 **홀아비 가장**   569

남매의 세월   · 570
어미 없는 자식 앞 아비   · 574
아니 삼수가?   · 577
세월 참…   · 582
전기 집필이 어려운 이유   · 584
나뒹굴면서 엄니〜〜@@   · 587
충청시대 회장직 수락   · 590
별일도 많다지만   · 593
타인의 책 출판기념회   · 595
박일억 일대기 집필 강추   · 597
11년 만의 결심   · 601
초로(初老)   · 603
왜 노인 신문을 만드나   · 608
발행인 칼럼   · 610
노인신문 등   · 613

제15부 **배워야 일도 한다**   617

한국사이버인생대학   · 618
대학 소개   · 620
노인들   · 624
석영노인사랑운동본부   · 629
외로운 노년   · 634
생일이 싫어   · 637
명절은 무조건 싫어   · 639
출판 면담   · 641

제16부 금노인과 흑노인   647

책을 내려는 이유	· 648
더 큰 출판 이유	· 651
아버지 박일억	· 656
열정, 열변	· 659
부부 사이라고 하는 것	· 661
속초 홍게사랑 시종(始終)	· 665
부부 4절	· 669
늪지대 아리랑 초고 완성	· 673
현 영화숙 피해생존자 진행	· 676
형 박일선 찾아 평택 동행	· 678
장암(長岩) 박길림	· 683
전화 효도	· 686
長岩 일생 12가지 압축	· 690
현실 지금이 늪지대다	· 692
환경의 본질	· 694
취임사	· 695
환경운동가로 새 출발	· 698
환경뉴스119–최용근	· 702
큰 그릇과 열정	· 707
환경인 칼럼1	· 710
환경인 칼럼2	· 713
출판기념회를 앞두고	· 717
출판기념회 현장	· 721
아내 차미숙 등장	· 723
백 번 미안, 천 번 환영	· 726

에필로그 · 728

제1부

해병대
군장 전투

박종회 부부

1950년 7월 13일 장항…

제련소 높은 굴뚝에 섬광이 번뜩이고 총성이 터진다.

연례(박일억母)가 소스라치게 놀라 종회(박일억父) 품으로 파고든다.

"이게 무슨 소리예요??… 천둥? 번개? 뭐예요?"

"글쎄…? 그런데 괜찮아요? 우리 애는?"

오들오들 떠는 연례를 다독이고 종회는 빼꼼 밖을 내다보다 마당으로 나왔다.

연달아 울리는 총성. 불안하다.

오른쪽을 보니 밤눈으로는 먼데, 조용한가 하다 다시 터지는 총성에 번뜩이는 섬광이 대낮처럼 밝다. 얼른 방으로 들어와 급히 전등을 끄고.

"일선(박일억兄)이 깨면 울어. 울면 위험할 것 같아. 그러니 소리 내지 말고 일단 조용히 해요. 전쟁 났단 소린 들었잖여. 가만있어."

"불은 껐어요? 저 그제 인민군들이 신창동 읍내 나타났다 어디론가 갔다더니 또 내려와 총을 쏘는 거 아녜요?"

"아닐 거여. 거긴 신창동 쪽 장항 읍내고, 보니까 지금은 오른쪽 군산 포구 쪽 바로 코앞, 바로 여기서 나는 총소리여. 인민군 6사단은 저 위 마서면 어디라는데 이게 뭐지?"

"마서(면)는 지금 통금이라 낮에도 못 다녀서 거기가 어딘지도 모른 다더라고요."

"에잇, 저놈의 괴뢰군 놈들 에이 쯧쯧…"

"나 어쩌지요? 지금 둘째로 몸은 무거워지는데 어쩌지요?"

"걱정 말어. 인민군이 민간인 임신부를 어쩔 리도 없고, 우리 국방군 이 지켜줄 거야. 설마 저놈들 못 이기겠소?"

"영순이 엄마 말이 이승만 대통령은 반은 미국 사람이나 같아 미군을 데려올 거라는 사람도 있다 하더라고요."

"그러니 몸조심하고 배 속 우리 애나 잘 키워요. 소리치다 일선이 깨 면 울어요. 울면 난리 나 버리는겨. 일단 자니 다행이네."

금강과 서해 바다가 만나는 군장 포구 옆 북쪽,

제련소 굴뚝 바로 아래쪽 외딴집이다.

강철돌 삼각형산 봉우리에 우뚝 솟은 110미터 장항제련소 굴뚝에 천 둥번개가 치나 했더니 아니다. 이건 전투다.

한국전쟁 6.25에서는 지금 1년 전 창설한 해병대(창립1949. 4. 15.) 작 전명령 제1호로 군장(군산장항) 전투명령을 내린 것이다.

금강 물줄기를 타고 올려보내야 할 양곡 13,000석을 무사히 실어 보 낼 수로(水路)를 지키라는 해병대는, 군사명령 1호를 명받고 제주도에서 온 고길훈 소령이 이끄는 해병대와 북괴군 사이에 전투가 벌어진 것이 다. 종회와 연례 부부가 이를 어이 알리. 안절부절 쩔쩔매고 있다.

종회가 사는 여기는 삼각 돌산 장항제련소 둘레에 유일한 외딴집이다.

낮은 벌판에 솟은 삼각산에 제련소가 들어선 이곳은, 대문 앞은 논이고 논 옆은 넓은 늪지(溜池)다. 지금은(2023년) 객토하여 깊지 않지만, 당시는(1950년) 곤대죽이 쌓여 무한 빠지는 물수렁도 있었다.

북한괴뢰군은 제련소 북쪽으로 4~5km 거리에 침략 기지를 구축하여, 호남평야 정복을 목표로 북괴 제6사단 13연대가 내려와 포진했고, 이에 국군도 방어 태세 철저를 위해 첫째로 내린 전투명령이 더 이상 금강 저지선을 뚫지 못하게 막는 것이다.

아군 임무는 우선 금강 뱃길(수로)을 타고 올려보낼 양곡 선적을 해 잘 보내는 것이고, 적군(北傀)은 이를 저지 빼앗으려는, 즉 남북 군사적 대치 중 해병대가 처음으로 6.25 군장 전투에 나선 밤이다. 결과 해병대 창설 첫 작전명령*은 고길훈 소령의 전략대로 성공리에 완승하였다.

6.25 전쟁과 서해와 금강이 마주치는 중심지 가까지른 병풍바위에 달라붙은 외딴집 한 채. 문 앞은 넓은데 뒤는 돌벽(巖盤)으로 막혔다.

여기 독채에서 지금 남편 박종회와 아내 김연예는 오들오들 떨고 있다.

이웃은 멀다. 오른쪽은 바다와 만나는 금강하구다. 앞은 수렁 논이고

---

* 이를 "군장작전"이라 하고 군산 '월명공원'에 이날의 해병대 첫 작전명령 승전기념비가 있음.

왼쪽은 야산에 집 두 채가 있지만 멀다.

집 뒤는 칼로 자른 듯한 돌바위로 높이는 어른 키의 서른 배도 넘어 검은 돌벽은 급경사라 벼랑이고, 좌우 넓이는 높이의 두 배, 완전 외딴 고도 무인도 같은 이곳에 일본이 제련소를 짓고 110미터 굴뚝을 세운 건 14년 전 1936년이었다.

출생과 세월

1951년 1월 3일. 군산과 장항은 그 후로 총성이 잦아들었지만 그래도 아직 종전(休戰/1953년 11월 27일)까지는 멀었는데 제철소 굴뚝 밑 외딴 터에서는 지금 박길림(박일억)이 태어난다.

"아들이다~ 또 아들이야~~"

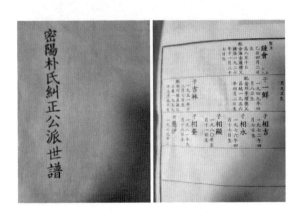

어느새 자라, 열한 살, 장항 읍내 신창국민학교 4학년, 걸어 십리길 학교에 다니고 있다.

때에 5.16군사혁명으로 세상은 뒤집혔다.

"다음은 누구야? 너 박길림. 잘 욀 수 있어?"

"네 잘 외어 보겠습니다."

"그래 시작해 봐."

"혁명공약. 1. 반공을 국시의 제일 의로 삼고 지금까지 형식적이고 구호에만 그친 반공태세를 재정비 강화한다. 2. 유엔헌장을 준수하고 국제협약을 충실히 이행할 것이며 미국을 위시한 자유우방과의 유대를 더욱 돈독히 한다… 3. 이 나라 사회의 모든 부패와 구악을 이소하고 퇴폐한 국민도의와 민족정기를 바로잡기 위하여 참신한 기풍을 진작시킨다. 4. 절망과 기아선상에서 허덕이는 민생고를 시급히 해결하고…"

"아 그만 여기까지… 4부터는 누가 외워볼래? 특히 혁명공약 1에서 반공을 국시의 제일로 삼고라고 하면 틀린다. 제일 의(義)로 삼고, 의를 잊지 않도록… 알았나?"

"네~~~"

가을 운동회다.

"와~~ 박길림! 박길림! 와 또 1등이다, 1등!"

"길림이는 화살보다 빨라, 그치?"

"야, 화살이 뭐니? 총알같이 빨라, 야!"

종회는 길림의 이름을 바꿨다.

"길림아! 이제부터 네 이름을 일억(一億)이라 하자, 박일억."

"아버지! 길림은 어쩌고 왜 일억으로 바꿔요?"

"박길림은 호적 이름이니까 호적과 학교 이름은 그냥 두고, 집에서 부르는 이름은 일억이라고 하자."

"일억이 뭐예요?"

"지금 여기 집 한 채가 쌀 두세 가마니야. 너 학교서 아직 배우지 않아 모르지만 일억이면 집이 수백 채다. 부자가 돼야 잖아? 그래서 너는 꼭 '착한데 힘들게 사는 사람을 도와주며 살라'고 일억이라고 바꾸자는 거다."

"그래요? 일억이라는 돈이 얼마나 많은 거예요?"

"일억이면 쌀로는 몇 가마라 셀 수도 없고 이런 시골집은 수백 채 사고 장항역도 지을 돈이다."

박일억(朴一億)…

세월이 흘러 2023년 올해는 74살이다.

오늘은 2023년 7월 8일.

일억은 꽤 오랜만에 74년 전 자기가 태어난 이곳 장항읍 장암리 417번지를 찾았다.

찾기는 쉽다. 제련소 높은 굴뚝이 등대처럼 이정표가 되어 주기 때문이다.

일본이 지은 제련소의 첫 이름은 조선제련소였단다. 일제가 떠나고부터는 장항제련소로 개명해 산업화 중심에 섰었다.

설립(1936년) 후부터 쇠를 녹이고 구리를 녹이던 장항제련소는 54년 만에(1989년) 가동을 멈췄고 이제는 무엇이 얼마나 달라졌을까.

일억은 이제 돈 일 억 정도는 돈이라 할 것도 없는 세월을 살면서 지

금도 잊지 않는 아버지의 말,

"'착한데 힘들게 사는 사람을 도우며 살라.'"

를 떠올리며 늘 궁금하고 알고 싶어 다시 장항을 찾은 것이다.

불과 1년 전.

일억은 장항 관련 뉴스를 보고 폰에 저장해 놓고 있어 환경부에서 퍼낸 자료를 닳도록 보고 지니고 다닌다.

환경부 자료

서천 옛 장항제련소 부지, 그린뉴딜 사업으로 생태복원

등록자 유병훈
등록일자 2021-12-22

환경부(장관 한정애)는 충청남도 등 지역 지자체와 함께 옛 장항제련소 주변 오염정화토지를 친환경적으로 활용하기 위한 '서천 브라운필드* 그린뉴딜 사업'을 본격적으로 추진한다.

환경부는 옛 장항제련소 주변인 충남 서천군 장암리 일대에 약 55만 m^2 규모의 생태습지와 생태·역사 탐방로를 조성하여 생태계를 복원하고, 옛 장항제련소

---

* 기존에 공장용도 등으로 사용되면서 환경적으로 오염되어 방치되었거나 버려진 토지로 재정비가 필요한 지역을 말함.

굴뚝과 연계하여 근대화 산업치유 역사관을 건립하는 등 환경보전의 중요성을 교육할 수 있는 공간을 마련할 계획이다.

이에 한정애 환경부 장관은 12월 22일 오전 옛 장항제련소 굴뚝 인근 현장을 방문하여 양승조 충남도지사, 노박래 서천군수, 조도순 국립생태원장과 '서천 브라운필드 그린뉴딜 사업'의 예비타당성조사 대상사업 선정과 통과를 위해 총력을 기울이기로 했다.

환경부는 최근 기획재정부에 '서천 브라운필드 그린뉴딜 사업'에 대한 예비타당성조사 대상사업 신청서를 제출한 바 있다.

이번 '서천 브라운필드 그린뉴딜 사업'은 환경오염으로 장기간 고통받아온 이 지역 주민들에게 개선된 삶을 제공할 뿐만 아니라, 지역 발전의 새로운 성장동력이 될 것으로 기대된다.

서천 옛 장항제련소 주변 지역은 1936년부터 1989년대까지 약 54년간 구리 제련 공장이 가동되면서 카드뮴, 납, 비소 등의 중금속이 배출되는 등 환경이 오염됐다.

이에 정부는 2009년 토양오염 개선 종합대책을 수립하고 환경부, 충청남도, 서천군이 함께 공공주도로 약 110만 m^2의 토지를 매입했으며, 지난해 토양정화 사업을 완료했다.

아울러, 한정애 환경부 장관은 사육곰 문제를 해결하기 위해 구례군 곰 보호시설 외에 서천 브라운필드 사업지 내에도 추진 중인 야생동물 보호시설의 부지도 함께 점검했다.

환경부는 사육 포기된 곰이나 유기된 외래 야생동물을 최대한 살릴 수 있는 보호시설을 사업 부지 내에 2025년 완공을 목표로 조성하여 동물복지 향상에 힘쓸 계획이다.

한정애 환경부 장관은 "오염된 옛 장항제련소 주변 지역의 재자연화를 통해 서천군 일대가 서해안 광역권의 생태거점 및 회복과 치유의 공간으로 전환될 것으로 기대된다"라며, "이번 사업이 오염된 옛 산업지역을 국내 최초로 생태적으로 복원하는 사업인 만큼, 성공적인 본보기가 될 수 있도록 노력하겠다"라고 밝혔다.

붙임   1. 환경부 장관 서천 브라운필드 방문 계획(안).
        2. 옛 장항제련소 현황 및 추진경과.
        3. 서천 브라운필드 그린뉴딜사업(안).
        4. 서천 브라운필드 야생동물 보호시설 조성사업.

끝.

나태주 시인이 쓴 시를 돌돌 흥얼대기도 해 왔다.

> 장항제련소 굴뚝의 연기가
> 하늘에 나래 편
> 커단 새 같이만 보였었지
>
> 나태주, 〈막동리를 향하여〉 中

수시로 백과사전을 검색해도 기억은 가물거리는데, 그래서 또 찾아
와 무엇이 얼마나 진척되고 있나에 관심을 가져왔다.
'나는 어찌 무엇을 어이하리…'
나랏일은 나라가 하듯 지방일은 충남도와 서천군이 하는 건데 일
억으로서는 마음만 있지 방도는 없으니 오늘도 위키백과를 검색해 읽
는다.

장항제련소

충청남도 서천군 장항읍에 위치한 종합비철금속제련소.
최근 수정 시각: 2022-12-14 06:57:24

국내의 금과 은, 동 등 비철금속 수탈을 목적으로 일제에 의해 1936년 "조선제 련주식회사"로 세워졌으며 건립 당시에는 연간 제련량이 1500t 정도였다. 당 시에는 국내 유일의 비철금속제련소였다. 해방 후 산업화가 진행됨에 따라 계 속 확장돼 1974년 1만5000t, 1976년에는 5만t 규모로 증설되어 우리나라 비 철금속 제련의 핵심 거점으로 자리 잡으며 산업화의 한 축을 이뤘다. 1983년 에는 귀금속공장을 온산제련소로 이전하였고 1984년에 주석제련공장을 준공 함으로써 동 · 연 · 주석의 전문제련소가 되었다. 이후 5년간 생산하다가 1989 년 6월 용광로공정을 폐쇄하고 반제품을 처리하여 전기동(電氣銅)을 생산하는 공정으로 전환하였다. 1989년 6월 럭키그룹(현 LG)에 인수되어 럭키금속 장 항공장이 되었으며, 1990년 5월 연제련공정을 완전히 폐쇄하여 가공산업공정 으로 전환하였다. 1995년 엘지(LG)금속 장항공장으로 명칭을 바꾸었다. 이후 1999년에 엘지(LG)산전 장항공장으로, 2005년에는 엘에스(LS)산전 장항공장 으로 변경되었다가 2010년에 엘에스(LS)메탈 장항공장으로 최종 변경되었다. 제련생산공정은 1989년 폐쇄되었지만 50여 년간 분진 및 중금속이 쌓이면서 주변 지역의 환경오염이 심각하다고 한다. 2007년 장항지역에서 생산된 벼와 대파에서 허용치 이상의 카드뮴과 납이 검출되어 전량폐기 조치된 이후 국립 환경과학원 정밀 조사에서 제련소 반경 4km 이내의 토양에서 비소와 중금속 에 오염되었다는 것이 확인되었다. 따라서 경작 금지 및 주민 이주 조치가 내 려졌으며 약 2900억 원의 비용을 들여 15년간 주변 지역 오염을 정화하기 위 한 사업이 진행 중에 있다. 그 사업 중 하나가 바로 서천군에서 장항송림산림 욕장을 만들어 둔 것이다.

위키백과 인용

찾아온 장암리 417. 내비게이션이 목적지에 도착했다는 곳에는 지금 엘에스(LS)메탈장항공장으로 바뀌었고 넓은 부지에는 철망 펜스가 둘러쳐져 다가갈 수도 없는 이 땅은 일억의 부친 박종회의 땅이었다.

뒤로 돌아 다시 오른쪽 농로 길로 가 보니 여기는 (LG)금속장항공장 방위산업체가 출입을 통제하고 있다. 여기도 박일억의 부친 박종회의 땅도 섞여 있었던 곳이다.

어려서 보였던 앞뜰 논은, 지금 엘에스 부지로 바뀌고, 크면서 본 산처럼 쌓였던 놋그릇들과 쇳덩이가 쌓였던 자리는 엘지 금속이다. 성장해 와보니 그 전부터 이미 생가터는 펜스로 막혀 다가갈 수도 없었다.

서쪽 뒤편은 돌아가 봤자 바다고, 바다 넘어 동편의 일억이 태어난 집은 까마득한 절벽 아래여서 이에 엘에스 부지 펜스가 열린 틈새로 들어가

생가터 맞은편 중앙에서 준비해온 막걸리와 북어포랑 과일을 차리고 큰절을 올린다.

첫 의례(儀禮)

"아버지는 일찍(36세) 세상을 뜨셨어요."

"산소는 어디에 모셨나요?"

"산소는…?"

작가(천광노)가 묻는데 어물거리다 입을 여는 박일억.

여기 앞에 보이는 이 땅이 전부 우리 땅이었다는 말부터 시작했다.

오래전 가세가 기울어 다 팔렸고, 일찍 돌아가신 아버지는 제련소 굴뚝 오른쪽 숲 너머에 모실 자리가 있어 처음 그곳에 산소를 모셨다가 비인으로 이장했다는 이야기.

그 후 비인에 모신 아버님 산소를 열어 다시 화장으로 어머니와 함께 군산 앞바다에 뿌렸다는 이야기. 별로 말하고 싶지 않은 불효자식이라니 거짓말을 할 수도 없는 일이다.

"이 자리가 태어난 곳이자 곧 저 위가 아버지를 처음 모셨던 구묘 터라 여기 말고는 달리 어디 제사를 올릴 자리가 없습니다."

여기서 절을 올린다. 얼마나 부끄러운 자식인가. 누구에게도 하고 싶지 않은 말이다.

하지만 큰 절 두 번 올리고 술잔을 두 번 올린다. 첫 잔은 낳아 받아 준 생가터에, 다음 잔은 이곳을 떠나 군산 앞바다에 모셨지만 그래도 여기가 아버님 혼령이 머무셨다는 이유로…

때는 3학년 때다.

초겨울.

일억은 아버지와 미꾸라지를 잡는다.

혼자서는 장어 잡기를 좋아하지만 오늘은 아버지와 미꾸라지 잡기다. 일억은 미꾸라지보다 장어를 잡는 게 더 좋다.

장어 잡기와 미꾸라지 잡기

여름 날, 금강과 바다가 만나는(현-금강하구둑) 넓은 강 가장자리는 낮은 곳도 있었다. 지나다 보니 장어가 있는데 일억의 팔목처럼 굵다. 용케도 장어가 일억의 어린 손에 잡혔다.

"네가 잡았다고? 아니 어른도 잡기 힘든 장어를 어린 네가?"

어머니도 놀라고 아버지도 놀라셨다.

"우리 일억이가 장어 잡는 재주가 있나 보구나."

그 일 후 일억은 장어 잡이를 여러 번 나가고 가면 많이 잡는 날엔 들고 오기도 힘든 무게였다.

저녁상. 장어를 먹는 가족.

"일억아! 너 도대체 이 장어를 어떻게 잡는 거니?"

형 일선이 물었다.

"다 잡는 수가 있어, 형."

"허 녀석 참. 그래 그 수가 뭔데?"

아버지도 대견한 듯 관심을 보인다.

"난 장어가 눈에 보이기만 하면 잡아요."

"낚시도 아니고 손으로? 어떻게?"

"딱 보면 장어가 어디로 갈지 알아요. 그러니까 장어는 장어 뒤를 따라가서는 못 잡고…"

"그럼?"

"꼬랑지를 보면 장어가 어디로 갈지 재빨리 알아채고…"

"그러면?"

"장어는 꼬랑지가 움찔하는 반대 방향으로 가기 때문에 왼쪽 오른쪽을 빨리 판단하고 손을 얼른 반대편 머리 쪽에 대고 재빨리 움켜쥐면 딱 잡혀요."

"아 그 미끄러운 걸 어떻게 잡니?"

"그건 손이 빨라야 하지만 눈도 빨라야 하기 때문에 장어 꽁지가 움찔하는 순간 손이 반대쪽으로 가야 돼서 엄청 빠르면서도 허술하지 않게 아주 꽉~~ 움켜잡지 않으면 놓쳐요."

"쟤가 지금 뭐라는 거여."

아버지가 너털웃음을 웃으며

"하여간 너니까 잡지, 난 도제 그건 못 잡겠구나."

일억이 장어를 잡는 비책은 말로는 설명하기가 쉽지 않다.

한순간에 꼬리 움직임을 감지하는 순간 손이 빨라야 하고 스치는 장어 놈을 죽을힘을 다해 손아귀에 힘을 꽉 주지 않으면 장어는 놓쳐버리는데 삼박자가 순간 동시에 실행돼야 잡히는 것으로 일억도 설명을 잘못 할 뿐이다.

"꼬리, 손, 재빠름 세 박자가 맞아야 잡혀요."

그 후 일억은 사람의 손발 움직임에 감각이 빨랐다. 이것이 살아온 일생에서 피치 못할 싸움꾼 맞짱 뜨기로 상대를 제압하는 일행삼동(一行三動)이 되었다.

상대가 왼발을 들어 걸어찰지, 오른 주먹으로 내려치거나 올려 칠지, 아니면 머리통으로 들이받을지를 조건반사적 감각으로 선제방어와 공격을 동시타로 구사하여 맞짱을 뜨면 상대를 고꾸라뜨리는데 남다른 감각으로 자리매김하였음에 자신만 알아 훗날 폭력배들과 맞붙는 싸움에 달인이 됐다.

초겨울

오늘은 또 아버지를 따라 논 몇 다랑이 건너 앞쪽 논두렁가로 미꾸라지를 잡으러 왔다.

"일억아! 대야를 잘 들고 댕겨. 미꾸라지는 잘 잡는 것도 중요하지만 잡은 미꾸라지 담은 대야를 엎어버리면 잡아도 소용없다."

"예, 아버지…"

조심 또 조심. 실은 장어 잡으러 가고 싶은데 때도 아니라 대야잡이가 된 것이다.

장어는 강가 돌덩이 사이를 오가며 살지만, 미꾸라지는 논두렁가 물웅덩이나 진흙 속에서 산다. 어떨 땐 삽으로 진흙을 파 뒤집어 가면서 잡고, 어떤 땐 흙탕물 속을 더듬어 손으로 잡고, 일억은 잡은 미꾸라지를 대야에 받는 대야잡이로 논둑에 서서 오간다.

"여기 받아라!"

그런데 그 순간 쭈르륵 미끄러져 대야를 엎어버린다. 논바닥으로 흩어지는 미꾸라지들.

"아하, 저런 저런, 참 어허 다 쏟았구나. 참 너 그런 손으로 장어는 어찌 잡니?"

일억은 도망가는 미꾸라지를 보며 울상에 생각이 깊어지는데 아버지가 말한다.

"뭐든 잡는 게 중요한 것 같아도 아니다. 잡은 미꾸라지를 대야째 엎어버리면 잡은 수고가 허탕여."

할 말을 잃은 일억이 바짓가랑이를 쓸어내리는데,

"미꾸라지나 돈이나 똑같다. 돈을 잘 벌어야 하지만 번 돈을 허투루 쓰고 날려 먹으면 그런 돈은 벌으나 마나다. 돈이란 벌기도 어렵지만 지키기가 더 어렵다는 걸 넌 아직 모르지?"

"……"

아버지 종회는 논둑을 걸어 다니며 느릿느릿 조곤조곤 중얼대듯 말한다.

"또 있다, 돈 벌어서 계집질이나 하고 노름이나 하고 술 취해 흥청거리면 그 돈은 안 번 것만 못해서 그건 복 돈이 아니다. 돈을 벌었으면 이제는 어디다 왜 써야 하며 이렇게 쓰는 것이 옳은지 그른지, 꼭 쓸데는 안 쓰고 보면 안 써야 할 데다 돈을 쓴다. 그러면 돈의 신이 너를 상종키 싫다고 떠난다. 그러니 미꾸라지 대야 엎은 오늘을 잊지 말고 돈이 생기거든 붙들고 꼭 쓸데가 생기면 아낌없이 써야 한다."

"꼭 쓸데가 어떤 덴데요?"

"아, 말했잖아? 착한데 힘들게 사는 사람을 도와주며 살라고."

"또요?"

"착하고 바르게 사는 사람이 첫째고, 둘째는 가난하고 늙은 어른들. 셋째는 병든 사람과 몸이 불편한 사람들이다."

"아, 병신?"

"너 입조심 해라. 장애인이라 해야지 병신이 뭐여?"

"문둥이는요?

"문둥이는 안 만나는 게 좋지만 만나면 그 역시도 불쌍히 보는 게 맞다."

"그럼 미친놈 미친년은요?"

"미친년에 미친놈 이런 말부터 바꿔, 정신장애인이야."

엎어버린 세숫대야는 이러다 다시 채워져 간다.

그날 저녁

미꾸라지 조림을 먹는 일억이네 가족들,

연례가 투정을 한다.

"미꾸라지 좀 그만 잡아 와요, 저것 씻으려면 얼마나 징그럽고 싫은
지 에이 그냥."

"그래도 애들 단을 먹여야잖여? 애들 저 잘 먹는 것 좀 봐."

"또 단이라네… 아 단이 아니고 단백질이랬잖유. 그렇게 공부를 한다
는 사람이 단이 뭐야, 단이."

"아 알어, 그냥 줄여서 한 것 몰라? 단이나 단백질이나 알아들으면 되
는 거지. 뭐, 하하."

아들 일억과 일선은 들은 둥 만 둥 미꾸라지 맛에 빠지다가는.

"아버지도 장어를 잡는 게 낫지 않아요?"

"장어는 너나 잡지 나는 미꾸라지야. 우리는 배가 없어서 바닷고기는
사야 먹지만 미꾸라지는 우리가 잡으면 먹을 수 있으니까."

"난 장어 잡는 게 더 쉬워요."

"쉬워? 네 손에 잡히는 장어는 네가 잘 잡아서가 아니고 잡혀 주는
거지, 그게 쉬울 리가 있니?"

"난 장어가 쉬운데 미꾸라지는 잘 잡지 못해요. 내년 여름 오면 많이
잡을 거예요."

늪에 빠진 종회

　종회와 같이 다시 찾은 논두렁 가. 이번에도 미꾸라지 잡기다. 여기는 지금의 야트막한 늪지대다.

　그때만 해도 좁고 깊었으나 논두렁 가에는 미꾸라지가 제법 잡히는 곳이다. 이번에도 아버지는 논에, 일억은 논두렁가에서 잡은 미꾸라지 담은 대야잡이다.

　순간, 아버지가 목청을 높인다.

　"일억아. 빨리 가서 저기 저 미루나무 가지 기다란 것을 잘라 가져 와라, 빨리빨리. 아버지가 지금 수렁에 빠져 발이 안 빠진다~"

　"미루나무 가지는 왜요? 그냥 나오시면 되잖아요?"

　"잔말 말고 달려가 어서~ 빨리 잘라 와, 녀석아~"

　일억이 재빨리 달려가 긴 미루나무 가지를 꺾어 들고 오자

　"던져라, 빨리 힘껏…"

　그러자 돌부처처럼 꼼짝않고 서 있던 아버지는 나뭇가지를 움켜잡고는,

　"잡아당겨 어서 힘껏 어서, 더더더, 더."

　아버지가 쓰러지나 했더니 그러다 겨우 미루나무 가지를 잡고 몸이 빠져나왔다.

"아, 내가 여기가 늪지대라는 걸 알았는데 이것 참 가끔 헷갈리기도 하고, 미꾸라지를 잡다 보면 정신이 없어 정확한 장소를 잘 잊어버려 가지고 착각해서, 아 이것 참 죽을 뻔했구나, 휴~"

"늪지대요? 아버지, 늪지대가 뭐예요?"

늪*

연못 또는 호수와의 구별은 명확하지 않지만, 일반적으로 5m 정도의 낮은 수심에 수역에 벼과 식물, 양치식물, 갈대, 부들, 사초 등의 풀이 차지하고 있어 투명도가 낮은 것을 가리킨다. 호소학상에서는 수심이 얕고 수저 중앙부에도 침수식물(수초)이 생육하는 수역이라고 정의된다. 축축한 진흙이 깊은 땅을 늪지대라고 부른다.

늪지대는 모래수렁과 더불어서 매우 위험한 지역이기도 하다. 원리는 모래수렁과 비슷한데, 한 번 푹 빠지면 중력에 의해 점토나 모래가 몸과 압착돼서 쉽게 나오지를 못하기 때문. 이때 나가려면 제 몸무게+몸이 밀어내는 늪의 질량만큼의 힘을 내야만 탈출할 수 있다. 하반신이 다 빠지면 혼자 힘으로는 절대 못 나온다. 수분이 많은 늪이라면 몰라도 점토가 많은 늪은 포크레인으로 파내기도 힘들다. 이런 늪엔 짐승도 함부로 다가가지 않는다. 다행히 점토가 많은 늪은 밀도가 높아서 완전히 빠지지 않지만, 대신 몸을 압착하기 때문에 호흡하기가 대단히 곤란해진다.

수분이 높은 늪도 대단히 위험하다. 정말로 순식간에 빠져버리는데, 깊이가 있다면 사람 하나쯤은 순식간에 머리까지 들어가 버리고, 빠져나오는 것은 생각보다 어렵다. 양치식물이나 갈대는 사람의 체중으로 인해 부러지거나 밀려나면서 빠질 때는 별 저항 없이 빠지지만, 허우적거리면서 나올 때는 사람의 머

---

* 검색창 "늪"이라 쓰면 검색이 됨

리와 손에 걸려서 쉽사리 위로 빠져나오지 못하게 한다. 간단하게 생각하면, 겉보기에는 물가의 풀밭에서 연속되어 있는 땅인 것처럼 보이지만 실은 수초나 양치식물 같은 육초들이 물(늪) 안쪽까지 자란 것이고 바닥이 없는 것이다. 이런 늪지대에는 물고기가 많이 살기 때문에 좋은 낚시터가 되는데, 민물 낚시를 갔다가 늪 가의 풀이 자란 땅처럼 보이는 데 발을 잘못 딛고 빠져 죽는 경우가 종종 있다.

만일 발이 빠졌다면 그 즉시 팔로 몸을 끌면서 아무거나 튼튼한 것을 붙잡아야 한다. 만일 몸에 휘감거나 아예 몸에 걸리게 만들 수 있다면 신체가 빠지는 고통을 감수하고 탈출할 수 있다. 이때 발은 꼿꼿이 세워야 할 것. 만일 다리 하나가 통째로 빠지게 되었다면 오기로라도 버티고 주변인을 불러라. 가장 좋은 방법은 사람들의 도움을 받는 것. 주변 나무 판자나 튼튼한 나무막대기를 요령껏 사용하면 탈출할 수도 있다.

양발이 다 빠졌는데 주변에 잡을 만한 게 아무것도 없다면 상황은 훨씬 심각해진다. 일단 배낭과 짐을 모두 버려서 몸무게를 최대한 가볍게 만들어야 한다. 그다음 뒤로 대자로 누워서 몸 전체가 늪과 닿게 한다. 이러면 무게가 분산돼서 가라앉는 속도를 늦출 수 있다. 그다음 양다리를 자전거를 타듯 돌리면서 발버둥치면 다리를 뺄 수 있다. 다리가 빠지면 엎드린 자세로 바꾸고 평영을 하듯이 기어서 근처 육지로 이동하면 된다. 갯벌에서 발이 안 빠지는 경우에도 동일한 방법으로 탈출할 수 있다.

흔히 '도박의 늪', '사채의 늪', '유혹의 늪' 등등 좋은 단어는 거의 없다.

위키백과 인용

아버지는 숨을 헐떡이신다.

"미꾸라지는 그만 잡고 여기 앉아 좀 쉬었다 가자."

"왜 허벅지밖에 안 빠졌는데 가만히 서시고 혼자 나오지 않고 왜 미루나무 가지를 잡고 나오셨어요?"

숨을 고르고

"일억아! 세상에는 함정이라는 게 있어. 늪이 있다는 뜻이다. 이건 본인이 생각지도 못한 위태로운 상황을 말한다, 논에도 수렁이라는 곳이 있듯이. 저곳이 수렁이야. 늪이라고도 하는 덴데 저기 한 번 잘못 빠지면 나오기는커녕 점점 더 깊이 빠져 물에 빠지는 것보다 더 힘들 정도다."

"아까 아버지는 그리 힘들어 보이지 않던데요."

"아 힘들지 않은 건 움직이지를 않고 가만히 서 있어서야. 저기는 움직이면 점점 더 목까지 빠져들어 가고 영영 죽는 곳이다. 이 근처 잘 봐둬라."

"움직이면 점점 더 빠져요?"

"반드시 밧줄이나 나무를 잘라 던져주고 붙들어야 나와서 살지, 아니면 죽는 곳이야. 뭐, 진흙창이라고 해도 되지."

진정된 아버지와 빈 대야를 들고 집으로 돌아온다.

"사실 오늘 너도 참 좋은 경험 하고 나도 또 했다고 본다. 수렁에 빠진다는 건 죄에 빠진다는 뜻이다. 죄에 한 번 빠지면 점점 더 깊이 빠지는 법이니 늪지대를 조심해 다니고 죄는 피해서 다녀야 한다."

현 장암리 늪지대

봉이모래선달?

"일억아! 너 이번 여름에 저 뒤 장암리 해변 모래밭에서 돈을 다 벌었다면서?"

"아버지한테는 말하지 말랬더니 엄니가 말했어요?"

"너 그게 정말이구나. 아니 모래 바닥에서 돈을 어떻게 벌었다는 거니, 네가 무슨 봉이 김선달이냐?"

"아뇨. 저는 모래선달인가 봐요."

"너 봉이 김선달 알어?"

"네, 선생님이 말해줘서 알아요. 대동강물 팔아서 돈을 번…"

"그래서 네가 봉이모래선달이냐. 그래, 어디 들어나 보자. 말해 봐라."

"더워도 모래 속은 차갑잖아요? 사람들이 바닷가에 왔다가 거기 모래를 파고 들어가 누우면 모래찜질도 되고 또 시원하다고 사람들이 모래를 파내요. 그런데 자리를 다 맡아서 모래 구덩이를 팔 자리가 없으면 못 파니까 제가 구덩이 여러 개를 미리 파내 자리를 맡아 놓는 거예요. 그러면 늦게 온 사람들이 돈 줄 테니까 그 자리 팔래? 하고 물어요. 그러면 이건 누가 부탁한 거라고 하면 '얼마 더 주리?' 이래 물어요. 그러면 더 준다는 돈까지 두세 배까지 받고 팔아요. 일찍 가서 미리 파 놓고 기다리면 사람들이 준다는 게 값이라 더운 날에는 많이 벌어요."

"별 참… 그래, 얼마나 받니?"

"처음엔 10원 받다가 절반쯤 팔리면 30원도 받아 봤어요."

"뭐 30원? 아니 30원까지나?"

"10원이면 비과 50개를 살 돈이에요, 아버지."

일선의 말이다.

"저번 아주 더운 날에는 옛다 하고 100원이나 준 사람도 있었어요."

그랬다. 일억은 여름 한 철 바닷가 모래가 돈벌이를 시켜 준 일이 있다. 화폐개혁으로 환을 원으로 바꾸자 10원이면 100환이라 많은 돈이다.

어디서들 왔는지

그날은 구덩이 열 개가 다 팔려서 100원이 넘게 번 날도 있었다.

"당신은 그 돈 다 어디다 썼소?"

"일억이가 너무 부풀렸구나. 아 전전 날이던가 읍내 장날 장에 가서 당신하고 나 애들까지 검정 고무신 네 켤레나 산 게 일억이가 번 돈이라 했잖아요?"

"언제 그런 소리를? 난 못 들은 것 같은데?"

"아니 신발을 신고 다니면서도 몰랐다고요?"

이에 그때부터 일억은 가는 곳마다 돈이 있다는 것을 알았다.

바닷가에 깔린 모래는 겨울에는 돈이 아니지만 더울수록 더 많은 돈을 일억의 손에 들려주었다.

'돈이 일억이라…?'

모래 구덩이 몇 개를 팔면 1억 돈이 되는지는 계산이 나오지 않지만 모래알이 많은 만큼 세상에는 돈도 많다는 걸 생각해 보면서 장항읍 내 돈 전체는 얼마나 될까도 혼자 세어보지만 1억 돈은 허망한 꿈일 건데 아버지는 분명히 말씀하셨다.

"착하지만 살기가 힘든 사람을 도와야 한다! 알았지?"

영재 소년 박길림

이제 11살의 5학년. 일억이 1학기 성적표를 받는 교실이다.

"신동섭 92점. 박성국 94점."

마지막 호명자가 1등이다.

"박 길 림 98점~!"

"박수들 안 치나?"

공부는 늘 일억이 1등이었다.

가을 운동회 때 역시 달리기도 1등이라 전교생이 놀랐는데 1등은 1등인데 2등을 멀리 따돌린 1등, 달리는데도 교내 1등이었다.

"달리기 잘하고 공부도 잘하는 일억이를 봐라. 너희들도 다 그렇게 할 수 있어."

선생님의 응원 겸 칭찬이다.

5학년 늦여름이 되었다.

그날 밤,

아버지가 거동을 못 하고 몸져 누우신 지도 보름이 넘었다. 안 그래도 아버지는 몸이 안 좋으셨다. 늦게 돌아온 연례에게 일선이 말한다.

"엄니. 아버지가 숨을 잘 못 쉬시는 것 같어유. 몰아 쉬셔유."

아는 듯 무심한 채 걱정이야 하거나 말거나

"아 왜 그랜대유? 아 증말 속상해 죽겠네, 정말."

임종.

엄니는 이런 종회 아버지가 보기 싫은지 나가고 종회는 거친 호흡으로

"일선아 일억아, 잘 들어라. 사람은 환경이 중요하지만 더 중요한 건 환경에 침몰되면 안 돼. 좋은 환경도 지키지 못하면 더러워지고, 나쁜 환경도 극복하면 좋아지게 돼 있어."

일억의 눈이 반짝한다.

"벌써 어두운데 저녁도 않고 엄니는 어디 갔니?"

"오시겠지유, 뭐."

"사람이 사는 게 바르게 잘 사는 것은 양지나 음지보다 거기서 어떻게 사느냐가 성공 실패의 갈래가 된다. 너 저번에 미꾸라지 대야 엎어버렸지?"

"야. 알어유."

"돈도 그렇고 지식도 그렇다. 벌고 배워 아는 것보다 더 중요한 건 돈을 지켜 늘리고, 지식이 있으면 끌어안고 나눠주지 않다가 죽으면 써먹지를 못한 지식이니 죽은 지식이다. 배우면 뭘 하고, 벌었으면 뭐하느냐가 사람 됨됨이다.

"지식이 있어 뭘 알거나 돈이 있어야 나누는 것 아닌가요?"

호흡이 거칠고 말은 느려진다.

"아니다. 항상 나보다 더 모르고 더 사는 게 힘든 사람은 늘 있어. 나보다 모르는 사람에게는 가르쳐 주면 그가 배우고, 우리보다 너희들보다 훨씬 더 모르고 가난하고 힘든 사람은 반드시 있게 마련이다. 도와줘야 한다."

"야, 아버지 알아 듣겠어유."

더더욱 말이 느리다.

"못 배웠다 없다 이걸 핑계 대지 말고 누가 나의 도움이 필요하다 할 때 도와주면 너는 부자로 사는 거고 가르쳐 주면 그게 지식인으로 사는 길이다. 주변에 보면 꼭 그런 사람은 무조건 있게 돼 있다. 바르게 살다 죽는 것이 사람다운 사람임을 잊지 마라."

하시더니 숨을 멈추는 아버지. 종회의 나이 젊은 서른여섯이었다.

아버지의 장례를 치른다.

"아까운 사람이었어. 나이도 아직 젊은디,"

"뭔 병이랬지유?"

"병은 무슨 병, 명이 짧게 태어나 그런 거지 뭐."

제2부

고모네 오층석탑

탑생이 가는 형제

장례를 마친 며칠 후,

학교에서 돌아오는 길에서 일억과 만난 연례

"일억아. 너 일선이 오거든 집에 들어오지 말고 내가 부르거든 들어오너라."

일선이 왔다.

책 보따리를 나무에 걸고 밖에서 노는데 나온 연례.

"이리 와."

하더니,

"오늘은 저쪽 영덕이네 집에 말해 놨으니 거기서 자고 내일은 거기서 학교로 가거라."

영덕이네 집 밤.

"형, 배 안 고파? 난 좀 고파."

"아까 왜 먹다 말았니? 다 먹잖고?"

"영덕이 엄마가 눈을 흘겼어. 그래서 눈치가 보여 밥맛이 안 났어."

"그래? 왜 그러는지 모르지만 엄니가 여기서 자라니까 자자."

누워,

"형, 엄니가 왜 집에 들어오지 말라는 걸까?"

"그건 나도 모르지."

이틀 후 아침 일억의 집 대문 앞.
"형하고 비인 고모네 집으로 가서 우선 거기서 좀 살아라."
"왜요?"
"왜는 왜야, 고모한테 다 얘기해 놨어."
고모는 여기서 50리 길 먼 비인면 성북리 탑생이 마을에 산다.

며칠 전 연례와 고모는 두 번을 만났고 고모는 연례를 달래지만 말을 듣지 않은 일이 있지만 일억과 일선은 모른다.
"아, 동생 종회 죽은 지가 이제 얼마 됐다고 그새 무슨 재가(再嫁)야 재가가?"
"형님, 나 이 집 정이 떠나 무섭고 못 살겠어서 그래요. 새로 만난 분이 나를 챙겨주니 살지 아니면 나 벌써 죽었을 거예요."

작년.
종회와 연례는 읍내 신창동으로 이사를 왔고 여기 온 지 얼마 안 돼 종회는 세상을 떠난 것이다.
아직 젊은 연례(32세)는 종회가 없는 집이 무서웠다. 그러다 만난 남자, 설형석이다.
홀아비 형석은 남편 잃은 미망인 연례를 연모하니 연례는 형석에게 마음을 주고 형석을 만나다 정이 든다.

"아니 그 남자가 누군데? 어떻게 만나고 속내가 뭐야, 정말?"

"다음에 다 말할게요. 하여간 일선이 일억이, 나 우선 당장은 못 키우겠어요. 그렇다고 지금 저이가 아버지 노릇을 할 수도 없고. 그러니 힘들더라도 고모가 좀 맡아 키워주세요."

"내가 쟤들을 어떻게 맡아 키워? 우리 애들도 다섯이잖아?"

"뭐 학교는 우선 쉬게 하고 일이나 시키세요. 일억이든 일선이 하나나 보내든지 맘대로 하고, 일단 보낼 테니 그리 아세요."

"이봐, 올케. 도대체 지금 왜 이러는 거야? 애들이 이런 올케의 진실을 알기나 알아? 말은 했어?"

"나이가 몇이라고 내가 애들한테 뭐라 할 거며 한들 알아나 듣겠어요?"

"그러니까 하는 말이야. 애들이 얼마나 놀라겠어?"

"아 형님… 나 어떻게 할 수가 없어서 그래요(운다)."

"그래도 그렇지. 아무리 팔자를 고쳐가도 그렇지. 애들이 어리잖아. 저것들은 이렇게 버려지는 줄도 모르는데…"

그러나

이런 일이 있었지만 일선과 일억은 모른다. 일억 형제는 그저 다 얘기를 해 놓았다며 가라니까 그냥 가는 수밖에 없다.

다행히 고모는 가끔 오면 일억이를 유난히 귀여워했다. 나중에 어느 집 식모로 보냈다는 일억의 여동생들 셋은 아직 더 어리기 때문에 그냥 데리고 있기로 했다고 한 것이다.

일억은 비인 고모네로 가면 학교는 그곳에서 비인으로 다닐 거고, 고모가 먹이고 재우고 입히고 키워 줄 거라는 연례의 말에 싫지만, 연례의

탑생이 오층탑 앞 박길림

표정을 보니 싫다 해서 될 일은 아니라는 것을 느낌으로 안 터라 싫다고 버티거나 크게 울지도 않고 가게 된다.

산이 이렇게 높은 것도 처음 보고 이렇게 오래 길을 걸어본 일도 처음이고 멀다.

일선은 책과 옷가지를 싼 보따리를 들었고, 일억도 책 보따리를 들고 연례가 싸준 벤토에 밥과 김치랑 먹을 것을 들고 가고 또 간다.

"이쪽으로 가면 탑생이 나오나요?"

사람만 만나면 물었다. 잘못 왔다며 저쪽으로 가라는 사람도 있고 이 길로 곧장 가면 된다는 사람도 있다.

50리 길이 얼마나 먼지도 모르고 가고 있다. 벤토는 무거운데 먹고 가자 하여 이미 비워버렸다.

걸으니 배는 고프다.

길가에서 낳고 자란 오이와 참외로 배를 채우다 샘이 있으면 물을 들이키면서 처음으로 먼 길을 가고 있다.

"형 아직 멀었겠지? 해 넘어가면 어떡하지?"

"글쎄 조금만 더 가면 탑이 나올 거라잖아?"

"탑이 큰가? 쉽게 잘 보일 정도로 큰 걸까?"

성북리 탑생이 마을

"와 형 진짜 탑이 있네. 저저 저기. 저거 맞겠지?"

"어디?"

"저기 보이잖아, 쩌어기 5층탑 안 보여?"

서천 성북리 오층석탑(舒川 城北里 伍層石塔)

지방적인 특색이 강했던 고려시대 탑으로, 옛 백제 영토에 지어진 다른 탑들처럼 부여 정림사지 오층석탑(국보)의 양식을 모방하였는데, 특히 가장 충실히 따르고 있다.

바닥돌 위에 올려진 기단(基壇)은 목조건축의 기둥과 벽과 같이 모서리에 기둥을 세우고, 그 기둥 사이를 판판한 돌을 세워 막았다. 탑신(塔身)은 몸돌을 기단에서처럼 기둥과 벽을 따로 마련하여 세워 놓았는데, 각 면의 모습이 위는 좁고 아래는 넓어 사다리꼴을 하고 있다. 몸돌 위로는 지붕돌을 얹기 전에 지붕받침을 2단 올려놓았는데 그 모습이 정림사지 5층 석탑을 떠올리게 한다. 1층 몸돌의 각 기둥이 아래로는 기단을 누르고, 위로는 지붕받침을 이고 있어, 마치 신을 신고 관을 쓰고 있는 모양이다.

지붕돌은 얇고 넓으며 느린 경사를 이룬다. 경사면의 아래는 수평을 이루다가 양 끝에서 위를 받치듯 살짝 들려있다. 꼭대기에는 머리장식으로 노반(露盤:머리장식받침) 형태의 크고 작은 돌이 겹쳐 얹혀져 있고, 그 위로 네모난 돌이 놓여 있다.

전체적인 세부양식이 부여 정림사지 오층석탑을 따르려 힘을 기울인 흔적은 보이나, 몸돌에 비해 지나치게 큰 지붕돌, 1층에 비해 갑자기 줄어든 2층 이상의 몸돌 등에 의해 균형이 깨지고 있다. 하지만, 백제계 석탑양식의 지방분포에 따라 그 전파 경로를 알아내는 데 매우 중요한 위치를 차지하고 있어 가치가 있는 작품이다.

국가문화유산포럼 인용

일억 키의 두 배나 높은 탑생이 탑 앞에 왔다.

고모네 집을 와 본 적은 없지만 5층 탑이 탑생이 고모네 집 마당 한가운데 있는 집이라 했으니 맞았다. 오른쪽은 신작로이고 왼쪽으로는 마을 집들이 있는데 뒤쪽 마을 입구 외딴 기와 큰 저 집이 맞다.

"일억아, 저 집 맞겠지?"

일억은 아직 이런 탑 본 적 없어 처음이라 탑만 둘러보고 있다.

"너도 알잖아? 마당 한가운데 탑이 있는 집이랬어."

일선의 말은 듣는 둥 마는 둥 하다가는.

"아 그러네. 형 진짜 저 집이 고모네고 이 탑이 우리 집 마당이라니야, 좋다."

"아따 시끄러워! 탑이 무슨 밥 먹여 준다니? 배고픈데. 아 빨리 와 들어가게."

지금은 서천시가 관리하는 보물이지만 그때는 보물 지정 전이라 관리가 안 되는 그저 돌덩어리일 뿐인데 일억은 지금 탑에 눈이 쏠린 거다.

"형. 그런데 이 탑이 왜 혼자 여기 서 있어? 아, 알았다. 일억이 가지라고? 하하."

"말도 안 되는 소리 참. 아 그 아주 오랜 옛날 여기가 절터였겠지 뭐."

"절터라고?"

밭일인지 논일인지를 마친 고모부가 소를 몰고 지게에는 쟁기를 지고 오고 있다. 머리에 광주리를 이고 따라오는 사람 고모다.

"고모~~!!"

"내년부터요?"

"그래 일선이는 중학생이니까 바로 학교 다니고, 일억이 넌 일단 내년부터? 그것도 모른다. 알다시피 네 고종 4촌이 다섯이야. 셋째 누나는 지금 아프기도 하지만 학교도 못 보내고 있어."

고모의 말에 고모부가 거든다.

"물론 공부를 하기는 해야지. 그러나 공부라는 것도 동경대학 유학까지 가도 다 못하는 거라면 그냥 일이나 해서 돈을 버는 게 낫다."

"그럼 저는 일만 하는 거예요?"

"장항 너네는 지금은 농사를 안 지어 모르겠지만 일을 않고 공부만 한다면 천석꾼이 돼도 쉽지 않다. 그러니 놀 생각은 말고 일할 생각만 해라. 일을 해야 밥을 먹고 사는 거여. 일선이도 학교서 돌아오면 일억이 일을 돕고."

방은 네 칸 집이다. 고모부와 고모방 하나, 고종사촌 여자들방, 고종 사촌 인희 형이 쓰는 방과 머슴 육손이가 쓰는 사랑방은 건너편이다.

"인희 방은 일선이가 같이 쓰고 일억이 너는 육손이(머슴)하고 사랑방에서 같이 자라."

갑자기 낯선 집에서 눈빛이 이상한 머슴 육손이와 잠을 자고 일을 하란다.

"일선이 형하고 같이 자면 안 돼요?"

"그 방은 인희 형이 공부하는 방이야. 일선이도 공부하니까 너는 육손이 방을 써, 셋은 좁아서 안 돼."

"아 일선이 형하고 못 자고 혼자 자라고요?"

"왜 혼자야. 육손이하고 같이 쓰랬잖어?"

육손이는 오른쪽 엄지손가락에 기역 자처럼 손가락 하나가 더 있다 하여 육손이라 불렀다.

라디오와 스피커

세상이 뒤집혔다. 화폐개혁으로 돈이 바뀌었고, 올해는 단기 4296년
인데 작년부터 서기로 바꿔 1963년이 되었다.

트랜지스터라디오는 자주 칙칙거린다고 고모부가 뉴스를 듣다 짜증
을 낸다.

"아니 그깟 소리 꼭 들어야 알어유? 괜히 왜 짜증을 부리고 그래유?"

그러던 차에 면사무소에서 집집마다 스피커를 달아 준다고 작은 전
봇대만 한 나무를 세우고 삐삐선 줄 연결공사를 한다. 전기는 더 있어야
들어올 거지만 우선 라디오는 잡음 없이 듣게 되었다.

"아 이렇게 잘 나오니 좋다. 당신은 우리 민요 가락이나 들어요."

까랑까랑한 목청.

"난 저 양반 목소리가 참 맘에 들어."

박정희 국가재건최고회의 의장 목소리다.

박정희

박정희(朴正熙, 1917년 11월 14일~1979년 10월 26일)는 대한민국의 제
5 · 6 · 7 · 8 · 9대 대통령이다. 본관은 고령, 호는 중수(中樹)이다.
대구사범학교를 졸업하고 3년간 교사로 재직하다 만주국 육군군관학교에 입

학하였다. 졸업 성적 석차 2등으로 만주국 군관학교를 졸업한 후, 성적우수자 추천을 받아, 일본 육군사관학교에 57기로 입학한 후 1944년 수석으로 졸업했다. 일본이 제2차 세계 대전에서 패망할 때까지 일본 제국이 수립한 만주국의 일제관동군장교로 근무하였다. 병과(兵科)는 포병(砲兵)이다.

1945년 9월 21일 북경에서 활동하던 한국광복군에 편입되어 광복군 장교로 활동하다 1946년 5월 10일에 미 해군 수송선을 타고 부산항을 통해 한반도로 귀국한다. 이후 대한민국 국군 장교로 복무하던 중 셋째 형 독립운동가 박상희가 대구 10.1 사건에 연루되어 일제 순사 출신 구미 경찰관들과 대립하다 사살되었다는 소식을 듣게 된다. 사건 직후 형의 친구이자 사회주의자이던 이재복의 권유로 반이승만파이던 남로당 명단에 이름을 올렸으나 김창룡이 주도한 숙군에서 여수·순천 사건 연루 혐의로 체포되어 파면, 급료몰수, 무기징역을 선고받았다. 1심 판결 이후 남조선로동당 조직구도 윤곽을 증언한 뒤 백선엽 육군본부 정보국장과 김안일 방첩과장, 김창룡 방첩대장 세 사람의 보증을 받고 집행정지 조치로 풀려난다. 이후 백선엽 국장의 배려로 정보국에서 무급 문관으로 근무하다 6.25 전쟁 때 다시 현역 군인으로 복귀한다.

반공을 국시로 하는 국가변란 성격의 5·16 군사 정변을 주도하여 국가재건 최고회의 의장이 되어 "군으로 돌아가겠다"는 약속을 깨면서 군복을 벗고 직선제로 치뤄진 제5대 대통령 선거에서 민주당 윤보선 후보를 누르고 당선되는 등 1963년 12월부터 1979년 10월 26일까지 치러진 선거에서 당선되어 제5·6·7·8·9대 대통령으로 재직하였다. 국가재건사업을 추진하여 1968년부터 경부고속도로 기공 및 개통, 서울 지하철 기공 및 개통, 농촌의 현대화 운동이었던 새마을 운동, 대규모 중화학 공업 건설 및 육성, 민둥산의 기적인 산림녹화 사업, 식량 자급자족 실현, 자주국방 및 군대 현대화 사업 등 국가 근대화 정책을 추진하여 국가 발전의 기반을 마련하였다. 그러나 3선 개헌 및 유신헌법 등의 장기 집권을 반대하던 여야 및 학생운동이 일어났다. 1979년 9월 말에 일어난 김영삼 의원 제명 파동으로 같은 해 10월 16일 부마 민주 항쟁이 일어났다. 1979년 10월 26일 저녁, 궁정동에서 중정부장 김재규에 의해 암살당하였다.

지금은 미 케네디 대통령 서거에 의장 자격으로 미국의 수도 워싱턴에 갔다는 박정희 의장, 곧 대통령이 될 거라는 것에 토를 다는 사람은 한 사람도 없단다. 민생고를 시급히 해결한다는 혁명공약에 환호했었고, 이를 알리기 위해 하루 네댓 시간이지만 집집마다 라디오를 듣게 해 준 것도 그렇고 작년 5월 국민이 쌍수를 들어 환영하는 농어촌고리채정리가 잘 마무리되어 국민 90%가 고금리에서 풀렸기 때문이다.

위키백과 인용

"형, 우리는 애들이라 고리채 없으니 상관없지?"

"야야, 넌 뭐 그런 엉뚱한 데다 왜 신경을 쓰니?"

일선의 지적에 뒤통수를 긁으며,

"나도 돈 벌고 싶으니까…"

"뭐라고? 돈을 벌어, 네가? 뭘로 벌어? 여기 모래사장이 어디 있다고? 장어도 없어 여긴, 그 봉이모래선달? 여기서는 헛 꿈이다, 너."

"아니 그냥…"

고모부는 늘 하던 말인데도 또 그 소리만 입에 달고 한다.

"일을 해야 먹고 사는 거다. 공부 안 해도 일만 잘하면 배 곯을 일은 없어."

고모부의 일장 연설은 학교에서 돌아온 일선이나 일억이 탑생이에 머무는 동안 라디오 방송처럼 여러 번 들었다.

일억이 하는 공부와 일

일억이 일을 한다. 주로 육손이와 같이한다. 고모부네는 부자여서 고모부는 낚시나 다니는 등 노는 날이 더 많아 오히려 학교에서 돌아온 인희 형도 하지만 일선이 형은 더 많은 일을 한다.

일,

일억은 고모부의 말이 맞게 들려 일하는 것이 공부하는 것보다 낫든 않든, 이제 일이 공부라는 말이 뇌리에 박혔다.

그러나 아직 어리기 때문에 어른들이 하루 일하면 품앗이로 일억은 이틀이나 해줘야 갚는다는 것도 알았다.

특히 밭을 갈고 논을 가는 일은 소를 몰 줄 알아야 하고 소 목에 쟁기를 걸어줄 줄 알아야 하는데, 아직 사람보다 힘이 센 소를 일억이나 일선이 부릴 수가 없어 생각이 많다.

쟁기

쟁기라는 이름은 '잠기'에서 비롯되었다. 1553년(명종 8)에 나온 《불설대보부모은 중경佛說大報父母恩重經》에서 '철리경지(鐵犁耕之)'를 "잠기로 가라."로 새겼고, 윤선도(尹善道)의 시조에도 "잠기연장 다스려라."라는 구절이 있다.

잠기는 본디 무기를 가리키는 '잠개'의 바뀐 말로, 예전에는 농기구를 무기로도 썼기 때문에 두 가지를 같은 말로 적었던 것이다. 잠기는 19세기 초 장기로 바뀌었으며, 오늘날의 쟁기가 된 것은 20세기에 들어와서다.

쟁기의 형태는 무척 많아 그 이름만도 60여 가지에 이른다. 이를 비슷한 것끼리 묶어보면 쟁기류 8가지, 보류 13가지, 보습류·극쟁이류 12가지, 홀칭이류 10가지, 가대기류 5가지, 기타 18가지다.

또, 쟁기에 딸린 14가지의 부분 명칭 가운데 지금의 군(郡) 정도의 거리를 벗어나면 달리 불리는 것도 적지 않다. 이러한 현상은 우리 쟁기의 다양성을 나타내는 좋은 보기다.

쟁기는 뒤지개[掘棒]에서 비롯되어 따비를 거쳐 완성된 연장이다. 쟁기의 가장 중요한 부분은 보습으로, 철제가 나오기 전에는 나무를 깎거나 돌을 갈아서 썼다.

가장 오랜 돌보습은 기원전 3000년 전반기의 유적으로 황해도 지탑리에서 나왔다. 57개 가운데 완전한 것은 22개로, 큰 것은 길이 50~65cm, 너비 15~25cm, 두께 2~3cm이다. 형태는 대체로 긴 타원형으로 한쪽 끝은 좁지만 반대쪽은 넓은데, 특히 좁은 날 부분에는 긁힌 흔적이 뚜렷한 것이 많다.

그러려면 소를 먹어야 한다.

소가 없으면 사람이 끌어 이를 '인쟁기'라고도 한다는데 일억은 인쟁기를 끌지는 못하고 소를 기르는 일을 한다.

소

소는 송아지 때부터 소와 가까워져야 한다 하여 자세히 보니, 소 코 사이를 뚫어 나무로 만든 코고리를 가로질러 꿴 다음 코뚜레를 잡아끌면 아이가 끌어도 끌려온다는 것도 알았고, 코뚜레를 씌운 소가 첫 훈련을 받는 끙개(나무 끌개)도 자세히 보았다.

무조건 일억은 너무 어리다. 자세히 보기만 할 뿐이다.

그러나 확실하게 할 수 있는 일이 있어 고모 집에 오자마자 처음 시작한 일은 소 풀 베어 지게로 지고 와 먹이는 일이다. 가을이 되자 볏짚 관리와 여물 썰기와 소죽 끓이기가 주로 하는 일이다.

나무는 마침 집 뒷산이 고모네 산이어서 일억이가 해 오기도 한다. 때로는 신작로를 건너가면 야산이 있기는 한데 산말림이라는 어른에게 들키면 지겟다리를 분지른다 하여 더 멀리 가서 해 온 일도 있다.

문득 학교서 배운 선녀와 나무꾼 생각이 난다.

'선녀나 내려왔으면 좋겠네…'

소죽을 쑤려 삭쟁이(나무 마른 것)를 땔 때는 날은 잘 타서 좋다. 그런데 마른나무는 왜 이리 헤픈 거지? 그렇다고 아궁이에 청솔가지를 집어넣으면 연기가 맵다.

그때마다 다지는 각오, 일이 공부고 공부가 일이다~.

억새를 베어 지게에 지고 와 말리고 단으로 묶어 소가 겨울에 먹을 여물 먹이를 비축하는 것은 절대적이다.

이것만으로 부족하기 때문에 콩깍지를 말려 묶어 쌓고 방앗간에서 나오는 밀기울을 소죽에 뿌려도 주어야 하는 등.

소, 돼지, 닭, 개. 그 사이 일억은 모두가 친구요 가족과 같다고 여겨 거두고 먹여야 하는 일에 열심을 낸다.

열 번 암기하였다.

일이 공부고, 일이 밥이고, 일이 돈이니까 일하는 것이 우리 형제와 고모네 다섯 식구까지 여덟 명이 먹는 밥이 되고 반찬이 된다는 고모부의 말에, 내년에도 학교 안 가고 공부보다 더 중요한 일을 계속할까 하다가는 아니지 학교를 가야지, 하는데 눈이 쌓인다.

눈 쌓인 겨울은 여름내 가꾼 고구마 통가리에서 꺼내 쪄 먹는 고구마가 고기보다 맛있다. 처음 왔을 때 심은 고구마 농사 때는 일억이도 어른 품값을 쳐줘 받은 적도 있다. 품값은 돈이나 쌀로 받는 게 아니고 주로 품앗이 일로 주고받은 적이 더 많다.

오늘은 내린 눈이 많이 녹았고 날씨가 따뜻하다.

앞마당 오층탑에 수북이 쌓였던 눈이 반만 녹는다 했더니 전부 녹았다.

처음부터다, 저 탑을 한 번 올라가 보고 싶었지만 웬지 혼날 것 같아 말았는데 오늘은 아무도 없어 오층까지 올라가 막 따로따로 서려고 하는데 어디서 나타났는지 고모부가 소리를 친다.

"아니, 너 이 녀석? 너는 부처님을 발로 밟느냐?"

예수, 석가, 부처, 공자. 학교서 배워 아는 이름들이다.

깜짝 놀라 뛰어내리며,

"여기 부처님이 어디 계세요?"

하였더니,

"녀석아, 그 탑 안에는 사리가 있어."

"사리가 뭐예요? 사리, 사리?"

그러나 이것은 지나간 겨울 얘기고 봄이 왔다.

봄은 청명한 만큼 하늘도 맑아 별들이 총총하다.

탑 왼쪽에서 달을 보는 밤.

오른쪽에서 반달을 보는 밤.

별을 보는 밤.

순간 억지로 잊어왔던 엄니가 떠오른다.

그런데 밤마다 괴롭히는 육손이.

"일억이는 오늘 저녁 굶겨."

밥그릇을 뺏겼다.

"왜요, 고모부?"

"왜는 뭐가 왜야? 너 지난번 탑에 올라갔을 때도 봐줬는데 오늘은 어딜 가 가지고, 소죽도 일선이가 끓여 먹였잖어?"

"…"

일억이 울상이 되더니, 금세 눈물이 쏟아진다.

"울지 말어, 이놈아!"

"아 그냥 줘요… 일억아, 낼부터는 일 잘 할 거지?"

고모 덕에 밥그릇을 다시 받아먹으려니 눈물이 밥그릇에 떨어진다.

"내가 백 번 말하리? 일이 밥이라고 했어, 안 했어? 일도 열심히 하는 게 일이지, 반은 빈둥거리고 놀다 하다 이게 일이냐?"

'맞기는 맞다, 일이 밥.'

"육손 아저씨는 배 안 고파?"

"나도 고프다. 너야 한 그릇이지만 나는 두 그릇도 적어. 그래도 고모가 널 굶기지 않았으니 됐잖아?"

"아녀유. 고모부가 반 덜고 주랬거든요. 그래서 배고파요."

"자자. 내가 보니까 자면 배고픈 것도 모르고 일어나면 도로 배가 불러지지 않던?"

꿈이다.

꿈인데 엄니가 보인다. 일억이 엄니다.

"일억 엄니는 어찌 저리 예쁘게 생겼을까?"

동네방네 미인이라고 소문이 자자했던 엄니가 어린 일억을 업고 빙빙 돈다.

"우리 길림이, 우리 길림이, 빨리 커서 억대 부자 될 일억이…"

깨고 보니 꿈이다.

새벽 도망

머슴을 사는 육손이는 잠이 들었다. 일억은 꿈에 본 엄니 생각에 오만가지 생각에 잠겼다. 벌떡 일어나려다 육손이 깰까 봐 살그머니 일어나 추슬러 옷을 입고, 살금살금 방을 나와 마당을 지나 탑에 섰다.

'부처님, 저 지금 엄니한테 갈 거예요.'

순간 여러 번 들었던 부처님께 올린다는 절 이야기.

탑에 사리가 들었는지도 모른다 했고 사리는 부처님의 몸 조각이라는 말에 절을 올리고 가야겠다는 생각에 일억이 탑에 절을 하고 있다.

아직 동이 트려면 멀었다.

절 두 번을 올리고 일어서려니까 108번 절을 하고 지극정성은 3,000배도 한다는 말을 들은 적이 있어서 108번은 많고 누가 나오기 전에 18번으로 줄이기로 하고 절을 하며 간절히 빈다.

'부처님, 엄니를 만나 엄니하고 살게 해 주세요.'

'부처님, 엄니를 만나 엄니하고 살게 해 주세요.'

'부처님, 엄니를 만나 엄니하고 살게 해 주세요.'

'부처님, 엄니를 만나 엄니하고 살게 해 주세요.'

'부처님, 엄니를 만나 엄니하고 살게 해 주세요.'

'부처님, 엄니를 만나 엄니하고 살게 해 주세요.'

'부처님, 엄니를 만나 엄니하고 살게 해 주세요.'

'부처님, 엄니를 만나 엄니하고 살게 해 주세요.'

'부처님, 엄니를 만나 엄니하고 살게 해 주세요.'

'부처님, 엄니를 만나 엄니하고 살게 해 주세요.'

'부처님, 엄니를 만나 엄니하고 살게 해 주세요.'

몇 번이지? 열 번인가? 열두 번이던가?

'부처님, 일억이를 도와주세요. 엄니를 만나 엄니하고 살게 해 주세요.'

'부처님, 일억이를 도와주세요. 엄니를 만나 엄니하고 살게 해 주세요.'

'부처님, 일억이를 도와주세요. 엄니를 만나 엄니하고 살게 해 주세요.'

순간 고모부가 나올 때가 된 것 같아 줄행랑을 치고 신작로로 달려 나와 내달리기 시작했다. 동이 트려 한다.

장항 신창동

학교에서 멀지 않아 장항읍 살던 집을 찾아왔다. 그런데 와보니 낯선 사람들이 산다.

"울 엄니 이름이 김연례인데요."

"엄니랑 살던 그분이 아버지냐?"

"……"

"아, 그러니까 그 남자 설서방 형석 씨가 아버지냐고?"

도대체 이 무슨 소리지? 남자가 누구고 우리 아버지는 돌아가셨는데 형석 씨? 설서방? 외가나 뉘집 누구 이름인가?

일억은 재혼이라는 것을 알지도 못하고 개가(改嫁)니 재가니 이런 말도 모르기 때문에 물어볼 줄도 모르고 뻥 떠, 살던 집은 이미 팔려 다른 집이 됐다는 것만 알게 된다.

"형석 씨네는 초봄이었으니까 군산으로 이사간 지 서너 달 됐어."

"예? 군산이요?"

"그래, 네 엄니가 그 왜 곱상하니 키가 짝달막하고 얌전하지? 맞어. 이 집에서 이사 갔어."

"군산 어디래요?"

"나도 모르지. 아~ 그 무슨 해망동이라던가 하던데, 거기 어디로 갔다는데 난 모르지."

군산 해망동

장항에서 군산으로 건너가는 뱃머리에 왔다.

오른쪽 태어나 살던 집은 잘 보이지 않는다. 그저 제련소 굴뚝만 보이는데 아침도 굶고 종일 걸어왔으니 배는 앞 가죽이 등짝에 붙은 듯, 혼자 하루를 걸어왔으니 허기진 배를 움켜쥐고 뱃머리에 온 것이다.

"야, 너도 군산 가니? 배 삯 내라."

아무 말이 없자,

"돈 없니? 야 그럼 그냥 타. 아 빨리 타."

"아저씨, 고맙습니다."

"너 군산은 왜 가는데?"

"......"

"녀석 참 공짜로 배를 탔으면 묻는 말에 대답은 해야잖여 녀석아?"

'해망?'"해망동 어디로 가요?"

해망동이라고 오기는 왔지만 넓어서 어디까지인지를 모르겠고 사람들에게 몇 번을 물어도 찾는 엄니 이름을 대봤자 모를 것이고.

아무튼 여기가 해망동은 해망동이란다.

오른쪽은 바다다. 모래사장은 없고 섬 같기도 하고 육지도 같고. 어디가서 어떻게 누구에게 뭐라고 물어 찾아갈 방법도 없다.

밤이다.

배는 쫄아들었지만 어디 가 어떻게 무엇을 먹을지.

그새 몰골은 거지같이 돼 버렸다.

"야, 너 누구냐?"

어딘지도 모르는 곳 뉘 집 지붕 아래서 잠이 들었는데 누군가가 흔들어 깨어 보니 밤이다.

"엄니 찾으러 장항서 왔어요."

"장항? 엄니를 왜 여기 와서 찾어?"

"사실은… 지금은 기운이 없어서 나중에 말씀드릴게요."

"어라 이놈 보게. 그래, 일단 들어오거라."

보리밥에 열무김치 밥을 준다.

"전쟁 후 보릿고개에 지금 누군들 물자가 없으니 먹는 게 다 그렇다. 그나마 지금 여기는 그래도 바닷가라 물고기는 있지만 그것도 다 먹고 지금은 반찬이 떨어져 버렸다."

"아네요, 아주머니 아저씨."

"그래, 엄니에 대해 말해 볼래?"

"예, 해망동으로 이사를 가셨대서 찾으러 왔어요."

이름이 뭐란들 알지 못하고, 형석이라는 사람도 모르고 설마하니 엄니의 새 남편 이름이 형석일까? 이런 생각은 아예 해보지 않았다. 아닐 거고, 그럼 엄니의 집안 누구일까?

"추녀 밑에서 잘 수는 없지 않니? 재워는 준다. 일단 자고 내일 나가 찾아봐라. 그런데 암만 봐도 너 못 찾을 것 같은데 모르겠다."

도무지 찾을 길이 막막하다.

비인으로 다시 돌아갈까도 생각하지만 여기까지 왔고 무엇보다도 꿈에 나를 업고 둥기둥기 하던 엄니가 보고 싶어 끝까지 찾아야 한다고 골목을 누비고 집집을 넘겨본다.

"야 이놈~ 너 왜 남의 집을 넘겨보는 거니, 지금? 아니 너 저번에 뜨락에 둔 늙은 호박 훔쳐 간 놈 맞지?"

갑자기 멱살을 잡혀 버렸다.

"아, 아녜요. 전 도 도둑놈 아니라니까요."

"아니긴 뭐가 아녀? 빨랫줄에 널어둔 두루마기도 네가 훔쳐간 게 틀림없어. 어디 이놈 너 당장 지서로 가자."

기운도 엄청 센 아저씨가 일억을 메어 때릴 기세다.

"아, 진짜 저 아니거든요. 우리 엄니 찾아 기웃거린 것밖에 없어요. 호박이고 두루마기 난 알지도 못해요."

그런데, 이러다 지서에 끌려가면 자백하라고 얼마나 혼쭐을 낼까 무서워 어떻게든 여기를 떠나야 한다.

순간 찰라 손아귀가 느슨해지나 싶은 순간, 발로 밀치면서 커다란 손을 뿌리치니 풀려났다. 줄행랑⋯ 뜀박질에는 토끼보다 빠르니까.

어딘지 모를 가게 몇 곳 보이는 곳에서 멈췄다. 쫓아오던 아저씨는 완전 도둑놈으로 알겠지만 나만 아니면 되는 거다. 가게 사이에 골목식당이라는 간판이 보이는데 새벽에 나와 또 먹은 건 없고 돈도 없고 배는 고픈데 입은 붙어버려,

"아주머니, 밥 좀 주실 수 있어요?"

이런 말은 해보지 않아 하지도 못하지만 분명

"돈 있어? 있으면 사서 먹으면 주지."

안 들어봐도 충분히 아는 것이라 건너편 굴뚝 세운 턱에 앉아 들어가고 나가는 사람들을 쳐다만 본다.

"잘 먹고 가유, 아줌니~"

"예, 또 오셔유."

열 번은 안 돼도 연거푸 하는 말이고 들은 말이다.

그러더니 이번에는

"애! 너 아까부터 거기서 뭐하고 서 있니?"

안으로 들어가려던 식당 아주머니가 힐끔 돌아보며 묻는다.

"⋯"

아⋯

'엄니 찾아 장항서 왔는데 엄니는 못 찾고 배는 고프고 돈은 없고 저 밥 좀 주실 수 있으세요?'

하고 싶은 말인데 지금은 장사하는 식당 집이서 그런지 이게 입이 떨

어지지를 않는다. 고깃국 냄새가 나서 서 있다고 할 수도 없고.

"얘, 너 벙어리냐? 왜 여기서 우리 가게만 보고 있는 거여."

때가 온 것 같은데 이놈의 입이 떨어지지를 않는 거다.

그런데 이 골목식당 아주머니는 천사의 마음인가 보다. 다가와 등을 툭툭 두드리더니마는,

"너 전쟁고아냐? 고아원서 나왔지 너? 들어와 봐라."

그제야 들어선 골목식당. 넓다. 밥상이 하나 열 정도 되나 보다.

"말하기 싫으면 안 해도 되는데 그럼 내가 밥을 못 주지? 그러니까 말해 봐. '아주머니 배고파요. 돈은 없거든요. 그래도 밥 좀 주시겠어요?' 요대로 하면 주고 안 하면 내가 왜 줘. 안 그러니? 하하."

'뭐지? 머리가 텅 빈 듯 뭐라 하면 밥을 준댔더라?'

중얼중얼 기억을 살려내는데 그제는 종일 굶고 어제는 한 끼 먹고 오늘은 한 끼도 못 먹고 날은 어두워지려고는 하고. 말할 기운도 없다. 그러나 골목식당 아주머니는 어른이라 애 꼴을 보고 가여워하시는 티가 역력하다.

"아주머니 배고파요. 돈은 없거든요. 그래도 밥 좀 주시겠어요?"

"옳지 옳지. 그래 밥 주마. 배가 고프면 고프다 하고 줄 게 있으면 좀 달라 해야 주지, 암말도 않으면 누가 주겠니? 안 그려?"

천사 같은 아주머니가 골목식당 구석방에 재워 줘 잤다. 이른 새벽 간다고 하였으니 어두운데 식당 집을 나선다.

오늘은 열 배 힘을 내 해망동을 다시 누벼보기로 하였다. 저 해가 바

다로 넘어가기 전에 꼭 엄니를 찾아야 한다. 찾고 말겠다.

저녁나절까지 힘들 줄 모르고 걷고 뛰고 헤매다 보니 순간 여기는 또 어딜까.

어? 담장 너머 빨랫줄에 베르벳 윗도리가 보여 멈칫하고 보니 분명 아버지가 입으시던 옷이 보인다.

또 도둑놈으로 몰려 잡혔다가는 죽는 거라 조심해야 한다. 두 번 보고 세 번 보고, 보고 또 봐도 분명 저 옷은 아버지가 입으셨던 비싼 옷, 바로 아버지 옷이다.

'저게 왜 이 집 빨랫줄에 널려 있지?'

도저히 알 수 없는 일이다. 철 지난 베르벳 윗도리.

'맞아, 엄니도 저걸 입은 적이 자주 있었구나.'

철이 지나 이제 빨아 넌 건지, 진짜 아버지 옷이 맞는 건지, 들어가 만져볼 수도 없고 넘겨보는 것도 오래 보다 보면 엉뚱하게 또 먹살 잡혀 대롱대롱 지서로 끌려갔다가는 맞아 죽을 테니 꾀를 냈다.

멀찍이 물러서서 지켜보다 보면 누가 드나드는지 보다 보면 설마 하니 엄니가 보이지 않을까 하고 일단 물러섰다.

먼발치에서 시선을 딴 데로 돌리며 조금씩 왔다 갔다 해 가면서 벨르벳 집 윗도리를 누가 걷어가나 때를 놓치지 않아야 한다. 그런데 곧 해가 질 것 같다.

어두워지려는데 과연 낯선 웬 남정네와 엄니가 저쪽에서 오고 있다. 아니나 다를까. 저 집으로 들어가고 있다. 과연 빨래를 걷고 윗도리도 걷는데 깨가 쏟아지는 듯 애교를 부리는 엄니. 그리고 웬 낯선 남정네. 순간 장항서 같은 배를 타고 온 사람. 뱃머리에서 그냥 스치듯 봤던 사람이다.

"아이 뭐 새삼스럽게 그런 걸 다 물어요. 빨리 방으로 들어나 가요."

'여동생들은 다 어디 갔지?'

그나저나 엄니의 저런 요요한 웃음과 애교 넘친 말씨. 들은 듯 처음인 듯,

누구지 저 남자? 분명 장항서 말해 주었던 그 설 뭐더라? 남편이다. 새 남자다. 순간.

'아버지는? 아 참 돌아가셨지 참.'

심각해진 일억.

억장이 무너져 내리고 땅이 꺼지는 건지…

방에 불이 꺼지기를 기다려 울타리 가로 다가가 보니 엄니의 웃음소리가 밤공기를 가른다.

"아 증말 왜 이래요 오~~ 까르르륵."

비까지 온다.

분명 엄니는 엄니가 맞는데 이 순간 아까 그 남자가 울 엄니를 뺏아 갔고, 그런데도 엄니는 그게 좋아 어쩔 줄 모르다니 이건 아니다. 정말 이건 아니다.

'아니, 아버지의 엄니인데 저럴 수가 있어?'

아직 내가 어리지만 결국 엄니는 이제 아버지의 여자가 아니고 저 남자의 여자가 됐다는 것을 절절이 알게 되자 오래전 떠오르는 이 장면.

엄니와 길림

아버지가 나를 업고 엄니에게 가고 있다.

"길림아! 엄니 저기 있지? 엄니한테 가자, 어서 가자 길림아."

아버지는 기분이 썩 좋아 노래를 한다.

"길림 엄니는, 너네 엄니는, 연례 엄니는 따라 해 길림아."

멋모르고 어린 일억은 아버지를 따라 노래를 불렀다.

"길림 엄니는, 너네 엄니는, 연례 엄니는 따라 해 길림아."

"따라 해 길림이는 빼고."

"따라 해…?"

"아니 아니 다시."

"…"

"길림 엄니는"

"길림 엄니는"

"절세가인에"

"절세가인에"

"양귀비래요."

"양귀비래요."

그때 양귀비가 뭐냐고 물었었다. 절세가인은 또 뭐냐고도 물어봤다.

"응, 절세가인은 세상에서 가장 아름다운 여인이란 뜻이고, 양귀비는 당나라 때 최고의 미인이었던 여인의 이름이란다."

"아니, 애가 뭘 안다고 절세가인이니 양귀비니, 참 내 호호호."

"그래도 한 가지를 빠뜨렸네유, 뭐."

"뭘?"

"길림 엄니 마음씨는 심청이래요, 요걸."

그랬다. 기억난다.

아버지의 부인이고 나의 어머니고 천하일색이라고 동네방네 소문이 돌아,

"마누라 잘 지켜 이 사람아~"

이런 소리를 듣기도 했다.

갑자기 아버지가 이걸 보고 아시면 어떠실지보다도, 일억 자신이 아버지가 된 듯 한쪽 가슴이 잘려나가는 듯 통증이 온다.

뒤로 물러났다 다시 담장 가까이 다가가 살피니 방에 불은 꺼졌고 엄니의 숨소리가 들린다.

'저게 뭔 소리지?'

들어보니 마치 앓는 환자처럼 끙끙 앓는 소리인가 싶더니 갑자기 숨이 턱 막히는지, 엄니가 죽는 건지 뭔지 도통 알 수도 없는 소리에 순간 방문을 열고 들어가 저놈을 죽여 버릴까 하는데 갑자기 엄니의 웃는 소리가 난다.

"여보오~ 아 정말 나 당신이 너무너무 너무 좋은 거 있지?"

도대체 뭘까? 그런데 조금은 알 것도 같다.

언젠가 가물가물한데 자다가였다. 엄니와 아버지가 숨을 헐떡이다 조용했던 것 같은 희미한 기억이 떠오르는 순간 전신에 소름이 확 돋는다. 맞다. 순간 들어가 저놈을 죽여야겠다는 생각이 든다.

그러나 죽일 수도 없는데 이런 일억의 마음을 모르면서 밤은 깊어만 가고 있다.

다시 돌아 골목식당으로 가려는데 어둡고 낯이 설어 찾을 수가 없다. 돌다 다시 엄니 집 가까이로 왔다.

날 새면 내일 아침 엄니를 보고 떠나? 안 간다 하고 버텨? 이 생각 저 생각 다시 엄니 집 담장에 왔지만 조용하다. 게서 두어 채 떨어진 집에 불이 켜 있어 나즈막하게 말했다.

"계세요~~?"

주인 내외에게 나왔다. 건너편 집을 말하고 그 남자가 누군지 아느냐고 물으니 안단다.

모정을 끊고

"그 집 신랑이지 누군 누구니. 이사 온 지 서너 달 됐어."

하여 아버지가 죽자 두 집 건너 저 집에 이사와 엄니가 사는데 그런 걸 모르고 와보니 다른 남자하고 살아서 들어가도 못 하겠다고 하고.

내일 여길 떠나려 하는데 하룻밤 재워 주겠느냐니까 우리가 네 엄니를 안다면서 가서 엄니한테 말해주느냐 하길래 아니라 했다. 그럼 밥은 떨어졌으니 해준다면서 가져온 밥을 솥단지째 한 솥을 다 먹고 그 집에서 잤다.

"제가 내일 여기서 떠나거든 내일이라도 일억이가 왔다 갔다고나 말해 주세요."

아침까지 차려줘 먹었다. 일단 배는 든든하다. 문제는 어디로 가느냐다.

장항은 아무도 없고, 비인으로 가려니까 일선이 형이 모르는 이 비밀 이야기를 할지 말지. 게다가 말도 없이 집을 나와 며칠 되었으니 고모부가 얼마나 야단을 칠까 겁도 난다.

더 겁나는 건 엄니 얘기를 할 수도 말 수도 없는 건데 나도 모르게 이제 엄니는 도깨비? 악마? 마귀? 오만 정이 다 떨어져 순간 보고 싶은 마음이 싹 가셔 버렸다.

영원토록, 영원히 볼까 무섭고 무서운 마음에 고모부나 고모 일선이 형한테 뭐라고 할지보다도 말을 해주고 싶지가 않은 것이다.

'혼자나 알고 그 엄청난 사실은 가슴에 묻어버리자~~'

그로부터는 세상 그 누구에게도 왜 엄니와 새 남자 얘기는 하기 싫은 것일까? 그냥 싫다. 이유도 잘 모른다. 그냥 입을 꿰매 닫고만 싶을 뿐이다.

제3부

금마
동냥아치

식욕 잃은 나흘 길

해망동을 나와 무작정 걸어가는 일억. 여기가 어딘지 관심도 없다. 왼쪽 강을 따라 난 둑길을 걷다가 신작로 길로 걷다 낯선 산길 농밭 길 냇물 길, 지치면 자고 어두우면 또 아무 데서나 자기로 하고 무작정 걸어만 간다.

그런데 생생하게 떠오르는 엄니와 그 남자. 장바구니 같은 걸 엄니가 들었었고 남자는 뭔가를 어깨에 메고 왔는데 그보다 더 생생한 것은 엄니의 행복해 보이던 표정이다.

저 정도 표정이면 여간 기분 좋은 표정이 아니라는 걸 안다. 도대체 나와 형을 낳은 엄니라니 믿어지지도 않고 도통 내 생각이나 형 생각은 일절 안 하면서 마냥 행복하기만 한, 어찌 보면 저건 엄니가 아니고 딴 사람으로 보인다.

'뭐가 저리 좋길래 고모네로 우릴 보내고 뭐가 그리도 좋다고…'

정처 없이 걷는데 어디로 가는 건지 가야 할지 아무 생각이 없다.

머리가 통째로 다 빠져나가 넋이 나간 듯 걷는데 자신도 지금 자기가 어디로 가는 건지 모르고 논둑 밭둑길 강가길 도랑물이 흐르는 길 길 길. 자신도 모르는 채 눈물만 줄줄 흘러내린다.

훌쩍이며 걷다 보면 몇 채씩 시골 마을이 나타난다. 일부러 동네를 피하며 가는데 우는 모습을 누가 볼까 해서다.

불을 꺼 놓고 엄니가 금방 죽기라도 할 듯 소리를 질렀던 그밤 그 방 안에서 그 남자가 엄니 목을 조른 것일까? 왜 엄니는 엉엉 우는 것도 아니고 이상하게 숨을 몰아쉬다 으악 소리를 지르다 멈췄던 것인가?

그러다 금세 웃었다?

도무지 이해가 가지 않다 보니 오늘 저녁에는 진짜 그 남자가 엄니를 죽이지 않을까도 걱정되고 뭐가 뭔지 통 모를 일이다.

맑은 물이 흐르는 하천이다.

머리를 감으면 정신이 날까 하여 며칠 만인지 세수를 하고 머리를 감는다. 목에서 국수 같은 때가 밀리는데 구정물 같을 수도 있는 얼굴 닦은 물은 흐르는 물이 맑아 표시는 나지 않는다. 멀리 보이는 마을에서 저녁을 하나 굴뚝에서 연기가 난다.

이상한 건 또 다리도 아프지 않다.

초롱초롱, 눈에 어리고 머리를 꽉 채운 것은 진짜 엄마는 그 밤에 왜 불을 끄고 죽는다고 소리를 질렀는지 이게 너무 이상하고 저게 뭔 일인 가 궁금하여 배고픈 걸 잊은 것일까?

어둠이 내리깔리는데 조금 지나면 달빛으로 길이 보일 테지만 오늘 은 흐려 달빛도 묻힌 것 같다.

동네서 한참 떨어진 먼 곳.

오래된 버드나무 아래.

뭣 때문에 여기 혼자 있는지 모르지만 여기 앉아 더 깊이 생각해 보기로 하고 자란 풀들을 발로 밀어 내리깔고 앉았다.

어디로 갈지는 생각 밖으로 빠져나가 버렸다. 무엇을 먹을까도 아예 생각 밖이다. 비인이든 군산 장항 세 군데는 점점 더 마음에서 멀어 가면서 싫고 안 간다는 것만 생각하고 여기까지 왔다.

'뱀이 나와 나를 물으면 어떡하지?'

'뭐 그냥 물으면 무는 거고 물려도 아플 것 같지도 않아.'

혼자 생각하고 묻고 답하고 누가 보면 실성하였거나 떠도는 문둥이로 알고 돌을 던질까도 생각하다 만다.

눅눅하고 추워서 깨고 보니 잠이 들었었다.

꿈도 꾸었는데 뱀이 똬리를 틀고 한 다라도 넘게 뭉쳐 서로 잡아먹을 듯 입을 벌리고 흔들던 꿈인데도 별로 무섭지는 않았고 깨어 보니 잊혀진다. 어디로 가지?

다음날,

여전히 머릿속에 가득한 것은 엄니다.

이제 그만

엄니도 그 남자도 잊고 싶다.

우선 어디로 갈까? 이것 하나만 생각하기로 했다. 답은 역시 모르겠다.

그러다 보니 산은 없고 끝없이 넓은 벌판이다. 이런 걸 평야라고 부르는 걸까. 아직 일억이 본 일 없이 넓은 논과 논.

넓은 논 가운데 드문드문 열 스무 채의 마을들이 보이는데 멀다.

멀리로 가까이로 모내기를 하는 것으로 보이는 농부들이 보인다. 이제는 오르내리는 산은 없고 물이 흐르는 넓은 강도 보이지 않고 보이느니 그저 논이고 혹은 밭이다.

사람들을 만날지도 모르는 마을들은 가까이 가지 않고 돌아 가기로 했다. 그러나 어디라고 하는 내가 가는 곳이란 없다. 게다가 어려서 어디라고 한들 도시고 농촌이고 동네 이름조차 모르니까.

이상한 것은 배가 고프지 않다. 때는 점심 때가 지난 것 같은데 길가에 혹간 보이는 밭에는 봄이 늦어서인지 아직 뭔가 주워 먹을거리는 보이지 않는다.

농부들이 일을 하는 곳이 멀지 않은데 저기 가면 뭐든 얻어먹을 게 있을 것도 같은데 싫다. 오늘이 몇 날째지?

비인에서 장항까지 하루.

장항에서 군산으로 와서 세 밤.

군산에서 나와 한밤.

5일 동안 첫날은 종일 굶고. 장항서는 하루 한 끼씩 3번이고 장항 떠나 어제오늘은 한 끼도 먹지 않았는데 군산과 장항서는 고프던 배가 엄니와 그 남자의 밤을 본 후로는 배고픔이 사라져버렸다.

떠돌이 방황길

그때다.

"야, 너 어디 가니?"

깜짝 놀라 돌아보니 누군가가 뒤에서 어느새 가까이 와 말을 건다.

"예? 할아버지는 누구세요?"

얼떨결에 되묻고 말았다.

"야, 이놈아. 내가 누구라면 네가 나를 알어? 내가 네게 물었으면 네가 대답을 해야 될 거 아녀?"

지게를 진 두 사람. 자세히 보니 할아버지는 아니고 아버지보다는 좀 어른인 것 같다.

"그래, 너 어딜 가느냐구?"

"저요?"

그리고는 말이 막혔다.

"아, 어린애가 혼자서 어딜 가냐구?"

'나 어디 가는 거지?'

대답을 못 하자 이번에는

"너 어서 왔니?"

군산? 장항? 비인? 그런데 난 정말 어디서 온 거지? 어디라고 할까

생각 중인데,

"너 떠돌이냐? 너 고아야? 아니면 아직 방학은 멀었는데 학교는 안 댕겨?"

묻는 족족 대답할 말이 없다.

"아 할… 아저씨, 여기가 어디예요?"

"허, 이 녀석, 참, 황등이다. 왜? 너 여기가 어딘지도 모르니?"

"황등이 뭐예요?"

"하하하, 요놈 봐라. 그래, 황소 등어리가 황등이지, 뭐야. 하하하."

진짜 모르겠다.

"진짜 황소 등어리가 동네 이름이에요?"

"야, 이 녀석아. 내가 물었지 네가 물었어? 너 어디 가, 지금?"

'아 또 막혀 버려 딴 말을 할 수밖에 없다.'

"그럼 이쪽으로 가면 어디죠?"

"걸어갈래? 뒤로 가면 임피고 이쪽은 삼기고 저쪽은 이리 금마다, 왜?"

"이리는 어떤 동넨데요?"

"이리는 동네가 아니고 도회지야. 야 너 학교서 전주, 군산, 이리, 목포 이런 것 배우지 않았어? 도대체 너 누구냐?"

"저요, 일억이라 하거든요."

"일억이라니, 네가 돈이냐?"

"돈이 아니고 이름이 일억이라고요, 박일억."

"그래, 어디 살고, 어디 가는데?"

현재 금마다리에서

왜 자꾸 말을 거는 걸까. 순간,

"아저씨, 안녕히 가세요~~"

하고 줄행랑 달아나기 시작했다.

또 밤이다.

어디래도 모르고 어디 간다고도 못하고 밥 달라고 하기도 싫고.

마침내 전신에 밀려오는 죽어버리고 싶은 생각.

아저씨를 떨쳐내고 내달리다 보니 어디로 뛴 건지, 그리고 또 얼마인지 무작정 걷고 오래 걸어오자 커다란 저수지가 나온다. 바다는 알지만 바다가 아닌 육지에도 바다만 한 저수지가 있다는 건 몰랐는데 분명 바다는 아니고 저수지는 저수지다.

저수지

이 저수지가 무슨 저수지인지 묻기도 싫어 한 바퀴 돌다 보니 시멘트 비석에 "축산저수지"라는 글씨가 보인다.

저수지 가.

어디 갈 곳도 없고 얻어먹지도 못하겠고 사람을 만나면 싫고 혼자 있자니 슬프고. 결론은 이제 어떻게 죽을까 하는 생각 하나에만 빠져든다.

그런데 이때다.

저수지 가로 팥죽색보다 연한 뱀 한 마리가 지나가자 그 뒤를 따라 작은 뱀 열 스무 마리가 또 지나가는데 똬리를 튼 듯 많은 뱀이 왼쪽 풀숲 쪽으로 들어간다.

살금살금 다가가 보니 개구리를 잡아 삼키는 놈도 있고 절반은 보이고 안 보이는 놈도 보이는 순간, 아차 간밤 꿈에서 본 그 뱀들이다.

죽으려면 저 물에 빠지면 죽을 건데 뱀을 보니 오만 정이 다 떨어져 순간 무서운 생각에 아까 지나온 둑가 저수지 돌비가 있는 쪽으로 가서 거기서 자든 살든 죽든 이런 생각이다.

돌비에 몸을 기대고 어두워지는 하늘을 본다. 어느새 별이 총총하다.

'저 별은 엄마별, 저 별은 아빠별.'

일선이 형 별은?

지금 뭘 할까? 잘까?

돌아가면 그냥 밥은 굶지 않겠지만 학교는 형만 보낸다며 올 한 해 더 쉬라고 한 고모부가 반길 것 같지도 않은데 몸이 휘청 넘어가 떠보니 깜빡 잠이 들었다 깬 것이다.

사방은 깜깜하게 어둡다.

저수지는 아주 진한 검은색이라 땅인지 물인지 분간도 안 가는데 순간 장어에 미꾸라지를 떠올리다 문득 물귀신? 이무기?

으스스하고 무서워 다른 데로 가려고 하자 길이 잘 안 보인다.

밤길을 가면 누가 말을 걸지 않아 좋기는 할 것 같은데 첫째 목적지가 어디라는 게 없어 야밤에 무작정 어디로 간다는 건 만약 산이라면 호랑이가 무섭겠지만 허허벌판이다 보니 이번에는 외로움이 더 무섭다.

순간, 참 아까 죽고 싶었던 건 또 어쩌지? 그러나 말이 쉽지 죽으려 한다고 죽어지지도 않을 것이고 죽을 방법도 모르겠다. 사실 세상에서 죽는 게 가장 무서운 일억이다.

'살기는 살아야 하겠는데 어디로 가서 무엇을 하고 살까?'

일선이 형 없고 고모부 없고 아버지 없는 세상은 살 것 같은데 딱 한 사람. 엄니 없는 세상이라면 살기가 싫은 것은 감당이 안 된다.

"엄니… 흑흑 엄니 엄니 엄니~~"

소리라도 지르고 싶은데 눈물은 흘러도 그렇게 부르고 달려갈 엄니를 그 남자가 뺏아가 버렸다.

그렇다고 누구한테 엄니를 뺏겼다고 이를 수도 없고, 경찰서를 찾아가 엄니를 찾아 달라 해서 될 일도 아닌 것 같고, 엄니 찾는다고 만일 경찰서를 갔다가는 너 이놈 왜 집을 나와 떠도느냐고 오히려 잡아넣고 대라 하면 다시 비인으로 보낼까도 겁나고.

다시 또 기대고 앉았다. 물귀신이 등 뒤로 올라와 잡아가면 가는 거고. 이무기고 호랑이도 무섭지도 않아졌고 주체를 못 하게 흐르는 엄니가 보고 싶은 서러움에 흐느끼다 자신도 모르게 엉엉 울었다.

듣던 작가가 말을 끊고 물었다.

"아니 박 회장님! 비인에서 꼭 나오지 않아도 될 것 같은데 왜 나와서 이 고생을 하시는 겁니까?"

"아녜요. 비인에서 나올 수밖에 없는 이유가 있어요."

"일선이 형은 알아요?"

"말을 안 해서 일선이 형도 그때 내가 왜 비인에서 나왔는지 몰라요."

"그럼 지금은 압니까?"

"60년이 넘은 지금도 형은 모릅니다."

"그 참 나는 들어서 아는데…"

"책을 내자니까 작가님께는 말을 안 할 수가 없어서 처음 한 말입니다."

비인에서 나온 이유가 있다.

머슴 육손이와 같은 사랑방에서 잠을 자는데 일억은 아직 어려 잠도 많지만 일이 고단하여 잠에 떨어진다. 그러면 육손이가 못된 짓을 하더라는 말 못 할 이야기다.

이 책을 청소년도 보고, 특히 노년으로 접어드는 어른이 내는 책이기 때문에 노골적으로 쓰지 못하나 이쯤으로도 알아들을 수 있는 바,

노총각으로 나이가 들어가는 육손이는 일억의 옷을 벗기고 오만 못된 짓을 저지르니 이걸 누구한테 말할 수도 없어 견디지를 못해 밤에 집을 나왔다는 것이다. 게다가 어머니도 보고 싶은 마음에 새벽 일찍 고모 집을 나온 것이 떠돌이가 된 진짜 이유라 한다.

도망 이유

첫째는 아버지 없는 일억.

둘째는 내연남으로 비인 고모네로 보낸 어머니의 판단 잘못.

셋째는 해망동에서 받은 충격.

넷째는 머슴 육손이에게 당한 괴롭힘.

지금은 정처 없이 떠도는 떠돌이 소년이 되어 축산저수지 시멘트벽에서 한없이 운다.

밤새 울었다.

그러다 잠이 든 모양인데 자면서도 깨면서도 울었는지 그쳤는지 순간 날이 밝아와 눈이 부셔 떠 보니 가까이 웅성거리는 사람들의 목소리가 들린다.

"자세히 잘 말해 봐요. 뭔 소리였다고?"

"글세, 귀신 소리는 아니고 분명 여잔지 남잔지 우는 소리가 들렸다고유."

"아니 집에서까지 들은 거여?"

"야, 우리 집은 저수지에서는 첫 집이잖아요? 밤에 무서워서 꼬박 샜어요, 이장님."

맞다. 너무 울었는지 날이 새자 우는 소리를 들은 동네 사람들이 몰려오는 낌새다.

재빨리 자리를 떠 우거진 수풀 속에 몸을 숨겼다.

하나는 여자, 둘은 남자, 세 사람이 저수지 둑 아래로 오더니 둑 위로도 올라간 다음 죽 훑어 둘러보고,

"귀신은 아닌 게 분명하고 사람도 아닌 것 같으니 내려들 가자구유."

"아녀유, 분명 사람 같았어유. 아마 몽달귀신 애 죽은 귀신이거나 여자 아니면 어린애 울음소리가 밤새 들렸다니까요?"

"아녀, 임피 댁이 요즘 허해서 헛소리를 들은 거 같어, 내려 가자구유."

"보신을 좀 해야 될 거 같은디, 하하하."

이렇게 보낸 밤이 다시 네 번.

그렇게 헤매고 헤매다 온 곳.

여기는 당시의 익산군 금마면, 지금의 이리시 금마면.

나흘 만이다.

악이 바쳐도 표도 못 내고 끓어오르는 엄니에 대한 그리움과 미움 그리고 슬픔은 가슴을 뽀개는 것처럼 아프고.

배고픈 것도 슬프고 외로움에 묻혀 먹는 것도 잊고 나흘째다.

그런데 갑자기 배가 끊어질 듯 아파 움직이기도 힘들게 한다. 구부려 보니 허리가 안 펴져 몸은 절뚝거려진다. 그런 몸으로 힘들여 어딘가 절뚝이며 와보니 장항만큼이나 큰 시장이 있다.

그동안 먹은 것은 물밖에 없다.

육손이의 말처럼 물도 기운이 나게 하여 어떨 땐 냇물을 한 동이는 마시기를 여러 번, 오직 물뿐이었는데 그래도 괜찮더니만 지금 창자가 끊어질 듯 견디지 못하게 배가 고픈 건지 아픈 건지.

그런데 마침 저기 찐빵 가게에서 빵 냄새가 여기까지 난다.

장날인가 보다.

사람이 많고 시장 안에는 산처럼 쌓인 게 전부 물건들.

신발 가게, 이불 가게, 옷가게, 잡화 가게. 그러나 눈에 들어오는 것은 찐빵뿐이다.

사람들 속으로 두 번을 지나고 또 지나 세 번째, 다시 지나가는데 마침 빵 가게 주인이 안으로 들어간다.

순간 재빠르게 찐빵을 두 손 가득 다섯 개를 훔쳐 사람들 속으로 달아나기 시작했다.

운 좋게 빵으로 배를 채울 기회가 왔다. 그런데 그때 주인인지 장꾼인지 뒤에서 소리를 친다.

"야, 이 도둑 놈, 게 섰거라, 이놈~"

뒤를 돌아보니 큰 키의 중년(50세?) 남자가 사람들을 밀치고 쫓아오고 뒤따라 일억 또래 두 명도 같이 쫓아오고 있다.

'달아나는 데야 내가 1등이지?'

자신하고 힘껏 달리는데 찐빵 한 개가 떨어진다.

그들을 멀리 떨쳐냈다 했더니 어? 어찌 된 영문일까. 사람인지 귀신인지 어느새 앞을 막아선다.

"야, 이놈아. 내 너를 놓칠 줄 아느냐? 야, 하하. 이 시장에서 나한테 걸리면 도망쳐 나간 놈, 아무도 없어."

순간 그를 피해 급한 참에 왼쪽 골목으로 달리다 보니 아차 짧은 막다른 골목이다.

"하하, 독 안에 든 쥐새끼로구나, 이놈."

잡히고 말았다.

잡히자마자 오른손 주먹으로 왼 볼을 후려친다. 얼마나 힘이 세고 아픈지 단방에, 찐빵은 골목에 뒹굴고 일억은 쓰러지고 말았다.

일으켜 세우더니 이번에는 발로 아랫배를 걷어차 또 쓰러지고 말았다.

"너 지금 당장 죽을래? 내가 너 같은 놈 한둘 본지 아니?"

다시 또 일으켜 세우고 맞으면 이번에는 진짜 죽일 것 같다. 코피가 터졌다. 고프던 배는 아픔으로 바뀌어 먹을 생각은 깨끗이 없어지고 이젠 죽느냐 사느냐만 남았다.

멱살을 움켜잡고,

"야, 이 도둑놈아. 너, 또 도망갈래 아니면 당장 감옥에 가고 싶어? 아 아 아니다, 너 내 말대로 하고 살래? 아니면 죽을래?"

"예, 살려 주세요."

"뭐 살려? 아니 내가 도망갈 거냐고 물었지 살 거냐고 물었어?"

"말 잘 듣고 살 거냐고 하셨잖아요?"

"허 요놈 똑똑하네. 그래 살려면 어떻다고?"

"말을 잘 들으면 된다 하셨잖아요."

"그렇다. 역시 똘망하구나. 그래, 내 말을 듣겠다?"

"예, 꼭 들을게요. 살려 주세요."

"살려만 줘? 취직은 안 하고? 그럼 도망갈 생각 꿈도 꾸지 말고 내가 앞장서면 순순히 졸졸 내 뒤를 따라 올 테냐?"

"예예, 진짜 도망가지 않고 따라갈게요."

"뭐 그건 네 맘대로다. 내가 앞설 테니 도망을 치든 따라오든 네 맘대로 해. 단 두 가지는 확실하게 말해 줄 테니까."

"뭔데요?"

"첫째, 도망가 봤자 반드시 잡힌다는 것. 둘째, 따라오면 먹여는 준다는 것. 그리고 먹고살 일도 가르쳐 준다는 것."

"진짜요? 취직도요?"

"그래. 그러니 그건 네가 판단해라. 곧 알게 될 거니까."

"예 따라가 말을 잘 듣겠습니다."

"아참, 하나 더. 너 도망가면 이번에는 도둑질했다 이르고 널 잡아다 경찰서로 보낸다는 것도 있다."

"예예."

"야, 석아. 네가 이놈을 잘 데리고 와."

석이는 또래다. 따라가며 살짝 말을 걸었다.

"네가 석이니?"

"응."

"저분이 누구니?"

"응. 우리를 먹이고 재우는 금마왕초야."

"금마왕초?"

"뭐 남들은 그냥 동냥아치 왕초라고 부르는데 금마에서는 동냥아치 들의 왕초다 그거지."

"아."

"말만 잘 들으면 무서운 분이 아니고 말을 안 들으면 무서운데 가 보면 알겠지만 우리를 잘 챙기시는 좋은 분이야."

첫 직장? 첫 취직?

천만다행,

석이도 그렇고 둘 다 같은 또래 나이다. 왕초는 가끔 뒤를 돌아본다. 일억이 또 도망치나 돌아보나 본데 일억은 도망칠 생각이 없다.

도망간들 어디 갈 데도 없다.

바라고 원하는 건 어쩌면 곧 밥을 먹게 될지도 모른다는 기대다.

"야 이거 먹어."

넘어질 때 뒹군 찐빵 중 하나를 툭툭 털고 불더니

"이 정도면 먹어도 괜찮아."

"왕초한테 혼나지 않을까?"

"무서운 것은 최고고 먹이는 데도 최고서."

위기 모면이다.

며칠 만에, 그것도 또래 석이하고 닫혔던 입을 여니 주먹에 맞은 아픔은 가시고 석이와 왕초 뒤를 따라가며 게 눈 감추듯 찐빵 하나를 먹고 말도 하니 그렇게도 아팠던 엄니로 인한 통증까지 어디로 갔나 삭 치료된 모양이다.

게다가 이제 하라는 대로 하기만 하면 먹여 주고 재워 주고 또 뭔지는 모르지만 일도 시켜준다니까. 이게 웬 횡재지? 경찰서로 보내지도 않는다 했고.

"그런데 하는 일이 뭐야?"

"먹고사는 방법. 그걸 배워서 그대로 하는 건데 동냥이라고 해."

"동냥? 동냥이 뭐야?"

넷은 시장을 벗어나 꽤나 먼 시골길로 접어들고 일억은 그를 따라가고 있다.

1차 늪지대

드디어 한참을 더 걸어 시멘트 다리 위 그리고 다리 밑. 갑바(천막)를 친 움막에 왔다. 다리 위아래. 덩그러니, 주변에는 집이 없다.

아주 멀리 산이 보인다. 집은 높진 않지만 그래도 튼튼한 콘크리트 다리 위에 아래에 외따로 있다. 다리 위 갑바(천막 천이름) 움막, 좀 크다. 다리 아래에도 보니 또 갑바 움막 여기도 작지 않다.

"석아! 여기서 사는 거니? 나도?"

"응. 여기가 세상 편해."

"다리 위야 아래야?"

"맘대로. 비가 안 오면 위아래 맘대로 자고 장마가 지면 아래는 걷고 위에서 자고."

"…"

"왕초는 따로 자고 우리는 다 같이 자는 거고 밥은 전체가 같이 모여 먹고. 빨래하기 하나는 그만이야. 물이 얼마나 깨끗한지 그냥 저 물로 밥도 짓고 마시고 그래."

분명 사람이 사는 집은 집인데 초라하지만 일억은 며칠을 추녀 밑 나무 밑 풀밭, 벽도 지붕도 없는 곳에서 잤던 것에 비하면 여기는 기와집 같다는 생각에 만족스럽다.

'맞아. 말만 잘 들으면 여기가 천국이 될 수도 있을 거야.'

"걱정 마. 나 여기서 2년인데 우리 집보다 훨씬 좋아. 집 안 나왔으면 나 이렇게 배불리 먹지도 못했을 거고."

널어둔 이불도 보이고 누더기 같은 옷도 있고 그릇도 뒹구는데, 밖에는 솥단지도 걸려 있고, 타다가 만 나무도 보이고, 제법 큰 개 한 마리가 짖지도 않고 꼬리를 흔들어 댄다. 일억은 이런 집 처음 본다.

집 같기도 하고 집이 아닌 것도 같고, 보니 장항, 비인, 군산, 벌판…. 왕초 말만 잘 들으면 석이 말처럼 난 이제 이 괴로운 배고픔에서 벗어날 거라는 생각에 뿌듯하다.

"석이야! 너 쟤 밥부터 줘라. 많이 줘."

"예~ 이리 와. 여기가 바로 네가 일하고 먹고 자고 살 곳이고 직장이다."

직장? 아니 집도 아니고 회사도 아니고 직장이 여기다? 이건 무슨 말인지 모르겠는데,

"여기서 먹고 자?"

"그렇지. 왜 맘에 안 드니?"

"아아, 아니."

왕초가 끼어든다.

"야, 이놈아. 너 무얼 먹고 어디서 잤는지 내가 모르는 것 같니? 다 알아. 너 어제 어디서 잤어?"

'어디더라…?'

"말 안 해도 안다. 너 나무 밑에서 자고 풀숲에서 잤지? 척 보면 알지.

그걸 내가 물어서 알겠니?"

"어떻게 아세요?"

"내 너 같은 놈들 취직시켜 백 명은 먹여 살렸는데 모르겠니? 묻지 않을 테니 대답할 것도 없어."

대단히 예리한 눈과 빨랐던 동작과 깨버릴 듯 아팠던 주먹의 왕초.

"그런데 네 눈에는 어떻게 보이나 모르지만 여기도 사람 사는 곳이고 식구들은 너까지 이제 열다섯이다."

"열다섯이나요?"

"그래. 지금 다들 나가고 몇 안 되는데, 좀 있으면 들어올 거다. 모두 가족이고 친구고 형제 간이다. 싸우면 둘 다 패 죽일 테니 절대 싸울 생각은 말고 서로 돕고 의지하면서 이게 직장으로 알고 직장생활에 충실하도록. 알았어?"

"예."

싸우다니 말도 안 된다. 때리고 맞지만 않으면 천당이지 누굴 때릴 일억도 아니고.

또 뭔지 아직은 잘 모르지만 당장 먹고 자고 누워 편하게 살 수 있고 일도 시켜준다니까 이건 호박이 넝쿨째로 구른 격이다.

"아, 참. 네 고향은 어디고 부모는 누구고 나이는 몇 살이고 그런 건 묻지도 않겠지만 만일 누가 물어도 대답하지 마라. 나도 네가 말하면 모를까, 안 물을 거다. 단 하나 네 이름만 말해. 없다면 내가 지어줄 거니까. 네 이름은 뭐니?"

"일억이에요. 박일억."

"몇 살?"

"열셋이요."

"열셋? 알았고 그런데 왜 이름이 일억이냐?"

다들 이걸 물으니 왜라고 하기 편치 않지만 원 이름 길림이를 아버지가 새로 바꿔주신 거라 일억은 일억이 이름이다.

"그런데 여기도 형 동생은 있어. 그러나 한 살 위아래는 그냥 친구고 이름 부르고 반말해도 되지만 네 살 차이가 나거든 깍듯이 형이라 해야 한다. 그리고 일만 잘하면 잘 먹고 잘살 수 있어. 세상에 여기가 가장 부잣집이고 최고 좋은 직장이라고 해도 된다."

암만 봐도 부잣집은 아니다. 탑생이 고모네는 기와집이고 터도 넓고 뒷산도 고모네 건데 여기가 부잣집이라는 건 아닌 것 같지만 생각해 볼 것도 없이 육손이도 없는 여기가 고모네보다 맘이 더 편할 것 같다.

"부자가 뭐니? 땅 부자? 있으면 땅을 먹니? 집 부자? 기와집이 밥은 아니잖니?"

이 무슨 소린지 모르지만 알아는 듣겠다. 그렇다고 자세하게 묻고 싶지는 않다. 그냥 맘은 편하겠다는 생각만 든다.

"이삼일에 한 번씩 고기에 쌀밥 떡에 과자 부침개 하여간 여기가 부자 중에 상부자 집이여."

무슨 말인지? 묻지는 않는다.

인사해라

어두워지자 식구들이 다 모였다.

"다들 인사해라. 새로 온 일억이다. 너 인사부터 하고 밥 먹어."

인사? 뭐라고 하는 거지?

"야, 이놈이 그냥 안녕하세요? 박일억입니다. 잘 부탁합니다. 이러면 그게 인사지 뭐 다른 게 있어?"

"아, 예예. 안녕하세요? 박일억입니다. 잘 부탁합니다."

다들 잠깐 듣고 벌어 온 밥을 먹자 하더니만

"우리는 이제 열다섯 식구가 됐다. 내 안사람 너희 아주머니하고 내 딸, 그리고 오늘 일억이가 들어왔으니 열둘에 내 식구 셋, 열다섯 식구 맞지?"

아련한 첫 국민학교 입학하던 날 교장 선생님 말씀 같다.

밥은 충분하다. 반찬도 여러 가지고 맛있다.

"일억이는 내일부터 밥벌이를 하도록 실습을 나간다. 또래니까 석이하고 명재 둘이 같이 데리고 가라. 세상 사람들이 동냥아치라 부르지만 이제 일억이도 그렇게들 부를 건데 이건 절대로 나쁜 이름이 아니다. 세상에서 제일 맘 편하고 몸 편하고 배부르고 만고 땡, 이보다 좋은 직장 취직 못 한다는 것 다 알지?"

"예~~~ 잘 압니다~"

모두가 합창하듯 하지만 일억은 어리둥절하다.

취업 신고

저녁을 먹고 나자,

"자, 지금부터 일억이 교육을 시작한다."

순간 큰 소리로 시범을 보이란다.

"동냥 좀 주세요, 예~~~!!! 따라 해."

그러더니

"일억이 너는 왜 공부를 안 하니?"

무슨? 이게 공부? 순간 아하 이게 먹고사는 실습 공부 맞게 들린다.

"동냥 좀 주세요. 예~~~!!!"

하니

"아 그만그만, 야, 이놈아. 그래서야 누가 알아나 듣겠니? 소리를 더 질러 더!"

"동냥 좀 주세요, 예~~~!!!"

또 하니,

"안 되겠다. 석이야 네가 가르쳐라. 안 하면 삭 패. 먹고 사는 것이 쉽냐? 장난 아니잖아?"

마침내 악을 쓰고 소리 지르는 밥벌이 공부가 시작되었다.

"모기 소리만 하다 나아는 졌는데 그래도 부족하다 밤을 새워서라도 목청을 높이고 어디 가나 귀가 터지게 큰 소리를 내게 연습을 백 번 시켜라.”

“일억아. 이건 그냥 연습이야. 내일부터는 숟가락으로 깡통 두드리는 것도 배워야 해. 그것도 처음엔 잘 안 돼. 사람 눈치 보면 너나 나 우린 다 굶어 죽어. 소리치고 깡통치고 어떨 땐 노래도 부른다. 넌 모르지?”

동냥 다닐 동네는 꽤나 멀다.

첫 출근?

날이 새자 깡통을 받았다. 두 뼘은 될 듯 깊어 제법 큰 깡통. 석이가 따 다다다 딱 두드리면서 해보라 한다. 이 소리가 나를 먹여 준다?

논밭을 지나 한참을 걸어 나와 여남은 채가 사는 마을 입구에 들어서면서 일단 석이와 명재가 깡통 반주에 맞춰 동냥아치 노래 각설이 타령 한 판을 불러재긴다.

“얼씨구씨구 들어간다 아~ 절 씨구씨구 들어간다~ 작년에 왔던 각설이, 죽지도 않고 또 왔네~”

들어보니 신명이 나는 노래다.

두세 번을 부르더니 깡통 소리를 줄이며 마치는데 보니 뭐지? 완전 신바람이 났고 흥에 겨워 싱글벙글,

“일억아, 너도 빨리 배워야 할 동냥아치 주제가란다.”

“각설이가 뭐야?”

“어 각설이… 그냥 동냥아치라는 뜻이야.”

"참 동냥아치는 뭔데?"

"동 자는 빼고 양아치라고도 하는데 동냥은 밥이나 반찬을 나눠 달래 해 받는 거고 아치는 그래도 높은 벼슬 이름이다, 너."

"아치?"

"옛날에 대궐 벼슬이 높은 정승 판서를 벼슬아치라고 불렀거든, 그러니 우리도 아치니까 높다면 높은 동냥아치. 멋지지?"

일억이 따라 웃는다. 벼슬아치가 아닌 동냥아치.

쑥스럽고 멸시받고 천해서 창피한 게 맞는데 그러면 배고프고 굶어 죽으니 용기를 내서, 그것도 기죽지 않고, 남이야 무시할망정 살기 위한 밥벌이 수단이니까 남 의식하고 눈치 볼 이유가 없다는 생각에 힘이 솟는다.

"너도 해봐. 재미나."

불끈 힘을 내 무조건 질러 대 본다.

"얼 씨구씨구 들어간다, 절 씨구씨구 들어간다… 뭐지?"

"야야 작년에 왔던 각설이… 죽지도 않고 또 왔네. 뭐가 어려워?"

동네가 다 알아들었을 거란다. 그러면 아침밥을 먹을 때 자기 집에도 올 거라 알리는 예고라 한다. 집 앞에 오자 이번에는 각설이 타령이 아니다.

"동냥 좀 주세요~ 예~~~!!~"

충분히 알아들었을 일이다.

"에구, 이것들. 이번에는 오랜만에 왔네. 엣다, 받어."

"고맙습니다."

"도적질하면 안 된댔지? 그러지 말라고 주는 거야. 에구, 참."

"예."

"얜 또 누구니?

"…"

"새로 왔구나. 쯧쯧, 빨리 돈 벌어서 좋은 일 하고 살아야지. 이런 짓 오래 하면 못쓴다."

다행이다. 박절하게.

"없다. 다음 파수에나 와 보던지. 가물어서 농사도 잘 안 되고 우리 먹을 것도 모자란다."

이러는 집도 있고. 어떤 집은 가보니 부부가 소리를 지르고 싸우고 애들은 운다.

"내 깡통에는 밥을 받을 테니 네 깡통에는 죽이나 반찬을 담고, 명재 는 곡식을 담아. 뭐 섞어 담아도 되지만."

마을 장날 기준 보통 한 동네는 닷새에 한 번씩 돈다는데 중간에 꽃 잠집이 생기면 그날 그 동네는 건너뛰고 다음 파수(장날 한 번 기간/닷새) 로 건너뛰어 열흘 만에 혹은 두파수에 한 번 간다는 설명이다.

"꽃잠? 꽃잠집이 뭐야?"

"아 꽃잠은…"

"시집장가가는 결혼식을 꽃잠이라 불러."

"왜 꽃잠이야?"

"야, 너 그것도 못 알아듣니? 꿀잠은 알아?"

"꿀잠? 단잠은 아는데?"

"꽃잠은 꽃 속에서 자는 잠~ 알아들어?"

알아들었다.

새 각시가 꽃이고 품고 자거나 품겨 자면 꽃 속에서 자는 거니까 꽃 속에서 잔다고 꽃잠? 이 정도로는 짐작이 간다.

한 집 두 집 다니다 보니 깡통이 찬다.

"오늘은 많이 받았네. 맨날 이렇지는 않은데."

"텅텅 비는 날도 있어. 겨우 반 통만 차는 날도 있고"

"그럼 어떡해?"

"뭘 어떡해. 적게 먹고 적게 싸는 거지, 수가 있어?"

"그런데 아까 그 꽃잠 있잖아?"

"그래, 꽃잠 뭐?"

"시집 장가가는 신랑 신부가 자는 게 꽃잠이라면 그때부턴 평생 꽃잠이야? 그리고 꽃잠 자면 뭔데?"

"하하, 너 그건 우리 왕초한테 들어봐야 제대로 아는 거다…"

꽃잠은 갓 결혼해 신혼 때를 말하는 거고, 신혼 꽃잠 자면 아기가 생겨서 엄마 아빠가 되는 거란다. 안다. 학교에서 배운 것도 같고 신랑 신부가 아기를 낳는다는 것 알기는 안다.

동냥을 마치자 해가 솟았다. 아직 식전이라 어서 움막으로 가서 몇 마을에서 여럿이 얻어온 음식으로 아침을 먹어야 한다. 중간쯤. 움막이 멀지 않은 농로를 가면서 일억이 궁금증이 생겨 물었다.

"꽃잠 집은 언제 어디서야?"

"그냥 쫌집 하면 세 가지다. 첫째는 꽃잠 집, 둘째는 환갑잔치를 하는 집을 하마루, 셋째는 사람이 죽어 장사를 지내는 집을 깨진 잠집, 알아 둬야 한다. 신나는 날이거든."

명재도 거든다.

"말고도 또 있어. 돌잔치 생일잔치 산소에서 드리는 시향, 집에서 지내는 제삿집."

"명재, 넌 얼마 안 됐다며 그날이 언젠지도 알어?"

"아니 우리 왕초가 다 알려줘. 어느 동네 며칟날 어디로 가면 쫌 집이 있다고."

"쫌 집 걸리는 날에는 근사하다. 아주 괜찮어. 고기도 주고 떡에, 과일에, 과자에 하여간 밥도 쌀밥이고 반찬도 아주 맛있어."

"야, 국수 나올 때도 있잖아?"

"그래도 고기는 꼭 있어. 돼지고기에 소 닭고기."

제4부

다리 밑
동냥살이

꽃잠 집

돌아 돌아 짬 집을 기대하던 어느 날 꽃잠 집을 왔다.

짬 집이 있어도 서너 팀이 교대로 다니고 판판이 가지는 않지만 짬 날은 넷이나 다섯 둘로 나누지 않고 다 같이 가라고 한다.

장가가는 신랑 집은 반짬 집이다. 혼례는 주로 신부 집에서 하기 때문에 시집을 보내는 딸네 집이 걸려야 음식도 푸짐하고 손님도 많고 볼 것도 먹을 것도 많다.

장가가는 신랑 집은…

신랑은 노새나 나귀를 타고 사모관대를 입고 앞서고, 신부는 꽃으로 꾸민 예쁜 가마를 타고 고운 한복을 입고 동네로 들어오지만 시집 보내는 신부 댁 잔치는 규모가 훨씬 크다.

잔치는 하루 종일이고 신랑은 신부네 집에서 첫날밤 꽃잠을 잔다. 어두워지면 동네 청년들이 신랑을 옆 사랑방으로 불러 신랑을 달아 본다는 잔치놀음도 있을 정도로 이틀 사흘까지 계속되기 때문에 동냥아치들까지 횡재하는 때이기도 했다.

특히 경사가 있는 날이면 인심도 후했다.

"엣다. 너들도 많이 먹어라."

하고 퍼주면

"저것도 좀 뚝 떼 줘."

하고 고깃덩어리도 잘라주기도 한다.

깨진 잠 집에 가면 같이 울기라도 하는 듯 숙연해야 한다. 금마왕초
는 깨진 잠 집에서는 각설이 타령을 하면 절대 안 되고, 혹 젊은 사람이
죽어 장사를 치를 경우 상주들 못지않게 같이 슬퍼하는 것이 중요하다
고 가르쳐 보낸다.

가장 신바람 동냥천국은 하마루(환갑) 집에 가는 날이다. 하마루란 환
갑잔치를 이르는 말인데 환갑 진갑 방정맞게 말하지 않고 하마루(下馬
樓)라고 불렀는데 뜻은 뭔지 아직 일억도 몰라 그냥 하마루다. 하마루?

"네가 물어보던지 난 몰라."

석이의 말에 어느 날,

"왕초 어른~ 우리는 왜 환갑을 하마루라 그래요?"

일억이 물어보니,

"내가 지은 게 아니고 나도 어른들이 해줘서 들은 건데 환갑은… 하
마루는 시쳇말로 이를 아주 높이는 말이다. 우리 같은 동냥아치가 여늬
사람처럼 환갑이라 하면 그 좋은 날에 우릴 챙겨 주겠니? 아주 극진히
높여 드리면 더 후하게 줄 거 아니야?"

그러면서 하마루는 한문이라 모르겠지만 말에서 내려 겸손하게 지나
가는 집이라는 뜻이라 했다(下馬+樓=還甲).

"물론 나도 이건 정확하게 모른다. 다만 머리를 빳빳이 들고 지나지
말고 고개를 숙이고, 말을 탈 일이야 없지만 사모관대 다 풀고 어르신

앞이니까 존경의 의미로 공손히 절을 하며 지나가라는 뜻의 환갑 예로 쓸 뿐이다."

그러더니,

임진왜란 때 금산 전투에서 죽은 영규대사 사(死) 터는 누구든 말에서 내려 천천히 존경과 예를 갖추지 않고 지나가면 화를 당한다는 데서 나온 말이라면서도 대충 그리 알라 하였다.

드디어 말로만 듣다 어렵게 만난 하마루집 마을에 왔다.

어디서 온 사람인지 동네가 장터같이 붐빈다.

기와집 안채 바깥사랑채 안마당 바깥마당,

"전에 금마 현감 하셨던 부잣집이래."

명창들의 멋들어지고 구성진 노래가 동네방네 흥을 돋군다.

"야, 우리도 한 판 때리자."

하마루 때는 경삿날이니까 대표선수 왕초가 직접 동참해 모두를 몰고 같이 와서는 큰판을 벌린다. 왕초의 노래는 보통 잘하는 노래가 아니라 소문이 자자하단다. 동네방네 모두 다 나와 구경을 한다.

이날도 동냥아치 가족이 거의 다 왔다. 각설이 타령 최고수 왕초까지 온 것이다. 왕초는 목청을 높인다. 싱글레 벙글레 멋들어지기도 하여 일억은 그만 넋이 나갔다.

1. 일 자나 한 장을 들고나 보니
   일편단심 먹은 마음 죽으면 죽었지 못 잊겠네
2. 둘에 이 자나 들고나 보니
   수중 백로 백구 떼가 벌을 찾아서 날아든다
3. 삼 자나 한 장을 들고나 보니
   삼월이라 삼짇날에 제비 한 쌍이 날아든다
4. 넷에 사 자나 들고나 보니
   사월이라 초파일에 관등불도 밝혔구나
5. 다섯에 오 자나 들고나 보니
   오월이라 단옷날에 처녀 총각 한 데 모아
   추천 놀이가 좋을 씨고
   어허 품바가 잘도 헌다
   어허 품바가 잘도 헌다

이때다.

기생인지 명창들인지 소리꾼들인지…

저들은 분명 하마루 댁에서 불러 특별초청된 가창자로 온 게 분명한데 호기심 어린 눈을 뜨고 동냥아치 공연을 본다고 우르르 나와 버리는 바람에 완전 각설이 판이 되었다.

"와, 언니. 저 노래 가사 좀 들어봐, 재밌어."

"글세, 우리 전통 민요에는 저런 건 없거든."

줄 달아 이어진다.

6. 여섯에 육 자나 들고나 보니
   유월이라 유두날에 탁주 놀이가 좋을 씨고

7. 칠 자나 한 장을 들고나 보니
   칠월이라 칠석날에 견우 직녀가 좋을 씨고

8. 여덟에 팔 자나 들고나 보니
   팔월이라 한가위에 보름달이 좋을 씨고

9. 구 자나 한 장을 들고나 보니
   구월이라 구일 날에 국화주가 좋을 씨고

10. 남았네 남았네 십 자 한 장이 남았구나
    십 리 백 리 가는 길에
    정든 님을 만났구나
    어허 품바가 잘도 헌다
    어허 품바가 잘도 헌다

하마루 어른

드디어 하마루 어른께서 납시셨다.

"아니 잔치에 온 명창들이 지금 노랫가락을 뚝 끊고 여기서 뭣들 하 능겨?"

그러나 노하신 것 같지는 않고 관심이 많은 듯 동냥아치 각설이 타령 을 보며 빙긋이 웃다 껄껄 웃는다.

"아 네, 네, 네… 곧 들어갈 테니까 쟤들이나 쫓으세요."

"그려?"

하더니만,

"야, 이놈들아. 어서 썩 꺼져~~"

하다 말고,

"아니다, 한 마당만 더 쳐 보거라."

재청이 나온 셈.

왕초의 선창에 현창이와 동냥아치네 식구들은 기가 솟았다.

얼씨구 씨구 들어간다 절씨구 씨구 들어간다
작년에 왔던 각설이가 죽지도 않고 또 왔네
요놈의 소리가 요래도오 천양을 주고 배운 소리
한 푼 벌기가 땀이 난다 품 품 품바가 잘이한다

네 선생이 누군지 남보다도 잘이한다

논어 맹자 읽었는지 대문대문 잘이한다

냉수동이나 먹었는지 시원시원이 잘이한다

뜨물통이나 먹었는지 걸직걸직 잘이한다

기름통이나 먹었는지 미끈미끈 잘이한다

밥은 바빠서 못 먹고 죽은 죽어서 못 먹고 술은 수리수리 잘 넘어간다

저리시구 이리시구 잘이한다 품바 품바나 잘이한다

앉은 고리는 등고리 선 고리는 문고리

뛰는 고리는 개구리 나는 고리는 꾀꼬리

입는 고리는 저고리 품바 품바 잘이한다

한 발 가진 깍귀 두 발 가진 까마귀 세 발 가진 통노귀 네 발 가진 당나귀

저리시구 이리시구 잘이한다 품바 품바나 잘이한다

하마루 어른이 명한다.

"쟤네들 말이야. 깡통 치우고 큰 다라 서너 개 가져와라. 잔뜩 담아 보내게."

일억이 난생처음으로 별별 맛있는 밥상에 앉았다.

이런 날이 올 줄 몰랐다. 비인 탑생이고 장항 신창동 어디서도 이렇게 골고루 맛있는 건 처음이다.

"너 언제 현창이 형제 따라가거든 각설이 타령 잘 배워둬. 우리는 몇 번 배우려고 해도 머리도 나쁘고 곡조가 안 돼서 포기했거든. 너는 지금부터 잘 배우면 노다지 캐는 거야."

그러나 역시 늘 좋은 날만 있는 것은 아니다.

초상집에 가면 절반은 상주 노릇까지 할 각오를 해야 한다. 삼일장(葬)은 보통이고 오일장에 구일장을 하는 집도 있어 보면, 상주들이 9일 동안이나 아이고 아이고 곡을 하면 지치고 목도 쉬고 울음도 사나흘이지 칠팔일에 구일까지 울면 울기는 울어야겠는데 기운이 없어 소리가 안 난단다.

"그게 절대로 나쁜 짓이 아니니 이런 걸 동병상련(同病相憐)이라 해서 같은 슬퍼하는 것이라 초상집에서 풍장치고 놀아 재끼면 사람의 도리가 아니듯 초상집에서는 같이 우는 것이 고인이나 유족에게도 도리에 맞는 것이다."

상여가 나가면서 선소리꾼이 소리를 매기면 상주들과 조상객들은 응창을 해주어야 하고 간간히 울음이 그치면 상가의 예의가 벗어나기 때문에 동냥아치들도 먼발치로 따라가면서 곡소리를 내야 하는 등.

금마에 온 일억이 살아가는 밥벌이는 오만 가지는 되는 모양이다.

동냥살이 애환

가뭄이 심해 농작물이 타들어 가 인심도 오그라들었다. 더위로 비지
땀을 흘리지만 물꼬는 말라버려 논바닥은 금이 가고 밭작물은 말라 꼬
부라졌다.

"저희들이 해 볼게요."

동냥을 다니다 타는 논밭을 그냥 지나왔다고 왕초에게 야단을 맞던
그날,

"이놈들이 그 두레박 줄 당기기가 뭐가 힘들다고 그냥 지나다녀?"

"마을이 흉년이면 우리도 흉년이라는 것 몰라?"

"흉년은 먹는 것도 부족하지만 인심도 말라."

"내 코가 석 잔데 우리 코 챙겨주겠니?"

왕초의 호통에 물꼬를 파는 농부를 돕기라도 하면

"얘들아, 고맙기는 한데 뭐 줄 게 없구나. 그래도 수확하거든 와봐."

일억이 세상을 배우고 인심을 배우고, 특히 먹고 사는 동냥을 배우고
있다.

"이건 더러운 비럭질이 아녀. 동냥 공부고 사는 공부여."

그렇게 가물더니 장마가 와 이번에는 비가 쏟아진다. 그러면 옥룡천

위 왕초와 사는 일억의 갑바 움막집은 비상이다.

"빨리 다리 밑 살림들 다 올려. 그리고 갑바집도 철거하고 다리 위로 올려. 빨리빨리 더 쏟아지면 다 떠내려간다."

이번에는 일억이도 뭘 어떻게 할지 가르쳐 주지 않아도 알만하다. 문제는 다리 위에 반, 다리 밑에 반, 동냥아치라고 살림살이가 없는 게 아니고 열다섯 식구다 보니 비설거지랄지 이삿짐인지 잔살림이 많다.

동시에 동냥은 동냥대로 나가야 끼니를 때운다.

"야, 승열이하고 민구 그리고 또 너 너 너. 빨리 나가 밥 벌어 와야 먹지, 너희들은 나가거라. 일억이 석이도 가고."

문제는 비가 오면 우산도 우비도 없고 있다는 게 도롱이(볏짚으로 만든 등받이)인데 도롱이도 몇 안 되는 게 거의 젖었다.

"석이가 안 보여요."

"뭐 석이? 어디 갔지? 석이야~~ 찾아봐."

"없는데요."

"물에 떠내려간 건 아닐 거고. 그래 그럼 너, 아 일억아. 너 오늘은 한번 혼자 다녀오거라. 꼭 둘이 꼭 같이 다니라는 법은 없어."

혼자서도 벌이는 웬만하다. 깡통이 수북한데 오늘은 보리밥보다 쌀밥이 더 많고 김치도 많다.

깡통이 묵직하니 혼자 걸어오는데 비는 그치지 않고 늦어 순간 회가 동해 배가 고프다.

또 모처럼 혼자다.

'한 숟가락만 먹어봐?'

하고 먹다 보니 깡통의 밥이 푹 줄어들었다.

"다녀왔습니다."

하고 깡통을 내밀자마자 왕초가 소리를 버럭 지른다.

"일억이 너 이놈~ 안 하던 짜금질(도둑질)을 다해?"

이 무슨 소릴까?

"짜금질도 몰라? 오다가 얻은 밥을 몰래 혼자 먹는 게 짜금질 아니고 뭐야. 허허… 이놈, 내가 도둑놈을 길렀구나."

하더니 아랫배를 후려 쳐박는다.

만나던 그날 맞아 보고 두 번째. 얼마나 아픈지 허리를 못 펼 지경이다.

"아녜요. 저는 그 짜 짜질, 그런 거 안 했어요."

"안 해? 요놈 봐라. 내 널 그렇게는 안 봤는데 천하에…"

"석이야, 너 저 몽둥이 가져와라."

삭 내려친다.

"사실대로 말하지 않으면 넌 오늘 죽는다."

큰일 났다.

그런데 참 이상한 건 아무도 본 사람이 없는데 어떻게 알았을까. 생각하는데,

"너 지금 내가 보지도 않고 어떻게 짜금질한 걸 아나 하나 본데 내가 귀신보다 더 잘 안다. 그래도 날 속여? 말해라, 끝까지 우기면 넌 오늘이 죽는 날이다."

사람인지 귀신인지 안 봤는데 어떻게 알까 하다가 끝까지 버티면 정말 죽이고도 남을 기세라 자백을 하기로 했다.

"살려주세요. 제가 짜금질 한 도둑놈이 맞습니다. 하도 배가 고파서 그랬어요. 다시는 짜금질 안 할 테니 용서해 주세요."

무릎을 꿇고 두 손을 모으고 싹싹 빌어댔다.

"왕초 어른. 첨이니까 이번 한 번만 용서해 주세요."

아까는 안 보이든 석이가 왕초를 달랜다.

도둑질 안 한다는 교훈

도중에 작가가 말을 걸었다.

"짜금질이라니 저도 처음 듣습니다."

"저도 거기서 처음 들었어요."

"다행히 더 이상 맞지는 않은 거네요."

"아이구, 작가님. 그때 병원 갔으면 저는 장 파열이거나 멍이 들었나 했을 겁니다. 오래 앓았어요. 말도 못 하고요. 그런데 제가 그날 짜금질 하다 걸린 것이 지금 생각하면 하늘의 복입니다."

"그게 뭔 소립니까?"

"제가 그때 얼마나 혼쭐이 났는지 머리에 꽉 박혀버렸어요."

"뭐가요?"

"나는 죽더라도 이제 다시는 짜금찔, 즉 도둑질은 하지 않는다는 결심 말입니다."

"아하, 그게 어려서 독하게 맞은 침 한방 효과가 된 거다?"

"그렇습니다. 그래서 어려서 무엇을 배우느냐가 중요합니다."

"좋은 교육입니다. 책 못지않군요."

"책에서 이런 것 배우기 힘들어요. 저는 자랑스럽게 할 말이 있어요. 평생 도둑질은 않겠다 하고 진짜로 하지 않았다는 것 말입니다."

그날 밤.

비는 아직도 내린다.

그해 8월 초에 쏟아진 장맛비로 중부지방에는 133명이 사망하였다. 금마에도 많은 비가 내려 일억이 사는 움막 아래 옥룡천에도 냇물이 넘친다.

온 가족이 다리 위로 이사를 와 왕초가 기거하는 천막에 같이 모여 복잡하다.

저녁을 먹고 나자 다 모이라더니 왕초의 훈시가 시작되었다.

오늘 일억이가 몇 대 맞았다는 말부터 한다. 그러면서 백 년 사는 건 아니지만 너희들과 나는 지금 한 지붕 밑 한 가족이라 하였다.

"가정으로 치면 가족이고 회사로 치면 한 회사고 배라면 한 배를 탄 같은 운명이란 뜻이야."

하고는, 죽어도 같이 죽고 살아도 같이 사는 것이 가족 공동체고 직장이고 한배 탄 운명이라 생사고락을 같이하는 거라는 말이다.

"생사고락이 뭐예요?"

"야, 너. 나도 뭐 배운 게 없는데 그리 따지면 어떡하라는 거니?"

하더니만,

"생은 사는 것이고 사는 죽는 것이고 고는 고생이고 락은 기쁘고 즐거운 것을 말한다는데 맞을 거다, 아마."

즉, 사나 죽으나 같이 죽고 같이 살고 힘들거나 즐거운 것도 같이, 누구를 빼지 않고 뭔가가 있으면 같이 나눠 먹고 없으면 같이 굶은 것이라 한다.

"오늘 일억이가 몽둥이로 맞은 건…"

제 입만 알고 제 배만 채우고 제 몸만 생각하고 남을 모르면… 거꾸로 일억이가 배가 고플 때 남이 먹여 주지 않아 일억이가 죽는 것처럼 사람은 이웃이 살리는 거지 내가 사는 게 아니라 한다. 비록 동냥아치지만 우리도 이웃들이 주니까 사는 것처럼 나도 남에게 줄 줄 알아야 남도 준다는 것이다.

"왕초 어른! 그런데 한 가지 물어볼 게 있어요."

"그래 물어? 여쭤라고 하는 거다."

아픈 배를 움켜쥐고 일억이 말했다.

"아 예, 제가 오면서 깡통에 밥을 몰래 먹고 맞았잖아요? 그런데 그걸 안 보고도 어떻게 아셨어요?"

"아 그거? 하하 나중에 도사가 되면 너도 나처럼 알게 돼 있어. 안 봐도 안다고."

"안 보고 어떻게 알죠?"

"그건 너 왜 밤말은 쥐가 듣고 낮말은 새가 듣는다는 말 배웠니?"

"예, 4학년 땐가 배웠어요."

"그건 4학년 얘기고 그보다 더 확실한 건 하늘이 알고 땅이 안다는 것이다."

"그게 뭔데요?"

"그러니까 네가 오면서 밭에서든 논가에서든 밥을 몰래 먹으며 왔지?"

"예, 밭가에서요."

"그래. 그러면 네가 먹는 걸 하늘이 다 봤겠니? 못 봤겠니?"

"글쎄요. 봤을 것 같기는 해요."

"같은 게 아니라 진짜 봤어. 그러니까 새도 봤고 해도 달도 구름도 봤고 바람도 본 건 본 것 아니겠니?"

"그게 이거하고 무슨 상관이죠?"

"절대 상관이 있다. 바로 인간의 양심이라는 거다 그게."

"양심이라니요?"

"양심은 거짓말을 못 하고 도둑질을 못 하게 해. 이걸 무시하면 들켜. 행동에 나타나고 얼굴에도 나타나고 깡통에도 그게 다 나타나게 돼 있어. 너도 크면 저절로 그런 게 다 보일 거다."

그 후 일억은 이 말을 자주 생각해 보았다. 알까 모를까 진짜 알까 아닐까, 속이면 모를까? 감추면 모를까? 그래도 알까? 잘 감추면 모를까? 등등 머리가 복잡하다.

"석이야. 이제 물어보자. 너 비 오고 우리가 이사하던 그날 어디 갔었니?"

"응 그날?"

"응. 나 혼자 나갔다가 왕초한테 맞고 혼났던 그날?"

"아 그… 저 아래 냇물 따라 계속 내려갔었어."

"혼자? 왜?"

"아니고 옥룡천에 돼지 새끼가 빠져 떠내려오는데 어떤 아주머니가 우리 돼지 우리 돼지 하면서 막 울어."

"그래서 '제가 건져드려요?' 했더니 그래그래 이러는 거야."

"아 그래서 돼지 새끼 건져주러 내려갔던 거로구나. 그래서 건졌어?"

"응, 내가 건졌지."

"어떻게?"

"응. 둘이 저 아래로 한참 따라갔더니 나무 보가 있더라고. 거기 걸리길래 얼른 건져냈지?"

"아, 그랬구나."

"그 아주머니가 고맙다고 파란 양철 대문집이라면서 한 번 오랬어."

"아, 좋은 일 했구나."

"그런데 너 그날 너무 맞더라. 안 아프니?"

"아냐. 오히려 시원한 느낌이야."

"맞고도 시원하다고?"

"솔직히 말한 것 때문인지 속이 다 시원해."

"아 그래? 하긴 나도 여러 번 맞았거든. 우리 왕초는 때려도 밉지는 않아. 우리 아버지는 안 때려도 싫거든."

"그런데 왕초가 그날 저녁에 말한 짜금질 그거 넌 어떻게 생각하니."

"나도 해 봤고 같은 말도 들어서인지 그게 맞다고 생각해."

"그날 여자애들도 그걸 봐서 창피해 죽는 줄 알았어."

"창피한 것도 그렇지만 나는 잘 산다는 사람들이 우리 왕초 같은 마음은 없는 것 같은 게 속상해. 너는?"

"난 확실하게 알았지. 죽는 날까지 이제 거짓말은 죽더라도 안 하겠다는 것."

뱀 잡아 돈 벌기

비가 그치자 오늘은 마대로 짠 부대를 들고 물가로 논둑 가로 다니며 무자수, 뱀 잡기 총출동이다.

무자수는 물뱀이다.

두어 번 무자수 잡이를 나갔고 무자수는 잘 물지도 않고 물려도 독이 없으니 쉽게 잡을 수 있다 하여 일억이도 잡는다.

축산저수지에서 무자수를 볼 때는 떼거리더니 흔치 않은 경우고 혹 한두 마리는 같이 다니지만 그날 본 무서움은 사라졌다.

무자수

몸길이는 50~70㎝이다. 머리는 비교적 가늘고 긴 편이며, 주둥이는 폭이 넓다. 등면은 황갈색 또는 적갈색이다. 머리 위에 좁은 삼각∧모양의 흑색 얼룩무늬가 있으며, 이의 정점은 이마판의 앞쪽에서 시작되어 목 부분의 뒤에까지 이어진다.

흑갈색 반점은 목덜미부터 몸 중간까지 이어지며 이후 꼬리까지 줄무늬를 보인다. 배면은 황적색이고, 배비늘은 1~2개 간격으로 검은색 무늬가 있다. 비늘에 용골이 없다. 4월부터 활동을 시작해 5월에 짝짓기를 한다. 독이 없으며, 8월 말에 논이나 밭에서 12~16마리의 새끼 뱀을 난태생한다.

10월경부터 밭둑, 제방, 돌무덤 등지에서 여러 마리가 무리지어 동면한다. 논,

습지, 호수, 하천 등 물과 가까운 곳에서 발견된다. 물가의 초지, 논둑 같은 곳에서 일광욕하고 주변의 돌 밑, 구멍이나 덤불 속에서 휴식을 취하는 것이 관찰된다. 대부분 개구리, 물고기 등을 먹고 살며 작은 설치류나 곤충 등을 잡아 먹기도 한다.

생활민속적 관련 사항

18세기 소품 문학을 풍부하게 일군 문인 이옥(李鈺)의 글에 '무자치[水尺]'가 물속에서 개구리 쫓는 것을 즐긴다는 표현이 나온다. 전라도 해안가 사람들은 무자치를 삶아 먹으면 온갖 병에 좋다 하여 잡아먹기도 하였다. 충청남도 금산에는 뱀이 많다고 하여 무자치골이라 이름이 붙은 계곡이 있다.

한민족문화대백과사전 인용

왕초는 무자수가 영양이 많아 몸에도 좋고 돈이 된다는 것을 알고 있다.

"오늘도 무자수 잡으러 간다."

아침을 먹으면 누구네 밭 매주러 가라느니 삽질하러 가라느니, 먹고 자고 또 먹고 자는 그런 일상은 아니고 여름철 장마 후에는 자주 나가 하는 일이 무자수 잡아 오기다.

비인이나 장항에서 혹 보기는 본 것 같은데 금마는 무자수가 많은지 내려오면서부터 무자수가 보였지만 장마가 그치면 무자수가 더 많아지는 걸까? 생각해 보면 일억의 금마 동냥살이는 무자수 잡고 잡아 온 무자수를 손질하는 날이 많다.

일억도 무자수 손질을 배워 잘한다.

머리를 잡고 칼로 목둘레 껍질을 살짝 도리고 머리를 못에 꽂아 내리

벗기면 하얀 무자수 알몸 속살이 드러나 아주 쉽게 잘 벗겨진다.

처음엔 뱀 비린내가 역했지만 지금은 비린내가 싫지도 않다. 그렇게 벗겨진 무자수는 껍질과 같이 내장까지 한꺼번에 훑어 내려져 나름의 재미도 있다.

잡아와 벗긴 무자수는 다리 위에 널어 말린다. 비가 오면 걷어 움막에 들였다 햇볕이 나면 다시 널어 말린다.

태양이 말리지만 바람에도 잘 마르는 거라며 다리를 떠받친 양쪽 시멘트벽에 덜컥 붙이면 벽에서도 마르고 다리 위에서도 말리고 빨랫줄에도 걸어 말리는 데 익숙하다.

말린 무자수는 북어처럼 달그락거리며 바삭바삭하다. 이건 약재상들이 약재로 사 간다. 말린 무자수를 차곡차곡 정리해 다발로 묶기도 하고 북어처럼 떼로도 묶어 어떤 땐 왕초가 수북하게 들고 나가며 그땐 언제나 성칠이를 데리고 간다.

묶은 무자수 다발 속에는 한 마리가 두 마리 값으로 팔리는 것도 섞여 있어 이건 왕초가 시범을 보여 알게 된 비법이다.

"이거 봐라. 이 무자수는 크지? 봐봐 절반을 딱 잘라. 그래도 작은 무자수보다 더 크다. 여봐."

한 마리가 두 마리로 팔려나간들 약재상은 따지지 않을 것도 같기는 하다.

가을이다

하늘은 맑고 청명하고 바람도 선선해 살기는 좋은 계절이라지만 일억이네 움막 동냥아치네들의 일상은 별로 다를 것도 달라질 것도 없다.

여름에는 여기저기 전염병도 돌았지만 움막에 병은 없었다.

"야, 이놈들아. 병이라는 것도 호강스러워야 나는 볩여."

"천덕꾸러기들은 막 먹고 막 자도 병 안 나."

두어 번 설사는 났고 열이 좀 났던 일이 있었지만 아프지는 않았다.

"병이란 많이 먹으면 더 잘 나는 거여."

왕초네 가족도 양아치들도 무탈한데 문제는 이러다 겨울이 오면 어떻게 될까 하지만 미리 걱정하는 사람은 없다.

단 달라진 것은 이제 일억은 어디를 가나 혼자서도 살 것 같은 자신감이다.

좀체 떨어지지 않던 입도 떨어졌고 깡통 두드리는 것도 잘하고 또 누가 보나따나 품바부터 동냥 좀 주십시오까지, 어설프지만 하고도 남는다. 만일 누가 노래를 하면 한 푼 주겠다면 각설이 타령도 부를 수 있어서 순간.

'내가 꼭 여기서 살아야 하나?'

라는 생각도 나지만 괜한 헛생각이다. 아무튼,

'이제 난 어디를 가나 내 배는 굶지 않을 거야.'

라는 즉,

다 왕초 덕에 먹고 사는 법 하나는 확실하게 배워 알아냈다.

특히 평생의 천우신조(天佑神助)로 모실 짜금질 않는 정직을 배웠다. 어쩌면 그날 장 파열이 심했을지도 모른다. 여태 이렇게 세게 맞고 그렇게 아팠던 적은 없어 낫는 데 꽤 오래 걸렸으니까. 그러나 조건 없이 일단 이제 거짓말은 죽더라도 않겠다는 결심도 섰다.

벼가 고개를 숙이고 수수 꼭지가 풍만해진 벌판 가운데 밭을 지나가 보니 옥수수 수확을 마친 옥수수 대공들이 나란히 서 있다.

"야, 옥수수 대공이다~"

저녁 동냥 길인데 동냥 시간은 너무 이른 듯하여 소리를 지르고. 일찍 도착해도 기다려야 할 터라 수확을 마친 옥수수 대를 잘라 다듬은 옥수수 대공이 키만큼 크다.

대나무처럼 길고 마디가 있고 두꺼운 껍질을 한 층 벗기면 나오는 하얀 속살, 그걸 물어뜯어 씹어 먹으면 설탕처럼 단물이 나와 둑 가에 둘러앉아 옥수수 대를 잘라 씹어 먹는다. 단물이 다 빠지면 뱉고 또 씹고 뱉고 걸어가면서도 이때가 즐거운 간식이다.

도망 결심

첫눈이 내렸다.

많지는 않다.

움막 지붕이 하얗고 벌판에도 눈이 내렸다. 벌어 온 깡통에 훌훌 밥을 섞어 가마솥에 데우고 비빔밥을 먹는데 갑자기 여기를 떠날 궁리가 솟는다.

물론 어디 오라는 곳도 갈 곳도 없는데 일단 왠지 여기서 계속 살 수는 없다는 생각이 든다. 멈칫.

'어디로 가지?'

'무작정 또 돌아쳐?'

'뭘로 어떻게 먹고살고 무슨 일을 할까?'

그럼에도 생각이 많다. 연거푸 갑자기 여기를 떠나고 싶어졌다.

이상한 것은 그동안 엄니는 잊었고 군산 장항 비인도 잊고 살았는데 역시나 거기 말고 어디든 가서 뭔가 다른 일을 해보고 싶은 생각이다.

날씨는 더 추워질 낌새다.

본격, 마침내 떠날 궁리를 시작했다.

우선 걱정되는 것은 떠나려다 왕초에게 걸리면 뼈도 못 추릴 것 같은 불안감이 무섭다. 그런데도 동냥아치는 그만두고 뭔가 딴 일을 하고 싶다.

'석이하고 의논을 해봐?'

문제는 석이는 떠날 기미가 보이지 않아 분명 그냥 있자 할 것이고, 명재까지 알면 꼰아 바칠까도 싶다.

'혼자 떠나는 게 맞아.'

보름여 고민하다 드디어 어두운 밤. 변소 가는 척하고 밤길을 내달려 움막 탈출을 실행했다. 순간 깡통은 들고 가야 한다고 도로 돌아가 깡통 하나에 숟가락 하나를 집어 들고 두리번대다 내달리기 시작했다. 다행이다. 누구에게도 들키지 않았다.

얼마나 달렸을까. 달리고 달려온 지 몇 시간은 된 것 같다. 동냥 다닐 때는 반 시간 정도는 늘 걸어 다녔는데 이번에는 그보다 몇 배나 멀리 달려 낯선 곳에 왔고 밤은 깊어졌다.

뿌옇게 날이 밝아지도록 달려오고 보니 동서남북? 역시나 어디가 어딘지도 모르는 곳. 이리(익산시)에 왔다.

날이 밝자 동냥으로 아침을 먹을까 굶을까 하다 생각해 보니 아침 때를 놓치면 저녁도 때를 놓칠 수도 있을까 동냥질을 했다. 이미 동냥하는 건 알기 때문에 두어 집 다니며 깡통을 채우고 외진 곳에서 아침을 먹었다.

배를 든든히 채우고 이곳저곳 이리 시내를 다녀보니 이리역 앞이다.

에라 모르겠다 하고 어디가 됐든 기차를 타고 아주 멀리 가기로 했다.

기차는 타 본 일 없어 처음이고 지나가는 것을 본 일은 많다. 칙~~ 하고 푹푹푹 하다 뿌웅~~ 하며 철그덕 철그덕 달리는 기차. 환상적이 구나 싶었다.

그런데 차비가 없다. 공짜? 도둑 차? 문제는 그러다 걸리면 또 매타작일 건데…

역대합실에는 표를 사려는 사람들이 줄을 섰다. 차표를 들고 나오는 사람들이 어디로 가나 보니 누구나 '타는 곳'이라고 쓴 곳으로 들어가는데 역무원이 받아 (개찰기계로) 찍어 줘야 안으로 들어간다.

반나절 내내 역에서 눈치를 보지만 누구 하나 어디 가냐 누구냐 하는 사람은 없어 이것만은 편하다. 들어오고 나가는 사람은 참 많다. 중요한 건 때를 놓치지 않고 저 문을 통과해 기차 타는 곳으로 몰래 들어가야 한다는 궁리다.

역무원이 개찰을 마치고 개찰구 문을 닫고 돌아선다. 그때다, 재빨리 닫은 문을 넘어 기차가 오가는 역 안으로 들어가자 기차는 막 떠나려 한다. 입구는 통과다. 이제 올라타기만 하면 가는 거다.

기차 안은 장 보따린지 여행 가방인지 복도와 선반에 짐들이 가득하고 무질서하여 누구 짐인지 누구 보따린지 아주 복잡하다. 기차가 출발하고 좀 왔는데 논산이라는 방송이 나오고 사람들은 내리고 또 탄다.

그때,

"자~ 차표 검사하겠습니다."

저쪽 문에서 군복도 아니고 경찰도 아닌 정복을 입은 키 큰 남자가 차표를 준비하란다.

'이게 뭐지?'

차표는 없어 일단 뒷 칸으로 몸을 피해 숨을 곳을 찾자 입구 옆 보따리 뒤 숨을 곳이 있다. 과연 검사를 마치고 이 칸으로 들어와 역시 차표를 검사한다. 숨은 일억을 못 보고 지나갔다.

꼭꼭 숨어 충분히 지나갔을 무렵, 빼꼼 내다보니 저쪽 칸으로 간다.

"우리 열차는 잠시 후 대전, 대전역에 도착합니다.(당시 호남선 종점) 내리실 손님은 선반에 잊은 물건이 없나 미리 준비하시고 오른쪽 출구로 내려 주시기 바랍니다."

한다.

'대전?'

대전은 학교서 배워 좀 들은 도시 이름이다. 서울, 부산, 대구, 대전… 자세히는 모르지만 대전이라는 말과 종점이라 또 발각되기 전 내려야 한다.

잘 타고 왔고 내리기는 내렸지만 역시나, 나갈 때도 보니 하나하나 기차표를 받고 내보낸다. 차표가 없다. 얼른 또 몸을 숨겨 돌아가는 정황을 보고 대처해야 한다.

이리역 거쳐 대전역

대전역에 내렸다.

역전 광장은 이리역보다 훨씬 더 넓고 다니는 사람 역시 이리보다 몇 배는 더 많다. 그러나 그 어느 누구 하나 아는 사람은 없다.

지게꾼들, 이리역에서는 서넛이던데 여기는 십수 명이다. 왼쪽 찻길 건널목을 건너 도매시장을 거쳐 중앙시장을 돌아다녀 본다. 물건과 사람과 사람들, 식당 골목에서는 무럭무럭 김이 솟으며 맛있는 냄새를 피우는데 점심시간도 지났다.

'세상에나 물건들이 이렇게도 많구나.'

태산처럼 쌓인 물건들, 펄펄 김이 나는 돼지 순대가 푸짐하다. 하지만 일억이 가진 돈이란 1원도 없다.

순간 배가 고파 괜히 움막을 떠났나 싶지만 돌아갈 생각은 없다. 한 바퀴 두 바퀴를 돌아 목척교에 왔지만 역시나 아는 사람도 없고 돈도 없다.

다시 반대쪽 건널목으로 건너 역광장으로 왔다. 지게를 세워놓고 웃는 사람에 담배를 피우는 사람 장난을 치다 낄낄대는 사람. 얼핏 보니 아버지를 닮게 보이는 사람도 있고 고모부 비슷한 사람도 있다.

화단 턱에 앉아 대전 시내를 바라본다. 소달구지도 지나가고 머리에 광주리와 보자기를 이고 손에는 또 무거운 것을 든 사람들도 지나가고 멀리까지도 보인다.

'다른 데로 가자.'

그런데,

'어디로 어떻게 가지?'

다시 기차가 다니는 역 안으로 들어가려 잽싸게 개찰구를 빠져나오자 기차가 들어와 누가 뒷덜미를 잡을까 빠르게 올라탔다.

아까 있던 출입구 옆 빈 공간에 숨으려니까 짐이 들어차 있어 서너 칸을 찾다 보따리 뒤에 숨을 곳이 있다.

곤하다.

이렇게 거기서 잠이 들고 말았다.

"맥주~ 오징어~ 땅콩 있어요~ 계란 있어요~"

몇 번 봤고 사서 먹는 사람들이 있어 자세히 보니 역시나 군침만 돌고 주머니는 비었다.

졸다 깨다 자다… 상인의 말에 부스스 잠을 깨려는데

"잠시 후 우리 열차는 부산, 종착역 부산역에 도착합니다. 승객 여러분은 종착역에서 모두 내려 주시기 바랍니다."

더 이상은 가지 않는 종점에 왔다. 내려야 할 마지막 역 부산이라니까 내려야 한다.

부산역에서 영화숙으로

2023년 7월 26일이다.

박일억(박길림/74세)은 지금 60년 전 생사의 기로에서 극적으로 탈출한 이곳 부산 사하구 舊영화숙(永華塾)과 재생원 터를 찾아 부산으로 가고 있다.

실화소설 작가 천광노, 영상 사진 팀 2인 합이 4인이다.

앞서 KBS의 '시사직격' 〈지옥에서 살아남은 소년들 영화숙과 재생원의 기억〉 158회 3월 31일 자 방송을 여러 차례 반복 시청한 바 있다.

특히 부산에는 영화숙과 재생원생존자협의회 손석주 대표가 TV방송에 출연하여 그를 만나보려고 이리저리 알아보았으나 쉽지 않던 중 다행히 연락처를 찾아 희미한 기억을 되살리며 지금은 승용차 렉서스를 타고 넷이 대전에서 부산 영화숙으로 가는 중이다.

본 실화소설 제목 늪지대가 지칭하는 늪지대 중 하나가 바로 영화숙이기도 하기 때문에 실화소설을 쓸 자료취재를 위해 가는 길이다.

"심정이 복잡하지요?"

"그렇습니다. 시사직격에 나온 그 현장에서 탈출한 저로서는 사실 기억하고 싶지도 와 보고 싶지도 않고 그냥 지워버려 잊고 산 곳인데 새

롭게 기억해 본다는 것이 즐거운 일도 아니니까요."

"누가 이 책을 보더라도 어두운 과거 우리의 흑(黑)역사 한 페이지는
될 것이고, 읽어서 미래 우리 대한민국이 나가는 길에 이런 암흑기를 사
전에 막는 계기가 되면 유익할 테니 참으시고 울지는 말고 갑시다."

"울지 않을 자신은 있습니다. 그때 그렇게 죽은 또래들이 가슴 아프
지만 다 지나간 거고 그래도 저는 지금 심신도 안정이 됐으니까요."

"정말 잘 사신 겁니다. 거기서 그 어릴 그때 죽었을지도 모르잖습
니까?"

"아유… 말도 못 합니다. 반년 넘게 있으면서 평생 맞을 매 거기서 다
맞았습니다. 그 바람에 맞는 데는 이골이 났지만 얻은 것도 있어요."

"뭘 얻었지요?"

"그때 맞는 건 맞은 거고 때리는 사람의 동작연구를 해 싸움에는 달
통했습니다."

"뭔 소립니까?"

"장어 잡았을 그때처럼 척 하면 척이고 착 하면 착이라 할까요? 피하
는 기술과 방어술, 그리고 되치기 기술인데 맞짱뜨기입니다. 이건 어떤
스승한테 배운 게 아니고 완전 제가 개발한 것입니다."

"그래서 그때도 때리면 받아 친 겁니까?"

"아녜요. 그랬다가는 그때 나 죽었을 겁니다. 그냥 맞으면서 싸움 동
작에 대한 연구만 했고 그것이 사는 데 큰 도움을 지나 밑천이 됐다는
거지요."

"그리고 사람 죽는 것도 그때 많이 봤다면서요?"

"그렇지요. 사나흘에 하나씩 죽어 나가는데 보면 그냥 개 취급도 아니고 죽은 시체를 가마니 짝에 집어넣고 둘둘 말아 내던지는 건데 자칫하면 저게 바로 내 모습이라는 불안감 말도 못 합니다."

"그때 운이 좋은 건지 그분들은 운이 나빴던 건지 알고 보면 본질은 포로수용소나 아오지 탄광? 아니면 노예시장 그런 거였다 하겠네요?"

"KBS TV제목 그대로입니다. 정말 지옥입니다. 지옥보다 더 참혹했다고 봐도 됩니다. 그래서 일단 애들이 죽지요? 문제는"

"문제는?"

"문제는 죽은 놈을 안 죽은 줄 알고 죽은 송장을 더더욱 심하게 두드려 패고 짓밟고 아 끔찍합니다."

"그래서 지금 TV를 보니까 그 사람들 시신이라도 수습하자면서 제를 올리고 그러더라고요."

"작가님도 아시겠지만 한국 역사상 가장 비참했다고 보여요. 전쟁보다 더 참혹한 것 같습니다. 그러니까 가더라도 옆 독수리 산까지 올라가 볼 생각은 없어요. 가면 제가 본 어떤 거적 시신도 거기 묻혔을 터이니 가슴 아파서입니다."

영화숙(永華塾)과 재생원…

상호가 셋이나 된다. 1950년대 초부터 1970년대까지는 영화숙(永華塾)이라 했고, 재생원도 같은 이름이고, 1976년 형제복지원으로 개명된 재단법인 상호다.

영화숙이 뭔지를 몰라 어려서는 '영화수'라고 불렀다.

나중에 알고 보니 영화수가 아니고 아름다운 꽃이 피어나는 집, 또는 방, 이런 뜻 '영화숙(永華塾)'인데 고아원도 아닌 단순 포로수용도 아닌 것이 완벽한 사람 감금, 그것도 어린아이들을 강제로 붙잡아다 머리 수를 채우고 그 숫자에 맞춰 정부나 후원단체로부터, 1인당 월 얼마, 이런 식의 돈벌이 수단으로 세운 금전 갈취라고 하는 단체였다는 것을 이제 알았다.

　언제 재단법인이 되었는지, 처음부터였는지는 잘 모르나 영화숙은 지금 기억하는 사람이 적다. 당시 일억이 있을 때는 기백 명 정도였다. 대신 재생원과 형제복지원은 보다 널리 알려진 곳으로 후일에는 1000명도 넘었다는 곳이다.

　독자들도 기억하는 형제복지원사건은 이제 20년여 협의한 결과 피해자 측 형제복지원만 화해가 이루어졌지만 전신 영화숙과 재생원 피해생존자들은 정부나 부산시 국회 모두 이제야 진상조사가 시작된다는 말만 언론을 통해 듣고 가는 중이다.

　손석주 피해생존자협의회 회장은 바쁜 관계로 나중에 만나기로 하고 오늘은 피해자 중에 한 사람 조상철(71세/가명) 씨와 만나기로 약속되어 가는 것이다.

　만났다.

　"조 선생은 방송에도 출연해 나도 봤습니다. 휠체어를 타서 독수리산 제사에는 올라가지 못했지만 들어보니 회장 만나는 것과 다르지 않을 듯해요."

와본들 일억은 그 장소를 찾기 힘들다.

찾아간들 농지들이 도회지로 바뀌어 어디가 어딘지 분간이 안 되고 일개 자연부락 몇 곳을 합친 넓이였던 터라 장님 코끼리 만지듯 귀를 만지고 다리를 만지는 격이 될 터라 꼭 부산에서 영화숙 터가 어떻게 바뀐 건지를 아는 사람을 만나봐야 옛 기억도 살아날 것이기에 조상철 씨와의 만남은 먼 부산까지 가는 목적에 적합하여 오라는 장소로 가는 중이다.

도착해 보니 재생원 피해생존자 박상종 씨(66세)와 둘이, 멀리서 온 우리 일행 일억을 맞이한다. 뭐랄까, 영화숙 동문들? 영화숙 피해생존자 들과 60년 만의 만남이다.

인권유린이나 불법행위는 지금도 그 진상조사위원회가 있어 부산시 측에 피해자보상조례라든가 후속법률제정을 요구는 하고는 있지만 영 화숙은 2023년 5월 첫 생존자협의회가 발족하고 생존자들을 찾고는 있다던데 현재 보도로는 겨우 35명 정도란다.

박일억도 협의회에 가입할까 하는데 손석주 회장이나 조상철 씨와 연락이 안 되니 未가입 상태다.

제5부

생지옥갈치
영화숙

강제 납치

60년 전 그때로 돌아가 회상해 본다.

이제 곧 열네 살,

어린 박일억이 금마에서 이리역으로 와 대전역에 내려 잠시 둘러보다 다시 부산역까지 내려온 이후 영화숙으로 끌려가는 안타까운 내용을 쓸 것인데.

앞서 영화숙이라는 비인간적, 말로만 재단법인이라는 그럴 듯한 양두구육으로 많은 소년소녀에게 얼마나 못된 짓을 저질렀는지, 형제복지원 전신 영화숙에 대하여 좀 더 알아보고 계속 쓰기로 한다.

1950년 발발했던 한국전쟁 6.25는 무려 160만 명이 사망하고 이산가족 1,000만 명이 발생하고 국토분단과 남북 대립으로 오늘에 이름에 있어 부산은 1953년 휴전협정까지 임시정부 수도이자 전쟁고아 북괴포로 피난민 등, 부산은 전쟁사적으로는 서울을 앞서는 참화가 응집된 도시다.

영화숙 설립 10여 년이 지난 1960년 초, 박정희 혁명정부는 사회정화를 통한 혁명과업 완수만이 혁명의 정당성을 뒷받침하는 것으로 보고 이를 강력 추진한 바 있다.

이 사회정화사업 중 주요사업이 부랑자와 난민 대책이라는 큰 틀에서 전쟁고아나 집과 부모를 잃고 떠도는 부랑아를 집단으로 수용해 교화하여 점진 나라의 일꾼으로 기르자는 방안이었다. 그러나 본의에서 이탈해,

그렇게 끌려온 그들은 전쟁과 각종 사회불안의 최대 피해자가 되었다. 부모사망이나 가정파탄 등 또는 가난으로 형편이 어려워 가출한 소년소녀들이다. 물론 그 소년소녀들에게야 어떤 무슨 잘못이 있다 하랴.

이들을 모아 집단으로 숙식시키면서 점진 인력을 생산업종에 투입한다는 착하고 현실적인 대안으로 세운 곳은 부산뿐만 아니라 여러 곳이었는데, 국내에서도 가장 규모가 큰 재단법인이 바로 이 영화숙과 재생원이다.

당시 정부는 이 재단에 할 수 있는 한 지원도 해 주었다. 동시에 주한 미군이나 세계 각국 인권단체도 영화숙과 재생원, 이 재단법인에 많은 후원금과 물품을 지원했다.

그러나 그런 후원금과 지원물품이 고스란히 운영자들 개인 주머니로 들어가 원생들에게는 멀건 우거지국에 강냉이죽만 먹이며 100여 마리 돼지, 소 등 가축을 기르게 하면서도 고깃국 한번을 먹이지 않고 전부 개인 착복과 노동착취에 따르는 폭행은 상상치 못할 지경이라 지옥이라는 표현이 정확하다 할 것이다.

돼지가 죽으면 애통해하고 돼지를 기른 원생이 죽으면 눈도 깜빡하

지 않아 돼지는 상등이고 원생은 하등, 돼지보다 못한 취급을 당할 수밖에 없는 비양심 재단 이사장과 이사들, 그들은 부산에서도 알 만한 유지이며 전직 고관들이다.

이제 거의 세상을 떴지만 유산은 후손들에게 넘어가고 해외에서 산다는 소문 등(?), 지금 박일억이 가는 곳이 바로 이 더럽고 악랄한 현대사 중 흑역사 현장이다.

대전역에서 타고 부산역에서 내린 1963년 초겨울 부산.

열네 살 박일억이 무작정 기차를 타고 와 내린 곳이 종착지 부산역이다. 광장은 대전역보다 더 많은 사람이 오가는데 어디로 갈지. 배는 고프다.

물론 대전에서처럼 역 앞 어디를 가봤자 돈이 없으니 먹을 수도 갈 곳도 없다. 그렇다고 섣불리 동냥아치 짓을 한다? 이건 또 당장 이건 아니라는 생각이다. 어슬렁거리다 다시 역으로 들어갈까 하는데 순간 누군가가 뒷덜미를 잡아챈다.

"얌마, 너 어딜 갈라고 그래?"

"기차 타러 갈 건데요?"

"어라, 요놈 봐라, '아~ 야 그려서유~~' 너 충청도서 왔니?"

소리를 지르더니 빈정거린다.

" "

"이놈 꼴을 보니 완전 거지새끼구나. 얌마, 이리 와."

확 잡아채 나뒹굴고 말았다.

"이놈 끌어가 태워."

당시는 누군지도 몰랐지만 나중에 알고 보니 이들은 영화숙(永華塾) 소속 단속반(끌어오기 반)이다.

단속이란 영화숙 원생 중 장정들로서 하루 50명을 목표로 하나 40명 이면 몽둥이 몇 대. 이런 식으로 마구잡이 소년소녀들을 포획하듯 무대뽀로 잡아들이는 앞잡이들이다. 50명을 붙들어 와야 맞지 않는, 일종의 불법행위 최선봉자들이다.

40명밖에 끌어오지 못하면 부족한 1명당 10대씩 100대를 맞았다는 말은 그때 단속반으로도 일했다는 조상철 씨의 증언이다.

그러기 전 조 씨는 죽은 시체를 매장하는 일을 했다는데 장정이 되자 단속반으로 왔다는 단속반 조 씨 이야기는 나중에 들어보기로 하고,

현재는 박일억이 부산역에서 단속반에 납치되어 끌려가는 이야기를 하는 중이다.

"어디 가는데요?"

"알면 뭐하냐. 너 같은 거지새끼 부랑인 집합소다."

"부 부랑 뭐요?"

"헛소리 닥치고 따라와."

젊은 장정 서넛이 일억의 손을 비틀 듯 잡아 질질 끌려간다.

"쳐다볼 것 없다. 떠돌이 척결하라고 우리 박정희 대통령 특별명령이 떨어져서 너 같은 떠돌이 잡아다 일을 시키라고 했어. 빨리 타, 이놈아."

타라더니 밀쳐 넣는다. 거역했다가는 금마왕초는 애기 손가락이고

이 사람들은 천하장사처럼 우람하고 무섭다. 트럭인데 타고 보니 차에는 이미 일억이 말고도 몇 명이 있다.

"자, 가자."

하다 말고

"아 잠깐 스톱… 저기 저 계집애도 잡아 와."

길가에 보따리를 든 열두어 살 여자아이까지 넷이다.

"어이 그럼 오늘 총 몇이지?"

"넷 추가니까 총 마흔여덟입니다."

"마흔여덟? 좋아. 빠따는 몇 댄가 모르겠네. 면제해 주려나?"

일억이 차에 실려 어디론가 끌려가고 있다.

해는 넘어가고 어두워진다.

어디서 어디를 거쳐 어디로 얼마나 왔는지, 그렇게 잡혀 온 곳, 여기가 영화숙이다.

"동작 봐라."

하더니 엉덩이를 걷어찬다.

나뒹굴어지고 일어나 어둑어둑한 곳 왼쪽 천막 친, 금마 움막하고는 비교가 안 되게 무지 큰 막사로 들어섰다.

영화숙 밥

"야, 저기 가서 밥들 먹어라."

그로부터 8개월여.

그동안 첫날처럼 여전히 밥이 아니라 죽이다.

죽은 주로 강냉이죽이다. 한 주먹도 안 되는 꽁보리밥은 일주일에 두 번, 많으면 세 번, 그러니까 주당 17~18번은 강냉이죽이었다.

이건 죽이라 할 수도 없어 멀건 국물이다. 금마에서는 시래기죽에 아욱죽도 먹었는데 그건 고급이고, 여기서는 시래기도 아니고 멀건, 들척여 보니까 무슨 가루 죽이다. 나중에 안 사실 강냉이죽이란다.

강냉이 한 부대로 죽을 끓이면 물 한 동이를 부어야 하는데 다섯 배나 많은 다섯 동이 물을 들어부었다는 말을 들은 것처럼, 마치 돼지 구정물에 가루 반 바가지 뿌린 것과 같아 건더기는 없고, 휘저어 들이마시면 그만인 것을 밥이라고 주는 대로 먹는다. 배가 고픈 정도를 넘어서는데 매일 시키는 일은 노동이 아닌 노역이었다.

음식이 그나마 좀 잘 나오는 날도 있기는 있다.

그날은 외국이나 정부에서 식사 점검을 나왔던 모양이다. 같은 강냉이죽인데 좀 걸쭉한 편이고 반찬이라고 나온 것은 고등어인지 갈치인지 형체가 없어 알 수도 없는 생선국인데 역시나 냄새만 나는데 비리다.

단무지를 먹은 날도 있기는 했다. 그러나 납작한 두세 조각이 전부다. 동냥아치로 살던 금마에서의 음식은 대갓집 잔치 상 같았는데 그때는 몰랐던 배고픔이 지금은 견디기 힘들게 한다.

영화숙 주거-방

영화숙(永華塾)은 말 그대로 방을 뜻하는 숙(塾)이다. 숙인지 수인지 몰라 당시 모든 수용자는 영화수, 수라고 불렀는데 사실은 방, 글, 이런 뜻의 숙이 맞다.

일억이 갇힌 방은 7호 방이었다. 소대가 몇인지는 모르지만 있던 방은 7호 방이었다.

그럼 방, 즉 숙은 어땠는지, 지우려 해도 남아 있는 기억이 있다.

방-반이 10개씩인데 그런 방 숫자가 정확하게 몇 개였는지 모르겠으나 10개 정도의 방에는 소대장(10개 반을 거느린 직원)이라 부르는 재단 법인 직원이 있었고 당시 수감자들은 그를 선생이라 불렀다.

선생 밑에는 각 방마다 반장으로 임명된 같은 수감자들이 있어서 방 하나에 15명 정도가 갇혀 있었다.

아침 조회부터 매 타작을 당하고 방으로 들어오는 사람은 절반이고 나머지는 노역을 내보낸다.

노역은 사시사철 넓은 영화숙 터를 더 넓히는 삽질부터, 끝없는 마당-숙 터 확장 작업으로 산을 까내고 터를 다지는 일, 모두 손으로 하는데 여기 수감자들은 모두가 어린아이들이다.(후일 알게 됨. 좀 커 성인은 소년

의 집으로 보내거나 옆 재생원으로 끌어감)

숙 내 일은 농사일, 풀 뽑기, 터 다듬기. 드물게는 정문을 나와 어느 집 농사일이나 수확을 거들거나 논밭을 가꾸는 등 잡일인데 그냥 강제 노역장이라 해서는 상상이 잘 갈지 모를 지경이다.

부산 시내 쓰레기처리장

숙 일은 일이 힘들다기보다는 왜 그러는지 심심풀이하듯 연달아 두드려 팬다. 넘어지고 자빠져도 밟고 팬다. 왜 그랬을까? 아무런 잘못도 이유도 없이 맞는 것이 금마를 떠나온 죄값이라도 된다는 건지 맞고 맞는다. 이유는 없다가 답이다.

그러다 숙 문밖을 나가는 날이라기에 좋다 했더니 여기는 완전 돼지울 안보다 더 나쁜 부산쓰레기처리장 노역환경이다.

그때 숙 터는 지금 부산산하경찰서가 들어서는 등 시내 중심가지만 당시는 아주 먼 외곽지대 논밭을 한참 지나야 도착하는 변두리보다 더 먼 시골이었다.

부산시는 이곳 옆에 시내서 나오는 쓰레기를 매립하지도 않고 마구 부리고 쌓기만 했다. 바로 영화숙 터 뒤편이다.

처음 숙 정문을 나와 쓰레기장으로 간다기에 바깥바람도 쐬고 그래도 밖으로 나가면 좀 덜 맞을까 했더니 영화숙에서 가장 오랜 기간 시킨 노역장이 바로 이곳 쓰레기적재장이었다.

하는 일은 줄달아 실려 오는 쓰레기를 쏟아부으면 쓰레기 더미에서 돈이 되는 것을 찾는 일이다.

단 두 줄로 썼지만 여기는 먼지 속이라는 것이 최악의 조건이다. 숙

내 노동은 공기 문제는 없지만 처리장 노역은 얼마나 더러운 쓰레기에 먼지에 썩은 음식과 온갖 폐기물 범벅인데 여기서 돈이 나가는 철과 쓸 만한 물건, 즉 돈이 될 만한 것을 고르라는 노역이다.

금마에서 동냥질 환경은 신선놀음이었다. 여기는 생지옥이다. 게다가 앞앞이 경쟁을 시켜 누가 많이 찾고 누가 적게 찾고에 따라 맞는 매 숫자가 차이가 있다. 그러니 모두 차에서 쓰레기가 쏟아지기 전부터 눈을 까 쓰고 돈 나가는 것을 뺏기지 않으려고 쏟아지는 쓰레기 더미로 다가가 경쟁이 치열하다.

일을 하면서 콜록거리다 쓰러지는 친구가 있다. 숨을 헐떡이다 우는 친구가 있다. 이번에는 운다고 때리고 콜록거리며 일을 안 한다고 또 매질이다. 발로 차고 쓰레기 더미 속으로 들어가라 한다. 그 후 일억은 불난 화재 현장 연기에 질식하는 뉴스를 볼 때마다 그때 일억이 숨이 막혔던 그때 당시가 떠올라 자신도 모르게 기침이 나온다.

문제는, 이렇게 일을 하면 그 대가는 적든 많든 노역한 아이들 입으로 들어오지 않고 모두 비곗살이 통통 찐 원장과 재단으로 들어간다.

또 여러 번 있은 일이지만 트럭이 뭔가의 짐을 잔뜩 싣고 오면 어린 원생들을 불러 세우고 앞앞이 군용자루 같은, 큰 리쿠사쿠(야전가방)라고 부르는 짐 하나씩을 내려받게 하고는 트럭을 향해 절까지 시킨 다음 트럭이 가면 그 짐은 모두 재단 측에서 압수해 가 버렸다.

나중에 안 것이지만 어디서 왔든지 수용자들에게 나누어 준다고 보낸 자선단체의 후원물품들인데 재단은 그걸 내다 팔아 사복을 채운 것이다. 그때 그 자루에 든 것을 보면 소시지, 치즈, 무슨 무슨 통조림, 초콜릿 등등 하여간 먹을거리가 가득하여 아이들은 짊어지기에도 벅찬 빵빵하고 무거운 선물이었지만 수용자들과는 무관하게 이사장 재단 측 입으로 다 들어간 것이다.

낮의 영화숙은 바깥 아이들과 방안 아이들로 갈라진다.

너는 나오라면 나가 일하는 것이고 너는 방으로 들어가라면 방으로 들어가 식사 시간이 될 때까지 갇혀 있는데 비유하면 딱 돼지보다 못하다.

돼지는 갇혔어도 두드려 맞는 일은 없이 먹고 자면 된다.

잔다고 돼지를 패나?

그러나 영화숙의 방은 매를 맞는 방이다.

때리는 이유는 여러 가지인데 열 가지와 무관하게 정말 이유 없이 맞고 패는 구타당하기가 영화숙의 오전 오후였다.

그나마 맞지 않을 때는 도무지 왜 그러는지 이유도 모르는 것으로 앉은 채로 열중 쉬 엇, 차렷을(열차) 반복시키는 일이다.

양반 다리를 하면 좀 낫지만 무릎을 꿇리고 주먹을 앞으로 내밀면 차렷이고 끌어당기면 쉬어~ 이걸 한 시간 정도 하고 나면 전신이 굳어버리는데 그러면 이번에는 매타작이다.

어린아이들이라 무서워 벌벌 떨 수밖에 없음은 반장은 그 방의 대장이고 가장 크고 힘이 센 놈인데 알고 보니 싸움을 시켜보고 이기는 놈을 1호실 2호실 실실마다 반장으로 임명시켜 아이들을 제압하는, 지금 생각하면 어처구니가 없는 곳이다.

아무도 무슨 죄를 지은 일도 없고 말썽을 부린 일도 없이 혼자 다니다 잡혀 오고 보니 여기가 한국인지 일본인지 북한인지… 어린 소년소녀들은 무서운 것만 알지 따질 줄도 모르니까 그냥 맞지 않고 배만 곯지 않으면 좋겠는데… 코가 뚫리고 코뚜레를 꿴 소도 그렇게 맞지는 않는데…

영화숙의 노역-일

시간은 철저하여 기상하면 운동장에 모아 놓고 체조를 시킨다. 말이 체조지 이건 얻어터지는 아침 매타작이다. 이래도 맞고 저래도 두드려 맞는 아침 체조가 끝나고 밥이라고 부르는 멀건 강냉이죽에 시래기 된 장국도 나왔는데 시래기는 두세 줄기고 이 역시도 그냥 국물뿐이다. 그러나 일단 소금 간을 한 국물이고 된장국이라 강아지 죽 그릇 핥듯 단박에 비워냈다.

그로부터 일억은 그날이 그날인 이런 죽을 먹는다. 피죽도 못 먹는다는 말이 있듯 여기는 강냉이죽이지만 피죽만도 못한 그냥 강냉이 삶은 물과 다름없다.

어떨 땐 단무지가 서너 개 나오고 뭔지 특별한 날에는 보리밥이 나오는데 역시나 양이 너무 적다.

된장, 고추장, 열무김치, 아욱국, 미역국에 소고기국 게다가 생선에 가끔은 돼지고기 닭고기도 먹었던 금마의 동냥아치 때는 임금님 밥상 수준이다.

'아, 내가 왜 거기서 나왔던가?'

일억은 후회를 짓누르며 이미 쏟아진 물인데 특히 여기서는 절대 나갈 수가 없다는 게 절망이다.

"잘 들어."

이걸 밥상이라고 앉혀놓고 목청이 아주 큰 사람이 열변을 토했고 이러기를 밥상머리 때마다 끊임없이 이건 삼시세끼 거의 빼지 않는 단골 메뉴였다.

"야야, 잘 들어."

내용은 아무것도 없는 말이다.

잠은 2평짜리 칸막이에 15명이 발을 양쪽으로 두고 옆으로 누워 잔다.(칼잠이라 함) 발 냄새에 훌쩍거리고 우는 소리에 벌써부터 콜록거리는 애들에, 생각해 보니 금마 움막은 닐리리 기와집이고 여기는 악마소굴인데 방마다 있는 반장이 호랑이다.

금마에서는 반장도 호랑이도 없고 단지 왕초뿐이었다. 먹는 것도 금마에서는 고루 먹었다. 그러나 여기 와서는 죽도 아닌 국물을 먹기는 먹었지만 비인에서 장항에서 금마로 오던 그때에 물만 마셨던 그때나 다를 게 없다.

잠을 자려면 배는 반도 안 찼는데 힘든 것은 다리와 사람 사이가 꼼짝도 못하게. 마치 말린 무자수 떼 묶음이거나 굴비 묶음처럼 바짝 붙은 것인데 벽체까지 빼곡히 들어차 누구 하나가 움직이면 15명 전체가 불편해진다.

이거야 그렇다 치자. 더 큰 문제는 반장이라는 놈. 이놈이 악당이다.

키가 크고 나이가 든 청년이라 힘도 세고 열여덟? 스무 살은 안 돼 보이는… 원생은 같은 원생인데 팔뚝에 반장 완장을 차고 자지도 않고 자는 아이들 몸을 마치 콩깍지 밟듯 무시로 밟고 걸어 다닐 때도 있다.

정통으로 밟히면 으스러지게 아플 건데 일억이는 아직 밟히지는 않았지만 옆 애가 밟히면 소리를 지르고 그러면 소리 질렀다고 짓이기는지 애 우는 소리에 잠을 잘 수가 없다.

문제는 이게 첫날 밤만이 아니라 영화숙에 있던 내 8개월간 하루도 안 그런 날이 없으니 잠을 자도 잔 건지 만 건지… 그러나 이러다 보니 그러려니 하고 이것도 익숙해져 가기는 한다.

"낮에는 뭘 했어요?"

"아침 먹고 점호가 끝나면 일하는 거지요. 일이라고 하는 것은 뒷산 까내는 삽질부터 풀 뽑기 가마니 짜기인데 건물 막사 여러 채 중에 공장이 있었어요."

"일은 얼마나 고됩니까?"

"아이구, 그 일이 고된 건 아무 상관도 없어요. 제일 힘든 것은 두들겨 패 맞는 거예요."

"왜 때리지요?"

"그게 아무 이유가 없이 무조건 얼굴만 마주치면 때립니다. 이유가 없어요. 애들은 다 착해요. 분위기가 그런데 무슨 말썽을 부릴 것도 없고 밥투정 잠자리 투정 누구 하나 워낙 최악이니까 그러려니 하면서 불만 하는 아이도 없었어요. 불 만할 새도 없고요."

"그런데도 때립니까?"

"반장이라는 놈은 먹고 하루 종일 하는 일이 때리는 일입니다. 안 쳐다본다고 때리고, 쳐다본다고 때리고, 옷이 그게 뭐냐고 때리고, 눈매가 그게 뭐냐고 때리고, 빙긋 웃었다고 때리고, 웃지 않는다고 때리고, 눈물 자국 보인다고 때리고, 무슨 생각을 하느냐고 때리고, 걸음걸이가 그게 뭐냐고 때리고, 빳빳이 걸었다고 때리고, 못 본 척했다고 때리고, 또 때리고 때리는데 때릴 이유가 되는 것도 아닌데 전부 때릴 이유가 되는 겁니다."

"얼마나 아프게 때립니까?"

"속된 말로 뒤지라고 때린다고 봐야 합니다."

"아니 그런 게 어딨습니까?"

"그게 기강을 잡는 건지 뭔지 때리는 이유를 저는 아직도 몰라요."

"그럼 윗사람들이 때리지 말라고는 안 해요?"

"반장 위에는 소대장이라고 있는데 반장은 그나마 우리와 나이 차이만 날 뿐이지 똑같은 원생이고, 소대장은 선생님이라 부르라 그래서 그렇게 불렀거든요. 소대장은 원생이 아니고요."

"아, 그 재단법인 직원인가 보죠?"

"그렇지요. 지금 생각하니 재단법인이지 그때는 이게 법인인지 학곤지 아니면 공산당조직인지 개인인지도 모르고 알 수도 없었어요."

"그래서 때리면 그 소대장들이 안 볼 때 때려요?"

"상관없어요, 봐도 말리질 않으니까요."

조상철 씨와 만나 보니 일억보다 3년 연하의 아우다.

"아우야, 얼마나 고생했니 그래? 이야기 좀 들어보자."

"형님이 계셨던 비슷한 시기에, 형님은 바로 탈출했지만 저는 6년을 있었어요."

"그래 거기서 어떻게 나왔어?"

"나온 게 아니고 좀 크면 소년의 집이라는 곳으로 보내요. 소년의 집에 좀 있다가 소년의 집은 나가고 싶으면 나가라고 해서 열아홉 살에 나왔어요."

두 사람의 이야기는 사흘도 짧게 보인다. 취재 차 같이 간 작가는 취재를 위해 질문을 하고 답을 듣는다. 들어보니,

끌려간 것은 박일억과 다르지 않다. 이건 전체 감금자 모두의 공통점이었다.

아무런 이유 조건 없이. 혼자 있는 아이가 보이면 잡아채 간 것인데 그러지 않으면 50명에서 1명, 부족이면 1명당 10대를 맞아야 하니 보이면 잡아채 끌고 가고 끌려간 것이다.

끌려와서의 생활상은 박일억과 다르지 않다. 그런데 다른 것 하나. 그것은 조상철 씨는 죽은 아이들 시체를 뒷산에 갖다 버리는 일을 시키더라는 것이다.

"죽는 애들은 어쩌다 죽습니까?"

이 말에는 박일억이 답한다.

"저도 많이 봤어요. 굶어 죽고 병들어 죽는 게 아니라 주로 맞아서 죽

습니다. 죽을 때까지 때린다고 봐야 해요.”

“아니 맞아서 애들이 죽어요?”

“맞을 때 정통으로 급소를 맞으면 즉사합니다. 급소는 누구에게나 있어서 거길 맞으면 급살(急煞)을 맞는다고 하지요? 급살은 맞는 순간 즉사합니다.”

“그래요? 한방에 죽어요? 박 회장은 그런 급소 자리를 압니까?”

“급살 맞고 죽는 애들을 직접 봐서 알아요. 아 쟤가 저길 맞으면 죽는구나, 지금은 이곳저곳 단 한방에 사람이 죽는 자리를 다 알아요.”

“어떻게 그런 걸 다?”

“영화숙에서 죽는 아이들이 어딜 맞고 어떻게 죽나 하도 많이 보아 알게 된 거지요. 그걸 아니까 반장이 때리려고 움찔하면 급살 자리를 막거나 얼른 피하고 그랬지요.”

“실제로 그렇게 위험하게 맞은 적도 있었군요.”

“여러 번이었습니다. 그러다가 팔도 다치고 오른쪽 허리 다친 건 아직도 후유증이 있어서 허리를 잘 못씁니다.”

“맞아서 그런 겁니까?”

“한두 번이 아닙니다. 그래도 나는 맞는 데 요령이 있어 그렇지 잘 못 맞으면 한방에 가요.”

“반장 놈들은 그걸 알고 거길 때리는 겁니까?”

“아니 몰라요. 패리는 놈이나 맞는 놈이나 모르니까 무식하여 사람이 맞아 죽는 겁니다.”

“거 참, 과거 장어 잡던 그런 감각인 것 같습니다.”

"그런데 꼭 현장 즉사하는 게 아니고 맞는 곳 뒤에 돌이 있거나 위험한 나무나 철근 같은 게 있을 경우에는 주먹으로 맞고 쓰러지는데 그때 잘못 넘어지면 뇌진탕으로 급사하기도 합니다."

"패면 맞는 장소 뒤에 뭐가 있어서 어디로 넘어질지 순간 알고 피하는 겁니까?"

"그렇습니다. 저는 때리는 상대와 얼른 자리를 바꿔 뒤를 보고 거기서 맞아야 넘어져도 일어나지만, 중요한 건 머리를 정통으로 맞지 않아야 하는 건데 볼을 맞아도 쓰러는 지니까 쓰러질 자리 판단을 빠르게 해야 맞고 끝나지, 아니면 그 순간 즉사하는 수가 있습니다."

"아 그러면 조상철 씨~ 그럼 그렇게 죽은 아이 시체를 조상철 씨가 뒷산에 갖다 묻었다는 거지요?"

"그렇습니다. 어려서 엄청나게 송장 파묻기를 오래했습니다."

조상철의 증언

"그 이야기 좀 해보시지요."

"끌려간 지 좀 지나자 오라해 갔더니 죽은 애한테 데려가 '너 이거 이 가마니를 반으로 쪼개 묶어서 저 산에 갖다가 묻으라' 하더라고요. 죽는 거야 저도 봤지만 막상 섬뜩하고 막막했습니다."

"무섭지요?"

"무서운 것도 아니었습니다. 맞아 죽을 줄 알고 나왔는데 그러라니까 우선 표정도 좀 다르고 한편은 안심도 되더라고요."

"아우야~ 그래서 그 일을 어떻게 몇 년이나 한 거니?"

"형님 그 일을 한 게 한 3년 되나 그래요. 가마니를 아끼라 해서 반으로 쪼개고 둘둘 말아 들쳐 안고 보니까 안 되겠더라고요. 그러자 '야, 산에 가 칡넝쿨을 끊어다 묶으면 되잖아?' 하고 소리를 치더라고요. 그래서 가마니 반쪽으로 둘둘 말아보니 머리하고 다리는 겉으로 나옵니다. 그걸 칡넝쿨로 얽어매 어깨에 메고 산으로 올라가는데 머리는 덜렁거리고 다리는 흔들거리고 삽 하나 들고 올라가 보면 어리니까 땅이 잘 안 파집니다. 그래서 파묻으면 반은 묻히고 반은 안 묻히고, 또 때로는 거기 아카시아 가시나무에 칡넝쿨이 뒤덮여 있어서 거기다 던져 숨기기도 했어요."

"조상철 씨가 참 어려서(손을 만지면서) 이 손으로 못 볼 것 못 할 일 참 엄청 했군요."

"그래서 아우야. 네가 묻은 시신은 얼마나 되니?"

"형님 내가 다른 건 몰라도 나도 모르게 숫자를 세어 보게 되더라고요. 총 80구 정도를 치렀습니다."

"아이구 참. 어린애가 세상에나 조상철 씨, 정말 무어라 위로할지 칭찬할지 기특하다 할지, 딱합니다. 그래도 안 죽고 살아남아 줘서 인간적으로 내가 다 고맙군요."

일억도 그랬다.

살아온 날들 중에 배가 고파 못 견더 그렇지 누구한테 맞아 본 일은 거의 없었지만 연신 맞았다.

그러니 7호 방에 들어가자 일억이라고 다르지 않다. 맞지 않으면 언제 맞을까 불안하여 일단 때리고 맞으면 오늘 하루는 잘 보낸 거라고 오히려 맞는 게 나았다. 마치 매도 먼저 맞는 게 낫다듯이.

그런데 하루 딱 한 번이라는 게 없다. 하루 두세 번이고 그건 반장 맘대로다. 이상한 건 소대장급 직원들이 봐도 말리기는커녕 구경만 하여 반장의 위세는 가히 하늘을 찌르는 것이다.

반장은 방마다 하나씩이고 부반장은 없다. 방은 방별 이름이 있어서 일억의 방은 7호 방에서 훗날 맨 끝 쌀개방이라고 부르는 곳으로 갔다.

쌀개가 뭐냐고 묻는 애들이 없다 보니 왜 쌀개방인지, 나중에 알고

보니 오줌싸개들 방이라는 뜻인데 맞아서 오줌 싸고 어떤 애는 배 내
똥을 쌀 정도로 맞아서 이건 신체 생리현상인데도 최하급 쌀개방으로
보낸다.

방이 10개니까 반장도 10명인데 방방이 15명씩 약 150명의 남자 방
이 있고 건너편 왼쪽에는 여자들 방이 또 열 개 좀 못되게 보여 약 250
명 정도로 보였는데 정확하게 알지는 못한다.

"그때 뒤편 넓은 공터에 재생원이 있었다는 것도 알았어요?"

"새카맣게 몰랐어요. 요즘 영화숙을 검색하면 재생원이 같이 뜨는데
당시에 뒤쪽, 먼 곳도 아닌데도 아예 상상도 못 했습니다. 관심은 오로
지 안 맞고 하루 살기였을 뿐이었습니다."

맞다 죽는 애들을 자주 보았다. 낮에 공장에서 반별로 일을 하는데
그러다 맞아 죽은 아이들인데, 병으로도 죽고 배곯아서도 죽지만 원인
은 반장들 매타작으로 죽는다.

"총 죽는 애들 몇 명이나 본 것 같습니까?"

"못 세요. 자주 봤습니다. 특히 쌀개방 반장이 되기 전 7호 방에 같이
있던 애 하나는 보는 데서 맞아 즉사해 죽었습니다."

"끔찍하지만 맞아 죽는 애들 본 얘기 약간만 해보실래요?"

맞아서 죽기도 하지만 맞아 벌렁 자빠질 때 머리가 깨져 피를 출출
흘리다 죽는 애를 두 번 보았다.

한 아이는 맞은 머리 그 자리를 맞고 또 맞기를 반복하여 고개를 숙

이면 피고름이 줄줄 흐르는 처참한 광경도 본 일억이다.

또 몽둥이로 머리를 직통 맞아 죽는 애도 봤지만 대개 맞는 동시에 쓰러지면서 잘못되고, 안 그래도 몸 상태가 좋지 않은 아이들이 영양은 부족한데 일은 고되고 무엇보다 추운데다 매까지 맞으니 시들시들 앓다가 죽기도 하였다.

맞을 때 잘 못 맞아도 죽지만 맞은 곳을 연거푸 그 자리를 또 맞으면 바로 죽어버린다.

또 이런 경우도 있다.

맞으면 그곳에 상처가 나는데 상처 난 자리를 또 맞는 경우에는 산사태 난 곳에 또 비가 내리면 밀려오려다 만 산 흙더미가 쉽게 쓸려 내려오듯 그 자리가 곪다 곪다가 덧나버린다. 그러면 피고름이 줄줄 흐른다는 얘긴데 치료는 받지 못하여 덧나고 짓물러 살이 썩어 그로 인해 죽는 것이다.

숙에는 병원이라 부르는 양호실이 있기는 있으나 형식일 뿐이다. 갔다 온 아이들을 보면 겨우 소독하고 빨간약(머큐롬)이나 발라주고 돌려보내니까 치료약은 물론 소염제나 진통제도 없어 맞은 상처가 점점 커져 그러다 살이 썩어 앓다가 죽는 경우도 눈으로 보았다.

'아 여기서 나도 저렇게 죽는 것 아닌가?'

어린 마음에도 일억은 즉사나 구타 반복으로 죽을 우려가 높다는 불안감이 있지만 티를 내지도 못한다.

한번은 애가 죽었는데 꾀병한다고 일어나라 소리소리 지르면서 이미 죽은 아이를 안 죽은 줄 잘못 알고 송장을 송장이 아니라고 잘못 판단해 연달아 밟고 일어나라 소리를 치는 것도 보았다. 옆에서 죽었다는 말을 했다가는 괜히 공매를 맞을 게 뻔해 말을 못 하면서 얼마나 무서운지 계속해서 안 죽을 방법을 생각해 보기로 했다.

방바닥은 마룻바닥이고 이불이랄 것도 없는 곳에서 겨울을 맞았다. 털이 많은 개라도 병이 날 건데 털이 없는 사람이 배겨날 수가 없는데도 왜 그렇게 두드려 패는지 산다는 것이 더 어려웠다.

게다가 감시의 눈초리는 감옥에 갇힌 죄수와 다르지 않았다.

반장은 하루에 몇 번씩 도망침을 방지한다고 연달아 이름을 불러댔고 건너편 좀 떨어져 있는 화장실에 가면 가면서부터 자기를 알려야 하니까,

"변소~ 변소~"

이렇게 소리를 내면서 가야 하고 변소에 들어가서도

"변소~~~ 변소~~~"

하고 도망가지 않았다고 외쳐야 했다는 건 수감자들 모두 똑같다.

무응답으로 조용했다가는 대가를 톡톡히 치러야 한다. 만일 목소리가 작아 반장 기분을 상하게 하면 반은 죽었다고 봐야 했다.

역시 7호 방에 있을 때다.

한번은 일억이 걸려들었다. 여러 번 맞아 봤지만 이번에는 더 심하게 주먹으로 발로 옆구리 허벅지 낭심 머리통, 때리는데 이골이 난 반장이 멈추지 않고 패기 시작했다.

이에 모기 소리같이라도 왜 때리느냐 물으면 더 심하게 맞는다는 것을 알기 때문에 반장이 그칠 때까지 맞아 주는 것이 그나마 매를 줄이는 방법이다.

'저놈의 반장새끼…'

언젠가 복수를 하고도 싶지만 불가능한 생각이고 저절로 그칠 때까지 얌전히 맞는데 있어서 눈매나 맞는 태도가 자칫하면 그치려 하다가도 더 오래 매타작을 당하기 때문에 어떡하면 덜 맞고 하루를 보내나 하면서 맞는 중인데.

순간 어려서 잡던 장어잡이에서 장어 꼬리 움찔하는 잽싼 동작에 동시에 움직이던 손동작이 떠올랐다.

"일억아! 너 도대체 이 장어를 어떻게 잡는 거니?"

형 일선이 물었다.

"다 잡는 수가 있어, 형."

"허 녀석 참. 그래 그 수가 뭔데?"

아버지도 대견한 듯 관심을 보인다.

"눈에 보이기만 하면 잡아요."

"낚시도 아니고 손으로? 어떻게?"

"딱 보면 장어가 어디로 갈지 알아요. 그러니까 장어는 장어 뒤를 따라가서는 못 잡고…"

"그럼?"

"꼬랑지를 보면 장어가 어디로 갈지 재빨리 알아채고…"

"그러면?"

"장어는 꼬랑지 움직이는 반대 방향으로 가기 때문에 왼쪽 오른쪽을 빨리 판단하고 손을 얼른 머리 쪽에 댔다 재빨리 움켜쥐면 딱 잡혀요."

"그 미끄러운 걸 어떻게 잡니?"

"그건 손이 빨라야 하지만 눈도 빨라야 하기 때문에 장어 꽁지가 움찔하는 순간 손이 반대 쪽으로 가야 돼서 엄청 빠르지 않으면 놓쳐요."

"재가 지금 뭐라는 거야."

매를 맞으면서 오랜만에 떠올린 장어잡이 그때다.

장어란 놈은 설명이 불가능하다. 장어에게도 생각이 있다면 일억과 장어는 지금 머리싸움을 하는 중이다. 네가 잡히느냐 내가 잡지 못해 네가 도망가느냐…

전에도 짐짓 떠올렸던 순간의 생각이었다. 맞는 애들을 보면서 저렇게 맞으면 자칫 뒤로 넘어가면 뒤는 커다란 돌덩어리가 널려 있어서 저곳에서 잘못 맞아 뒤로나 넘어가는 날에는 머리통이 깨질 우려가 훨씬 많다고 보여,

'야 반장 기분 안 상하도록 이쪽으로 돌아서서 맞아~'

말을 해 주고 싶었던 적이 있다. 그날 과연 그 애는 뒤로 나가떨어져 돌덩이에 뒤통수가 깨져 현장에서 즉사하는 걸 본 일이 있다.

그래서 결국 맞게 된다는 공기가 돌면 방어는 못 하니까 주변을 살펴

어디로 쓰러져도 다치지 않을까를 생각해 봐야 한다. 잘 맞으면 살고 잘못 맞으면 죽는 건데 어디서 맞느냐고 하는 현장 조건이 맞는 자체보다 중요하다는 사실이다.

맞고 다치고 죽는 것은, 일억이 생각해 본 결과 맞는 기술이 있고 없고의 문제다. 그러니까 가해자는 죽을 거라는 예측 않고 때렸는데 그럼에도 죽을 경우 법에서는 과실치사지만 여기서는 무과실인 셈이다. 하여 몇 가지 맞는 방법을 생각해 두고 차곡차곡 기억해 가고 있다.

맞아도 죽지 않고 사는 비결

첫째, 어디서 맞느냐는 자리.

둘째, 어디를 맞느냐는 위치.

셋째, 맞을 때 쓰러질지 버티고 맞을지.

이건 글로나 말로 설명하고 써 낼 수 없어 맞아 죽는 게 아니라 맞다가 죽는 현상 대처라 머릿속에 차 있어야 한다.

동시에

절대 써먹을 일도 없지만 반사적 동시방어 연구다. 때리고 맞고 뒹굴고 피하고 부러지고 깨지고 죽고 죽을 뻔하다 살고… 일행삼동(一行三動), 하여간 일억의 머리는 맞는 걸 볼 때마다 팽팽 돈다.

'어? 저렇게 맞으면 죽는데…?'

말을 해 줄 수는 없다.

'머리를 잘못 맞으면 쓰러져 살려면 다시 딴 데를 맞아야 살아.'

이건 말해 줄 수 없는 일억이만의 분석이다.

특히

맞는 기술만이 아니다. 방어는 사망이지만 그래도 볼 적마다 방어를 생각했다. 왼손이냐 오른손이냐부터 발이냐 주먹이냐 등등, 어디를 패려고 하는 건지 동시에 척 보면 알 수가 있다.

눈에도 나타나고 말로도 나타나고 동태는 지금 무엇으로 어디를 가격할지 때리기 전 이미 감각으로 알아야만 막을 수가 있다.

그렇다고 그리 여러 번 맞았지만 단 한 번도 손으로 막거나 머리를 피하거나 허리를 굽히든 젖히든 방어 수단을 써먹은 적은 없이 그냥 맞았는데 단 한 번 잘못 맞다가는 맞다가 쓰러져도 머리는 다치지 않을 곳으로 몸을 돌려 상대를 돌 쪽에서 때리게 하는 정도는 쉬운 문제다.

이에 여기서 그치고 맞아 죽지만 않아서는 반도 안 된다. 나머지 절반은 움찔하는 장어 꼬리를 감각적으로 감지해 순간 찰나에 손을 머리 쪽에 갖다 빠르게 갖다 대야 잡히는 장어처럼

일억은 거구 반장의 동작마다 되받아치려면 어떻게 할까를 수십 백 번 연구 관찰하고 나름의 대응 방안을 저장해 두었다.

"아 그러니까 정통 권투나 유도하고 다른 겁니까?"

"낙법이니 호신술이나 수도 없이 많은 가격 방어 기술에는, 잘 모르지만 전혀 그런 게 아닙니다. 나중에 체육관도 나가 보니까 제가 알고 몸에 익힌 그런 감지감각 순간대응 방어공격이 하나로 묶여 동시에 상대를 꺾는 기술이랄지 일행삼동(一行三動), 이런 건 없어요. 제가 하도 맞고, 또 맞는 걸 너무 많이 보다 보니까 스스로 알아 깨우친 저만의 비방입니다."

"허허, 그것 참, 알아는 듣겠는데 배우지는 못할 거로군요."

박일억 너 반장 해라

이렇게 감금된 날이 가고 겨울은 깊어 간다. 그러던 어느 날 박일억이 7호실 반장에게 매를 맞는다.

이름도 모르는 하늘같이 높은 반장. 그가 박일억을 사정없이 후려팬다.

일억은 이러다 죽는 애들을 많이 봤기 때문에 몸을 피하면서 반장의 구타에 급살 맞는 급소를 피하며 맞는데 소대장이 왔다. 맞는 태도가 뭔가 달리 보였던 것일까?

"야, 너 밖으로 나와! 반장도 나와!"

둘이 밖으로 나오자

둘이 정정당당하게 맞짱 한번 떠 봐라. 어서~! 소리를 지른다.

"야 임마, 반장. 너 저놈 삭 패라니까. 죽어도 좋으니 내 앞에서 두드려 패고, 너 이놈 이름이 뭐냐? 너도 맞지만 말고 맞짱 한 번 떠 봐. 명령이다."

선제공격은 반장의 오른 주먹이다.

일억은 이미 어디를 가격할지 알기 때문에 단순 피하는 게 아니라 공격함으로 생기는 빈구석을 발로 걸어차면 고꾸라져 강한 공격만큼 역반응이 심해져 반장이 나뒹군다는 이치를 숙지해 아는 대로 대응하였다. 아니나 다를까.

일어서더니 이번에는 오른발 돌려차기 비슷한 타격을 할 낌새다. 이를 재빠르게 순간적으로 감지하고 오른발을 들어 올리려는 순간에 홀로 선 왼쪽 정강이(쪼인트)를 선제공격하니 오른발이 일억의 왼쪽 옆구리에 다다르기 전 나자빠져 쉽게 일어나지를 못한다.

"야, 이놈아. 널 보고 방어만 하랬니? 너도 공격해 맞짱 뜨라 했잖아?"

일억은 이런 소대장의 말이 떨어지기가 무섭게 머리통을 걸어차 쓰러지자 짓이겨 버렸다. 순간 이건 네게 맞은 우리 7반 친구들을 대신해 내가 갚아주는 맞짱이다~, 이런 복수의 마음으로 발 뒷굽으로 급소를 짓이겨 버렸다. 반장은 그대로 일어나려고 버르적대다가는,

"소대장님 살려주십시오. 항복입니다. 죄송합니다."

말도 제대로 못 하다 겨우 일어나 꾸부정하니 비틀거린다.

"야! 아 이놈이, 일단 좀 더 앉았다 일어나라, 너 오늘은 맥 못 출 거니 쉬고, 야 이놈 반장 체면이 이게 말이 되냐?"

하더니만

"네 이름이 뭐라구?"

"예, 박일억입니다."

"그래, 박일억. 너 오늘부터 10호실 쌀개방 반장으로 가라."

일억은 이게 뭔 소린지 들었어도 모르겠다.

"쌀개방은? 저 끝 10호실이다. 애들이 전부 팔불출들이다. 똥오줌도

못 가리는 놈도 있어서 그냥 싸고 누는 것도 좋다만, 대가리가 텅텅 빈 놈들만 모아둔 방인데 반장도 필요가 없는 방이다.

"잘 됐다. 네가 가서 팰 놈을 패고 될 놈은 가르쳐라. 짐승만도 못한 아주 못난이들 방이거든."

오줌싸개 쌀개방 반장

일억이 쌀개방 반장이 되어 10호실로 왔다.

원래는 오줌싸개 똥싸개들의 방이라 (오줌)싸개들 방인데 그냥 쌀개방이라 부르는 방이다. 요즘 말로는 발달장애라든가, 아니면 덜떨어진 아이들을 한방에 모아둔, 지진아요 미성숙한 아이들 방이다.

"저는 애들 때리는 반장 그런 건 차라리 맞고 7호실이 낫지 그런 건 하기 싫은데요."

어디라고 소대장에게 말대꾸를 다 한 건 순간 승리에 도취된 일억의 건방짐일까? 함에도 들어준다.

"걔네들은 때릴 아이들이 아니야. 그런 머리 자체가 없어. 무녀리들이라 때릴 가치도 없고. 그러면 오줌똥 더 싸대니까 사실 반장이 필요도 없어서 소대장들이 가끔 둘러보고 자라고 하면 그냥 자는 미성숙 애들이라 때릴 필요는 거의 없는 방이다."

소대장 말에 대꾸는 못 한다는 걸 알면서도 말을 했더니 그 방은?

"냄새가 고약하고 더러워서 그렇지 말은 잘 들을 거다."

하여 일억은 맞짱 뜨기 한방에 반장으로 올라간 것이다.

반장이 된 건 입숙 반년이 넘어 일곱 달쯤은 되었을 때였던 것 같다.

이렇게 쌀개(싸개)방 반장이 되어 10호실에 와보니 와~ 과연 냄새가 진동한다.

오줌 싸고 똥 싸고 그게 옷에 묻은 아이도 있고… 영화숙(永華塾) 내에서도 더 지독한 최하 등급, 돼지우리와 진배없는 방에 반장이 되어 온 것이다.

장애가 있는 아이들은 반장이 뭔지도 잘 모른다. 맞아도 모르고 안 맞아도 모르고 멍청스럽게도 보이고 특히 딱하고 불쌍하게만 보이는데, 보니 한편 여기는 거꾸로 영화숙 속 천당 같다는 생각도 든다.

반장이 되자 일억은 일절 매질을 당하는(매 맞는) 일은 없어졌다. 어쩌다 소대장이 오라 하고 오기도 하고 다른 방 반장들과 만나기도 하는 등 일신이 편해는 졌는데 어딘가 깊은 생각에 잠기는 때가 잦다.

특히 쓰레기처리장이나 외부 노동을 나가는 일도 없다. 그냥 싸개방에 머무는 것이 전부다. 아침 체조도 없다. 데리고 가 밥이나 먹이면 되는 등. 참 영화숙 속 천국처럼 아이들조차 일억이 반장인지 무서운 건지도 모르고 착한 눈으로 바라보며 웃기도 한다. 이 대체 무슨 일이라지?

잠은 아이들 속에 섞여 같이 잔다. 7호실처럼 매타작 당할 일도 할 일도 없어 마음은 편한데, 거꾸로 수감된 아이들이 걱정된다.

7호실에 있을 때는 방에서 멀리 떨어진(50미터쯤?) 곳에 화장실을 갈 때는 넷씩 조를 짜서 보내 주어 같이 갔는데 여기서도 가며 오며, 볼 일을 보면서도 반장이 된 일억이

"변소~~~"

하고 소리를 치면 넷이 합창하듯

"변소~"

소리를 수십 번 복창해야 하지만 여기는 미진아들이라 7호실과는 다르다. 도망치지 못하게 따라가거나 멀리서 선창을 하는 건데 변소까지 따라오면 방안에 갇힌 아이들 살핌이 안 되니까 소리를 지르곤 하나 쌀개방 반장 박일억은 소리칠 일 대신 같이 따라가도 방안 아이들이 달리 말썽을 부리지 않아 달리 신경 쓸 일은 없다. 여기 갇힌 것도 불쌍한데 여기서도 쌀개들 방에 갇혔으니 참 옥 중 옥이고 숙 중 숙이라 아이들을 보면 딱하고 마음이 짠한 것이다.

그러다 문득 저 아이들 부모는 어떨까도 생각해 본다. 동시에 돌아가신 아버지와의 과거가 생각나기도 하면서 낯선 남자와 사는 엄니도 생각나면 얼른 생각을 뒤집어 버리기도 한다.

그럼에도 자주, 역시나 먹는 것 시원찮지 일은 별것 아닌데 맞는 것이 일일 정도였지만 그럴 일에서도 해방되다 보니까 일억은 후회하기 시작한다.

'금마에서 나온 것부터가 잘못되었어…'

금마에서는 맞는 일은 없었다.

동냥아치들이 그래도 똘망졌었다.

석이랑 명재는 머리가 좋은 아이들이었다. 단지 금마에서 찐빵 훔치다 잡힌 첫날 맞고는 아주 세게 맞은 것은 짜금질(몰래 훔쳐 먹음)하다 들켜 창자가 구멍이 났나 싶을 정도로 맞은 것 말고는 여기다 대면 거기는 지상낙원이었구나 싶은데 그래 봤자 거지였고 거지였던 그때가 천국 같았다는 것에 지금의 내 몰골은 영영 이게 뭔지 헷갈리기도 한다.

다시 찾은 영화숙 구터

흔적도 없고 독수리 산은 그대로인데 거대한 도시가 형성되어 어딘가 하고 간 그곳에는 면허시험장과 자동차정비소가 있다.

60년 만에 찾아온 영화숙과 영화숙 동문들, 아니 납치수감된 소굴에서 어린 시절을 보낸 동병상련의 옛 숙(塾) 동문들을 만나보니 왜 이리 그때의 쌀개방 친구들 생각이 나는 걸까?

만나고 보니 나이는 잔뜩 들어 60대 후반의 아우들인지 동문인지 형제인지 반가우면서도 가슴이 먹먹하다. 어떻게들 나와서 무엇을 하고 살아왔으며 오늘을 사는 걸까.

특히 그중에 한 사람 여자 수감자가 있어 만났다.

"제 이름은 '여진애'(가명)라고 해요."

여진애. 68세. 멀리 경기도 끝 도시에서 오늘은 대통령직속 진실화해를위한과거사정리위원회에서 위원장과 위원 넷이 내려와 부산 초량동 소재 건물 6층 형제복지원피해자종합지원센터에 내려온 참에 박일억과 만난 것이다.

"여자애들도 많았어요. 근 남자애들 숫자와 비슷했던 것 같습니다."

"수감 기간은 얼마 정도 됐습니까?"

"몇 년이라고 말하기도 싫고 저는 특히 너무 어려서 끌려 갔어요. 그래서 오래 있었어요. 아주 오~~래…"

천주교단에서 운영했다는 소년의 집 말고 소녀의 집이라도 있어 그리로 갔다는 건지는 잘 모르겠어서 물어보니 자신도 탈출했단다.

"혼자서요? 어떻게요?"

"저는 정문으로 걸어 나와 쉽게 탈출했습니다."

"아니 정문은 지킬 텐데 어떻게?"

"그래도 탈출이 되려니까 그때는 유유히 빠져나와 탈출한 겁니다."

오늘은 가슴에 맺힌 억울함과 분노를 삭이려고 새벽 5시에 집을 나와 서울에서 ktx를 타고 부산에 도착했다면서 당시의 참상을 자세하게 말하기조차 싫은 듯 주로, 차차 다음에 얘기한다며 묻는 말에만 짧게 대답하였다.

"남자나 여자나 전부 똑같았어요. 먹는 거나 일하는 거나 두드려 패는 거나 남자 여자 차이가 없고 변소라고 외치는 것도 같고 여자라고 봐주는 건 하나도 없이 똑같이 먹고 자고 일하고 체조시키고 특히 하루 종일 두드려 패는 것도."

"여자애들은 약한데 반장은 남자입니까?

"여자지요."

"여반장이 남자 반장처럼 패요?"

"아이구 더 잘 패요. 악독하기가 남자 이상입니다."

"그러나 여자니까 여자애라서 남자와 다른 뭐는 없었나요?"

"아이구 많지요."

"그게 뭐죠? 혹 그게 성폭력 같은 것입니까?"

"그래요."

"아니 어린애들뿐인데도요?"

"어려도 예쁜 애가 있잖아요? 그러면 그 짓을 합니다."

"누가요?"

"소대장 같은데 그다음은 안 봐서 모르고요, 반장하고 얘기를 하면 반장이 보내요."

"누구한테요?"

"그들 소대장들이지요?"

"아하 소대장들이 어린 애들에게 그런 짓을 하는 겁니까?"

"그거야 눈으로 직접 본 건 아니지만 너 어디로 가~ 이러면 가야 합니다. 그러면 어디가 어딘지는 모르지만 갔다 온 애들이 며칠을 울어요. 서러워서 울고 아파서 울고 그런 거겠지요?"

"그런 죄를 어떻게 다 받았을까요?"

"그놈들이 죄가 뭔지나 알았을 턱이 있겠습니까?"

"아니 그때 그곳에는 지금처럼 무슨 종교단체가 오지는 않았나요?"

"없었어요. 한 번인가 누군지 수녀님이 왔단 소리는 들었는데 수녀가 누구냐니까 천주교의 여자 신부라고 하더라고요."

"지금처럼 인권운동가도 없었을 테고…"

"그때 영화숙은 일제 위안부 그 이상의 가혹행위가 있었다고 봐도 되

는 건 애들이 너무 어리잖아요? 피지도 않은 애들이잖아요? 벗겨놓으면
애들이잖아요? 아직 열 살 아홉 살 열 살 뭐 그런 어린애들을 잡아다 굶
기고 패고 일 시키고 그러다 눈에 들면 한순간에 반장이 어디로 가라면
가서 온갖 몹쓸 짓 다 당하고 병나고 죽고 맞고. 하여간 이 문제는 덮어
두고 말 문제가 아니라 국민회개운동으로 말 그대로 과거사를 깔끔 완
전 정리하지 않으면 하늘이 이 나라를 복 주겠어요?"

"하긴 이건 어느 몇 놈 잘못이라기보다 우리 대한민국 당시의 국가범
죄였으니 국가적 회개가 맞는 거로군요."

진화위?

진실·화해를위한과거사정리위원회(이하 진화위)는 과거 국가폭력의 진실을 밝히고자 하는 피해생존자와 유족들의 간절한 열망과 사회 각계각층의 노력으로 「진실·화해를 위한 과거사정리 기본법」이 개정됨에 따라 지난 2020년 12월 10일 재출범했습니다.

진실화해위원회는 항일독립운동, 해외동포사, 한국전쟁 전후 민간인 희생, 권위주의 통치 시에 일어났던 다양한 인권침해, 적대세력에 의한 희생 등을 조사하고 진실을 밝혀 이를 바탕으로 미래로 나아가기 위해 설립된 독립적인 조사 기관입니다.

우리 위원회는 최선을 다해 진실규명에 앞장서겠습니다.

진화위 홈페이지에서 옮긴 글

진실화해를위한과거사정리위원회를 줄여 진화위라고 부른다.

진화위는 위원장 1인과 7인의 위원으로 구성된, 과거 극심한 인권피해를 당한 이들을 국가적 차원에서 진실을 규명하고 정부가 적합한 피해를 보상한다는 등의 취지로 부여된 임무를 수행하는 곳이어서 영화숙 생존자협의회를 찾아와 7월 28일 2번째 만남이 있는 날 일억과 작가는 다시 부산을 내려간 것이다.

일억은 이틀 전에서야 부산을 찾고 생존자협의회에도 가입 전이라 이미 이날 두 번째로 만나는 진화위에 회원도 아니어서 위원들과 사전 면담 약속이 되지 않아 10시부터 11시까지 모이고 마친다 하여 끝나는 시각 11시에 맞춰 내려간 것이다.

6층 전체가 형제복지원피해자지원센터여서 넓고, 실장 한 분 여직원 한 분의 안내를 받았다.

아직 진화위와의 만남이 끝나지 않아 우선 피해자 등록절차에 들어가니 7~8매의 가입 서류는 문항이 많고 기억은 희미한데 예/아니오 단문 단답식이 아니라 긴 설명을 해도 부족하여 어찌 줄여 쓸지 일억이 애를 먹는다.

"이걸 뭐라고 쓰지?"

한들 맞은편 작가가 대필할 수도 없는 문항들이라 질문 취지도 애매하여 결국 여직원이 대필을 하는 동안에도 마치 자격증 시험문제 같지만 어쩔 수 없이 묻고 답해야 한다.

진화위의 회의는 12시가 좀 지나자 맞은편 사무실이 열리고 마쳐 피해자 측 5인, 진화위 측 4인, 이미 진화위에 사전 등록된 회원들만 만나고 나옴으로써 종료되고 그제야 이틀 전 본 조상철 씨와 다른 네 사람을 만나게 된 일억이다.

"아이구 참 가슴 아픕니다. 다들 어떻게 안 죽고 살아나왔는지 생각하면 기가 막히고 나와서는 또 어떻게들 살았는지도 궁금한데 척 보니까 다들 힘들게 사는 티가 나요."

"조상철 씨는 휠체어를 타서 그렇지 건강해 보이고 다른 분들도 나이가 있는데도 건강해 보이기는 하던데요."

"그렇지요. 그런데 아직은 제가(일억) 가장 고령자 같습니다. 물론 대여섯 명만 봤으니 더 많은 고령자도 있는가는 몰라도 오늘 현재까지 만나본 일곱 명 중에서는 내가 최고령이다 보니 전부 친동생들같이 짠한 게 뭐라도 좀 먹이고도 싶고 이래저래 가슴이 아프네요."

"피를 나눈 형제 간이야 더 말할 게 없다지만 그 왜 학교 동창, 아니면 같은 고향 선후배, 특히 군대 동기 못 잊는다 하잖습니까?"

"그렇지요."

"그런데 저 사람들하고는 군대 동기니 감방 동기 이상의 생사 동기 심정 같겠습니다."

"아이구 참 설명을 못 하겠어요. 그때 생사의 고비를 수없이 넘나들었을 게 뻔합니다. 멀쩡한 애들이 순간에 죽지 않으면 맞은 상처가 덧나고 또 맞아 피가 흐르고 치료는 안 되는데 계속 맞다 죽은 사람이 모두 다 바로 저 아우들처럼 살아있을 친구들이니 말입니다."

작가가 본 생존자 얼굴에는 어딘지 그늘이 짙다. 그것은 피해의식이라 할 게 아니고 "피곤(疲困)의식"이라 봄이 더 맞을 것 같다.

피곤의식이라는 말은 없지만 피해의식과 달리 삶이 너무 힘들어 지친 표정이 아닌가 하여 만든 말로서 딱히 인생 참 힘들어도 너무 힘들게 살아온 사람에게만 보이는 인상 말이다.

현 피해 생존자는 343명

또 한 분은 당진에서 왔단다.

당진에서 부산에 10시 도착하려면 일찍 서둘렀을 테고, 앞에 말한 여진애 씨는 북쪽 끝 경기도에서 왔다 하고, 나머지는 어수선해 어디서 온 누구인지 취재도 못 하였으나 표정은 어둡다.

그럼에도 천리 길 달려 온 이유, 분명한 사실. 그것은 오직.

"할 말 있다."

"할 말 많다."

"들어봐 달라."

"제발 좀 들어나 봐 달라."

가슴에 묻고 살아온 한참 자라날 나이 적 성장기에 못 먹고 못 입고 못 배우고 못 잔 건 좋은데 주야장창 그 오랜 세월 몽둥이로 주먹으로 맞고 맞은 데를 또 맞고 곪고 터지고 또 맞고도 살아남은 저들의 표정은 달랑 '조용함+고요함'뿐이다.

이로서는 부족하다. 별반 웃지도 않지만 울지도 않을 것 같은 그림이나 조각품같이 느껴지는 야릇함 때문에 다시 한 번 찾아준 진화위가 고맙다는 생각이 들면서, 동시에 진화위란 대통령 직속 위원회 명칭에서 이들에게는 화해和解할 상대가 누구냐는 의문이 들어 〈진실화해를위한과거사정리위원회〉에서 화해가 아닌 '품기'를 넣어 〈진실품기를위한과거사정리위원회〉라야 맞지 않을까 하는 생각도 든다.

가해자가 일본이라거나 우리 정부, 아니면 거대기업이고 상대가 살아있다면 화해가 옳지만 저들을 식민지 노예라거나 흑백 차별도 아니고 그보다 더 극악무도한 짓을 하고 당한 이들의 경우는 누구 상대자가 없다 보니 그나마 대한민국 정부가 책임을 지려면 품어야 한다는 생각이 든 것이다.

요즘 툭하면 트라우마 어쩌구 하는데 참 사치스러운 말이다. 저들에게 있어 트라우마는 새 발의 피라고 느껴진다는 말이다.

영화숙, 사지(死地) 탈출 궁리

쌀개방 아이들은 이름도 없다.

있겠지만 이름 대신 너, 야, 임마가 이름이다. 알고 이름을 불러 봤자 응답도 잘 못 하고 동작도 굼뜨고 첫째는 머리가 어둑하여 생각이 느려 터지기는 모두 마찬가지다.

일억이 쌀개방 반장으로 특명받아 새로 왔지만 반장이 두드려 패는 다른 방과 무엇이 다른지도 잘 모르는 터라 반장 무서운 것을 알기는 알 것 같은데 공포나 두려움 수치는 매우 낮은 아이들뿐이다.

이제 이런 저 아이들 방의 반장이 되었으니 일억은 무엇을 할까 생각해도 때리는 일은 않기로 하였으므로 딱히 할 일이 없다.

그러다 혹 한 아이가 일억을 툭툭 쳐 돌아보면 옆에 아이가 실수를 해서 오줌이 그득하고 냄새가 지독하면 애를 옮기고 닦아주고 닦아내는 일이 가장 많이 하는 일이다.

이렇게 며칠이 지나자 일억은 깊은 생각에 잠긴다.

'똥오줌을 치우는 일이 내가 할 일의 전부인가?'

좀 떨어진 변소는 아이들이 퍼내지 않고 외부에서 왔는지 어른들이 치우는 것을 한 번 봤는데 일억은 지금 방안 변소 뒷바라지에 오물 치워주기가 전부다.

'나는 언제까지 이 일로 살아야 하지?'

어린 나이에도 다시 또 이건 아니라는 생각뿐이다.

비인에서는 학교 대신 그날이 그날로 일이 공부고 일이 밥이라고 배웠지만 엄니가 보고 싶기도 하지만 육손이의 그 못된 짓을 못 견뎌 거기서 밤에 나왔고,

금마에서는 동냥 살이보다 나은 뭔가의 나름 새로운 일을 한다고 잘 먹고 잘 자다 도망쳐 나왔고,

몰래 기차를 타고 오가며 뭔지 모를 내일을 생각하다 덜컥 잡혀온 영화숙에서 이제 매타작은 피했지만 평생 오줌똥 치우는 일을 반장이라고 이것만 해야 되는 건지…

게다가 아이들을 보면 불쌍한 건지 모를 이상한 절망의 늪에 한없이 같이 추락하는 자신의 심사를 가누기가 힘들어지는 것이다.

'나가자. 여기서 나가야 한다.'

일억은 누누이 해 왔던 이 塾에서 빠져나갈 궁리가 생각을 지배했다.

조상철 씨에게 물었다.

"박일억 회장은 어쨌든 탈출했습니다. 조 선생은 왜 도망갈 생각을 안 한 겁니까? 못 한 겁니까?"

"못한 게 아니라 아예 안 한 겁니다."

"왜요?"

"도망가다 잡히면 그날 죽어요. 도망치다 잡혀 죽는 애들을 많이 봤습니다. 그런 애들을 여럿 보다 보니 꿈도 안 꾼 거지요."

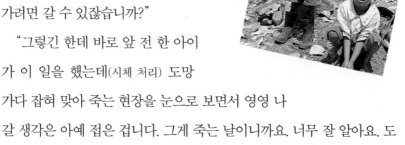

"아니 시체 버리는 일이니까 도망가려면 갈 수 있잖습니까?"

"그렇긴 한데 바로 앞 전 한 아이가 이 일을 했는데(시체 처리) 도망가다 잡혀 맞아 죽는 현장을 눈으로 보면서 영영 나갈 생각은 아예 접은 겁니다. 그게 죽는 날이니까요. 너무 잘 알아요. 도망가 봤자 또 붙잡힌다는 것도. 그리고 죽는다는 것도."

"나중에는 단속반을 했잖습니까? 그때는 왜요?"

"그때는 이미 완벽한 가스라이팅으로 내가 내 자신을 잃어버린 때입니다."

"원래 저는 처음 여덟 살에 잡혀 왔다가 바로 탈출해 나갔거든요. 그러다 열한 살 때 또 잡혀 들어와 6년이나 있으면서 시체처리 후 몸이 커지자 단속반을 거치며 저는 탈출하면 또 잡히고 실패해 죽는 아이들을 많이 봐서 아예 생각지를 않았습니다. 가축이 집으로 기어들어와 잡혀 먹히듯 완전히 나를 잃어버려서 그렇습니다."

조상철 씨의 말이다.

박일억 탈출 감행

쌀개방 아이들은 모두가 지능지수가 낮다. 인지력, 사고력, 감수성 모든 게 떨어지다 보니 볼수록 저런 애들은 오로지 부모가 곁에 있어서 챙겨줘도 힘든데 여기는 버려진 곳이다.

그러다 좀 더 아이들을 살펴보니 그래도 그중에는 그나마 꽤 똑똑해 보이는 아이가 보인다.

오줌 한두 번 쌌다는 것으로 쌀개방에 왔을 뿐 똑똑한 아이들인데 일억을 돕기도 한다. 물론 이런 똘똘이가 여기 있다고는 절대로 알려줄 일억은 아니다.

정이, 형이, 욱이, 그리고 막내 똘이다. 그럼에도 애들 역시나 성이 뭔지도 모르고 이름도 반 토막만 알아 물어본들 정확하지도 않다.

정이와 형이는 좀 낫다. 대구가 집이라 하고 부모가 있다고 한다. 잡혀 온 과정도 제대로 모르는데 단 하나 아는 것은 집에 가고 싶다는 의사표시 하나는 똑같다.

'저 애들을 두고 가? 아니지, 데리고 가?'

반장이라 몸이 좀 자유스러워지자 여기서 나간다는 생각이 굳어져

가는데 일억도 본 것은 탈출하다 붙잡혀 죽을 정도 맞는 아이들이다.

그건 맞는 놈보다 맞지 않는 놈들에게 암시 교육을 시키기 위한 반면 교육으로 보인다. 들키지 않고 나가지 않은 아이들이 이것을 보고 탈출을 않겠다고 하는 세뇌교육이 체질에 밴 까닭이다.

'그러나 나는 나가야 한다. 들켜 또 붙잡히지 않으면 된다.'

일억이 결심을 굳힌 때는 입숙 후 7개월여 지나면서 실행계획 궁리에 들어간 것이다.

하여 아이들에게 같이 나갈래 물었다.

나가자는 말에 아이들의 의지력이 또렷해지면서 꼭 데려가 달라 한다.

그때 곁에 다른 아이들은 지금 무슨 말을 하는지 들어도 모르고 듣지도 않는다.

"그럼 너희들 꼭 내가 하라는 대로 하여라."

"예, 예, 예, 예."

분명 알아들어 의사소통이 된다.

"달 안 뜨고 캄캄한 밤 내가 깨우면 일어나 뒷쪽 산 밑으로 가거라. 나는 망을 봐가며 뒤를 따라 바로 갈게."

오늘이 약속한 날 밤. 아이들을 흔들어 깨워 나가려는 날이다.

부스스 일어나 넷을 밖으로 보내고 칠흑 같은 밤 뒷산으로 달려가니 다 모여 있다.

가슴이 벌렁거리고 떨리지만, 이러다 잡히면 다섯이 다 죽는 것 맞다. 그래도 가야 한다.

"아니 근데 왜 혼자 나오지 않고 애들까지 데리고 나왔습니까?"

"애들이 불쌍해서 15명 몽땅 다 데리고 나오고 싶을 정도지만 애들이 말이 통하지 않으니 이것도 골라낸 아이들입니다."

"그래서요? 그대로 탈출입니까?"

"그렇지요."

시각은 야밤이다. 오늘내일 오늘내일 벼르고 벼르다 문득 저 아이들 내가 나가면 누가 새 반장으로 올지 걱정도 되고 하여 하나하나 물어보니 네 명 다 일억을 따라 나가겠다며 집에 가고 싶다고 매달렸기 때문에 일억까지 다섯 명이다.

다른 아이들은 나가고, 않고, 집이고 부모고 생각이야 있겠지만 생각도 없는 아이들 같다.

"그래 나가자. 엄청 위험할 테니 일체 낌새를 보이지 말고 내가 하는 대로만 하여라."

고 말하니 그런다 하여 탈출하는 중이다.

제6부

생사의
탈출

야밤 5인의 탈출

달빛도 없는 암흑의 밤이다.

이미 나오라면 오기로 한 아이들을 그리로 오라 하니 정이, 형이, 욱이, 똘이 넷이 산 밑에 와 있다.

이렇게 영화숙을 떠나는 새로운 험로에 접어든다.

탈출을 위해 처음 올라와 보는 독수리 산은 생각보다 비탈이 심하다. 오르려 나뭇가지들을 잡자 주로 잡히는 나무는 아카시아라 가시가 찌른다. 때가 5월, 칡넝쿨은 아직 약해 잡고 오르기에는 찔려도 아카시아가 낫다.

많은 시신이 묻힌 곳,

희미하게 가마니 짝이 보여도 그나마 잡고 올라가야 한다.

걱정되는 것은 아이들이다. 때에 저 아래 막사에서는 변소를 외치는 소리가 들리나 보이지는 않는다. 천만다행 일단 독수리 산 정상 언덕은 넘어선 것이다.

산 넘고 물 건너 먼 부산역.

무사히 독수리 산을 넘어는 왔다. 그래도 잡힐지 모른다는 불안에 내

달리기 시작했다. 이러다 잡힌 아이들을 보아 아직은 탈출 중 시작이다.

"지금부터 잘해야 안 잡힌다. 누구도 사람을 만나면 안 돼. 사람이 보일 것 같으면 피해야 한다."

일억은 혼자 몸이 아니다 보니 자신도 걱정이지만 아이들 걱정이 더 많다.

달리고 또 달린다. 집은 단 한 채도 없고 아무리 달려도 만나지는 사람은 없는 논이고 밭이다.

"밤 12시쯤 됐을 거예요. 그때 숙을 나와 어두운 벌판 논밭을 지나고 낮은 언덕도 넘어왔어요."

"그래서 어디로 온 것입니까?"

"부산역을 찾아 달리는 겁니다. 기차를 타야 안 잡히고 부산을 빠져나갈 것 아니겠습니까?"

얼마쯤 왔을까.

멀리 불빛이 보인다.

'휴 살았다, 이제 조금만 더 가면 시가지가 나올 것이고 부산역이 있겠지?'

그렇게 달려 부산역, 아 이제야 날이 샌다.

하루 길은 아니고 밤길 반나절 길이었는데 탈출하는 가슴은 긴장과 두려움으로 터질 것 같다. 그래도 아이들은 잘 따라와 준다.

문제는 역, 여기서 또 잡히면 죽는 건데 너무 이른 새벽 시간이라 어쩌면 아직 단속반은 나오지 않았을 것 같은데도, 그런데도 불안하다.

부산은 더 갈 곳이 없는 마지막 역이라는 것은 알고 있다. 위아래 따질 것 없이 부산에서 기차를 타면 자세히는 모르지만 대구, 김천, 대전으로 간다는 것도 어쨌든 알았다.

기차를 타는 것은 작년이나 오늘이나 역시 마찬가지로 어려운 일이다. 더구나 다섯 명이 공짜 차를 탄다는 것은 쉬운 일이 아니다. 방법은 금마에서 이리역으로 와서 탔던 방법이라고 설명을 해 주었다. 개찰 역무원이 마치고 돌아서면 재빨리 개찰구를 넘어 달리라는 그 방법이다.

다섯이라 만만치가 않다.

짬을 보며, 혼자면 쉽겠는데 애가 넷이나 딸렸다. 그럼에도 찰나 순간을 놓치지 않고 뛰어넘어 다 같이 달린디 역무원이 역무실로 가다 말고 뒤돌아보더니 발견한다.

"어라? 야야, 이놈들아. 너희들, 지금 이게 뭔 짓이야? 이리 와."

지금도 고마운 것은 쫓아오는 척하다 뒤돌아선 것이다.

"에잇, 저 녀석들 참…"

혼잣말인 것 같은데 그냥 돌아간다. 이런 일이 자주 있었던 모양이다.

열차 무임 탑승 성공

기차는 급행 완행 이런 것도 모르는 일억이다. 타고 보니 이번에는 엉청 느린 완행이다. 이리에서 대전, 대전서 부산 왔던 기차는 빨랐던 것 같은데 이 기차는 아주 느리다.

행운인지 복인지 빈자리가 지천이다.

의자를 양쪽으로 젖혀 넷이 마주 보는 좌석이 비어 있어 편하게 자리를 잡았다.

지정 좌석이 있는 기차가 아니라 앉으면 주인이고 일어서면 아니다. 이게 웬 복이란 말인가.

"얘들아, 배고프지?"

아니라는 녀석에 그렇다는 녀석에 그러나 어쩌리.

"실은 내가 너희들 데리고 나올 때는 다섯이 동냥으로 아침을 먹일까도 했다. 그런데 이 지긋지긋한 부산을 빨리 빠져나와야 해 그냥 탔으니 참아라."

그리고 물었다.

"이 기차 대구 가요?"

"2시간 넘게 걸릴 거다."

"김천도 가지요?

"거기는 4시간 걸릴걸."

쌀개들은 좋아하는 눈치다. 그러는 아이들을 보니 지난 영화숙의 8개
월이 주마등처럼 스쳐간다.

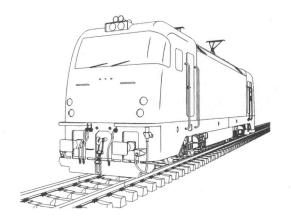

안도하는 일억

"가장 기억에 남는 잊지 못할 고생이랄까? 그것 하나만 말하라면 뭐지요?"

작가가 물었다.

"하나만 꼽으라면 쓰레기장 고물 찾기입니다."

"보물이 아니고 고물이네요?"

"예, 버려지는 쓰레기에서 쇳덩어리나 쓸 만한 것을 찾게 하고 그래서 얻은 고물을 팔아 이사라는 법인이 가로챈 일입니다. 아이구 정말 미칠 지경입니다."

쓰레기장은, (앞에서도 썼지만) 영화숙 북쪽 그리 멀지 않은 곳이었다.

그때만 해도 부산 시내 쓰레기라는 쓰레기는 전부 이곳으로 총 집합이었다. 부산은 큰 도시라 쓰레기는 상상을 초월하게 실려 나와 이곳에 버렸다. 일단 버린 쓰레기에서 쓸 것, 돈 될 것을 찾게 하는 일인데 가장 오래 가장 많이 시킨 일이 이 쓰레기 뒤지기였다.

쓰레기차가 들어와 짐을 쏟아 내리면 먼지가 주변을 덮기도 했다. 쏟는 쓰레기가 높이 쌓이면 바닥까지 파내라 하기 때문에 쏟아져 내릴 때 멀리 흩어지지 말고 따라가라 한다. 넓게 펼치라는 얘기다.

도구는 집게 갈고리, 쇠스랑, 호구, 삽, 호미… 특히 대나무로 만든 둥글고 커다란 둘러맬 대형바구니다. 모두 이걸 걸머지라 하고 날이면 날마다, 쓰레기 뒤지러 나가는 일이 농사일이나 땅 파고 풀 뽑는 일보다 더 많은 오랜 날이다. 그럴 수밖에 없음은 부산에서 나오는 폐기물 쓰레기는 하루도 빠지지 않기 때문이다.

티끌 모아 태산인지 태산 헐어 티끌인지 무조건 쇳덩이 찾기다. 쇳덩이에는 숟가락 젓가락 각종 알루미늄 스텐 등등 일단 무겁고 값나가는 것을 골라 담아야 하는데 이것만이 아니고 헌옷, 종잇장, 책, 가구, 주방기구, 하여간 뭐 하나 버리라는 것은 없고 몽땅 담으라는 것들뿐이다.

"지금 아프리카 미개국 최악의 생존 현장과 같습니다?"

"더하면 더 했지 덜하지 않습니다. 그런데요… 그런데 미개국 폐기물

헤집는 것은 착취가 아니라 수입입니다. 우리는 그런 걸 모은들 우리 수입이 아니고 재단 수입입니다. 그러면 강냉이죽이 걸어지는 것도 아니고 간식이 나오는 것도 아닙니다. 역사상 이런 건 일제 강점기 강제노역 그보다 더 악랄했다고 보입니다."

"아니죠. 그때는 소녀들을 위안부로 끌고 가 성 노리개로까지 부렸잖아요?"

"작가님도 모르는 게 있네요. 그래도 그때 그들은 먹이면서 죽이지는 않지 않았잖습니까? 죽으면 그 짓을 못 시키니까 죽이진 않았는데 영화숙이 악랄한 것은 그러다 죽도록 두들겨 패기까지 하는 겁니다."

"그래 그렇게 더러운 환경에서 쓰레기장에서 죽은 아이들도 봤어요?"

"저는 가을에 잡혀가 봄에 나와 여름은 모르지만 있을 때 들어 보니까 여름에는 쓰레기장에서 쓰러져 죽는 애들도 있었대요."

"그랬겠네요. 물도 없잖습니까?"

"물? 물 없어요. 그러니 애 꼴이 아니라 거지꼴? 거지꼴도 아니고 귀신 꼴이고 송장 꼴입니다. 짐승 꼴이다."

더욱 가혹한 것은 쓰레기 줍는 아이들을 연신 몽둥이로 패댄다는 것이다.

"뭘 꾸물거려?"

이건 양반이다. 욕이라는 욕은 입이 째지게 퍼붓고 나뒹굴면 빨리 안 일어난다고 짓밟고.

"아 정말 그런 사람들 죽었으니 다행이지, 살아있다면 저 죄를 다 받게 할지 모르겠네요."

"작가님, 그러니까요. 그러니 제가 넉넉해서 이 책을 내는 게 아닙니다. 그런 세월이 있었다는 것을 알아야 하고 그래서 죽은 생명의 영혼이나마 달래야 하고, 또 지금도 우리가 몰라 그렇지, 불법을 넘어 인간의 기본권을 짓밟는 단체나 개인이 있다면 좌시하지 말고 다스려야 한다고 해서 내는 책입니다."

"법은 인간의 생명을 지키는 안전 옷이고 안전모라고 봐도 된다는 말씀이지요?"

"저는 지금도 가슴이 덜컹거릴 때가 많습니다. 저러면 안 된다고 보이는 어두운 늪지대가 보입니다."

영화숙의 쓰레기장 강제 노역 피해자 중 한 사람 박일억은 지금 그곳에서 어린애들 넷을 데리고 경부선을 타고 올라가고 있다.

달리는 기차에서

　기차는 달린다. 칙 하다가는 푹 하고 푹이 길면 기차가 선다. 창밖으로 크고 작은 기차역이 보인다.

　"정이, 형이, 너네는 대구랬지? 대구에서 내리면 되지?"

　"내려서 역을 어떻게 빠져나가요, 반장님?"

　빠져나가는 방법은 몇 가지라 했다. 역 옆 어딘가 화물들이 쌓였으면 그리로도 나간다고들 하던데, 나는 아까처럼 개찰구를 뛰어넘었다. 문제는 들킬 수도 있다."

　"들키면 어떡해요?"

　"뭘 어쩌겠니, 잡히는 거지 뭐."

　"잡히면요?"

　"얘들아. 잡히면 죽여 버리는 영화숙이 아닌데 뭘 걱정해. 그냥 잡히고 봐. 단 안 잡히는 게 낫지."

　"반장님 고마워요."

　"고맙긴, 반장이 똥만 치우라는 건 아니잖아? 밥도 먹여주지 못해 미안하다."

　"아녜요. 배고픈 건 잘 참으니까요."

　"이것만 알면 된다. 세상은 영화숙이 아니라는 것, 사람을 죽이는 곳도 봤지만 난 금마에서는 살리는 세상도 살아봤어. 단 도둑질은 하지 말고 배고프면 어디서 누구에게든 솔직하게 밥 좀 주세요~~ 길게 사정하면 밥은 주더라. 특히 그때 주는 영화숙 밥은 개죽이고 그건 대감마님 밥상이라는 것, 내 말 믿고 얻어먹고서라도 집을 찾아가라. 열흘이고 한 달이고 지붕 밑에서라도 그냥 자고 얻어먹어도 너희들은 이제 살아난 거야."

실은 저 애들을 내가 걱정할 일은 아니다. 정이나 형이는 저러다 집에 가면 부모가 있을 테니 진짜 걱정은 일억 자신이 걱정인데 그래도.

아이들이 내릴 때가 되자 고작 해 준다는 말이 달라고 해 얻어나 먹고 집을 찾기까지 견디라는 말밖에는 해 줄 말이 없다는 것이다.

"반장님~~!!"

기차가 대구에 오자 아이들 둘이 일억의 품에 안겨 흐느껴 운다.

"잘 가고 잘 살아라. 절대 무서워하지 마. 대구에는 영화숙 없어. 부산만 떠났으면 우리는 살 수 있다. 잘 가고 잘 살아라."

툭툭툭 서너 번 등을 두드린다. 정이도 형이도 눈물을 흘리는데 일억도 찔끔 눈물이 솟지만 애들에게 보이고 싶지 않아 훔치고 만다.

어쨌거나 탈출에 성공하고 기차에 올라탄 것은 행운이다.

행운의 여신이 이미 행운 보따리를 안겨준 모양이다.

욱이는 김천에서 내렸다.

참 이상한 것은 탈 때마다 차표 검사를 하더니 표 검사를 하지 않는다.

늘 조마조마하여 차문을 열고 차표 검사한다던 여객전무는 그러지 않고 지나다닌다. 아마 수시로 오르내리는 이건 완행이라 검표를 할 수가 없어서 그랬던 것도 같다. 팔뚝에 공안 완장을 찬 공안원도 두세 번 지나만 갈 뿐 일억에게는 무관심이다. 마침내 대전역에 도착하였다.

자, 영화숙을 탈출해 나왔으니 여기서 독자들의 이해를 돕기 위해 초고를 쓰던 중 날아온 신문 기사 하나를 열어보기로 한다.

"우리는 10살에 악마의 소굴로 납치됐다"

등록 2023-08-23 08:00/수정 2023-08-23 10:48
김정효 – 고경태 기자

2023년 8월 18일 진실화해위 영화숙·재생원 직권조사 의결, 피해생존자 배영식·김귀철 씨의 인생

초등학교 시절 영화숙에 납치돼 가혹한 인생역정을 겪었던 배영식, 김귀철씨(사진). 배씨는 창원 마산에, 김씨는 부산에 산다. 본인 제공
…초반 생략
직권조사 꿈같은 일

1970~1980년대 인권유린으로 악명을 떨친 부산 형제복지원 박인근 원장
(1930~2016)이 모델로 삼은 수용시설이 바로 1950~1970년대 이순영 원장
(1981년 사망)의 영화숙·재생원이다. 형제복지원이라는 이름은 익숙하지만 아
직도 영화숙·재생원은 낯설다. 아는 사람보다 모르는 사람이 훨씬 많다.

직권조사 발표를 계기로 19일과 20일 한겨레 전화 인터뷰에 응한 영화숙·재
생원 피해자 배영식(69)·김귀철(69) 씨는 "직권조사한다고 만신창이가 된 인
생을 되찾을 수는 없지만 그래도 꿈같은 일"이라고 말했다. 두 사람은 "이번
직권조사를 통해 영화숙·재생원의 존재가 많이 알려지길 바란다"면서 "더 많
은 피해 생존자들이 직권조사 소식을 듣고 우리들과 함께했으면 좋겠다"고 말
했다. 두 사람은 가장 최근인 올해 4월과 6월 피해자들 모임에 합류했다. 두
사람의 이야기를 들어봤다.

"꼬마야 뭐하니?" "아빠 기다려요."
배영식 김귀철 씨는 1954년생 동갑이다.

···중략

배씨는 부산 초량동의 중앙국민학교(초등학교) 4학년생이던 1965년(추정) 오
전반 학업을 파하고 책 보를 멘 채 광복동 용두산 공원에 놀러갔다가 갑자기
뒤에서 다가온 누군가에 의해 덜렁 안아올려져 트럭에 태워졌다. 아버지는 1
년 전 돌아가셨고 엄마는 여동생을 데리고 일하러 나가 집에 없었다. 늘 용두
산 공원에 들러 놀다가 하교하곤 했었다. 트럭 안에서 어안이 벙벙했다. 그때
저 멀리 자갈치 시장에서 부웅 뱃고동 소리가 울리던 순간을 지금도 잊지 못
한다.

김씨는 부산 괴정국민학교 6학년이던 1966년(추정) 괴정동 신촌극장 앞에서
아버지를 기다리고 있다가 빨간 모자를 쓴 아저씨 두 명과 마주쳤다. "꼬마야
뭐하니?" "아빠 기다려요." 그들은 더 묻지 않고 양팔을 잡더니 트럭에 던져버
렸다. 친모는 세상을 떠났고, 계모는 툭하면 때렸다. 소 팔러 다른 지역으로 떠
돌아다니던 아버지가 있을 때만 집에 가던 시절이었다.

김정효 기자

···중략

김씨는 트럭에서 내린 뒤 철망이 있는 어떤 곳에 감금됐고, 조금 뒤 다시 트럭을 탔다. 미군이 쓰던 '쓰리쿼터' 트럭엔 또래 아이들이 10여 명 있었다. 밤길을 한참 달려 어딘가에 도착했다. 이곳이 부산시 서구(현 사하구) 장림동에 있는 영화숙이라는 사실은 나중에 알았다. 배씨도 똑같은 경로를 거쳤다. 배씨는 영화숙에서 인적사항을 기재하라고 해 자신의 집 주소를 또박또박 적고 엄마에게 편지도 써보냈으나, 그 편지가 엄마에게 갔는지, 엄마가 편지를 받고도 안 왔는지는 지금도 알지 못한다.

…중략

배고픔도 견딜 수 없었다. 두드려 맞고도 다행히 안 죽으면 배를 채워야 했는데, 산 목숨은 늘 허기졌다. 김씨는 "영화숙 밑에 있는 돼지 축사에 내려가 시레기 같은 음식물 찌꺼기와 과일 껍질을 몰래 먹었다"고 했다. 걸리면 또 맞았다. 배영식 씨는 "아침에는 꽁보리밥에 시래깃국, 점심은 미국에서 원조받은 밀가루로 만든 수제비, 저녁은 강냉이죽이었다"고 말했다. 가끔 원생들끼리 수제비 건더기를 따먹기 해, 내기에서 지면 국물로만 배를 채웠다고 했다.

노역도 견딜 수 없었다. 어린아이들이 곡괭이와 삽을 들고 산을 깎아 운동장 만드는 일을 했다. 1000명이 넘게 들어갈 그 넓은 운동장을 어린이들이 만들었다. 그 운동장에서 제식훈련을 하고 포복훈련도 했다. 이순영 원장은 단상에서 아이들에게 사열을 받았다. 열을 맞춰 이순영 앞을 행군하며 "원장님께 경례" 구령이 나오면 모두들 고개를 돌려 목청이 터져라 "충~성" 하고 외쳤다.

배씨는 1년 정도 있다가 탈출을 시도했으나 미수에 그쳤다. 주변의 지형지물을 익히지 못해 밤새 한참을 먼 곳으로 도망쳤다고 생각했는데 영화숙이었다. 곡괭이 자루로 엉덩이를 맞고 생똥을 싸며 기절했다. 얼마 뒤 두 번째 탈출도 실패했을 때는 야전침대 목침으로 만든 십자가에 예수가 못 박힌 것처럼 엎드려 발바닥을 맞다가 졸도했다. 발바닥이 퉁퉁 붓더니 곪았고 나중에는 고름이 흘러나왔다. 아침에 주는 꽁보리밥조차 먹으러 걸어갈 수 없었다.

김씨는 1년 2개월 있다가 첫 탈출에 성공했으나 3개월 만에 다시 잡혀 들어왔다. 두 번째 탈출할 때는 겨울에 언 낙동강을 건너다 얼음이 깨지는 바람에 빠져 죽을 뻔했다. 두 번째 탈출하고 난 뒤 또 잡혀들어왔다. 68년 세 번째 탈출을 했다. 화장실이 철창 밖에 있었다. 밤에 오줌 눌 때 꼭 무리 지어 가게 했다. 두 명의 원생과 "전우의 시체를 넘고 넘어"로 시작하는 군가를 부르면서 화장실을 가는 척하다 산을 타 넘어 도망쳤다.

영화숙 세 번 탈출, 형제복지원에서 또 탈출
배씨는 어린 시절 두 번의 탈출에 실패한 뒤 한동안 포기했다가 19살 반장이
되어 탈출에 성공했다. 1973년쯤이었다. 반장은 감시받기보다 다른 이를 감시
하는 자리였다. 배씨는 성인이 되어 조금 있으면 재생원으로 갈 참이었다. 영
화숙이 있는 장림동에서 다대포로 연결된 비포장 도로 위로 매일 버스 지나다
니는 모습을 봐두었다. 팔이 하나 없는 총지도장이 잠들어 있었다.
                                  …중략
김씨는 세 번의 탈출 끝에 기어코 영화숙을 나온 뒤 넝마주이로 살았다. 어느
날 자갈치 시장에서 자다가 누군가에게 몽둥이 찜질을 당했다. 기절했다 깨어
났더니 철창 안이었다. 이번에는 형제복지원이었다. 1975년이었다. 부산 주례
동의 형제복지원은 영화숙을 베낀 지옥이었다. 조금만 반항하면 집단으로 때
렸는데, 김씨에겐 그 강도가 영화숙보다 심한 듯 느껴졌다. 한 번은 여덟 명한
테 집단폭행을 당했는데 누구한테 어디를 맞는지 알 수 없었다. '빠따'(몽둥이)
60대를 맞은 적이 있었는데, 그때부터 왼쪽 다리에 마비가 왔다. 4~5개월 있
다가 거기서도 탈출했다. 높은 지역에서 연병장 만드는 공사를 했다. 가마니에
흙을 담아 나르는 일이었는데, 어느 날 철조망 밑으로 산비탈을 굴러내려와 도
망쳤다.
배씨는 버스를 타고 집으로 왔다. 10살에 납치되고 19살에 돌아왔으니 9년 만
이었다.
                                  …중략
서울 중구 퇴계로 진실·화해를위한과거사정리위원회(진실화해위) 앞에서 기
자회견을 열어 영화숙·재생원 등 수용감금 복지시설에 대한 진실화해위의
직권조사를 촉구하고 있다. 결국 이들이 바라던 직권조사는 다섯 달 만인 8월
에 이뤄졌다.

                                             김정효 기자
                    …중략

배씨는 올해 4월에 피해생존자협의회에 가입했다. 1년 전 티브이(TV)를 새로 사고 티브이에 유튜브를 연결했다. 이 유튜브에서 한국방송의 '시사직격'에서 다룬 영화숙·재생원 관련 프로그램을 우연히 보게 되었다. 형제복지원은 이슈화가 됐는데 왜 영화숙은 안 될까 평소 생각해오던 터였다. 잊어버리려 했고 혼자 뛰어봤자 뭐 하나 하는 체념으로 살아왔는데, 뜻밖에도 피해자 모임이 있다는 사실을 알게 돼 협의회에 연락했다. 직권조사를 계기로 "정부와 부산시가 적극적으로 나서 이런 일이 있었다는 걸 홍보하고 피해자들을 찾아달라"는 말도 했다. 대부분 고령이고 배운 게 없어 세상 돌아가는 사정을 모른다고 했다. "부모가 맡긴 것도 아니고 학교 갔다 오다가 납치돼 인생이 뒤바뀐 사람이 이렇게 많다는 것을 기억하게 해달라"고 했다.

…중략

"오늘 한 이야기는 겪은 일의 10분의 1도 안 돼."

영화숙과 재생원은 부산시의 업무 위탁과 지원을 받은 합법 시설이었다. 그곳에서 아동에 대한 납치와 구타·강제노역 등 불법행위가 난무했다. 국가가 묵인해 준 악마의 소굴이었다. 이 시설에서 수천여 명이 배영식, 김귀철 씨와 같은 대우를 받으며 버러지만도 못한 생활을 했다. 누군가는 탈출했고, 누군가는 탈출에 실패해 죽도록 맞았으며, 누군가는 정말로 죽어 뒷산에 묻혔다. 시설 밖으로 나가서는 적응하지 못해 방황했고, 그러다가 다른 시설로 가거나 사고를 쳐 교도소에 가면서 세상의 가장 낮은 바닥에서 헤어나오지 못했다. 간신히 사회에 적응해 자리를 잡았다면 극히 운이 좋은 경우였다.

배씨가 더듬더듬 말했다. "세상에 알린들 무슨 또 관심이 있겠냐마는… 사람들이 자기 어려울 때를 생각해서 지금 어려운 사람들한테라도 관심 가져주고… 내 일 아니라고 생각하지 말고… 그렇게 두루두루 해야… 나도 선과 악이 동시에 있지만 선한 마음이 작동하도록 해야죠… 한두 명 인생을 바꿔놓은 것도 아니고… 그냥 조그마한 희망이라도 얻고 싶어요. 오늘 한 이야기는 정말 겪은 일의 10분의 1도 안 됩니다."

고경태 기자
한겨레신문 (일부 인용)

집 없고 부모 없는 서러움

같은 영화숙 피해자 박일억.

1989년도에 대전이 광역시가 되기 전, 다시 대전에 왔다.

현재는 직할시도 아니고 그냥 대전시다. 면적은 현재의 3분의 1 정도. 그러나 대전은 한반도 교통의 중심지로 특히 경부선과 호남선이 교차하고 6.25 한국전쟁에서는 임시수도였다는 등 대전은 점차 전국 인구가 모이는 대도시로 급속히 커가기 전이다.

15세 박일억이 돌고 돌아 다시금 이곳 충청남도 대전시, 바로 대전역에 다시 온 것이다.

때는 1965년 5월.

재작년(1963.12.17.) 대통령에 취임한 박정희 대통령이 미국방문을 위해 출국하는(1965.5.16.) 바로 그때다.

린든 B 존슨 미 대통령은 우리에게 4,000명의 월남 파병을 요구하고 우리는 주한미군주둔 문제와 경제원조 요청에 합의하는 등 박일억이 대전에 오는 이때의 세상은 지금이나 그때나 시시때때 주어진 국가와 국제적 현안이 산적한 것은 마찬가지지만 박일억의 현안은 국가적 사회적 이런 것과는 무관해 먼저 영화숙에서 탈출해 여기까지 온 똘이를 집으로 보내는 일이다.

똘이는 당시 대전이 아니고 대덕군이었던 산내면이 집이라 한다. 지금의 산내면은 대청댐 준공으로 댐 마을이지만 당시는 교통도 좋지 않아 그때 산내는 대전이 아닌 시골이었다.

하여 걸어가든 차를 타든 갈 수 있다 하여 보내고 나니 마침내 조였던 긴장이 풀리고 아이들 넷을 다 무사히 집으로 돌려보내고는 문득 몇을 더 데리고 같이 나왔더라면 싶지만 넷도 적지는 않고 무사히 빼내그래도 보낸 안도감이랄지 긴 한숨이 난다.

이제야 정신이 든 걸까.

아이들은 집에 갔는데 정작 일억 자신은 어디 갈 곳 집이 없다. 아이들은 가면 넷 다 반길 가족이 있는데 일억은 갈 곳도 반겨줄 가족도 없다.

이제야 생각나는 집, 엄니, 일선이 형, 고모와 고모부,

엄니의 남자는 생각나지 않고 그리운 사람은 아버지다. 누가 가장 보고 싶으냐, 아버지다. 그러나 돌아가신 아버지. 그 아버지가 없으니 돌아갈 집이 없어졌고 엄니도 없어지고 형과도 생이별을 했다.

그러는 동시에 정이, 형이, 욱이. 집으로 잘 갔을까도 생각하면서 엄니와 아버지 중에 누가 더 반길까도 생각해 보자니까 엄니는 어떨지 안다. 내가 가면 엄니는 별로 반기지 않을 것 같다.

대전역 대합실에 앉아

깊이 생각해 본다. 아버지가 세상을 떠나자 엄니는 새 남편을 만났다. 그때 일억에게는 밑으로 여동생이 셋이나 있었다. 위로 남자 둘. 형과 나는 고모네로 보냈고, 아직 어린 여동생 중 바로 밑 당시 9살 동생은 바로 남의 집 식모로 보냈다고 들었고 막내 여동생 둘은 데리고 새 남자와 사는 것으로, 하여간 지금 일억은 집이 없다.

이미 고모부 댁으로 보내지면서부터 집 없는 아이가 됐고, 해망동 담 너머로 본 엄니는 이미 엄니가 아니라 그냥 버리고 간 엄니에다 새 남자가 있으니 그가 새아버지란 말인가?

그래서 집도 아닌 군산 그 동네를 떠나 금마에서 동냥아치로 살고,
그러니 영화숙에서 맞아 머리통이 깨져 죽을망정 아버지가 둘인데 진짜 아버지는 죽고 새 아버지? 이건 급살 맞아 지금 죽어도 왜 이렇게까지 싫은 거지?
그러니 집 없고 갈 곳이 없다. 해망동도 집이 아니고 장항도 집이 아니고 있어야 할 엄니는 엄니가 아니라는 것은 지금도 아픈 가슴앓이다.
'맞아. 아버지가 일찍 죽으면 자식들은 집이 없어져…'

'아~ 아버지~~ 아버지의 집이 내 집인데 애들은 집이 있어 갔는데 저는 어디를 가야 우리 집이 있습니까?'

눈물이 쏟아지는 것은 그래도 애들과 같이 있을 땐 몰랐던 일이다.

넷을 보내면서 떠먹이듯 단단히 당부의 말을 해 주기도 했다.

"부모님 말씀 잘 들어라 응? 겪어 봤지? 부모님을 떠나보니 영화숙 애들이 얼마나 매를 맞는지 봤지? 그게 음식이니? 거지도 그보단 낫게 먹어. 그러니 다른 건 다 몰라도 부모님 말 하나는 잘 들어야 한다."

그런데 막상 자신은 말을 들을 부모가 없다.

배가 고프다. 눈물이 어른거린다. 이보다 더도 굶어봤는데 까짓것 하면서도, 고픈 배보다 더 보고 싶은 아버지다.

어젯밤 강냉이죽 먹고 꼬박 하루를 굶어 이제는 어두워졌다.

대전,

역 구내 의자에 앉아 집이고 영화숙에서고 나온 이유가 뭔가를 다시 생각할 뿐이다. 그리고 어떻게 살까를 생각하고 있다.

어두워 가는 대전역에는 여전히 오가는 사람이 많지만 일억은 다시 또 기차를 타 본들 어디라고 갈 곳이 없기 때문에 일단 오늘 밤은 역에서 잔다고만 생각하는 중이다.

물론 급한 건 밥이다.

역 밖을 나가면 수북하니 김이 펄펄 나는 순대가 있다는 것도 안다. 거기 가서 사정하면 얻어먹기는 먹을지 모르기는 하다. 그런데 머리가 어지러워 나가 뭘 얻어먹고 그럴 생각도 없다. 그런데도 오줌은 마렵다.

뭐 먹은 것 없어도 긴장하다 보니 이른 새벽 불빛이 보일 적 밭두렁에서 누고는 기차에서도 누지 않았는데 오줌이 마려운 거다.

먹은 게 없으니 대변은 아예 느낌이 없다. 화장실에서 나와 다시 의자에 앉아 얼마나 지났을까. 그때 장정 네 사람이 다가왔다.

은인 형님들

"야, 너 여기서 뭐 하니?"

"저요? 아무것도 않는데요?"

"밥은 먹었니?"

말은 부드럽다.

"밥이요?"

누구지? 단속반? 여기는 부산이 아닌데 여기도 단속반이 있나? 일억은 멍해진다.

그런데 부산역에서 본 그런 단속반하고는 차림새가 다르다. 부산 단속반의 절반은 거지 차림이라면 이분들은 반은 신사복 차림이다.

"이름이 뭐냐?"

"예, 박일억인데요?"

"어디 살고 뭘 하는 녀석인지는 묻지 않을 테니 다음에 말하고, 딴 걱정 말고 따라나 오너라."

"어딜요?"

"어디는 어디니, 식당이지."

"식당이요?"

"걱정 마라. 우리는 나쁜 사람들이 아니야. 그냥 따라와, 밥은 먹어야지 안 그러냐?"

　순간 조금 전 대구서 내린 정이와 형이에게 해 주었던 말이 생각난다.

　"이것만 알면 된다. 세상이 영화숙은 아니라는 것, 사람을 죽이는 곳도 봤지만 난 살리는 세상도 살아봤어. 단 도둑질은 하지 말고 배고프면 어디 누구에게든 밥 좀 주세요~~ 길게 사정하면 밥은 주더라. 특히 그때 주는 밥은 영화숙 밥은 개죽이고 그건 대감마님 밥상이라는 것, 내 말 믿고 얻어먹고라도 집을 찾아가라. 열흘이고 한 달이고 지붕 밑에서 자고 얻어먹어도 너희들은 이제 살아난 거야."

　역 광장으로 나왔다. 어찌 알았는지 시장 골목 바로 그 순대 집으로 왔다. 김이 펄펄 나던 순대 집. 눈앞에 큰 순대 한 사라가 놓이고

　"야, 우리도 이렇게 먹지 않는데 오늘은 특별히 너 먹이려는 참에 같이 시킨 거다. 많이 먹어라."

　한 분이 말하자 또 다른 분.

　"이거 먹고 국밥도 시켜 줄 테니 순대에, 국밥에, 그런데 너 김치도 잘 먹니? 김치하고 같이 먹어야 한다."

이 무슨 횡재란 말인가. 강냉이죽만 여덟 달을 먹다 그나마 하루를 굶고 울기만 했는데 이건 금마에서 현감댁 하마루(下馬樓/환갑) 상처럼 푸짐하다. 그러더니 배탈이 나서 다 쏟아 내린 것은 그날 밤 그 후였지만…

그렇게 저녁을 먹고 도착한 곳, 재생원이다. 실은 재생원이 뭔지도 모른다. 특히 부산 영화숙에서 재생원이라는 말은 들은 것도 같지만 가보지 않았고 재생원이 무엇이냐고 묻지도 않아 낯선 이름이다.

반 시간쯤 걸어서 온 곳, 큰 도로에서 가까운, 여기도 산 아래다. 벌판 같기도 한데 영화숙처럼 외딴곳은 아니고 대전 시내 변두리로 보인다. 재생원은 같은 재생원인데 여기는 대전재생원이다.

1965년. 벌써 60여 년의 세월이 흘러 당시의 재생원 기록은 검색되지 않는다. 그 당시 재생원이 있던 옛터는 부사동인데 박일억이 있던 부사동 대전재생원은 후일 규모를 키워 당시 충남 대덕군이었던 회덕면 대화리로 이전한다. 지금의 대전광역시 대덕구 대화동 공단이 들어서기 전이다.

그날 대전역에서 박일억을 만나 저녁을 사 먹이고 데려온 사람은 이미 고인이 되신 한수복(고인), 김기순(고인), 서성일(고인), 김중호(생존), 모두 일억이 형님이라 부르고 모시며 근접도 못 한 자력 인생, 즉 거지 동냥아치가 아닌 자기 노력으로 사는 방법과 길을 터준 스승이지만 일억은 이들을 형님이라 불렀다.

갱생-재생-새출발

이렇게 대전재생원에서 배운 홀로서기란 구두닦이다.

딱새 찍새라 천시하기도 하는 보잘것없는 일인데 이것은 남이야 어찌 보든, 이로써 돈을 벌고 살아 밑바닥 같지만, 어쨌거나 직업은 직업이고 일은 일이므로 일을 해야 먹고 산다는 고모부 말과는 또 다른 새로운 길로 접어드는 동기가 된 인생 전환의 기회가 온 것이다.

이에 검색이 잘 안 된다는 재생원에 대해 말해 본다.

대전에는 재생원과 재건대라는 곳이 있었다.

재생원은 여기고 재건대는 금마식 양아치들, 여기저기 다리 밑이다. 재건대와는 달리 재생원은 공적인 조직단체다. 간단히 정리하면.

재생원은 구두닦이로 돈을 벌어 사는 곳이고 재건대는 속칭 넝마주이라 부르는 동냥아치들이다.

재생원에서는 아침을 먹여준다.

잠을 재우는 원생들 숙소이자 거처가 있다. 당시는 주민등록(증)이 없는 상태의 원생들이 제법 많아 재생원 원생이 약 50여 명 정도? 재건대도 그 정도 되었으므로 이들이 대전 시내 구두닦이와 넝마주이들이었으며 이제 박일억이 네 분 형님들의 안내로 부사동 대전재생원에 온 것이다.

터는 영화숙의 반에도 반반밖에 안 되고, 건물 역시 영화숙의 반에 반반 정도로, 지붕은 양철이고 건물은 초라하다. 말집 건물이라고 해서 일(一) 자로 지었는데 60평쯤 되고 사무동과 창고가 있다.

막사(기숙)동은 50여 명이 누워 자기에는 넉넉하다. 별채에는 재생원 사무실과 식당이 있어 요즘의 학교 비슷하나 운동장은 좁다.

"여기가 어디예요?"

"어디기는? 재생원이다, 왜. 그런데 임마, 너 그러지 말고 우리를 형님이라 불러. 나는 강경(한수복) 형님, 저쪽은 중호 형님 그리고 기순 형님, 성일 형님. 알았어?"

형님? 일선이 형 생각이 드는 순간 님 자를 붙이다니 불러보지 않은 이름이다.

"불러 봐~"

"아, 예. 강경 형님~~~"

"또~"

"중호 형님~~ 기순 형님, 성일 형님~~"

"원래 내 이름은 수복이거든, 한수복. 그런데 강경서 와서 다들 강경 형님이라 불러야 안다."

고맙다.

그로부터 떠돌이로 집도 절도 부모도 없는 일억을 챙긴 형님인데 피도 살도 섞이지 않았지만 인생의 언덕이요 울타리가 되어 주셨기 때문이다.

강경 형님을 비롯 감찰부장이 네 분이다. 그러나 술에 취하면 매타작을 하여 무섭기도 했다. 단체 기압이 얼마나 센지… 그래야 그나마 삐뚤어지지 않을 거라고 보는 건지 어떤 날은 잠도 안 재우고 팼지만 고마운 맘이 더 많다.

세월이 흘러 다시 생각해도 잊어서는 안 되는 고마운 형님들…
이처럼 일억을 이끌어 주고 의지가 되어준 형님은 하나둘 열도 넘고 스물은 된다.
물론 같은 재생원생이니 넉넉하지 않은 형님들이었다.
어떤 환경에서 어떻게 살다 이곳 재생원에서 일억을 만난 건지는 모르지만, 확실한 한 가지는 힘들게 사는 일억을 챙기는 것으로 보아 아마도 말 못 하는 자신의 힘겨운 삶에서 어린 일억을 만나고 보니 자기들의 어린 시절이 생각나기도 한 것으로 보인다.
그러니까 돈은 못 주고 집은 못 줘도 별것 아니지만 할 수 있으면 좋은 말을 해 주고 고난을 이기며 살아갈 의지는 갖도록 응원은 해 줄 수 있는, 즉 인간의 인간적인 연민의 정이 있기 때문이라 생각할 뿐이다.

영화숙으로 말하면 단속반이거나 반장이거나 소대장급이다. 그런데 영화숙처럼 무지막지 몰인정하고 폭력적이지 않은 것은 완전히 다르다.
이는 첫 영화숙의 취지도 그랬을 것 같아서 같은 취지 같은 법 같은 허가를 받아 설립했을 건데, 완전 다른 것은 구타가 있기는 했어도 여기는 영화숙하고는 다르다.

재생원 알기

물론 대전재생원도(아래에 쓸 것이지만) 무질서한 떠돌이들 집합소라 폭력은 있어도 기압(정신차리게 하기 차원) 주는 수준이고 부산은 목적도 없이 마구, 왜 그러는지 하는 일이 맞는 일이고 하는 일이 때리는 일이고 그러다 죽는 애들이 부지기수라고 하는 이런 측면서는 천지 차이다.

그러나 망아지 뛰듯 하는 소년들이 모였으니 별별 녀석이 다 있어서 잘잘못을 가릴 수도 없으면 무조건 단체 기압이다.

기압은 엎드려뻗쳐 시키고 엉덩이를 내려치는 것, 무릎 꿇라 하고 두 손 들고 오래 앉혀 놓는 것, 뿐만 아니라 두드려 까고 마구 패는 경우도 있지만 이건 영화숙과는 비교가 안 된다. 하지만 매가 아픈 것은 같다.

"일억아! 여기 우리 재생원에는 회장님(정태영/훗날 국회의원)이 계신다. 그 회장님이 대전시에 제안하여 이 재생원을 만드셔서 우리가 머무는 이 재생원이 됐어."

"아."

"아침은 여기서 주지만 못 주는 날도 있어. 뭐 한 끼 정도 굶어도 나가 열심히 일해 사 먹으면 심하게 배는 안 곯지 않겠니?"

"뭘 해서 돈을 벌어요?"

가장 궁금한 것은 이것이다.

"야, 일억아. 사람은 일할 게 없는 사람은 아무도 없어."

"예?"

"일을 하려고 하지를 않거나 일할 수 있는 일거리를 찾을 줄 몰라서 못 한다는 거지."

"???"

"우리가 네 일거리를 가르쳐 줄 거다."

"그게 뭔데요?"

"아, 저쪽 창고에 가면 연장도 있고 빗자루도 있고 그런데 말이다. 구두통이 있다. 빡통이라고 불러."

"빡통이요?"

"빡통이란 구두 닦는 통인데 구두를 담은 통이 아니고 닦는 도구가 들어있는 통이야. 구두약과 닦는 솔, 그리고 닦는 걸레. 더러운 걸레가 아니고 여러 가지가 다 들어있는 조그만 통이다."

빡통이 돈 통

"빡통으로 돈을 벌어요?"

"하하, 이놈 참, 아 가르쳐 줄 거야 쉬워. 아주 쉬워 힘들지도 않고."

일억이 새로 하게 될 생계직업은 구두닦이다. 문제는 구두를 닦아 본 일은 없다.

"쉽다니까. 우선 통 하나를 줄 테니 그걸로 내 구두도 닦고 저 형님 구두도 닦고 회장님이 오시거든 회장님 구두도 알아서 닦고… 배우면 된다."

"그러면 그게 돈 버는 거예요?"

"야, 이놈아. 네가 내 구두 닦으면 내가 네게 돈을 줘야 되니? 그리고 회장님이 먹이고 재우는데 회장님 구두를 닦고 네가 돈을 받으면 되겠느냐?"

곁에서 중호 형님이 거든다.

"며칠 배우면 된다. 삼수라고 있어, 김삼수. 삼수한테 배워라. 그러면 그 통을 들고 나가서 '구두 닦으세요~~!' 이러고 건물 앞이나 사람들 다니는 곳에 다니면 '이리 와 닦아라, 잘닦어?' 이러는 사람들이 닦으라면 닦아주고 돈을 받으면 되는 거야."

"김삼수?"

"그래그래, 네 또래야. 같이 다니면서 배워."

꿈에도 생각지 못한 일이다.

"그렇게 돈을 벌어서 점심도 먹고 저녁도 먹고 들어와서 자고 또 나가서 소리만 지르면 일이 생기고 돈을 버는 거라니까 이건 절대 거지가 아니다. 말 그대로 재생이야. 인생 다시 고쳐서 새로 사는 직업."

놀라운 일이다.

뭔지 좀 알겠다.

빨리 아침이 왔으면 좋겠다.

회장님 구두도 닦고 싶다.

어떻게 닦는지는 형님들과 삼수가 가르쳐 줄 것이다.

그런데 아까부터 이상하다 했더니 이제야 긴장이 풀렸는지 배가 끊어질 듯하더니 설사가 터지려 한다. 화장실로 달려간다.

제7부

구두
따끄~어~~!!

새 친구 삼수

아침 일찍 삼수를 소개받았다.

"야, 너 괜찮게 보인다. 너도 열다섯 살이니?"

"응."

몇몇이 재생원을 나선다.

빡통을 끈으로 묶어 둘러메고 시내 쪽으로 걸어가면서 지나가는 사람들의 구두를 본다. 삼수가 말한다.

"차림새를 보면 닦을 사람인지 아닌지 보고 직접 물어보면 돼."

가르쳐 주자, 금마에서 석이와 명재가 생각난다.

"구두 닦으실래요?"

"구두 닦으세요~"

이렇게 물으면서부터 가다 보면 하나둘 갈래 길에서 자기 길을 가는 것이다.

"구두닦이도 구역이 있어. 역전 광장 앞이 제일 잘 되는 몫이고 다음은 은행동 시외버스 공영주차장이야. 거기는 이미 선배 임자가 있어. 선배들이 이미 자리를 잡은 곳은 가지 말고 우리는 뒷골목이나 거리를 다니면서 닦아야 해."

"선배님들이 누군지도 난 모르니까 친구야, 네가 가르쳐 줘."

"그럼. 그리고 또 아주 장사가 잘되는 유명한 식당, 가령 한밭식당이나 사리원면옥 일식집도 이미 자리를 잡은 선배가 있고, 도청 있지? 시청도 그렇고. 하여간 그런 데는 사람이 많은 곳이라 구두 닦는 작은 박스까지 지어놓고 맡은 선배들이 있으니까 그런 자리는 가지 마. 너나 나는 거리에 다니는 사람들이나 작은 빌딩 사무실 이런 데서 닦다 만나면 인사만 하는 거지 근처에 가서 통을 내려놓아서도 안 돼."

구두닦이에도 선후배가 있고 기득권이 있어 인정해야 한다는 말이다. 자리를 잡은 구두닦이. 그 선배들은 자기 터를 잡아 자기 점포를 가진 것이고 일억과 삼수 친구는 노점 행상 같은 구두닦이라는 말이다.

그러나,

시작이 어렵지는 않지만 막상 구두 닦으라는 말이 쉽게 나오는 것은 아니다. 금마 동냥아치 때는 꼭 둘셋이 같이 다녔는데 구두닦이는 혼자 다녀야 한다. 혹 둘이 다니다가도 곧 갈라져 혼자가 된다.

비가 오면 일을 나가나 마나다. 반대로 비가 그치면 닦는 사람이 많아진다. 겨울 역시 눈이 오면 닦지 않고 그치면 닦는 사람들이 늘어난다.

고무신을 신은 사람도 있지만 구두를 신은 사람이 더 많기는 하다. 물론 누구나 닦는 것은 아니다. 그러니까 차림새를 보고 알아본다는 게 삼수의 말이다.

한복을 입은 사람은 상관없고 양복을 입은 사람이라야 구두다. 그래

도 일일이 물어보거나 아니면 소리를 질러야 한다. 그러면 저쪽에서 야
~ 하고 부르기도 한다.

"구두 따끄~어~~!!"

이 말은 전에 금마에서

"동냥 좀 주세요 예~"

연습을 해 이미 외쳐보던 말이라 어렵지는 않은데 오랜만이라 그런
지 좀 멈칫했지만 곧

"구두 따끄~어~~!!"

어렵지는 않다.

돈벌이는 시원치 않다. 물론 번들 또 얼마나 벌까만 그래도 신바람이
난다. 벌이라 할 것도 없지만 그래도 형님들이 말한 대로 자유업이고 직
업인이고 엄연한 생계업이다. 남이야 뭐라하든 자부심도 있고 떳떳하
다. 만일 아버지가 보신다 해도 잘한다 하실 거고.

벌이는 하루하루 좀 나아지기는 하는데 들쭉날쭉이다. 그러다 날이
라도 궂어 비가 오면 그나마 벌이는 끝.

밥 사 먹을 돈이 떨어지기도 하지만 그래도 종일 굶지도 않고 멀건
강냉이죽은 아니므로 열백 번 부산 영화숙하고는 비교가 안 돼 만족하
다. 즐겁다. 콧노래가 나오기도 한다.

'부산은 나의 원수야. 내 다시 부산 가나 봐라.'

이런 생각을 해보면서 수복이 형님과 중호 형님이 하셨던 말을 열 번

새기면서 마음을 다진다.

"일억아. 네 직업 정정당당한 거야. 직업에 귀천이 없다는 말은 책에도 있고 누구나 하는 말이야."

"맞다. 구두닦이가 뭐가 어때, 너 전에는 거지로 빌어도 먹었다 했지? 그건 무노동 무전걸식이지만 구두닦이는 유노동 자력 인생이야."

초보 딱새

장마가 끝나면서 비가 그쳤다. 폭염에 사람들이 축 처지는데 일억은 열심이다.

오늘은 대박이다. 구두 닦으라는 사람이 여기저기서 부른다. 한 켤레를 닦으면 5원. 오늘은 10켤레나 닦고 보니 50원인데 옛다~ 하고 10원을 준 사람도 있어 자그마치 70원이나 벌었다.

보통 하루 벌이는 60원 정도다. 자장면이 25원이니까 구두 3켤레 닦아야 한 그릇 먹으니 벌이랄 것은 없지만 문제는 비 와서 못 버는 날 먹으려 모아둔 돈이 떨어지곤 한다.

그러니 자장면. 국밥. 백반. 이런 건 비싸서 못 먹고. 중교다리 옆이나 중앙시장 속칭 먹자골목에 가 꿀꿀이죽을 자주 먹는다.

강냉이죽에 대면 찰떡이라 할 정도 걸쭉하고 씹히는 것도 많다. 오늘은 삼수를 만나 둘이 꿀꿀이죽을 먹는다. 이건 파티다.

"어? 씹힌다 씹혀. 음음, 너무 맛있다~~"

"그래? 칠면조 고기니?"

"응, 맞아. 칠면조 고기야."

주로 미군 부대에서 먹다 남긴 음식쓰레기들이지만 고양분 고단백 소시지랑 칠면조 고기 조각을 넣고 당원만 넣고 끓인 꿀꿀이 죽. 한국전쟁 때 파병된 미군 부대 식당에서 먹다 버린 음식을 재가공한 음식으로 그때는 누구나 먹어봐 아는, 바로 그 꿀꿀이 죽이라는 음식이다.

"어? 나도 나도 나도 씹힌다. 커. 큰 고기야."

어떤 날은 작은 고깃덩어리가 많고 어떤 날은 별로지만 일억은 냠냠 눈물의 빵을 먹어본 터라 이렇게 행복할 수가 없다.

전혀 아닌 날도 있다. 재수 없는 날이라 할까. 어느 날은 양철 조각이 씹혀 기겁하며 가시 뱉듯 뱉으면 아주머니 왈.

"그래, 군부대서 나오는 거니까 통조림 양철 쪼가리라든가 철사도 있어. 그러니 잘 가려 먹어. 그런 날은 나도 속상하지만 그러니까 값이 싸지 않니?"

일억도 알고 이해는 한다. 한 사발에 10원밖에 안 받고 양도 많고 걸쭉하니까.

꿀꿀이 죽은 전후 국내 전국각지 특히 미군 부대와 가까운 도시에서는 많은 이들이 먹어본 음식이다.(대전은 회덕면 장동 미군 부대서 나옴) 요즘 부대찌개라는 이름의 원조라고도 할 것 같은데 부대찌개는 양반 음식이고 꿀꿀이 죽은 상놈이나 천민 음식이라고나 할까.

그런데,

아주 또 기겁을 하고 기절초풍한 날도 여러 번이다. 기대는 칠면조 소 닭고기 조각인데 고기는커녕 우지직하고 담배꽁초가 씹히는 날이다.

그야말로 밥맛 입맛 죽맛 다 떨어지는 강력한 니코틴 냄새. 그냥 담배꽁초인지 씹어 먹는 담배인지 모르지만 그래도, 그래도 영화숙에서 들이키며 살았던 강냉이죽에 대면 역시나 어르신 진지상이다.

아이스 깨끼 장사

보문산.

대전의 유일한 공원은 보문산이다.

구두를 닦다 한여름 무더위가 기승을 부리면 삼수와 같이 아이스케이크 공장으로 가 얼음과자 아이스케이크 장사를 하는 날도 있다. 하나에 2원 하는 아이스케이크 통을 둘러메면 어깨가 한쪽으로 늘어지게 무거운데 공원으로 올라가며 힘차게 외친다.

"아이스 깨끼~~~"

동네가 떠나가듯 메아리가 되어 돌아오는 고된 장사지만 그것도 신통치 않은 날이 있어 너무 더우면 미처 팔지 못한 얼음과자가 녹아 남는 게 없어 오늘 같은 날이다.

돈을 벌면 자장면이라도 먹겠다는 기대마저 날려버리면 한숨이 나오지만 그래도 죽도록 맞는 영화숙보다 낫다는 생각으로 마음을 달래고 만다. 우리를 두고 돌아가 버리신 아버지가 원망스럽기도 하고 그 바람에 엄니까지 새 남자를 만나 갈 곳도 없어져 버린 신세. 그러나 탄식만 할 수도 없는 노릇이다.

너무 더워도 공원에는 사람이 없다. 그래도 부모가 데리고 온 아이들을 보면 집 없는 서러움, 배고픈 서러움, 돈 없는 서러움에 가슴이 울먹이지만 참아야 한다.

잘 팔리는 날은 학교에서 모이는 운동회 같은 행사다. 가을에는 못하고 혹간 여름운동회인지 뭔가 한다는 소문을 듣고 달려가면 순식간에 통이 텅 비어버리기도 하는데 그럴 때는 또 물건이 떨어져 못 팔기도 한다.

아무래도 구두닦이가 낫다. 드물지만 어느 날은 점심 저녁 배불리 먹고 아이스케이크도 두 개나 사 먹고도 50원이나 남는 날도 있다.

'수복이 형님한테 자랑해야지.'

그날 이야기다.

역전에서 가까운 한 5층 건물 사무실 문을 열고 구두 따끄어~ 하려는데 네 사람이나 다 닦으라 한다. 문 밖에 구두를 나란히 놓고 하나씩 닦는데 신바람이 난다. 제대로 아는 노래도 아닌 걸 흥얼거렸더니 문을 열고

"야, 이놈아. 회의 중이야 입 좀 닥치고 닦어."

"@~~?"

내가 노래를 다 부르다니… 아 정말 이런 날은 너무 재미가 있다. 훨훨 날아갈 것 같은 기분. 그런데 야단을 맞으면서 쌓인 구두들을 보니 문득 정이 형이 욱이 똘이가 떠오른다.

'아, 그놈들을 괜히 내려줬나? 데리고 와서 이걸 같이 할 걸 그랬나? 아니지, 이것도 벌이가 잘 되는 것은 아니니까.'

되는 날은 잘 된다. 대전 시내가 다 내 손님이고 구두 신은 사람은 모두 내 고객이다. 지나가다가도 닦고 건물 각 층 사무실에서도 닦고, 사람이 모인 곳, 중앙시장, 도매시장, 목척교 은행동. 거리고 건물이고 전부 돈이다. 이러다 보면 차츰 돈이 모일 징조다.

문제는 점포를 낸 선배들이 닦는 좋은 몫 정문 말고 후문 쪽 뒷골목에서다.

그러다가도 뭔가 꼬이는 날은 밤에 호된 단체 기합을 받는 괴로운 날도 있다. 훗날 일억을 지극정성으로 보살피고 힘이 있어야 산다면서 틈틈이 권투를 가르쳐 준 기순이 형님이나 강경 형님도 마찬가지다. 무슨 화풀이하듯 패댄다.

그런가 하면 때로는 단체로 다 같이 나가 대전시청에서 맡긴 일에도 참여하였다. 여러 날이었는데 그중에 두 가지만 말하면,

당시 대전천, 지금의 중교 다리 인근 시장 쪽 양 냇가에는 지저분한 천막촌이 즐번했었다.

시청에서 시키는 일

이곳은 닭이나 개고기를 파는 장사꾼들이 모여 있었다. 목척교부터 원동, 길게는 인동까지 빈민들이 움막을 짓고 거기서 장사를 하는데 주로 그냥 개를 통째로 털을 태우고는 마구 잘라 개고기를 덩이째 팔고 보신탕을 말아 팔기도 했다.

대전시가 이걸 없애야겠는데 물론 쉽지 않았다. 이에 재생원 원생들을 동원해 철거하게 하고 하천 정비와 도심 정비에 동참시켜 주어 자주 나갔다. 그러면 일보다 먹기는 잘 먹어 오래 이런 일을 하고 싶었던 기억 하나하고.

다음은 진잠 쪽 공동묘지 무연고자 묘지를 파내는 일이다. 이건 재생원에 와서 좀 지나서인데 아직 어리지만 그래도 좀 컸을 때다. 지금의 교도소 부근은 공동묘지였다.

공동묘지를 이장하라고 묘지마다 표지판을 박아놓고 개별 안내를 한다는 등 아무리 찾아도 못 찾는 무연고 묘지를 파 옮기는 일이었다.

그런 일은 영화숙에서 본 막 죽은 시신이 아니라 오래돼 썩은 시신이라 첫 경험이다. 어린 나이여서 무섭기도 하였다.

묘지를 삽으로 파려면 시신이 살아서 벌떡 나올 것처럼 무섭고, 드디어 하얀 뼈가 나오거나 검게 썩어 진득진득한 살점이 보이면 무서우면서도 아주 기분이 좋지 않았다.

특히 어떤 건 지독한 냄새가 나서 코가 아플 지경이기도 하였다. 이상한 건 당시 나무관에 베옷을 입혀 묻었는데 관을 열어 보면 말짱한 삼베옷을 입은 시신도 있지만 주로 삼베도 썩고 시신도 썩었는데 가장 놀라운 것은 피부가 하얗구나 싶은 순간 단박에 검은색으로 확 변하는 현상이다. 이에 얼마나 무서웠던지(공기와 만난 시신의 산화현상), 동시에 냄새가 또 진동하기도 하는 등.

이에 무연고 묘로 시청에서도 골머리가 아픈 탓인지 다리 팔 갈비 등 뼈는 중요하지 않으니 두개골(머리)만 제대로 챙기라고 하였다. 머리만 파와라?

아무튼 살은 다 썩어 없어진 시신은 좀 낫지만 덜 썩은 시신을 만지는 것은 여간 싫은 일이 아닌데도 단 하나, 이런 일을 나오면 구두닦이로 아무리 벌어도 먹을 수 없는 비싼 밥을 양껏 먹는다는 기대로 그나마 이런 데라도 나와 이런 일을 하는 것이 좋기도 했다.

파보면 사람 뼈가 온전히 다 있는 게 아니다. 삼베도 덜 썩은 무덤이 있고 시신이 썩는 중인 무덤도 있는가 하면, 어떤 시신은 뼈만 있어서 일하기가 좋은가 하면, 뼈도 절반은 있고 절반은 없거나, 아예 뼈만 있거나 두개골만 있는 시신도 있다. 그러면,

어릴 때 기억이지만 누군지 알지도 못하는 그 일을 맡은 사람은(책임자) 무덤 하나에서 나온 시신의 뼈를 나눈다. 특히 머리가 있어야 무덤을 파낸 값을 받기 때문에 심지어는 두개골 하나를 자르는 것을 보고

아무리 어린 눈이지만 저건 아니라는 생각에 돈이 뭐라고 저러기까지 하는가 했지만 크게 관심을 둘 일도 이렇다 저렇다 할 일도 아니었다. 그저 돈이나 많이 벌고 밥이나 많이 주면 그걸로 만족이라 곁에 뼈가 있든 머리가 있든 밥맛이 그렇게 좋았던 기억이 있을 뿐이다.

이런 일 말고도 많다. 특히 기순이 형님과의 연이 많고도 길다.

형님이자 스승 김기순

충청남도 도대표 권투선수로 결승까지 올랐지만 상대가 비위를 거스르자 발로 차버려(성깔/대단함) 심판이 반칙패를 선언하자 그 자리에서 글로브를 벗어 심판석에 내던지고 권투를 그만 둬 그렇지, 옥천하숙집 아들 염동균 전 챔피언 스승과 동기면서 실력이 더 낫다는 선수인데 링을 버리고 내려와 후회하듯 후배 재생원 원생들의 체력훈련에 관심을 쏟은 은사지만 형님이라 부른다.

새벽 4시.

"기상~!"

외치고는 대전천으로 끌고 와 극기 훈련한다고 겨울 냇물 얼음을 깨고 들어가라 하면 죽을 맛이다. 흘러갔지만 참 성깔 하나는…

수복이 형님도 그렇지만 기순이 형님은 너무 앗쌀하기 때문에 더 무서웠다.

그러던 그날.

기순이 형님이 일억을 불러놓고는,

"일억이 너 이리 좀 와봐~"

하더니 순식간에 아구통을 날려버려 찰나에 쓰러져버렸다. 한참 후 깨어 보니 기순이 형 펀치에 다운되고 만 것이다.

"이 자식아, 넌 왜 회장님한테 그런 소리를 듣고 발광이냐?"

하면서 또 주먹을 날린다.

이상하다. 성미가 급하시어 그렇지 참 자상하고 늘 걱정하면서 무엇을 챙겨줄까를 생각하시되 특히 어느 놈이 어린애라고 얕봐 원생을 욕하고 팼다는 걸 아는 날에는 기어코 그놈을 찾아 반드시 복수의 앙갚음 주먹을 여러 번 날려 대전에서는 익히 알려진 재생원 지킴이를 자처한 분이다.

또 맞고 일어서며

"형님? 왜 이러세요? 회장님이 뭐라고요?"

"야, 임마. 네가 그걸 알아서 뭐해?"

하고 이번에는 아랫배를 후려쳤는데 기절하지는 않았다.

그리고는 뭔지 지금까지도 말이 없이 그걸로 끝이다.

회장님이 뭘 어쨌길래 내가 맞았지마는, 일억은 그 후 모르는 게 약일 거라고 잊어 버렸다. 기순이 형님이 무슨 이유가 됐든 모르는 게 낫다 하셨다고 믿고 오해도 서운함도 궁금할 것도 일체 없이 지웠다.

아주 오랜 세월이 흘러 일억의 나이 60을 훌쩍 넘어서 기순이 형님이 돌아가시어 통곡하게 되는 날을 맞았다.

그 성깔도 그립고 보듬으심도 그립고… 일억은 평소에 보살펴 주심에, 만에 하나라도 보답한다고 장례비용에 보탰으면 하여 보통 사람 부의금의 몇 배로 감사를 표했지만 그런다고 잊으랴? 아니다. 단 그 형님은 돈을 모으지는 못하고 가셨으니까.

사람이 돈이다

이렇게 닭살이로 산 세월 4년이라는 긴 세월이 흘렀다.

그러나 겨우 먹고만 살았지 일억 역시 돈을 모으지는 못하였다. 대신 돈보다 더 귀한 사람만은 많이도 사귀었다. 누군가에게서 들은 말이 마음에 꽂힌 것이 있은즉,

"사람이 돈이지, 돈만이 꼭 돈은 아니다."

라는 말이 머리에 박혀 위아래 없이 사람을 챙기고 다가간 것이다.

이건 누구에게 언제 들었는지 잊었지만 당시에는 도저히 납득이 되지 않았던 말인데 곧 그 의미를 알고 명찰처럼 가슴에 달고 꽂은 것이다.

아마 정태영 회장이 어느 날 우리들에게 했거나 어떤 행사에서 충청권의 맹주였던 김종필 전 총리가 선거유세에서 한 말인지 가물가물한데 생각할수록 깊은 뜻이 담기고 옳은 말이라는 걸 안 것이다. 기억은 다 못하지만,

"돈은 사람을 배신해도 사람은 돈을 배신하지 않기 때문에 돈은 현찰이지만 사람은 보증수표입니다. 현찰은 당장 쓰기는 좋아도 보증수표는 두고 쓰기가 좋습니다. 돈을 모으는 사람은 현찰은 부피가 크고 헐어 쓰

기가 쉽기 때문에 부피도 작고 헐어 쓰기가 쉽지 않은 보증수표(자기앞수표)를 모아둡니다. 하지만 보증수표보다 더 엄청난 수표가 뭔지 아십니까? 사람입니다. 사람을 얻는 것은 평생의 재산이 되어 수표나 보석처럼 팔아 없어지지도 않아 죽는 날까지 쓸 수 있는 현찰이 됩니다."

"여러분, 부디 돈을 모으려 하지 말고 사람을 얻으십시오. 사람은 돈으로 못 삽니다. 돈은 일하면 모이지만 사람은 아무리 일을 열심히 해도 모이지 않습니다. 아시다시피 돈을 모으기란 참 어렵습니다. 그러나 사람을 모으기는 돈 모으기보다 백 배나 어렵습니다. 사람을 얻으면 평생의 돈을 얻는 것이고 돈을 모으는 것은 현재 지금의 영화만을 얻는 것이다~ 이 말입니다."

가물거리는 기억이지만 그로부터 일억은 사람을 얻고 모으는 것이 미래의 재산 증식이라는 생각으로
첫째는 형님들,
둘째는 친구들,
셋째는 후배들
로,
가장 중요한 것이 돈보다 형님이고 친구고 후배라는 것을 기억하고 평생의 인생철학으로 정한 것이다.

그러나 벌이 자체가 그렇기도 하지만 돈을 모으지 못하는 대신 친구를 얻고 형님을 모셔 이게 영원한 적금이고 현찰이라는 마음에서 돈

은 잃어도 셋(위)은 잃지 않아야 한다는 각오를 실천하며 구두를 닦으며 산다.

결과 일억은 선배 친구 후배… 돈 부자가 아니라 사람 부자로 차곡차곡 부를 축적해가는 알부자가 되어 가지만 지금은 현실 배가 고프다. 양이 차지 않는다. 남 보기에도 보잘것없는 구두닦이다, 천한 빡통을 멘 딱새.

일단 재생원을 떠나야?

벌이도 신통찮은데 안 좋은 일까지 터지고 말았다. 재생원 온 지 3년 쯤 지나 이나마 행상닭이가 몸에 익어가는 중인데.

그때 별것 아니게 붙은 원생 태환이와의 사소한 시비 중에 절대 주먹은 안 쓴다고 했던 일억이 순간 자신도 모르게 주먹을 날리고 말았다. 문제는,

맞은 태환이는 곧 재생원을 나가 집안 누가 곧 새로 차리는 가게 점원으로 갈 거라 했다. 그런데 그 가게를 연다는 집안 어른이 경찰 출신이란다. 문제는 엄청나게 맞은 것도 아닌데 삼수가 하는 말이,

"태환이가 너를 벼르고 있는 눈치더라."

한다.

"벼른다고? 벼르면 뭘 어쩔 건데?"

하자,

"아냐, 일억아. 가게 낸다는 그 집안 어른이 경찰 출신이라 일러버리면 넌 재생원에 있다가는 금방 잡혀가."

"그래?"

"경찰 출신이라 대전 경찰들은 다 친구고 후배라서 너 그리되면 힘들어져."

갑자기 겁이 덜컥 난다.

"어떡하지? 태환이한테 잘못했다고 빌까?"

"야, 그게 뭔 잘못이 있어? 그런데 돌아가는 공기가 가만있지 않는다 한다는 걸로 보아 빌어도 어려울 것 같아. 또 크게 빌 일은 아닌 것도 같고."

"삼수야, 어떻게 하지 나?"

아직 경찰이 얼마나 무서운지 그런 체험은 없다. 단, 행상 닦이로 살다 보니 경찰들 구두도 닦아 보고 경찰이 수갑을 채워 누굴 잡아가는 것도 봤고 또 들었고, 일단 경찰서에 가면 피 터지게 맞는다는 얘기도 들어서 알고 있다.

'영화숙보다 더 무서운 걸까?'

공포에 질려 태환이가 보이면 슬슬 피해 다니게 되자 극도의 불안에 휩싸여 가는데 삼수가 제안을 한다.

"야, 일억아. 너 일단 몸을 피하는 게 낫겠다."

"몸을? 몸을 어디로 피하지?"

"산내 어떤 아저씨를 만났는데 대별리 산다면서 너 같은 애 머슴살이 할 애가 있으면 알아보라 한 사람이 있어."

"어디서 봤는데?"

"시장에서 참외 장사하셔."

"참외?"

"참외 농사를 짓는데 작년부터 알거든, 이제 생각났는데 머슴을 살 애를 구한다 하셨어."

"그러지 말고 형님들께 말해 도와달라면 어떨까?"

"야, 형님들도 경찰이라면 아마 불편해할 것 같아. 안 되겠으니 너 산내로 가서 일단 몸을 숨겨라. 여기 와본들 네가 없으면 그냥 가고 말지 않겠니? 일단 그러다 보면 태환이 앙심도 풀릴 거고."

심란하다. 때마침 부사동 재생원이 대화리 쪽으로 이사를 간다고 건축을 시작했다는 소식이 있었다. 이참 저참 좀 있으면 부사동도 옮겨 갈 테니 가서 한 해만 참외 농사 돕다가 오면 그땐 대화리로 갔으면 너도 그리 오고 아직 안 갔으면 이리로 오면 되겠다 하기에 산내면 대별리 참외농사를 짓는 집으로 머슴살이를 갔다.

하는 일은 농사일이다. 거름 주고 참외 심고 열리면 따고 따면 소달구지에 담아 주면 주인이 가서 팔고 오는 여름 한철 판매를 위해 심고 가꾸는 일이다.

참외 선심

머슴살이로 갔고 여름이 왔다.

참외가 실하고 농사는 잘되었다. 주인은 달구지에 참외를 잔뜩 실어 역전 과일 시장에 나가 반나절이면 금방 팔고 돌아오기를 반복하는데 그날따라 몸이 불편하다면서,

"일억아. 너 인동시장 조금 지나 역전 과일시장 알지? 안 되겠다, 네가 가서 좀 팔고 오너라."

한다.

아니? 경찰에게 쫓기는 일억인데 역전시장에 가서 팔고 온다? 이건 말도 안 된다. 그러니 나는 경찰을 피해 머슴살이 와서 못 간다 할 수도 없고 어째야 할지.

"예, 알았습니다."

해 놓고 소달구지를 끌고 시대로 들어오면서 걱정이 태산이다.

더구나 태환이가 어디다 무슨 가게를 낸 건지도 모르는데 마침 역전 시장이라면 호랑이 아가리로 들어가는 거라는 불안에 소를 몰고는 오지만 걱정이 태산이다.

때마침 태환이는 재생원에서 나갔다는 말을 들었으므로 시장은 무서워 못 가겠고 하여 그냥 재생원으로 소를 몰았다.

"야, 너 웬 참외냐? 이거 우리 먹으라는 거니?"

"응, 밤에 친구들 돌아오면 두세 개씩 나눠 줘."

통 크게 자기 참외도 아닌 참외를 재생원에 쏟아부어 주고 돌아왔다.

"판 돈은?"

주인이 묻는데 불쌍한 사람들이 모여 사는 곳에 뿌려주고 왔다 하자,

"야, 그 참외가 네 참외니? 왜 네 맘대로 누굴 주고 왔어 이놈아?"

각오는 했다. 분명 난리를 칠지도 모른다는 생각도 했다. 그러나 참외라는 물건이 지천이고 버리는 것도 많고 제때 못 따거나 만일 비가 많이 내리면 며칠 내 못 따서 그냥 버리는 참외가 많아 안 딴 셈 친들 참외집에서 참외 한 달구지가 뭔 대수인가 싶었는데 예상보다 만만치 않다.

"그래, 기왕 이렇게 된 건 됐으니…"

과연 화를 누그러뜨리고 대신 참외 값이라 치고 일을 더 열심히 하되 추호라도 이런 일이 또 생기면 가만두지 않는다는 정도 선에서 끝을 냈다.

삼수가 놀러와 참외를 배 터지게 먹고 재생원 이야기를 해 준다. 태환이는 그 후 재생원 근처도 안 오고 어디서 산다거나 장사를 한다는 소식도 모른다면서

"야, 너 지난번 그 참외 있지. 우리 재생원 식구들 아주 포식을 했다. 네 얘기로 꽃이 폈었어. 그러면서 주인한테 엄청 맞았을 거라면서도 또 가져왔으면 하더라."

한다.

그러던 참에 또 팔아오라는 주인의 말이 나왔다. 지난번 통째로 불쌍

한 사람들 주고 왔다는 건 잊은 건지 생각 없이 또 소고삐를 넘겨준다.

일억이 또다시 깊은 고민에 빠졌다.

역전 과일시장에 갔다가 만에 하나라도 태환이를 딱 만나면 하는 불안. 원수는 외나무다리에서 만난다던데 이걸 안 간다고도 못하고 사실대로 말할 수도 없고 시내로 들어오는 내내 열 번을 망설이다 자기도 모르게 또 재생원으로 소를 몰았다. 원생들이 잔치를 하고 포식을 했다는 말이 머리를 덮어 씩씩하게 또 뿌려주고 온 것이다.

결과는 지게 작대기를 집어 들고 사정없이 두드려 팬다.

"내 너 이 녀석 일 좀 하길래 잊었더니 그게 며칠 됐다고 또 어디냐? 어디야? 가자. 같이 가서 도로 찾아와~!"

"어딘지 저도 몰라요."

맞으면서 할 말이 없다. 재생원으로 쫓아갈 눈치다.

"나가 임마. 너 나가 당장 나가."

일억이 산내서 쫓겨나왔다.

하루를 방황하며 역전시장을 둘러봤다. 달구지가 없으니 태환이가 본들 도망가면 그만이니까 죽 돌아본다. 태환이는 보이지 않는다. 재생원으로 되돌아와 다시(잠깐이지만) 빡통을 지고 행상닭이를 시작한다.

취재하면서 작가가 물었다.

"아니? 하하하 박 회장님! 도대체 왜 그랬어요? 그건 도둑질 아닙니까? 그런 짓은 안 한다 했잖습니까?"

"엄격히 따지면 도둑질이지요, 하하."

"그래, 왜 그런 짓을 합니까. 그건 현행법으로 횡령 배임입니다."

"아는데요."

"아니 알면서 대체 왜 그랬어요?"

"그게요. 참외 농사를 짓다 보면 못 팔고 버리는 게 많아요. 조금 상처만 나도 상품성이 떨어져 못 팝니다. 파는 것보다 못 팔고 버리는 게 더 많아요."

"그건 팔 수 있는 거였잖습니까?"

"팔 수 있는 물건이지요. 그런데 참외가 지천이다 보니 재생원생들은 사 먹을 형편이 안 돼서 한 번도 사 먹지 못하고 한여름이 다 가도 수박 한 쪽 참외 한 개 못 먹는 수도 있어요."

"그래도 그렇지, 철이 없어 그런 거 아닙니까?"

"그때 열일여덟이니까 흔해 터진 참외 몇 접 갖다준들 돈은 얼마 되도 않고요."

"구두닦이는 그게 큰돈 아닙니까?"

"물론 돈이 커서가 아니라 사 먹을 여력이 없어서 옛다 혼나봤자 잘 먹으면 되지 하는 생각밖에 없어서 그랬습니다."

"하하하. 그럼 그게 잘했다는 겁니까? 지금도 또 그러실 거예요?"

"하하, 작가님도 참. 작가님도 모릅니다. 먹고 싶고 배고픈 서러움. 그러니까 좀 각오는 했지만 주인이 그렇게까지 야박한 분이 아니라고 봤으니까 그냥 넘어가 줄줄 착각이랄지 젊은 혈기에 저지르고 본 것입니다."

구두닦이 내 점포

그러다 보니 상상치도 못하게 높은 언덕이지만 재생원 구두닦이 4년 여 세월에 꿈에도 소원이랄지 최고의 목표. 비록 구두닦이지만 내 자리 내 점포… 떠돌이 딱새가 아니라 자리를 잡아 몫 좋은 곳에 터를 잡고 앉는 것이 일억의 꿈이다.

제1몫은 대전역이다.

제2목은 시외버스주차장이다

제3몫은 도청 시청이다.

제4몫은 소문난 음식점 앞이다.

제5몫은 잘 나가는 양품점(백화점/곧 생김) 앞이다.

대전 시내에는 이런 곳 약 15몫 정도를 꼽는데 당시 새로운 몫이 생 기면 조건 없이 선배들 차지다.

이 몫을 둔 알력은 때로 큰 싸움이 벌어지기도 한다. 누가 어디서 어 떤 몫자리를 두고 엄청난 싸움이 붙었다는 등 어쩌구… 얼마나 다치고 누가 다쳐 병원에 가고 등등.

싸움은 현장 그 몫자리에서가 아니라 어디 어디 하천이었단다. 다 아는 거고 다 모르는 비밀이고 누구하고 누구였다는 것 역시 알아도 모르는 비밀인즉 그런 속에서의 일억은 4년여를 행상 떠돌이 딱새로 보내고 있다.

그사이 큰 몫 하나를 틀어잡고 앉을 기회가 왔는데 바로 시외버스공용주차장이다.

당시 시외버스주차장은 현재의 은행동 으능정이 입구 우측 이안경원 뒷자리에 있었다.

마침 그 은행동 시외버스주차장이 아주 넓은 터를 잡고 대흥동으로 옮기게 된다.

규모가 두세 배나 큰 주차장인데 이제 대흥동으로 옮기면서부터 대흥동시외버스공영주차장이라는 이름으로 부르게 되고 이때부터 박일억은 드디어 날갯짓을 마치고 대흥동 터미널 딱새 자리에 몫을 잡고 안착하게 된다. 대전역에 이어 대전에서는 2번째로 큰 일터에 자리를 잡게 된 것이다.

대흥동 딱새 터

대흥동에 정착하게 된 사연은 이러하다.

고작 4년짜리 딱새 일억이가 선배들을 젖히고 터미널에 안착한 데는 오랜 세월 일억이 갈고 닦은 딱새 기술도 아니고, 그렇다고 누가 뒤를 밀어주었거나 고속 승진을 시켜 준 것도 아니다.

바로 영화숙, 아니 그 이전,

초등학교 때 달리기 잘하던 날쌘돌이이며, 영화숙 쌀개방 반장이 되는 과정까지의 때리고 맞고 다치고 죽는 아이들을 보면서 저건 아니고 이게 답이라고 하는 '맞짱 떠 상대 제압하기'가 딱새 터 몫을 잡게 한 것이다.

그간 시외버스주차장은 일억에게 공연한 헛꿈 헛물만 켜게 하였다.

몫 몫.

역전이나 은행동 주차장 근처를 지나다 보면 몫을 차지한 딱새 선배들은 놀지 않고 계속, 하루 종일 일하는 걸로 보인다. 잠시도 손님이 끊이지 않아 기다리는 손님도 있고 한 자리에 둘셋 선배 딱새들이 하루 종일 구두를 닦을 정도로 일감이 풍족하다. 그러나 지나만 가도

"야, 임마. 왜 너 왜 여기 와서 얼쩡거려?"

소리를 지르는가 하면

"꺼져, 이 새끼야~!"

"늘어지라는 소리 안 들려?"

하는 등 몫이 부러운데 쳐다보지도 지나가지도 못하게 하는 통에 근처 뒷골목만 돌아다녀야 했었다.

도청도 뒷골목으로 돌아다니고 역은 근처도 못 가고 중앙시장도 숨듯이 뒷편 골목에서 이삭 줍듯 해 돈벌이가 시원찮은데 날씨까지 훼방하면 좋은 날 번들 궂은날 사먹을 돈이 말라 꿈에도 소원이 몫 차지인데 이게 역부족이었다.

그러던 참에 은행동의 작은 주차장이 그보다 몇 배나 큰 대흥동으로 이사 간단다.

은행동에서는 딱새가 둘이었는데 대흥동으로 가면 셋이냐 넷이냐 하다 셋으로 결정나 아무래도 이때를 놓치면 언제가 될지 아득하여 엉뚱한 상상만 해 본다. 대전역이든 서대전역이 어디 엄청 큰 곳으로 이사 가면 좋겠다는. 그러면 딱방을 늘릴 테니까.

결심이 섰다. 기회는 지금이다. 좀 무리를 해서라도 대흥동 새 터미널에 지금 자리를 잡지 않으면 터가 굳어 영영 끝이다. 열 번 생각해도 둘이 닦다가 넷이냐 셋이냐 하던 중 셋으로 정했다니까 넷이 닦자는 것이고 넷째는 나 박일억이 되겠다는 결심이다.

큰맘 먹고 대홍 딱새 자리로 다가가 빡통을 놓고 꼽사리(끼어들기) 폼을 잡고 앉으려 하니 단박에

"얌마, 너 일억이 아니냐? 늘어져 이 새끼야~!"

태진이가 소리를 지르며 벌떡 일어선다.

평소에 일억을 보기만 하면 왠지 가시 발린 말만 하던 태진이, 몇 살인지 일억과 비슷한 또래다. 그러니까 둘에서 셋으로 늘리면서 그때 셋째 꼴찌로 끼어든 녀석이다.

넷으로 할까 하다 셋으로 정한 건데 때는 이렇게 굳어지면 대전역을 옮기거나 서대전역을 새로 짓지 않을 경우 이제 주차장도 끝났고 이때가 아니면 찬스는 물 건너가 지금 끼어들고 자리를 잡지 않으면 5년, 10년 가도 정착도 돈도 다 물거품이 된다. 무리수를 둔다 생각하고 밀고 들어가야 한다는 생각에서다.

태연하게 빡통을 턱 내려놓고,

"아, 거 우리 같이 벌어 먹고 삽시다~"

하니

턱 앉는 순간 은행동부터 있던 중삼이와 막둥이는 주춤하는데, 셋째 태진이 혼자서 유독 눈에 쌍불을 켜고 벌떡 일어나 앞가슴을 강하게 밀치려고 한다.

"이거 뭐야?"

하하. 이런 경우는?

이미 답을 아는 일억이라 가슴부터 밀친다는 것이 뻔하니까 장어 꼬

리 움찔하면 좌우 어디로 튈지 알았듯이,

손일지 발일지 주먹일지 왼쪽일지 오른쪽일지 상대가 쓸 단계라면 하나부터 열까지,

대부분 순서대로 공격한다는 것을 알고 있어서 적을 알고 나를 아는 맞짱뜨기 예상 작전대로 손바닥으로 가슴을 밀 거라는 것은 이미 통빡(감각)의 에이비씨다.

배운 기술 맞짱까기

재빨리 허리를 왼쪽으로 구부리며 피했지? 결과는 제풀에, 제힘에 자기가 날아가듯 나가떨어지고 말았다. 까딱했으면 건물 계단 시멘트 턱에 머리를 박았더라면 깩 하고, 심하면 죽거나 머리가 깨졌을지도 모른다.

다음은 독자들의 상상에 맡긴다.

몰골은 개꼴이 나고 말았다.

그런데 고꾸라졌다 일어나면 다음 동작은 뻔하다. 더더욱 강하게 공격해 들어오는데 1단이 가슴 밀치기라면 2단은 볼 것도 없이 무조건 주먹이 날아오는데 볼태기다. 왼쪽 볼이 보통, 3단계로 가야만 발이 나온다.

일억은 이러는 태진이를 막기만 했다. 이 정도는 각오가 된 터다. 공격할 이유도 없고 터를 잡기만 하면 되지 태진이를 다치게 하면서까지는 아니기 때문이다.

여태 누굴 때려 본 일도 없지만 엄청나게 맞아만 봤기 때문에 때린 놈을 워낙 미워하고 증오해 왔던 터라 각오한 것이 있다. 굳은 다짐, 그것은 괜히 태환이 경우처럼 때리지는 않겠다는 것이다.

순간 좋은 반응이 나왔다. 중삼이와 막둥이다.

"야야, 냅둬라 냅둬."

중삼이다. 김중삼.

"그래, 같이 먹고 살자는데 어차피 네 명이 올까 하던 곳 아니니."

막둥이다.

뜻밖에 둘은 싸움을 말린다.

도로 앉으려 하자

"야, 너 일억이 너 이런 기술 기순이 형한데 배웠니?"

중삼이는 이런 걸 묻는 걸로 보아 그러라는 듯 말이 달라졌다.

"기순이 형님은 권투야. 쟤 지금 권투가 아니고 뭐지?"

"야, 뭐니 너? 그것도 호신술이냐?"

답은 맞짱까기 술.

대답할 말은 아니다.

"정 억울하면 저녁에 유등천으로 가든지 산내 쪽으로 가 한판 붙어보던지 하하하."

태진이가 수그러지면서 무리 없이 넷이 앉아 구두를 닦게 될 희망이 보인다.

태진이는 약간 코피가 흐르는 모양이다. 훌쩍거리더니 말없이 주자창 안으로 들어간다.

'뭐 연장 들고 오는 거 아닐까?'

괜한 불안이지 아닌 게 분명하고, 아마도 세수하러 가지 싶다. 중삼이와 막둥이. 원래 괜찮은 애들이다. 나이는 한두 살 차 친구지만 그냥 재생원 연수가 많아 그렇지 친구로 지내도 될 사이다. 구두를 닦으면서,

"야, 너 태진이 쟤 모르니? 원래 좀 그렇잖아. 넷이라면 원래는 네가 아니지만 우리 셋이 인정하면 형님들도 그러라 할 테니까 됐어."

뭐라고 대답할 말이 없는데 태진이가 나온다.

"야, 이거 먹어라."

찐빵 네 개를 사 가지고 왔다.

청년이 된 박일억

　세상은 무정한 듯 흘러간다. 나이는 스무 살이고 몸은 장년의 몸이 되었다. 영화숙 단속반 급의 체격으로 변했다. 그러나 세상은 달리 더 크게 변한 것은 없다.

　박정희 대통령은 김용태 의원이 주도하여 후계자로 김종필을 세우려 한다는 데 격분하여 김용태 의원을 제명시켰다고 재생원에서도 수군 거린다. 김 의원은 직간접으로 대전 재생원을 도왔던 분이어서 그런가 보다.

　그사이 전국민 주민등록증 발급도 시작되었으나 일억은 물론 재생원 원생들은 거의 주민등록증 자체가 없다. 모두가 사연이 있듯이 일억도 마찬가지다.

　1969년에는 3선 개헌으로 박정희 대통령 자신에 대한 신임을 묻겠 다 하고 곧이어 유신정우회가 이를 통과시키자 10월 17일 전 국민 국 민투표에 붙여 10.17.유신정우회라 불리는 세상으로 뒤집어져 먼 훗날 10.26의 단초가 되고 말았지만 일억이나 재생원 원생들은 주민등록증 도 없고 나이도 아직 어려 투표권도 없다.

투표가 있는 날은 지금은 몫이 있지만 전에는 투표소가 구두닦이들 돈벌이에 좋은 장소가 된다. 이때는 대전 시내 투표소가 많아 재생원생 중 점포를 가진 사람 빼고 나머지 딱새들이 갈 곳은 많다. 물론 모두가 구두를 닦는 건 아니지만 행상 닦기보다는 나은데 비 오는 날 짚신 장사라고 구두닦이는 눈, 비하고는 상극이다.

이렇게 세월이 흘러 오늘은 1970년 7월 7일. 대한민국 국가의 큰 경사날이다. 재작년(1968년) 착공한 서울 부산 경부고속도로가 개통되는 날이다. 국민만 들뜨는 게 아니라 재생원 딱새들도 들뜬다.

고속도로가 생기자 대전에도 고속버스터미널이 문을 열어 한진-동양-중앙고속터미널과 그레이 하운드고속버스터미널인데 대전역에서 가까운 정동이다.

그러나 일억은 이미 터를 잡아 상관도 없다.

기순이 형의 친형님

실화소설을 쓰자니까 작가는 툭툭 묻는다.

"인생에 스승이라면 누가 있습니까?"

"아이구, 제가 나중에 공부를 좀 했지만 거의 공부를 못했는데 스승이라니 아시잖아요. 없어요."

"제가 묻는 건 지식이나 학문의 스승이 아닙니다. 사는 데 관심과 애정을 준 그분이 인생 스승입니다. 박 회장이야말로 지금 후배가 근 100명은 될 걸요. 그렇게 많은 후배들이 따른다는 것은 이미 스승 자리에 계신다는 증거예요."

"알아듣지만 저는? 아참, 작가님 말씀 듣고 보니 스승님이 너무 많은데요."

"많으실 겁니다. 형님이라 부를 뿐이지 마음속에는 그런 분들이 스승입니다."

사실은 드러내지 않게 책을 많이 본 일억이다. 책이 얼마나 많던지 나중에는 이 사람 저 사람 원하는 사람들에게 많은 책을 나누어 준 일억이다. 사무실을 책장으로 꾸미다 보니 책장이 고급이고 책도 전집이 많은데,

특히 인터넷 세상이 된 후로부터는 인터넷 사이버대학에 관심을 가져 여기저기 기웃거리다가 한국사이버인생대학교 2년을 수료하기도 했다. 이 이야기는 뒤로 미루고.

"맞아요."

"지식 별것 아닙니다. 국문학 영문학 한문 뽐내봤자 인간이 어떠냐가 중요합니다. 교수 박사 회장 사장 돈… 이런 것은 진실한 인간성과는 다릅니다."

"그렇지요. 작가님이 하는 세종인성학당이 여기서 말하는 그 인간성이지요?"

"간단히 말하면 좋은 제자만이 훌륭한 스승이 된다는 원리입니다. 박회장은 선배들에게 어떻게 해 오셨는지 제가 좀 압니다. 그분 김기순 형님의 친형 기호 형 얘기 그것 좀 들어 보려 합니다."

기순이 형님이 일억에게 나 좀 보자 했었다.

김기순…

앞에 자주 썼듯이 아마추어 권투선수로 선발전에서 글로브를 내던진 바 있다는 그 성깔 있다는 바로 그 형님이다.

"권투를 가르쳐 줄 테니 배워라. 노력이 중요하지만 권투란 승부욕이 생명이다. 오기(午氣)가 첫째라는 말인데 오기는 질 수 없다는, 지기를 싫어한다는, 지고는 못 견딘다는, 이걸 승부욕이나 운동 정신 즉 근성이라고도 하는데 나는 일억이 네게서 그런 게 보인다."

이상한 일이다.

일억은 이렇게 보일 만한 어떤 말이나 행동을 한 적은 없었다.

"제가요? 제가 그렇게 보이셨어요?"

"오래전부터 그게 보였었다. 그런데 늦고 말았어. 전에도 내가 몇 번 말했지. 나이가 더 들기 전에 권투를 한번 제대로 배울 생각 없느냐고 말이다. 생각나니?"

"예. 그런데 제 처지가 올림픽 국가대표나 프로권투 이런 것 배울 조건이 되질 않아 말씀이 받아들여지지를 않았던 것입니다."

"그런데 너 이번에 대흥동시외버스터미널에 자리를 잡지 않니?"

"예, 잡기는 잡았는데 좀 마음에 걸리기는 해요. 선배들이 여럿인데 제가 차고앉은 것이 마음이 편한 건 아닙니다. 하지만 다른 선택을 할 수가 없어서 그럴 수밖에 없었습니다."

"그래그래 안다. 강경(한수복) 형님이나 광주 형님 모두 그런 너의 안착에 대하여 나쁜 말은 하지 않았으니까 말이다."

말 못 한 사연은 뭐지?

그런데 예감이 좀 이상하다. 보자 하시더니 정작 보고 하려고 하는 말이 나오지 않는다. 이런 말을 하려고 보자 한 건 아닌 게 분명하다는 느낌인데 다른 말로 빙빙 돌리는 것이다.

"잘해서 자립해야지, 안 그러니? 돈을 많이 벌어 시장에 가게를 하나 차리든가 아니면 뭐 할 게 많지 않니? 그게 다 돈이 있어야 할 수 있는 일이야."

"예, 그렇습니다. 열심히 일하고 돈을 모아 꼭 뭔가를 하려고는 합니다."

"그렇지. 넌 할 수 있을 거야. 그럴 아이라고 보여. 아참, 이제 스무 살이니 애도 아니네."

"아닙니다, 형님. 형님은 저를 그냥 어린애로 봐주셔야 편합니다."

"그래 알겠다. 벌리는 대로 돈을 많이 모아서 뭔가 할 준비를 해야 한다."

역시 이상하다.

이건 아닌 것이 이미 이런 뜻의 말씀은 수복이 형 중호 형님 등 여러 형님하고 전에도 했던 말이다. 그러니까 뭔가 달리, 하려는 다른 말이 있는데 하려다 그만두는 느낌?

일억은 나이 스무 살이 되는 동안 수많은 사람을 만나면서 단순 패고 맞는 주먹만이 아니라 주먹의 속마음, 즉 상대가 무슨 생각을 하는가에 대하여서도 나름 감을 잡는 경험이 있다. 일컬어 눈치 단수가 낮지는 않다는 것이다.

결국,

"열심히 해라. 그 자리는 잘만 하면 돈을 모을 수 있는 자리야. 벌어야 모으는 거라면 그 자리는 벌기 좋은 장소거든. 다른 애들처럼 딴눈 뜨지 말고."

"예 형님, 말씀대로 하겠습니다."

이러고 그냥 끝났는데 이러려고 나 좀 보자 하신 건 분명 아닌 것 같은 것이,

'뭐지?'

이해가 잘 안 가는 만남에 긴 여운이 남는다.

그리고 몇 날이 지났다. 이번에는 중호 형님이 그날 기순이 형님처럼

"일억아, 너 나 좀 보자."

진지한 표정으로 묵직하게 보자 하신다. 보자마자

"너 요새 혹 기순이 형님 만난 적 있니?"

묻는다.

"예? 아, 예. 며칠 전에 보자 하셔서 만났어요."

"그래 뭐라 하시던?"

"예? 그 특별한 말씀은 없으셨고요. 대흥동에 자리를 잡았으니 열심히 하고 돈을 모아 무슨 전방을 하나 차리든가 그런 생각을 하라는 말씀을 하셨습니다."

"그래? 그 말 말고 다른 얘긴 없으시던?"

'뭐지? 다른 말씀?'

다시 생각해 봐도 별다른 말씀 다른 건 없던 것이 맞다.

"아, 예 생각나요. 그런데 무슨 하실 말씀이 있는데 안 하신 것 같은 느낌은 받았습니다."

"이 그랬구나. 그 친구가 차마 말을 못 한 것 같구나."

"예? 아니 저에게 못하실 말이 뭐가 있겠어요. 저를 어찌 보시길래?"

"안다. 그런데 그 말이 선뜻 나올 말은 아니었거든."

중호 형님이 무겁게 입을 열었다. 너니까 나도 하는 말이라면서, 기순이 친구도 너니까 말을 하면 알아들을 것 같아서 너니까 말을 하려고 한 것 같은데 그러다 차마 말을 못 하고 만 것 같다 하신다.

"형님, 궁금합니다. 오늘따라 형님까지 왜 이러세요? 말씀해 보세요. 그냥 편하게요."

그날 대전역에서 어린 떠돌이 일억을 보쌈해 오듯 품어 안고 오시면서 순대와 국밥을 사 먹이고 오늘까지 5년간 친형님보다 큰 정을 쏟은 새카만 후배 일억에게 할 말 못 할 말이 있다는 건 말도 안 된다. 그냥

"야, 일억아 너 말이야~"

하고 늘 거침없이 말씀하셨던 기순이 형님이나 중호 형님인데 그때따라 오늘따라 참 이해가 안 된다.

"아니 중호 형님까지 왜 이러세요? 그냥 어서 말씀해 보세요. 뭔데요? 예?"

간단하지는 않다. 우선 네 분 형님을 비롯한 재생원 선배들의 삶은 어떤지부터 알아야 들리는 말이다.

재생원에는 한수복, 김기순, 김중호, 서성일, 이하 형님으로 모시는 선배들이 열 분도 넘다. 그런데 그 선배들은 전부, 예외 없이 경제적으로는 어렵다는 사실이다.

하는 일은 구두닦이로부터 닥치는 대로 한다고 해도 맞다. 그런데 공통점은 못된 짓 도둑질 사기 공갈 협박 이런 건 일절 하지 않는 선배들이다.

그때 서울 부산 대전도 마찬가지로 때끼(쓰리꾼)들이 부지기수로 많았지만 그런, 남의 돈이나 가방을 낚아채 먹는 이런 짓은 아예 질색한다고 봐도 되고, 특히 후배들 챙기시는 데는 아끼지 않아 돈이 생기면 사흘도 안 가 빈털터리가 되는데도 그날은 큰 대접에다 수북한 순대 접시랑 순대국밥을 거침없이 사서 먹인, 참 후배라면 극진하다 보니 가진 게 없이 나이만 들어버린 형님들이다.

"너도 알다시피 우리 친구들은 모은 돈은 없잖니? 그런데 그게 무슨 허세나 의리도 아니고 인정도 아니고 우리 친구들은 다 그렇다. 돈이 생기면 네 돈 내 돈 따지지도 않고 힘들어하는 후배들 챙기는 데는 경쟁하듯 하지. 우리네들도 그런 삶을 겪어봐 그게 남일 같지 않아서 그래."

"잘 알아요."

"그래, 그런데 이제 나이는 들고 돈벌이 몫은 후배들에게 양보하고, 너무 일찍 양보했나 싶지만 우리 친구들이 다 그래."

"저도 그런 생각 해 봤습니다. 그래서 도대체 어디서 돈이 나와 쓰시나 궁금했거든요."

"오해는 마라. 우리는 건달이 아니야. 건달들은 기업에 붙어 어쩌구 하는 조직을 가지고 있지만 너도 알다시피 우리는 달건이(건달) 조직은 없어. 대전 하면 너도 알지? 누구다 또 누구다 알고 있지? 나나 우리 친구들은 그런 건달 폭력조직이 아니고 오야붕 이런 건 아예 없다."

"등이나 치고 속여 먹고 욱박지르고 돈 챙기는 그러는 것 않으신다는 것도 알고 있어요."

"맞아. 물론 그렇다고 과거 임꺽정 같은 의적도 아니고 우리는 서로 돕고 사는, 말 그대로 재생이야. 새로 태어난 사람처럼 열심히 일해서 돕지는 못해도 피해는 안 주며 산다는 거지."

맞는 말이다.

"그러나 대전을 휘어잡는다는 목**기, 쪽(**)상, 상**형 등 누구다, 너도 알지만 그들이 우리를 건드리지는 않지 않던? 이유가 있어. 우리는 인원 수도 많지만 모두가 다 성실하게 일해서 먹는 사람들이지. 동냥아치도 아니고 거지도 아니고 깡패는 더더욱 아니고 또 조직이나 조직 폭력배하고는 완전 거리가 먼 재생원 형제 간이 맞지 않니?"

"네 형님, 아는데요. 그런데 지금 형님은 무슨 말씀을 하시려는 거예요?"

"그래, 들어봐."

"들어보는데요. 그런데 기순이 형님도 저번에 이러다 마셨거든요."

"아니다. 난 이러다 말지 않아."

"말씀해 보세요."

"기순이 형님이 그때 입이 안 떨어져 못 한 말은…"

"예."

"기호라고, 김기호, 기순이 형님의 친형님이 있어."

"그런데요?"

"그 형이 며칠 전 다리를 자를 수밖에 없는 일로 불구자가 돼 걷지를 못하지."

"아니 왜요?"

"뭐 악성 피부병 그런 거겠지. 하여간 나도 아는데 아무튼 걷지를 못한다는 거야."

"가족은요?"

"바로 그 이야기다. 부인도 있고 애들이(김기순의 조카) 둘인데 아주 어린애들이라는 거야."

"아…"

"문제는 그 집이 지금 때 거리가 없어서 굶다시피 한다는데 기순이 친구가 저렇게 마음이 아파서 지금 애가 타 죽을 지경이다."

"애들 엄마는 돈을 못 벌어요?"

"부인은 원래 장애가 좀 있어서 벌이를 못 하고 당장 죽네 사네 하는 모양인데 기순 친구가 형도 형이지만 조카들 굶는 것 때문에… 이 친구가 남이라도 못 보고 주머니를 터는 사람인데 형보다 애들을 자기 자식처럼 귀여워하여 애가 타는데도 돈은 없지 누구한테 말을 할 사람도 없으니까 너한테 자기 형 좀 도와주겠느냐고 사정을 좀 해본다 했는데 눈치를 보니 말을 못 한 것 같더라."

"그러니 전들 무슨 도움이 될 게 있나요 형님?"

"너는 지금 대흥동에 자리를 잡지 않았니?"

"그건 그렇지만 뭘로 도울 수가 있을까요?"

"안다, 왜 모르겠어. 그런데 거긴 곧 돈이 제법 벌리게 될 자리다."

기호 형님의 형편

눈빛만 봐도 아는 일억이다. 몸짓만 봐도 알아먹는 일억이다. 말을 들어보면 더더욱 잘 아는 일억이다. 자발 맞게 말을 안 해 그렇지 일억이야말로 산전수전 다 겪어 본 바다.

배고픈 것부터 시작하여.

아버지 없이 홀로 된 자식의 처지.

엄니 없는 세상.

고모부가 말한 일이 공부고 일이 돈이라는 것.

게다가 영화숙에서 본 생명의 가치와 극악무도함.

더불어 대전 재생원에 와서 많은 형님의 따뜻하게 보살펴 주는 정이 넘치는 세상에 이르기까지.

그래도 다 쓰지 못하는 20년 인생살이에서는 자식 버리고 혼자만 살겠다고 나간 엄니처럼 살 수는 없어 영화숙 나올 때도 그나마 애들 네명을 데리고 나왔던 바로 그런 인간다움에 대한 고뇌가 쌓인 일억으로서 알아듣지 못하거나 못 들은 척 외면하고 나만 살겠다고 하는 원초적 본능은 어디론가 사라진 지 오래이기 때문이다.

안 그래도 밤마다 기와집을 짓고 또 지어 봤다.

첫째는 이 재생원보다 더 큰 인간의 정이 넘치는 곳.

그 이름을 무어라고 짓든 간에

돈이 벌리고 모이면 버는 것도 중요하지만 벌어서 더럽게 쓴다거나 헤프게 안 쓰고 쓸 곳과 말 곳을 가리지 못하면 돈을 번들 번 가치가 뭐냐는 것도 이미 어려서 아버지가 해 준 말대로다. 버는 것도 중요하지만 벌었으면 착하지만 힘들게 사는 사람들을 위해 써야지, 미꾸라지 대야 엎듯 허튼 데 쓰면 안 된다는 건 굳어진 생각이지만 지금은 우선 벌지를 못하니 이런저런 생각만 하는 중이다.

"일단 들어는 주니 고맙다, 일억아."

"그러니 제가 어떻게 하면 좋겠습니까?"

"야야, 일억아. 내가 그걸 어찌 이러라느니 저러면 좋겠다느니 하겠느냐, 일단 알았으니 우선 생각만 해봐."

"알았어요. 형님. 제가 기순이 형님을 다시 만나볼게요."

제8부

성남동
대리 가장

성남동 남의 집 가장

일억이 재생원에서 나와 대전 성남동 언덕진 쪽방(현재는 재개발로 사라짐)에서 기순 형님의 친형 기호 형네와 산다.

슬래브나 슬레이트 지붕은 비싸서 두꺼운 종이에 아부라(콜타르)를 뿌려 만든 루핑 지붕 집 단칸방.

기순 형님의 친형 김기호 형님 집으로 와 같이 사는 것이다.

이렇게 시작한 성남동 살기가 이때부터 5년. 성남동에서 출퇴근. 청년 박일억이 스무 살부터 스물네 살 장년에 이르기까지 그렇게 산다.

남남 간이다. 기순 형님을 알 뿐 처음 만나는 사이다. 머슴도 아닌데 미련한 걸까? 어려운 사람, 살기 힘든데 착한 사람 집에서 돈이 벌리는 대로 집안 살림에 쓰면서 같이 사는 것이다.

어려서 미꾸라지 대야를 엎었을 때 아버지가 한 말이 생각나 다시금 곰곰 생각도 해보았다. 그때 박종회 아버지는

"뭐든 잡는 게 중요한 것 같아도 아니다. 잡은 미꾸라지를 대야째 엎어버리면 잡은 수고가 허탕이다."

할 말을 잃은 일억이 바짓가랑이를 쓸어내리는데

"미꾸라지나 돈이나 똑같다. 돈을 잘 벌어야 하지만 번 돈을 허튼 데

쓰고 날려 먹으면 그런 돈은 버나 마나다. 돈이란 벌기도 어렵지만 지키기가 더 어렵다는 걸 넌 아직 모르지?"

"……"

아버지 종회는 논둑을 걸어 다니며 느릿느릿 조곤조곤 중얼대듯 말한다.

"또 있다, 돈 벌어서 계집질이나 하고 노름이나 하고 술 취해 흥청거리면 그 돈은 안 번 것만 못해서 그건 복 돈이 아니다. 돈을 벌었으면 이제는 어디다 왜 써야 하며 이렇게 쓰는 것이 옳은지 그른지, 꼭 쓸 데는 안 쓰고 보면들 안 써야 할 데다 돈을 쓴다. 그러면 돈의 신이 너를 상종키 싫다고 떠난다. 그러니 미꾸라지 대야 엎은 오늘을 잊지 말고 돈이 생기거든 붙들고 꼭 쓸 데가 생기면 아낌없이 써야 한다."

"꼭 쓸 데가 어떤 덴데요?"

"아, 말했잖아? 착한데 힘들게 사는 사람 도와주며 살라고."

"또요?"

"착하고 바르게 사는 사람이 첫째고, 둘째는 가난하고 늙은 어른들. 셋째는 병든 사람과 몸이 불편한 사람들이다."

"아, 병신?"

"너 입조심 해라. 장애인이라 해야지 병신이 뭐여?"

"문둥이는요?"

"문둥이는 안 만나는 게 좋지만 만나면 그 역시도 불쌍히 보는 게 맞다."

"그럼 미친놈 미친년은요?"

"미친년에 미친놈 이런 말부터 바꿔, 정신장애인이야."

엎어버린 세숫대야는 이러다 다시 채워져 간다.

다시 생각해 봐도 아버지 말이 딱 맞다. 착하고 바르게 사는 사람이 첫째고, 둘째는 가난하고 늙은 어른들. 셋째는 병든 사람과 몸이 불편한 사람들.

기순이 형은 나를 감싸준 사람이고 기호 형님은 지금 장애인이다. 누가 도와주지 않으면 어떻게 사느냐고 볼 때 진정 도와줄 사람은 일억이 봐도 아무도 없다.

'내가 힘들더라도 아버지가 그러라 하셨으니 고민하지 말고 같이 살아보자.'

영화숙에서도 살아났고 동냥아치로 금마에서도 살아왔는데 여기는 내가 벌면 같이 먹고 살 수가 있다. 마침 집도 있고 형수님이 있어 밥도 하고 빨래도 할 테니 그런 곳보다 나쁠 게 뭔가를 생각해 보다 결심을 한 것이다.

"아니? 5년이나 그 집 한방에서 먹고 잤다는 겁니까?"

"그렇지요. 가보니까 참 너무 딱해서입니다."

"아 청년기를 그렇게 보내다니, 그래도 돈은 모았어요?"

"아닙니다. 벌이는 행상 닭이할 때보다야 나아졌지만 식구가 많으니까 먹는 데 생활비로 다 들어갑니다."

"아깝지 않았어요? 큰 꿈도 돈이 있어야 하는데?"

"물론 살면서 생각은 했습니다. 이러다 돈을 어떻게 모으지? 그런데 현실 한참 크는 애들과 기호 형을 보니까 딴생각이 접히더라고요."

"아버지 말씀에 영향을 받기는 받았나 보네요."

가장(家長) 노릇

　일터는 대흥동 터미널, 성남동부터 걸으면 한 시간은 못 돼도 제법 멀다. 그때의 성남동은 대전이 지금 같은 대도시가 아니니까 시내버스도 탔지만 버스가 드물 때라 어떨 땐 걸어도 다닌다.

　길은 골목이고 구불구불하다. 지금은 탁 트인 새 지하도도 뚫렸지만 그러기 전 성남동 사람들은 삼성동 굴다리라 부르는 좁고 어두운 굴을 나와 시내를 다녔다.

　다행히 구두닦이는 예상을 크게 어긋나지 않아 돈벌이는 행상 딱새 때보다는 많다. 하지만 식구가 다섯이고 일억은 지금 생각지도 않았던 다섯 식구의 가장이니 이런저런 생각은 들지만 기호 형네를 두고 혼자 산다는 생각은 하지 않았다.

　하루하루 일억이 벌어온 돈으로 쌀과 반찬을 사 와 밥상을 차리는 것은 시원찮기는 해도 기호 형님의 부인 형수가 한다. 그러니 이제는 점심만 밖에서 먹고 아침저녁은 기호 형네 식구들과 같이 먹고 같은 방에서 잠을 잔다.

　방은 작고 좁다.

　식구는 다섯이다. 지붕은 낮아 여름이면 덥고 겨울이면 춥다. 연탄 구루마(레일)를 밀고 당기며 음식을 만들어 먹는데 일곱 살, 다섯 살이던 남매가 열한 살, 아홉 살이 될 때까지 한방을 쓰며 자고 먹는데 생계는 일억이 매일 벌어오는 돈으로 꾸려 간다.

처음부터 기호 형네 집으로 들어가 한방에서 한 가족으로 산다는 생각을 했던 것은 아니다. 그러나

"제가 돈을 벌면 모았다가 한 달이나 열흘에 한 번씩 보내면 될까요, 형님?"

했는데

"글쎄, 실제로 어떻게 하든 네가 돌봐주겠다니 그것만으로도 고맙고 고마워. 나는 말을 못 하겠으니 네 생각대로 해야지. 내 친형이라지만 이렇게 해 달라 저렇게 해 달라 할 수도 없고 그래서도 안 되겠지?"

기순 형님 말에 생각해 보니 재생원이라는 곳이 돈 벌어 모은들 돈이 생기면 번 돈을 보관하는 것도 쉽지 않은 것이 현실이다.

지금이야 은행이 있고 입금 송출금이 자유롭지만 그때만 해도 역전 통에는 산업은행(현/다비치안경원)과 한국은행 정도만 있을 뿐 농협이나 마을금고도 없고 우체국 통장도 안 쓰던 때인데다 일억은 주민등록증이 없어 쉽게 통장을 만들 수도 없는 등 뭐가 됐든 돈은 현찰뿐이었던 시절이라 아무래도 기호 형네 집에서 출퇴근하며 매일 같이 먹고 자야 매일 돈을 주기도 편하고 방법이 없다.

또 이래저래 생각해 봐도 버는 돈 자체가 푼돈이고 기호 형네는 매일 먹을거리를 사야 하기 때문에 암만 생각해도 한방 쓰기가 불편해도 일억이 기호 형님네 집으로 들어가야 일억까지 다섯 식구 끼니를 때울 수 있겠어서 한방에서 같이 살게 된 것이다.

하지만 이렇게 한 집 살림을 하기 시작하면서 1년이나 6개월이나 정한 것은 없다. 게다가 1, 2년이 지나도 이젠 그만. 이런 생각은 들지 않아 그러다 보니 5년을 같이 산 것이다.

반찬은 가끔 일억이 사들고도 왔다. 장거리가 많으면 중앙시장이나 역전시장에서 장을 보지만 거리가 멀고, 무거우면 들고 가는 것이 힘들어 삼성동 굴다리로 들어오고 나가는 길가 노점에서도 살 수가 있어서 자주 굴다리 근처에서 장을 보았다. 그러나 대부분은 기호 형네 형수가 장을 봤다.

사는 모습 환경이 완전히 달라졌다. 특히 아이들이 있어 사람 사는 것 같은 맛도 난다. 누가 봐도 삼촌이고 출퇴근이지 금마나 부산 재생원에서 사는 것과는 달라 아무도 일억이 힘들게 사는 줄 아는 사람도 없으니 좋다.

기호 형 형수님은 잘 웃고 순하여 집안 분위기는 좋았다. 그럴 때마다 갑자기 떠오른 생각. 고모부 댁에 두고 온 일선이 형이다.

아직 장가는 안 갔을 건데 형이 장가를 가면 일억도 형수가 생긴다. 형수는 나를 도련님이라 부를 거고 조카들이 생기면 삼촌이라 부를 것이다.

기호 형네 집 큰 애는 철영이, 딸아이는 순영이다. 철영이와 순영이는 얌전하여 삼촌 삼촌 하면서 일억을 잘 따랐다.

책을 쓰는 지금 철영이와 순영이는 지금 60대 초반에 이르러 서울에 살며 그때를 기억하고 역시나 삼촌 삼촌 해가며 전화가 오고 있다. 어려서 아버지가 늘,

"동생 고마워. 정말 고마워."

하는 말을 들어서일 것이다.

기호 형님은 말수가 적은 편이다. 그래도 일억에게만은 고맙다는 말을 자주도 하여,

"형님, 형수님. 일일이 고맙다고 자주 안 하셔도 돼요. 다 압니다. 고맙단 말은 이제 그만하셔도 돼요."

그래도 고맙단 말이 입에 달려서 그러려니 하고 그냥 듣는데, 문제는 한쪽 다리를 절단하여 다시 재생할 수는 없어 어떻게든 인조 다리를 맞춰 드리고 싶기는 한데 물어보니 감히 상상도 못 할 큰돈이라 입 밖에 꺼내지도 못하는 거금이다.

가장의 위치

같은 집 한방에서 생판 남남인 부부와 완전 남남인 조카들과 사는 것이 처음에는 썩 내키지 않기도 했었다. 원래 한 지붕 한 울타리 안에, 더구나 한방에서 같이 먹고 같이 잔다는 것은 부모 자식 형제 자매지간이 아니면 거의 없는 경우다.

일억에게는 그런 때가 있기는 있어 그리운 시절이다. 일억이 태어난 장항에서다. 읍내 신창동으로 이사 오기 전 4학년까지. 아버지가 돌아가시기 전까지만 해도 제련소 굴뚝 아랫집 일억의 가족은 한 지붕 한 담장 한방에서 먹고 잤었다.

한방에서 같이 살 때는 달리 생각해 본 적이 없다. 그것은 살아있는 누구나 한 가족이라면 다 그러하니 왜 한방에서 자느냐에 대해 생각조차 할 필요가 없는 일이다.

그런데 금마를 거쳐 영화숙에서 먹고 자면서부터는 남남 간 한방에서 자는 것이 이상하지도 않고 불편한 줄도 몰랐는데 두들겨 맞지만 않으면 그렇게 편할 수가 없음에도 너무 맞다 보니 한방 동거나 동침은 아예 의식조차 하지 못했다.

그 후 그리 살다 재생원에서 교실처럼 넓은 방 양쪽에 마루를 놓고 가운데는 신을 벗어 놓고는 나란히 잠을 자는 군대 내무반 같은 곳이라 좋았다.

그러다가 성남동으로 온 터라 기호 형네 집에서 다섯이 한방 쓰고 사는 것에 대해 달랑 혼자서 자는 사람은 원래 없는 것으로 의식이 굳어 그런지 한방을 쓰면 뭐가 어때서, 이랬는데 지금 생각하면 그 시절이니까.

사실 사람은 나면서부터 혼자 잔다는 것은 없다는 것에 생각을 달리할 까닭도 없는 문제라 지금 생각하면 어떻게 같은 방에서 남의 식구 넷하고 같이 살았나 해서 그렇지 그때는 다른 생각 자체를 한다는 그게 이상했을 뿐이다.

집필하자니 작가가 물었다.

"이게 독자들에게 이해가 가겠습니까? 꾸몄다 하지 않겠어요?"

"그럴까요?"

"독자 입장에는 어찌 보면 바보 아니겠어요? 그 돈으로 하숙을 하든 방을 하나 얻어 살면 돈도 모을 거고 사 먹어도 되는데 왜냐고. 그야말로 완전 거짓 소설 쓴다 하지 않겠어요?"

"그럴 수도 있겠지만 너무 불쌍해서 안 간단 말이 안 나왔어요. 제게는 그것이 마땅하다 여겨져서요."

"그래서 봄 여름 가을 겨울이 다섯 번이나 바뀌도록 나이는 많아지는데도요?"

햇수는 5년이지만 실 동거는 3~4년이다.

그렇게 사는 도중에 1년. 일억은 교도소에 수감된 일이 있었다. 교도소라 하는 곳. 영화숙이냐 교도소냐 물으면 둘 다 싫은 곳이다.

구태여 어디가 더 싫으냐고 묻는 사람이 있다면 웃으면서 하고 싶은 말은.

"예 모르시는 것이 행복입니다. 그건 알아봤자 좋을 게 없어요."

독자를 대신해 작가가 따져 물었다.

"단 1미리라도 따진다면 둘 중 어디가 더 싫습니까?"

"말을 잘 못 하면 이상할까 봐 딴말을 했는데 작가님이 굳이 따져 묻는다면 영화숙이 더 더럽습니다. 교도소는 양반은 아니라도 법대로지만 영화숙은 무법이고 악질이었습니다."

아 징역?

일억이 교도소에 간 것은 성남동에서다.

"교도소 간 건 아무리 둘러대도 다 제 잘못이고 참 부끄러운 일입니다. 그러나 억울하게 간 일도 왜 없겠습니까?"

"다음에 듣기로 하고 그럼 성남동서 간 것은 무슨 죄였지요?"

"폭행입니다. 거의 다 폭행이에요."

"폭력행위 처벌에 관한 법률이 있어 조금은 압니다. 시행령 시행규칙이 있어 아실 겁니다."

"둘러대면 안 되지만 제가 너무 많은 폭력 피해자여서 누굴 때리는 건 절대 않겠다고 했는데…"

"그런데 첫 수감은 어디서 왜 그랬어요?"

"뭐 감춘다고 잘하는 것도 아니니…"

첫 수감은 추부면 마전에서 터진 폭행 사건이었다. 여럿이 어울려 마전을 가서 추어탕인가 뭘 먹고 돌아오는 길이었다.

시내버스나 시외버스나 대전 충남을 오가는 운짱(운전사)과 조과장(조수), 차순이(차장)… 거의 모르는 사람이 없다 할 정도로 다 아는 것은 일억은 대흥동 주차장이 나와바리(일어/생활반경)이기 때문인데 그날 마전

에서 대전으로 오는 버스를 탔는데 아는 운짱이 차순이에게

"막걸리값 좀 드려."

하는데 낯이 좀 선 차순이가 내키지 않는지 표정이 좋지 않아 술 한 잔 한 참에 같이 간 한 친구가,

"뭐여?"

하였더니 차순이가 울며 앙탈을 부리는 통에 소리를 좀 지르는데 마침 마전지서(파출소) 앞이라 경찰이 듣고 쳐들어오기에 급히 친구들을 내보내자 일억을 제압한다. 순간 비틀하고 넘어지면서 술김이었는지 거친 행동이 나왔다.

"어떤 행동입니까?"

"멱살 잡고 흔들었어요."

"아니 경찰을요?"

그러자 순경 둘이 합세해 승강장 옆 마전파출소로 일억을 끌고 가는 바람에 아차 그만 술김에 쥐어박은 것이,

"술김이라 잘 몰랐지만 제 주먹이 왜 그"

"엄청 세게 쳤나 보네요?"

"마침 친구 셋은 달아나라 했으니 다행이지, 친구들까지 그랬다면 일이 커졌을 건데 집단폭행은 면한 겁니다."

문제는 파출소 안에 가서 난리를 친 것이다. 책걸상을 발로 차고 말리면 또 걷어차고 쥐어패고.

"이게 폭처법에서는 4건의 죄목이 되고 말았습니다."

"이 정도만 해도 알겠습니다. 그래서 1년 선고를 받은 거네요?"

"싸게(처벌이 과하지 않다) 받은 겁니다. 형량이 많으면 비싸다 하고 적게 받으면 우리는 싸게 받았다 그랬으니까요."

"죄는 누굴 심하게 때려 큰 상처를 내거나 진단서가 몇 개월 몇 주 이런 것만 실형이 비싼 게 아니고 사소한 것도 빗나간 화살처럼 큰 죄가 되기도 하는 거니까요."

말고도 1년 징역이 한 번 더 있는데 비슷한 내용이라 생략하면서, 아무튼.

일억의 성남동 기호 형님 가족과의 동거는 이렇게 저렇게 5년이 흘러 끝을 맞게 된다.

"고민이 많았어요."

"교도소에서 나오자마자입니까?"

"아닙니다. 나오면 또 기호 형님네로 가서 같이 살았습니다."

"그래 박 회장이 교도소에 가 있으면 그 집은 어떻게 산 거지요?"

"엉망입니다. 형수가 뭘 한다고는 하지만, 나와 보니까 글쎄 그 예쁜 애들이 그냥 바싹 말라가지고 걸신(乞神)이 들려서… 사과를 좀 사 갔더니 눈을 뒤집어 까고 먹어대는데 보니까 참 뭐라 할지. 정말 불쌍해서 미치겠더라고요."

"그새 정도 들었을 테니 그렇겠군요."

"당연하지요. 애들 먹는 것 보니까 내가 빨리 일을 나가 벌어야지 저것들 나 없으면 아비 어미가 키우지도 못할 것 같은 것이 눈물 나는 일입니다."

가장? 이건 아니야

다시 온 지 또 1년이 지나갔지만 기호 형님네는 형편이 달라지지도 달라질 수도 없어 여전히 살기가 힘들다. 일억 혼자 벌어서는 다섯 식구가 살기는 늘 부족하다. 그런데 문제는 형편이 나아질 징조가 보이지 않는다. 그러다 보니 교도소에서 나온 1년 내내 많은 생각을 했다.

'아니야. 이것도 아니야.'

그러던 중 우연찮게 방송에 나오는 김형석 연세대학교 교수의 철학 강의를 듣게 된다.

"사람에게는 제각각의 사명이 있습니다. 그 사명은 첫째도 둘째도 사람을 사랑하고 사람에게 필요한 사람으로 사는 것입니다."

들었은들 대충만 기억할 뿐 낱낱 더 이상 기억하지 못한다.

단, 지금 고민하는 대목은 소 잡는 칼이 있고 닭 잡은 칼이 있어서 어떤 이는 작지만 귀한 일을 하는 것이 사는 목적이지만 큰일을 할 사람은 손에서 작은 일을 떼고 큰일을 따라가야 한다는 김형석 교수의 말이다. 작은 것에 힘을 쓰면 큰일은 못 하게 된다는 건데 이 또한 때가 있어 실기하면 이도 저도 못하다는 내용이다.

안 그래도 일억은 나름 큰 그림을 그려 왔다.

그것은 다섯 명 대상이 아니고 50명도 넘는 힘든 사람들을 위해 무엇인가를 하려는 꿈이다. 그러나 다섯 식구도 못 챙기면서 어떻게 50명의 뒤를 봐주냐는 등 머리가 딱딱하게 아프면서도 꿈은 사라지지 않았다.

재생원보다 열 배 스무 배 큰… 딱한 아이들의 집을 세워 지금처럼 아침만 먹이지 말고 점심 저녁, 거기다 놀게도 해주면서 다달이 월급도 주어, 만일 장성해 나가더라도 가정을 꾸미고 아이들 낳고 잘 기르며 행복하게 살 기초가 될 작은 구멍을 뚫어주고 다져주고 싶다는, 허망함에도 고대광실 기와집을 지어온 꿈이다.

하지만 아직은 어리다.

아니다. 스물셋이나 되었으니 어리지도 않다.

나이 스물셋이면 이미 청년이고 또래들은 대학을 나오거나 군대에 가 나라를 지키는 젊은이들이다. 그러면 나는 지금 뭔가…

'아니야, 아무래도 이건 아닌 것 같아.'

그러나 기호 형님은 저 모양이다. 아홉 살이던 철영이는 이제 열세 살 중학교에 가야 한다. 돈은 더 많이 들어가야 한다. 그런데 현실을 가로막는 것이 장래요 꿈이다. 더 크고 더 좋은 딱한 소년들의 터전을 만들고 싶은 꿈.

물거품 같은 꿈이지만 확실한 결심은 영화숙처럼 착취하고 패고 굶기는 것이 아니라, 과연 나이에 맞는 뭔가의 일감을 만들어 주고 그들의 노동 가치를 두세 배로 키워 도둑놈 근성으로 떼어먹고 비곗살을 찌우는 게 아니라 최대한 챙겨주고 특히 사람 된 도리까지 잘 가르쳐 사회에 필요한 국민으로 길러 내 보겠다고 하는 결심이다.

이 결심은 점점 굳어져만 왔다.

이가 갈리게 부려 먹으면서 굶기고 쥐 패고 쓰레기 더미를 뒤지게 하고 1원 한 장 대가를 주지도 않은 그 못된 영화숙의 인간성.

일억은 그때의 그 상처가 지금도 가슴을 찢으면서, 이제는 컸으니까 간들 잡힐 일도 없으니 먼 곳 영화숙에 한 번 가 보고도 싶지만 아서라, 근처도 가고 싶지 않고 그쪽에 대고는 오줌도 누기 싫을 정도로 이가 갈릴수록 꿈을 꾸고 기와집을 짓고 허물면서 1년을 보내다 결심한다.

'기호 형님 댁을 나오자.'

'이만큼 했으면 됐어.'

'완전하게 떠나 돌아보지 말자.'

그러나 입이 떨어지지 않는다. 어제만 해도 쌀이 떨어졌는데 비까지 내려 구두닦이는 전멸이라 손에 들고 온 돈이 없어 수제비 몇 조각에 아욱죽 아침도 반 양을 못 채웠다.

이러니 일억이 떠난다면 이 집은 어쩌며 애들은 어찌 클지. 도무지 아무런 대책이 없는 것을 너무 잘 알면서 이제 따로 방 얻어 나가 돈을 모으려 한다는 말이 나오지 않아 1년이다. 착하고 바르게 사는 사람이 첫째고, 둘째는 가난하고 늙은 어른들. 셋째는 병든 사람과 몸이 불편한 사람들이라 하셨으니까.

'독하게 마음을 먹고 말해봐?'

해보나마 답은 안다.

'잡고는 싶지만…'

어쩌구, 피차 난처한 입장이 빤히 보이는 결과다.

그러다 마침내 두 분 앞에서 입을 열었다.

다시 기억하고 싶지도 않아 작가에게 말하길,

"작가님. 참 맘 아픈 이야긴데 어쩌지요?"

"알겠습니다. 나만 아는 게 아니라 안 써도 다 독자들도 알 터이니 이 대목 생략하기로 하겠습니다."

장갑 팔이와 소독

말했듯 집도 절도 없고 어미 아비 형제자매 일가친척도 없이 버려진 아이 박일억의 나이 스물넷이 되었다.

또 부사동 재생원은 대덕군 회덕면 대화리로 이사를 간 지 오래다.

어쨌든 기호 형님네 집을 나와서는 굳이 대화동으로까지 들어가지는 않아도 턱 하니 대흥동 주차장에 자리를 잡은 터라 나온 참에 이제 삯 월세방 하나는 얻을 형편도 되고 굶을 일도 없어져 주차장 가까운 곳에 방 하나를 얻었다. 기호 형님네 형수는 나오는 일억에게 당시로서는 최고급으로 치는 카시미롱 이불 한 채를 주어 얻은 방에 펼치니 근사하다.

그런데 아직도 여전히… 그런대로 벌기는 버는데 역시나 벌이라 해 봤자다. 그럼에도 이제 주차장에서는 모두가 다 아는 딱새가 되었다.

시외버스라 운짱(운전사), 조과장(조수), 차순이(여자차장)들과 안면이 넓어졌다. 혹 찍짜(말썽)를 부리는 고객이 있으면 일억을 불러 도움을 청하면 일억은 구두를 닦다 말고 달려가 눈을 부릅뜨고,

"이거 왜 그래? 빨리 돈 못 줘~ 제때 주지 않고 여태 뭐하는 거여?"

소리를 치면 없다던 돈을 내는 사람이 많다.

뿐만 아니다.

운짱이나 차순이라면 거의 낯이 익었다.

물론 그들이 일억의 도움을 받는 일이 많지는 않지만 일억은 그런 일이 생기면 적극적으로 문제를 해결해 주어 주차장에서는 인맥이 넓어진 지 오래다.

특히 이를 어떻게들 알았는지 주차장에 소문이 돌았다. 보는 사람마다 웃으며 아 일억 씨 일억 씨~ 분명 좋은 말을 들은 모양이다. 또 그것은 꽤 지난 건데도 태진이가 일억에게 뒤지게 맞고 딱새 자리를 잡았다는 소문은 사그라지지 않는다.

물론 그때 때린 사실은 없다. 그저 막기만 했는데도 소문은 다친 것도 아닌데 박박 기고 찐빵을 사다 주면서 꼬랑지를 내렸다는 등 많이 부풀어져 일약 박일억이라면 싸움 잘하는 것으로 이미 알려진 것이다.

"저 태진이 때린 적 없어요. 싸움이라면 맞짱을 깠어야 싸움이지 그냥 막기만 했어요."

해도 옆에 중삼이랑 막둥이가 껄껄 웃으며 농을 치는 바람에 소문은 그렇게 나버린 거라 구태여 아니라고 더 우길 필요까지는 없는데도 태진이 중삼이 막둥이가 장난처럼 자주,

"일억이한테 걸리면 뼈도 못 추려요."

이러는 바람에 주차장에서 쎈놈으로 알려지기 시작한 것이다.

안 그래도 어느 곳 어느 도시 어느 주차장이고 구두 닦는 사람이라면 뭔가 거칠고 한 주먹 하는 걸로 인식이 돼 있어서 어른들은 무관해도 비슷한 또래, 좀 논다는 청소년들은 공연히 경계의 눈으로 보는 등, 사

실은 그렇지 않은데도 일억이라는 이름은 이미 운짱 조과장 차순이들이 그런 쪽에서는 알아주게 된다.

"다 허풍입니다. 사실 저는 하도 맞아봐서 누구 때리지 않아요. 그런데도 주먹 좀 쓰는 것처럼 알려진 건데, 뭐 그냥 그러거나 말거나 생각은 오직 어떻게 해야 돈을 버느냐에만 꽂혀 있습니다."

"은근히 알아주기를 바랐던 것 아닙니까?"

"그런 건 아니지만 일단 버스기사들이 나를 알아보는 것이 나쁠 건 없으니까 가만히 있었던 거지요."

"하여간 그게 옳고 그르고의 문제가 아니라 속칭 스타 주먹이 된 것 아닌가요?"

"하하, 스타는 무슨. 스타일까마는 버스회사 직원이나 혹간 보이는 사장님들도 '네가 일억이냐?' 하면서 농담처럼 '우리 회사 기사나 차장한테 잘해줘야 한다' 하면서 만 원이나 이만 원씩 용돈까지 줘서 받았어요."

작가와의 대화에서 한 말이다.

사실 알려지고 않고 이런 데는 별 관심이 없다.

내 무슨,

오르지 못할 나무인 줄 알면서도 생각은 늘 기호 형 집에서 나올 때 오래 꾸었던 꿈, 바로 뭔가 나도 이런 것 말고 좀 할 만한 일을 하고 싶다는 생각이다. 그래서 가끔 꿈에서 보이는 아버지가 보실 때 잘한다 하실 그런 일을 궁리하는 중이다.

이러다 보니 빡통 앞에서 딱새로 살아봤자 희망이 없다는 생각을 자주 하게 된다.

'뭐지? 뭘까? 딱새 말고 뭔가 돈이 되는 게 뭘까?'

공상이지만 구두를 닦으면서도 오직 그 생각뿐이다.

그때다.

이미 잘 아는 신진여객 운전기사가 구두를 닦으라면서 말한다.

"에이, 그 왜 우리 매점에는 왜 장갑이 없지? 길 건너까지 이것 하나 산다고 에이 더워 죽겠네."

하면서 장갑을 흔든다.

"이것도 면은 면장갑인데 실장갑이야. 보드랍고 하얀 면장갑은 저 집에도 없더라고."

하는 순간 귀가 번쩍 뜨인 게 아니고 머리가 번쩍 뜨였다.

"그 실장갑 얼마 주고 샀어요?"

"이게 비싸. 100원씩이나 해."

"100원이요? 와 비싸네요."

하다 보니 장갑을 파는 장사를 해보면 어떨까 싶은 것이다. 순간 장항서 봉이모래선달 하던 생각이 겹친다.

모래선달 회상

"여름에 너 뒤 장암리 해변에서 돈을 다 벌었다면서?"

"아버지한테는 말하지 말랬더니 엄니가 말했어요?"

"너 그게 정말이구나 너. 아니 모래바닥에서 돈을 어떻게 벌었다는 거니, 네가 무슨 봉이 김선달이냐?"

"아뇨, 저는 모래선달인가 봐요."

"너 봉이 김선달 알어?"

"네 선생님이 말해줘서 다 알아요. 대동강 물장수로 돈 번…"

"그래서 네가 봉이모래선달이냐. 그래, 어디 들어나 보자. 말해 봐라."

"더우면 모래 속이 차갑잖아요? 사람들이 바닷가에 왔다가 거기 모래를 파고 들어가 누우면 찜질도 되고 또 시원하다고 사람들이 모래를 파내요. 그런데 자리를 다 맡아서 모래 구덩이를 팔 자리가 없으면 못 파니까 제가 구덩이 여러 개를 미리 파내 자리를 맡아 놓는 거예요. 그러면 늦게 온 사람들이 돈 줄 테니까 그 자리를 팔라 그래요. 그러면 이건 누가 부탁한 거라고 하면 얼마 더 주리? 이래 물어요. 그러면 더 준다는 돈까지 두세 배까지 받고 팔아요. 일찍 가서 미리 파 놓고 기다리면 사람들이 준다는 게 값이라 더운 날에는 많이 벌어요."

"별 참… 그래, 얼마나 받니?"

"처음엔 10원 하다가 절반쯤 팔리면 50원도 받아 봤어요."

"뭐 50원? 아니 50원까지나?"

"10원이면 비과 7개를 살 돈이에요, 아버지."

일선의 말이다.

"저번 아주 더운 날에는 100원이나 준 사람도 있었어요."

그랬다. 여름 한철 바닷가에 모래가 일억에게 돈벌이를 시켜준 일이 있다. 화폐개혁으로 환을 원으로 바꾸자 10원이면 10환이라 큰돈이다.

어디서들 왔는지 그날은 구덩이 열 개가 다 팔려서 100원이 넘게 번 날도 있었다.

'맞아. 필요한 사람이 있어 그걸 찾으면 그게 돈이다.'

일억의 머리가 팽팽 돈다.

매점에서는 장갑을 팔지 않는다. 아니 팔 수도 있는데 자주 떨어져도 못 사는 수가 있다. 그러면 바쁜데도 운짱들이 장갑을 사러 길 건너로 간다는 건데 사려고 보면 면장갑은 없어 실장갑을 산다? 그렇다면 행상 딱새 하듯 들어오는 차 운짱들에게,

"장갑 있어요?"

마치 구두 닦으라 하듯 장갑을 들고 가 보이면 옳거니 잘 됐다 하고 두 장도 팔 수가 있다는 생각이 번뜩 지나간다.

"아 그래요? 안 그래도 제가 면장갑 장사를 좀 해볼까 하는데 기사들이 산다 할까요?"

"아 사지, 사고 말고. 장갑만 갈아 끼면 운전할 때 편하고 기분이 짱이거든, 짱."

"그래요, 그야말로 운짱이네요."

"그럼, 자~ 얼마니?"

"오늘은 서비스입니다. 앞으로 장갑 장사하거든 많이 도와주시면 돼요."

"아니 공짜라고? 그래, 그럼 내 아는 기사들 보고 장갑 사지 말고 대흥동 주차장 가면 살 수 있다고나 해주면 되나?"

차 내 소독하는 일

그러다 또 다른 생각이 겹친다. 기순이 형님이 하는 둥 마는 둥 대충 해도 돈 좀 벌어 쓰는 것이 있는데 그건 버스 안을 소독해주는 방역과 청소 작업이다. 이 둘을 겸하면 양수겹장이라는 생각이 들었다.

하여,

"기순 형님! 그 형님이 하시는 그 소독하시는 것 저한테 넘겨주면 안 될까요?"

"야, 이게 내 밥통인데 널 주면 난…"

하다 말고,

"아, 그래라. 네가 기호 형님한테 한 걸 생각하니 넘겨줘야겠다."

하시면서,

"사실 이거 별것도 아니다. 더구나 나는 게을러서 하다 말다 하는데 친구들이 밥 먹자 술 먹자 하다 보면 일보다 노는 시간이 더 많아서 말이야. 그래라 네가 열심히 하면 괜찮을 것도 같기는 하다."

라면서 소독하는 재료와 도구 방법을 알려주었다.

"저는 이제 구두 말고 장갑 팔고 소독해서 벌 생각입니다."

일억의 꿈이 부푼다. 구두 아무리 닦아봐야 여태 30원 받는다.

그러다 보니 작년부터 카오(바가지 씌우는) 잡는 수작을 찾았다.

카오… 카오란 딱새들의 은어로서 구두 닦고 30원 50원 받는 것을 광을 내준다면서 공들이고 재료를 더 써서 구두를 반짝반짝 윤이 나게 도 하면서 동시에 오랫동안 빛이 나게 해주는 일억이 개발한 구두 닦고 바가지 씌우는 속칭이다.

카오잡기(바가지 씌우기)는 한때 대전에서 일억이가 개발하자 대전역 에서도 카오를 잡고 마침내 전국으로 퍼져나간 구두닦이들의 어리숙한 손님 봉을 잡는 짓거리였다.

완전 도둑질도 아니고 그렇다고 구두에 해로운 것도 아니고 오히려 더욱 빛나게 해 주는, 어찌 보면 좋은 방법인데 문제는 값이 터무니없이 비쌌다는 것이다.

일단 닦으면서

"불광 내 드릴까요?"

하면 불광이 뭐냐고 한다.

때론 '불' 자는 작게 하고 '광' 자는 크게 하면

"아 광? 암 광내야지."

하면

닦은 구두에 구두약을 퍼붓듯 많이 발라 라이터로 불을 붙이고 구두 약에 불이 붙어 타면 오래 태우지 말고 얼른 불어서 불을 끈 다음, 융단 같이 보드라운 헝겊으로 싹싹 문지르면 안 한 것보다는 반짝여서 일본 말로 메끼가 되어 다르기는 다르나, 손님은 기분이 좋아,

"얼마요?"

"얼마니?"

"얼마 받니?"

하면 50원이 아니라 500원을 불러 버린다. 만일 비싸다고 하면 원래는 천 원짜리라면서 정 그러시면 천 원 내라고 눈을 부릅뜨면 괜한 시비 걸릴까 하여 500원 받으라고 누그러진다.

"사기도 아니고 도둑질도 아니고 그게 당시에 자리를 잡아 유행했어요. 제가 개발한 겁니다."

"엄청 잘한 건 아니잖습니까?"

"좀 뭣하지만 벌어 먹고 살자니까요."

그런데 장갑은 100원? 팔면 얼마 남지? 모를 일이다. 단 딱 집히는 곳이 있다. 소독은 기순이 형님한테 배워 물려받으면 되고, 장갑은 중앙시장이나 도매시장에 가면 장갑이 다발로 쌓여 있는 걸 자주 보아 거기서 떼어다 팔면 된다. 10개 20개씩.

"장갑 행상을 해보려고 하는데 이런 면장갑 도매로 얼마입니까?"

"실로 짠 장갑 100원에 파는 건 도매로 50원이고…"

"아니 아니 사장님. 실장갑은 필요 없고요 운전기사들이 낄 면장갑은 얼마입니까."

"아, 이거? 이것도 50원이야."

"그래요? 아주 최고 좋은 건 뭐 없어요?"

"있지. 이건데 도탑고 손등에 줄이 있어서 착용감이 아주 좋은 거 있지."

"이건 얼마짜리지요?"

"10원 더 비싸. 그래서 150원은 못 받으니까 줄 있는 면장갑을 덜 찾아."

"그걸로 우선 50장만 주세요."

소독약 크레졸은 화공약품 가게서 사면 되고. 그런데 옷이 소독하는 복장에 어울리면 좋겠다 싶어 생각하다 떠오른 생각이 이발사들이 입는 위생복이다.

대머리 사장 잘 아니까 가까운 곳 이발소로 가서 그 가운 하나 안 입는 것 없느냐 하니 있다면서 그냥 주기에 그걸 입어보니 그럴듯한데 삼수가 하는 말이,

"야 그 소독 통 있잖니? 거기다 빨간 적십자를 그려 넣어야 폼이 나지."

아차. 그것도 그럴듯하다. 그리고 가운을 입으니 장갑은 덤이고 소독이 본업으로도 보여 시청 위생과 직원 같기도 하고 보건소 소독직 공무원 폼도 나는 것이 뭔가 열정이 솟는다. 이렇게 준비 끝. 다 사놓고 경태를 불렀다.

딱 터 물려주다

"경태야, 너 알지. 중삼이 형하고 막둥이 형 그리고 태진이 형도 알잖아 너?"

"예, 알아요 형님."

어느새 아우들이 생겨 형님 소리 하는 후배들이 좀 있다.

"그런데 왜요?"

"아 너 행딱 접고 내 자리에 와서 벌어라."

옆에 있던 세 친구가 놀란다.

"일억아, 갑자기 뭔 소리야 지금?"

"아 경태 얘 알잖아? 얘가 엄청 착한 애라는 것도 알지?"

"아니 착한 얘기 말고 너 왜 자리를 경태에게 주는 이유가 뭐야?"

"이유는 간단해. 경태 얘는 우리들의 후배지만 후배 중에서도 싸가지 하면 경태 아니니? 얘가 잘 벌면 좋겠어서 그래."

"아니 우리가 지금 그걸 묻는 게 아니잖아. 왜 이 자리를 떠난다는 건지, 그 이유가 뭐냐고?"

"나 장사하기로 했어. 너희들도 알 것도 같은데…? 며칠 전 신진여객 운짱하고 얘기하는 것 못 들었어?"

"야, 너 지금 뭔 소리를 하는 거니?"

"몰라도 돼. 단 나는 대흥동 우리 주차장 떠나지 않고 여기서 장사를 한다 그 말이야. 그러니 맘에 드는 놈 경태한테 내 자리를 준다는 거지."

"공짜로?"

"얌마, 맘에 들어서 준다는 건데 이게 금반지냐 돈을 받게…"

당시 대흥동 주차장은 이제 터미널이라는 그럴싸한 이름으로 바뀐다. 이건 고속도로가 뚫리고 고속버스 주차장을 주차장이라 하지 않고 터미널이라고 부르면서 대흥동도 터미널이라는 신식 이름으로 바뀌게 된다.

당시 대흥동 터미널은 신진여객 버스가 가장 많았고 금남여객 버스와 삼흥여객, 전북여객 버스가 하루 70여 대가 드나들었다. 훗날 대전-서울 황금노선이 고속버스에 승객을 뺏기면서 대전광역직할시가 되자 면적이 3배나 느는 동시에 차츰 시내버스 노선이 생기더니 지금은 지하철까지 개통하고 드디어는 머잖아 유천동에 서부터미널도 생겨 대전의 중심 대흥동 터미널은 지금은 대형 대림빌딩이 들어서는 등 옛 모습이 사라졌지만, 그때는 대전과 공주, 논산, 당진, 서산, 청주, 전주 등 중부권 교통의 중심 터미널이기도 하였다.

이 터미널 근처에서 얼쩡얼쩡 뒷골목을 다니면서 구두 따끄어~~를 외치던 일억은 마침내 나름의 딱 몫을 턱 잡더니 이제는 한 걸음 더 나아가 장갑 팔고 소독을 하는, 그래서 옷을 갈아입어 혹 처음 보는 누가 뭐 하느냐 물으면 자영업이라고 자기를 소개할 정도로 으스대기도 하였다.

시계 노점?

그러나 오늘 여기까지 오기에는 앞서 잠깐 관심을 가졌던 일이 있었다. 그것은 시계 수리와 가스라이터 기름 넣어 팔기, 일종의 부업 같은 일이다. 잠깐 하다 장갑 소독으로 바꾼 후 이때의 짧은 경험은 훗날 유천동 서부터미널로 정착지를 옮기면서 보다 확대한 바 있는데 그 이야기는 아직 서부터미널이 생기기 전이고 지금은 대흥동 터미널에서 장갑 팔고 소독하는 이야기를 하는 중이다.

여기서 이해하고 읽어가야 할 것이 있다. 먼저 박일억이라는 이름은 대흥동을 중심 생활권으로 사는 웬만한 사람들이라면

"아 일억이?"

"아 박일억?"

"알지, 일억이라고 있어."

"아니 터미널 박일억이를 몰라? 아니 왜 몰라 일억이를?"

차츰,

배우도 아니고 가수 같은 연예인도 아니고 그저 딱새일 뿐이고, 더군다나 건달 깡패도 아닌데 터미널 근처 일대에서 박일억 하면 이름 석 자 모르는 사람이 없을 정도로 일억 자신도 모르는 사이에 알려져 가고 있다.

특히 여객 사업을 하는 터미널 관련 운송업자도 업자지만, 운짱-조과장-차순이(기사-조수-차장)들이라면 매일 한두 번씩 여기를 오가다 보니 박일억을 모르는 사람이 드물게 된다.

다음은 당시에 운송사업 실상 특히 요금체계다.

지금은 인터넷 디지털 세상으로 확 뒤집혔지만 그때는, 버스를 타려면 차장이 돈을 받았다. 그때 차장은 주로 소녀들인데 어깨에 돈 가방을 둘러메고 오라잇, 스톱,  또는 차문을 탕탕 치던 여자 차장을 말한다.

여객회사별로 유니폼을 입히고 멋들어진 모자를 씌우고 돈을 만지므로 취직도 어려워서 누군가 재정보증을 서 줘야 취업이 되는, 딴에는 꽤 고급 직업이기도 했다.

운전을 배우려는 조수도 많았다.

운송업의 전망이 좋다고 너도나도 조수를 한다고 따라가서 차 사고로 죽은 친구도 있었고, 또 그때는 조금만 나가면 비포장 길이기도 했다.

그때 지금의 용전동 일부가 공동묘지였고, 대도로 쪽 작은 못가에는, 현재 가수원으로 간 홍도동 화장터가 있어서 일억은 죽은 친구 화장하러 들어가 본 일도 있었다.

놀라운 건 그때 화장은 장작불로 하였고 그러면 고소하니 고기 굽는 냄새 같은 송장 태우는 연기가 굴뚝으로 무럭무럭 나와도 거기는 변두리였는데 이건 대흥동 터미널로 오기 전 이야기이기도 하다.

터미널에 알려지다

아무튼 일억은 터미널에 알려진다. 바로 운짱, 조과장, 차순이라면 박일억을 거의 모두가 알 정도였는데 곁들여 일억이는 참 착하다는 소문이 돌았다. 이유는 자주 성가시게 시비를 거는 승객이 있을 경우 일억의 눈에 띄면 일억은 남달리 눈을 부릅떴다.

"이게 지금 뭐 하는 짓이요?"

하면

"당신 누구요?" 하는 순간

"저쪽에서 구두 닦는 일억이다, 왜 박일억~~"

하면 이상하게도 꼬리를 내리고

"어이 차장, 얼마를 더 내라고?"

"기사 아저씨, 죄송해요."

"아, 알았어요. 미안합니다."

이러면서 시비가 멈추자 툭하면

"어이, 박일억. 이리 좀 와 이놈 손 좀 봐라."

했다 하면 스르륵 분쟁이 그쳐지면서부터다. 일부러 알리려해 알려진 게 아니고 오래 있다 보니 저절로 알려지게 된 것이다.

이참 저참 터미널 일억이 하면 다 몰라도 운전기사와 차장이 거의 다 안다. 그런데, 당시 돈은 전부 차장이 도맡으면서 후일 차장이 뻥땅(횡령)을 한다고 몸수색이 심해지다 못해 돈 통을 따로 만들기도 하고 또 인력수급이 어려워지자 운전사가 대신하면서 철밥통 같은 큰 돈 통에 자물쇠를 달고 회사에 가서 쏟다가 지금은 완전 현금 대신 교통카드만 받는 세월이지만 그 시절에는 차장이 돈 통이고 차장이 쓰는 돈은 장부도 없이 지출했다.

그러니까 차장한테 '운짱 장갑 값?' 달라면 쉽다.

그러니까 차 안 소독 값? 차장한테 달라면 쉽다.

무슨 시비나 따지거나 그런 것 없이 그냥 달라면 달라는 대로 준다. 더구나 박일억이라는 착하기로 소문난 딱새가 이제 장갑을 팔고 소독을 한다니까 생판 모르는 차장이 아니면 가족 같지는 않아도 터미널에서 공생하는 사이처럼 돼 버렸다.

"장갑까지 500원~"

하면 군말 없이 주는데 하루 70~80대의 버스가 오고 가니까 이 돈이 장난이 아니다.

'이상하네, 기순이 형님은 참 이런 돈벌이가 되는 일을 왜 그리 게을리 했지?'

일억은 이런 돈이 벌리게 된다는 건 상상도 못 했다.

그럴수록 일억의 관심은 역시나 누가 어떤 여객 어떤 운짱 차순이나,

혹은 터미널에서 깽판을 치는 일이나, 취객 등 시비를 거는 사람이 있으면 열일 젖히고 달려가,

"당신 누구여? 어디서 왔어?"

참 이상한 일은 일억이만 가면 진상 또라이 같다는 사람들이 이상하게도 꼬리를 내리니까 터미널 일억이가 이제 앞산 호랑이처럼 커져가는 건데 요는 일억 자신이 그런 자신을 느끼지 못하는데도 세월이 흐르면서 인왕산 호랑이처럼 터미널 일억이가 되어 간다.

사람이 좋아

이쯤 되자 그간 억눌렸던 돈에서 해방되듯 생활도 풀렸다. 입는 것에는 별 관심이 없지만 먹는 거라면 평생 한이 맺힌 탓인지 첫째는 배부를 것, 둘째는 맛이 있을 것, 그러나 이 둘을 앞서는 것이 누구하고 먹느냐고 하는 상대방 사람이다.

"금강산도 식후경이여."

하면 일억은

"식(食)이란 누구하고 먹느냐가 먼저여."

농담이 아니다. 밥맛 입맛이야 같지만 누구하고 먹으면 맛이 없고 누구하고 먹어야 맛있느냐에 민감한 일억이다.

'아 그 못 먹어서 누렇게 뜬 얼굴의 성남동 철영와 순영이 남매…'

'영화숙의 쌀개들. 그리고 형이랑 욱이, 정이, 똘이. 배가 얼마나 고팠으며 지금은 어떨까?'

굶는 애들을 보면 이건 내가 굶는 것처럼 마음이 아파 누가 됐든 굶은 아이들과 같이 먹는 것이 최고의 맛이었다. 사주고 먹이는 기쁨. 이건 도저히 떨치지 못할 유혹이다.

차츰 일억이가 형편이 잘 풀렸다는 소문은 과거 재생원 선배들이나 친구들에게도 퍼져나갔다.

"야 일억이 너 잘 나간다며?"

늘 오는 형님들도 오지만, 찾아오지 않던 선배들도 지나가다 들르고 일부러 왔다.

점심 저녁 가리지 않고 버스 운행이 종료되어 터미널이 닫히는 시간이면 누가 와도 안 오는 날이 없다.

술은 이때 배웠다.

"야 그 고기 있잖여? 고기는 꼭 술하고 먹으면 열 배 더 맛있거든."

선배들 말에 아직 술을 못 한다 하다 한 모금 조금씩 마신 것이 술도 잘 먹는 일억으로 바뀐 시기도 이때다.

역전 4인방 한수복, 김기순, 김중호, 서성일 형님은 교대로 오거나 둘이 오거나 거의 매일이었다. 비온다고 오고, 덥다고 오고, 춥다고도 오고.

잘된 일억보다 더 좋아하시며 술대접을 하면 좋아하시는 모습, 이렇게 행복할 수가 있을까?

누가 와도 매일 온다.

이광재 형님, 광주 형님, 주현이 형님, 김찬호 형님, 충남이 형님, 변상복 형님, 이석순 형님⋯

다 셀 수도 없이 많은 형님이 오면 막걸리, 소주, 맥주, 지지미, 닭도리탕, 소국밥, 돼지국밥, 설렁탕, 삼겹살, 오리고기, 민물, 매운탕에 바닷고기 매운탕, 어떨 땐 일식집으로도 간다. 이러다 술이 거나해지면 술상을 두드리며 노랫가락에 취하기도 하고.

일억은 돈 통 역할을 한다.

"일억이가 형편이 풀리니까 호강은 우리가 하네~"

"아닙니다. 그동안 형님들이 제게 해주신 것에 대면 아직 멀었습니다."

"일억아. 얼마나 더 잘 할 생각이니? 이건 우리들도 일생에 이런 호강 처음이다. 그것도 연달아…"

돈을 쓴다는 것이 이렇게 좋은 줄이야 알았지만 진짜 그 맛은 몰랐다. 얼마 전까지만 해도 돈이 모이지도 않았지만 지금은 우선 자장면 한 그릇이라도 맘 놓고 먹다 보면 내일 먹을 돈이 없어져 그간 먹어도 편치 않았는데 지금은 그간 고생하고 굶던 일억이 아니다.

그러면 순간 성남동 애들이 뭘 먹나 하여 중호 형님 편에 기호 형님한테 보내시라고 10만 원씩 주기도 하지만 마음은 편치 않다. 또 지금도 성남동 산다면 어떨까 생각하면 머리가 꼬여버려 마음을 달랜다.

"사람이 재산입니다~"

뇌리에 박힌 말 때문에 사람에게 돈 쓰는 것이 저금하는 것 못지않다는 생각이 들어 막 쓰는 것이 아니라 착하고 힘들게 사는 사람이라면 누구라 따지지 않고 나름 한다고 하는 중이다.

사람이 재산

선배는 선배니까 재산이다. 그런데 친구는 또 어떤가. 역시 친구니까 재산이고 돈이다.

삼수나 중삼이, 막둥이, 태진이 누구 하나 나를 도와주지 않은 친구가 없으니 큰 복이고 잘살았구나 싶기도 하다. 그런데 아차 하고 빠뜨리면 안 되는 사람이 후배들이라는데 생각이 꽂혀 버렸다.

'맞아, 후배는 내가 나이 들면 나를 돌봐 줄 아들과 같은 거야.'

이런 생각이 굳어지면서 선배 친구 후배들과 인간관계에 대해 많은 생각을 했다. 그러나 전부 돈이다.

돈이 없으면 후배가 따를 리 없고 친구도 돈 없으면 멀어지고 선배 역시 돈이 없으면 모시고 술 한 잔 따라드리지도 못하는 것이다.

그렇다면 큰 꿈은 어쩌지? 고민하면서도 찾아오는 선후배 친구를 만나면 정신을 잃고 만다.

세월이 흐른 지금은 이름도 성도 별명도 가물가물하지만 그래도 이렇게 생각나는 이름을 기억해 보니 100명은 안 돼도 50명은 넘는 것 같다. 그런데 이게 짝사랑인가도 짚어 보지만 돈이 사람을 배신하지, 사람은 여간해서는 사람을 배신하지 않는다는 것도 그때 한 생각이다. 그런데 이때 중요한 것 하나.

누구나 밥값은 해도 술값은 안 한다는 말이다.

술이라는 음식은 좋게 먹고 나쁘게 끝나는 경우가 많다.

즉 술만 마시면 본 사람은 어디 가고 딴사람이 되는 경우, 이런 경우가 특히 선배요 형님인 경우에는 진땀을 빼게 된다.

아무리 달래도 못된 성질머리가 튀어나오면 미칠 지경이다. 이런 걸 자주 본 일억은 술을 아무리 마셔도 지금껏 주사(술주정)는 하지 않는데 친구도 후배도 아닌 선배가 주정을 해대면 끝까지 비위를 맞추노라면 이게 대체 내가 뭐하는 짓인가 싶다. 그 아까운 돈을 써가며 드시라 했더니 주정을 해?

짜증 나 참기가 힘들지만 어쩌리. 선배 형님들은 고쳐지지 않는다는 걸 알기 때문에 그때마다 후배들에게는 절대로 저러면 못쓴다고 일장 훈시를 해 현실 시쳇말로 깽판 죽이는 후배는 없다.

이렇듯 선배, 친구, 후배. 사람과 사람 속에서 돈을 벌어 사람들에게 쓰는 일억의 터미널 살기는 여전히 마르지 않는 물꼬여서 먹고 쓸 돈은 별로 궁하지 않다.

이래저래 그때 만나고 또 만나고 햇수를 더해 갈수록 만나는 친구도 있지만 그중 점점 늘어나는 사람이 후배들이다. 안 그래도 예쁜 게 후배들인데 게다가 졸졸 잘 따르기까지도 하니까.

그래서 이제 그 아우 후배들 이름을 지금 생각나는 대로 적어 본다. 분명 다 적지는 못할 테지만 나중에 왜 내 이름은 뺐느냐 하지 말기 바라면서 써 본다.

나이 무관 생각나는 대로다.

특히 만난 시기가 언제라는 연도와 어디서라는 것도 가물거리지만 제대로 다 기억하면 글이 길어 그도 아닐 것 같아 그냥 써 내려만 갈 참이다.

장항에서 비인으로, 비인에서 다시 장항, 군산을 거쳐 금마에서 이리, 대전, 대전에서 부산으로 갔다가 다시 대전으로 온 지 10년이 넘어 20년 되어 가는 중에 재생원 딱새에서 터미널 딱새 하다 장갑 팔고 소독으로 이제 좀 형편이 나아지자 일역의 성향 자체가 사람을 좋아하기도 하지만 선후배 친구들이 나만큼이나 나를 사랑하고 따라 주다 보니 정으로 맺어진 인생 동무들에게 각별한 고마움을 표하면서.

잊지 못할 친구들

한광희 정   권
정승채 정   원
이혁재 철용이
이태선 인철이
박혜민 이태선
최홍식 이상호
박영연 쌩   이
김학균 김삼수
박건호 박홍용
길동종 박영진
막둥이 태진이
박용진 설방욱
최인창 정인영
변상복 용팔이
권오엽 용식이
성엽이 남우식
역전 4인방 한수복, 김기순, 김중호, 서성일 형님
이광재 형님, 광주 형님,
주현이 형님, 김찬호 형님,
충남이 형님, 변상복 형님,
이석순 형님…

지금도 만나면 얼싸안는 친구도 있고 입이 웃고 얼굴이 웃는 것이 아니라 마음이 웃고 가슴이 웃는 친구 선배 후배들이다.

이런 선후배 동생 아우들을 그래도 보듬어 안아 준 사람은 돌아가신 재생원 원장 정태영 국회의원, 당시 회장님이다.

재생원 회장

1932년 10월 22일/전라북도 금산군/(現 충청남도 금산군)

사망/2018년 6월 18일(향년/85세)

대전광역시 중구 본관/경주 정씨/배우자/양금은 슬하 2남 2녀

건국대학교(정치외교학/중퇴) 대학교 대학원(정치학/석사)

종교/불교

의원 선수1/14대 의원 충남 합심원원장.

대전재생원 원장.

대전 청년회 회장/충남 아마추어 레슬링협회 부회장/대한 자활개척단 충남지단장/BBS연맹 충남 사무국장/신민주공화당 금산군 지구당위원장 통일국민당 금산군 지구당위원장/자유민주연합 금산군지구당위원장 자유민주연합 정치연수원장/자유민주연합 총재 특명 특별보좌관 경주 정씨 중앙종친회장/김대중 대통령 후보 충남선거대책 고문 새정치국민회의 농림특별분과위원회 부위원장

새정치국민회의 충남도지부 상임고문/민족중흥회 운영위원

국회 건설위원회 위원/국회 예산결산 특별위원회 위원

한 뉴질랜드 의원 친선협회 부회장/한일 농촌출신 의원협의회 위원

정태영

1. 대한민국 전 정치인이다. 본관은 경주이다. 종교는 불교이다.

2. 1932년 전라북도 금산군(현 충청남도 금산군)에서 태어났다. 건국대학교 정치외교학과를 중퇴하였다. 이후 건설회사를 경영하였다.

3. 1988년 제13대 국회의원 선거에서 신민주공화당 후보로 충청남도 금산군 선거구에 출마하였으나 무소속 유한열 후보에 밀려 낙선하였다. 1990년 3당 합당으로 민주자유당이 출범할 때 합류하였으나 민주자유당 금산군 지구당 위원장에 임명되지 못하였다. 1991년 말 민주당에 금산군 지구당 위원장으로 신청하였으나 탈락하였다.

4. 1992년 제14대 국회의원 선거에서 통일국민당 후보로 같은 선거구에 출마하여 민주자유당 유한열 후보를 꺾고 당선되었다. 1993년 통일국민당을 탈당하였다가 1995년 자유민주연합에 입당하였다. 그러나 1996년 제15대 국회의원 선거에서 김범명에게 자유민주연합의 충청남도 논산시-금산군 지역구 공천에서 밀렸다. 그 대신 자민련 전국구 국회의원 후보 13번 순번에 내정되었지만 당선되지는 못하였다. 한보그룹 정태수 회장으로부터 뇌물을 수수한 이유로 서울지방법원에서 집행유예를 선고받았다.

제9부

요지경 속
터미널

터미널 사람들

지금은 아니지만 그때의 터미널은 세상 속이 아니라 요지경 속이었다.

요지경이란 알쏭달쏭하고 묘한 세상을 뜻하는 말로 일억이 어렸을 때 자주 들었던 말인데 나중에 알고 보니 확대경으로 여러 가지 그림을 돌려서 보는 장난 같은 것이라는 말로 터미널 속을 낱낱 들여다보면 정말 요지경(瑤池鏡) 속과 같다고 할 수도 있다.

이지가지 한다는 말도 별의 별꼴을 다 본다는 뜻인데 과연 터미널이라는 곳이야말로 별의 별별 꼴 이지가지 요지경 세상이라고 볼 진풍경의 연속상영장이었다.

수많은 터미널 요지경 속에 기억나는 것은 한두 가지가 아니다. 먼저 생각나는 것 중에는 때끼(쓰리꾼)들 집합장이라는 것도 있다.

때끼란 쓰리꾼의 속칭이다. 쓰리꾼이라는 말은 일본어 스리(すり)에서 온 말로 쓰리꾼은 남의 속주머니를 면도칼로 자르고 안주머니에 든 돈을 갈취하는, 눈 뜬 도둑놈을 이르는 말이다. 터미널에서는 이들을 '때끼'라고 불렀는데 때끼들의 온상이 바로 터미널이었다.

손님인 척 버스에 타고는 도로가 나빠 멀미하는 승객이 혼절하는 틈을 노려 버스 선반에 올려놓은 짐에서 돈이나 값나가는 물건까지 탈취해 가는 짓이지만 이를 본 다른 승객이 일러바치면 해코지가 도를 넘어 알아도 말 못 하는 무법자들을 때끼라 한다.

그런 때끼들.

어찌 알았는지 때끼들이 일억이라면 다 잘 알아보고 슬슬 피하면서 꽁무니를 빼는데 이유는 일억에게 걸리면 터미널에 얼씬도 못 하게 할 뿐만 아니라 걸리는 날에는 뼈도 못 추린다는 소문까지 돌아서다.

일억은 척 보면 때끼를 안다. 그러나 때끼를 보고

"야, 이 때끼놈아! 그러지 좀 마."

이럴 수는 없는 일이고 그저 저놈이 때끼구나 하면서 뭘 어쩔 수가 없는 것은 경찰이라도 심증으로는 도둑을 못 잡는 것이기 때문이다.

문제는 돈을 쓰리 맞고 대성통곡을 하는 할머니나 여인들이 아이고 땜을 해 터미널에 소란이 벌어지는 이상한 일이 있다. 그것도 여러 번 자주 있다.

그날은 할머니 같기도 하고 어머니 같기도 한 아주머니가 나뒹군다.

"아이고, 어쩌나. 어쩌면 좋아. 이를 어쩌나. 아이고, 아이고. 내 돈 어떤 놈이 훔쳐갔어~~~?"

통곡을 하는데 터미널 직원이 나가라 해도 아이고 땜을 놓으니,

"어이~ 일억 씨가 어떻게 좀 해봐요."

해서 보니까 아들 대학 등록금 낼 돈이라면서 어쩔 줄 모르고 울기만 한다. 이를 어쩌지?

일억이 그를 달랬다.

"할머니. 그만 우세요. 내가 찾아 드릴게요."

순식간에 이 말이 튀어나왔다. 어떻게 찾아 주지? 그래 놓고 생각해 보니 금산에서 오는 버스에 오늘은 어떤 때끼 놈이 타고 왔는지 생각해 보니 누구라는 직감이 온다. 때끼 놈 한둘을 잡고,

"야. 오전에 금산에서 타고 온 때끼가 누구냐?"

"예? 나는 아닌데요."

"그러니까 어떤 놈이냐고오~~??"

"글쎄 잘…"

어쩌고 하기에,

"내 긴말 안 한다. 알지? 나 터미널 박일억이야. 그놈한테 오늘 오후 까지 그 돈 내 앞에 안 갖다 놓지 않으면 뼈를 발라버린다더라고 전해. 나 박일억이가 그런다고 전해."

"~~@~"

토끼 눈을 뜨고 보다 갔는데 오후가 되자 찾아왔다.

"그 돈 그대로 가져왔어요. 저는 아니고요. 누구라고는 말하지 말아 달랬어요."

갔다 이따 오던가, 아니면 내일 오라 해도 가지도 않고 기약없이 기 다리던 할머니는 그 돈을 안고,

"아이고 세상에나, 세상이나 이럴 수가, 이럴 수가, 고마워요."

를 연발한다.

"아니 술이라도 한잔 사 드세요."

돈을 내밀지만 받을 일억이 아니다.

이와 아주 똑같은 일이 여러 번이다.

자주는 아니지만 특히 대학 등록금 내는 계절이면 당진, 서산, 금산 멀리 군산 전주에서까지 이런 때끼 피해자가 있어서 터미널에 소문이 나는 바람에 아이고 땜을 놓는 아낙네가 보이면 누가 데려오든 일억에게 데려와 도와 달라 해보라 하여 통사정을 하는 바람에 일억이 잃은 돈을 찾아준 사람이 여럿이다.

그럼, 말이 나왔으니 때끼를 알고 가자. 세속칭은 때끼지만 자기들끼리는 사원이라고 부른다. 때끼는 돈을 챙기기만 하면 즉각 차에서 내린다. 달리는 차를 반강제로 세우고 내려버려 잡기가 어렵다.

또 때끼는 기차에서 돈이 생기면 즉시 달리는 기차에서 뛰어내리기도 한다. 이걸 일본말로 도비노리(とびのり/飛(び)乗り)라 하는데 도비는 '날다'. 노리는 '오르다'지만 그냥 도비노리 했다고 한다.

그런데 일억이 아는 때끼 중에는 도비노리 하다 다리가 부러진 놈에 팔이 부러진 놈도 있는데 막상 그러다 죽은 놈은 본 일이 없다. 만나면 자기들끼리 이런 말을 하니 들었을 뿐이다.

가출남녀

말고도 터미널은 많은 사람이 오가는 곳이라 이런 일 저런 일 사연도 많고 눈물도 많다. 작별의 눈물이나 만남의 눈물도 있지만 생각지도 못하는 눈물도 있다. 그중에 하나.

드문 경우라면 좋지만 자주, 나중에는 매일이다. 딱 보면 표시가 난다. 즉 가출한 소년 소녀들의 애환이다.

어딘지 알고 온 건지 어딘지도 모르고 온 건지도 모르는 가출남 가출녀.

이걸 알아보는 눈은 일억의 눈이 고단수다. 차림새도 그렇지만 얼굴빛을 보면 안다.

얼굴이 어둑하고 뭔가 수심이 가득 차 보이는 표정은 과거 일억이 수도 없이 겪었던 바로 자신의 모습이었기 때문에 척 보면 알아챈다.

"너, 집 나온 거니?"

대답을 바로 하는 아이는 거의 없다.

"왜? 왜 나왔는데?"

딱 그때 그 시절 일억 자신이 보인다. 대답은 하지 않는 것이 무슨 원칙도 아니건만.

형님들에게 배운 그대로, 우선 뭘 먹이기부터 해야 한다.

"보는 대로 뭘 사 먹여요?"

"보면 굶은 게 뻔한데 그걸 어떡하겠습니까?"

"아니 그 힘들게 번 돈으로요?"

"어릴 때 제 생각이 나서 말입니다."

돈이 있어도 혼자 뭘 먹지도 못하는 것은 식당을 들어가 사 먹어보지 않은 아직 어린아이들이라, 돈도 없지만 있어도 못 먹기도 한다.

그날 대전역에서 수복이 형님이랑 기순이 형님 네 분이 일억에게 사 준 순대는 비싸서 못 사지만 찐빵이든 우유든.

문제는 그러고 집으로 다시 돌려보내기가 어렵다. 몇 시간을 설득해도 무슨 사연인지 말을 않거나 어디가 집이라고도 않을 경우 속이 탄다.

'정이 형이 욱이 똘이는 집에 간다고 했으니 같이 왔는데…'

어떤 날은 오후 내 먹고 마시기만 하고 끝내 과거 일억이처럼 갑자기 달아나 버리는 녀석도 있지만 차비를 주면 가겠다는 아이들이 많았다. 이런 일은 몇 번인지 기억나지 않지만 보노라면 참 딱하고 불쌍한데 어쩔 방법이 없어 애가 타는 경우가 있다. 여기서 그친 게 아니라 터미널에 있던 그 오랜 세월 내내. 일억은 그런 아이들이 눈에 띄면 스치지를 못해서다.

"큰 돈 쓰셨군요?"

"쓸 때는 잔 돈이지만 아마 그걸 모았다면 하하 글쎄요."

공순이와 쌩고

그중에는 애도 아니고 어른도 아닌 열일여덟 정도의 소녀들이 있다.

하염없이 누굴 기다리는 소녀들. 고등학생 또래들이고 대부분 공장에 다니는 아이들, 자주 본다.

이건 아까 같은 단순 가출소녀가 아니고 처녀들인데 고등학생이나 대학에 들어갈 나이로 보이지만 대학생은 아니고 주로 공장에 취직하고 싶어서 나온 여성들, 뿐만 아니라 속칭 공순이들이 많다.

공순이는 알겠지만 쌩고를 모르면 이게 무슨 사연인지 모를 것이므로 먼저 쌩고가 뭔가부터 알자. 쌩고란 그때 좀 유행했던 '가짜대학생'의 비속어다.

가짜대학생 쌩고… 지금은 가짜뉴스라는 게 있지만 그때는 가짜 하면 대학생이 아니면서 대학생 행세를 하면서 주로 공순이들을 공략하는 놈들인데,

돈 뺏고 몸 뺏고,

마음까지 뺏는 때끼보다 더 악질,

요즘 말로 형법상 사기요, 기만에 해당하는 악질 범죄자들이다.

그러나 당시 소녀들은 대학생이라면 뽕 가서 예쁘다 곱다 착해 보인다,

어쩌구 하다 사랑한다고 헛 소리 한마디 하면(이를 작업 들어간다 함), 순진한 여자애들은 그만 마음까지 다 빼앗겨 몸까지 주고는 동백 아가씨나 섬마을 선생 서울 간 도련님 기다리듯, 거짓말로 언제 이곳으로 온다고 한 그 날을 손꼽다가 여기 터미널 대합실에서 하루 종일 기다리는 광경이다.

보면 빤히 보여 다 아는 사실.

잠시 후 또 한 시간 두 시간 오전부터 오후까지 기다리는 소녀는 공순이 工字 공순이다.

분명 부잣집 돈 많은 집 외아들이라는 쌩고의 거짓말에 속아 돈도 순정도 다 바치고 온다는 날 여기 터미널에서 기다리는 것이다. 심지어는 다음날도 또 다음날도. 어처구니가 없는 요지경 속이다.

처음에는 일억도 그걸 몰랐다. 그러다 나중에야 알게 된 놈들이 바로 이 가짜 대학생 쌩고들이다.

쌩고를 가짜로 보는 눈은 처음에는 일억도 뜨지 못한 눈이다. 그러다 쌩고들이 술판을 벌리고 잔치처럼 차려 먹는 식당으로 밥 먹으러 갔다 알게 되었다.

"돈도 많더라고. 어제가 월급인데 집엔 안 보내고 다 가져온 거래."

"진짜 대학생이고 부잣집이라니까 홀랑 빠져서, 히히."

"몽땅 다 주더라고."

"돈에다 몸에다 이거 참 기가 막힌다 그치?"

"안마, 잘해. 가짠 줄 알면 뜯겨 죽어."

"우선 쌩고 소문 안 나게 잘해야 한다."

"그러니까 눈치가 밥 먹여 주는 거 아니니, 히히히."

멀쩡하니 대학생 사각모자에 정복 배지에 명찰까지, 누가 봐도 진짜로 알지, 설마 가짜라고 볼 수가 없는 대학생인데 순악질, 때끼보다도더 못된 놈들이다.

이런 걸 모르고 애타게 기다리는 여자들에게 다가가 물어보나마나지만 일억이 물었다.
"누굴 기다리는 거지요?"
쳐다보다 말고 고개를 숙이거나 아예 말을 안 하면 분명 쌩고를 기다리는 공순이거나 순박한 여고생이다.
당시 대학생이라면 처녀 소녀 어른 할 것 없이 대학생이고 부자라면사족을 못 쓰던 때였기 때문에 이런 일이 있었다. 다행히 대화가 되어알아들어 대화가 트이면, 그러면 조용히 말해 돌려보내야 한다. 나는 누군데 하면서,

"여기서 내가 아가씨 같은 사람 많이 봤어요. 대학생이라는 사람들,여기 가짜가 꽤 여럿 드나들어요. 그들은 거의 가짭니다. 진짜는 그러지않아요. 진짜 대학생도 연애를 안 하는 건 아니지만 쉽게 그러지도 않고돈까지 몸까지 그러진 않아요."
그러니까 잊고 기다리지 말라고 하면 듣다가 일어서서 가는 아가씨도있지만 알아서 할 테니 됐다는 사람도 있다. 좀 있다 가보면 돌아가고 없다.

가짜 세상

쌩고들은 한 번이 아니라 몇 번을, 심지어는 가불을 해 돈을 가져오라면서 못된 짓을 마치 무슨 봉을 잡듯 반복하는 놈들도 있다. 그러다 보니 일억은 저게 진짠지 가짠지 보는 눈이 생겨버렸다.

그런데 한번은 이런 쌩고들이 무슨 이유에선지 일억에게 시비를 걸어왔다. 시비는 아무런 근거도 없이 걸어오는 싸움을 말한다.

네 명이다. 분명 일억이가 공순이들을 쫓아낸다는 소문이 난 걸까? 그게 자기들에게 무슨 손해를 준 것도 아니지 않은가? 아니네, 두세 번 훑어 먹으려다 안 되니까? 하여튼.

이것들 넷이서 터미널 후문 공터에서 할 이야기가 있다면서 좀 보자고 하더니 느닷없이,

"너 이 새끼, 네가 일억이란 놈이냐?"

하면서 주먹이 날아오는데 네 놈이 같이 거의 동시 공격이다. 일억이 맞았을까? 반대로 패버렸을까? 넷인데 아예 넷 다 아작을 내버렸다. 지금껏 누구 하나 이렇게 심하게 두드려 패 본 건 처음이다.

상대가 넷이다 보니 잠깐 싸우다 만 게 아니었다. 그렇게 꽤 오래 치고받는데 누군가가 경찰을 불렀을까, 아니면 지나가다 보고 온 건지 경

찰이 와서 끝났다.

그런데 이게 불운으로 이어졌다. 감옥까지 가게 될 줄은 몰랐다.

상대 네 명은 코피가 터지고 몰매를 맞았는데 거꾸로 1대4 싸움인데도 일억이 가해자가 되고 쌩고 네 놈은 피해자가 돼 버려, 결국 그러다보니 억울하게도 일억은 실형이고 네 놈은 집행유예로 풀려나는 악운이 와 버렸다.

재판이란 결과로 보아 폭행한 가해자는 박일억인 이유는 진단서에 일억은 경미하나 상대는 넷 다 몇 주씩의 진단이 나왔기 때문이다.

대전교도소다.

또 실형 징역 1년을 선고받고 갇혔다. 항소가 뭔지 좀 알기도 하지만 그냥 1년이라니까 마음을 비우고, 괜히 더 잘 못 되면 더 비싼(형량 높음) 선고를 받을지도 몰라 그냥 싸다(형기 짧다) 생각하고 배겨나기로 하고 대전교도소에서 실형을 산다.

성남동 기호 형님 집에 있을 때하고 이번이 두 번째다.

그런데 그 사이 영화숙의 고통을 잊었는지 교도소가 영화숙보다는 낫다고 봤던 생각이 바뀌어버렸다. 이유는 간단하다.

나이 들어 청년이 됐고 특히 그동안 잘 먹고 살았기 때문에 못 먹고 굶던 것이 몸에 뱄던 그때 영화숙에서의 배고픔과는 달리 고통이 더 심하게 느껴지는 아주 열악한 감옥살이가 괴로운 것이다.

대전교도소

당시 대전교도소(구/대전형무소) 하면 주로 공산당원과 간부들로 비전향장기수들의 집단수감처였다.

큰 대(大)로 지은 이 건물은 1960년대 말 도심 확장과 함께 형무소가 교도소로 바뀐 후 유성구 진잠으로 이전하면서 담장과 형무소 본관은 철거되었으나,

3 · 1운동 이후 계속적으로 만세운동이 이어지자 독립투사들을 수감하기 위해 일제가 소규모로 설치하였던 것을 1939년 대규모 시설로 확장 · 준공한 곳이다.

도산 안창호 선생을 비롯한 많은 독립투사가 수감되어 옥고를 치렀고, 6 · 25전쟁 때는 연합군에 쫓기던 북한군이 1,300여 명의 양민을 포함 6,000여 명이 무참하게 학살당하기도 하였으며, 근래에는 화가 이응로가 수감되기도 한 곳이고 비전향장기수를 전향하라 권유도 했다는 고용재(고용제가 아님)가 수형한 곳이기도 하다. 당시 고용재는 수형자 중 고참, 이를 '지도반장'이라 불러 영화숙의 소장이나 현대판 노조위원장은 아니고 당시 수형자위원장(?)처럼 찌렁찌렁한 인물이었다.

지도반장은 교도소 소장급이라면 말이 안 되지만, 수형자들에게는 소장과 같은 군대의 군기반장급(?) 같은 존재였다. 주먹도 있고 인품도

있어 전 수형자들로부터 최상관 대접을 받아, 만나면 거수경례를 올릴 정도로 위품이 대단하여 그의 일대기가 영화로도 만들어진 유명한 인물로 일억과는 빵(교도소) 동기다.

그는 교도소에서도 담배 피고 술 먹는 데 불편을 느끼지 않을 정도로 위풍당당한 인물이다. 거기서는 담배를 "강아지"라는 은어를 썼는데, 보일러실 위에서 피우고 마셔도, 알아도 모른척 해 주던 사람이 고용재다.

고용재와 비슷한 이름의 인물로는 고용제가 있었다. 그는 언론에도 알려진 비전향수 공산주의자를 말하는데 비슷한 이름의 고용재는 위풍당당… 비전향수(빨갱이)들을 군화발로 걷어차면서 전향하게 만들기도 한 애국심도 남다름이 있었다.

그가 목포내기(본명/김기영)와 맞딱뜨린 것도 이때다. 목포내기가 까불거야? 하는 투로 고용재를 후려 갈겨 한방에 쓰러진 일도 있었는데 그로부터 고용재의 위상도 꺾이나 그는 당시 수형자들의 형님 같았던 사람이다.

특히 비전향자들을 달래다 어르기도 하여 그의 생애는 나름 죄수라기보다 의식 있는 애국심이 돋보이고 인간적인 면모도 알려진 인물이다. 이런 민족의 비극을 되돌아보기 위해 보존되고 있는 망루는 아직도 역사의 한 자취로써 의미를 가지고 보존되어 있다.

일억은 두 번째니까 견딜 만도 할 것 같은데 아니다.

젤 큰 고통은 역시나 배가 고픈 괴로움이다. 당시 교도소가 주는 밥

이라는 것은 꽁보리밥인데 이밥을 판으로 찍어 이를 일본말로 '가다(が た)밥'이라고 불렀다.

가다밥은 몇 번이냐에 따라 밥 틀의 크기가 다르다.

일억은 일반 단기수감자여서 4등 가다 밥이다.

크기는 주먹 반 크기도 안 되기 때문에 터미널 근처에서 사먹는 식당 밥의 반의 반밖에 안 되는 분량이라 그렇게 잘 먹고 살던 일억이라 견디기가 여간 힘든 게 아니다.

터미널에서도 반찬이 여러 가지고 반찬 분량에도 구애받지 않고 김치부터 철마다 나오는 반찬이라 영양이 충분한데 달랑 시래기 된장국에 말린 무 졸가리(시래기)는 두세 가닥이고 대충 소금을 섞어 이건 된장 국물 수준일 정도라 딱 영화숙에서 먹든 것보다 약간 낫지만 진배없다.

견디다 못해 마개비(교도관)에게 사정을 했다.

누구한테 들어 보니 자기가 전에 취장에서 근무한 적이 있다는데, 취장이라 부른다면서 취장에서 먹는 밥 이야기를 해줘 들어 보니,

"거기 취사장에만 50명은 넘는 수형자들이 밥을 만든다."

고 한다.

밥을 짓는 게 일이니까 먹는 걱정은 없단다. 반찬도 시래기국만 아니고 생선, 돼지고기 어떨 땐 소고기 국도 끓인다는데 일억은 고기 맛을 본 적도 없다. 그래서 마개비를 만나 수단을 부렸다.

"나는 대흥동 터미널 박일억이라고 하는 사람인데요."

라면서,

내가 형기를 마치고 나가면 꼭 새 자전거를 한 대 사 줄 테니 터미널로 와라, 약속은 틀림없이 지킨다. 나를 취사장 좀 보내 달라, 그리고 출소하걸랑 터미널로 오면 내가 그때 고마운 값을 갚아 준다고 하였다.

마개비는 의심하면서도 듣기는 듣더니 그런 다음에 뒤로 알아본 모양이다. 때끼(쓰리꾼)들에게 물어본 것 같다.

그때 대전교도소는 때끼들 집합소였다.

그때의 때끼들은 교도소를 제집 드나들 듯했는데 이유는 묻지도 따지지도 않고 때끼라고 보이면 무조건 실형을 때려버렸기 때문이다.

8개월 1년. 형량은 다르지만 당시 때끼는 지금으로 말하면 흉악범과 같아 노상강도나 묻지 마 살인 혹은 성범죄자 취급을 했기 때문에 때끼들은 엄한 가중처벌 대상자 1급이라고 볼 정도였다.

이런 때끼들은 세월이 흐르면서 현찰이 줄고 단속이 강화되면서 손을 빼 아예 없어졌지만 지금도 그때의 때끼들 안 죽고 살아있는 것(?)들이 좀 있어서 어쩌다 만나거나 들어보면 말년이 좋지 않다.

그러나 그때 그들은 아주 잘 먹고 잘 입고 쪽 뺀 멋쟁이로서 양복 차려입고 어디 가나, 특히 술집에서는 큰 손님 대접을 받기도 했다. 일억은 그런 때끼들과는 비교되지 않지만 늙어가다 보니 인생은 그렇게 사는 게 아니구나 싶지만 당시에는 형무소에서 같이 지낸 사람들이었다.

그때 대전교도소는, 여타 지역 교도소마다 그랬다는 것처럼 때끼들이 우굴거렸다. 그러다 나가고 또 들어오고 나가고 때끼가 구두닦이보다 많았는데 무대는 주로 버스 안, 북적이는 시장통, 터미널, 이런 데서 두세 명이 짜고 한 녀석은 비비고 넘어뜨리면 다른 녀석은 일으킨다면서 순식간에 돈을 빼 가는 이건 노상 돈 털이 꾼이었다.

마개비가 그들에게 물어보나 마나 박일억 하면 때끼들이 더 잘 알 정도다. 그러니 마개비가 때끼들 말을 들어 확인하고 일억의 부탁을 들어줘 옥중천국 같은 취사실로 옮겨가게 된다.

짐작컨대 누군지는 모르지만 누가 됐든지 때끼들이 말하기를,

"박일억이요? 대흥동 터미널 맞아요. 거기 터줏대감은 몰라도 터미널 하면 박일억 다 알아요."

했다면 마개비 왈,

"돈도 잘 벌고?"

물어봤을 것이고, 심지어는

"그 친구 의리는? 약속은 잘 지켜?"

아마 꼬치꼬치 물어봤을 건데 답은 믿어도 된다고 했던 모양이다. 그러자 취사장(취장)으로 옮겨왔고, 궁금할 테니 미리 답한다면 일억은 출소 후 찾아온 마개비에게 약속한 대로 아주 좋은 새 자전거를 사주었다.

교도소 구내식당

이렇게 취사장(炊事場)에 와보니 여기저기 아는 때끼가 꽤 있다.

그러나 아는 척은 할 이유는 없다.

보니까 취사장(줄여서/취장)은 거의 다 때끼들이 차지하고 있다. 취사실 70명 중 20여 명 정도로 보이는 때끼들. 이들은 어찌 알고 일반 수형실에서 취사장(취장)으로 와 일단 배는 안 곯는지 영 모르겠는데 생각해 보니 기는 놈 위에 뛰는 놈이고, 뛰는 놈 위에 나는 놈이 있다고 때끼들은 때끼들만의 수단이 있던 것이다. 일억은 알 턱이 없는데 후에 알고 보니 감옥 취사장(취장) 때끼가 바깥 때끼 누구를 찾아가라 하면 마개비가 만나서 수작을 마치면 감옥 때끼가 취사장(취장)으로 오는, 참 세상사 진짜 요지경 속이었다.

어쨌거나 일억은 이제 밥 속에 살고 반찬 속에서 징역살이를 하는 중이다. 감옥이지만 배가 차니 견딜 만하다. 주로 하는 일은 가다 밥 찍어내기다.

밥 찍어내는 밥 틀은 다섯 구멍씩 열 줄이라 한 번 찍으면 50개다. 얼마나 많은 수감자가 있는지 이런 가다 밥을 매끼 얼마나 많이 찍어냈는지 세어보지 않았을 뿐 한때 수천 명이었다는 말이 거짓이 아닌 듯하다.

자랑은 아니지만 일억은 손이 빨라 가다 밥 찍을 때마다 두 배는 빠르다고 칭찬도 받았다.

어떤 날은 국에 넣은 마른 시래기 불린 걸 모독모독 모아들고 칼로 잘라 국에도 넣고 짠지처럼 반찬으로도 내보내는데 적은 분량이다. 또 과연 생선도 짝으로 들어오고 닭, 돼지, 소 이런 고기들도 들어오는데 이걸 요리하여 잘게 자르고.

그러던 중 뜻밖에도 중삼이가 잡혀 들어왔단다.

중삼이. 터미널 친구라면 군대 동기나 동창생이 없는 일억으로서는 친형제 같은 사이가 아닌가?

아 참 그러다 보니 일억의 군대는 어찌 됐을까. 군은 면제받았다. 면제를 받은 건 영장이 나올 즈음 면제라는 결과가 나온 건데 그러기 전, 일억은 영영 세상을 떠날 뻔한 일도 있었다.

그때는 재생원에 있을 땐데 약칭 KLO, 캘로 부대다. 지원하면 가기 전 한 달간 특혜를 준다 했는데 그 특혜란 돈이다.

하여 재생원생 10여 명이 지원하고 얼마인지 돈을 받아 흥청망청, 가면 죽을지도 모르니까 실컷 먹고 즐기다 가서 살아오면 되지 않느냐 해서 일억도 어쩔까 고민했던 적이 있었으나 가지 않기를 잘한 결정이다. 10명이 넘는 중에 살아온 사람은 단 1명밖에 보지 못했으니까.

KLO부대

이 부대는 훗날의 '북파공작원' 전신 캘로 부대로서 한국전쟁 당시 주한미군에서 주로 북한의 지리와 언어에 익숙한 이북 출신 한국인을 모집, 북한 지역에서 정보 수집과 게릴라전 등을 비공식적으로 수행한 특수부대로, 정식명칭은 미 육군 제8240부대다. 미군 소속이지만 카투사와 달리 병적을 법적으로 공식 관리하지 않아서 군인 신분이 아닌 미군이 고용한 민간 고용인 신분이다.

고민고민, 그러다 그만둔 생각이 난다는 말로서 교도소 수감 중이지만 이제 잠시 군대 면제 사유를 말한다.

이건 캘로 부대 이야기보다 근 7년여 전으로 돌아가야 한다.

재생원 입소 초창기. 영화숙에서 나와 이젠 잠은 좀 편하게 잘 수 있는 조건인데 잠이 안 온다. 영화숙에서는 자다가도 매를 맞았지만 여기서는 일찍 깨워 운동을 시킨다고 4시나 5시에 깨우니까 자다가 맞지도 않고 잘 시간도 충분한데 일억은 잠을 못 잔다.

다들 쿨쿨 자는데 잠이 오지 않는 일억. 이유는 영화숙의 후유증 현상이지만 당시 일억은 그걸 몰랐다.

잠 안 오는 것이 이렇게까지 힘든지는 몰랐던 일억이다.

그냥 어느 하루가 아니고 갈수록 더 심해지면서 마침내 전신 피로가 쌓여 이게 영화숙 후유증이라 여기던 중 수복이 형님 말이 그러지 말고 병원에 가보라 하여 도청 옆 충남경찰청 앞 당시 유명한 세종신경정신과병원을 갔더니 몇 달 투약하라 하여 서너 달이 지나자 나아진 일이 있다.

군대 면제 통보가 온 것은 그야말로 정신치료를 받은 병력이 있는 경우 군대에서 사고를 내기도 하여 아예 면제 처리가 돼 버린 것이다.

'아, 군대는 꼭 가고 싶은데…'

남자라면 꼭 군대를 갔다 와야 사람이 된다는 말도 들은 바 있어 가면 좋겠는데 탈락이다.

그 후 군복을 입은 군인들을 보면 한편 부럽기도 했는데 지금은 나이가 30대를 향하고 있다.

그렇게 저렇게 세월은 그래도 흘러가 만기 출소하고 다시 대흥동 터미널로 돌아와 같은 일상을 산다.

똥치골목

똥치골이란 늪지대에서나 쓰는 비속어로 창녀들이 몸 파는 골목을 말한다. 다른 도시도 알지만 거기는 빼고, 늪지대에서 사는 일억 역시나 대전역 앞을 똥치골이라 불렀다.

역전 앞 중동 10번지.

흔히들 '중동'은 약하게 하고 10번지에 '10-썹'은 강한 쌍시옷을 붙여 '썹번지'라고 천하게 발언하는 곳으로 대전에서는 훗날 지금은 철거된 창녀촌이다.(근간 보도에는 지금도 150여 명이 있어 시청이 고민 중이라 함).

창녀들은 포주가 거느리며 좁은 골방에 가둬놓고 과거 일제 위안부처럼 먹이고 재우면서 나가지 못하게 하고는 몸을 팔게 하고, 몸판 돈을 포주가 착복했다. 이 책 제목이 늪지대인데 일억은 어려서부터 이런 늪지 인생을 살던 중 이제야 미루나무 가지를 잡고 나오려 하는 중이라 일억과는 무관할 수도 있을 것 같지만 아니다.

그때 중동 10번지를 좌왈 우왈한 선배는 일억의 친구 또래로 일명 찐상, 찐상 하면 아는 사람은 알지만 이건 어둑한 늪지대라 대부분 모르는 이름이지만 일억과는 뭐 친한 건 아니라도 그냥 친구 아닌 친구로 사는 재생원 출신이다.

이렇게 회상하며 실화소설을 써 펴내는 목적은 늪지대에도 사람은 산다는 것이자 다시는 그런 범죄 집단 영화숙 같은 비리 단체나 창녀촌이 생기면 안 된다는 체험이 있기 때문에 쓰는 중이다.

포주는 거의 다 나이 든 아주머니들이다. 창녀들은 거의 다 나이 어린 아가씨들이다. 지금은 사라졌지만 영화숙이나 10번지는 오십보백보 거기가 거기인데 방을 잘게 쪼개 한 칸을 두세 칸으로 만들고 거기서 몸을 팔게 하는 것이 포주인데 집은 포주 집이거나 세를 얻은 집에서다.

그렇다면 일억이나 선배하고는 무관한데 그렇지 않은 이유는 재생원이나 재건대 건달 깡패들이 훼방하면 포주질을 해 먹을 수가 없기 때문에 포주들을 잡들이하여 일정액을 상납하지 않으면 안 되게끔, 이것 참 얼마나 고약한가. 그런 곳에 안 가면 그만이고 독자들과는 거리가 너무 먼 이야기지만.

문제는 뭔가의 사연이 있어 집을 나온 소녀들이 역과 터미널을 배회하다 난데없이 포주에게 붙들려 간다는 데 문제가 있다. 역에서 붙들려 가는 소녀들이라면 일억은 엄청난 경험이 있어 근본 이런 단초를 막아야 한다는 의지로 살지만 그게 일억의 생각대로 될 일이 아닌 사회적 병폐여서 일억은 알지만 어쩔 방법이 없다.

당시 늪지대 말로는 몸 파는 창녀를 '똥치'라는 비속어로 불렀다. 그래서 나중에 생긴 유천동이나 일찍이 생긴 중동을 '똥치골'이라고 불렀다.

그런데 그렇게 똥치가 되는 과정은 참으로 기가 차고 어이가 없는 것이 딱 영화숙에 잡혀가는 것과 같다는 사실이다.

소녀들은 아예 몸을 팔아본 일은커녕 남자니 이성 성교 이런 건 아예 아직 무경험이고 개념도 없는데 고장은 대개가 가정에서도 부모들 부부에게서 난다.

부부가 심하게 싸운다거나, 그러다 이혼을 하거나, 둘 중 하나가 가출을 하여 보호자가 없어졌다거나, 계부 계모가 들어와 아이들이 견디기가 힘들다거나.

그리 되면 대전 가서 잘 나간다는 이웃 친구나 생각나는 언니를 만나 염색공장 타올 가발 공장에 취직한다고 삐끗한 순간 잘못 판단해 기차나 버스를 타고 내리고 보면 배는 고프고 돈은 없고.

이럴 때 다가오는 검은 손길이 바로 돈 벌게 해준다고 먹이면서 데리고 가 옷부터 새로 사 입히면서 '선불'이라는 멍에를 탁 씌워버리게 되면 오도 가도 못하고 갇혀버려 열흘 백일 일 년을 갚아도 빚은 더욱 늘어나는 등. 아 지금은 없지만 이런 곳이 곧 늪지이며 수렁텅이다.

딱한 사정

일억은 사람을 보는 눈이 있다. 특히 제대로 보는 눈 하면, 집 나온 가출 청소년이다.

안 보이면 좋겠는데 일부러 찾는 듯이 딱 보면 가출이다. 단박에 보이는 것이다. 가출하지 않은 청소년은 100명이 지나가도 보이지 않는다. 그러나 가출 소녀들은 유난히 쉽게 눈에 띈다.

하지만 접근이 어렵다.

우선 공포의 눈으로 보기 때문이다. 그렇다고 일억의 얼굴이나 외모가 천사? 는 당연히 아니고 그렇다고 악마 같지도 않은 얼굴인데도 그럴 수밖에 없는 것은 일단 경계하는 눈으로 보기 때문이다.

그래도 힘들여 현실을 말하게 하고 돌려보내는 일은 확률이 낮다.

게다가 돌아갈 차비가 없다면 차순이의 도움을 받게 하면 되지만 두 번을 갈아타야 간다든지 그러면 적으나마 돈도 줘야 되는 일이다.

역전이 아닌 대흥동 터미널은 그래도 좀 가출 소녀가 창녀로 전락하는 숫자는 적은 편이기는 하다. 그래도 너무 어린 소녀들을 잡아다 그런 짓으로 돈을 번다는 것은 아무리 돈이 좋아도 사람이라면 더구나 어른이라면 할 짓이 아닌데 그것도 사업이라는 건지.

앞서 터미널은 요지경 속이라 한 것처럼 별별 일이 다 생긴다. 일일이 다 적을 수도 없지만 그래도 뺄 수 없는 경우가 가출 소녀가 몸팔이로 전락하는 경우가 있나 하면 목불인견(目不忍見) 참상도 접하게 된다. 바로 본처와 후처가 맞딱뜨려 머리채를 잡고 죽여라 살려라 악을 쓰는 장면은 지금은 모든 게 법이지만 당시는 법보다 주먹인 세상이라 못 볼 것도 많다.

취객은 기본이고 빚쟁이한테 먹살 잡히는 것도 보통이고 차비 떼먹는 사람에 터미널의 하루는 조용한 날이 없다고 봐도 된다.

그럼에도 일억은 장갑 던져주고 소독 통 둘러메고 흰 가운을 입고 오는 족족 차 소독하는 일로 보내는데 어수선하니 시끌벅적하여 가보면 머리끄덩이가 잡혀 이리저리 뭉치로 뒹구는가 하면 옷이 다 찢어져 젖가슴이 털렁거리다 못해 치마까지 찢어져도 분을 못 삭여 죽어라 싸워대면 경찰을 부르는 수밖에 달리 도리가 없다. 사연은? 들어볼 필요도 없고 우선 터미널에서 내쫓고 봐야 하는 것도 일억의 일일 일과 중 하나다.

그런데 요지경 속도 아닌 게 도무지 이해를 못 하는 경우도 있다. 앞서 썼던 바 속칭 쌩고라고 부르는 가짜 대학생들이 극성이다. 이 쌩고 놈들 때문에 징역까지 산 일억인데 여전히 이것들이 눈에 뜨이면 천불이 난다.

그러더니 제 놈들도 마음에 걸리는지 일억에게 다가와 어쨌거나 지난번엔 미안했다면서 밥 먹자 한잔하자 하는데,

"어허~ 내 눈에 안 보이는 게 신상에 좋을 거여."

해도 자꾸 보자 보자 한다. 에라 기왕에 징역을 산 건 산 거고 하니 사과는 받는 것도 나쁘진 않을 것 같아 자리를 했더니 한다는 소리가,

"일억 씨. 우리보다 나이가 좀 든 것 같은데 우리가 예쁜 아가씨 하나 소개해 줄 테니 만나 볼래요?"

하는 바람에 술 자리를 떠난 일도 있다.

그런데 뭔가를 빠뜨리고 잊어버린 게 있는 것 같은 마음. 이런 놈들 하고 헛소리나 들으며 이렇게 살면 안 되겠다는 생각이다.

아버지께서 지금의 나를 보시면 뭐라 하실까를 생각해 보니 큰 꿈은 잊었느냐 하실 게 뻔하다.

"네가 똑똑하지 않니? 고기를 잘 잡는가를 보아 똑똑한지 아닌지를 안다는데 네가 얼마나 똑똑하니, 일억아."

하시는 거다.

'벌고 먹고 오늘 벌어 오늘 다 쓰고 내일은 뭐고 꿈은 무엇인가…?'

많은 생각이 꼬리를 물지만 찾아오는 선후배 친구들에게 말할 필요는 없는 일이다.

제10부

오빠
같이 살아요~

무슨 일 있으세요?

사는 것이 누구 하나 아프지 않은 사람이 없다고 보이는 가운데 똥치라면 얼마나 비참한지.

그런데 쌩고(가짜 대학생)들 보는 것은 울화가 치밀고 영 달갑지 않다. 싸우기도 했고 징역도 갔고 교도소에도 가다 보니 뱀 보듯 싫다.

쌩고 때끼 똥치포주나 훑어 먹는 말쫑, 안 보였으면 하지만 저놈들도 나름의 먹고 살자니까 저 짓거리를 하는 걸 동생도 아니고 척까지 진 사이에 훈계를 할 수도 없는 노릇이고 눈에는 띄어도 버스회사나 배차하는 관리직원들이나 별놈도 다 산다는 듯 무시하는데 일억인들 내가 무슨 의인이라고 저놈들을 붙들고,

"야, 그러지 말고 안중근 의사처럼은 못 살더라도 말이야~~"

일장 연설을 한들 소 귀에 경 읽기일 터니 그냥 소 닭 보듯 하고 마는 중인데 그중에서도 제일 보기 싫은 놈이 바로 때끼(쓰리꾼)들이다.

때끼는 훗날 대전에 시내버스가 늘어나자 시외버스를 타고 때끼질을 하여 좀 나눠 진 것도 같은데 그래도 대흥동 터미널이 때끼들의 온상인 것은 여전하다.

그러던 어느 날.

일억의 나이 스물여섯이 된 초가을.

화장실에서 나오다 보니 아가씨 하나가, 안절부절 어쩔 줄 모르고 뱅뱅돌이를 하면서,

"아 어쩌지. 이걸 어쩌지. 어쩌지 이걸…"

힘들어하고 있다. 먼 데서는 들리지도 않는 낮은 목소리로 뭔가 다급해 어쩔 바를 모르는 아가씨다.

그 옆을 지나며 들어 보니 숨이 넘어갈 듯 손으로 얼굴을 가렸다 가슴을 토닥이다 안절부절못하는 옆을 지나다 돌아서 물었다.

"아가씨, 뭔 일 있어요?"

그러나 듣지 못하고 쪼르르 터미널 밖으로 나가나 했더니 매표소로 되돌아와

"저기요…"

하지만 매표 직원은

"어디 가세요?"

해도

"저기요…"

하니까

"아 예, 뒷분 먼저 앞으로 오세요."

하고 표를 팔고 또

"어디 가세요?"

한다.

일억이 볼 때 분명 뭔 일이 터진 게 맞다. 고등학생도 같고 대학생도 같은 아가씨인데 궁금해서 뭔지 물어나 봐야지 하는 생각이 들었더니

결과,

사연은 때끼들한테 돈을 쓰리 맞았다 한다. 빵집으로 가서 들어보자 하였더니 거기서 한 말이다.

"얼만데요?"

"제게는 큰돈이에요. 오갈 데가 없어져 버렸어요."

"아니, 어디서 왔는데요?"

"수원이요."

"수원?"

이름은 차미숙. 나이는 20살. 현직은 원하는 대학에 가려고 재수하는 예비 대학생.

바로 일억과 부부가 되어 아내로 살 6년 연하의 아가씨다.

사연인즉

내용은 이렇다. 수원 사는 초중고 동창 친구가 대전에서 큰 회사에 다니는데 아주 급한 일이 생겼다면서 돈을 좀 10만 원만 좀 빌려 달래 가지고 오는 건데,

"제일 친한 친구예요. 국민학교부터 친구니까 오랜 친구고 회사도 좋은 곳이라 믿는 친구인데 엄청 급하다 했어요."

10만 원이 있으면 줘 버리고 싶다. 갑자기 이런 돈은 줘도 좋다는 생각도 드는데 순간 '이 아가씨라면'이라는 조건이다.

"글쎄요. 때끼들이 탈취한 돈을 몇 번 찾아 주기도 했는데 내가 알아는 보겠지만,"

이때 때끼 두 녀석이 빵집으로 들어온다.

"야, 너 나 몰라?"

"예, 압니다."

"야, 임마. 일억이 형이잔여 임마. 인사도 않고 이게 뭐니?"

"아, 손님하고 같이 계셔서요."

"됐고, 잠깐 이리 좀 와봐라."

세워놓고,

"아까 11시에 수원서 여기 도착한 신진여객, 거기 탄 놈이 누구냐?"

"어…?"

"아, 그 7582 말입니까?"

"그건 모르고, 그래, 그렇다 치고 누구냐고?"

"7582는 서울 차입니다."

"아, 무슨 서울 차야, 신진여객 11시 도착?"

"예, 아는데요. 그 버스는 우린 못 타요. 서울서 먹는 차예요."

"서울 누구야?"

"모르죠. 서울은 워낙 많고 타다 말다 전국을 뛰니까 대전 쪽 아다리 (あたり/맞춤)는 몇 달에 한 번으로 바꿔 탄다 하니까요."

"그래, 그놈들 어딨냐. 얼른 수배해 데리고 와."

"모른다니까요. 그리고 걔들은 그 차로 바로 서울로 가요. 11시 도착 차라면 벌써 올라갔어요."

낭패다.

그런데 아가씨가 너무 참하니 너무 예뻐서 그만 이리 보나 저리 보나 정이 쏟아지면서 그만 가슴이 무너져 내리고 있다. 표시는 못 내고.

일단 딱한 사정 이야기를 들어보니,

"제 이름은 차미숙입니다. 수원 살고요. 아버지는 싸전(쌀가게)을 하시는데 제가 속을 많이 썩입니다."

"왜요?"

"연대 국문과에 떨어지자 아무 데나 가라는데 저는 꼭 연세대 국문과 만 고집을 해서요. 그래서 지금은 수원 주유소에서 아르바이트로 한 달에 2만 원을 받는데 시인이 되고 싶어 다시 내년에 응시하려고 합니다."

10만 원이라면 일억이 열흘을 벌면 모을 수 있는 돈이다. 빠르면 일주일이면 모으는 돈이다. 이걸 내가 벌어서 줘버려? 그런데 마음을 빼앗겼나 선뜻,

"아가씨 며칠 기다릴래요, 내가 만들어 줄게요."

순간 나와버린 말에 미숙이 뭔 소린지 알아듣지를 못해 어리둥절한 모양이다.

"아니 그걸 왜? 이렇게 빵도 사주신 것만으로도 고마운데…?"

"아닙니다. 뭐 해 드릴 수 있으면 이것도 좋은 일 아닙니까?"

미숙은 무슨 생각을 하는지 잠시 말이 없다. 그리고 일억을 뚫어지게 보고 있다. 말도 안 되게 들릴 선심 쓰는 남자. 미숙이 말없이 일억을 살펴본다.

"아가씨! 일단 우리 집으로 가요. 나는 여관 가서 잘 테니까요. 안 그래요? 아가씨를 여관에서 자라고는 못 하겠고 제 방에서 며칠만 기다리면 내가 얼른 만들어 드릴 테니까요. 5일? 7일? 얼른 벌어서 드리면 돼요."

그래도 결국은 아니라 한다. 친구한테 간다고 한다.

"전화는 되잖습니까? 맨손으로 가면 뭐합니까? 약속은 지켜 줘야지. 아니면 차는 내가 태워 보내면 되니까 수원으로 갈래요?"

그러자 이게 어인 일일까. 수원 아니고 일억의 집으로 간다고 하는 것이다.

시인 지망생

같이 저녁을 먹고 집으로 왔다. 왔지만 그냥 있기 뭣해서,

"극장 가실래요. 영화 한 편 보고 나는 여관으로 가면 되니까."

하는데,

"어? 시집(詩集)이네요?"

한다.

잘 보지도 않는 노산 이은상 시집이다. 일억은 서재라는 게 없어 몇 권 그냥 쌓아만 놓고 잘 보지도 않는데,

"노산 선생님은요, 제 마음의 스승입니다. 아시잖아요? 내 고향 남쪽 바다 그 파란 물 눈에 보이네

꿈엔들 잊으리요 그 잔잔한 고향 바다

지금도 그 물새들 날으리 가고파라 가고파."

갑자기 사람이 달라졌다.

"이거 우리 집에도 이 책 있었는데 없어졌어요. 여기 있네."

하면서 지금까지의 얼굴색이 완전히 바뀌더니 일장 연설을 한다. 뻥 뜨는 일억이다.

입에 침이 마른다.

"가고파는 노산 이은상 선생의 고향인 경남 마산 앞바다를 그리며 지

은 노래입니다. 파랗고 잔잔한 고향 바다와 그 위를 날고 있는 물새들, 그리고 같이 뛰어놀던 어릴 적 친구들과 고향에 대한 간절한 그리움을 그려내고 있습니다. 한국 가곡의 형태가 아직 정립 단계에 이르지 못했던 당시에 고향을 그리워하며 애타는 심정을 표현하는 노랫말과 선율이 맑고 아름다워 우리 민족이 즐겨 부르는 가곡입니다."

아. 감히 일억이 침을 흘릴 아가씨는 아니라는 생각이 든다. 무심하니, 뭘 잘, 특히 시(詩)는 잘 모르니까 표정이 들켰을 일이다. 그런데,

"시는 결국 인간성입니다. 그렇게 알고 있어요. 국문학이지만 내면에는 인간성이 흐를 뿐 국문학과는 또 달라요. 이건 지식도 아니고 명찰도 아닙니다. 그러니까 일억 오빠처럼 따뜻한 마음이 곧 시라는 거지요."

순식간에 오빠? 아니 일억이 일억 오빠가 되고 말았다.

"미숙 씨! 저는 시 같은 거 사실 모릅니다. 그냥 터미널에서 하루 벌이로 사는 사람이라 인간성도 몰라요."

"아닌데요. 일억 오빠는 시인보다 더 곱고 아름다운 시인의 본성이라 할 그런 마음을 가진 분이에요. 그걸 시심(詩心)이라고 합니다. 제가 사람을 좀 볼 줄 압니다. 일억 오빠 같은 사람이 시인의 마음보다 낫습니다."

도대체 이게 뭐지?

"그럼 늦었으니 일억 오빠는 여관으로 가요. 나는? 아 참 잘 됐다. 노산 스승님하고 밤새 소곤소곤 시 데이트나 해야지, 히힝."

"아니 친구는요?"

"낼 전화해도 돼요."

얼굴색에 표정까지 달라져 버렸다. 속된 말로 똥 마른 강아지 같더니만.

그렇게 엿새가 지나 안 쓰고 벌기만 했더니 돈이 모였다.

"미숙 씨 이제 가셔야지요? 여기 있어요, 돈. 차비는 이걸 쓰시고."

하자

"예, 가기는 갈게요. 단 그 돈은 두세요. 그간 미안하지만 저는 일억 오빠를 시험했습니다. 진짜 나 같은 사람에게 정말 약속을 지키는 사람인가 해서요. 미안합니다."

그러니 딱 만 원만 달라면서

"그동안 만 원씩도 두 번 줬잖아요. 그래서 이 시집도 3권이나 샀으니 일억 오빠가 준 선물이고 넉넉합니다."

그렇게 떠나보내고 나니 집이 어디고 연락받을 전화번호도 묻지 않고 보내 버렸다. 홧김에 술이나 퍼마실까 하다 참고 있는데 한 열흘쯤 됐나? 갑자기 미숙이 내려왔다.

"아니 어떻게 된 일입니까? 안 그래도 찾아가고 싶었는데 주소도 모르고…"

"큰맘 먹고 내려왔어요."

"집에는 뭐라 하고 온 거예요?"

"그냥 가출입니다."

"가출? 말도 않고 왜요?"

"그냥 일억 오빠 보고 싶어서 탈영해 버렸습니다, 하하."

탈영? 가출? 보고 싶어서?

"아이, 뭐. 신경 쓸 거 없어요. 저는 아버지도 못 말리는 딸이 돼버려 오거나 가거나 신경도 안 씁니다."

"아니 부잣집 딸인데 왜죠?"

"왜는 뭐가 무슨 왜읍니까? 내가 내려온 게 싫어요?

"아니, 아, 아니요. 아닙니다. 저야 너무 좋지요."

"오빠, 우리 같이 살아요. 같이 살 돈벌이는 된다 하신 것 아니에요? 그 정도로 벌면 살고도 남겠네."

하더니

"일억 오빠 나한테 빚진 그 돈 준다 한 거 10만 원 당장 내놔. 반찬거리 사다 만들어야 저녁 먹으니까."

마숙은 나이 스물, 일억은 스물여섯. 이제 가정을 꾸리고 신혼살림에 접어들었다.

동거

이렇게 미숙이 내려왔고 큰 가방에 자잘한 소지품과 책도 가지고 왔다.

준 돈으로 미숙은 이불부터 새로 산다더니 부엌 살림살이를 사고 책상도 사야 한다며 꽤 큰 서재도 사들였다.

"오빠도 책 좀 사라. 왜 오빠 법 좋아한다며?"

가슴이 덜컹한다. 법을 좋아하는 게 아니라 법을 무서워하는 일억인데 무섭다고 할 일은 아니다.

"법이 좋아서가 아니라 살자면 법을 모르면 힘드니까 배우는 거지 뭐."

"그래 배우고 싶은 게 법 말고는 없어?"

너무 많다고 할 수도 없고 없다는 건 말도 안 되고

"어, 뭐 대충 서점 가거든 알아서 사다 줘. 그러면 되지 뭐."

그러자 미숙은 책장 가득하게 책을 사왔다. 아, 이걸 어떻게 다 본다지? 보는 척이라도 해야 할 것 같아 은근 걱정이다.

그렇게 시작한 책이 지금은 일억의 친구 중에 친구가 되었다.

"책보기가 어렵잖습니까?"

"어렵지요. 처음엔 가짜 독서, 척하는 독서였는데 한 권 두 권 보다 보니 재미나는 책이 있더라고요."

"아 그렇게 시작한 독서 그렇게 바쁜 인생길에서도 늘 곁을 지켜 준 거로군요."

"작가님. 전에 제가 중국 역사 전집이랑 드렸던 것도 제가 보다가 저보다 작가님이 더 잘 보실 것 같아서 드렸던 겁니다."

이렇게 미숙과 신혼에 접어들자 열 번 다짐한다.

더 열심히 일해 돈을 벌자는 다짐이다. 벌면 버는 대로 미숙에게 주면 얼마나 좋아할까 생각해 보니 힘이 솟는다.

그런데 수원 집에 내 이야기는 했는지 궁금해 물어보니

"아버지는 독재자입니다. 내 말 들으려고도 안 하셔요."

"이야기는 했어요? 결혼한다는 둥."

"아니요. 하나 마나예요. 아버지는 그냥 난 모른다면서 네 맘대로, 공부를 하든 일을 하든 말든 난 이제 너 신경 안 쓴다 하셨어요."

"아 그래요? 그러시는데도 괜찮겠어요?"

"나는 괜찮아요. 일억 오빠만 좋으면 아버지는 우선 그러시게 둬도 돼요."

아무래도 걱정은 되는데 미숙이 됐다 하니 미루고 지금은 우선 미숙에게 잘해주는 것이 먼저라는 생각이 든다.

한 여인의 남편이 되다니 정말 생각이 많아진다. 선후배 친구들에게 뭐라 할지부터 시작하여 이런저런 생각을 하다 뭐니 뭐니 해도 잘 살려면 돈벌이를 잘해야 한다는 게 결론이다.

또 살림이라고 차리니 오는 선후배를 오지 말라고도 못하고 돈은 헤프다.

헤프다 하지 말고 더 벌 방법은 없을까 하지만 이미 이만하면 그만한데 그러면 미숙에게 줄 생활비가 적어 가끔은 제때를 놓친다.

"일억 오빠. 지난주에도 빼 먹고 두 주간 만에 와서 이게 뭐야?"

"왜 그 돈으로 못 산다는 겨?"

"못사는 게 아니라 돈을 모아야 결혼식도 올리고 집도 사지 안 그래?"

눈치도 속도 모르는 미숙보다 생각은 일억이 더 많다.

"집? 집은 그런데 식은 올려야 하지만 벌써 1년이 넘었어도 장인 장모 얼굴도 못 봤는데 식을 어떻게 올려?"

"난 뭐 어머님 봤나? 나도 그렇잖아. 아버님이야 돌아가셨으니 그렇다 치지만 어머님은 차일피일 핑계만 대고 왜 안 가? 그러니 식을 누구 앞에서 올리느냐고?"

"좀 있어 봐. 돈만 모이면 다 되는 거니까."

"돈? 그거 암만 있어도 언제 어머님을 뵈러 간다 할지 내가 볼 때 일억 오빠는 돈이 없는 게 아니고 맘이 없는 것 같아. 왜 내가 맘에 안 들어서 그런 거야?"

"그 참 하다 하다 별소릴 다 하네. 아, 됐어유~"

미숙에게는 시어머님. 일억에게는 엄니. 가족 생각만 하면 가슴이 철렁한다.

이미 나를 버리고 간 거나 똑같은 엄니. 그런데 엄니는 엄니 맞는데 새로 만나 사는 그 남자를 생각하면 동시에 아버지가 떠올라 너무 복잡하다.

'아, 내 엄니. 지금은 어찌 사는지.'

더 궁금한 것은 저러다 또 애들을 더 낳고 사는 건 아닌지.

"일억 오빠 뭔 생각을 그렇게 해?"

깜짝 놀랐다.

"아, 아니. 수원 장인어른은 정말 그렇게 무서운 분이셔?"

둘러대자

"일억 오빠, 빼빼빼. 빼고 잊자고 했잖아. 식을 올려도 알릴 필요도 없어."

"아니 도대체 뭔 일이야?"

말이 옆으로 빠진다.

"진실은…?"

"뭐 진실?"

"내 일억 오빠한테 말은 안 했지만 그런 게 있어."

"그게 뭔데."

"짧게 말할 테니까 꼬리 달기 없기다."

하더니

"날 보고 공부 포기하고 아버지 친구 아들한테 시집을 가라는 거야.

어떤 놈한테 미쳤던가 봐. 시집시집, 그놈의 시집 소리, 고등학생 때부터 대학 가지 말고 그냥 시집을 가라면서 친구 아들을 데리고 왔었어."

"아 그래?"

"봤는데 아니야. 정말 아니야."

"못생겼남?"

"잘생겼지. 그런데 난 잘생긴 사람보다 잘생긴 척하는 놈이 제일 싫어. 사람이 생긴 대로 사는 거지 왜 일부러 난 척 튀면서 살 게 뭐야. 그건 자기가 자기를 속이는 거 아냐? 나는 없으면 없다, 모르면 모른다, 가난하면 가난하다, 돈 있으면 있다, 없으면 없다, 배웠으면 배웠고, 배우지 못했으면 깨끗하게 못 배웠다, 이게 맞잖아? 일억 오빠 봐. 얼마나 착하고 정직하냐고, 나는 무조건 정직한 사람이 좋지 겉 넘는 사람은 딱 질색이야. 내가 생각하는 일억 오빠하고 딱 반대 타입? 그런 성격? 아이구 그래서 아버지까지 싫어졌어. 식은 우리끼리 그냥 정직하게. 알았지?"

임신

동거생활 얼마 안 됐는데 미숙이 임신을 한 모양이다.

"일억 오빠, 나 속이 메스껍고 뭘 잘 먹지를 못 하겠어."

번뜩 스치는 생각 임신을 한 모양이다.

"임신한 거 아니야?"

"몰라. 그런데 생리한 지 석 달인데 그런 것도 같아."

"아니 당사자가 그걸 모른다면 말이 돼?"

"나라고 어찌 알아. 임신을 해보지 않았는데."

맞는 말이다. 임신이 아니라면 저러다 낫겠지 한 건 틀렸다. 아무래도 병원을 가봐야겠다기에 신도극장 대전천 건너편 신숙철 산부인과가 있는 건 알기 때문에 가보니 역시나 임신이란다.

머리가 띵 하던 느낌? 아, 내가 아버지가 된다고?

그렇게 날이 가면서 미숙의 배가 봉긋해진다. 이렇게 예쁠 수가 없는데 먹으면 토하면서 짜증이 잦다. 이걸 누구한테 물어보자니 아는 형님들은 술이나 잘 먹지 임신은 알 것 같지도 않던 어느 날

"아직 애는 안 생겼나?"

그럴 줄 생각도 안 했더니 상복이 형님이 물어본다.

"아, 예 집사람이 임신했어요. 다섯 달 좀 넘은 것 같은데 정신이 없네요."

"임신은 집사람이 했는데 왜 자네가 정신이 없어?"

"그게 아니라 짜증이 심하고 너무 토합니다."

"다섯 달이면 이제 입덧 끝날 때 된 것 같은데…"

"그래요? 그런데 왜 유난스러운 건지 내가 힘들어요."

"그건 말이다. 그건 그렇게 돼 있어."

"뭔 소리지요?"

"남자와 여자는 다르거든. 정자 알지? 정자가 난자를 쳐들어가 자리를 잡게 되면…"

"아 언제든가 라디오에서 들은 말 같아요."

"그래. 더구나 일억이 자네가 얼마나 깔이 센가?"

"깔이라니요?"

"더구나 자네 안사람은 시를 좋아한다 하지 않았어?"

"그런데요. 그게 왜 어째서요?"

"극과 극이 만난 거라. 깔 센 주먹 정자와 야리야리한 시인 난자가 말이다. 깔끼리 만나면 정자와 난자는 누가 이기나 경쟁을 하지. 서로 안 지려고 쌍불을 켜면 그게 일종의 전쟁이야. 이기느냐 지느냐. 서로 이기려고 하는 것이 입덧 현상이지. 두고 보면 알아. 자네를 닮은 애가 나올지 안사람 같은 애가 태어날지 궁금하네. 걱정할 일은 아닐 거고."

그런데 상복이 형은 이걸 어떻게 알지?

"형님, 이런 걸 어떻게 알아요?"

"야, 내가 애를 낳아봤으니 알지. 너 우리 딸 못 봤니?"

"아, 그래서 아시네요. 딸은 못 봤어요. 그럼 아들이면 나를 닮고 딸이면 어미를 닮는 게 좋은 거 아닌가요?"

"여봐, 그게 그렇게 간단한 게 아니거든. 걱정하지 말고 두고 보면 다풀리는 숙제야. 일단 집사람한테 잘해 주시게나."

잘해주라? 뭘 어떻게 하는 거지? 더는 묻지 않았지만 그저 맘 편하게해주고 먹겠다는 거나 자주 사 먹이고, 이것 말고는 알 수가 없다.

그때다. 난데없이 기순이 형님이 찾아왔다.

"일억아, 너 내 말 잘 들어라."

"예? 예."

"너 식 올리고 싶지 않니?"

"식이라니요? 뭔 식이요?"

"야야 뭔 식은 뭔 식, 결혼식 말이다."

"결혼식이요?"

"그래, 이 형도 말이다. 너도 알지? 식은 못 올렸거든. 이참에 너도 나하고 같이 식을 올리자."

"도대체 뭔 소립니까, 형님."

"네가 또 이런 건 또 둔하구나. 벌써 며칠 됐어."

"뭐가요?"

기순이 형님이 말해주었다.

"정석모 충남도 도지사가 사회정화작업의 하나로 고민고민 하다 고맙게도 대전시 중동 10번지를 없앨 겸."

이 대체 무슨 소릴까.

들어 보니 합동결혼식을 시켜 준단다. 중동 아가씨들을 집으로 돌려 보내려 해도 되지도 않고, 포주들은 놓아주지도 않고, 대전의 얼굴이라 할 역전 바로 턱밑이 창녀촌이라는 게 대전의 수치라면서 재생원과 재건대 남자들하고 중동 아가씨들하고 공동 맞선을 보게 하여 서로 좋다면 합동으로 결혼식을 올려준다는 얘기다.

"일억아, 그런데 돈까지 준대."

"왜요? 얼마나요?"

"왜는 뭐 왜니? 정착보조금 뭐 이런 거지."

"얼마나 준대요?"

"예식은 무료, 사진도 무료, 남자는 양복 한 벌 무료, 여자는 한복 한 벌 무료, 거기다 정석모 지사가 쌍당 10만 원씩 주고, 고준병 충남경찰청장이 또 10만 원씩 주고, 금가락지 각각 반 돈씩이라나? 예물도 대주고, 식사비랑 기타 경비 일절 한 푼 없이도 결혼식을 시켜 준다는 거야. 그것도 대흥동 천주교성당 김영환 부주교님 주례로. 넌 어떠냐?"

"아 좋기는 한데 저는 대상이 아닌 것 같은데요."

"뭔 소리야. 이 형도 하려고 하는데 지금?"

"저는 이미 재생원 원생이 아니잖아요?"

"아니야. 정태영 회장이 도장만 찍어주면 너도 되는 거라니까. 재생원 출신을 정착시킨다는 취지니까. 그래서 며칠 후 공동 맞선을 보게 하고 거기서 짝을 정한 사람은 바로 식을 올려준다."

"그런데 형님! 저는 집사람이 그쪽 사람이 아닌데도 해줄까요?"

"너 참 귀는 어둡니? 나도 떠나 그쪽 사람 아니잖아? 아니 그야말로 재생원생 지원이니까 둘 중 하나만 맞으면 되는 거라고. 이미 다 들어서 아는 거야. 아니면 나도 못 하게?"

"그래요? 그럼 형님이 나도 껴주세요."

"그래그래, 돈이 20만 원이면 장난 아니잖아?"

원참 겸연쩍기 뭐라 할지. 그런데 문제는 과연 미숙이가 그런다고 할지도 모르겠고, 특히 공동 맞선? 난 이미 짝이 있는데 선을 볼 일은 없는 데다 미숙은 배까지 부르다. 그런데 뜻밖이다. 할까 말까 하다 미숙에게 말했더니

"아니 일억 오빠? 지금 제정신이야 이럴 때 못하면 우리 언제 할지 모르잖아. 꽃가마는 안 태워준대? 참 이상하네. 내 몇 번 말했어? 안 했어?"

"뭘 몇 번 해?"

"아 그 잘난 놈보다 척하는 놈이 더 싫다고 했어? 안 했어?"

"아 그랬던 것 같기는 한데 그거하고 이게 무슨 상관이 있는데?"

"일억 오빠도 참 백 번 할까? 시가 뭐랬어? 정직이 시라고 했고 없다고 기죽을 것 없고 못나도 못났다 기죽은들 누가 알아줘? 돈 없으면 없다 하고 없는 대로 사는 거고 시켜 준다면 임도 보고 뽕도 따고 너무 좋네, 뭐."

허참. 이건 너무 뜻밖이다. 시를 좋아하는 사람들은 저런 걸까?

"그래서 하자고?"

"백 번 해야지이이이~~"

"그려. 그럼. 신청해 달라고는 했는데 다시 또 할까?"

"아니 맞선도 얼만가 준다며? 거기 못 가는 거 하나만 빼면 연세대 국문학과 합격보다 낫겠네 뭐."

맞선에는 남녀 100여 명이 왔더란다. 그중 눈이 맞아 짝을 지은 부부가 된 사람은 60명 30쌍 정도였다. 기순이 형네 부부와 박일억 부부처럼 동거 중인 부부도 여럿이었지만 기억나는 이름은 있지만 없는 걸로 하겠다.

이렇게 박일억-차미숙은 부부가 되는 백년가약을 맺었다.

맏딸 출생

1979년 2월 7일. 첫 딸 혜이(朴慧伊)가 태어났다.

오늘이 출산 예정일인데 그때 일억은 며칠 전 삼척-포항 간 고속도로가 생겨 신나게 달려보고 왔다는 기사가 있어 그 도로가 어떤지 갔다 온 운전사 이야기를 듣고 있었다.

그러니까 바로 그다음 날인데 내 친구가 새 고속도로가 났다면서 오면 한번 태워주겠다 하여 갔다 왔다는 거다. 가보니 바닷가로 드넓은 동해의 푸른 바다는 겨울인데도 풍덩 빠지고 싶더라는 둥.

그런데 그때 삼흥여객으로 전화가 왔다면서 빨리 신 산부인과로 가보라는 여직원의 연락을 받았다. 이쯤으로 줄이면서,

사흘 만에 퇴원하자 일억은 산모 곁을 지키며 산바라지를 한다.

"애를 낳고 나면 공연히 슬퍼지거든. 맘 허전하지 않게 해 주는 게 남편이야 일억 씨."

식당 아주머니 말에 곁을 지키며 미역에 엄청 비싼 소고기도 넣어 끓여 먹이고 정성을 다했다. 벌써 44년 전 그날의 기억이다.

혜이가 백일이 지나자 아차 때를 놓쳐서는 안 되겠다는 두 가지 생각

이 일억의 머리를 꽉 채워 버렸다.

첫째는

언제까지 처갓집도 안 가고 이렇게… 이건 도둑 결혼도 아니고 사람의 도리가 아니라는 생각이 든 것이다.

다음은

영영 지우고 잊어버린 채 산 군산의 엄니다. 엄니는 그리운 만큼 보고 싶지 않은데도 이것도 사람의 도리가 아니라는 생각에 혜이를 낳은 이참에 가야지 더 미루다가는 평생 이렇게 근본도 뿌리도 없이 떠도는 구름도 아니고 이래서는 안 된다는 생각이 머리를 누른다.

"아이, 처갓집까지야 뭘 간다고 그래요. 오빠두 참."

"아니야. 가 뵙고 잘못했다든지 뭐 인사는 드리는 게 맞아. 더구나 애미는 지금 나보다 여섯 살이나 아래니까 그렇기도 하지만 남자인 내 입장에서는 이건 아니다 싶은 게 양심에도 걸려서야."

"그렇다면 7월이 아버지 환갑이니까 그때나 가 보던지 해요. 난 별로 가고 싶지 않은데…"

"그래도 가야 하고 또 있어. 내가 말했지? 군산 엄니 말야, 거기도 가자고."

"그럼 군산 먼저 가든지 해요."

가출 후 첫 어머니를 뵙다

참 이게 얼마 만에 왔는가. 살던 집은 찾아는 갈 것도 같은데 그사이 이사라도 갔으면 또 어쩔지. 그러나 가서 주민등록증도 받고 와야 한다. 아예 혼인신고도 하고 또 주소도 옮겨와야 한다. 그러려면 호적이 있는 곳 엄니한테 가야 퇴거 후 주민등록증도 만들고 새 주소로 이사도 하고… 머리가 복잡하다.

어렵지 않게 엄니 집을 찾아는 왔다. 사셨던 바로 그 집이다. 그러니까 열네 살에 엄니를 떠나 올해 스물아홉 살이니까 15년 만이다.

"아이구, 아이구, 아이구. 우리 아들 일억이 일억이 맞네, 맞어."

엄니가 안고 우시니 일억도 눈물이 펑펑 쏟아진다.

"어여 들어와, 어여. 누구야? 각시도 얻었니?"

"예, 애 엄마예요."

"애? 애 엄마, 아이구, 아이구, 어디 보자. 아들야? 딸이야?"

"딸이에요 어머님."

"그래그래. 아이구, 아이구, 우리 며느리 며느리가 왔구나 이렇게. 손녀딸까지 안고 왔네. 이게 웬 복이란 말이냐 이게?"

엄니는 변하지 않았다. 변한 건 엄니의 삶이고 바뀐 건 아버지일 뿐 일억이 엄니는 변하지 않았다.

"네가 살았는지 죽었는지 아무리 잊으려 해도 잊어져야 잊지. 너는 날 잊었나 모르지만 나는 잊지 않았어. 가슴에 폭 싸여 있었다. 그저 너무나 염치가 없어 그렇지."

"일선이 형은요?"

"응 형도 얼마 안 됐네. 왔었다. 잘 살지. 장가도 들고 애도 낳았고."

"어디서 살아요?"

"평택, 그래 평택인데 전화가 될라나 모르겠다. 앉으면 네 이야기만 했어."

"탑생이 살면 보고 갈까 했는데…"

"아니다. 내 낼 전화국 가서 옆집 번호 아니까 웬만하면 오라면 올 거다. 네 노래로 산 형이니까 열일 젖히고 올 거다."

그때 새아버지 되는 계부가 들어왔다.

"일억이? 들어서 잘 알지. 어른이네. 더구나 장가도 잘 들고. 참 사느라고 고생이 얼마나 많았는가?"

그날 봤던 그 남자가 아니다. 머리가 희끗희끗하고 보기 싫게 늙은 건 아니다.

"아 절 받으세요. 여보 당신도 같이 와."

그런데 왜 돌아가신 아버지 생각이 왜 이렇게 절절한 거지? 지금 앞에 돌아가신 종회 아버지가 이 절을 받으신다면? 일억은 안다.

"내 너 이렇게 잘 커서 잘 될 줄 알고 있었다. 너는 누구보다 똑똑하고 총명했으니까. 내 너는 믿었어."

이 절을 종회 아버지도 받으시기를 바라는 생각을 하다 정신을 차리고 절을 한 후 무릎을 꿇고 앉자,

"이보게 편히 앉아. 자네 집일세. 여기가 자네 집이야. 그리고 나를 돌아가신 아버지라고 생각하고. 이제 왔으니 편하게 푹 쉬었다 천천히 가게."

모친/김연례

엄니는 새아버지와 아들 하나에 딸 하나둘 더 낳았단다. 다 나가 있고 집에는 막내만 있단다. 일억 오빠 일억 오빠 하고 따르는 막내는 아무리 봐도 엄니를 닮았다.

"걔들은요?"

친여동생 셋이 보이지 않는다. 실은 일찍 짝을 지어 큰 애는 당진서

살고 막내도 언니가 중매를 서서 당진서 가까운 예산 쪽에 같이 산단다. 막내는 군산서 사는데 지금 집에서는 새아버지의 막내만 있다. 무정하게도 세월이 이렇게 흘러간 것이다.

친형님 박일선

"형님~~!"

다음날 일선이 왔다.

"아이구, 일억아~~!"

이건 아주 어쩌다 TV에서 가끔 보던 적십자사 주관 이산가족 상봉 장면이다.

KBS 이산가족 찾기

이 생방송은 KBS가 1983년 6월 30일 밤 10시 15분부터 11월 14일 새벽 4시까지 방송기간 138일, 방송시간 453시간 45분 동안 생방송한 비디오 녹화원본 테이프 463개와, 담당 프로듀서 업무수첩, 이산가족이 직접 작성한 신청서, 일일 방송진행표, 큐시트, 기념음반, 사진 등 20,522건의 기록물을 총칭함.

KBS 아카이브 인용

"아이구 우리 일억이 이 몸집 좀 봐. 이렇게 굵고 크네."

키가 작은 엄니가 덩치 큰 일억을 안고 밤을 새운다.

일선이 형도 내려보고 올려다보며 연신 웃는다.

'아, 너무 늦었어. 진작 왔어야 했구나.'

"그래, 도대체 어떻게 살았니?"

"예, 엄니가 늘 걱정하고 기도한다는 걸 믿고 열심히 살았어요."

"아니 그러지 말고 해해연년 차근차근 얘기해 봐라."

차근차근? 해해연년? 어떻게 말할지.

밤이 깊어지자 연신 쏟아지는 눈물을 닦는 엄니에게 대충 살아온 이야기를 들려 드렸다.

'아, 내가 이런 엄니를 크게 오해를 했구나.'

라는 생각이 들자 일억도 같이 우는 밤이다.

"아니 왜 그 위험하게 거기서 애들까지 데리고 나온 거니. 그러다 들키기라도 하면 다 죽을지도 모르는데?"

영화숙 탈출 이야기다.

"이러나저러나 그때 전 살지 죽을지 모르는 거니까 죽더라도 애들을 살리다 죽어야 한다고 생각한 거예요."

"아무리 그래도 그렇지 그게 살아왔으니 다행이지. 애 하나만 잘못하면 너도 죽는 거야. 네가 어려서 철이 없어 그랬구나. 다행이다, 정말 다행이야."

"엄니. 들어 보니 저는 일억이가 그래서 살아났다고 봐요. 천지신명이 애들까지, 챙겨주니까 애들도 살렸고 일억이도 그래서 살았다고 봐도 돼요, 엄니."

"그래, 그렇지. 일억이 너는 어려서부터 원래 인정이 많았어."

"일억아. 공부는 나보다 네가 했어야 우리 집안이 더 잘 됐을 거야.

고모부가 널 학교에 안 보낸 게 널 그렇게 생사의 문턱을 넘나들게 한 원인인 것 같다."

"고모네는 어떻게 사세요?"

"두 분 다 돌아가셨다. 고모부는 좀 됐고 고모는 재작년에 세상을 뜨셨지."

"그래, 대전 와서는 그렇게까지는 고생하지 않았니?"

"예, 대전에 와서는…?"

하려다 보니 대전서도 그게 산 사람이라 할 수도 없는 고생이구나 생각되어 말을 그쳐 버렸다.

"예, 대전서는 나날이 나아졌어요. 그러니까 장가도 간 거구요."

그런데 일선이 형이나 엄니는 왜 그때 탑생이에서 그냥 살지 왜 거기서 나왔느냐고 물을까 했는데 묻지는 않으신다. 그러면 참 곤란한 것이 육손이의 못된 짓거리인데 그걸 어떻게 말할 수도 말 수도 없으니까.

첫 상면 장인어른 환갑

7월이다.

한여름 무더위라 혜이가 걱정되지만 주저주저하는 미숙을 달래고 달래

"가야 해. 지금 안 가면 다음은 없어. 우리 혜이를 봐서라도 꼭 가줘. 가야 해. 당신이 좀 불편하더라도 나를 보고 혜이를 봐서라도 그냥 가서 내가 하는 대로 그냥 보기만 해도 돼. 왜 걱정을 해? 날 못 믿는 거야. 나 대흥동 터미널 일억이야 박일억~ 대전이 다 아는 놈이야. 걱정하지 말고 가. 내가 다 책임질 테니까. 이젠 내 색시지 장인어른 딸은 두 번째야."

안 가고 싶어서인지 힘깨나 든다.

그렇게 찾아간 수원.

멀리서 봐도 잔치판이 걸지다. 그런데 일억은 바로 그때를 고누고 들어가 소락때기를 질러 버렸다.

"장인어른 사위 왔습니다~~"

가지껏 소리를 질렀더니 잔치 자리가 찬물을 끼얹은 듯 조용해져 버렸다.

넉살 하면 박일억의 넉살을 뉘 감히 당하며, 소락때기 지르기라면 어

느 누가 일억을 이기랴.

"아 뭘 그리들 놀라시오? 사위가 왔다는데 놀랄 것 없습니다~~"

너스레를 한판 갈려버리고는, 가딱 하면 금마에서 목청껏 부르짖던 얼씨구절씨구 들어간다~ 각설이 타령이 한판 나오려 한다.

"저는 미숙이 신랑입니다. 장인어른. 장모님도 절 받으세요."

하자

"어 미숙이네, 쟤 언제 시집간 거야?"

모두들 놀라 할 말을 잃길래 덥썩 다가가 쇳덩어리같이 억센 두 팔로 화들짝 장인어른을 들쳐 업어 버렸다. 몸집이 거인이라 무겁다. 그러거나 말거나.

"아니 놀지는 못 하겠네. 차차차."

들척들척 들척이다 말고 생각난 김에 지금 막 뜨는 송대관의 노래 신가다 한 곡조를 뽑아 젖혔다.

쨍하고 해뜰 날 돌아온단다
쨍하고 해뜰 날 돌아온단다
꿈을 안고 왔단다 내가 왔단다
슬픔도 괴로움도 모두 모두 비켜라
안 되는 일 없단다 노력하면은
쨍하고 해뜰 날 돌아온단다
쨍하고 해뜰 날 돌아온단다
뛰고뛰고 뛰는 몸이라 괴로웁지만
힘겨운 나의 인생 구름 걷히고
산뜻하게 맑은 날 돌아온단다

쨍하고 해뜰 날 돌아온단다
쨍하고 해뜰 날 돌아온단다
쨍하고 해뜰 날 돌아온단다

장인어른의 몸은 무겁지만 일억은 힘자랑 삼아 쨍하고 할 때마다 '쨍'에서는 장인어른의 몸을 들척 들썩 멈칫멈칫 추슬러 가면서 한껏 흥을 돋우어 버렸다.

그랬더니 잔치 손님들이 웅성거린다.

"아 사위 참 잘 봤네~~"

"기운도 엄청나다~~"

"성격도 참 좋게 생겼어."

"야 나도 저런 사위 한 번 봤으면 좋겠다."

마침내 고개를 등 뒤로 돌린 채

"장인어른 사위가 술 한 잔 올려도 되겠습니까?"

소락지를 빽 지르며 껄껄 웃었더니

"아 이 사람아 정신 없어~~? 됐네 됐어. 그만 내려놔."

하더니 웃음보를 터뜨린다.

"네네, 그만 조용히 모시겠습니다. 잔 좀 주시고요. 그리고 절부터 받으세요."

하자

"아 자세한 건 이따 듣기로 하고 그러면 일단 술이나 따라보게나. 따라봐 어디. 사위 술 한잔 받아보자 어서."

하더니 혜이를 오라 해 덥썩 안고

"어이쿠 내 손녀딸~ 아 예쁘다."

하더니

"넌 절대로 엄마 닮지 마라. 꼭 아빠를 닮아라, 자네 애는 엄마 안 닮게 키워 으이? 하하하."

"아 예예. 그리고 제가 맘껏 드시라고 돼지도 한 마리 가져왔습니다."

봉투를 올리자 너털웃음으로

"그려 그려. 알았네 알았어."

암만 생각해도 지금은 또 하래도 그렇게는 못 하겠다. 그런데 그때는 그랬다. 그리고 장인 장모님 댁에서 두 밤을 자고 내려왔다.

"그래 갔다 오니 워떠서?"

미숙은

"자주 갈 맘은 없어요."

한다.

장항 가서 세 밤을 자고 거기서 환갑에 맞춰 수원 가서 또 두 밤을 자고 닷새를 지나서 터미널로 다시 왔다.

박일억.

이제야 사람 노릇인지 아들 노릇인지 사위 노릇을 한 뿌듯함, 말로 표현을 못 할 정도다.

군산으로 수원으로 반드시 진즉 찾아뵈었어야 할 건데 많이 늦었지만 다녀오니 이건 앓던 이라도 빠진 듯 속이 다 시원하다.

그런데 걱정이 있다.

와보니 터미널이 텅 비고 분위기가 썰렁하다.

간단다 언제다 언제 간다 하다 미루더니 터미널이 이사를 가 버렸다.

"중삼아 터미널 진짜 가버렸니?"

"너 정말 모르니? 장가가고 딸 낳고 처갓집에 갔다오더니 너 맛이 간 거 아녀?"

"아니 뭔 소리여 지금?"

아니나 다를까.

며칠 전 유천동에 서부터미널이 새로 문을 열자 대흥동 터미널은 폐쇄되어 승객들이 서부터미널로 옮겨가 버렸다.

"우리도 걱정이야. 버스 회사들이 다 서부 쪽으로 가고. 구두 손님도 완전 끊기고."

그간 서부터미널이 착공하고 공사가 다 돼 간다고 해도 처음엔 그러거나 말거나 무심했는데 유천동에 새로 생긴 서부터미널이 손님이 몰려 이쪽으로 오던 버스들이 다 그쪽으로 간 것이다.

이건 대전시가 외곽으로 확장되어 가면서 복잡한 시내보다 가까운 유천동을 이용하는 게 낫다고 보는 승객이 많기 때문이다.

'미숙이와 혜이까지 식구는 셋이 됐는데 어쩌지?'

일이 손에 제대로 잡히지도 않는다. 뭔가 붕 뜬 느낌? 이리 저리 궁리를 해봐도 의기소침이다.

'나도 유천동으로 가야지?'

그러나 간들.

아는 기사도 있지만 낯선 기사가 꽤 있을 것도 같고, 또 막상 간다 해도 가서 장갑 팔기와 소독 문제 역시도 기반을 잡은 대흥동보다는 못할 것 같다.

특히 거기는 여기처럼 터미널 안팎에 일억을 모르는 사람이 많을 것도 같다. 이런저런 고민 끝에 일단 유천동 서부터미널을 가서 둘러보기도 했지만 자못 낯이 설다.

'가는 게 중요한 게 아니라 가서 뭘 어떻게 해서 돈을 버느냐가 더 중요해.'

이인구 회장의 부름

이렇게 망설이던 중 일순간 쨍하고 해가 뜰 것 같은 반가운 소식이
왔다.

"네네 네네… 알겠습니다."

전화 받아 보라는 직원의 부름에 달려가 전화를 받아 보니 와… 누군
가 하니 이인구 계룡건설 회장의 전화다.

"나 계룡 이인구 회장일세, 나 알지?"

"네네네 회장님. 두 번이나 뵙지 않았습니까. 압니다."

"전화로는 그렇고, 자네 내일 회사에 한 번 오게나. 내 물어볼 게
있어."

이 무슨 일일까. 잠이 오지 않는다. 잠을 설치고 계룡 본사로 갔다.

"일은 아주 쉬워. 뭐냐 하면…?"

내용은 이렇다.

회사를 운영하다 보면 너절한 잡일이 신경을 건드린다는 것이다. 그
렇다고 일일이 그들을 잡아 처넣을 수도 없는 것이, 정확하게 뭐다 하는
범죄랄 게 없어서 애매하다는 것이다. 그러니 자네가 우리 회사로 와서
골치 아픈 일을 좀 맡아 처리해 달라는 것이 요지다. 아 이것 참 얼마나
고마운가. 이인구 회장님은 안 그래도 오실 일이 거의 없지만 무슨 일로

든 터미널에 온 적도 있다.

오면 일행이 여럿이다. 그때 일행 중에 누군가가

"쟤가 박일억입니다."

하면 멈칫 하고 바라보는 듯하다 그냥 웃기만 하고 말았는데 속내는 모르지만 나가면서 한 직원이

"박일억 씨 회장님이 밥 한 끼 먹으라셔."

열어보면 3만 원 한 번, 또 한 번은 5만 원의 거금이다.

"이게 웬 돈입니까?"

"묻지 마. 묻는 게 아니야."

도통 그 이유를 모르겠지만 느낌에는 터미널에서 알려진 녀석이라니까 그저 열심히 살라고 주는 격려금? 뭐 이런 것으로 알고 받아 쓴 적이 있는데 오늘은 직접 만난 것이다.

"일은 아무것도 없어. 그냥 출근만 하면 돼."

무슨 소린가 했더니 보디가드? 어깨? 얼굴마담? 일억이 혼미해졌다.

"결정은 아무렇게 해도 괜찮네. 직원한테 마음이 정해지면 지금도 좋고 내키지 않으면 내년 후년에 와도 괜찮아. 그냥 회사에 와 있기만 하면 돼."

옳다구나, 땡이로구나 하고 와보니 아닌 듯하다. 첫째 일은 아무것도 없다는 것이 마음에 걸린다. 출근하고 아무 일도 않고 주는 월급만 타 먹고. 엄청 횡재 같기도 한데 막상 정해진 할 일도 없이?

나오니 역시나 봉투를 준다. 5만 원. 아무튼 일단 고맙다 하고 나와 터미널로 가 주변 상황을 좀 보고 따로 연락드리겠다 하니 그러라 하고

돌아는 왔는데 문제는 이걸 선배들은 더 아니고 누구하고 상의를 좀 하고 싶은데 그럴 사람이 없다.

'아니야. 말은 그렇게 했지만 분명 뭐든 맡기는 일이 있기는 있을 거야.'

혼자 끌어안고 생각을 해보다 보니 답을 모르겠다. 미숙에게 말이나 해볼까도 싶은데 남자 일을 마누라와 상의하는 건 졸장부가 하는 짓(그 시절의 풍조임)이라는 게 몸에 밴 탓에 며칠을 끙끙 앓다 일단 내년이라도 좋다 하셨으니 접기로 했다.

접은 이유가 또 있다. 얼마나 많은 고민을 했나 그날 밤 돌아가신 아버지가 꿈에 오셔서

"일억아 너 열심히 살지? 너 혹 공짜로 돈 벌 생각을 하지는 않지?"

하시더니만

"내 말 들어라. 일은 한 짐하고 값은 열 짐 값을 받으려고 하면 못쓴다. 또 대원칙이 하나 있다. 옳으냐, 그르냐, 옳은 일이면 돈을 써서라도 하고 그른 일이면 돈이 생겨도 하면 안 된다. 공짜에 홀리는 일은 끝이 나빠."

왠지 무섭고 떨린다.

일은 한 짐하고 품값은 열 짐 값? 살자니까 줄곧 그랬던 것 같다. 카오잡은 것도 그렇고 소독이라는 것도 말이 소독이지 맹물을 넣고 뿌리고는 돈을 받았으니 어찌 보면 건성이었다. 장갑도 갑절을 받았고.

그런데 이런 게 장사 아닌가 하다가도 사업이라는 것도 결국은 원가+공임+이득이라는 등식에서 어느 것이 얼마라는 것도 없는 건데 그

럼에도 왜 아버지가 이득을 많이 보면 안 된다 하신 걸까? 머리가 복잡하다.

나중에 알았다. 개같이 벌어 정승같이 쓰라는 고사는 벌기도 바르게 벌어야 하지만 번 돈 쓰기를 옳게 써야 한다는 생각만 하다 말았다.

지금 일억의 고민에 대하여 일단 감사는 감사로 받되 기울면 안 된다는 차원에서 보면 딱 하나 꼭은 안 그렇겠지만 일단 아무것도 하는 게 없다고 하신 말이 마음에 걸리는 거다.

'그래. 잘못 판단하고 갔다가 내 무슨 건달도 주먹도 아니고, 이미 들리는 말에 누가 얼마를 받았다는 말도 있는데 내가 계룡으로 갔다더라 하면 그동안 나를 아는 사람들에게 할 말이 뭐겠어?'

이로써 도저히 벗기 힘든 서부터미널로 갈까 말까에서 서부를 가보는 걸로 결정을 내렸다.

먼저 작심을 하고 서부터미널 사장님을 찾아가 보기로 했다. 김희동 전 대전교통 사장을 만나 좀 도와 달라 해 본 다음에 결정하기로 하고 찾아간 것이다.

김희동 사장은 그때 시내에 큰 예식장을 가지고 있고 농원도 있고 버스회사도 잘 되는데 서부터미널까지 생기자 사장이 되어 대전에서는 모두가 잘 아는 이인구 회장과는 또 다른 부자다.

이에 일억이 서부로 간다는 것은 송충이가 솔잎을 먹는 거고 계룡으로 간다는 건 송충이가 갈잎을 먹는 것 같다는 생각이 든다.

김희동 사장

김희동 사장. 일억도 알기는 아는 분이지만 특별한 연은 없다. 기사들은 잘 알지만 김희동 사장은 박일억을 어떻게 봤느냐는 데는 잘 알수가 없다. 그럼에도 찾아갔다. 왜냐하면 송충이고 솔잎을 먹자는 곳이니까.

"듣기는 들은 이름일세. 자네가 박일억이다 그거지?"

"네 박일억입니다. 대흥동에는 오래 있었습니다."

"몇 살?"

"네 스물아홉입니다."

"응 그래서 날 보고 뭘 도와 달라는 거지?"

"그냥 뭐라고 딱 드릴 말씀은 없습니다. 단 그저 저도 이제 살림을 차려 애도 낳고 해서 돈을 벌어야 사는데 아시다시피 대흥동이 문을 닫아서요."

"그래? 음… 생각나는 건 없고, 소독이나 장갑이라면 내가 하라 마라할 일도 아닌데 그것 말고 뭘 도와 달라니까 좀 그러네."

"저는 어차피 물고기입니다. 터미널이 물이고 물이 바로 제가 사는 곳이니까요. 도와주세요."

헌데 만났지만 확실한 대답을 듣지 못한 것은 뭐라고 제시하지도 못

하였으니 사장인들 뭘 어쩌나 싶은데 며칠 후 만나자는 연락이 왔다.

"생각을 해는 봤는데. 알아보니 자네 다들 괜찮은 사람이라 하더군."

무슨 말이 나올지.

"유등천 천변 오른쪽에 공터가 있네. 작지는 않아. 난 모르겠고 거기 다 뭘 하든지 알아서 해 봐."

성공이다.

가보니 터는 제법 넓고 버스가 나가는 곳과 들어오는 곳의 중간 지점 이다.

'와 이걸 내 생각대로 써 보라고?'

기대가 크다.

이렇게 시작한 일억의 서부터미널 정착은 그로부터 11년, 오랜 기간 이었다. 그러면 여기서 이제 서부터미널이라는 곳이 어떤 곳인지 나무 위키를 보자.

서부터미널

대전광역시 중구 유천동 소재. 1979년 7월에 설립되었다. 설립 당시에는 오늘 날(2023년)의 대전복합터미널 하차장인 대전동부시외버스터미널보다도 더 큰 규모였다는 믿기지 않는 과거를 지니기도 하였다.

잘 나갈 당시에는 일 이용객이 하루 약 8000여 명에 달할 정도로 붐벼서 인근 유천시장은 문전성시였고 나중에 서남부 터미널로 이름이 바뀌는 등 그 여파 로 오래된 여인숙도 많았으며 과거 유천동에 존재했던 사창가(똥치골겸)도 존 재하였다. 그러나 2021년 이용객 수는 200명 수준이고 나날이 더 떨어지고 있 다. 일억이 서부를 떠난 1988년까지는 번창하였지만.

이곳은 충청남도 전역 및 전라북도 전주~군산 지역의 전주, 군산, 김포국제공항, 인천국제공항지역으로 가는 총 15개 노선이 성업이었다.

본래 위치상 대전광역시의 원도심 동부 기준 서부인 유천동 '서부터미널'이라는 이름이었으나 2017년 2월 1일 자로 서부터미널에서 '대전서남부터미널'로 개명하였지만 이는 일억과는 무관한 때다.

역사

1979년 7월에 대전서부터미널이라는 이름으로 터미널 건물이 건립되었으며, 건립 당시 부지 1만5085㎡, 건축연면적 7424㎡로 통합 전 대전동부터미널과 대전고속버스터미널의 규모보다 커 대전에서 가장 큰 버스터미널이었다.

나무위키 인용

시계 수리와 판매

좀 무리해서 받은 공터에 아담하니 샤시로 낮으막한 건물을 지었다. 10평 정도? 작지만 그야말로 내 가게 내 점포 내 상가를 낸 것이다.

첫 시작은 시계 수리와 판매다.

사업자를 낸 것은 아니고 터미널에는 오가는 사람이 많은데다 당시에는 시계 손님이 많던 시기다. 그러나 좀 외도라진 공터에 차렸던 시계 수리와 판매는 오가는 발길이 적어 곧 터미널 안쪽으로 옮겨왔다.

손님은 심심찮게 찾아온다. 사장님을 아는 빽까지 든든하다. 단 수리하는 기술이 문제여서 기술을 배워야 산다고 공터에서부터 시계를 뜯어보면서 따로 기술을 배우지 않고 장어 잡던 재주까지 동원해 스스로 배웠다.

그때 유행하던 시계는 일제 세이코, 오리엔트, 스위스제 에니카 등 국산은 아직 없고 모두가 스위스니 일제 시계를 차던 때다.

'이놈을 뜯어 열어 보면 배워지겠지?'

그러나 쉽지가 않은데 어디 시계방에 가서 기술을 배울 수도 없어 허름한 중고시계를 구해 여러 대를 뜯고 다시 조립하기를 반복하다 보니 당시 유행하던 케이스 갈이는 쉬워서 주로 케이스를 갈라고 하면서 손님을 맞았다.

시계란 속은 허술해도 케이스만 갈면 본태가 난다. 게다가 속도 좋은 시계라면 새 옷을 바꿔 입히듯 케이스를 갈으라고 권하면 워낙 시계가 귀한 때라 돈을 아끼지 않았다. 체이스 갈이, 케이스 도금(메끼), 모지방(시계판) 재생 등 판매로 하나에 몇 만 원 등 수단껏 받으니 이건 장갑 팔기 몇 배 수입이 되기도 한다.

케이스와 시계 줄 재료와 부속은 역전 시계골목에서 도매상을 하는 신창사 홍창식 사장과 서북사 이영걸 사장님에게서 도매로 떼어 왔다.

"기술은 늘었어?"

"잘 고쳐?"

"손님은 많은 겨?"

"이러다 뭣 하면 가방 모찌를 해봐도 돼."

"가방 모찌가 뭐예요?"

"응. 자네 같은 전방에 다니며 도매로 파는 시계 재료 장사."

겨울이다. 한참 시계 장사한다고 뛰어다니는데 나라에 대란이 터져 버렸다. 일억이 라디오와 흑백이지만 텔레비전에서 늘 보던 박정희 대통령 서거라고 하는 궁정동 10.26사건이 터졌다.

이에 서부터미널도 심란하고 일억도 심란하여 일이 손에 잡히지도 않고 그저 그렇게 열심히는 보지 않던 뉴스에 집중하여 손에 일도 잘 잡히지 않는다.

당시 뉴스에서 보고 듣고 귀에 딱지 박힌 이 엄청난 사건, 터미널에서 하루벌이로 사는데도 관심을 뗄 수가 없는 일억이다.

10.26사건

저녁 7시 38분, 박선호에게 준비가 다 되었음을 확인한 김재규는 다시 연회장으로 들어왔다. 신재순은 심수봉의 기타 반주로 혼성 듀오 라나에로스포의 〈사랑해〉를 부르고 있었고 박정희는 간간이 흥얼거리며 신재순의 가락에 장단을 맞추고 있었다. 바로 이때 김재규가 권총을 하의 주머니에 넣고 들어온 것이다. 그리고 신재순이 중간에 한 번 틀려서 다시 부르던 중 김재규는 신재순이 1절 후렴을 막 시작하려는 차인 7시 40분에 바지 주머니에 숨겨둔 권총을 꺼내 노래를 끊으며 옆에 앉아 있던 차지철을 향해 "차지철 이 새끼! 너 건방져!"라고 외치며 첫 발을 쐈다.

김재규가 쏜 첫 발은 차지철의 오른쪽 손목을 관통했고 갑자기 총에 맞아 크게 당황한 차지철은 관통당한 손목을 움켜쥐며 "김 부장, 왜 이래!"라고 외쳤다. 그리고 박정희가 "지금 뭐 하는 짓들이야!"라며 소리치자 김재규는 "야, 너도 죽어봐"라고 받아치며 마주보고 앉아 있던 박정희의 오른쪽 가슴을 쐈다. 이 총격으로 박정희는 오른쪽 폐에 관통상을 입었고 곧바로 쓰러져 얼굴을 식탁에 묻었다. 이때 김재규는 차지철을 쏘고 바로 박정희도 쐈다고 증언했으나, 같은 안가에 있었던 박선호를 비롯한 여러 사람은 첫 발 사격 후 4~5초 이상의 간격이 있었다고 주장했다.

김재규가 총을 쏘기 직전에 한 발언은 위에서 언급한 "너 건방져!"가 아니라는 설이 존재했다. 김계원에게 "각하를 똑바로 모시라"라고 충고한 후 박정희에게 "각하, 차지철 저 버러지 같은 놈을 데리고 정치를 하니 올바로 되겠습니까?"라면서 발사했다는 게 2000년대까지의 다수설이었다. 이 발언은 신재순의 진술에 의거한 것인데 이는 이 사건을 우발적이거나 개인적 원한에 의한 살인으로 둔갑시키려는 목적이었던 듯하다. 2011년 중앙일보 기사에서 신재순은 계엄사 합동수사본부 측의 강압에 못 이겨 위증한 것이라고 밝혔다. 이 증언 차이는 의자매까지 맺으며 친밀했던 신재순과 심수봉의 관계가 소원해지는 원인이 되기도 했다.

또 저격 전에 박정희가 김영삼을 구속기소해야 한다는 질책에 김재규는 "이미 제명당한 김영삼을 구속시키면 국민들은 그를 두 번 죽이는 거라고 인식할 겁니다. 정치를 좀 대국적으로 하셔야지요."라는 말을 했다는 설도 있으나 심수봉은 자신의 회고록 《사랑밖에 난 몰라》를 출간하면서 김재규는 대국적으로 하라는 말은 한 적이 없다고 밝혔다. 심수봉은 "대국적으로 하십시오"나 "버러지 같은 놈" 같은 김재규가 했다고 알려진 발언들에 대해서 김재규가 그런 말을 할 분위기는 아니었다고 말했다. 총 쏘는 데 급했지 여유를 부리면서 말을 할 분위기는 아니었다는 것.

김재규는 박정희에게 제3발을 쏘려고 했으나 권총이 격발 불량을 일으켜 발사되지 않자 밖으로 뛰어나갔고 차지철은 그 틈을 타 연회장 안의 화장실로 도망갔다. 그리고 김계원은 연회장을 박차고 복도로 뛰쳐나와 취기와 공포심에 벽을 붙든 채 벌벌 떨고 있었다.

나무위키 인용

제11부

도장~!
3,000원~!

전 재산 도난

그럼에도 일억은 도매상 서북사나 신창사 사장들이 나름 반가워하니 기분이 좋다.

도매상 사장님들이 일억을 신기한 듯 바라보며 밀어준다는 바람에 이게 답이구나 하고 최대한 물건을 채웠다.

노점식 유리상자 진열장에 가죽 줄, 스텐 줄, 각종 케이스, 그리고 가끔 팔리는 시계를 팔면 이건 케이스 갈이보다 돈벌이가 더 된다.

'시계만 잔뜩 채워놓으면 그게 재산이다~~'

일억은 돈이 생기는 족족 시계에 투자하고 팔기를 반복한다. 그런데 엄청난 일이 터졌다.

밤이 되면 유리로 만든 간이 점포를 천으로 덮어두고 시계가 든 가방을 매점에 맡겨놓고 퇴근하는데, 그러던 그날 아침에 와 보니 누군가의 손을 타 노점 유리상자에 둔 재료가 다 사라지고 매점에 두었던, 매일 그 자리 두던 시계 가방까지 전 재산을 도둑맞았다. 낙심천만.

다 팔면 집 한 채는 몰라도 대흥동 달세방에서 나와 근처에 작은 집 하나쯤은 마련하고도 남을 돈인데 이걸 도둑맞았으니 어쩌면 좋을지.

신고했지만 잃은 시계를 증명할 근거가 없다. 이에 서북사와 신창사에서 물건을 사온 영수증이나 계산서가 있기는 있지만 그건 증거가 되지도 않고 또 매번 영수증을 받아오지도 않아서 잃은 시계가 몇 개라 하더라도 그게 있었다는 증거가 없다 보니 진짜 잃은 건지에 대하여 증인을 댈 수도 없지만 댄들 그 말을 누가 믿느냐는 거다.

얼마나 충격을 받았는지 새로 물건을 떼다 채울 여력도 없지만 기력도 잃고 말았다.

'아, 혹 이건 팔자에 시계 장사는 하지 말라는 것 아닐까.'

이왕 이렇게 되었으니 아~ 이제 다른 걸 하라고 하는 거다 하고 다른 연구를 하는 중이다.

이때 잃은 것도 있지만 얻은 것도 있기는 하다. 새로 터를 잡은 서부 터미널의 버스회사나 직원들은 같은 울타리 안에 생활 터전 공간을 같이하는 사람들인데 여기서도 그들과 안면이 두터워져 가는 것이다.

일억은 여기서도 대흥동처럼 지나가는 승하차 손님 말고 터미널 안 다른 업종 사장들과도 교분이 좋아진 것, 이것이 얻은 것이다.

식당 주인, 매표 직원, 운전기사, 차순이들. 특히 구내약국.

모두 대흥동과 같이 면이 트인 것인데 그렇다고 장갑 팔고 소독하는 것은 이제 양이 안 차고 보다 소득이 많고 마음에 드는 일을 한다는 것인데 도둑을 맞은 것이다.

잃은 건 잃은 것, 더 이상 속 끓일 일만도 아니라고 마음을 다잡는다. 그런데 무엇을 한다지?

그때,

"어이 일억 씨~ 나 좀 봐요."

약국 사모님이다.

가 보니 아주 머리가 깨질 것 같은 일이 생겼다면서 그냥 놔두면 안 될 놈이 있다며 가서 버르장머리를 좀 고쳐놓고 와 달란다.

"뭔데요. 어딘데요?"

들어 보니 상대는 경찰서장이다. 그는 전북 어느 경찰서 서장.

"경찰서장을 제가 어떻게 버릇을 고쳐 줍니까?"

"아냐 고쳐 주는 게 맞아 경찰 아니라 장관이라도 잘못되면 고쳐 줘야지."

"그건 법이 하는 거지 잘못하면 폭행 사주로 사모님도 걸려요."

"내 왜 그걸 모르겠나, 그런데 이건 그게 아니니까 하는 소리야."

당최 뭔 소린지… 들어 보니 고치기는 고쳐줘야 하고 이건 법으로 할 일도 아니고 그렇다고 병신을 만드는 게 아니라 정신 깸만 하도록 귓방망이 두세 대만 갈기고 오면 된다는 일이다.

"일억 씨. 내가 국방장관의 집안 처제야 내가. 그런 내가 허튼짓을 할 이유도 없고 나 몰라? 믿잖아?"

안다. 사모님 일이고 그게 옳은 일이라면 하기는 해야 한다. 순간 시계 가방을 처음부터 약국에 맡겼더라면 하는 생각이 들지만 접고.

내용은 배신이다.

대전경찰서 경정인 그자는 사람이 믿을 만하고 똑똑하여 뒤를 좀 봐줘서(당시는 그러기도 하였음) 총경으로 진급을 시켜, 일단 낮은 급지 초임 경찰서장을 시키다 다시 충남청으로 데려와 근처 서장을 하게 하려고 했는데, 이에 차마 깨놓지 못할 사연이 불륜이다. 그것도 사모님이 아끼는 여성에게 강제로 못된 짓을 했다는 건데 그의 부인도 아주 절친하여 끊어주어야 한다는 부탁이다.

"이걸 법으로 하면 여럿이 다치지 않겠어?"

"그래요? 그냥 두어 대 후려갈기고 오면 돼요?"

"아니지 한 대 치고 어쩔래? 끊을 겨 말겨?"

묻고 또 갈기고

"또 오는 일 없게 해. 알았어?"

이러고만 오면 아마 그칠 거라는 말이다.

OO경찰서장

그러고 이러면 뭐라 하나 들어보고 알려 달라는 내용이다.

듣고 보니 법으로 할 일은 아닌 게 맞고 게다가 악질인데 그러면 끊길 거니까 걱정 말고 좋은 일 한다 치고 가라는 것이다.

"뒷탈 날 일은 절대 없어. 차를 대 줄까?"

"아닙니다. 버스나 기차로 가지요 뭐."

참 여기도 요지경 속이다.

허울은 멀쩡한데 속은 겉과 달라 행위를 그치면 그냥 밀어주려는 생각이라 하기에 먼 곳까지 찾아갔다.

입구에서 대전 모모 사모님이 보내서 왔다 하니 모시라고 한다. 직원은 서장실 앞에서 가고 혼자 들어갔다.

말도 필요 없이 귀빵부터 갈겨 버렸다.

"나 모르지? 상관없고, 너 끊을 겨? 말겨?"

한방에 깨갱이다.

"예, 끊겠습니다."

한방을 더 쳐 버렸다.

"너 내가 여기 또 오는 일 없게 해 알았어?"

뭔지 내용은 모르지만 역력한 표정이다.

"절대 오시는 일 없게 하겠습니다."

싹싹 빈다.

"야 간다. 약속했다~ 응?"

살다 살다 이런 일도 보다니.

다녀왔다.

"절대 아닙니다. 그런 거 받으면 제가 완전 폭력배, 돈이라면 뭐든 다 하는 완전 건달 짓거리가 돼서 안 됩니다."

다시금 터미널을 둘러보았다.

보니 7~8명이 도장 파는(새기는) 일을 하고 있다. 가만가만, 봤더니 목도장 한 개 파주고 3,000원이나 받는데 자세히 보니 2~3분에 한 개를 파주면서 돈이 3,000원이다. 아, 그러면 30분에 3만 원이고 1시간이면 6만 원을 번다? 그것도 한 사람이?

서부터미널에는 논산 연무대 훈련병으로 가는 입소병이 제일 많다. 때론 연무대 육군훈련소로 가는 장병들로 터미널이 가득할 정도여서 서울보다 훨씬 더 많아 1등이다. 그러니까 7~8명의 도장쟁이들이 하루에 벌어가는 돈이 대체 총 얼마나 되는 거지? 곰곰 생각해 보며 도장꾼을 보니까 이건 고객이 줄을 선다.

도장과 모래 구덩이

장항 모래 구덩이 파 팔던 어릴 때의 기억 중 필요한 사람이 많다는 것은 만들어 파는 사람도 있어야 한다는 의미다. 수요와 공급이라는 어려운 말이 아니라 도장이 필요한 사람이 많다는 건 모래사장이나 다르지 않다.

그중에 면이 있는 형원이를 만났다. 모두 돌아가고 늦게 돌아가는 형원이는 대전 살고 나머지는 딴 곳에 산다기에 만난 것이다.

"어이 친구, 친구들이 지금 하는 도장 파는 일 있지?"

"예, 왜요?"

"그나저나 그 친구들 어디 사는 사람들이야?"

"연무대랑 논산 여기저기 살아요. 대전은 저 혼자구요."

"그런데 그거 말이야. 내가 하던 시계 쪽을 접었잖아? 그래서 말인데 나도 거기 껴 주면 안 되겠나? 무슨 방법 없어?"

"어려워요. 저는 대전 산다고 딱 한 명 껴 준 거지, 다른 사람은 껴 주지 않거든요?"

"그래? 그 대장이 누군데? 가장 쎈놈 말이야."

"있어요 송태라고."

"송태?"

"송태는 덩치도 크고 주먹도 장난이 아니라 개가 꽉 잡고 있어서 누구든 송태 말 안 듣고는 못 배겨요."

"그래 그놈은 좀 있다 내가 한 번 보기로 하고. 형원아, 너 나한테 도장 파는 기술부터 좀 가르쳐 줄래?"

"왜요? 그런데 사실 기술이랄 것도 없어요. 도구는 직접 쇠톱을 갈아 만들어 써요, 목도장은 100개에 얼마 안 해요. 그걸 사다 파서 팔면 돼요. 그렇지만 쟤들이 쎈놈들이라 껴 주지 않을 건데요."

"그래? 일단 내가 기술부터 배운 다음에 그 문제는 내가 알아서 할 테니 얼마나 걸려? 배우는데?"

"뭐 시계 수리 기술보다야 아무것도 아니죠. 하루도 안 가요."

바로 배웠다.

그리고 한날 아침 몰려오길래 다가가 다들 나 좀 잠깐 보자고 했다. 덩치 큰 송태. 본 듯도 한데 모르는 사이다. 주춤 하여 소리를 버럭 질렀다.

"야 이 새끼들아. 너네들 동네 가서나 벌어 처먹어 이 새끼들아. 여긴 대전이야~! 대전."

목이 터져라 소리를 지르고는 순식간에 송태란 녀석을 힘 가진 것 아구통을 후려갈겨 버렸다. 잘못 치면 강냉이(이빨)가 빠진다는 걸 알기 때문에 요령껏.

송태가 기절을 하고 나자빠져 죽은 듯하더니 일어나다 비틀한다. 그 순간 발차기로 엉덩이를 세게 걷어찼더니 승객들이 우르르 몰려든다.

"다들 가세요. 이놈들이 우리 대전에 와서 알곡만 다 빼먹는 놈들이라 우리 서부터미널에 얼쩡거리지 못하게 쫓아내는 중입니다."

도장-인장업

그러다 일어난 송태.

"아니 누군데 영문도 없이 이게 뭐요?"

표정을 보니 겁에 질린 표정이다.

"긴말 않겠다. 나 일억이라는 사람인데 박일억. 물어보면 다들 알 거다. 대흥동 터주였다가 이 터미널로 왔다. 너희들은 너희들 동네 가서 벌어먹어야지, 왜 우리 터미널에서 와서 도장을 아도(독차지)치고 이게 말이 되니?"

나머지 여섯은 갑자기 닥친 엄청난 일이 어리둥절한지 눈치만 보다 말고 굳이,

"술 한잔하면서 이야기합시다."

하는데

"야, 이놈들아. 네 놈들도 덤빌 테면 한번 덤벼봐. 다 상대해 줄 테니까, 뭐 술 한 잔? 이딴 소리 치우고 당장 늘어져 버려 새끼들아!"

생각보다 단방에 수습이 되었다.

"야, 야, 가자."

송태 말에 모두 타고 온 차에 오르고 멀리서 보기만 하던 형원이가 왔다.

"이거요. 절대 내가 가르쳐 줬다 하면 안 돼요. 그러면 나 맞아 죽어요."

겁먹은 형원이를 달랬다.

"걱정 말어. 그놈들 여기 다신 안 올 거여. 온들 내가 형원이하고 손 잡았다 하면 제놈들이 뭘 어쩔 겨?"

날을 세워 도장 파는 쇠톱을 만들어 칼에 헝겊을 감고 가방에 목도장을 잔뜩 담고,

"도장~ 도장~"

외치며 예비 장병들 사이를 오고 갔다.

"도장 파 가지고 가세요. 훈련소 가면 못 파요~"

형원이가 하던 대로 하고 일억도 배운 대로 헤집고 다니는데

아니나 다를까 둘이 파대니 일이 많다.

"자 돈, 돈부터 주시고요, 3,000원입니다. 도장 3,000원~~"

소리 지르는 것은 금마서부터 배운 것이고 구두 닦을 때도 했었고

돈을 번다. 많이 벌 때도 있다. 이 정도면 공무원도 부럽지 않다.

이렇게 시작한 도장꾼 일은 도장 끝에 구멍을 뚫고 도매시장에서 사온 예쁜 끈을 꿰어 매달아 목에 걸면 잃어버리지 않는다고 해서 5,000원씩 받았다. 이것도 또 전국으로 도장 구멍에 목줄… 알고 보니 도장꾼들이 전국에서 재미를 본단다.

멀리 광주까지 가서 하루 이틀 자고 광주 훈련병 집결지에 가니 대전보다 일이 더 많고, 가기 싫은 부산도 갔더니 고객은 더 많고, 간 참에 더 번다고 장병들이 운동장에 모이면 쪼그려 걷기로 장병들 사이를 오가며 손을 번쩍 들고,

"자 도장~ 도장~"

소리라고 지를 필요도 없이 쪼그리고 걸으면서도

"돈 돈부터 주세요~ 자 도장입니다. 도장~"

하고 다녀도 인솔자들이 어차피 도장 안 가지고 온 장병들 파 가라고 봐주니까 돈이 쌓인다.

그러다 장병들이 모여 기차를 타려고 단체 구보로 달리는 바람에 같이 달리면서도 판다. 기술도 좋아져 앉든 서든 뛰든 도장 파는 데는 선수가 됐다.

며칠을 돌아치고 서부(터미널)로 오면 형원이 혼자 파기에는 벅차 광주나 부산보다는 적어도 역시나 도장 장병들이 있다. 그런데 궁금한 것 하나.

저렇게 모인 신병들이 모이는 곳은 어디지? 연무대는 아는데 제일 많이 모이는 곳이 춘천과 의정부 보충대여서 보충대로 가고 훈련소로 태워 간다는데 거기 가서 도장을 파먹으면 더 잘 벌까 싶지만 관심만 두고 가지는 않는데 영락없이 터미널을 찾아오는 약방에 감초가 있다.

"야, 일억아. 너 서부에서도 잘나가는 거니?"

"아이구, 형님. 잘나가기는요. 뭐 그냥 먹고는 삽니다."

"그런데 너 딸 낳았다는 게 맞어?"

"아 예예."

"그새? 야 빠르다 빨라. 그런데 애들 엄마는 거기서 만났니? 여기서 만났니?"

"거기서 만났는데 좀 됐어요. 이제 아셨어요?"

"이미 알았지. 야 나라고 안테나가 부러졌겠니? 진작 알았지만 말을 안 한 거지."

이러고 오는 선배 형님들. 와서 행색을 보고는

"야 색시를 얻고 애까지 낳았으면 인사는 못 시켜도 한턱은 내야 되지 않어?"

역시 여기서도 벌어야 쓰는데 찾아오는 선배, 형님, 친구, 후배들을 보면 여전히 배가 고픈 게 보인다.

"한 잔 받으시고 많이 드세요."

짱깨협 회장

"박일억 회장님 얼른 오세요~"

"어? 누구여?"

"저요. 길훈이."

"아 길훈이? 아 오늘인가?"

"오늘 맞아요."

"아 그런가? 어디들 모였어?"

"어디긴요, 회장님 사무실 고려종합상사…"

"아 알았어. 조금만 기다려 바로 갈게."

길훈이는 일억을 박 회장이라 부른다. 멋쩍기는 한데 그러지 말래도 꼬박꼬박 회장님이라 부른다.

그 시기 터미널 옆 말고 뭔가 돈을 벌려면 좀 더 커야 한다고 사무실을 새로 내 간판은 '고려종합상사'다. 고려종합상사는 그 당시 대전피혁 맞은편 건물로 일억이 얻은 작은 건물에 붙인 간판이다.

밋밋해서 그냥 한국이나 조선보다는 고려가 좋다 싶어 거기다 붙인 간판이다. 고려는 무슨 고려고 상사는 무슨 상사인가 싶지만 꾸고 있는 꿈이다. 개꿈이라도 꿈을 꾼다고 붙인 간판인데 한두 번 길훈이가 왔었고 너댓 예닐곱 번 오다가 오늘은 30명이 올 거라고 했던 날이다.

와보니 사무실이 그득하다. 무슨 군대도 아니고 일제히 합창을 한다.
"회장님 어서 오십시오~"
연달아, 연습이라도 한 걸까?
"만나 뵙게 돼서 영광입니다, 회장님~"
조폭도 아니고 회사도 군대도 아니고 시계 장사하다 지금은 도장쟁이로 사는데 이건 넘어도 한참 도 넘은 과칭이다.
"다들 의자가 되나 모르겠네만들 앉으시게."
"예~~!!"
아이 이거 왜 이러지? 완전 무슨 큰 단체 사장보다 높은 회장님 대하듯 젊은이들이 여기 모였다. 그럴 일이 있기는 있었다.
"그런데 내가 승낙은 했지만 발벗고 나서서 할 수도 없고 자격도 없어. 그저 내가 조금이라도 도울 게 있으면 그건 짬나는 대로 시간은 내준다는 것뿐일세."
이들은 대전에서 고용된 중국집 주방장들이다. 대전 시내 중국집은 당시 150곳이 넘다 했다. 얼마 전 길훈이와 대여섯 명이 일억을 찾아 온 일이 있었다.
"대전에서 아무도 우리를 도와줄 사람이 없어요. 시장 경찰서장 심지어는 충남기업사(당시 중앙정보부 대전지부)도 우리를 도와주지 못해요. 그러니까 우리가 죽을 지경입니다."

"아니 중국집 주방장 하는데 그게 뭐가 그렇게 어렵다고 그래요?"

전에도 들은 말이기는 하다. 그래서 짱깨협(중국집주방장모임)이라고 모이려 한다는 건데 누가 뒤를 봐줄 사람이 없다는 요청이다.

"말도 못 합니다. 한두 가지가 아닙니다. 첫째는 임금 착취입니다. 지금 우리가 못 받아도 150만 원은 받아야 하는데 반밖에 안 줍니다."

"아니 누가 그렇게? 업주가 착취합니까? 도둑놈도 아니고."

"아시겠지만 중국집은 사장들이 어느 정도는 단합이 돼 있습니다. 그러니까 불만 있으면 나가라는 겁니다. 그러면 임금을 더 깎으면 모를까 취업이 안 됩니다. 이건 업주들은 단체고 우리는 개인이라 업주들 농간에 먹고 살자니 누가 잘리면 반값을 받더라도 취직을 해야 하는데 업주들이 짜고 찍어 버리면 영락없이 월급이 반토막이 나버립니다."

당시는 그랬다.

지금은 거꾸로 주방장이 업주를 좌지우지하여, 개업을 하려면 자기 거래처로 끌고 가 집기랑 주방기구 등 많은 시설물을 사게 하고 뒤로 구전을 먹기도 한다지만 당시는 갑이 을을 주물럭거렸다.

"내 그때도 한 말이지만 그러면 간단해 보이는데? 쉽잖아? 주방장들도 단체를 만들어 거꾸로 그런 업주들한테는 모두가 안 간다 하다가 두 배를 주면 간다고 하면 쉽지 않아?"

고장은 여기서 났다. 그때 일억이 한 이 말에 그들이 공감하고 매달리게 된 것이다.

"회장님. 우리가 회장님으로 모실 테니 제발 우리 주방장들도 단체를 만들게 회장님이 좀 도와주세요."

이러는 바람에 길훈이랑 몇몇이 수시로 찾아와 매달리기 시작한 것이다. 오늘로 세 번째.

"회장님은 대전에서 모르는 사람이 없지 않습니까. 150곳 중국집 사장 누구든 박일억 하면 다 알아먹어요. 박일억이 짱깨 주방장 회장이 됐다 하면 아마 벌벌 떨 걸요?"

"뭐 그렇기야 하겠는가만."

"아니요, 회장님. 아니 형님이라고 해도 좋고 우리 좀 도와주세요. 대전에는 우리를 도울 사람 회장님밖에 없어요."

물고 늘어져 애걸복걸이었다.

"그러면 주방장들을 얼마나 모을 수는 있는 거여?"

"예~ 우리는 다 압니다. 모르면 몰라도 100명은 내일도 모으고 200명도 어렵잖습니다."

"그래. 막상 모였다 치자. 그러면 내가 뭘 돕지?"

"도울 건 아무것도 없습니다. 그냥 모이는 자리에 박일억이 회장이다, 소문만 나게 두면 돼요. 솔직히 대전에서 누가 이걸 돕겠습니까?"

"아니 쪽상(족*비)이나 목**기, 상*이 형, 충*이 형 많기야 많지 않나?"

"소용없습니다. 그분들은 술이 과하고 또 회장님처럼 인심을 얻지는 못해 그분들이 돕는다 하면 누가 봐도 이게 무슨 조직이냐 할 수도 있어요. 회장님은 뭐 대흥동 대전역 고속터미널이나 서부터미널까지 연식이 얼마냐도 그렇지만 어딜 가도 대전이라면 박일억은 착하다, 소문이 났으니까 말이지 우리가 그걸 왜 모르겠습니까?"

"그래 뭐 돈 내라는 것도 아니고 참석만 해달라는 거니까 시간만 내

주는 정도라면 그거야 같이 해 줄 수 있어. 그래서 어떻게 운영한다고?"

"쉬워요. 모일 때마다 만 원이나 오천 원씩 참가비를 가져오라 하거나 매월 회비로 만 원을 내라고 하면 또 별도로 후원도 받고, 당일 모임경비도 받고 다들 그 정도는 문제가 없으니까 운영 걱정은 안 해도 돼요."

"야 그런데 말이야. 뭐 거창하게 절대로 떠벌리지 않는 조건이다. 박일억이 뭣도 없는 줄 대전이 다 아는데 뭔 짓이냐고 개무시하면 회원들에게 득 될 게 없어. 그러니 조용히 차근차근 하자고."

회장직을 맡은 것은

이렇게 시작한 것이 중화요리가협의회라 하였고 박일억이 회장이 되어 규약을 만들고 모임을 만들어 회원을 모집하니 너도나도, 나중에는 업주들도 들어와 350명이나 가입하게 되었다.

그러나 당시 대전에는 이런 숫자가 모일 장소가 없었다. 그래서 나눠서 모이는데 소문은 날개를 달고 퍼져 50명이 수차례 모이면서 단체가 조직되었다.

때론 고려상사 앞 공터를 빌려 체육대회도 했다. 현수막을 걸고 모이니 대전 중식당은 모두 알게 된다. 그러자 업주들도 점점 더 오겠다고 하여 마침내 당대 판 노동조합 비슷하게 발전한 것이다.

이제는 주인에게 을이 받던 압박은 풀려간다. 만일 갑질이 심하며 소문이 나고 그 집에는 주방장이 안 간다고 하여 곤란하게 돼 버렸다.

"절대로 욕심내면 안 돼. 그러면 난 그날로 사퇴야. 절대 100원을 200원이라 버티면 그건 강도야. 정정당당 더도 말고 덜도 말고 회원들의 개별 양심보다 협의회 단체 양심을 앞세워 회칙에 따르고 과속하는 회원이 없을 것… 이게 성공 실패의 기본이라는 사실 알겠지덜."

이렇게 시작해 3년. 차츰 안정되고 자체 모임과 회의 운영이 잘 되어 안 오셔도 잘 돌아간다기에 손을 뗀 일억이다.

"그 사람들 지금도 중화요리 합니까?"

"그럼요. 이제는 중화요리가 뷔페형이잖아요? 그런 점포를 몇 개나 가진, 그때 알던 회원들이 지금도 중화요리업계에 탄탄합니다."

이건 맏딸 혜이를 낳고 둘째 아들 상규를 낳던 해까지 4년이었다. 자연스레 피차 협조로 바뀌면서, 업주들의 횡포는 가라앉았다.

강제 불법해고 업주는 협의회가 회원을 보낼 때 이구동성(異口同聲)

"주던 월급에 15%를 얹어 주셔야 온답니다. 언제 해고시킬지 믿지 못하니 1년은 15% 할증을 주면 2년 후부터는 할증을 없애 드리겠습니다~~"

이런 식, 일억이 자문한 결과다.

열 가지도 넘다.

스무 가지도 넘다.

자잘한 주방 도구라든가 휴식 시간이라거나 특근 수당 등등 가짓수가 한둘이 아니다. 중요한 건 이 협의회에서는 과한 요구를 않고 정당한 자기 권리를 뺏기지 않는 것을 목적으로 했기 때문이다. 현대판 노동조합이라고 보면 되는데 당시는 그런 게 없으니 그냥 사설 친목 단체다.

작가가 물었다.

"그래서 회장님은 사례를 받았습니까?"

"아이구 작가님도 참, 준다고는 하지만 제가 그걸 받았겠어요?"

"무료봉사직 개인 서비스입니까?"

"봉사직도 아니고요. 사람이 재산이라는 건 작가님도 아시지 않습니까?"

"사람은 고마운 값을 안 냅니다. 그냥 하늘이 알고 땅이 알고… 뭐 굳이 이런 말 필요도 없겠군요?"

"그럼 그 길훈이라는 친구는? 죽었어요?"

"아닙니다. 지금은 대전에서도 엄청 큰 중국요리 부잣집이라고 해도 돼요. 언제 그 요릿집 한 번 가자고요. 분점이 여러 개라는데 저도 요즘 잘 못 가봐서 다 몰라요."

나라시-탕 뛰기

나라시(ならし)란 일본말로 고르게 다듬다는 뜻이지만 이 말은 당시 무허가 교통업계에서 쓰던 말이다.

그때 역이나 터미널에 내리면 호객꾼이라고 해서 다가오는 사람들이 있었다.

구두 닦으라 다가오는 건 기본이고, 청주 간다, 논산, 금산, 차에서 내린 사람들에게 다가와 청주 가세요? 청주 2만 원, 논산 얼마 얼마. 그리고 나라시하는 택시나 9인승 12인승 차도 있었다.

서부터미널이 점점 커지자 이런 일 하는 사람들이 곳곳에 차를 대고 손님을 불렀다. 그중에도 고객이 가장 많은 곳은 논산 연무대 육군훈련소다.

12인승을 앞뒤 골목에 세우고 호객하여 11명이 채워지면 마치 쏜살같이 달려가는데 일반대중교통보다 빠르고도 편하면서도 값은 크게 비싸지도 않지만 정시에 출발하지 않고 만석이 되면 아무 때나 출발하기 때문에,

"연무대 두 분, 한 분 곧 출발합니다."

이러면 이상하게도 승객들이 이쪽을 이용했다. 우선 번거롭지도 않

고 안전하게 앉을 자리가 확보되니까 당시는 이게 불법이고 적법이고 그런 것 자체의 의식도 없어서 지금은 없어졌지만 이런 변칙 교통사업 자들이 꽤나 있었다.

서부터미널은 이런 면에서 대흥동보다 더 큰 온상이다. 일억이 보니 하루 열 대도 훨씬 넘는 여러 대의 봉고가 어떨 땐 손님 풍년이다. 그럼 에도 버스회사는 워낙 손님이 붐벼 별거 아니라고 보는지, 이걸 경찰이 단속하지도 않아 그냥 묵인이다.

이게 일억의 눈에 띄었다.

많이 하면 오전에 3탕 1인당 5000원씩, 합쳐보면 하루 수입이 많다. 일억은 왜 여태 이런 걸 몰랐단 말인가.

똥(구전) 떼기는 쉬워 시작은 이렇다.

"어이 자네, 나 좀 보세."

"왜 그러세요?"

"나 몰라?"

"????"

"알면서 왜 모른 척하나 응?"

"예, 말씀하세요."

"나 누군지 모르면 터미널 아무한테나 가서 물어봐. 나 박일억이야. 서부터미널 박일억 하면 다 알 테니까."

작가가 말을 끊었다.

"자칫하면 협박 아닙니까?"

"그때 무슨 협박입니까? 법대로 하면 그런 법이 있지만 법이 현실을 당하지 못합니다. 법보다 주먹이 앞이라는 정도였으니까요?"

"그래서 뭐라고 하는 겁니까?"

"우선 눈을 까뒤집으면서 고개를 약간 숙이고, 하하."

"위로 치켜올려다 보면서네요?"

"제가 눈을 뒤집어 까고 치켜 보기를 잘합니다. 화가 나면 제 눈이 완전 바뀐다고 그래요."

"눈깔이 뒤집어진다 뭐 이런 겁니까?"

"물론 무법자 무 경우는 아닙니다."

이게 또 돈이 쌓이게 한다. 대당 1만 원이 열 대, 스무 대도 띄워 보내면 이게 10만 원, 20만 원 수입이 좋았다.

어려서 낯선 곳을 지나가면 낯선 토박이들이 괜한 시비를 걸면서 결국 돈을 뜯기는 경우가 있어서 이를 통행세라는 얼토당토않은 무법이 실존한 일이 있었다. 지금 일억이 그런 것 아니지만 터미널에서 붙어먹고 사는 사람이라면 박일억에게 밉보이면 뿌리라도 흔들리는 듯 인사치레를 받았다. 이제 와 생각하면 그게 바람직한 건 아니지만 소위 텃세하며 통행세를 뜯는 것처럼, 물론 강제나 의도적인 것은 아니어도 알아서 용돈 쓰라고 가져오는데 보면 늘 보던 누구고 안 보던 사람도 있고.

하여간 터미널에서 점포 없이 벌어먹고 사는 사람치고 호객꾼이든 나라시 봉고 버스 그 무엇이 됐든 그들은 박일억을 찾아와 인사하지 않으면 되려 자기가 불편해했을 정도가 되고 말았다.

"이게 성공이라고 봐야 합니까? 하하."

"이걸 말하기도 안 하기도 그렇군요. 뭐 이제나마 죄송하다 하겠습니다. 한편은 고맙다고 해야 할 것도 같군요."

집은 대흥동에서 서부터미널 뒤로 이사를 했다. 그사이 둘째 상규를 임신하여 이제 곧 네 식구가 될 것이라 돈은 더 많이 벌어야 한다.

그런데 늘 방해를 받게 되는 것은 전부터 모시던 선배 형님들과 후배와 친구들, 이들이 돈만 생기면 찾아와 그냥 술에 밥만 사 주면 좋겠는데 항상 뭔가 급하다면서 도움을 요청해 돈이 부재질을 못하는 문제다. 그러면 딱 잘라 거절을 못 하여 깨진 독에 물 붓기처럼 모으지를 못하는 문제다.

"전에도 고마웠는데 마지막이야. 한 번만 더 도와줘."

누구라고까지 할 건 아니고 다들 서로가 몰라 그렇지 달라면 몇 백은 아니지만 몇 십은 기본이다.

이게 미숙에게 줘야 할 돈이고 모아야 할 돈이므로 주기도 그렇고 안 주기도 그렇고 하여 일단은 없다거나 안 된다고 하게 된다.

"형님 저도 곧 식구가 넷 됩니다. 사정은 알지만 지금은 그럴 여력이 없어요. 아시다시피 제 일이라는 게 하루 벌어 하루 사는 일일 노동자와 다를 게 없지 않습니까?"

때로는 거꾸로 이렇게 사정하다시피 해 놓고도

"뭐 없었던 걸로 해도 돼."

막상 이렇게 말하면 앞에 말은 지우고 달라는 돈에 반 또는 아예 달라는 대로 줘서 보내기도 한다.

아는 사이라고 하는 것

사정은 누구나 다 딱하다.

초상이 났는데,

입원을 했는데,

징역 가게 생겼는데,

합의를 봐야겠는데,

오늘 안 되면 더 이상은 못 참아 준다는데,

사정은 누구나 촌각을 다툰다. 이렇게 보면 사실 일억 자신이 제일 부자다.

현실 누구 빚 독촉이나 당장 갚으라는 사람 없고, 집안 부모 형제 아프다는 사람도 없고. 있다면 줄줄이 생기는 선후배 친구들 애경사 축의금이나 부의금인데 이것도 입소문이 나다 보니 인사치레만 하지도 못하는 것 빼고는 별 쪼들리는 것은 없다.

여기에 더해 서부로 오자 다시금 새로운 사람이 모인다. 물론 돈으로 어떤 영양가가 있어 일억을 도와주거나 뭔가를 주는 사람은 하나도 없다. 벌지 않으면 빈주먹이고 없으면 누가 와도 밥 한 그릇 살 수도 없는데, 그래도 이나마 술도 사고 용돈도 주고 급하다면 돈도 주니 그만하기는 하지만 이게 잘하는 건지 못 하는 건지. 점차 미숙의 신경이 날카로

워진다.

"말을 해봐요. 오늘은 또 누가 왔다 갔어요?"

"오긴 누가 와, 안 왔어."

"그런데 왜 돈이 반밖에 안 돼요. 사흘 만에 주는 게 요거예요?"

"아 누가 애들 돌이다, 백일이다, 시집간다, 장가간다, 초상이다… 내가 돈을 무슨 허튼 데 쓰기라도 한다는 거여 지금?"

꿈길을 벗어나나?

"충분히 이해는 갑니다. 그렇다고 돈벌이라는 게 어디 쉽습니까? 사실 돈벼락이라는 건 없는 거거든요."

"누구든 돈벼락 맞아보고 싶지 않은 사람 어디 있겠습니까?"

"그런데 박 회장님은 돈벼락 반은 맞고 있는 것 아닌가요?"

"그렇지 않습니다. 돈이라는 게 막상 벌자고 보면 정말 어렵습니다. 그러다 보니 자주 양심에 찔려요."

"양심에 찔린다니 무슨 말이지요?"

"물론 법에도 걸면 걸립니다. 그러나 법이 그렇게 살살 야무지게 발각을 하지 않아 그렇지, 법에 걸리는 짓도 많이 했어요."

"아 그래요? 뭔데요?"

"앞에 하다가 만 나라시 이런 것도 잡히면 지금은 중벌입니다."

"허긴 무허가 운송업이다 뭐 이렇게 보면 불법이 맞긴 맞네요."

"그러나 그때는 뭐든 허술했어요. 웬만하면 넘어갔습니다. 법은 있지만 현장을 제대로 단속하지 못하니까요."

"그런 줄은 아신 거예요?"

"알기야 좀 알지 왜 모르겠습니까. 지금 같으면 도장 파먹기? 이것도 인장업등록을 하고 허가를 받고 신분증 확인해야 새겨주는 건데 그땐 그런 게 없었습니다. 나라시도 마찬가집니다."

"하하, 꼼꼼 따지면 전부 범죄자들이다, 뭐 이렇다는 거예요?"

"그렇지요. 그때만 해도 나라 치안이나 법치가 아직 그랬으니까 그랬지, 물론 그때도 재수 없어 걸리면 잡혀갑니다."

"그러니까 그때 양심에 가책이 되더라는 거죠?"

"물론입니다. 그렇지만 먹고 살자니까 어쩌겠습니까. 많이 배워서 검판사가 되고 공무원이라면 모를까 그때 뭐든 한다는 것은 지금의 시각에서 보면 불법 천지였습니다."

"그런데도 그러는 사람은 흔치 않았던 거죠?"

"그래도 저는 그 정도가 극악은 아니었습니다. 가령 경찰서장 폭력같은 것, 하기는 했지만 양심이 말리는 거였습니다."

"참 듣고 보니 착하게 살기가 어려운 시대이기도 했다는 말 같습니다."

"그러니까 수십 년 동안, 그 모양으로 살면서도 내가 비록 지금은 이런 생활을 하지만 어서 방향을 틀어야 한다고 생각해 온 것입니다."

"어떤 쪽 어떤 방향으로 틀겠다는 거죠?"

"작가님도 말씀하신 것처럼 개같이 벌어 정승같이 쓴다는 그 뜻입니다. 즉 더럽게라도 벌면 착하게 쓰겠다는 것입니다."

"그래서 훗날 장애인복지다 노인복지사업이다 급식소 운영이다 그래서 이런 뜻을 찾아온 거네요?"

"물론 제대로야 했겠습니까마는 뜻은 그랬고 행동 역시도 그런 쪽으로 한다고는 했습니다. 나중에 한 그 언론에 관심을 갖게 된 것도 목적은 우리 착한데 돈을 쓰고 마음을 쓰자는 제 철학이라면 거창하지만 뜻이었던 것입니다."

"알겠습니다. 그럼 이제 시작한 제11부에서는 그런, 즉 더럽게 돈 버는 이야기를 좀 해볼까요? 11부 전에도 그런 게 보였지만 좀 더, 사실이니까 독자들 양해를 구하면서 그런 쪽으로 써 보도록 하겠습니다."

유천동 텍사스

유천동에 서부터미널이 활발해지자 역전과 대흥동에 터를 잡고 살던 사람들이 유천동으로 와 자리를 잡는다. 우선 중동 10번지 창녀촌이 어느 정도 정화가 되어 무실해지자 이번에는 서부터미널 근처에 텍사스 골목이라는 유흥업소들이 새로 문을 연다.

생판 첫 시작하는 사람들도 있지만 전력이 중동 10번지에서부터 영업 경험이 있는 이들로 포주나 창녀 그런 쪽 경험자들이 속속 유천동에 자리를 잡는다.

유천동 뒷골목은 완전 홍등가다.

러브텔, 가라오케, 술집, 여관. 지저분해지지만 시청이고 경찰이고 초기 제재를 못 하다 보니 꽤나 오래 술과 노래 몸 파는 여자들로 유천동 하면 중동 10번지 이상으로 추한 이미지가 따라붙었다.

서부터미널에서 기생하듯, 그러나 이런저런 돈벌이를 하는 일억은 누구보다 유천동에 눈이 밝다. 그럴 수밖에 없는 것이,

이쪽 경험을 했다는 사람들은 뻔하다. 이름만 들어도 알고 만나지느니 퇴폐업자들이고 그런 퇴폐 업주들을 거느렸다 할지 그들에게 붙어서 속칭 다달이 슈킹(뜯어먹는/기생)하는 사람이라면 거의 일억을 아는 사

람들이다.

　이름을 제대로 다 쓰면 안 될 것 같아 뺄 수밖에 없는데 그들은 이미 세상을 떴거나 꼬부랑 노인이 되어 세상에서 잊히고 뒷골목에서도 잊혀는 졌다.

　그러나 항상 뛰는 놈 위에는 나는 놈이 있는 것이 세상이고 또 그것이 우범지대 속성이기 때문에 유천동과 서부터미널에서 산 일억은 거의 날고 기는 대전 건달이라면 거의 다 아는 이름들이다. 그러나 다시 말하지만 일억은 건달, 깡패, 조폭 이건 생리적으로 싫어하여 그쪽 물을 좀 먹은 사람에 대면 다르다.

　"저도 별수는 없지만 양심이라는 게 있잖습니까. 돈이 눈에 보여도 저건 아니라는 생각에 가담하지 않으니까 그들이 그건 인정해줘서 그렇지 그야말로 여기도 늪지대입니다."

　"그런 걸 여기 다 쓸 필요는 없겠지만 그래도 늪지대니까 조금만 쓴다면? 말해 보시지요?"

　"누가 어디에다 언제 개업한다더라 하면 그걸 손바닥 들여다보듯 다 아는 녀석들이 있어요. 그러면 나타나서,

　난데 말야~ 하고 말로는 내가 도와준다고 해요. 그리고는 다달이 뜯어 가는 겁니다."

　"아니 그러고 진짜 뭘 도와라도 줍니까?"

　"아이구 참 작가님두. 도와주긴 뭘 도와줍니까. 가서 잔뜩 퍼먹고 술값이고 뭐고 없어요. 거기다 2차까지 가서 할 짓 못할 짓 다 하면서 매

달 안 바치면 때려 부수고 장사 못하게 한다고 으름장이나 놓고 깽판을 치는 겁니다."

"아니 주로 여자들이 사장 아닙니까?"

"여자지요. 그것도 새파란 계집애들을 붙잡아다 선불 깔아놓고 그때 양장점 양복점에서 유행하던 쇼윈도우, 진열장 있지요? 거기다 애들을 발가벗기다시피 해 앉혀놓고 지나가는 사람 유혹해 '오빠 여기 싸게 팔아.' 맥주 5병에 안주 한 사라 엄청 싸. 요렇게 꼬드겨 일단 들어오면 열 배 바가지를 씌워버리는데 만약 비싸다고 돈을 안 주거나 시비가 붙으면 주먹을 부른다고 윽지르면서 촌놈도 다 아는 대전 건달 이름 누구누구를 부른다고 줄줄이 불러 대는 겁니다. 그리고 부르면 그 새끼들이 오느냐? 이름만 걸어놓고 뜯어나 먹지 오는 것도 아닙니다."

"물론 그 이름에 박일억은 없지요? 하하."

"하하 작가님도 참, 있을 수가 없지요. 그렇다면 제가 오늘날 이렇게 살겠습니까? 진작 고꾸라졌을 겁니다."

"그럼 그때 유천동 텍사스를 거머 쥔 사람이 누굽니까? 알지요?"

"당연 압니다. 인생 말로가 잘못돼가지고, 죽진 않았는데 사람 노릇을 못 합니다."

"알겠습니다. 그렇다면 지금 박 회장 실화소설에 지금 이런 이야기는 왜 하는 겁니까? 크게 상관도 없게 보이는데?"

"있습니다. 저는 나는 놈 그 위에 있었다고 할지? 하하."

"뭔 소리지요?"

"그러니까 유천동 그 텍사스 일대를 꽉 쥔 녀석이 있다고 했지요? 그놈을 잡아 비트는 건데 그러면 쇼당(합의)이 들어옵니다."

"결국 그놈에게서 갈취했다는 거예요? 더 나쁜 놈이라 하지 않겠어요?"

"하하 갈취라 하면 갈취는 갈취지만 정확하게 말하면 정화입니다. 사람이 그러면 못 쓴다, 네가 해도 해도 그건 너무한 짓이다, 너 이 짓거리 언제까지 할지 모르지만 지금 당장 유천동 바닥에서 떠날 거면 몰라도 아니면 그 돈 다 내줘.'

"아 완전 협박이네요. 이건 형사법상 몇 가지 가중 처벌감이라는 건 알지요?"

"지금이야 이러면 아니지요. 그때는 무법천지 같았어요. 그러니까 유천동 텍사스도 다 철거시킨 거고요."

"그래서 그러면 거길 거머쥐었다는 놈이 돈을 내놓니까?"

"돈을 내놓는 게 아니라 양심을 다치게 하는 겁니다."

"뭐요? 개과천선 새사람이라도 된다는 거예요?"

"안 됩니다. 그렇지만 그나마 유천동 텍사스가 좀 정화되는 계기는 되는 거지요."

"아니 진짜 갈취는 안 한 게 맞아요?"

"하기는 했지요. 다는 안 내놓지만 나한테도 잔돈푼은 내놓습니다. 그래봤자 그놈들 사실 돈도 없습니다. 생기면 노름하고 그 짓하고 몇 배를 쓰다가 돈이 떨어지면 업주들을 볶아치는 겁니다. 술 생각은 나고 여자 생각은 나고 그러니 무슨 장가를 갈 수도 없는 거지요."

"결국 푼돈이라도 받았어요?"

"받았지요. 그래야 무서운 줄 아니까요."

"칭찬받을 일 같지는 않은데요?"

"이건 또 양반입니다."

"더한 짓도 하셨다는 겁니까?"

"진짜 양심에 걸리는 건 뱀탕입니다."

뱀탕의 진실

말했듯이 그 당시의 유천동은 타락동이라 해도 된다.

술과 여자가 모이고 음란이 판을 치다시피 하고 터미널 근처로는 갖은 불법영업이 성행하고 노점상들이 모여들면서,

당연한 수순이듯 유명한 정력제라고 해서 무허가 보약이니 암거래상도 드나들었다. 그런 틈새를 타고 대흥동 때 친하던 한 친구가 유천동으로 와서 뱀탕집을 개업했다.

시설 규모가 그럴 듯한데 설설 기는 독사, 율목이, 구렁이, 온갖 뱀을 보이게 해 놓고 큰 가마솥을 걸고는 돈 있는 부자들을 유혹했다.

"그게 돈벌이가 잘 됐대요?"

"돈 제법 번 사람 많아요."

이런 뱀탕집은 대전뿐 아니라 전국에 유행했던 때라 유천동에도 몇 집이 생겼는데 당시 논다는 놈들이나 돈 좀 있다는 사람치고 뱀탕 유혹에 빠져 한두 번 뱀탕 주문해 들이키지 않은 남자도 드물 것이다. 그러자 뱀탕집을 차린 그 친구가 일억을 불렀다.

"친구야. 여기야, 여기 앉아."

"어. 좋다는 게 이 뱀탕이니?"

"그래, 뱀탕이 최고라잖아?"

보니 무자수도 여러 마리가 보인다. 금마에서 저런 무자수 껍질을 홀랑 벗겨 말려서 팔았던 일억인데도 징그럽다. 그때는 저걸 주물럭거리고 벗기고 말리고 참 떡 주무르듯 했는데 지금은 이 친구가 그때 일억처럼 주무르나 본데 집게로 잡아 가마솥에 넣는다 한다.

"나도 어려서 뱀 좋다는 소리는 들었어."

"맞아. 남자한테는 뱀보다 더 좋은 게 없다고 하잖아?"

"알아. 그런데 이걸 나 먹으라 준다고?"

"아 잠깐만. 다 돼 가."

드디어 가마솥을 연다. 뱀 반 물 반. 뽀얗고 기름이 동동 뜨고 김이 펑펑 솟아오른다.

"기다려 걸러 줄게."

"그런데 이 비싼 걸 날 줘도 돼?"

"야 너니까 주지. 이게 얼마짜린지 알아? 100만 원짜리야."

"뭐 100만 원? 그런데 네가 마시려고 달인 거니?"

"친구야. 내가 그럴 돈이 어딨니. 이 가게 내는 데 돈이 모자라 고생을 얼마나 했는데."

"그럼 이걸 왜 끓였어? 손님한테 주문받은 거야?"

"당연하지."

"야, 친구야. 그런데 이렇게 귀한 걸 내가 먹어? 주인이 알면 너 어쩌려고? 이게 뭔 소리니?"

"아 신경 꺼. 물만 더 붓고 다시 끓여주면 몰라."

그랬다. 이 진한 뱀탕을 사흘 도리로 불러다 둘이 마셨다. 맛은 비릿하고 노릿하고 느끼하고 별로다.

"소금을 타면 좀 나은데 원래는 그냥 먹어야 좋은 거야."

그래서 이러기를 거의 1년이 넘도록 이삼일에 한 번씩 둘이 만나 초탕을 우려 둘이 마셨다. 그런 다음 주문한 주인은 재탕이다. 이때 재탕인지 초탕인지 삼탕인지는 주인도 모른다. 그래서 뱀탕은 마누라가 달여 주지 않으면 속는다는 말도 있었다.

"박 회장님 그때 혹 뱀탕을 많이 먹어서, 그래서 건강은 좋은 겁니까?"

"체질인 것 같은데 혹은 모르겠습니다."

"그런데 자주 하던 말처럼 양심에 걸리지는 않던가요?"

"바로 그 이야기입니다. 목에도 걸리고 양심에도 걸리고, 그런데 자주 먹다 보니 맛도 점점 더 나쁜 것도 같고 해서 친구한테 그만 먹어도 평생 보신 잘했다 하고 그만 먹겠다고 말했습니다. 너도 그만하라 했고요."

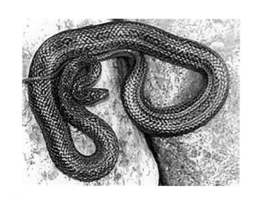

노름빚 산승

　곤란에 처한 사람들을 만나게도 된다. 그중에 하나, 역시나 그늘지고 어두운 세상에서 살아가는 사람들이다.

　어려서 죽을 고비를 넘기고 배고픔에 주린 고통을 겪은 일억이 보고 듣는 세상을 보니 다들 우선은 도와주고 싶은 마음뿐이고 다음은 무언가 저렇게 살지 않았으면 하는 생각이 들지만 그렇다고 들어보라 하고 일장 연설을 할 수도 없어 그저 안타깝다는 생각뿐이다.

　사람은 응당 모두 잘 살고 싶어 한다.

　모두가 다 돈을 많이 벌고 싶어 한다.

　그러나 일억 자신부터도 원하는 대로 살아지지 않는다. 그러니까 유천동, 서부터미널, 그 주변에서 사는 사람이라면 한결같이 얼굴은 웃어도 마음은 운다.

　터미널은 인간극장 그 자체다. 특히 음란, 도박, 술, 여자, 정력제, 폭력, 공갈 협박과 절도, 사기로 우는 사람 웃는 사람, 외모로 보이는 사람 말고 속내를 알고 보면 복잡하다.

　그 중에 이번에는 노름빚 산승 이야기.

술과 노름과 여자.

이 셋은 뗄 래야 뗄 수가 없는 건지 근거리에는 밤을 새우는 노름판이 있다.

"박 회장님도 노름합니까?"

"저는 오락으로 치는 고스톱도 치지 않습니다."

"끊은 겁니까, 배우질 않은 겁니까?"

"알긴 다 알지만 끊을 일도 없습니다. 원래 저는 노름은 안 하니까요. 해보지를 않았어요."

"그럼 노름판에 대해서는 모르시는 거죠?"

"아니요, 그러나 빠징코도 그렇고 그쪽 너무 잘 알아요. 그러나 손을 대지는 않았습니다."

"그러면 직접 체험은 아예 없고 간접 체험만 한 건가요?"

"아니요. 직간접 둘 다라고 할지 아니면 그중 하난데 뭐라고 할지 모르겠네요."

"말해 보시지요."

"보면 친구나 후배 중에는 직업이 노름이라고 할 수도 있는 사람이 많습니다. 거의가 다 그랬던 시절이 있었습니다. 노름이 직업과도 같던. 대전에서 노름꾼 하면 다섯 손가락에 꼽히는 인물이 있어요. 누구라고 하진 않겠지만 그들은 이름만 대면 대전을 넘어 전국이 다 아는 유명인도 있어요."

"실화소설 늪지대와 상관있나요?"

"있고말고요."

노름 장소를 제공하는 사람을 하우스장이라 하거나 창고, 창고쟁이라고 한다. 노름이란 판판 돈이 돌고 돌아가면 잃은 사람 따는 사람이 있게 마련인데 창고(하우스/노름장소)는 창고를 만든 사람이 있어 그를 창고장이라고도 하겠는데 돈을 많이 따면 그걸 노 난다, 노 났다 한다.

그러면 노난 돈(딴돈)이 10만 원이면 10% 만 원을 창고쟁이가 고리라는 명목으로 떼어간다. 이렇게 몇 시간(밤새도록)을 돌아가다 보면 전체 모든 노름꾼이 각각 가지고 온 총액(판돈이라 함)이 500만 원이라면 돌고 돌아 거의 창고쟁이가 고리라는 이름으로 계속 10%씩 떼다 보면 판돈 전체 500만 원이 결국 모두 창고쟁이에게 몰리게 된다.

"이해가 갑니까?"

"아 갈려고 합니다."

"알고 보면 돈을 딴다는 원리 그 자체가 맞지 않아요. 모두가 잃는 사람뿐이라는 것이 노름의 구조입니다."

"그걸 알기 때문에 노름을 안 했다는 건가요?"

"하하. 독자들에게 부끄러운 말인데 해도 되겠습니까?"

"왜 그러는데요?"

"저도 창고쟁이를 좀 했습니다."

"아하 그래서 노름판에 대해 잘 아시는군요."

"그럴 수도 있습니다."

"아니 그건 노름한 도박꾼보다 더 큰 처벌 대상이라는 건 아시잖아요?"

"알고 말고요. 그때 어지간한 범죄는 발각도 잘 안 되고 넘어도 갔지만 노름은 그때도 단속이 심하고 벌금도 높았습니다. 특히 노름판을 제공한 사람은 가중처벌 했습니다."

"그런 줄 알면서도 창고장을 했었다?"

"이제 공소시효를 떠나 자서전에 쓴다고 뭘 어쩔까마는 그래서 그때는 조직적으로 판을 깔아 줬습니다. 이를테면 망을 보는 사람이 잘해야 발각이 안 되니까요."

"아 그랬군요. 그래서 발각이 되지는 않았어요?"

"발각돼서 당시 벌금을 몇백만 원 받은 친구들도 많았는데 저는 노름은 안 하고 창고쟁이로 잡혀가지도 않았거든요. 그러자니 장소를 자꾸 옮겨 다녀야 하고 신경을 많이 써야 했습니다."

"그래서 얼마 동안이나 했습니까?"

"그냥 좀 했다는 걸로만 아셨으면 합니다. 하하."

"웃고 넘겨 달란다고 되는 건 아닙니다, 회장님."

"그러니까 꽤 여러 해 동안이었는데 낮일과 밤일로 제 직업이 창고쟁이만은 아니고 그때 대전에는 전문 창고쟁이가 여럿이었습니다."

"그래서? 자본은 어디 있어서 한 거지요?"

"하하 이건 진짜 웃을 소리십니다. 왜 앞에서 설명드렸잖아요? 창고쟁이는 밑천 가지고 하는 게 아닙니다. 사람들을 모이도록만 하면 판이 돌아가는 대로 그 즉시부터 똥 뗀다고 해서 고리가 빠져나옵니다. 자본은 관계없어요"

"아 참 그러니까 구성원 인맥 조직이로군요?"

"그렇지요. 소위 물을 풍족하게 부어주면 물 좋다고 사람들이 모이잖아요. 물이란 노름 좋아하면서 돈 있는 사람이 온다고 소문을 내는 겁니다. 대전에는 누구누구 돈 있고도 노름을 좋아하는 사람들이 있어요. 변호사라든가 교수라든가. 고급직장에서 월급을 많이 타는 누구누구 하면 꾼들은 알고 돈 딴다는 욕심에 모입니다. 그러면 판이 서는 겁니다."

"그래서 과연 판이 밤새껏이나 이삼일씩 계속 돌아가면 돈벌이가 되는 거네요."

"무조건 화툿장이 계속 돌아가야 합니다. 돌아만 가면 가져온 돈이 결국 고리로 다 빠져서 창고쟁이한테 들어와요. 그러면 판이 깨지는 게 아니라 잃은 사람이 창고쟁이한테 고리를 빌립니다. 그럼 또 그 돈으로 판이 돌아가면 그걸 받아내는 게 창고쟁이라서 험하기는 험한 일입니다."

"아하 그러니 노름은 아예 저처럼 근처도 가지 말아야 하는 거로군요?"

"맞습니다. 그러나 이제와 옳고 그르고의 문제에서 옳지 않다고 본 겁니다."

제일 먼저 돈이 다 털린(잃은) 노름꾼은 돈을 빌려달라고 하는데 이때 돈을 딴 사람도 빌려는 주지만 대개 창고쟁이한테 돈이 몰렸으므로 고리로 뗀 돈을 빌리게 된다. 이걸 "산승(또는/산성)먹는다" 하는 것으로 노름판에서 고리대출을 받아 빚을 내면서까지 또 노름을 한다는 뜻이다.

머리가 나쁘거나 아니면 허영에 빠진 사람은 이런 판단력을 잃어 빌리고 꾸고 또 빌려서 또 패를 받으면 끗빨(돈을 딸 수 있는 패)이 올 때가 있다고 믿게 되면 이성을 잃게 된다. 그러면 시계나 금반지 다 잡히고 돈을 빌리다 빌리다 거덜이 나면 노름빚을 내서 며칠씩 몰입한다.

일종의 병이라고 볼 정도다. 요행이나 행운을 바라는 마음에서 벗어나지 못하는 현상. 이것이 유천동 뒷골목 노름꾼들이 모이는 현상이다. 누굴까? 주로 텍사스 포주들 뒤를 봐준다는, 앞에서 말한 주먹들도 있다.

"걔네들은 거기서 못 빠져나옵니다. 술, 담배, 여자, 노름에 찌들어 아무 일을 못 합니다. 구두도 못 닦아요. 구두닦이도 꾸준하고 열심히 해야지 하다 말다 닦다 말다 하면 이것도 저것도 안 되고 그러다 보면 노름판이 유혹하고 빠지면 이건 늪지대 완전 수렁탕입니다."

"그러니까 아는 선후배 친구가 그리로 빠져 평생 힘든 인생을 살더라는 겁니까?"

"그렇습니다. 누가 그들을 품지도 않지만 듣지도 않습니다. 그러다 보니 결국은…"

"결국은?"

"자꾸 도와 달라 돈 좀 꿔 줘라 마지막 부탁이다 이러고 찾아오는 겁니다."

"꿔 봤자 술 먹고 노름하는 거 아닙니까?"

"그렇다고 봐야 되지만 때로는 아닐 때도 있어요. 이럴 때 제가 힘듭니다. 아는 사람이 많다는 것은 곧 자식 많은 나무 바람 잘 날 없다는 말과 같습니다."

"아니 딱 끊어줘야 하는 것 아닙니까?"

"그게 안 되는 것이 머릿속에 꽉 찬 어려서의 트라우마입니다. 배고픔이야 누구나 다 겪지만 제대로 겪어보면 일 말고는 답이 없다는 걸 알아서 그렇습니다."

"아 그때 비인 고모부님 말씀. 일이 공부고 돈이다, 이 말 말입니까?"

"말고도 금마왕초의 가르침, 바로 그게 제 머릿속에 박혀서 지금도 일이 돈이고 공부라는 것을 넘어 지금은 일이 사람다움이다라고 봐요."

"그런데 이런 노름판과 박일억은 어떤 일로 상관관계가 맺어집니까?"

"맺어졌다기보다는…"

어두운 밑바닥에서 살다 보니 일억이 만나는 사람 역시 선후배나 친구 역시도 환경이 나쁜 경우가 더 많다. 이건 가정환경부터 성장환경에 이르기까지.

당시에는 전후 보릿고개 기간에 태어나 자라면서 뉘 집이나 살기가 힘들어 공부도 제대로 시키지 못한 불우한 환경이었다.

게다가 부부마다 피임이라는 것이 쉽지 않아 애들을 많이도 낳았다. 정부가 산아제한을 구호로 내건 것은 1970년대부터였고 그 이전에는 10남매 9남매 13남매를 낳은 집도 부지기수로 대개가 다 자식이 엄청 많았다.

식구는 많지 먹고 입을 사람은 많지 돈 벌 데는 없지, 그러니 식모로 가고 공장에 들어가고 가봤자 밥만 얻어먹으며 기술 배운다고 나가면 주인이 구박을 하고.

사람은 흔하고(인구는) 많은데 직업은 한계가 있고 농업은 1차 산업이라 농사 소득은 적고 자연재해로 국가 경제까지 어렵다 보니 빈곤층에서 벗어나지 못하는 소년소녀 청장년들이 거리를 배회하다 모여든 곳이 역전이나 터미널 근처여서 일억 역시도 떠돌다 돌고 돌아 서부터미널을 둥지 삼아 기대어 살기 때문에 모이느니 딱하고 불쌍한 인생들이다.

"작가님. 똥은 똥끼리 모이고 까치는 까치하고만 논다 하지 않습니까."

"듣다 보니 그 시절이 사실 베이비 부머(1960년대 출산 홍수) 시대 직전 보릿고개 시대에 낳고 자란 회장님 세대네요. 참 그 사람 본인 탓도 있겠지만 국가 사회문제의 피해자도 같군요."

"뭐 해 먹고 살 게 없었어요. 권력자들이 아니면 다 밑바닥에서 거지도 아니고 집(가출)까지 나온 친구들은 다 불쌍합니다."

"그래서 노름판은 아예 안 가셨다? 그겁니까?"

"가봐야 할 짓거리가 아니고 없다는 것입니다."

제12부

더럽게
버는 돈

노름 창고

그럼에도 앞에서 말했듯 일억도 창고쟁이를 한 일이 있기는 하나 일억이 아는 창고쟁이는 여럿이 있다.

문제는 가기서 큰 돈을 잃는 사람과

거기서 큰 돈을 대부 해(산승먹인) 준 고리꾼

대개 이 둘이지 큰돈을 따서 기반을 잡았다는 사람은 한국에는 없다. 대전에서 소문난 노름꾼은 노름꾼이 아니고 창고쟁이 고리 대출을 겸한 사람이다. 그럼에도 일억이 찾아가는 건 문제를 풀어 주러 가는 경우도 있었다.

"잃은 사람이 와 달라 요청합니까? 아니고 돈 땄다고 만나자 한 것 같지는 않거든요?"

"아니요. 호구(노름에서는 바보)는 모르지만 그쪽 사람들 거의 아는 사람들입니다."

"그럼 잃은 사람이 찾아와요?"

"산승(노름빚 진) 먹은 사람들이 어찌 알고 찾아옵니다."

"아 빚진 사람?"

"노름빚 지고는 들볶여 배겨나질 못합니다. 안 갚고는 대전서 못 삽니다. 이걸 전문적으로 받아내 대가를 받는 놈들이 또 따로 있습니다.

그래서 배당을 받는 거지요."

"그런데 박 회장은 뭐해요?"

"양쪽을 다 조정해 처리해 달라는 겁니다."

"받을 사람을 받아준다거나 잃은 사람을 탕감시켜주는 뭐 이런 겁니까?"

"그렇지요. 그것도 아주 큰 돈 2천 3천 1억도 있습니다."

"박 회장이 그런 걸 어떻게 처리해 준다는 거죠? 왜 하필 박 회장을 찾는 이유는 또 뭐고요?"

"거의 양쪽을 안다는 것 하나, 그리고 노름으로 돈 번 놈이나 잃은 놈이나 호구가 아니면 거지반 다 안다는 죄입니다."

"안다는 게 무섭긴 하다지만 그래서 조폭처럼 협박해서 탕감이라도 해 줍니까? 어떻게 끝을, 어떻게 내줍니까?"

"아이구 어렵습니다. 특히 호구 잡힌 잘 모르는 사람들, 이럴 경우 아는 사람을 거치고 또 거쳐 부탁이 들어옵니다."

"아 늦지대네요. 아니 돈을 벌어야 하는데 그러면 일을 못 하면서 그걸 해결해 줘요? 해결사도 아닌데?"

"그러나 배겨나지를 못하니까 거치고 거쳐서 요청이 와요. 그렇게 만나보면 일억이라는 이름은 들은 사람들이더라고요."

"그래 뭐라고 합니까?"

그중 한 번은 3천만 원이나 잃고 또 3천만 원 산승을 먹은 사람을 풀어(해결해) 달라고 연락이 왔다. 노름빚을 진 채무자로 직장이 좋아 목이 잘리게 생겼다는 얘기다.

산승을 먹인 채권자를 알아보니 아는 사람이다. 만나서 아는 사람이라며 좀 봐줘야겠다고 말한다. 뭔 소리냐 펄쩍 뛰면 내 후배라면서 눈을 뒤집어 까고 정말 이럴 거냐고 겁을 주면 일억을 너무 잘 아는지라 일단 산승만 탕감해 주라고 하면 일억이 부탁하니 결국 그런다고 한다.

그러면 호구를 만나 해결됐다 하면 인사는 한다고 했으니 얼마를 드리느냐 한다. 받는다.

이어서 산승 먹인 놈을 다시 만나 그 많은 돈을 땄으면 옆 사람도 팁은 주는 거니까 개평(뿐찌) 좀 달라고 농을 친다.

농이라지만 500, 혹은 1000만 원을 달라고 하고, 호구한테는 이미 500이나 1000만 원을 받았으니까 양쪽을 다 풀어주고 1000, 2000을 번다.

"와~ 이건 완전… 정말 더럽게 돈을 번, 이게 뭐죠? 알선수재는 아니고, 변호사법 위반도 아니고 뭐죠?"

"법이란 아시잖아요? 왜 그 법이라는 게 현장 발각이나 증거가 있거나 또는 인지수사 구속도 있지만 거의가 다 고소고발 피해자가 법으로 걸어야지 이런 경우 양쪽이 다 불만이 없으니까 문제가 안 됩니다. 기왕에 딴 놈은 돈을 벌었고, 일억이가 먹고 뒤를 받쳐줬으니까 뒤가 든든하니 주고도 맘 상하지 않는 거고요, 고맙다고 절을 해 법이 알지도 못하고요."

"하하… 그런데 이게 웃을 일인가요?"

"그러니까 그런 일들이 아무리 며칠 돈 못 번 대가지만 지금 생각하면 그게 개운치는 않습니다. 이런 짓 말고는 내가 정말 뭔가 달리 할 짓이 없는가 그런 생각 때문이지요."

"결국 무언가 나누고 봉사라는 일을 생각한다는 말씀이네요."

"맞습니다."

"어떤 봉사였지요?"

"그때는 사단법인 신체장애인복지회 대전지회장을 할 때였어요. 대전에 장애인복지회는 하나뿐이었습니다. 지금이야 맹인 농아 교통 등 장애인이 많지만 당시는 열악하여 적든 많든 제가 그쪽에 시간과 돈을 썼습니다만 뭐 자랑은 아니구요."

해결사?

연이어 더럽게 버는 돈 이야기다.

당시 목동 언덕에 있었던 U병원과 언덕 아래 중촌동 입구 왼쪽에 있었던 S병원은,

지금 U병원은 둔산으로, S병원은 외곽으로 갔는데 일억이 이곳저곳 병원과 관계를 가지게 되는 건 주변 아는 사람들이 많이 다치고 입원하는 과정에서 당시는 지금처럼 의료보험도 없어 치료비가 여간 큰돈이 아니어서 병원 측과 환자 간에 충돌이 잦아 아는 사람들이 자꾸 문의하고 좀 가달라고 부탁하기 때문이었다.

지금은 병원과 환자 사이 문제가 없지만 당시는 보험 체계가 지금 같지 않은 탓에,

병원은 환자니까 받아놓고 치료를 하는데 나중에 치료비를 받아야 하는 입장이고,

환자는 아프니까 치료는 받고 퇴원을 하자면 치료비와 입원비 등 당시로서는 여간 큰 부담이 아니었다.

이러면 양자 간 말로는 잘 안 되어 법이 나오고 합의가 필요한데 박일억은 이런 친구들, 또는 선배들 문제로 병원을 방문해 원무과와 조정을 하고 타협을 성사시키는 일을 했다.

생각해 보면 대전역 인근이나 터미널 근처를 배회하거나 이런 곳에서 먹고사는 잡상인을 비롯하여, 특히 일억을 안다는 사람들이 무슨 일만 터지면 거쳐서든 직접이든 일억을 찾아온다. 기억나는 이름도 여럿이지만 빼기로 하면서,

내용은 도와달라는 건데 그것은 입원시켜 달라는 류의 보증인 비슷한 요청이다. 그러려면 나 먹고 살기도 바쁜데 반나절은 버려야 한다. 그러나 보면 그냥 두면 더 커지거나 죽을 수도 있다고 보여 데려가다 보니 지역 큰 병원과는 안면이 두터워져 일억을 찾는 사람이 많았던 건데 문제는 치료비까지 보증을 선 것도 아닌데 퇴원을 또 못 해 쩔쩔매고 병원은 입원실사용료에 치료비 약값 등 이해관계가 얽혀 복잡하면 양쪽을 풀어주어야 해 참 이게 무슨 운명도 아니고… 하여간…

"아 회장님. 이것 칭찬받을 일입니까? 해서는 안 되는 일입니까? 증상은 어떤 거였지요?"

"가지가지입니다. 허벌나게 너무 먹어서 병 난 사람, 또는 너무 먹어서 병이 난 사람에 술병으로 때리고 맞고 허리 팔 다리 골절, 하여간 환자가 되어 엉엉 우는 놈도 있고 살려 달라 매달려서 보면 복수가 가득차 배가 터지려는 녀석에… 왜 속칭 양아치들 의식주 환경이 나쁜데다 무질서하다 보니 아 지금 생각하면 지금은 그런 사람 거의 없지요? 쪽방촌에서 부부가 칼부림났다 와달라거나 거리에 술 취해 쓰러진 놈, 참 죽지도 않고 저렇게 살다 병까지 나면 돌볼 사람도 와 줄 사람도 없다 보니까…"

"이건 그들의 천사였던 거예요?"

"살다 보면 이리 얽힙니다. 물론 외면하면 그만이지만 아프다니까 입원은 시켜줘야 하겠고, 병원은 진상(억지/떼거지꾼)이라 어서 정산하고 나가라 하면 돈도 없고 나가려고도 않고, 퇴원도 돈이 얽히니까 양자 간 분쟁이 심각합니다."

"아니 이런 문제도 해결사예요? 허가받은 해결사도 아니고 뭐든 법으로 하는 거지만 그땐 그런 게 통했습니까?"

"법대로 가 맞지만 환자 친구나 선배는 개뿔도 없는 걸 대전이 다 알고 병원도 아는데 몸은 아프고 치료는 해야 하고 치료했으면 돈을 받고 내보내야 하는데 지금은 그런 치료비 문제 시비가 없는 세월이나 그전에는 이게 병원도 고민이고 환자도 고민이고 들어보면 양쪽 입장이 다 딱합니다."

"이것도 정이 많아 자초하는 것 아닙니까?"

"꼭은 아닙니다. 나도 벌어야 사는데 이런 일을 하게 되면 내 밥벌이가 안 되잖습니까? 그러니까 어떨 땐 양쪽이 다 사정하기도 하고 한쪽은 매달리고 한쪽은 싫어하고 아주 골 아픕니다."

"그래서 그건 뭐죠? 해결사도 브로커도 아니고 하여간 그걸 했다는 거죠?"

"악질은 아니라고 보고 양쪽을 누르다 보면 이게 간단치가 않습니다. 무슨 법무조정관도 아니고요."

"일단 알아들었습니다. 이 역시 더럽게 번 돈에 속한다고는 했지만 아니라고도 못 하겠고요, 결과는요."

"결과는 힘들게 힘들게 양쪽을 조정해 주는 건데 금저울 조정이라는 건 어디나 없지 않습니까? 아무튼."

"그래서 아무튼 기억나시더라도 이름은 빼고 결과는 후휩니까 아닙니까?"

"후회라 할 건 아니고 어려웠다, 라고 하겠습니다."

"아니 그렇게 어려운 일을 했으면 내 돈벌이는 제치고 하는 건데 그로서 벌이도 됐느냐는 겁니다."

"인사는 그냥 서로가 좋다고 많든 적든 양쪽에서 하는 경우가 제일 좋지요마는 한쪽에서만 인사를 받는 경우가 더 많습니다."

"금액이야 아나마나 묻지 않겠지만 이상하잖아요? 퇴원비가 없다는 사람이 합의로 퇴원을 한들 무슨 돈으로 인사를 하겠습니까? 병원은 받은 게 없으니 그렇고?"

"그건 그렇습니다. 맞아요. 그러면 그래도 큰돈을 탕감받아주면 어디서 나오는지 인사는 하더라고요."

"아 이것 참 늪지대입니다. 후지고…"

이러다 보니 연달아 꼬여버린 사람들의 주문(부탁)이 들어온다. 말도 안 되는 문제도 있지만 저건 도와주지 않으면 안 된다고 보이는 문제도 있다.

지금은 덜하지만 당시는 대전역과 터미널이 부랑인, 양아치, 속칭 골칫덩어리들이 밤낮 광장에서 잠도 자고 동냥도 하면서 돈이 생기면 모퉁이에서 잔뜩 먹고, 그러다 보니 위생 상태가 불결하여 병에 걸리기도 했다.

다치는 사람과 술병 난 사람, 기억나는 이름이 부지기수인데 여러 번 연락이 온다.

"나를 아시오?"

물으면 일억은 모르는데도 잘 안다면서 좀 살려 달라 한다. 어떻게? 보면 얼마 안 가 죽을 것도 같을 정도로 증상이 아주 나쁜 사람도 있다.

이들을 어쩌지? 일억은 이러지도 저러지도 못하다 죽게 생겼으니 거절하지 못하고 병원에 데리고 가 입원을 시키고 치료를 받게 해 준다.

"병원에 데려가면 의사가 좋아해요?"

"아이구 작가님도 참. 좋아하지 않는 이유는 치료비 지불 능력이 없다는 게 한눈에 보이잖습니까? 그래도 병원은 환자를 받지 않기란 의료법을 떠나 인술이 의술이고 하니까 거의 반강제로 떠맡기는 겁니다."

"그러다 죽으면요?"

"물론 죽어도 정부에서 무연고처리로 좀 받기는 해요. 문제는…"

"뭐죠?"

"죽지 않고 오래 입원실에 있으면 날마다 계산은 늘어나는데 게다가 꼴통들이라 진상을 부리기까지 하면 병원도 애를 먹어요. 떡하니 특실에서 비싼 진료를 고집하는 놈도 있고 이래저래… 아…"

"거 쓸데없는 짓 아녜요. 살기도 바쁜데?"

"그래도 그게 안 돼요. 어찌 알고 찾는다는데, 기다리는데 안 가 볼 수도 없지 않습니까?"

"생기는 건 없는 거구요."

"그렇지요. 그런들 시간 허비하고 신경 쓰고, 하여간 사는 게 그렇지 않은가요?"

적지만 대가가 나오는 경우도 없지는 않다. 이런 경우는 과대한 병원비가 생기면 거꾸로 내보내 주면 인사는 한다는 병원 측의 사례금인데 이게 데려다 맡긴 결과가 보람인 경우보다 골칫거리가 될 때가 더 많음에도 도대체 이 짓을 몇 년 했다 할 수도 없는 박일억 인생의 진드기처럼 달라붙었지만 어쩌랴.

그즈음이다. 정림동 우성아파트 신축공사 현장에서 인부 사망사고가 터졌다.

"그것도 도와준 겁니까?"

"도울 수 있으면 도와줘야 하겠더라고요."

"그래서 속칭 해결사가 된 겁니까?"

"해결사? 이게 좋은 말은 아니잖습니까?"

"맞아요. 특히 법률 재판 이런 쪽에 잘못 끼어들었다가는 법 위반이 되어 죄가 큽니다."

"알아요. 법 책은 매일 보다시피 하였으니까요. 그렇지만 제가 무슨 변호사도 아니고 해결사는 더더욱 아니지 않습니까?"

"그래서 정림동 우성아파트공사 사망 건 그건 뭐죠?"

"몇 해 전 홍수로 침수되어 전국이 들썩거렸던 그 정림동인데요, 거기는 현 도심에서도 먼 끝 산 밑 아파트입니다. 그때는 완전 오지였고 아주 오래된 구형 아파트입니다."

그 아파트를 신축할 때다.

건설노동자 한 사람이 사고로 죽었다. 공사 현장 사망사고는 안전관리 책임자가 따로 있을 정도로 건설회사가 가장 조심하는 부문인데 어쨌든 이 공사 현장에서 인부가 죽은 것이다.

그런데 마침 죽은 사람이 대전에서도 잘 나간다는 당시 유명한 주먹잡이가 잘 아는, 광주에서 역시도 잘 나간다는(이름 생략), 이름도 똑같은 광주 친구의 동생이란다.

동생을 잃은 광주 주먹은 이름도 같은 대전 주먹에게 나보다 대전 친구인 네가 개입하는 게 좋겠다고 의뢰를 해 온 건데 대전에서도 이런 문제를 해결하려면 무조건 법대로 해야 한다. 그럼에도 이 문제가 돌고 돌아 일억에게까지 도와달라는 부탁이 온 것은,

알아보니 또 건설사 책임자가 또 광주와 대전 주먹과 가까운 사이이다 보니 양쪽이 다 어느 쪽 편에도 서지 못하는 상황이라는 것이다.

"법에서도 일방 대리는 되지만 쌍방 대리는 절대 금지거든요. 양쪽 일을 같이 본다는 건 사태를 법적으로도 해결할 때 균형을 맞추지 못하니까 그럴 수밖에 없는 게 맞아요."

딱 이런 경우다. 그러나 박일억은 양쪽 균형을 맞출 수 있다고 보고 부탁이 온 것이다.

"정면으로 변호사법 위반 아닌가요?"

"저도 거기까지는 잘 모르지만 일단 알아보니 본질은 최종수습이라

는 것이 보상이라는 돈 문제더라고요."

"회사는 산재보험 들어놓지 않았을 리 없는데 왜 산재로 안 합니까?"

"산재로 가면 일단 기록이 남잖습니까? 그러면 현장 책임자가 안전관리 부실로 징계를 받게 됩니다. 그러니 양쪽 입장이 다 어려운 겁니다."

"결론적으로 얼마고 얼마입니까?"

"산재로 하면 최고 1200만 원 정도 받는답니다. 큰돈이지요."

결국 개인합의로 산재 처리도 않고 법으로도 가지 않고 개인 합의로 종결시킨 사람은 박일억이다.

"어떻게 했습니까?"

"보상금 두 배로 2500만 원입니다. 피해 사망자 가족은 산재 대비 두 배를 받고 회사는 기록 없이 두 배를 줬지만 둘 다 이게 훨씬 좋다는 겁니다."

"어렵진 않았어요?"

"어렵지요. 덜 주고 끝내야 하는 회사 입장과 최대한 받아도 양이 안 차는 유족 입장이다 보니 이건 양쪽을 설득해야 한다는 것이 어려울 수밖에 없지요?"

"그럼 대가는 어떻게 했습니까?"

"대가요? 법 위반? 그런 건 없습니다. 인사로 받은 건 소액으로 쓴 경비 명목의 적은 돈이었으니까요."

아들 상규 출생

1981년 9월 18일 둘째 아들 상규가 태어났다. 상규를 임신하자 미숙
은, 이번에는 아들을 낳고 싶다면서 아들 낳게 좀 힘써 보라고 한다.

"이미 아들딸 결정이 났는데 내가 뭘 어쩔 수가 있어?"

웃을 수밖에.

미숙은 산부인과 가지 않겠다면서 그 돈 나를 달라며 아끼자고 하여
가내 출산이다.

"그때는 산파라고 출산을 도와주는 전문가가 있었잖아요? 병원보다
야 싼 것 같은데?"

"산파도 안 부른다고 해서 집에서 제가 받았습니다."

"아 직접 탯줄을 자르고?"

"그랬습니다. 뭐 못할 게 없지 않습니까?"

"참 이제는 외로움 이딴 건 사라진 거죠?"

"참 그러고 보니 그간 외로울 새는 없이 살아왔군요."

"다행입니다."

"그런데도 상규가 태어나 저렇게 컸는데도(42세) 지금도 외로움 타기
는 타요. 어려서 그때가 자주, 내가 지금을 사는 게 아니고 그때를 사는
것 같을 때가 참 많아요."

"엄살은 아니지요? 하하."

"아니 엄살이라니요. 작가님도 참 엄소리는 꺼내지 마세요. 섭섭할 수도 있어요."

"아아 미안합니다. 저는 그런 건 경험이 없어서, 어쩌면 독자들도 섭섭한 생각할까 싶습니다."

1980년 컬러TV 방송 시작

2008.11.30 18:25/ 손동우 사회에디터

1980년 12월 1일. KBS가 이날 오전 10시 30분부터 '수출의 날' 기념식을 천연색으로 중계하고 있었던 것이다. 이것은 한국 최초의 컬러TV 방송이었으며, KBS는 이날 방송 이후 하루 4시간씩 시험방송을 실시했다. 이미 서울의 봄은 전두환 신군부에 의해 좌절됐고, 5월 광주의 선혈은 아직 마르지 않았던 시기였다. 본격적인 '컬러 시대'는 이렇듯 대중 사이에 만연해있던 정치적 절망감 속에서 막이 열렸다.

4개월 전인 8월 2일 국내에서 컬러TV가 처음으로 판매되기 시작함으로써 컬러TV 방송은 예고돼 있었다. 컬러TV는 한·일 합작업체인 한국나쇼날이 1974년 처음 생산을 했지만 당시 박정희 대통령이 '사치풍조 조성'을 우려함에 따라 정부는 국내 시판을 엄격하게 금지해왔던 터였다. 국내의 컬러TV 방송은 51년 6월 미국 CBS가 사상 최초로 컬러TV 방송을 시작한 지 29년 뒤에 이뤄진 것으로서 세계에서 81번째였다. 일본은 60년에, 영국과 홍콩은 67년에 컬러TV 시대를 열었으며, 7년 전인 74년에는 중국·북한·태국·필리핀 등이 컬러TV 방송 국가 대열에 합류했다.

컬러TV시대 인용

"아니 북한은 7년 전부터 이미 컬러로 TV방송을 하고 있었다는 거예요?"

"그렇다던데요."

"아 우리가 북한보다 뒤떨어진 게 있었군요."

"그나마 지난 8월 27일(1980년) 전두환이 제11대 대통령이 되자 5.18로 코너에 몰린 대통령이 국민들에게 선물이라도 준다고 컬러 시대를 열었다고들 하던데 나야 뭐 그러거나 말거나입니다만."

당시 여론은 이랬다.

광주 시민의 핏자국 위에서 권력을 장악한 전두환 정권은 성난 민심을 딴 곳으로 돌리기 위해 스포츠, 섹스, 스크린 등 이른바 '3S' 정책을 실시한다. 프로야구단 창설, 에로 영화와 포르노 비디오 범람 등이 바로 그것이다. 컬러TV 방송도 같은 맥락에서 이해하는 이들이 적지 않다.

그런데 컬러TV는 단순히 TV 화면이 흑백에서 천연색으로 바뀌었다는 차원을 훨씬 뛰어넘는 일종의 문화충격이었다. 광고 상품이나 TV 출연자의 옷차림이 현란한 천연색으로 바뀜으로써 국민들의 색채감이나 일상생활에도 큰 영향을 주었다. 또 흑과 백으로만 보이던 단순한 세상이 자연 그대로의 모습으로 다가왔다. 일부 식자들은 우민화를 위해 시행된 컬러TV 방영이 민중들의 정치적 각성을 촉진함으로써 6월 항쟁 등을 앞당겼다는 '역사의 아이러니'를 주장하기도 한다.

광주 계엄령

재작년, 세상은 이미 박 대통령 시해 후 들어선 전두환 정권이 실권을 잡아 국보위다, 계엄령이다, 최규하, 전두환 하여간 정신없이 돌아가 국난 수준의 위기 시국이다. 드디어 정치인들이 혼이 빠져나간 상태에서 전두환은 칼러TV방송이라고 하는 국민이 홀딱 반할 엄청난 정책을 발표하기에 이른다.

흑백으로 TV를 보던 일억은 벼르다 벼르다 드디어 컬러TV를 새로 사들이는데 당시 중고는 없을 때라 새 TV다.

"와 와 와, 상규야 까꿍 칼라TV 멋지지?"

"상규가 뭘 알아? 그건 혜이한테 물어봐야 알지."

"혜이는 광고만 나오면 뚫어지게 광고만 봐요."

미숙이 신바람이 났다.

드디어 정국을 장악한 전두환의 제5공화국은 출발부터가 어수선했다. 여기는 대전인데도 광주가 고향인 광주 형님은 여전히 안절부절 애를 끓인다.

당시 광주 형님은 5 · 18 광주 민주화 운동(伍一八光州民主化運動) 혹은 광주민중항쟁(光州民衆抗爭)에서 친한 친구가 하나 죽었고.

다친 친구는 2년째 사경을 헤맨다면서 광주를 자주 오가며 만나면 광주 친구 잘못될까 애를 끓인다.

이건 익히 다들 잘 아는 바,

1980년 5월 18일부터 5월 28일까지 광주 시민과 전라남도민이 중심이 되어, 조속한 민주 정부 수립, 전두환 보안사령관을 비롯한 신군부 세력의 퇴진 및 계엄령 철폐 등을 요구하며 전개한 대한민국의 민주화 운동이다.

당시 광주 시민은 신군부 세력이 집권 시나리오에 따라 실행한 5·17 비상계엄 전국확대 조치로 인해 발생한 헌정 파괴·민주화 역행에 항거했으며, 신군부는 사전에 시위 진압 훈련을 받은 공수부대를 투입해 이를 폭력적으로 진압하여 수많은 시민이 희생되었다. 이후 무장한 시민군과 계엄군 사이에 지속적인 교전이 벌어져 다수의 사상자가 발생하였다. 대한민국 내 언론 통제로 독일 제1공영방송 ARD의 위르겐 힌츠페터 기자가 5·18 광주 민주화 운동과 그 참상을 세계에 처음으로 알렸다.

위키백과사전 인용

"일억아. 광주 가서 다 털어주고 왔는데 용돈 좀 줄 수 있니?"

광주 형님은 이런 말을 한 일이 거의 없어서 한번은

"형님은 형편이 어렵진 않으세요?"

물어도

"나는 이렇게 사는 게 익숙하다. 있으면 쓰고 없으면 안 쓰면 세상 편해. 이런 건 일억이 네가 나보다 선배지?"

"아니 선배라니요. 형님도 참."

"아니 인생 선배라는 뜻이지. 네가 형은 아니고 형은 내가 맞아."

"가진 게 이것뿐이네요. 며칠 있다 조금 더 드릴게요."

이렇든 저렇든 그럼에도 세월은 흐른다.

1981년 이미 제5공화국에 접어들자 대전에서는 전두환의 수하로 알려진 강창희 소령이 중령으로 예편하면서 민주정의당이 결성되자 지역 선거 판세에도 막대한 영향을 끼치게 된다.

즉 강창희(후일 제19대 전반기국회의장)는 육군사관학교를 25기로 졸업하고 하나회에 가입하였으며, 1980년 육군 중령으로 진급과 동시에 전역하였다. 하나회 가입 전력 때문에 고 김오랑 중령 관련 특별법 상정을 꺼린다는 이야기가 있었으나 김오랑의 절친이었던 남재준과의 친분이 돈독한데 남재준이 강창희의 중학교 1년 선배다.

1981년 제11대 국회의원 선거에서 민주정의당 전국구 국회의원으로 당선되었다. 1985년 제12대 국회의원 선거에서 이재환의 뒤를 이어 민주정의당 후보로 충청남도 대전시 중구 선거구에 출마하여 신한민주당 김태룡 후보와 동반 당선되었다.

지금도 그러한 측면이 있으나 당시에도 공천만 받으면 당선은 따논 당상이라 하던 그때 대전에서 널리 알려진 박** 변호사가 무소속으로 중구에 출마해 강창희 후보와 맞섰는데 강 후보 측은 유천동이 지역구인 중구여서 박일억을 끌어들이면 득표에 유리하다고 이름자가 오르내리지만 일억은 이미 박 변호사가 일찍부터 도와달라 해서 발을 담근 뒤였다.

우연찮게 발을 들여놓게 된 선거와 유세, 그리고 득표 작전, 일억은 그동안 알고 있던 지인과 함께 조직부에 들어가 할 수 있는 역할을 한다고는 했지만 비교도 안 되는 큰 표 차로 강창희 후보가 당선되는 바람에 실망하고 일억은 다시는 선거에 발을 담그지 말자 작심하기도 하였다. 거의 미숙이 상규를 임신 출산했던 그 즈음 이야기다.

삼청교육대?

바로 그러기 직전, 일억은 또 다른 공포에 휩싸이는 일이 생겼다.

사회정화과제라면서 전국에는 삼청교육대 차출 명령이 떨어졌다.

무직자, 범죄 전력자, 떠돌이 등을 대상으로 마구 끌어들였는데, 물론 삼청교육대 차출은 입영영장처럼 사전예고라는 것도 없다. 불시에,

갑자기, 후다닥 지목한 놈을 순식간에 잡아가 순화교육을 보내는 것이다. 이 역시도 전두환 집권 초기에 있던 일이다.

역사의 뒤안길로 사라져 잊혀졌지만 일억의 일생에서 영화숙 납치를 경험한 트라우마는 웬지 이번에 걸리면 인생끝장이라는 불안과 공포에 당시 상규는 임신 중이었으니 이러다 일억이 끌려라도 가게 되면 혜이랑 미숙이랑 어떻게 살지 누구한테 말도 못 하고 밤낮 공포와 불안에 떤다.

하지만 이런 불안은 혼자이지 공연히 걱정할 터라 절대 미숙한테 말할 일도 아니다.

그렇다고 말도 않고 있다 불시에 잡혀가면 미숙이 이를 어찌 감당하나 싶은 공포는 마치 영화숙 탈출 직전처럼 가슴이 뛴다.

이미 주변에는 소문이 싹 돌았다. 역시 누구라고는 않지만 그때 이미 족족 끌려가는 중이다. 일억이 아는 사람들이 하루에도 하나둘 많으면

셋이나 끌려갔다고 한다. 그들이 누구인가.

　일정한 직업이 없는 자. 무허가로 불법 소득을 올리는 사람. 군 미필 자. 폭력 등 전과가 있는 자. 사회적으로 폐해를 끼친다고 보이는 자. 어쩌면 마치 일억 자신을 잡아들이라는 말처럼 들리기도 하여 점점 불안해진다.

　판단은 계엄사의 지시에 따라, 힘 있는 실세들이 귀에 걸든 코에 걸든 걸면 걸리고 헌병대가 와서 끌어가면 안 가고는 못 배기는 것이, 그들은 총칼을 차고 있고 합법적인 국법에 따르는 사람들이라 알려진 바 한편은 마구잡이 납치였다.

　어디로 보나 일억도 잡아가면 잡혀갈 조건이 몇 개다. 아니 일억하고는 비교되지도 않는 지인들도 속속 붙들려갔다. 터미널을 생계 무대로 사는 모두가 긴장한다.

　"일억아. 우리 우선 어디로 몸을 피할까?"

　"글쎄, 이건 말만 나라지 계엄사에서 하는 일이라니까 이걸 누가 알 수도 없고 그런데 어디로 피하지?"

　친한 사람들이 겁에 질려 만나면 삼청교육대 끌려갔다는 말로 어수선하다.

　'아니야. 내가 사기를 치고 도둑질 한 건 없잖아, 피할 것까지는 없어.'

　그러다 생각해 보니 아예 한국을 떠나면 모를까 부산 광주 서울 어디를 가면 오히려 더 의심스러워져 왜 떠도느냐 하면 더 불리할 것 같아 고민이 이만저만이 아니다. 갑자기 귀신이 와서 잡아갈 정도라 영화숙 단속반은 그래도 민간인인데 이들은 군인이다. 아무리 생각해도 박일억이 삼청교육대로 끌려갈 위기다.

상규가 뱃속에 있을 때부터 상규가 태어나기(1981년 9월 18일) 6개월 전까지 지속된 이 삼청교육대는 1980년 5월 31일 전국비상계엄하에서 설치된 국가보위비상대책위원회(국보위)가 사회정화책의 일환으로 전국 각지 군부대 내에 설치한 기관이다.

그 후 국보위는 '국민적 기대와 신뢰를 구축한다'는 명목으로 사회정화작업을 추진했고 교육대상자들을 검거하기 위한 삼청작전을 벌였는데 여기서 삼청교육대라는 명칭이 생겨났다. 법원의 영장 발부 없이 총 6만 755명이 체포되어 그 중 3만 9,742명이 군부대에서 삼청교육을 받았다. 무차별 검거와 더불어 교육과정에서의 가혹행위 등 인권유린이 자행되었음이 과거사진상규명위원회 조사를 통해 밝혀졌다.

일억은 언제까지 강제 차출이 지속될까로 그 후에도 불안을 떨치지 못하지만 미숙에게 이런 불안에 떤다고 할 수도 없는 일이다.

삼청교육대

1980년 5월 31일 전국비상계엄 하에서 설치된 국가보위비상대책위원회(국보위)가 사회정화책의 일환으로 전국 각지의 군부대 내에 설치한 기관.

개설

1979년 '12 · 12사건'을 계기로 권력을 장악한 신군부 세력은 이듬해 5월 31일 비상계엄 하에서 국보위를 설치하고, 이를 통해 국정을 좌지우지하였다. 국보위는 "국민적 기대와 신뢰를 구축한다"는 명목으로 사회정화작업을 추진했고, 그 일환으로 삼청교육대를 설치했다.

정의

삼청교육대의 명칭은 교육대상자들을 검거하기 위한 군경 합동작전인 '삼청작전'에서 비롯되었다. 1980년 8월 1일부터 1981년 1월 25일까지 총 6만 755명이 법원의 영장 발부 없이 체포되어 그 중 순화교육 대상자로 분류된 3만 9,742명이 군부대 내에서 삼청교육을 받았다.

내용

1979년 '10 · 26사건'과 '12 · 12사건' 등 일련의 정치적 격변을 거쳐 권력을 장악한 신군부는 1980년 5월 17일 비상계엄을 발령한 후 5월 31일 국가보위비상대책위원회를 설치하였다.

국보위는 안보태세 강화 · 경제난국 타개 · 사회안정으로 정치발전을, 사회악 일소로 국가기강을 확립한다는 명분으로 소위 '정치 · 사회정화'를 위한 제반 조치들을 신속하게 실시하였다. 그 일환으로 실시된 것이 '삼청교육'이었다.

신군부 세력은 국보위를 통해 국정을 주도하면서 '국민적 기대와 신뢰를 구축한다'는 명분으로 사회정화를 위해 '불량배 소탕계획'(삼청계획 5호)을 공표하였다. 이 계획은 5 · 16군사정변 직후의 국토건설단을 참고한 것으로, 1980년 7월 10일경부터 국보위 사회정화분과위원회 위원장 김만기가 주관하고 실무간사 서완수 등이 기안하였으며, 7월 28일 국보위 상임위원장인 전두환의 재가를 받은 후 7월 29일 계엄사령부에 하달되었다.

이에 따라 국보위 사회정화분과위원회는 삼청계획을 입안하고 전반적인 조정·통제업무를 담당하였고, 계엄사령부는 내무부와 법무부를 지휘·감독하여 불량배 검거와 분류심사를 맡았으며, 전후방 각 부대는 피검거자를 수용해 순화교육 및 근로봉사 등을 시행하도록 역할이 부여되었다.

삼청계획 5호는 국책에 관한 사항으로서 입안과정에서 국무회의에 부의되었어야 하나 이는 이행되지 않았다. 계엄사령관은 국보위의 삼청계획 5호에 따라 1980년 8월 4일 '계엄포고 제13호'를 발령하여 불량배를 일제 검거하도록 하였다. 그러나 포고령이 발령되기 전인 8월 1일부터 불량배 일제 검거가 실시되었다. 이로 인해 삼청교육이 적법한 절차에 어긋난 행위였다는 비판이 제기되기도 한다.

계엄포고 제13호에 의거해 연인원 80만 명의 군·경이 투입된 '삼청작전'으로 1980년 8월 1일부터 1981년 1월 25일까지 국보위 지침상의 검거대상인 '개전의 정이 없이 주민의 지탄을 받는 자, 불건전한 생활 영위자 중 현행범과 재범우려자, 사회풍토 문란사범, 사회질서 저해사범' 등 총 6만 755명이 체포되었다.

피검거자들은 시·군·구 관할 경찰서 단위에서 군·경·검 합심제에 의한 등급 분류심사를 통해 A, B, C, D 4등급으로 분류되었다. A급은 군사재판 또는 검찰 인계, B급은 순화교육 후 근로봉사, C급은 순화교육 후 사회복귀, D급은 훈방 조치되었다.

A급으로 분류되어 재판에 회부된 인원은 3,252명이었으며, D급으로 분류되어 훈방 조치된 인원은 1만 7,761명이었다. 그리고 나머지 3만 9,742명이 순화교육 대상자인 B, C급으로 분류되었다. 순화교육 대상자 가운데는 학생 980명과 여성 319명이 포함되었다.

전체 피검자 중 전과사실이 없는 자가 35.9%에 달해 '불량배 소탕'이라는 명분과는 달리 억울하게 검거된 사람들도 다수 포함되어 있었음을 짐작할 수 있게 한다.

B, C급으로 분류된 3만 9,742명에 대한 순화교육은 1980년 8월 4일부터 1981년 1월 21일까지 전후방 26개 부대에서 11차에 걸쳐 실시되었다. 기간

은 4주간을 원칙으로 하되 죄질 및 개과천선 가능성에 따라 2주간 훈련 후에 조기 퇴소를 시키기도 하였다.

순화교육은 연병장 둘레에 헌병을 배치하여 엄중한 집총감시 속에서 진행되었으며, 주로 고된 육체훈련으로 이루어졌다. 교육과정에서는 구타와 얼차려가 빈번하게 실시되었고, 지시불이행자나 태도불량자 등은 별도로 설치된 특수교육대에서 혹독한 교육을 받았다.

순화교육을 마친 후 교육대상자들은 계엄사령부의 지침에 따라 사회복귀자와 근로봉사자로 재분류되었는데, 미순화자로 분류된 B급 1만 16명은 순차적으로 9차에 걸쳐 전방 20개 사단에 수용되어 근로봉사에 투입되었다.

이들은 1980년 9월 8일부터 1981년 1월 16일 「사회보호법」(1980.12.18 제정, 법률 제3286호)에 의한 보호감호 처분 결정 시까지 근로봉사라는 이름하에 전술도로 보수, 진지 구축 및 보수공사, 자재운반, 통신선 매설 등의 작업에 동원되었다.

국보위에서는 삼청교육을 마친 퇴소자에 대해서 전과를 말소하고, 직업보도 등을 통해 갱생의 기틀을 마련해 주겠다고 약속했지만, 국보위의 당초 약속과는 달리 퇴소자의 제반 기록이 경찰서에 인계되었다.

당시 치안본부에서는 지속적인 보호관찰과 수사자료로 활용하기 위해 삼청관련 기록을 전산자료화하고 1982년 1월 15일부터 1988년 6월 28일까지 범죄수사에 활용하였다. 아울러 행정기관에서는 내무부의 지시에 의하여 동·면사무소별로 순화교육 이수자 사후관리 기록카드를 작성하고 생활환경을 관찰하였으며, 주거이전 시 전입 동·면사무소에서도 동일한 방법으로 퇴소자를 관리하였다.

한민족문화대백과사전 인용

"그렇게 공포에 휩싸이셨군요."

"그로부터 TV는 이게 뭐라고 계속해서 삼청교육대가 받는 순화교육 장면을 방송하는 겁니다. 견디기가 힘들어 다시 또 세종신경정신과에 가서 신경안정제 주사도 맞았는데 소용없더라고요."

"그래서 결국 납치는 되지 않고 잘 넘어간 거지요?"

"그렇지요. 끌려가지는 않았어요."

"영화숙 상처 때문에 괜히 지레 겁을 먹고 공포에 벌벌 떨었던 겁니까?"

"아닙니다. 그때 저를 진정시켜 준 분이 있었습니다."

"그런 계엄 상태에서 누가 뒤를 봐줍니까?"

"전에 왜 전북 모 경찰서장 귓방망이 두세 대 때리고 정신 차리게 해 달라고 부탁했던 사모님 있지요?"

"예 압니다. 그래서 그 경찰 덕을 본 겁니까?"

"아니 아니 천만에요. 경찰이 무슨 힘이 있을 게 없지요. 이건 군부 계엄사에서 봐줘도 힘든 일입니다."

"그럼 뭐예요?"

휴~ 한숨 놓다

그 사모님의 한 다리 건넌 형부가 국방부 요직(곧 국방장관이 됨)이라는 말은 앞에서 했다. 아웅산 테러사건으로 유명을 달리하신 고 이기백 국방부장관이신데 장관님의 친형 이기덕 어르신을 가까이 모셔온 일억이라 뵙게 되면 극진히 어른 예우로 잘 모신 분이 계셨다.

이기백 장군은 육사 졸업 당시 성적은 중간(59등)이었으며 소령 시절에 물에 빠진 육사 동기 김복동을 살린 이력이 있다.

하나회 출신은 아니었음에도 육사 11기 동기인 전두환이 12.12 군사반란을 통해 실권을 잡자 하나회 견제 및 육사 전체가 참여한다는 상징을 곁들여 3차 진급자인 이기백을 기용하여 국보위 운영위원장에 임명했으니 당시 이기백 장군이라면 산천도 떨었다고 해도 되는 분인데 바로 그 장군의 친형님이신 이기덕 어르신을 모셨던 일억이다.

"박일억이는 끝이 좋을 사람이야."

"아니 무슨 말씀을요?"

"아니야 인생 나처럼 오래 살다 보면 다 보여."

"그래요? 뭐가요?"

"남이 보는 박일억하고 나도 비슷하게 보는데 착한 사람이라는 거지. 어른을 알고 친구 선배 후배 챙기는 것 보면 이건 돈으로 한다기보다 그 본심이 보인다는 거지. 그런 사람은 지금 당장은 좀 힘들어도 나이 들어 늙어가면 모든 게 다 펴. 돈 형편도 피고 건강도 그렇고 인생 잘 살았다는 증거가 나타나."

"아이구 어르신 고맙습니다. 더 잘 살아야 한다는 충고로 받겠습니다."

"지금도 착해. 어이 그리고 오늘은 자네가 모신다 했지만 모신 그 마음의 대접은 내가 받았으니 돈은 내가 낼게."

일억을 보면 반가워하시며 얼핏 봐도 남의 형편을 잘 살피는 마음을 더 키우라고 하신 분이 이기백 장관님의 친형님으로 도마동 시장통 2층 집에 사셔서 틈이 나면 찾아 뵌 적도 많다.

"그래서 그 어르신이 도와준 겁니까?"

"차마 그 어르신한테 직접은 않고 전에 경찰서장 부탁한 사모님께 불안해 못 살겠다면서 도와주실 방법을 물으니 알아보신 것 같습니다."

"그럼 깊은 내용은 모르는 거지요?"

"물론입니다. 다만 박일억은 절대 사회정화 순화교육대상이 아니니 삼청교육대 계엄사 어디든 혹 명단 있으면 빼라 했던 것 같습니다."

"그냥 짐작이네요."

"짐작이고 돌아가셨지만 이기덕 어르신은 누구보다 저를 좋게 봐주시고 또 인정하신 분이니까 아마도… 그저 하늘이 도왔다 해도 될 거구요."

"그래서 그 후 심리적 안정이 된 겁니까?"

"약간은 불안했지만 그렇게 걱정하지는 않았던 거지요. 아 그래서 역시 사람이 죄 짓고는 못산다는가 봐요."

"제가 죽 들어봐 알지만 죄는 그게 뭐 시대가 그래서 그렇지 무슨 죄라고 할 건 아닌 것 같습니다."

"영화숙에서 하도 놀란 상처가 있어서 더 불안했던 것 같아요."

"제가 볼 때는 죄는 죄 자체보다 그러면서 어떤 양심의 가책을 받느냐 않느냐가 더 중요한 것 같아요."

제5공화국 전두환 시대를 사는 중이다.

군 출신이 정권을 잡다 보니 국민들이 군인에 대한 평가는 양극이지만 일단은 군인이 국정까지 거머쥐자 장병들 예우가 좋아지면서 하나회를 중심으로 한 군납업자들의 사업이 활발해진다. 그러나 일억은 그쪽에는 여력도 없고 능력도 없지만 도장꾼으로 각지를 돌아치던 경험을 군인과 관계된 사업이 있으면 그쪽으로 가고 싶은 생각을 하게 된다.

그때다.

또 다른 일감이 하나 생겼다.

대전 둔산 일대에 신도시가 생긴단다. 그간 대전시가 개발하고 조성하는 택지는 주로 아파트 건설이 되기 전이라 대규모 일반 주택단지 조성이었다.

용문동이 그러하고 중리동 법동지구 등 도시가 확장되는 도시개발은 주로 주택단지였는데 둔산에는 대전시 역사 이래 가장 큰, 주로 아파트단지로 개발한다더니 드디어 절차가 진행되어 보상은 끝났다고 하는 때다.

둔산신도시 조성 계획

이로써 대전의 지형이 구도심에서 신도심 둔산 지구단위계획이 발표되자 개발을 맡은 토지공사로부터 철거하는 일을 맡은 집달관, 즉 허가받은 전직 법원 직원으로부터 토지공사 직원인 모모 과장이 일을 해보라는 주문이 들어왔다. 정확히는 집달리가 아니고 성격이 좀 다른 철거에 동참하는 일이다.

"일이 뭐죠?"

"철거작업입니다."

말은 들었지만 해본 일은 아니다.

그런데 아참,

생각해 보니 아주 안 해본 것은 아니다. 재생원 시절 대전천변 무허가 건물 철거다. 하천가 개고기지역 철거 생각이 난다. 그러나 그때는 어렸고 시키는 것이나 하고 그냥 밥만 많이 주면 그만이었다.

후에 주택단지가 개발되면서 신주택지가 생기면 원주민이 반대할 경우 복잡한 법으로 그들을 쫓아내기 위해 철거하는 사람들이 쇠파이프를 들고 가 마구 때려 부순다는 말을 듣기는 했지만 이런 일은 해보지 않았다.

"7~8명 조만 짜서 함께하면 일은 어렵지 않습니다."

"잘 모르니까 묻는데 법에 어긋나지는 않은 거지요?"

"아 당연합니다. 딴 걱정은 안 해도 돼요."

"그럼 보수는 어떻습니까?"

"보수는 도급입니다. 일본 말로 아시지요? 돈내기라고도 하고요. 일본말로 야리끼리(やりきり)라는 것으로 일한 대로 한 채당 얼마씩 이렇게 받으시면 됩니다."

작가가 말했다.

"괜찮은 일 같은데요. 일감이 돈인데 다 박 회장님이 심은 덕이 싹을 틔운 모양입니다."

"해낼 것 같아 기대는 컸습니다. 같이 일할 사람은 많아요."

"그동안 사람만 만나다시피해서 그렇겠군요."

"그런데 일 자체가 달갑고 좋은 일도 같고 아닌 것도 같고."

"둔산신도시는 대전의 상징지구입니다. 정부청사는 물론이고 훗날 93 대전엑스포도 둔산신도시가 조성되어서 그 큰 행사를 치렀으니까요."

"그러니까 그때 생기는 신도시 조성초기 철거작업? 아니 법원집행관과 함께 집달리로 참여했다는 거지요?"

"집달리하고는 다릅니다만 비슷해요. 엄밀히 따지면 용역인데 용역에서도 도급받은 모모 과장과 합니다. 철거 대상건물은 끝나가지만 아직도 많아요. 완강하게 끝까지 버티고 집을 비워주지 않는 사람들이 있거든요. 이걸"

"그걸 어떤 방식으로 한다고요?"

"도급입니다. 직원으로 하라는 게 아니고 고용원이랄지 인력 조직을 짜서 맡아서 하라는 주문입니다."

"아 박일억이라면 조직이 있다고 본 거네요."

"그건 조직이 아니고 인맥이라고 봐야지요. 주변에 사람이 있다, 그런데 그들은 깡패가 아니고 열심히 사는 사람들의 인맥이다 그렇게 보시면 될 것 같습니다."

"그럼 제가 둔산이라는 신도시에 대해 찾아보겠습니다."

둔산신도시

현황

행정구역 대전광역시 서구

행정동　둔산1동, 둔산2동, 둔산3동, 탄방동, 월평동, 만년동

둔산신도시(屯山新都市)는 1985년 이후 대전광역시 서구 둔산동, 탄방동, 월평동, 만년동 일대에 조성된 대규모 계획도시이다. 대전 구도심(중구 은행동과 선화동 일대)에 있던 행정기능이 둔산 신도심으로 옮겨오며 대전의 도심 역할을 하고 있다. 여러 지방 공공기관이 위치해 왔으며, 정부청사가 생기면서 지방행정기능과 국가 중앙행정기능을 동시에 수행하는 중요한 핵심 지역이 되었다. 갑천변 일대에 한밭수목원, 대전예술의전당, 대전시립미술관 등이 있는 대전의 문화 중심지이기도 하다. 백화점, 병원, 기업, 금융기관, 대형마트 등 업무지구와 상권이 조성되면서 대전의 도심으로 자리 잡았다.

역사

둔산신도시에 위치해 있는 대전시청

둔산신도시에 위치해 있는 정부대전청사

둔산신도시에 위치해 있는 대전예술의전당

둔산3동의 옛 이름인 삼천동(三川洞)에서 알 수 있듯이 둔산 일대는 갑천, 유등천, 대전천이 만나는 구릉지 지역으로 선사시대부터 인류가 살아왔던 지역이다. 정부대전청사 서쪽에는 둔산 신시가지를 건설하던 중 발견한 구석기 유적을 보존해 놓은 선사유적지가 있다. 삼국시대에는 신라와 백제의 국경 지역이었다. 일제강점기 말기 당시 대전 시내 중학생과 공주 지역 중학생, 근로자 등 근로보국대가 강제로 동원되어 비행장이 조성되었다. 이 비행장은 해방 이후부터 대한민국 육군이 관리하던 중 한국 전쟁이 발발하자 미군의 군수물자 수송기지로 활용되었다. 미군은 K-5 공군 기지로 명명하였다. 한국 전쟁 중이던 1952년 대한민국 공군이 대전비행장에 공군항공병학교를 설립했고 1956년 공군기술교육단이 경남 창원에서 대전비행장으로 이전하였다. 이와 함께 공군 예하 각종 교육부대들이 설치되었다. 1973년 4월 공군교육사령부로 부대로 개편되어 둔산신시가지가 조성되자 1988년 10월 경남 진주로 이전하기 전까지 이 지역의 대부분의 영역을 차지하였다. 비행장의 활주로는 현재 산호아파트와 개나리아파트 위치에서 시작하여 남산봉 공원 밑인 공작아파트까지 조성되어 있었다.

또한 향토사단인 육군 제32사단 사령부가 현재 갤러리아 타임월드 백화점 및 인근 국민생활관 자리 등지에 주둔해 있었다. 그리고 서구 갈마동 경성큰마을 아파트 자리에는 육군통신학교가 있었다. 통신 주특기를 가진 장교와 사병들에게 통신병과의 각종 주특기교육을 시행하였다.

1988년 노태우 대통령의 주택 200만 호 건설공약 이행을 위한 대상지에 둔산 신도시가 포함되었다. 경기도 성남시의 분당신도시, 경기도 고양시의 일산신도시, 부산 해운대, 대구 수성신도시와 함께 개발되기 시작하여 1993년 대전 엑스포 행사가 시작할 때까지 신도시 개발 공사가 진행되었다.

1985년 ~ : 263만 3천 평 택지개발

1990년 : 첫 학교인 대전탄방초등학교 개교

1991년 : 첫 아파트 완공

1993년 : 한신코아백화점(현 세이브존 대전지점)이 개업. 한밭, 문정, 갑천초교와

탄방, 삼천중학교 개교

1993년 : 대전광역시교육청 이전, 성룡초교와 갑천, 월평, 남선중학교가 개교

1994년 : 성천, 서원초교와 문정중학교 개교 충남고와 한국통신(현KT)충청본
부가 이전

1995년 : 서구문화원, 둔산1동사무소 개소. 만년초교, 둔산초교 개교

1996년 : 대전둔원초, 월평초, 둔산중, 만년중 개교

1997년 : 평송 청소년 수련원, 갤러리아타임월드 개업

1997년 : 정부대전청사 설립

1998년 : 대전고등, 지방법원과 대전고등, 지방검찰청이 둔산동으로 이전. 만
년동에 대전시립미술관과 KBS대전방송총국 이전

1999년 : 대전광역시청이 둔산동으로 이전

2001년 : 갑천도시고속도로 잔여구간(대덕대교 ~ 원촌교) 개통

2003년 : 만년동에 대전문화예술의전당 개관

2006년 : 신용협동조합중앙회 본사가 둔산동으로 이전

2009년 : 대전지방경찰청이 중구에서 둔산동으로 이전, 만년동 한밭수목원
완공

건설 계기

이 신도시는 노태우 대통령의 선거공약인 200만 호 주택건설로 지어졌고, 또
한 행정기능을 수도권에서 지방으로 분산하기 위해 건설되었다. 원래 이 지역
은 군사기지 및 군사비행장이었으나 1985년부터 군사기지를 연기군으로 이전
시키고 현재는 군사비행장이 철거되고 신도시가 조성되어 발전하고 있다.

생활환경

대전의 구도심에 있던 행정기능이 둔산 신도심으로 옮겨오며 대전의 중심지
역할을 하고 있다. 대전광역시청과 대전지방법원, 대전지방검찰청 등이 이전
해 왔으며 정부청사가 이전해 옴으로 지방행정기능과 중앙행정기능을 동시에
수행하는 중요한 지역이 되었다.

또한 한밭수목원과 대전문화예술의전당, 대전시립미술관 등이 들어섰다.

위키백과 인용

"둔산 신도시 살펴보니 와 대단합니다. 잘 알았습니다. 그런데 이 신도시가 생기는데 박 회장은 친구 후배들과 조를 짜고 가서 철거한 거지요?"

"그렇습니다. 제대로 설명하려면 좀 길어요."

제13부

둔산
집달리

발전하는 대전

대전은,

1989년 대덕군을 폐지하고 대전시에 병합하여 통합된, 이에 충청남
도 대전시가 대전직할시로 승격되었다. 동시에 서구에서 유성구가, 동구
에서 대덕구가 분구되어 중구를 포함해 현재의 5구 체제가 완성되었다.

1995년에는 광주광역시의 인구를 앞질렀다. 그리고 같은 해에 지금
의 대전광역시로 명칭이 바뀌었다. 10만 명의 인구 차이가 5년 만에 뒤
집어지는 중이다. 1995년 대전광역시 인구가 1,270,873명이고 광주광
역시 인구는 1,257,063명이었다.

위에서 본 둔산신도시는 아직 광역시가 되기 전 조성되었고 1993년
대전엑스포 2년 후 광역시로 바뀐 것이다. 면적은 2,650만 평 규모다.

흔히들 여의도가 100만 평이라고 하는 것은 제척된 둔지 습지를 빼
고 조성된 현 도심지만 말할 때 100만 평이라 하는 것으로, 총 8.4km^2 중
4.5km^2를 가리킬 때 100만 평(136만 평)이라 하는 데 비해, 둔산신도시는
조성된 도심지만 8.7km^2여서 여의도 둔지 습지를 다 합친 것보다 더 넓
은 면적이다.

이렇게 큰 신도시를 개발하려면 앞서 보았듯이 국공유지 면적이 많

으면 정부 대 공사 간 합의가 쉽지만, 정부가 아닌 민간의 전답 주택이 많으면 개인소유 땅 면적은 작으면서도 사들일(수용/매수할) 대상지 건물은 많을 수밖에 없다. 그러니까 수용에 반대하여 개인별로 땅을 사들이는 것이 어렵기도 하기 때문에 그런 곳에 신도시를 만들려면 사유재산 문제가 많아 매수협의가 어렵다는 건 아는 일이다.

"이건 토지수용법으로 일괄 수용하지 않나요?"

"그렇기는 합니다만 순순히 수용법을 따르지 않아 분쟁이 많습니다."

"그래서 그러고도 미처리된 토지나 건물을 마감해 달라는 거지요?"

"협의가 안 된 주민을 설득해 끝내 달라는 일입니다."

"아니, 그건 법으로 하는 거지 부동산이나 개인이 하는 일이 아니잖습니까? 더구나 회장님 쪽은 소유자도 아닌데…"

"그렇습니다. 그러니까 법의 판결에 따라 법대로 법 집행만 해 달라는 법률에 따른 정당한 집행행위입니다. 작가님도 아시겠지만 그래서 정부나 지자체 혹은 큰 건설사가 대규모 택지를 조성하려면 토지수용법과 시행령 시행규칙을 따라 법대로 하는 겁니다."

"당연히 토지공사가 그렇게 수용도 하고 법대로 보상도 다 해 줬지 않았겠습니까?"

"물론이죠. 법대로 감정 평가한 금액대로 토지, 가옥, 입목, 지장물 등 법이 정한 규정 법대로 하는 것 맞습니다."

"그런데 뭘 하지요?"

"왜 그 보상금액이 적다고 나는 못 한다고 버티는 사람이 있지 않아요?"

"아 그런 사람은 어디든 꼭 있지요, 그래서요?"

"하다하다 끝내 원만한 법적 합의가 안 된 주거자들과 마지막 일 처리를 해 달라는 겁니다."

"그러니까 법을 집행하는 집달관 소속 집달리로 하는 일이네요?"

"그렇습니다. 토지공사는 법원의 허가를 받아 용역사에 일을 준 거고 우리는 그 용역사의 고용직으로 총책임자 과장이 있었어요."

"구체적으로 일을 어떻게 하는 거죠? 가야 할 대상 주택은 또 얼마나 되지요?"

"보상금 적다고 버티는 주거인을 집 밖으로 권고해 나오면 대기한 포클레인이 허무는 건데 이게 말처럼 쉽지 않습니다. 나오면 못 들어가게 허문다는 걸 아니까 애로가 많아요. 대상주택 숫자요? 이건 정확히는 모르고 이삼일 전에 다음 목적주택을 알려주는 대로 가는 겁니다."

"백여 채 됐어요?"

"훨씬 더 돼요, 잊었는데 엄청 많았습니다."

"처음 정해진 집에 가면 첫째 하는 일이 뭐죠?"

"제가 앞장서서 그 집으로 들어가 주인을 만나 좋게 마치도록 도와드리겠다고 아주 점잖게 말을 꺼내는 거지요."

"별별 일이 많았겠군요?"

"하하 웃어야 할지 울어야 할지… 하여간 찍어 먹자는 백로나 안 먹히고 살자는 우렁이처럼 별별 짓을 다해도 쉽지 않습니다. 하하, 정말 웃어서 미안하지만 우리는 주민이 버틸수록 보수가 올라간다고 동참한 후배들이 갖은 쇼를 다합니다. 가령 쉽게 나오면 100만 원 받는다 할 때 버텨도 힘들지만 너무 쉬우면 2백 3백 받을 수도 있는 거라고 머리를 굴리는 수도 있습니다. 합죽이가 소주에 막걸리 오징어 땅콩을 들고 다니며 달래다 버티라 하다 하여간 그런 일 많았습니다."

"돈 받는 데는 어려움 없었고요?"

"그건 100점입니다. 당일 준다고 해도 되지요. 결제는 똑 소리 났습니다. 그러다 보니 충청남도 전 지역에서 같은 일이 있다 하여 충북도 소문이 나 박일억 팀을 쓴다고 해서 많이 했습니다."

그러나 이미 이 사람들은 수용에 불만이고 보상에도 불만인 사람들이다. 물론 다수의 주민은 거의 다 수용에 응하여 집을 비우고 나갔는데 못한다고 버티는 사람들이라 쉬운 상대는 아니다.

그러나 형식적이라도 무력이나 강압으로 철거한다고 마구잡이로 대드는 게 아니라 일단 시작은 부드럽게 하지만 그렇게 되지 않아 분쟁이 일어난다.

"보수는 많았어요?"

"1980년대 중반부터 1993년 엑스포가 열리기 한 3년 전 그러니까 90년대 초까지 일이 많았습니다."

"주택만 아니고 건물도 있었겠네요?"

"건물도 많았습니다. 주택도 큰 집은 엄청 크고요."

"그러면 강제성을 띠지 않을 수 없는 경우도 많았겠군요?"

"그렇지요. 그게 아주 험한 일입니다. 그때 7~8명을 데리고 갔는데 주축은 막둥이하고 합죽이가 동참했거든요. 일을 아주 잘했어요."

"잘한다는 건 뭐지요?"

"좋게 말하다가 일단 싸움이 나면 대처를 잘합니다. 힘에는 힘, 이것도 제 몫을 하고."

"그래서 돈을 많이 벌었어요?"

"도급으로 했으니까 돈은 많이 벌었습니다. 한 채당 그때 돈 100~200만 원으로 정하고 쉽게 바로 끝나면 수입이 적고 더디 끝나면 더 줍니다. 인건비는 인건비대로 나가니까 좀 그래도 돈이 더 됐습니다. 그때 인건비가 비싸지 않으니까 하루 두 채 세 채도 철거하여 하루 일당 주고도 당시로서는 큰 돈입니다."

"철거란 어디까지입니까? 완전히 헐어 없애는 건 아니지요?"

"아이구, 그건 업자들이 하고 우리는 일단 수단 방법 가리지 않고 집에 버티고 앉은 이들을 내보내는 일을 하면 토지공사 직원이나 인부들이 포클레인으로 슬래브든 입구를 찍어 부서뜨려 더 이상 들어갈 수가 없게만 해주면 더 이상 들어가 살지를 못하니까 그러면 그 사람들은 통장에 이미 돈은 넣어 줬으므로 떠나요. 이게 끝입니다."

"그럼 그렇게 돈을 벌어 사는 건 좋아진 거네요?"

"그런데 그건 또 아니었습니다. 돈이라는 것이…"

"왜요? 애들 엄마 갖다주지 않았어요?"

"주기야 줬지만 작가님도 아시잖아요. 돈이 생기면 집에는 흉내밖에 못 냅니다."

"아니 왜요?"

"친구 선배 후배, 제가 여간 많은 사람과 어울립니까? 애들 엄마를 속이는 거지요."

"아니 친구나 후배에게 써요 그 돈을?"

"그리로 많이 나갑니다. 이게 저의 큰 병인가 하면서도 그래요."

"주는 이유가 뭡니까?"

"특히 많이 나가는 것이 사고 쳐서 빵(징역) 가게 생겨 그 합의를 본다 하면 큰돈이 그쪽으로 나갑니다."

"그러면 혜이 엄마는 몰라요?"

"알면 난리칩니다. 말고도 별별 사정을 듣다 보면 그게 안 주지를 못 하는 겁니다. 큰 병이라니까요."

"왜 그럽니까 정말?"

"그때나 지금이나 저는 사람이 돈이고 사람이 재산이라는 생각이고 요, 특히 그런 친구 후배들은 그러면 아주 정말 고마워할 뿐만 아니라 의리가 있습니다. 돈이라는 게 벌기를 쉽게 번 탓인지 노름 돈이 아닌데 도 이게 반복입니다. 큰돈 적은 돈 버는 게 중요한 게 아니더라니까요."

"참 그 바람에 혜이 엄마만 통통 부을 건데 눈치를 모릅니까?"

"모르니까 믿는 거지만, 아마 알긴 알 거예요."

"혹 따로 살림 차렸나 오해는 안 해요?"

"그런 오해도 하는 것 같은데 그런 일은 없지 않습니까?"

입대 장병 수송

둔산 철거를 마치고 몇 년 후다. 번뜩 떠오르는 생각. 때는 김영삼의 문민정부 초부터 말기까지 사이다.

철거가 매일 하는 게 아니다 보니 다른 하던 일도 같이 하고 있다. 그래서 여기저기 돌아다녀 보니 입소장병 수송업자들이 재미를 본다.

그런 쪽으로 구상을 하고 싶어져 전에 자주 갔던 부산 광주에서 일단 광주 돌아가는 동태를 보려고 광주로, 나름 시장 조사를 가 보기로 하고 후배 셋을 데리고 떠났다.

"야들아, 이번에는 도장이 주목적이 아니고 시장조사 가는 거다. 알지?"

"예 그런데 잘은 모르겠어요 형님. 뭘 조사합니까?"

"그 후에 들리는 얘기가 있다. 훈병 태우는 나라시 버스가 있다는 거야."

"그런 건 고속버스가 하는 것 아닌가요?"

"물론 고속버스지. 그런데 노선버스가 아니고 전세버스라는 거야. 임대 버스. 말하자면 어떤 도시에서 직접 장병만 태우고 논산이면 논산훈련소 증평 의정부 춘천 이런 부대로 직접 가는 전세버스니까 노선버스가 아니야."

광주로 갔다.

과연 입영 장병과 부모들을 태운 주로 중앙고속버스가 차고 넘치게 장병과 가족들을 태우고 떠나는데 미어터지기도 한다.

'전세버스 운송사업을 해 봐?'

돈 벌어야 하는 봉사

이건 알 것도 같고 모를 것도 같고.

승객이 있는 것은 알고 어디로 태워 가면 된다는 것은 안다.

모르는 것은 관광버스를 구해야 하는데 이건 모르겠다.

더 중요한 것은 허가 문제다.

분명 운송사업허가를 받아야 한다고 보여 다시 대전으로 돌아와 그때 법인으로 '복지관광사' 허가를 내자니까 첫째는 관광버스를 가지고 있지 않아 어려워 '여행' 자를 붙여 '복지관광여행사'를 내기로 했다. 이런 여행사는 소유 버스가 없이도 임대 버스로 충당하면 되기 때문에 법인으로 회사를 낸 것이다. 그렇게 낸 것이 '복지관광여행사'다.

목적은 관광이고 여행인데 앞에 복지를 붙인 이유가 있다.

복지.

나누자는 것이 본뜻이기 때문에 '나누는 관광여행사'라 한 것이다. 나눈다고? 복지라고?

나누는 거야 있으면 나눌 수 있지만 복지는 사실 마음만 있지 아직 대책은 없다. 그러니까 꿈이다. 장차 그렇게 하겠다는 계획이다. 지금 당장은 할 수도 없고 이제 시작이지만 꿈은 야무지게 꾼 것이다.

'복지 관광여행사로 돈을 벌면 나누자…'

말일 뿐, 이게 헛꿈이지만 본심은 이것인데 아무하고나 나눌 게 아니라 나눌 만한 사람들과 나누되 착하면서 힘들게 사는 사람들과 나누겠다는 결심이다.

그러니까 이제는 일감도 찾아야 하지만 아직 이 사업을 어떻게 알릴 방법도 없다.

당시 TV를 보면 관광회사들이 광고를 많이 내는데 잘 아는 MBC 고두석 차장에게 전부터 물어봤더니 그런 광고는 버스 값만큼이나 아주 비싸다고 해서 TV광고는 아예 쳐다보지 못한다고 포기한 지 오래고,

다음은 신문인데 중앙지는 너무 크니까 지역신문사에 아는 기자들이 있어 물어보니 그것도 돈이 장난이 아닌데다가 연속광고는 재벌들이나 하는 거라고 하여 생각한 끝에, 어서 아예 신문사를 하나 차려버리면 어떨까도 궁리에 궁리를 해 보았다. 결과, 지방의 지역신문사들도 직원 숫자가 장난이 아닌데다가 다달이 월급을 줄 기반도 없어 고민하던 가운데 지방지를, 작지만 창간하는 후배 대표들에게 물어보니 기자 숫자가 몇 명이냐로부터 일간이냐 주간지냐 월간지냐 이것도 다 돈이다. 계간지로 해봐?

차츰 생각하기로 하고 우선 급한 손에 쥔 복지관광여행사로 임대버스를 알아봤더니 그건 다행으로 날짜와 시간에 따라 자유 임대 사용도 가능하다고 하여 대전보다는 거리가 좀 먼 광주부터 시작하기로 하였다.

그때 장병들이 가는 목적지는 대개 광주에서는 먼 거리다. 멀어야 운임을 높게 받겠어서 이러다 자리가 잡히면 광주로 이사를 오면 되지만 우선은 대전에서 내려가 하루 이틀 자고 반거주 반출퇴근으로 한다고 오고갈 차를 장만해 이야기가 잘 된 버스를 오라고 하여 집결지로 갔다.

역시나 호객이다.

"자 편하게들 가세요~ 논산훈련소, 의정부 가는 관광버스 타실 분 이리 오세요~"

해본 짓거리다. 소리를 지르는 것은 이미 체질에 밴 것이다.

손님이 온다.

"논산 얼마예요? 아들하고 우리 부부 셋이거든요."

손님이 모인다. 가까운 광주부터 전국으로 버스를 늘리면서 집결지별로 날짜를 맞춰 버스를 출발시킨다.

광주 31 사단

부산 51 사단

대구 50 사단

전주 35 사단

조치원 32 사단

증평 37 사단

의정부 306 보충대

춘천 102 보충대

논산 연무대훈련소

날짜별 장소별 시간별 뒷일이 많지만 신바람이 났다.

버스 임대료 주고도 남는 돈돈돈…

이때는 제법 돈을 갖다주니 미숙의 입이 귀에 가 걸려버렸다.

문제는 대전으로 광주로 서부터미널로 역전으로 대흥동 터미널에 이르기까지 일억을 만나자는 사람이 늘고 만나야 할 사람이 많아진다. 동분서주 종횡무진 일억은 몸이 둘이라도 모자랄 지경이다.

당시 경쟁업체는 기존 전속업체 중앙고속과 재향군인회였다. 이들은 이미 기반이 잡혀 일억의 복지관광은 경쟁자로 보지도 않는데 차츰 상황이 바뀐다.

자리 잡힌 큰 회사는 그간 늘 하던 대로만 할 뿐 새로운 아이디어에서는 일억이 앞서 버린 것이다.

보통 편도운영인 것을 일억은 아예 입소 아들을 내려주고 돌아오는 부모들에게는 왕복으로 표를 판 것이다.

먼 길 간들 아들이 정문으로 들어가면 끝. 들어가기 전 잠깐 정문 앞에서 먹이는 시간 얼마 되지도 않아 길어야 한 시간 반 아니면 한 시간. 내려오는데도 없던 수입이 생겨 두 배 가깝다.

편도밖에 모르는 중앙고속이나 재향군인회보다 수입이 더 많아진다.

출발지도 전국으로 확장하였다.

각 시도별로 후배들이나 지역 사람들에게 일당제로 임금을 주니 복지관광여행사에 물이 들어오는 것이다.

돈벌이 또 내리막

복지관광여행사업에 물이 들어오자(사업이 잘되자) 전국에 지사를 한다는 사람들이 동참하자고 찾아온다.

광주의 광성여객이나 창원에 본사를 둔 한미관광과도 손을 잡았다. 경상권역을 부산진역 앞과 대구역에서 출발하여 경남북지역 운송에 참여하여 지사별로 출발지와 도착지는 각각 다르지만 역시나 입소장병들이 주 승객이다.

여기에 다 쓸 수도 없다. 대전충남은 고속터미널 앞 출발, 서울은 용산역 광장에서 출발하는 동백관광, 물론 편도 승객을 왕복으로 권고하여 일억은 물론 지사도 수입이 늘지만(이윤분배방법) 승객이 더 편하다고도 하여 소위 황금기를 맞았다고 봐도 될 호시절을 맞게도 되었다.

그러나 김영삼 정부를 지나 김대중 정부가 들어서면서 복지관광은 정부정책 중 개인정보보호법이 나오면서, 동시에 지역감정을 없애고자 일관되게 하던 징집제도가 바뀌어 지역을 훌훌 섞어 섞박이식으로 흩어 모이게 하여 집결지를 흩어 조각을 내는 바람에 꽤 오래 재미를 보던 여행사도 막을 내릴 수밖에 없게 되었다.

그나저나 머리는 신문사에 꽂혔다. 빨리 창간을 하든지, 아니면 창간은 못 해도 처음이니까 지사라도 내고 싶은 마음이 급하다. 그럴 재력 정도는 되기 때문에 한국조세경제신문사(대전 충남북 지사장)와 동시에 사단법인 신체장애인복지회 지사에 같은 사무실을 내고 휴업 중인 복지관광 주소도 이곳으로 합쳤다.

물론 기반이 잡혀 좀은 잘 나간다고 봐도 된다. 그러다 보니 가기는 가도 서부터미널이나 대흥동 터미널과도 약간의 거리가 생기면서 그야말로 노는 물이 달라져 버렸다.

이쯤 되자 대전지역언론사 기자들이 궁금해서 찾아와 이쪽에서도 회장님 회장님 하면서 사람들이 오게 되자 이제 언론사 쪽으로도 인맥이 생긴다.

지금은 장애인을 장애우라 부르고 정부의 복지혜택이 많지만 그때만 해도 장애인은 안중에 없던 때다. 장애인 복지라면 이에 가장 큰 공적은 김대중 전 대통령 시절로서 기초생활수급자 제도도 김대중, 의료보험 제도도 김대중, 복지 하면 김대중이지만 당시는 김영삼 정부 말 김대중 정부 출범 직전이다. 때에 IMF외환 위기까지 닥쳐왔다.

전 같으면 일억은 이때 다시 또 깊은 늪에 빠졌을 건데 다행히 벌이는 부실해도 굶을 정도로 쪼달리지는 않는다. 그러나 미숙이 노래를 하는 집, 집 한 채는 아직도 장만하지 못하여 사글세로 사니까 이러는 일억에게 미숙은 실망한다.

"아 돈을 벌어야지 단체는 무슨?"

"벌기 싫어서 안 버나? 때가 지금 어떤 땐지 알면서 왜 그래?"

"그 단체니 법인이니 하는 거 그 돈은 어디서 나서 쓰는데?"

"내가 무슨 돈을 감추고 쓴단 소리여?"

"아니 벌지를 않고 어떻게 쓰느냐고?"

"그래도 처음 만났을 때보다는 수입이 낫지 안 그래?"

벌어 놓은 게 있어서라고는 못하고 또 그렇지도 않다. 경기가 엉망인데 장애인이고 언론이고 되든 않든 경험도 돈이니까 이게 10년이든 20년 후에 싹이 나려면 지금부터 아무리 어려운 환경이라도 씨를 뿌려야 한다고 생각한다.

그때 장애인에 대한 인식이나 복지 측면은 국민의식도 낮았다. 물론 일억이 어렸을 때는 전쟁에서 다친 상이군인들이 갈고리를 낀 주먹으로 떼를 쓰며 강매도 한 세월이 있었지만 지금의 장애인은 그런 장애인이 아니다. 정신장애와 신체장애인(지체장애인)으로 나뉘는데 일억이 남다른 것은 상대방 아픔을 자기 아픔처럼 보는.

이것은 너무 굶고 너무 맞고 큰 탓인지 약자를 보면 남 같지 않고 그게 바로 나라는 생각이 드는데 전두환 정부의 경제성공으로 떠돌며 굶는 사람이 좀 줄어든 까닭에 신체장애인복지회가 꾼 꿈의 상당 부문을 충족시켜 줄 보람으로 느껴졌기 때문이다.

작가가 물었다.

"그래서 신체장애인에게 무슨 혜택이라도 주는 겁니까?"

"주고 싶다는 거지요."

"그렇군요. 먼저 마음이 가야 행동이 따르는 거니까 일단 마음부터 장애인 쪽으로 간 현상이네요."

"살다 보니 말을 안 해 그렇지 장애인 많이 봤어요. 후배나 친구들 집에 들어가 보면 몇 집 건너 하나씩 장애인이 있습니다. 가령 성남동 기호 형님도 말씀드렸지만 장애인 아닙니까?"

"아참 그랬었군요. 그분은 선천장애인이 아니고 후천장애인…"

"맞아요. 선후천 불문 장애인을 보면 참 남의 일인데도 내 일 같아서요. 그때 성남동 기호 형님 집에서 버는 대로 갖다주어 다섯 식구가 산 것도 박절하게 나오지를 못해 5년 그러지 않았습니까?"

"복지 정신, 이건 누구나 그렇다지만 실천은 정말 어렵거든요."

"저도 마찬가집니다. 실천은 별로였습니다."

"그래서 구체적으로 무슨 일을 하신 거죠?"

"장애인들은 당시에는 지금처럼 전동휠체어는 꿈도 못 꾸고 손으로 굴리는 손 휠체어도 몇십만 원씩이라 바깥에 나오지를 못합니다. 그래서 그나마 돈이 있으면 휠체어를 한 대씩 사주고 싶은데 사준들, 그래봤자 집 밖 마당에나 나오지 어딜 가겠습니까? 당시는 도로나 건물이 장애인 접근 금지. 오갈 수도 없었습니다."

"세월 참 그렇게 보면 많이 좋아졌습니다."

"그때가 1990년 가까운 시기였습니다. 그러니 기호 형님도 죽고 이런저런 생각 끝에…"

"생각 끝에…"

"생각 끝에 과부가 과부 사정 안다고 사무실 문턱에 휠체어가 굴러오게 만들고 가끔이라도 같이 모이게 해주면 서로가 말이 통하는 사람들끼리니까 나들이 삼아서라도 나오지 않겠습니까?"

"또 모이면 맛있는 것도 사주고 그랬어요?"

"자장면도 허벌나게 먹습니다. 가끔 국밥도 사주고, 참 그렇게 기분이 좋을 수가 없었습니다."

"애들 엄마가 저러는데도 일단은 참 잘하셨어요. 그런데 그때 시청이나 어디서 후원해 주는 건 없던가요?"

"지금이야 사회복지단체가 많고 의식도 깨었지만 그때는 누가 이런 생각조차 하는 사람 자체가 거의 없었습니다. 혼자 운영하는 거죠. 그래도 그나마 돈이 좀 손에 잡히니까 이게 보람이라 하는 거지요."

"이렇게 시작하여 나중에는 교통장애인봉사회라는 사단법인 이사장도 하신 거네요."

"그렇습니다."

아내의 불만

이즈음이다.

미숙의 불만이 높아지고 있다.

"창피스럽게 맨날 장애인이나 끼고 집에는 무관심하고 이게 뭐요 당신?"

"아 그 왜 이래? 다 벌어 먹고 살자는 짓이지 내가 나가 무슨 죄짓고 다닌다는 거여?"

"그게 아니라 허우대는 멀쩡하니 회장회장 개도 안 물어갈 회장이면 뭐해? 여태 집 한 채도 없으면서, 애들은 크는데?"

"애들 밥 굶기나 지금?"

"밥이 아니라 애들 부모가 돼 가지고 과외 한 번 시키기를 하나 재능 교육을 시키나. 혜이가 벌써 중학생이잖아?"

"중학생? 호강인 줄 알아. 난 혜이 나이 적에 재생원 구두닦이 했어."

"잘한다, 구두닦이 안 시키는 게 대단히 훌륭한 아버지라구? 그게 아버지라는 사람이 할 말이야? 다른 집 애들 얘기도 못 들어요? 왜 그 지긋지긋한 영화숙 얘기는 또 왜 빼?"

"하라면 못 할까 봐. 상규가 몇 살이야 지금 열세 살이지? 그때 난 강냉이죽이 아니라 멀국도 아니고 강냉이 물만 마시고 살았어. 오죽하면 쟤 나이 때 또래 애들 넷이나 데리고 목숨 걸고 탈출했잖아? 그만하고 애들한테 호강하고 크는 거나 제대로나 가르쳐."

IMF 금융 위기

한국에서는 단순히 IMF, 외환위기 등으로 지칭하는 경우가 많지만 세계적으로는 1997년 아시아 금융 위기(1997 Asia Financial Crisis)로 불린다. 이 시기에 한국만 위기를 겪은 게 아니라 아시아 전반에 파급효과를 일으켰기 때문. 인도네시아와 태국이 타격을 가장 많이 받은 국가였고 한국은 단순 지표상으로 앞의 두 국가보다는 덜했으나 역시 엄청난 위기를 겪었다. 홍콩, 북한, 라오스, 말레이시아, 필리핀, 몽골, 캄보디아, 마카오 등도 침체에 시달렸다. 브루나이, 중국, 싱가포르, 대만, 베트남 또한 어려움을 겪었지만 그나마 영향을 덜 받았다. 그리고 당시 아시아의 유일한 선진국이었던 일본에도 영향을 주었을 정도로 파급력이 엄청나게 큰 사건이다.

그래저래 그래도 세월은 간다. 미숙이 집 나간 지가 어느덧 7년이던가? 혜이는 고3이 됐고 상규는 고등학교 1학년이다.

그럼 미숙이 집을 나가기 전으로 돌아가 본다.

길상이 동거녀

후배 길상이가 찾아왔다.

"형님, 제 원수 좀 갚아 주세요."

"원수라니 너 지금 뭔 소리냐?"

다들 회장님이라 하는데 섞여 듣는 말이지만 형님이라 하는 길상이가 죽게 됐단다.

"뭔데 뭘 도와달라는 거니, 진짜 복수를 해달라는 거니? 뭔 소리여?"

"형님도 몇 번 보셨잖아요? 희영이."

"희영이?"

"아 왜 저하고 동거했던?"

"아 이름이 희영이었던가? 그래서? 나야 그냥 제수씨라고 알고 왔는데 희영이었나?"

"예 맞아요."

"그 희영이가 뭘 어쨌다고 복수니 뭐니 그래?"

"희영이가 배신하고 떠나갔어요."

"그래? 언제?"

"두 달 됐어요."

"갔으면 간 거지 뭘 그러냐?"

"그런데 희영이가 광주서 살다 여길 와서 나를 만난 건데요, 자기가 맘이 변해 내려가 놓고는 거꾸로 오빠한테 나 길상이가 감금하고 강간 해서 대전서 잡혀 살다 왔다고 한 것 같아요."

"야 천천히 얘기해 봐라. 그런데 뭔 복수야?"

"내가 희영이한테 번 돈 다 줬는데 왜 그랬는지 말을 거꾸로 하고 너를 모함한다는 거니? 왜 그랬을까?"

"네 형님. 제 짐작이 틀림없어요. 희영이 오빠가 광주 주먹이라 맘은 희영이가 변해 배신해 놓고는 강간이니 뭐니 그렇게 둘러댄 것 같아요."

"그러다 오빠가 어찌 알고 대전 와서 잡아간 거구나."

"자기가 갔나 잡혀 갔나는 잘 모르지만. 그래 놓고 강간범에게 잡혔다고 한 것 같아요. 그건 오빠가 무서우니까 그런 것도 같아요."

"그래서 광주 오빠라는 그놈이 누군데 널 뭐 어쩌기라도 하겠다는 거야?"

"전화가 왔는데 희영이 오빠라면서 너 내가 며칟날 갈 테니 대전서 보자는 건 좋은데 만약 대전을 떠나 몸을 피하면 뛰어봤자 벼룩이라면서 잡히면 그날 죽여 버린다면서 기다리랍니다. 경고했으니 허튼 짓 할 생각 말라는 겁니다."

"그런데 그게 왜 복수냐?"

"아니 내가 강간범도 아니고 해 줄 만큼 했는데 오빠 무섭다고 날 나쁜 놈으로 만들고 이건 분하고 억울하잖습니까?"

"너 지금도 희영이 사랑하는 거니?"

"아니요. 희영이는 변했고 게다가 날 모략해 정이 떨어져 생각할수록 돈 잃고 정 뺏기고 몰매까지 맞게 생겼으니까 형님이 어떻게 좀…"

희영이 오빠라는 속칭 광주 주먹 세 명이 올라왔다. 보니 처음 본 얼굴이라 광주 출신 광주 형님 아느냐 하고서 달래려 할 생각인데 순간 보자마자

"네가 길상이냐?"

하더니 집단 폭행 마구잡이로 치고 밟고 짓이기고 이런 무법자가 따로 없다.

"어이 이러지 말고 내 말 좀 듣고 얘기하자."

하려는데 일억을 향해서도 몰매가 날아온다.

결과.

일억이 막는다고는 막지만 주먹들이 쎄다. 아주 짧은 순간이다.

그때 반사적으로 내려치는 다리를 걷어챘더니 한 놈은 꼬꾸라져 일어나지를 못하고. 또 한 놈도 공격을 막는다고 갈겼더니 팔이 부러진 모양이다. 마지막 한 놈마저 귀퉁배기를 후려치자 입술이 터면서 이빨이 부러지고 말았다.

일억은 몸에 근육 통증은 있지만 무탈하다.

결과는 폭행+@

이 일이 커져 버렸다.

상대방 셋은 몇 주 진단에서부터 다리가 부러진 놈은 몇 달 진단이 나오고 일억은 타박상이니 일방 구타이며 폭행 동기도 불분명하단다.

결과 구속수감 재판에 넘겨지고 일억은 전과가 있어 재범 우려가 있다면서 전에 받았던 집행유예까지 들먹이더니 징역 2년 선고를 내렸다.

교도소

교도소다.

복지고 관광이고 신문이고 앞이 막혀버렸다. 나머지 하던 일 둔산지구 철거일은 합죽이와 막둥이가 마감해서 다행이지만.

길상이는

"형님 죄송해요. 형님이 이렇게 될 줄은 꿈에도 몰랐어요. 형님 죄송해요 죄송해요."

거의 매일 면회를 와서 하는 말에 일억이 뭘 어쩌며 무어라 하랴.

"형이 어리석었으니 엎어진 물이다."

그리고 치 내려 한숨을 쉬어본들 앞이 깜깜하다.

교도소에 있어 보니 올 사람은 꼭 면회를 온다. 꼭 올 것 같은 친구가 안 와서 물어보면 역시나 사고를 쳐 갇혔거나 아니면 입원했다고 한다.

내 나이가 지금 몇이던가?

45세,

남매의 아버지이고 미숙의 남편. 이건 객기도 아니고 철없는 혈기도 아니고 이 나이에… 회장이라는 사람이 이게 뭔 꼴이란 말인가. 2년? 기가 막힌다. 그러면 혜이와 상규는 그때 둘 다 대학생? 아찔하다.

면회를 온들 길상이가 하는 말은 돌돌 왼다. 죄송? 죄송이 중요한 게 아니고 이건 잘 산 게 아니고 결론은 아주 정말 잘 못 산 결과지 싶다.

문득 그 후 두 번밖에 가 뵙지 못한 엄니에게 불효한 업보인가도 싶고, 작년에 새아버지가 돌아가셨다는데도 돈만 보내고 안 가 본 죄 때문인가도 싶다.

안 간 이유, 아버지의 상복을 두 번 입는 자는 이부지자(아버지가 둘)라 이건 짐승 짓에도 이런 건 없다고 들었기 때문인데 이런 것들이 나를 아직도 철이 덜 난 인간이라 이렇게 된 걸까? 후회도 하지만 후회한들.

미숙이 생각도 난다.

면회라도 올까 겁난다. 이 꼴 보여주기 싫어 면회 거절하기도 뭣하고.

그런데 철현이가 면회를 왔다. 지난번에도 와서 뭔가 머뭇머뭇하다 가기에 뭔가 했더니 오늘은 와서 하는 말,

"형님. 형수님 말이 면회 가거든 형수는 면회 안 온다며 기다리지 마란다 하라 했어요."

한다.

잘 됐다. 오지 않는 게 도와주는 건데 재판 받는 데만 두 달이 지났으니 집에 돈도 바닥이 났을 건데 어찌 사는지.

징조 불길

순태도 세 번째 온 면회다. 그런데 하는 소리가.

"형님 큰일 났어."

"왜?"

"형수님이 변한 게 분명해 보여요."

"변하다니 뭔 소리니?"

"77 있잖아요, 대전극장 뒤 카바레."

"카바레가 뭘 어떻다는 거니?"

"형님 아닙니다. 괜히 맘만 다치지 뭐."

그러다가 교도관이 시간 됐다 해 갔는데 궁금해 미칠 지경이다.

이번에는 후배와 어린 아들 상규가 왔다.

"아빠, 빵 사 넣었어요. 그거 달래서 드세요."

상규가 영치물로 빵을 넣은 모양이다.

'어린 상규한테 뭐라 하지? 그냥 엄마 말 잘 듣고 아프지 마라?'

말고는 말문이 막힌다.

상규를 보내고 대성통곡이 터져 화장실에서 얼마나 울었는지 모른다.

나이는 50줄에 들어서고 교도소에 갇혀 아득하고 집 한 채도 못 사고 먹을 것도 없는 세 식구, 다시는 절대로 다시 여기 오지 말아야 한다고 다짐하지만 지금은 교도소다.

영 궁금한 게 있다. 순태가 77 카바레 어쩌구 미숙이 얘기를 하다가 못 하고 간 그게 뭔지 잘 모르겠다.

그러자 얼마 지나 철현이가 왔기에 물었더니

"걱정 마, 순태란 놈이 잘못 보고는 77에서 형수를 봤다고 해서 그게 진짜냐 물었더니 엊그제서야 그게 아니고 잘못 본 거라 했어."

한다.

도대체 이게 뭐지? 별참 빵(교도소)에 갇히니 일억도 일억이지만 주변에서도 색안경을 쓰고 보나 싶었는데 아니라니까 된 것이다.

그나저나 미숙은 너무 가슴이 아파서인지 정말 면회 한 번을 안 온다. 그냥 속상해서 한 말인 줄 알았더니 그게 아니라 혹 정이 떨어져 마음까지 멀어진 건 아닌지도 모르겠다.

그런데 며칠 후 순태가 와서 이번에는 형수를 직접 만나 봤다고 한다. 가슴이 철렁한다.

"너 그 카바레 갔었니?"

"아니고 형님, 형수님이 역전 시장에서 과일 장사하는 걸 봤어요."

한다.

그렇지. 춤이나 출 미숙은 아니다. 그런데 사과 장사를 한다? 그깟 장사로 무슨 살림이 될 일도 아닌데 남편이 없어 사과 장사라도? 그렇겠다는 생각에 가슴이 미어진다.

"그런데 형님. 형수님이 그때 배를 움켜쥐고 쓰러지려 하는 겁니다."

"뭐?"

"물어봤더니 아니라면서 잠깐 속이 쓰려서 그러니 걱정 말고 볼일 보라 하시기에 톡 털어 3만 원 드리고 왔습니다."

한다.

"많이 안 좋아 보이던가?"

"예. 그러면서도 형님 보면 아무 말도 하지 말아 달래요."

이건 완전 삼류소설 신파극이다. 어쩌다 내가 이렇게 되고 미숙이 노점에 나가고 그렇다고 영화도 소설도 아닌데 눈물이 난다.

교도소 식단은 아예 포기한 탓인지 식욕을 잃은 탓인지… 아니면 식단이 좋아진 건지 콩밥이고 그냥 적응된다만 노역이 아니면 이 답답함을 어찌 이길지.

노역은 밭일도 하지만 목공예로 상을 만들고 의자도 만드는 일을 하며 오직 기다리는 건 누가 면회 오기를 바라는 것 이게 낙이다.

그렇게 형기를 얼마 남기지 않았는데 중삼이와 삼수가 면회를 와 하는 말이 아예 생각지도 않던 미숙이가 면회를 온다 했단다.

덤덤하다.

"안 온다던 사람이 왜지?"

"일억아. 안 좋은 말 하러 오는 것 같은 눈치더라."

"안 좋다니?"

삼수도 혜이 엄마를 만났단다. 삼수에게 물어본다.

"뭐라대?"

"애들은 커가고 이래서는 못 살 것 같아서 대전을 떠나야겠다더라."

"그래? 어디가 뭘 한다는 거지 나 조금만 있으면 나갈 건데."

"안 그래도 그 말을 했더니 같이 살아봤자 희망이 없다는 식으로 말하면서 면회를 가서 자기가 얘길 한다고 했어."

아~~ 이혼당함

그 후 머리가 복잡한 채 출감 한 달여를 앞두고 미숙이 찾아와 이혼해 달라며 지장을 찍어 달라 서류를 내민다.

다시 기억하기도 싫은 그 순간 일억은 할 말이 태산이지만 두말 않고 지장을 눌러주었다. 받더니

"애들은 내가 데려가 가르치고 키울 테니 그런 줄 아세요."

하고 눈물을 쏟으며 미숙이 갔다.

교도소를 나와 보니 사무실은 철거하러 갔던 건물 몰골이다.

면회 왔던 친구들을 만나지만 한숨만 나온다. 보고 싶은 상규, 혜이.

남매가 눈에 어려 얼른 애들부터 봐야지 정신을 들 것 같아 수소문 결과 처가 집으로 가지는 않고 수원이란다.

열일 다 젖히고 남매를 데려올 각오다.

돈이다.

집이다.

무조건 돈이다.

동시에

돈은 일이고 돈이 공부고 일이 돈이라는 사실 뼈에 새긴다는 마음으로 그로부터 돈을 모으기로 했다.

　"그때부터는 정말 안 쓰고 모은 겁니까?"

　"집도 절도 돈도 없고 있다는 건 남매고 선후배 친구들인데 갑자기 노랭이 구두쇠 자린고비로 살 생각을 하니 기가 막히지만, 하여튼 악을 써대니 그때부터 돈이 좀 모이더라고요."

　"그래서 그때부터는 주로 뭔 일로 돈을 번 거죠?"

　"처음엔 할 일도 잊었습니다. 물론 하던 일들이 다 돈을 못 버는 일은 아니었습니다. 그러나 맥이 쭉 빠지는데도 그래도 힘을 내 닥치는 대로 일을 했습니다."

　"뭔 일이지요?"

　"다시 도장도 파고 나라시도 하고 또 복지관과 드문드문 여행사도 하는 거지요."

　"전 같지는 않겠군요."

　"그야말로 재건입니다. 만나는 사람마다 도와 달라, 도와줘야겠다, 부탁한다 했더니 역시 친구는 친구인데 이제 하나둘 선배들이 세상을 떠나요."

　"이제 선배 도움은 잘 안 되겠군요."

　"대신 후배들이 있잖습니까. 의리는 똑소리 납니다."

　"그래서? 들은 대로 그때부터 서울로 돈벌기 진출하러 가는 겁니까?"

"그렇지요. 그땐 대전도 크지만 광주도 컸고 대구 부산이지만 역시나 그래도 서울은 서울이거든요."

서울은 이 책에 쓰지 않아 그렇지 자주 오가고 지인도 많아 서울은 이미 어디나 낯선 곳이 아니다.

특히 서울 강남터미널에는 유 회장이 떼돈을 번다는 것도 알고는 있다.

'맞아. 서울이야 서울. 유 회장하고 한 판 붙어 보지 뭐.'

유 회장도 일억을 안다. 대전 박일억이라는 이름이 전국에 알려진 지 오래이므로 일억이 서울로 왔다 하면 유 회장은 어떻게 나올지 모르지만 일단은.

당시 대전과 서울은 고속버스와 열차로 다니는데 이젠 고속버스 승객이 열차 승객 턱밑을 치밀고 올라오는 중이다.

그때는 또 지금처럼 KTX는 없고 새마을과 우등 특급열차가 다녔고 고속버스는 대전은 물론 전국이 거미줄처럼 배치돼 있다는 건 말이 필요치도 않다. 특히 부산, 대구, 광주, 대전 같은 대도시 직통은 차량이 부족해 자주 임시버스를 배차해도 대기하는 승객이 터미널 안밖에 미어터질 지경이었다.

서울로 강남으로

매주 주말이나 연휴가 끼거나 방학 피서철, 하여간 터미널에는 발을 못 디딜 정도로 많은 사람이 구름처럼 모여드는데 게다가 추석이나 설 같은 명절에는 표를 못 사서 암표 값이 두세 배나 비싸도 사기가 힘들었다. 아니면 한두 시간을 기다려야 했다.

'가서 암표 장사를 해봐?'

'그러나 이것도 단속이 심하니 그런 것 말고 뭐 다른 건 없을까?'

경부선 호남선 강남고속터미널은 인산인해, 저 많은 사람이 저마다 적어도 기십만 원씩의 현금을 가지고 있을 터이니 도대체가 지금 이 시각 터미널 승객의 돈 전체를 합친다면? 당시는 카드라는 게 없고 오직 현금이고 5만 원 권도 나오기 전이다.

서울에도 역시나 앞마당에서 구두를 닦는 사람들. 들어서 누구라고는 아는 이름이지만 가서 말을 걸거나 만나볼 생각은 없다.

터미널 터 앞뒤 둘레로 전체를 한 바퀴 돌고 두 바퀴 돌고 경부 호남 터미널 대합실은 세 번이나 둘러본다.

본들

대합실 매표소는 도시별로 다르고 식당도 미어터지고 가게마다 손님이고 화장실까지 만원이다.

'돈 일억? 이건 돈도 아니구나. 백억은 못 돼도 아마도 십 수억? 가진 돈 합계는 총 얼마나 될까?'

모를 일이다.

충청권 지역 매표소, 대구 부산 경남 울산 등 경부권 매표소, 강원권 매표소와 경기 수도권 매표소… 각 매표소마다 표를 사려 줄을 선 사람들이 길게 서 있다. 몇 시간 지나야 타는 표만 판다. 암표상들이 바쁘다.

"빨리 가는 표 있어요."

"지금 출발하는 표 있어요."

지금 파는 표는 보통 2시간 후 출발하는 승차권이다. 암표를 사려고 줄에서 나와

"네 장 살 수 있어요?"

"두 장 있어요?"

웬 사람들이 이렇게 몰려 대흥동이나 서부터미널하고는 비교도 상상도 안 되는 서울 강남, 용산터미널이나 마장동도 그럴 것이고 서울역도 마찬가지일 것이다.

'유 회장은 여기서 얼마나 많이 벌까?'

모를 일이다. 어차피 만날 사람인데 만나면 표정이 어떨지도 모르겠다.

바로 이거다~!

마침내 눈에 띄는 돈벌이 구멍이 보인다.

터미널 뒤편 화물차 주차장에 관광버스가 여러 대다. 유 회장이 하는 나라시(삐끼)다.

너댓 여덟아홉 승객들이 몰려와 관광버스에 오른다. 오르기 전 돈을 받는데 보나마나 매표소 표값의 두세 배까지 받는다.

"울산 맞아요?"

"대전 이 차예요?"

여기까지 온 승객들. 이미 터미널 앞 지하철 출구에서 외친 호객을 따라온 것이다. 호객은

"매표소에는 지금 바로 가는 표는 없어요."

"바로 가는 차표는 없어요."

"지금 매표소로 가면 세 시간 후 떠나는 차표밖에 못 삽니다."

"자 대구 경주 빨리 오세요."

"이제 매표소는 매진이라 문 닫혔습니다~~"

터미널 건너 지하도 출구에서 호객을 한다.

그리고 대합실 입구에서도

"들어가 보고 바로 출발하는 차표 없으면 바로 나오세요."

"빨리 가는 차 있습니다."

들어갔다 나오는 사람

"잠깐 기다리세요. 두 명 더 오면 모셔갈게요."

"자 부산 부산, 어서 오세요."

"대구는 저쪽으로 가세요."

일억이 둘러보니 저건 터미널 매표소에 버금갈 정도인데 도대체 저건 합법인가 불법인가? 편법도 아니고 불법인데 당시 이런 불법 버스가 부지기수지만 몰리는 인파에 터지는 대합실에 부족한 단속인력에 경찰이고 터미널직원이고 여기까지 눈을 돌리는 사람도 없다.

있다 한들,

일억은 터미널에서 살아왔고 관광여행사도 해 봤기 때문에 이게 어떻게 돌아가는지 안다.

이렇게 오고 가는 편 불법 운행 버스 삯은 얼마나 될까. 지켜보니 시간당? 그러면 하루에는? 경부선에서만 대충 봐도 50대는 넘고 70대 정도로 보이는데 실은 100대가 넘는지도 모른다.

대당 40명 잡아도 그렇게 버는 돈이 하루 대당 50~100?

수천만 아니면 일억 원 대다.

'하루 일억?'

일억은 이름만 일억이지 일억을 계산해 본 일도 없다.

'일단 내려가자.'

'내려가 후배들을 데리고 올라와 나도 벌자.'

혼자 이런 서울 강남터미널을 둘러보고 입술을 깨물고 대전으로 내려가는 중이다. 용호하고 재열이, 권투선수 해글러를 닮아 해글러라 부르는 후배 셋? 아니면 넷? 일당을 톡톡히 주고 데리고 올라올 결심을 했다.

용호와 재열이 해글러는 수족같이 움직이는 아우들이다. 일단 가서 훼방을 놓으면 결국 유 회장이 찾아올 것이다.

"유 회장을 바로 만났어요?"

"가서 처음에는 소리를 치며 호객을 했지요. 그랬더니 금방 소문이 나지 않겠습니까?"

"싸움이 납니까?"

"아니까 막 대하지는 못하지요."

"유 회장이라는 사람은 어떤 사람입니까?"

"몸집은 나도 크지만 더 커요. 게다가 조직이 있습니다. 돈도 잘 버니까 똘마니들이 복종하기 때문에 누가 건드리기 어려워요."

"오길래 뭐라고 했습니까?"

"간단합니다."

"예?"

"어이 유 회장! 난데 말야. 동생들하고 먹고 살자고 왔으니까 같이 벌어먹고 살자고 응?"

"그러면 주먹이 날아오는 거 아닙니까?"

"나를 아니까 쉽사리 그렇게는 못하지요."

"뭐래요?"

"어이 일억 회장. 여기까지 웬일이야 하더니, 바로 쇼당(합의)이 들어옵니다."

"내려가라는 건가요?"

"그게 아니라 인사는 하겠다면서 돈뭉치를 내밀어요."

"얼마나 돼 보이던가요?"

"유 회장은 하루 천만 원까지도 벌 걸요. 그럼 똘마니들 열댓 명 두당 20만 원씩 줘 봤자 200이죠? 아마 돈을 갈퀴로 긁어댔을 거예요."

"그래서 받고 말은 겁니까?"

"아니지요. 재열이가 순식간에 낚아채 도망을 치게 해 그리했습니다. 얘가 눈치가 보통이 아닙니다. 그래서 주변에 널린 게 경찰이니까 난데없이 소매치기가 돈을 채갔기 때문에 광장 파출소로 증인을 서라 해 갔습니다."

"아니 소매치기는 도망갔는데 왜요?"

"경찰들도 유 회장은 다 알잖습니까? 유 회장이 소매치기를 당했으니 속을 모르는 경찰은 조사를 해야 되지 않겠어요?"

"그런데 이상합니다. 재열이가 돈 가방을 낚아채 인파 속으로 도망간 겁니까?"

"아니죠. 시동 걸린 남의 오토바이를 타고 잽싸게 달아난 겁니다. 물론 오토바이는 나중에 돌려줬지만."

"그러니까 작전이라 할지 의도가 뭡니까?"

"일단 유 회장을 잡아채야 하니까 일을 터뜨린 것입니다."

"아 그래서요?"

"신고하고 파출소를 나와 따로 만났습니다. 유 회장과 단둘이 만나 합의를 봤습니다."

"어떤 합의죠? 대당 얼마를 떼어 준다는 식의 합의지요?"

"그건 아닙니다. 지지하게 거기서 똥 뗄 생각은 없고 나는 호남고속터미널로 갈 테니 그리 알라 하고 그러자고 하여 결말짓고 말았습니다."

"왜 그랬죠?"

"뭐 호남에서만 잘해도 되니까 공연히 덧나게 할 필요까지는 없어서입니다."

"그래서요?"

"나중에 유 회장이 재열이도 봤지만 아는지 모르는지 그냥 넘어갔고요. 그 돈 보따리는 용호 재열이 헤글러에게 너희들 용돈이나 쓰라고 줬습니다."

"결국 진출에 실패한 건가요?"

"아니지요. 부딪힐 소지를 없앴으니 저야 앞으로 벌면 되잖아요?"

"일단 말뚝을 박은 거네요?"

"그렇지요. 그게 주말이면 큰돈이고 명절이면 대박 납니다. 뭐 주먹이 아니라도 경험이 있는 저 같은 경우는 경부 호남 서울이고 부산 상관없습니다. 결정하기 전이 문제지 결정하면 지켜요."

"그나저나 유 회장하고는 합의가 끝났으니까 호남선터미널로 간 거지요? 거기는 또 기득권을 가진 누구 없습니까?"

"거기는 조직이랄 게 없이 열댓 명이 암표나 삐끼(호객운송)를 하는데 대장은 없어요. 그래서 경부선 유 회장도 호남으로 가라 하고 그래서 경부선 쪽 터미널에서는 유 회장이 하고 저는 호남선터미널로 자리를 잡은 거니까 처음 생각했던 대로 새로운 일을 시작하게 된 것입니다."

돈돈돈, 호남고속터미널

유 회장과 약속한 대로 경부선고속터미널은 관여하지 않고 호남선 고속터미널로 자리를 잡아간다. 여기서도 암표 등 여러 명이 있어 숙덕인다.

"누구라고?"

"박일억. 대전? 안 들어 봤어?"

"누군데? 대전 주먹? 건달이야?"

"아니 주먹은 맞지만 건달이라고는 않던데."

"그럼 뭔데 여길 삼켜? 대전이라며? 왜 호터(호남선터미널)를 삼켜?"

"유 회장하고 뭔 얘기가 됐으니까 먹었겠지."

호남선터미널 호객 삐끼들은 인정하는데 문제는 주변 잡상인 노점상들이 시끄럽다고 항의를 해댄다.

목이 아파 반복기(녹음한 음성재생기)를 돌리는데 볼륨을 한껏 높이지 않으면 경적소리 상인들 물건 파는 소리가 뒤섞여 승객들이 못 듣고 지나가서 높일 수밖에.

그러니 저쪽으로 가 달라고 징징거린다. 그러거나 말거나 신경 끄고 말면 되지만 저들은 박힌 돌이고 일억 팀은 굴러온 돌이니 구태여 하루 종일 보는 사이에 부딪치는 것도 성가셔서.

"아줌마 가래떡 열 개~"

아니면

"그 문어 다리 얼마지요?"

사서 먹든지 않든지, 그러다 남으면 가져와 상규를 주면 좋아하여 싸우며 일하는 게 아니라 같이 먹고 살아야 한다고 용호랑 재열이 해글러를 다독인다.

그러다 이삼일 만에 집에 내려오면 혜이가 밥상을 차려내 온다.

"이건 너무 짜다."

"이건 좀 달다."

"이건 모양이 덜 난다~"

가르치지만 엄마 없는 학생이 동생 데리고 저러다니 짠하다 생각을 거둔다. 공연스레 눈물이 날 테니까.

"아버지 언제 우리도 집 살 거예요?"

"집?"

"예 저번에 아버지가 빨리 집부터 살 거라고 했잖아요?"

"언제?"

"아이 지난주 월요일 날 술 잡숫고 와서 그러셨어요."

그랬다. 상규 말이 맞다.

우선 집부터 산다고 마음먹은 게 사실이다.

"아 그랬지 참 상규야, 이번 설 지나면 살 거다. 두 달만 기다려 봐."

"와 아버지 정말이세요? 누나~ 이번 설 지나면 우리도 집 살 거래 와~"

집을 한 채 알아보라 한 지는 좀 됐다. 그런데 돈이 문제지 알아보는 게 문제는 아니다.

돈벌이도 대목이 있어

추석이 되었다. 명절은 일억에게 최고의 돈을 벌 기회다.

광주

목포

전주

군산

이리

고흥

벌교

장흥

순천

여수

군산

호남선고속터미널에서 고향으로 가려는 승객들로 남대문시장과 동대문 평화시장 통이나 광장시장 순대 골목처럼 붐벼 비비고 나갈 틈새가 없을 지경이다.

문제는 각자 가는 곳이 다르기 때문에

"야 용호야. 혼자 다니는 사람보다 가족 팀부터 잡아. 일석 2조도 몰라? 일석 5조로 가자."

돈이 벌린다. 하루 몇 백만 원도 번다. 일억 자신도 놀란다.

수입 구조는 간단하다.

면이 있는 기사한테 손님을 데려가면 차에 오르며 돈을 받아 45인석
이 차면

장거리는 1인당 4만 원(단거리 2만 원)을 받아 장거리 경우 90만 원을
반반 나누면 1대당 45만 원씩. 일억은 버스 대당 45만 원씩을 번다.

먼 곳은 4만 원씩 180만 원에 대당 90만 원씩 벌어 반타작인데 기사
는 경유(유류대) 값이라야 10만 원에서 20만 원 누이 좋고 매부도 좋다.

이렇게 하루 50대 평균에 명절이면 80대도 보낸다. 하루에 공무원
몇 달 치 돈을 버는데 평일은 반탕이지만 주말은 온탕이고 명절은 대박
이다.

당시 일억이 하루에 번 돈은 들쭉날쭉이라 평균 얼마라고 할 수도 없
지만 사실은 일억 자신도 얼마를 벌고 얼마나 나갔는지, 이건 장부도 없
어 자신도 모른다. 돈을 세어볼 시간도 필요도 없었다.

"아우들아, 섭섭하면 말해라. 명절 보너스는 이만하면 됐니?"

"형님 그런 걱정하덜 마세요. 전에 우리가 어떻게 살았습니까, 이건
왕은 못 돼도 정승집 급입니다."

"그래 언제든지 뭔 일 있으면 말하고, 일이 돈이고 돈이 일이라 했지?

첫째는 열심히 해야 하고 옆 노점상들과 부딪치지는 말고 알지?"

월요일과 화요일은 쉰다. 매주 이틀은 집에서 머문다.

혜이는 얼굴이 밝아지지만 그럼에도 일억의 눈에는 어미 미숙에 대한 그리움이 엿보인다.

"혜이야. 그 후 엄마 소식은 듣니?"

"지난주 왔었어요."

"그래 뭐라던?"

"별 얘긴 않고 같이 가서 반찬거리 사자 해서 반찬 해주고 갔어요."

"그래 보니까 느낌이 어떻던, 고생하는 것 같진 않디?"

"돈은 없는 것 같아요, 내가 돈을 다 내니까 아빠가 돈 잘 주니? 하길래 내가 5만 원 따로 줬어요."

"엄마가 나도 2만 원 주던데요. 누나한테 얘기했잖아?"

"응. 책 사지 말고 먹 싶은 거나 사 먹으라 했댔지?"

첫 집 장만

마침내 판암동에 작은 집을 샀다. 방은 세 칸이지만 좁아도 이게 내 집이라 기쁨보다 생각이 깊다.

미숙이와 같이라면 얼마나 좋아할지 눈에 보인다.

미숙이 떠나지 않았다면? 뭐라고 할지 얼굴을 안 봐도 다 보이고 쟁쟁하게 귀에 들린다.

"혜이야~~ 너 독방이니까 너무 좋지? 상규도 독방 됐네."

이건 떠난 사람 미숙이 아니고 같이 사는 미숙의 옥 굴러가는 듯 맑고 기뻐하는 말이다.

"얘들아. 아버지가 집 사느라고 얼마나 힘들었는지 너희는 모를 거다. 나는 알지. 여보 고생했어요~~ 이제 내가 더 잘 해 드릴게요. 고생했으니까."

없는 사람이 나타나 진수성찬을 차리고 싱글벙글 신바람을 내기도 한다.

'아 진작에 집만 샀어도 우리가 이렇게까지는 되지 않았을 건데… 그러나 얼른 잊어야 한다. 그리고 내일 또 서울로 돈 벌러 가야 한다. 그런데 왜 기쁜 이 날에 춤을 춰도 될 이 날에 자려고 하니 눈물이 쏟아지는 거지?'

미숙이 보고 싶어 몸부림이 쳐진다.

"그날 밤 애들이 잠들었다 싶어지자 대성통곡을 했습니다."

"아 애들 엄마 생각이 나서 그러셨군요."

"그럴 줄 몰랐어요. 집이 복수하는 것 같더니만 이건 딴판입니다. 고생시킨 생각만 나고 웃고 상냥했던 날들만 기억이 나는 것이…"

"그게 고운 정만 살아난 현상이네요?"

"그날따라 미운 생각은 하나도 나지 않았습니다."

"그게 비록 헤어졌어도 부부라는 뜻 같네요."

"집 사놓고 이렇게 울 거라고는 생각도 못 했거든요."

"그렇군요. 그건 그렇고 그런데 집 사는 데는 돈이 많이 들었습니까?"

"그때 돈이 1억이 좀 안 됐습니다. 지금 같으면 어림도 없는 금액인데도 그때는 쌌지요? 그러나 그때도 큰돈이었습니다."

"대출도 받고요?"

"아니요. 그런 데는 눈이 어둡고 또 빚지고 집사는 건 싫더라고요."

"여전히 돈독은 잔뜩 올라 있는 거죠?"

"그렇지요. 분명한 건 아무리 더럽게 벌어도 깨끗하게만 쓰면 된다는 생각은 늘 하는 거고요."

집을 사게 되자니까 운도 맞아들었다.

지금은 하지도 할 수도 없는 불법운송 나라시 버스사업인데 그때는 그게 통하던 때다. 얼마 안 가 완전 사라지지만 아무튼 그게 일억의 집을 산 밑천이 돼 준 것이다.

"그렇다고 이걸 한두 해에 왕창 벌은 건 아니지요?"

"아닙니다. 햇수로 두 해 만에 번 돈입니다."

"참 돈벌이도 고속 돈벌이였네요?"

"그게 있지요? 서울서만 한 게 아닙니다."

"어디 딴 데서도 했어요?"

"명절이 끝나잖아요? 그럼 이번에는 각 도시마다 반대로 귀경버스가 서울로 가면 대전만 해도 서울로 돌아가는 사람이 내려올 때 서울같이 북새통을 이룹니다."

"아 거꾸로 대전서도 돈을 번 겁니까?"

"그런데 대전은 터미널 면적이 서울 같지 않아 버스를 몇 대 대기시키기가 어렵습니다."

"그렇겠군요."

그래서 아우들도 고향이든 집에 보내고 혼자 나가 벌었습니다."

"터는 좁고 동생들도 없고 벌이가 시들했겠군요."

"아닙니다. 혼자니까 또 인건비가 없어서 역시 짭짤했습니다. 또 명절인데 집에 있은들 괜히 처량하니 집사람도 없고 고민만 하고 터질지도 모르는 눈물로 울고 앉아만 있지 뭘 합니까? 그러니 마음도 추스리면서 벌어야지."

"짭짤? 고민? 하하 그래요."

"그러니 서울서 번 걸 집 사는 데 쓰고 나니까 다시 설 명절이 오려면

멀고 허전해서 혜이 엄마도 잊을 겸 집에 있느니 나간 건데 이때도 재
미를 봤습니다."

명절은 고민이 많으니까

원래는 군산 엄니한테 가려고도 했다. 새아버지도 세상 뜨고 동생들은 전부 여자애들이라 시집가버리고 막내 하나하고 사니 일억이 가면 얼마나 좋을까 하는 충동에 바로 갈까 하다 아차 미숙이 없이 혼자다.

엄니도 이미 아는 일이기는 하다. 그래도 스스로? 그것도 감빵 갔다가 이혼했다는 건 이혼을 한 게 아니라 이혼을 당한 것이다.

불알찬 사내란 놈이 채였으니 소박은 맞는다지만 바깥박을 맞는다는 소리는 들어 본 적도 없다. 이 무슨 꼴이람.

그렇지만 암만 그래도 이나마 집이라고 샀으니 그래도 엄니한테 집은 보여드려야겠다는 생각에 염치를 무릅쓰고 모셔왔다.

어느새 70대 노인이다.

그날 밤, 저녁을 먹고 앉자마자,

"애비야 에미는? 왔다 갔니?"

생각지도 않은 며느리 타령부터 하신다.

집 구경 오신 어머니

주저주저

"아, 예예, 아직."

하는데

"아니다. 사람의 마음은 조변석개(朝變夕改)랬어. 아침저녁 바뀌고 변하는 게 사람이야, 어딨는지는 모르니?"

"예 잘 모릅니다."

"일억아, 돈보다 사람이고 사람 중에도 부부다. 부부 없는 자식 없잖아. 생각이 바뀌었을 수도 있으니까 가서 달래 데려오면 어떻겠니? 응?"

방안 공기가 삭 식어 버렸다.

"아빠. 나 친구 온다는데 내 방에서 같이 놀아도 돼요?"

상규다.

"그래라."

하고는

"엄니. 애들도 듣는데 그만하시죠?"

"아니야, 너 내가 지금까지 평생을 한 후회가 뭔지 아니?"

"예?"

"시집 두 번 간 거란다. 이건 남자라도 같을 거야."

"아, 예 그야 뭐."

"남자나 여자나 한번 만났으면 백년해로하는 게 가장 큰 복이다."

"뭐 엄니는 아버지가 돌아가셨으니 다르지요."

"다르긴 다르지. 그러나 지금도 후회는 새사람하고 애를 셋이나 낳은 거야."

"잘하신 겁니다. 애들이야 즈네들이 태어난 거니까요."

"그게 아니다. 자칫 며느리까지 또 씨 다른 애를 낳게 되면 어떻겠니, 그러면 그게 시어미 죄값 아니겠니? 생각해 봐. 내가 잘못 살아가고⋯ 난 자나 깨나 나 같을까 봐 그게 걱정이야. 부부는 죽고 이혼도 하지마는"

"무슨 말씀인지는 아는데 그 얘긴 이만하시죠?"

"아니다. 부부는 이혼해도 부모하고 자식은 이혼이 없어. 그러니 그러기 전에 데려와야 옳다. 사람은 얼마든지 잘못 판단할 수도 있는 거니까 더 나빠지기 전에⋯"

정말 생각지도 않은 말씀을 하신다.

엄니와 한방에서 자려고 하는데 생각이 많아진다. 그런데 주무시는 듯 하던 엄니가 입을 연다.

"일억아, 너 혹 재혼할 생각이니?"

"아니요. 재혼은 무슨⋯"

"하지 마라. 절대 하지 마. 이건 남녀가 따로 없어. 정이나 외로우면 애들 몰래 밖에서나 만나고 집에는 들이지 말어."

"저는 지금 그런 생각 없어요."

"그렇겠지. 그러나 사람이 살다 보면 사람을 만나게 되고 만나면 정도 드는 법이다. 그래서 하는 말인데"

"예 말씀해 보세요."

"차라리 돈을 주더라도 집에 들이지는 말고, 절대 두 집 살림을 차리지는 말어. 남자가 바람은 피워도 가정까지 깨면 못 쓴다. 그게 훗날 다 애들한테로 내려간다."

알아는 듣는 말씀이다.

작가가 끼어들었다.

"진짜 재혼은 그래서 안 한 거네요."

"벌써 30년 혼잡니다."

"혼자니까 재혼하는 것 아닌가요? 그럼 양심도 혼잡니까?"

"유부녀는 절대 아니고 외롭고 착해 정까지 들면 어렵더라고요. 그러나 술이 그러지 술 깨면 그만일 때도 있어요."

"알 만합니다. 하하."

"아니 웃지 마세요. 저는 애들 엄마 차미숙이라면 사실 아닌 것도 같은데도 일편단심 이게 진심입니다."

"상대 미숙 씨가 그걸 아느냐가 중요할 건데?"

"알든 모르든 간에."

얼마 지나 헐레벌떡 명덕이가 찾아왔다

"오랜만이다 아우야! 무슨 일은 없구?"

"있어요 형님."

"뭐 나쁜 일 아니냐? 그럼 됐다 해라. 내가 친구 선후배 그 나쁜 얘기 듣는 바람에 신세 조지고 이혼까지 한 건 너도 알잖니? 내가 그게 병이라서 그런다."

"그래요? 그건 알지만."

하더니

"그럼 안 할게요."

한다.

그러니까 궁금해지는 일억

"그래 듣기만 할 테니 섭섭해하지는 말고 그냥 얘기나 해 들어나 보자."

"형님 이게 나쁠 수도 있지만 꼭은 아닐 수도 있거든요."

"그래 말해 보라 했잖아."

"그 왜 형님도 들었을 겁니다. 재형이라고?"

"아 네가 돈 받을 게 있다던 그 사람?"

"예. 그 돈 빌려준 재형이 친구가 곧 부도가 난다면서 그러면 근저당 선순위 때문에 나 명덕이는 돈을 못 받게 되요."

"뭐야, 어디 알아듣게 말을 해봐."

"내가 받을 돈이 3천인데 그 땅이 5천쯤 간대요."

"뭐야 대지냐?"

"아니고 산림보전지역 임야래요."

"임야? 그래 몇 평인데?"

"한 2만 평 되나 봐요."

"당체 못 알아듣겠다. 그래서 날 보고 어떻게 해 달라는 그 뭐 요구라도 있니?"

"그걸 형님이 경매가로 사면 그것만 따로 풀고 등기이전이 가능하답니다."

"그래서?"

"그러면 형님은 땅 사서 좋고 나는 돈을 준다니까 받아서 좋고 그래주시면 내가 본전 떼인 셈 치고 따로 천만 원 드리면 형님은 4천에 사니까요."

"야 그런 땅을 사서 뭐 하니?"

"아닙니다, 돈은 일이라고 하셨지만 사실은 땅이 돈일 수도 있어요."

"시끄러워야. 내가 그럴 돈이 어디 있니. 안 그래도 장애인단체 일, 그거 기반을 잡으려고 하는데 돈은 없고 고민인데."

"알아요. 그런데 그 땅은 아깝다면서 아는 형님 하나가 자기가 사고 싶어 하기는 해요."

"부동산 하는 분이니?"

"예. 임자 만나면 일억은 받는대요."

"일억이고 2억이고 거기 꼬라박을 생각은 없다. 내가 부동산을 알지도 못하고."

그럼에도 두 번을 더 와서 돈은 벌면 되니까 3천만 투자해 달라 조른다.

투기는 아니고

부동산 형님도 돈이 안 돼서 포기해 일억 형님 말고는 살려줄 사람이 없단다. 순간 애 요청이나 들어준다고 그러 마 계약을 하고 등기를 받았다.

그 후 얼마 지난 그날 명덕이가 달려왔다.

"형님 이거 보세요. 형님이 나를 도와준 진잠 그 땅이 국토관리이용법상 산림보전지역 일부 절반이 풀려 관리보전지역이 되어서 값이 엄청 뛰었답니다. 좋은 일 하셔서 복을 받으신 것 같아요."

한다.

"야, 그게 나하고 무슨 상관이냐 땅은 땅이지 그게 밥이냐? 고기라야 뜯어라도 먹지. 땅은 팔려야 돈이야."

"그래서 왔어요 형님. 그 부동산 하는 형님이 이 기사하고 이 도면도 준 건데 그 때 못 산 게 한이라면서 팔겠는가 물어나 보랍니다."

"얼마나 올랐다니?"

"오른 정도가 아니라 돈벼락 맞았어요 형님."

"그래? 현찰이 됐다는 말이지?"

"예예 형님."

"그래? 그럼 판다고 해라."

"아니 정말 파실 생각이 있으신 거예요?"

"있지? 그 정도 주면."

"더 두면 더 큰 돈이 될 수도 있다고 안 파실 수도 있다시던데?"

"아니다. 땅이 돈이지만 땅은 착하거나 인정이 있는 게 아니거든. 네가 그렇다니까 산 거고 네가 이렇다니까 파는 거지 나는 삐끼는 하고 나라시는 했지만 투기는 모른다."

"뭐라고요?"

"돈은 쓰면 빛이 나지만 땅은 그대로 두면 아들도 못 쓰는 그냥 흙이고 돌일 수도 있어."

"아니 그런 것도 아세요?"

"야야 알긴 뭘 알아 그냥 돈이 탐나는 걸로 하고… 아참 그때 네가 그때 까 준 돈 천만 원. 그건 이번에 가져가라."

"아녜요 형님. 그건 저를 도와준 대가니까 두시고 부동산 하는 그 형님 소개비나 후하게 주세요."

제14부

홀아비
가장

남매의 세월

이혼하고 미숙이 집을 나간 것은 혜이는 5학년이고 상규는 3학년이던 때다.

1991년이다. 그때부터 일억 혼자 남매를 기르며 산 세월이 33년이다.

이미 남매는 어른이 되어 혜이도 상규도 짝을 만나 손자 손녀들이 태어나 큰다. 크는 맏손자 길연이란 녀석. 눈이 크고 반짝거리는데 대갈장군? 일억을 닮아 두상이 큰 손자가 태어났다.

길연이를 볼 때마다 왠지 일억이 어렸을 때가 떠올라 겹친다. 성장하는 가정환경은 어린 시절 일억과는 100가지가 완전 다르게 잘 크고 있다.

아들 내외가 온갖 치닥거리를 해주어 첫째는 먹을 게 넘친다. 암 당연히 그래야 하고 말고. 할아비가 고생했으니 손자녀들에게는 굶주림이 뭔지도 모르게 크도록 해주는 것이 당연하다.

할아비 고생한 것이 거름이 되어 손자손녀들이 먹는 양분이 되어 마땅한 것이다.

집도 절도 없고 어미 아비도 없었으나 손자 손녀들에게는 집도 좋아야 한다.

세 번째로 산 아파트.

당시 이 집은 대전에서도 분양가가 가장 높았던 대흥동의 대전천이 내려다보이는, 유명 고층 아파트 45평짜리로 넓고 큰 고급 아파트다.

"그때 제가 갔던 그 집 아녜요?"

"아 오셨었지요 참? 맞습니다. 그 집 살 즈음 상규 결혼시켰으니까요."

"그때 길연이도 보고 며느리도 과일이랑 차 들고 나와 인사시켜주셔서 봤어요."

상규는 길연이에 이어 상연이까지… 아들만 둘을 낳고 혼자된 일억과는 한집에 사는데, 그런데도 밤이면 상규 어려서 클 때가 자주도 떠오른다.

아비 상규는 엄마 미숙하고 3학년 때부터 생이별을 당했다.

교도소에서 나와 어렵게 찾아 남매를 데리러 수원을 가 보니 혜이는 그나마 커 좀 낫지만 상규는 아직 더 어려 그런지, 아니면 상처를 받아서인지 초췌하고 활기가 없었다.

'어쩌다 저것들이 어미 잃은 새 새끼같이 됐단 말인가?'

미숙은 그때

"알아서 하겠지 뭐. 가자거든 따라가라."

했다며 집에 있지도 않았다.

막상 데려는 왔지만 판암동 집을 사기도 전이라 오히려 이곳 환경이 그만 못 할지도 모른다.

"먹고 싶은 것 말해, 다 사줄게."

했지만 애들도 뭔가 아는 눈치다.

"아빠 돈 있어?"

"있지, 뭐야 뭐 사줄까?"

외식이 잦았다.

요리니 밥상이니 이런 건 경험이 없는 일억이다.

있다는 건 누가 알까 싶은 교도소 가다밥 찍어내던 것과, 음식이라 할 수도 없는 무시래기 삶아 소금 뿌리고 모닥모닥 모아들고 자르거나 국을 끓이는 것 말고는. 미숙을 만나기 전 자취생활 같은 게 전부라 미숙을 만나기 전에 집밥은 평생 먹어 보지도 해보지도 않았던 일억이다.

그래도 혜이는 여자애라고 중고생으로 크면서 밥도 하고 빨래도 하고 반찬도 거들다가는

"아빠 저리 가, 빠져, 나 혼자 할게, 그게 아니야."

하면서도 차츰 나아는 진다. 중고라도 우선 세탁기는 사야겠어서 중고를 구해 쓰다 판암동으로 오면서는 새것으로 사주었다.

이런 일억은 30여 년 내내 밤새워 생각이 많다.

길연이와 상연이. 이 두 손자들에게 가장 귀한 게 뭐고 좋은 할아버

지가 되는 건 뭘지, 그러나 알지를 못하겠다. 돈 같기도 한데 돈으로만 크는 게 손자는 아니라는 것은 티비에서 보면 애들이 꼭 돈 있다고 제대로 크는 건 아니라는 것을 알기 때문이다.

어미 없는 자식 앞 아비

한번은 큰맘 먹고 상규한테 말을 할까 하다 그만둔 말이 있다.

"너 길연이 형제에게 제일 중요한 게 뭔지 아니? 그건 엄마 아빠다. 먹고 자고 입는 것하고 공부 성적 점수가 아니고 첫째로 중요한 건 엄마 아빠 부부다 부부."

하려다 그만둔 말이지만 그렇게 되면 족보가 튀어나올 우려가 있기 때문이다.

족보라면 일억의 족보는 그저 그렇다. 엄마 없는 족보는 족보라 할 수도 없고. 아빠가 일찍 죽은 애비 없이 큰 일억의 윗대 족보 역시 족보라 할 가치도 없다.

"그러니까 답은 아들 며느리 너희 부부가 건강하니 화목하기만 하면 의식주도 별것 이니거든."

둘러대게 될까 하여 구태여 이 말을 꺼낼 필요가 없다. 내외간 둘이 잘 사니까.

이런 생각에 잠긴 날 수가 얼마였는지 모른다.

티비를 봐도 눈물,

뉴스를 봐도 눈물.

보면 모두가 다 행복한 부부들이고 아이들과 같이 손잡고 다니는데 이제 한참 엄마가 있어야 할 청소년기에 접어든 상규는 엄마가 없다.

"뭐 필요한 거 없니?"

"예?"

"돈 말이야."

"아 예."

그리고 돈을 준들 꼭 있어야 할 엄마가 없으니 돈으로 엄마를 사나?

특히 가슴이 아픈 것은 아이들이 라면만 먹고 큰다는 것이다. 처음에는

"저녁들은 먹었니?"

하면 영락없이

"라면 먹었어요~"

하여

"왜 또 라면이냐? 밥을 먹어야지?"

라면 말고 밥을 먹으라고 아무리 말려도 먹었다느니 라면이라 뭐라 했더니 나중에는 라면 먹었다는 말조차 않고 눈치를 본다.

"또 라면 먹었지 엉?"

소리를 한두 번 친 게 아니니까.

이사 오고 모신 엄니가 재혼하지 말라 하셨지만 누구 여자를 데려와 봐? 데려오려면 세상의 반이 여자라니까 없을까?

있기는 있을 것이다.

수십 번이다.

그리고 누굴까도 생각해 봤다.

그 여자? 아니 저 여자?

오라면 혼자들 사니까 올 것도 같기는 한데 이게 잘하는 건지 아닌지, 그러다 또 미숙을 생각한다.

차미숙.

착한 여자였다. 딸도 낳고 아들도 낳고 그나마 키워준 애들에게는 생모다. 그런 미숙이 영영 돌아선 데에는 그때 그 사건 말고

생각해 보니 진짜 마음이 떠나고 정을 뗀 것은 길상이와 희영이의 광주 주먹 건이 직접적인 원인이 아니라, 이제 생각해 보니 이미 그러기 전 두 건의 실망이 결정적으로 작용했다고 보인다.

그 첫 번째는 광주 주먹 2년쯤 전이다.

오빠 오빠 하다 여보로 부른지 좀 된 그때 미숙이 말했다.

"여보 집부터 사요. 지금 500 좀 안 되게 모였거든요. 빨리 보태 사야지. 상규도 학교를 다니는데 더 크기 전에 사자구요 우리."

"에헤 깟 500가지고 어찌 사?"

"아 변두리로 가면 허름한 건 5~6천 가져도 산대요."

듣고 보니 악을 쓰면 살 꿈은 꿔도 되겠다.

그래서 잔돈으로 주기보다 천이나 2천이 되면 미숙을 감동시킨다고 돈을 모으는 중이었다.

"기다려봐 모으는 중이니까."

그맘때였다. 정말 친한 삼수가 일을 저질렀다.

아니 삼수가?

"아니 얼굴색이 왜 그래 너?"

"일억아. 너 나 좀 한 번만 살려줘야겠다."

"아니 살리다니 뭔데 그래?"

"너 왜 내가 요즘 가끔 만난다 했던 여자 얘기 들었지?"

"그래 들었지."

"그런데 그 여자 남편한테 들켰어."

"들켜? 남편? 어디서?"

"신도여관에서."

"아니 그 여자 유부녀는 아니라 했잖니?"

"나도 몰랐지. 그렇지만 그걸 콩콩 따지고 만나는 건 아니잖아?"

"그런데?"

"오늘 밤 안으로 천만 원 안 가져오면 간통으로 집어넣는대."

"가져오면 안 넣고? 아니 둘 다 보낸다는 거니? 그놈이 암만 돈에 환장한 놈이라두 그렇지 마누라까지? 말 되니?"

"버릇을 고친다면서 표정을 보니 돈 없으면 오늘 밤 난 가는 거야."

"아 왜 그 유부녀는 아니라 했잖아 너도 그랬잖아?"

"그래 그렇다니까. 그런 줄 안 거지. 하여간 너 지금 천만 원 되니?

그 모은다고 하던 돈 그거라도 일단 줘라. 같이 가서 네가 합의도 좀 봐주고."

결과는 동참해 500으로 합의를 봐준 것이다.

이 일 후 미숙은

"솔직히 말해 오빠. 말하면 한 번만 눈감고 넘어가 줄 테니 말해 오빠. 빨리 안 해? 자수해서 광명 찾아 오빠."

화가 잔뜩 난 미숙이 여보 대신 오빠오빠 하는 걸 보니 돈이 뒷구멍으로 빠진 걸 알아챈 눈치다.

"아 누군데? 아참 누군가 알 필요 없고 터진 일만 말해봐. 무슨 일에 돈을 또 왜 준 건지 말 안 할 거야 정말?"

삼수라고는 이름은 말하지 않고 자수해 일단 용서받은 건 광주 사건 2년쯤 전이다.

삼수나 일억이나 누가 됐든 500이니 천만 원 돈이라면 상환불가다.

"일억아 어쩌냐. 급한 불을 네가 껐는데 불 끈 네 물값을 못 줘서 응?"

"친구야 우리 형편대로 살자. 너나 나나 사실 우리가 돈으로 사는 사이는 아니잖아?"

"그렇긴 한데 상규 엄마가 있으니까 하는 소리야."

"아 상규 엄마한테는 나, 일단 자수해서 광명 찾았어."

"뭐? 내 얘기를 그대로 다 한 거니? 간통했다고?"

"아니다. 네 이름 삼자도 않고 진실만."

"그랬구나. 휴 살았다 나."

"그래. 육하원칙에서 다 말하고 딱 하나 누가만 뺐으니까."

"아 그랬구나. 그런데 너 육하원칙도 알아? 난 자세히는 모르거든."

"알지. 선생님이 있잖아 차미숙이라고."

다시 돈을 모으기 시작했다.

그런데 집에서 쓸 돈은 돈대로 주면서 모은다는 게 여간 어렵지 않다.

언제부터 이리 됐는지 미숙은 이제 일억을 남편보다 돈으로 보는 것 같다.

그러다가 광주 사건이 터지기 얼마 전 비슷하니 또 다른 일이 또 터졌다.

이건 집 살 팔자가 아닌 모양이라 단념하고 다시 또 큰돈을 이번에는 태진이에게 주고 말았다.

"아니 박 회장님. 이게 지금 제정신입니까?"

"작가님 그게 저예요, 바보고 등신 머저립니다."

"그래 놓고 미숙 씨에게 이번에는 또 뭐라 하고 얼마나 휘둘렸습니까?"

"그런데요."

"그런데요?"

"이번엔 이상하게 말을 안 합니다. 묻지도 않고 알려고 하지도 않는 겁니다."

"마음이 완전 돌아선 모양이네요."

"그렇지요. 그런데 난 그때 그런 미숙이 한편 고맙더라고요."

"고마운 게 아닌 것 같은데요. 그건 포기 같습니다. 남편이라고 인정하지 않겠다는."

"그렇습니다."

"그러던 참에 갑자기 길상이의 광주 주먹 사건이 터진 거네요?"

"그렇습니다. 구제불능자로 찍힌 겁니다."

"그럴 것 같습니다. 그러니까 교도소에 와서 입 딱 닫고 지장 찍어라 한 것 같은데 미숙 씨 심정도 이해가 갑니다. 이건 네 마누라 내 마누라 다르지 않을 것 같습니다."

"가난은 여자의 천적 같아요."

"그랬으니 미숙 씨 탓만 할 수도 없었겠습니다?"

"그래요. 그런데 있지요,"

"뭐죠?"

"작가님은 혹 아시나 모르겠는데요."

"뭔데요?"

"정말 어려운 사람 도우면 그건 하늘을 나는 기분입니다. 하여간 이게 가장 기분이 좋아요."

"좋기는 하겠지만 대신 집사람에게 뜯기지 않습니까?"

"하하 그게요, 집사람에게 뜯기는 고통하고 도와준 보람이 싸우면 보람이 이기는 겁니다."

"하하, 웃을 일이 아닌 것 같은데 뜯겨도 만족이다?"

"그래요. 그때는 그랬고 지금도 그래요."

"참 내. 그러니까 영화숙에서 애들을 데리고 나오는 어리석은 선택도 후회하지 않는 거로군요?"

"생각해 보세요. 내가 그 돈으로 계집질하는 데 쓰지도 않았고 술 퍼먹고 노름하고 방석집에서 기분 냈다거나 더럽게 쓴 것은 아니지 않습니까?"

"그래도 진실 세상 모든 것보다 집사람이고 가정이 앞입니다, 회장님."

"맞아요."

"지금은 너무 잘 알겠지만 그 때는 소중한 아내나 가정을 몰랐군요. 후회 되세요?"

"예 지금 생각해 보면 10%는 아니고 90%는 후휩니다. 아니 100% 후회입니다."

"그땐 그게 바르고 잘사는 거라고 확신한 거였다는 말 같습니다만 사실 누구나 하늘이 돕고 맡아야지 사람이 돕는다고 그 인생이 쫙 펴지기야 하겠습니까?"

세월 참…

무심한 세월이다. 흐르고 흘러 박일억의 나이 74세로 지금은 노년기에 접어들었다.

노태우 시절을 지나고 김대중(1998년 출범) 정부를 지나, 노무현(2002년 출범), 이명박(2008년 출범), 박근혜(2013년 출범) 대통령 집권기를 거쳐 문재인(2017년 출범) 대통령에 이어 지금은 2022년 출범한 윤석열 대통령의 용산 집무실 시대를 산다.

박일억의 일대기 실화소설 늪지대. 총 700쪽 중 이제는 초반 중반을 거쳐 각각 200쪽씩이라 할 때 이제는 종반부로 간다.

"박 회장님. 일생 74년을 한 권의 책으로 쓰려니까 방대하여 이제 중반을 넘어 종반으로 이제 대략 마무리를 하고 마쳐야 하겠습니다."

"작가님 책이 700쪽이면 너무 두껍지 않을까요?"

"그럴 것 같아서 원래는 상하 두 권으로 써 보려고 했습니다. 그런데 1권과 2권을 분리하면 독자 입장에서 볼 때 아무래도 1권 내용과 2권 사이에 산이든 강이 막혀 책을 바꿔봐야 하니까 불편할 것 같아서 두껍더라도 한 권으로 마치려는 것입니다."

"그러면 남은 20여 년 쌓인 이야기는 다 어떻게 하시려고요?"

"대폭 줄이고 몇 가지만 추려 넣을 생각입니다."

"그야 뭐 작가님이 알아서 하셔야지요, 뭐."

누군가의 삶을 짧게 말하기는 어렵다. 그렇다고 길게 늘린다고 그 누군가의 삶을 다 썼다고 할 수도 없는 일, 이유가 있다.

어떤 한 사람의 일생은 아무리 적어도 최소한 두 가지로 보아야 한다.

전기 집필이 어려운 이유

첫째는 눈으로 보이는 여정 그 자체 실상이다. 실상이라거나 여정이라는 말은 태어나 74년을 살아온 해해연년 그가 살아온, 즉 출생부터 오늘까지의 기록이다.

어떤 연도에는 빼면 안 되는 히스토리(인간 역사/사람이 살아온 실상)가 여러 가지일 수도 있고, 어떤 연도에는 한두 가지로 요약해 채울 수도 있기는 하다.

다시 말해 74년을 산 박일억의 경우,

매년 하나씩 뽑아 쓰면 74가지가 되고, 이를 춘하추동 매년 계절별로 하나씩을 쓰면 306가지 삶의 이야기를 써야 하는 데 비해, 살아온 날짜로 따지면 27,000가지 삶의 여정이 실상으로 존재한다.

이건 당사자도 기억할 재간이 없다. 이걸 매일 일기로 썼다면 책 1권당 300쪽으로 보고 1일 1장을 썼다면 일기책이 900권이나 된다. 글자 수를 대강 추려보면 약 1억 자가 넘는다.

이상은 실 삶, 즉 인생 여정만 말한다. 서울에서 부산을 간다면 많은 산을 넘고 강을 넘고 논밭을 지나 몇 시간을 간다 해도 그 실상을 하나도 빼지 않고 다 쓴다는 건 불가능이라 한다면, 그래도 이건 드러나 보이고 들리는 실체만 그러하다는 뜻인데, 사실은 전혀 보이지도 들리지도 않는 74년 인생 그 많은 날들의 매 순간 그가(박일억) 했던 깊은 생각 속으로 들어가 보면 누군가의 일대기를 써낸다는 것은 신의 경지가 아니면 어려운 일이다.

일억의 74년 일생이 이와 같다. 보이고 들리는 현상과
보여주지도 들려주지도 못하는 생각의 세계…
이 책에 등장하는 인물에게는 이처럼 독자는 물론, 작가도 다다르지 못하는 깊고 넓은 그(박일억)만의 삶이 두 가지로 실존하고 있다.
무얼 했느냐? 이건 보이는 부분이다.
왜 그랬느냐? 이건 보이지 않는 생각이다.

하나둘만 예를 들어 보자.
영화숙에서 탈출하면서 일억은 아이들 네 명을 데리고 함께 나온다. 이건 현상이다.
왜 혼자도 어려운 탈출에 아이들 넷까지 데리고 나왔느냐… 이건 생각의 세상이다.
박일억은 또 민첩하고 빠른 몸과 쇠뭉치 같은 주먹을 가지고 있다. 그 주먹으로 누굴 후려쳤다면 이 역시도 현상과 감정 둘로 나눠진다. 그러니까 작가가 누군가의 일생을 대신 써낸다는 것은 본인은 물론이고 독자들에게마저 인정받기가 여간 어려운 게 아니라는 생각이 든다.

"박 회장님! 아무튼 그래서 과연 일억을 벌라고 지어준 이름값은 하신 겁니까?"

"그때나 일억이지 지금이야 집 한 채만 사도 일억 주고는 못 사지 않습니까? 일억이라면 아버님께 이름값은 거슬러 드려야지요, 하하."

"예 알았고요, 이제 종반에 접어들었으니 그럼 어머님 이야기부터 마감을 해줘 보세요."

"엄니는 박근혜 대통령이 임기를 시작할 즈음에 세상을 뜨셨습니다."

나뒹굴면서 엄니~~@@

"그럼 그때 연세는?"

"86세였습니다."

"모시다가 돌아가신 건가요?"

"아닙니다. 새아버지하고 사이에서 태어난 3남매 중 아들이 하나 있고 그 씨 다른 동생이 인천 사는데 거기서 돌아가셨어요."

"아 그러니까 인천서 장례를 모신 거네요."

"아이구 참 그때를 생각하면 눈물부터 납니다."

"그랬겠어요."

"그렇게 불쌍할 수가 없고 얼마나 가슴이 아픈지 그런 대성통곡은 처음입니다."

"나이가 들고 보니 어머니 일생이 그렇게 딱해 보이는 거지요?"

"하여간 나뒹굴며 엉엉 울었습니다. 일찍 네 살 연상 아버지를 만나 살다 남편이냐고 36살에 세상을 뜨고 32살에 청춘과부가 되었다가 새아버지를 만나 또 3남매를 낳아 8남매를 낳고 기르신 건데 그 일생이 얼마나 고달팠겠습니까? 이게 가슴이 너무 아팠습니다."

"아, 예 그럼 생각해 보니 박 회장은 어떤 아들이었다고 생각됩니까?"

"아주 가슴 아프게 한 나쁜 아들이었다고 생각됩니다. 어린데도 어미 꼴을 보기 싫다고 외면하고 돌아서지 않았어요? 사실 또 그땐 그게 운명이라고 받아질 나이가 아니니까 그냥 내 엄니가 내 아버지 아닌 다른 남자의 부인이 됐다는 게 도저히 받아들여지지를 않았던 거지요."

"그러다 결국 어머니를 모시지는 못했어도 오시기도 하고 가서 뵙기도 한 것이네요."

"자주는 오셨습니다. 씨 다른 남동생 이름이 영희인데 영희하고도 썩 은 아니지만 그런 대로 사이좋게 지냈지요. 어머니가 낳은 자식이고 어머니께 달리 해 드릴 효도보다는 영희하고 척지지 않는 게 효도라고 생각한 거지요."

"참 요새 사람들은 이런 것 받아들이기 어려운데 그게 효심인 것 같습니다."

"그런데 막상 돌아가시니까 가슴이 찢어지게 아픕니다. 그렇게 나간 자식이 죽었는지 살았는지 나이 서른이 되도록 찾지 않다 장가들었다고 손녀를 안고 찾아가니까 참 그때의 심정을 어찌 말로 하겠습니까?"

"맞아요. 참 박 회장님 같은 그런 인생이 어디 흔하겠습니까?"

"있더라고요. 제가 아는 어떤 집도 우리랑 비슷하게 그 집은 모친이 죽자 전남편 아들은 하나인데 새남편 집에 아들이 여럿이라 새남편 집 애들이 장례를 모셨대요."

"전 남편 집 아들은 모르고요?"

"연락처는 알고 오가기도 했는데 돌아가시자 이쪽에서 그냥 장례를 모신 겁니다. 그랬더니 훗날 와서 왜 나도 아들인데 왜 우리 어머니를 너희들끼리 너네 아버지와 합장했느냐고 난리를 치는 바람에 돌아가신 분이 모르니 다행이지 전자식과 후자식 간에 싸움이 나서 한동안 어머니 묘지 파 갈까 긴장했다는 얘기를 들은 적이 있습니다."

"지금 그 짝이 난 건가요?"

"아닙니다. 그렇지는 않았고요. 동생 영희가 형들 말을 따라 줘서 승낙받고 일선이 형하고 우리 아버지 묘가 있는 장항으로 모시려다가 군산에 오래 사셨으니까 화장으로 모셔 편하시라고 군산 바닷가에 뿌려 드렸습니다."

"동생 영희도 같이 왔을 거고요."

"그렇지요. 그리고 3년 후 제련소 굴뚝 아래 52년간 계신 아버님도 화장으로 모셔서 엄니를 뿌린 군산 바닷가에 같이 뿌려드렸습니다."

"아 그러셨군요."

"엄니! 아버지하고 내생에서는 꼭 사이좋고 행복하게 사시라고 하자니 또 눈물이지요 뭐."

"아무튼 동생 영희가 형님들 말을 따라준 것이 아까 말한 그 집과는 다르네요. 알겠습니다."

"그런데 지금도 엄니 생각만 하면 너무 딱해요. 나이가 들고 보니 엄마인데 어린 아들이 분명 비인에서 엄니 찾아온 게 분명한데 그대로 없어지고 장가들어 오기까지 하루도 나를 잊었겠습니까? 불효자지요, 참 죄송하지요."

"어쩌면 엄니도 그랬을 것 같아요. 자신이 무슨 죄가 많아 아들을 잃었는지 등."

작가와 이야기하면서 박 회장이 우니 작가도 운다. 산다는 것이 보이는 실상보다 보이지 않는 속내가 더 아픈 것도 같다.

충청시대 회장직 수락

2012년, 엄니가 돌아가시기 전.

일억은 간곡히 매달리는 한장완 대표 요청에 일간 충청시대 회장직을 맡았다.

규모는 작은 지방 일간지인데 대판을 찍다 못 찍다 경영이 어려운 3년 차 신생 언론사다. 오류동 충청시대 사무실이 부담된다 하여 박 회장이 당시 이사장으로 있는 교통장애인봉사대 사무실로 합친 것이다. 바로 이때 박일억과 만나게 되는 사람 지금 실화소설을 쓰는 천광노 작가다.

"몇 번 박일억 회장님 말씀은 들었습니다. 요즘 신문이 점점 더 어려워지는 것은 우후죽순 인터넷신문이 늘어나면서 충청시대 같은 종이 신문사는 경영이 어려운데 회장님이 도와주신다니 충청시대 주필(당시)로서 감사 말씀 드립니다."

이때다. 국내 어디서도 전무후무한 행사가 열린다. 바로 박일억 회장이 사비를 출연하여 천 작가가 쓴 애국지사 월남 이상재 선생 일대기 5권 출판기념회를 연 것이다.

상세 내용은 이러하다.

당시 충청시대 기자 중에는 김인섭 기자(현 투자금융사 대표)가 한 대표와 뜻을 같이하며 박일억 회장과 대면이 잦았다. 바로 그즈음,

6년에 걸쳐 쓴 대한민국 태동기 역사서《민족의 스승 월남 이상재》(검색됨) 전 5권의 근대사 전집을 낸 사람이 천광노 지금 이 책을 쓰는 전기 작가이자 문학평론가다.

당시 박일억 회장이 작가에게 물었다.

"그 책이 어떤 책입니까?"

"5권이고 나오는 사람이 2,000명이고 거기서 말을 하는 역사 인물만 200명의 한국 애국지사 일대기로는 국내 최장편입니다."

"그 엄청난 책을 어떻게 쓰고 작가가 제작비는 어떻게 충당하셨습니까?"

"부자는 돈이 많지만 작가는 글만 많지 돈은 없습니다. 그런데 한국학술정보주식회사라고, 파주출판단지에서도 제일 큰 출판사에서 귀한 책이라고 회사가 사비(社費)로 자체 제작해 나온 책입니다. 이게 6년간 미국 2번, 일본 4번, 애국지사 민족대표 33인의 후손을 전부 찾아다니며 자료를 모아 써낸 대한민국 건국역사서이기 때문에 출판사가 인정을 해줘서 영광이고 고마운 일입니다."

그런 다음,

한장완 대표와 김인섭 기자를 시켜 천 주필님께 말씀 좀 드려 보라는 연락을 받았다.

"주필님! 박일억 회장님. 아시지요? 인사시켜 드렸던…"

"알지. 그런데 박 회장님 엄청 바쁘신지, 물론 내가 여기 상근자가 아

니라 그런지 안 보일 때도 많네."

"아침 편집회의 때는 꼭 오셨다가 가셔서 그래요."

"그런데 왜?"

"박 회장님께서 주필님이 쓴 그 책 월남 이상재, 아직 출판기념회 안

하셨다니까 자기가 해 드리면 어떠신지 여쭤보라 하십니다."

별일도 많다지만

일개 개인이 남남인 작가가 펴낸 책 출판기념회를 자비로 해준다? 이건 아마도 국내 출판역사상 어쩌면 처음이자 마지막일지도 모른다.

물론 국내에는 출판기념회가 대단히 흔하고 많다. 특히 정치인들은 출판기념회를 자기 자신 알리기와 정치자금모금 방편으로, 즉 국내 출판기념회가 열이라면 열, 거의 다 자익이나 광고 알리기가 목적이다. 그런데

박일억 회장은 지금 만난 지 얼마 되지도 않고 책을 제대로 다 보지도 않은 상태에서 대한민국 역사서라니까 이런 책이 출판기념회도 못하면 되겠느냐면서도, 또 돈 벌거나 광고만을 목적으로 하는 출판기념회만 해서 되겠느냐며 자비로 열어 준다는 전언이다.

"아니 박일억 회장이 책에 대해 그렇게 관심이 많으셔?"

"박 회장님을 알고 보면 알수록 깊은 분입니다."

"책에 대해서도 잘 아는 분이야?"

"학교는 어려서 국민학교 5년 중퇴가 전부입니다."

"그런 분이 출판기념회가 뭐라고 자비로 해 준다는 거지?"

"박 회장은 학력과 상관없어요. 책을 많이 봤고 어려서 못한 공부를 나이 들어 많이 해서 지금은 공부했다는 사람 못지 않습니다. 특히 분별

력이 뛰어나 이게 옳은 일이다 싶으면 대단한 열정을 쏟으셔서 우리 신문사 회장직도 착한 언론이 된다는 조건이라면 하겠다 하신 좀 다른 분입니다."

충청시대 한 대표와 김 기자를 만나 들은 이야기다.

그 후 박 회장을 만나 작가가 물었다.

"아니 출판기념회를 열어 주신다 하셨다고요? 일단 감사하고 너무 놀랍습니다."

"제가 알 건 압니다. 주필님은 너무 훌륭하신 분이시라는 걸 저는 압니다. 책은 이제 네 권째 보는 중인데 대단하심에도 한국이 작가님을 몰라보니 저라도 모셔야지요."

"돈이 많이 들 건데요?"

"그래도 해 드리고 싶어서 드린 말씀입니다."

타인의 책 출판기념회

출판기념회가 열렸다.

박 회장이 자주 이용하는 식당에서다.

1부,

출판 감사 예배는 대전제일장로교회 백성희 부목사 사회로 소재동 목사의 기도, 이어서 김철민 당회장 목사의 설교로 마치고.

2부,

출판기념회로 진행되었다. 한국학술정보주식회사와 충청시대의 축하 화환을 앞에 놓고 전국에서 작가와 교분이 있는 문우와 지인 등 70명이 동참하였고,

3부,

3부는 연회로 이어졌다.

(이상/유튜브 영상 참조)

경비는 박일억 회장이 전액 지불하고 축하객의 거마비도 지불하는 등, 작가는 얼마를 썼는지도 모른다. 마친 후에는 2부 사회를 맡았던 KT인재개발원 이해득 교수와 같이 다섯이 전주 쪽으로 가서 저녁을 먹고 돌아온다.

"포르쉐… 와 내가 이런 고급 차를 운전해 보다니 좋다."

이해득 교수의 덕담이다. 당시 포르쉐라는 차가 많이 비싼 고급 차라 했고 박일억 회장의 차다.

출판기념회를 마친 후 진심으로 고맙고 감사하다는 작가와 만난 박일억 회장.

"아이구 작가님도 참. 당연히 제가 해 드려야지요. 제가 영광스럽습니다."

정말 상상하지 못한 일이다. 박일억 회장이 얼마나 돈이 많으냐고 한장완 대표에게 물어보니

"차츰 들어보시면 알지만 부자라서 해 드린 건 아닙니다. 회장님은 작가라서라거나 그 책이 민족대표 33인의 스승으로 대한민국 건국의 역사책이라는 것도 그렇지만 뭔가 주필님의 좋은 인품이 보여서 해드린 거라고 하셨습니다."

김인섭 기자가 말을 받는다.

박일억 일대기 집필 강추

"주필님. 대한민국 근대사는 펴내셨잖아요. 그러니까 해방후 현대사를 쓰신다면 딱 박일억 회장의 일대기를 쓰면 좋을 것 같습니다. 회장님의 삶은 우리 국민이라면 누가 읽어도 생각할 게 많고 유익한 양서가될 만합니다."

"김 기자가 박 회장을 얼마나 잘 알아?"

"대전 사람이라면 주필님처럼 글만 쓰지 않고 사는 한 박일억 하면거의 알아요."

"김 기자는 뭘 아는데?"

"저분은 알려진 주먹입니다. 그러나 깡패나 건달처럼 쓰지 않고 옳은일에만 써요."

"직접 주먹 쓰는 것도 혹 봤어?"

"여러 번 봤지요."

"그래서? 주먹이 빨라? 강해?"

"둘 다입니다. 하여간 한 번은 봤는데요."

"그래."

"그때 다섯 명하고였어요. 왜 싸움이 난 건지는 모르고 상대는 대전에서 꽤나 논다는 인물들입니다."

"1대5로 싸운 거야?"

"봤더니 날라요 날라. 놀라운 건 뒤에도 눈이 있나 싶을 정도입니다. 주필님은 싸움에 몸치라 하셨지요?"

"나는 맞아본 일도 없지만 누굴 때린다는 건 평생 그런 건 몰라. 맞을 짓을 안 하면 된다고만 알고 살았으니까."

"맞을 짓 않고 살기가 쉽지 않지만 박 회장이 바로 맞을 짓은 안 하는 분이셔요."

"그래서 봤더니 그 1대5는 어떻던데?"

"정말 상상을 못하여 이소룡의 중국무술도 아닌 것이…"

"그래? 태권도니 유도니? 권투야?"

"셋 다 아니고 이건 유도유단자나 운동했다는 사람들이 못하는 특기입니다."

"김 기자도 운동 좀 했다 하지 않았나?"

"저도 주변에 논다는 친구들도 많고 그런데 박 회장님 같은 주먹은 못 봐서 처음이에요."

"그걸 좀 가르쳐 달라던지."

"그래봤지요."

"그래서 배워?"

"운동은 뭘 하셨는지 여쭈니까 이건 자기가 개발한 거라 하십니다."

"개발 주먹? 참 믿기지 않네."

"언제 보실지야 모르지만 아무도 상대가 안 됩니다."

그러더니 갑자기 김 기자가 말한다.

"양아치 어때요?"

"뭐? 양아치라니 뭔 소리야?"

"현대인물사 실화소설 써 보시라 했잖아요? 그 책 제목으로 양아치?"

"양아치는 좀 그렇다, 저급한데."

"아닌가요?

"그리고 일대기를 아무 사람 것이나 쓰나? 작가가 아무나 써 주지를 않아? 작가는 책 한 권 쓰려면 몇 년씩 걸리는데 누가 써달란다고 쓰고 그러는 게 아니야."

"그러니까요. 저도 알아요. 그런데 박 회장은 누가 추썩거려서라도 꼭 일대기를 써 내야 되는 사람이에요."

"됐네 이 사람아. 박일억은 박일억이지 그가 이상재 선생 급이냐? 이래 봬도 내가 대한민국을 세운 애국지사들의 정신적 지주 이상재 선생 제자야."

"아니 그러니까 드리는 말씀이지요."

"됐어. 일대기다 자서전이다 이건 시작하면 감옥 중에 감옥 가는 거야. 사람 좋고 도와준 것하고 일대기를 쓰는 건 달라."

그럼에도 당시 그때는(2011년) 그저 김은섭 기자가 스치는 말로 그냥 하는 말로 듣고 말았다. 그런데 집요하다.

"제가 말한 박 회장 일대기 있잖아요? 제가 박 회장한테도 던져봤거든요."

"던지지 마. 일대기는 쓸 대상이 아무나가 될 수가 없어. 위대한 사람이라도 그의 인품이 빠지면 일대기 쓸 작가도 없지만 쓸 이유도 없고."

그럼에도 이번으로 세 번째다.

"제가 월남 선생 일대기 계속 보고 있거든요. 볼수록 박 회장 일대기를 쓰셨으면 하는 생각이 들었습니다."

"그걸 쓰려면 붙어살아도 어려워. 남의 인생을 대신 살아봐야 써지는 건데 차라리 죽은 사람이라면 더 쉽지만(그것은 그것대로 어려움) 그게 써낼 가치가 뭐냐가 또 문제지. 좋은 책을 못 써서 한인데 쓴 그 인물이 누가 봐도, 즉 책이란 소재가 좋아야 해."

이러고 말았다.

물론 일억과 만나도 일대기 얘기는 꺼낼 일도 이유도 없다. 그럼에도 이로써 이때부터 이 책 늪지대 작가 천광노는 박일억이라는 인물 연구에 무심한 듯 관심을 가지게 된다. 물론 일대기를 쓸 목적은 아니다. 그게 벌써 10년도 훌쩍 넘었으니 그리고는 잊혀지고 천광노는 대전에서 세종시로 이사까지 와버렸다.

11년 만의 결심

세종으로 왔는데 대전에서 시간을 내어 1년에 몇 번씩 박일억 회장
이 찾아온다.

"잘 계시나 왔어요. 자주 뵈러 온다 하면서도 못 왔네요."

"아니 어째서 바쁜 사람이 여기까지 왜 오셔?"

"참 저라도 자주 찾아 뵈야지요. 고문님(교통장애인봉사대 고문이기도 하
였음)은 대한민국의 어른이고 보물이십니다."

"아니 보물? 무슨 내가… 그냥 노인이지."

시간이 나면 오기는 올 수도 있기는 하다. 그런데 올 때마다 뭔가를
싸 들고 온다.

"이게 몸에 좋은 거랍니다."

"아무리 그래도 그렇지 같이 늙어가면서 이런 것 들고 다닐 군번
인가?"

마음은 고맙고 오니까 반갑고 뭘 들고 와주니까 좋지 나쁠 턱은 없
다. 그런데 이게 한두 번일 줄 알았더니 명절이면 꼭, 추우면 춥다고 더
우면 덥다고 복날이면 복날이라고 빈손으로 오지 않고 이 무슨 친형님
도 아니고 부모급 스승처럼 그렇게 10년이 넘었다.

"바쁜 사람이 왜 와. 그만 와도 돼요."

이 말은 이제 하다가 만 말이다. 듣지 않는 말이기 때문이다.

"자식이고 부모고 형제고 제일 중요한 것이 고문님 같은 인품입니다. 제가 참 못되게 살았어요. 그러나 사회 경험은 많습니다. 잘난 사람 배운 사람 부자에 박사 교수 저도 이 나이만치 살았으니 많이 만나 봤지만 고문님은 제가 꼭 모시고 살고 싶은 분입니다."

이건 갈수록 태산이고 점입가경이다. 어떤 제자가 스승한테 이렇게 하리.

게다가 용돈까지 준다. 잡수시고 싶은 것 드시고 건강하시라면서…

세상을 좀 살아봤지만 이런 후배 아우 제자 눈뜨고 찾아도 없을 것은 이게 단타로 잠깐이 아니라는 것이다. 10년이면 강산도 변하고 사람도 바뀌는데 바뀌지도 않고 항상 과경(존경이 넘침)이다. 도대체 내가 뭔데.

그저 초로였다가 노년에 접어든,

있다면 책만 보고 글만 써와 60년 일기를 쓴 글쟁이일 뿐이다. 글쟁이를 알아주지 않는 세상이라 그럴 기대도 않고 사는 노 작가에게 글제자도 아니고 나이 차이 세 살 된 같이 늙어가는 친구일 뿐인데 뭐 먹을 거라곤 아무것도 없는 글쟁이를 이렇게 잊지 않다니.

만나도 크게 할 이야기는 별로다. 그저 아들딸 손자녀 이야기나 하고 서로가 아는 누구누구 보느냐는 등 업무상 할 말은 없고 안부 정도다.

고개를 갸웃하기 여러 번. 지금은 알지만 그때는 몰랐다. 착각이든 정각이든 글쟁이를 알아보는 눈이 있고 세상이 글과 책으로 움직인다는 지식 분별력이 있어서라는 게 결론이다.

초로(初老)

세월이 빠르게도 흘러 일억은 이제 곧 노년기에 들었다. 경로우대증이 나오다니 이게 뭔지. 흐르는 세월은 앞으로보다 살아온 날들 뒤를 돌아보게도 하지만.

박일억은 직장인도 공무원도 아니기 때문에 국민연금 대상은 아니고 기초노령연금 대상으로 이건 올해부터다. 그러자 마음 한구석이 빈 것처럼,

'도대체 나의 노년은?'

여기에 생각이 꽂히자 정신이 번쩍 들어 머리를 흔들고 두드려도 본다.

기초연금

2014년 7월부터 시행된 제도로서, 구 기초노령연금법(2014. 5. 20. 법률 제12617호로 폐지)에 따라 2008년 1월부터 시행되어 온 '기초노령연금' 제도의 후신이다. 기초노령연금 제도가 도입되기 전에는 경로연금(노인복지법에 규정. 구 명칭은 '노령수당')이라는 것이 있었다.

기초연금제도는 국민연금을 적용받지 못한 저소득층 노인의 소득보장을 위해 시행되었던 '노령수당'제도(1991~1998)와 '경로연금'제도(1998~2007)를 보다 보편적인 노인에 대한 소득보장제도로 확대한 '기초노령연금'제도(2008~2014)의 소득보장 수준을 대폭 상향시킨 제도라는 평가를 받는다.

참고로 국민연금 급여 중 하나인 '노령연금'과는 다른데, 기초연금의 재원은
국가 및 지자체의 세금이고 국민연금은 기금을 통해 지급되는 점이 다르다.

장애인연금의 경우도 기초연금의 일종이다. 장애인연금이 국민연금공단에서
장애 심사를 하기 때문에, 국민연금 10년 이상 납부를 해야만 받을 수 있다고
생각하지만, 장애인연금은 기초연금의 일종이므로 중증 장애인이라면 누구나
받을 수 있다.

국민연금에 더해 대상이 된다면 기초연금을 동시에 받을 수 있다. 하지만 수령
하는 국민연금 금액이 커질수록 기초연금 금액이 깎이게 설계되어 있다

나무위키 인용

현실은 충청시대 회장이지만 정부가 인터넷신문의 문턱을 대폭 낮춰
충청시대 같은 지역 소규모언론사의 종이신문은 점점 독자가 줄어들어
어정쩡한 신문사로 전락한다.

신문을 제작한다는 건 기자가 많아야 하지만 편집과 인쇄-배포라고
하는 더 많은 경비와 인력이 요구되어 충청시대도 종이신문을 대폭 줄
이고 인터넷신문사로 전환 중이다. 결국 대판에서 타블로이드판으로 축
소하여 부수를 줄이다 운영비 대비 수입 감소로 인터넷전문신문으로
바꾼다.

'그렇더라도 신문은 역시 종이신문이라야 맛이 있어.'

이런 생각 끝에 살 날이 많지 않을 것 같아 일억은, 그간 그렇게 바
라고 원하던 대로 규모나 돈벌이 수지타산을 따지지 않으면서도 정말
격 높고 박일억만이 오랜 세월 꿈꾸어온 신문사를 창립하고 발행인이

된다.

"그때 새로 시작한 신문이 노인전문신문 〈저널 늘푸른나무〉였지요?"

"예 그렇습니다."

"몇 년 전이던가요?"

"9년 전입니다."

"지금도 발행되는 신문이지요?"

"예 지금도 찍는 신문입니다."

"소개 좀 해 보시겠어요?"

세월은 흘러 이제 세상은 장수 시대로 100세 세월이 됐다.

그러자 무명이던 가수 이애란의 〈100세 시대〉가 힛트(대박)가 났다.

> 육십 세에 저세상에서 날 데리러 오거든
> 아직은 젊어서 못 간다고 전해라
> 칠십 세에 저세상에서 날 데리러 오거든
> 할 일이 아직 남아 못 간다고 전해라
> 팔십 세에 저세상에서 날 데리러 오거든
> 아직은 쓸 만해서 못 간다고 전해라
> 구십 세에 저세상에서 날 데리러 오거든
> 알아서 갈 테니 재촉 말라 전해라
> 백 세에 저세상에서 날 데리러 오거든
> 좋은 날 좋은 시에 간다고 전해라

일억은 자주 듣는 이 노래 가사에서 돌아가신 어머니를 떠올린다. 86세라면 어려서 일억이 알던 깨진 잠(사망/죽음/장례식)을 생각하면 장수하신 건데 이제는 100세 시대라 일억의 지금 나이 65세면 아직 청년의 나이? 그러나 이제 대한민국에서는 경로우대자가 되었다.

'아 나의 노년의 삶은 무엇을 위해 살아야 하는가?'

다들 퇴직하고 정년이라지만 일억은 아직도 젊어 은퇴고 정년 이런 것도 없다.

때에 이제부터 시작이라는 생각이 들어 그토록 오랜 세월 벼르고 별렀던 일억만의 뜻을 담은 노인전문 신문을 창간한 것이다.

"조직과 규모는요?"

"크게 하려면 어디 끝이 있겠습니까? 직원이 많고 독자가 많고 적고 이게 중요한 게 아니라는 걸 알았습니다."

"그럼 뭐가 중요하다는 거죠?"

"신문의 내실입니다. 내용입니다."

"내실? 내용이라는 게 뭐죠?"

"회사가 크고 으리으리하고 직원이 몇이고 몇 부를 찍는 게 중요한 게 아니라, 핵심 그 신문이 무슨 글을 담고 발행인 된 제가 어떤 인격을 가졌으며 그래서 노인들이 보면 정말 유익한 내용을 담은 신문이냐 아니냐가 더 중요하다는 것입니다."

"그래서 대상은 노인전문이니까 노인 대상 신문인데요, 왜 청소년 학생 많은데 하필 노인 대상 신문이죠?"

"살아 보니 젊음이란 과정입니다. 실수도 많고 혈기가 왕성해 철도 없습니다. 자신은 어른인 줄 알았지만 지나고 보면 어렸고 후회가 더 많아요."

"그래서요?"

"단정적으로 말하면 인간은 누구나 늙습니다. 저는 창간할 때만 해도 사실 젊은 나이였습니다. 그러나 70대든 80대가 되든 인간은 아들딸 짝 지어주고 손자손녀가 생겨봐야 비로소 내가 이제 다 컸구나 하는 걸 느끼게 됩니다. 다 컸다는 말인즉 늙었다는 말이기도 한데 사실 70이 되어도 인간은 크는 중이라고 보인다는 뜻입니다."

"70도 크는 중이다? 70 전이라면 아직 커가는 중이다? 독자가 알아들을지 모르겠습니다."

"그래서 노인은 노인만의 노인정서가 있습니다. 바로 몸과 마음이 다 노쇠하여 아무것도 모르는 어린아이가 되어가는 것 같지만 그게 겸손입니다. 즉 자신이 살아온 일생에 대한 아쉬움이 가득한 일종의 후회 현상이라고도 할 수 있고요."

"좀 어렵게 들립니다."

"말재주가 없어 어떨지 모르겠지만 하여간 제 가슴속에는 끓는 열정이 있었습니다. 노인이 행복한 나라가 어린이가 행복한 것보다 좋은 나라라는 거지요. 왜냐하면 인생의 결론이 노년이니까요."

"결국 노인신문사를 만든 데는 이유가 있다는 거지요?"

"그렇습니다. 한민족 사상에서도 효도고 불교나 기독교도 결국은 어른 공경 아닙니까?"

왜 노인 신문을 만드나

"부모를 공경하라는 것은 부모를 낳고 기른 조상에 대한 감사라는 등, 제가 새로 차린 노인신문의 창간 취지는 나라의 어른이고 가정의 어른이신 노인을 잘 모시면 교육 분야에는 가장 우수한 인성교육이 된다는 뜻입니다."

"다 알아듣지는 못하겠지만 어쨌든 참 본받아 마땅한 정신이라고 생각합니다. 그래서 벌써 9년이 된 거지요?"

"물론 규모는 작아요. 그러나 거창한들 얼(정신)이 약하면 신문이 아니잖아요? 얼얼. 작가님이 늘 말씀하시던 그 얼 말입니다."

"그렇군요."

"얼은 순우리말이고 실은 정신인데 영혼이라고도 하지요. 그렇지만 사실 신문에도 이념 철학 같은 얼이 있습니다. 먹고 산다는 건 좋지만 신문입네 하면서 돈이나 벌어 영화나 누리려 하거나 이득만 따라간다면 영혼 없는 신문입니다. 이런 신문은 사실 신문이 아닙니다."

"하여튼 회장님 말씀 듣다 보면 콕 찌르십니다. 맞아요."

"제가 노인전문신문을 만든 것은 외식이 아닙니다. 누가 알아주고 않고 누가 광고나 후원을 하고 않고 그로서 수지가 맞고 않고가 문제가 아니라 적자가 나더라도 오직 노인 독자에게 좋은 신문이라면 내 돈 써서라도 만든다는 것입니다."

"그게 씨올이라고 하는 과거 씨알의 소리 정신입니다. 씨올은 곧 얼입니다. 신문이 좋은 사업이지만 사실은 사명이거든요. 사명이 없으면 하다가 말아요."

"씨 없는 수박이 유행했는데 저는 씨만 가득한 못난 수박이라고 노인이 행복한 세상에 마음을 담으려 하는 거지요."

"그 신문 창간사는 어디 있어요."

"찾아봤는데 아직 못 찾았습니다."

"그럼 뭐 발행인칼럼 이런 것은 있던가요?"

"예 금년(2023년) 추석맞이 신년사인데 발행인 칼럼입니다."

발행인 칼럼

저널 늘푸른나무 발행인

지구환경위기와 출산율 저하에 겹친 고물가로 참 살기 힘들다고들 아우성치는 2023년의 추석을 맞습니다.

이럴 때일수록 우리 노인신문 가족 여러분의 건강관리가 더 중요할 것 같습니다.

세월 이기는 장사는 없다더니 어느덧 우리 신문도 창간 10년을 바라봅니다. 60대 초반, 나름 어르신들을 잘 모셔 본다고 시작했으나 막상 저도 노년이 되어가 많은 생각이 교차합니다. 그 결과 나이가 더 많아지기 전에 인생을 다독여 본다고 저는 금년 자전소설을 책으로 내야겠다는 생각에 지금 600쪽의 초고를 완성하고 수정 중에 있습니다.

빠르면 11월 중 늦어도 12월 초에는 책이 나올 것으로 보는데 이 책은 한국현대사를 쓴 책으로 독보적일 거라고 생각합니다.

물론 덕망과 인품에서 많이 부족한 저의 일대기지만 부끄럽고 내세울 게 없다고 그만두면 현대를 사는 초로 노인 누가 자랑스럽게 자서전을 내겠느냐는 주위의 권유에 따라 고민 끝에 내린 결정입니다. 독자 여러분께서도 응원해 주시기 바랍니다.

돌아보면 사실 우리가 산 현대사 속 한국인은 누구나 힘들었습니다. 해방 직후 터진 북한의 남침으로 힘겨운 성장기는 깊은 늪지대 속을 헤치고 나온 처절

610 늪지대 아리랑 – 長岩 박길림 실화 소설

한 몸부림이었습니다. 그래서 저는 제 일생을 어둑한 늪지대였다고 보았고 늪지에서 살아나와 오늘의 세계 10대 강국이 된 기초는 우리 한민족만의 우수한 유전자와 불굴의 의지였다고 보아 제목을 《늪지대 아리랑》이라 정해 출간을 준비하고 있습니다.

이러한 늪지대와 아리랑 정신은 노년이라면 누구나 다르지 않을 거라고 생각합니다. 고난의 현대사를 살아온 노인 독자라면 누구도 예외가 없을 것입니다. 그러나 버티기 힘든 늪지대에서 살아온 우리의 현재는 행복하지 않되 특히 노인들의 외로움이 극심합니다. 사실 나이 들어 노년이 외롭기만 하다면 헤치고 나온 늪지 탈출이 무슨 의미가 있고 가치가 뭐냐고 할 때 대개의 노년은 마른 눈물에 가슴을 쓸어내리는 것이 현실입니다.

그렇다고 정부나 탓하고 세월 탓만 하고 한숨만 지을 일은 아닌 것 같습니다. 더구나 이렇게 늙어 가는데도 이런 심정을 어찌 모르느냐고 아들딸을 탓하는 것은 괴로움에 더 큰 아픔을 더하는 것 같아 자식 원망하는 것은 아무래도 아니라는 것은 우리 독자 여러분 모두가 같을 것입니다.

가장 힘든 것은 마음을 알아주는 자식이나 세월이 아니라는 문제입니다. 그러나 그러려니 하고 이렇게 살다 죽느냐? 이것은 참 가혹한 일입니다. 마음이 통하지 않으면 말이라도 통하면 좋겠는데 둘 다 어렵습니다.

어쩌면 좋을지를 고민하는 우리 노인신문 독자 여러분의 심정이 곧 발행인의 심정이라고 보여 이래서는 안 되겠다고 자전소설을 통해, 살아왔고 살아가고 살아갈 내일을 바라보며 통하지 않는 말이나 마음을 한 권의 책으로 출판하는 것이니만큼 그냥 남 얘기라 하지 마시고 바로 이게 독자 여러분 각각 모든 노인의 마음이라고 믿고 공감해주시기 바랍니다.

어떨 땐 많이 굶었습니다. 살자니까 또 어떨 때는 양심에 어긋나는 행동도 했습니다. 자식들하고 먹고 살자니까 무리했고 자식들 뒤를 받쳐주자니까 내 몸 상하는 것도 모르고 험한 인생을 살아왔습니다. 그러나 이제 와서 "내가 널 키우느라고 말이야, 내가 얼마나 고생했는지는 둘째 치고 얼마나 가슴을 조이고 애간장을 녹였는지 너는 그렇게도 모르느냐?"고 소리를 지를 수도 없지 않습니까? 그러니 입을 닫고 말을 할 기력도 없습니다. 그저 자식들 내외지간 안 싸우고 화목하게 손자손녀들 건강하게 잘 크기만을 바라는 닫힌 입속에 하지 못하고 묻힌 말을 책으로 펴내려는 것입니다.

독자 여러분이나 발행인과 원작자의 심정은 똑같을 것입니다. 살기 좋은 세상이 돼야 하는데 국가나 세계 경제가 우리네를 휘감아 쓰러지게 합니다. 우리 노인들이야 쓰러지든 죽든, 사실 이건 우리네 노인 걱정이 아니고 진심은 자식, 가정, 손자, 걱정입니다. 다시는 전쟁이니 외침이니 가난 같은 인생의 늪지대를 만나지 않아야 하는데 보면, 지금 우리가 살아온 그 험난한 역사의 고난보다 더 큰 위기가 올까가 걱정입니다.

대처할 수 있는 힘도 기력도 잃어가는 노인 된 우리이기 때문입니다. 그러나 할 수 있고 꼭 해야 하는 건 아무도 입을 열지는 못해도 마음은 열고 마땅히 취할 바는 노인 된 품격 유지가 아닌가 생각됩니다. 그게 뭘까요.

잠시라도 자식과 손자녀와 그들이 살아갈 경제환경, 생활환경, 지구환경, 그리고 부부 부모자식 가정환경이 밝고 알차야 한다고 보아 우리 저널 늘푸른나무 정신이 아리랑 정신과 합일하는 가정, 이웃, 사회, 국가가 되기만을 바라는 우리 노인의 기도에 하늘이 응답하기만을 소원합니다.

노인신문 등

"와 이걸 다 박 회장님이 쓰셨습니까?"

"예 뭐 제가 초고를 쓰고 한장완 대표한테 오타나 문맥을 좀 잡아보라 한 것입니다."

"이게 어디 주먹이나 쓰던 손이 썼다고 누가 그렇게 보겠습니까. 그러니 심성이 어떤지 보입니다. 배포는 어떻게 하지요?"

"저도 직접 다니고 사람을 사서 품값을 주고 대전 시내 경노당을 돌며 각각 50부 정도씩을 갖다 드리는 거지요."

"직접도 다니신 건가요?"

"이게 사람을 써 보니까 배달이 제대로 안 되는 것 같아 제가 가야 제대로 배달된다고 생각해 직접도 많이 다녔습니다."

"해보지 않은 일이십니다, 시시하진 않아요?"

"시시하지요. 이게 돈 버는 일도 아닌데다 누가 알아주는 것도 아니다 보니까요. 그래도."

"그래도 전국으로 관광사업이랄지 버스로 돈을 벌다가 늘그막에 이게 할 짓인가 이런 생각은 안 드십니까?"

"당연하지요. 그러나 이게 못지않은 가치라고 생각했습니다. 노인들이 보고 아는 정보라고 하는 게 뻔하지 않습니까?"

"뻔하다 함은 무슨 말이죠?"

"요즘 노인들 솔직히 외롭습니다. 들어가나 나가나 말동무가 없습니다. 티비도 노인 중심이 아니라 전부 젊은 사람 중심이라 노인들이 집중하게 되지를 않아요."

"저도 노인이지만 사실 처박혀, 그것도 잠깐이 아니고 온 종일, 만약에 종일 티비만 보면 노인이 스스로 더 갑갑할 것도 같군요."

"저는 그러지 못합니다. 집에 있어 본 일이 없어 그런지 꽃노래도 세 번이라고 티비도 저녁에 잠깐 보지 대낮에 티비만 보고 있다는 게 노인보고 감옥에 가라는 거나 뭐가 다르겠어요?"

"그러니까 경로당이 있으니 그나마 다행 아닌가요?"

"그런데 경로당이 화투나 치고 그나마도 코로나가 오면서 전부 닫혀 버립니다. 그러다 보니 제가 신문을 찍은들 배포처가 없습니다."

"그렇다고 역전 터미널 가판대로 갈 수도 없는 거죠?"

"간들 주로 젊은이들 세상이라 갖다 놓아도 쳐다나 봅니까? 요즘 종이신문은 흘러간 물레방아 아네요?"

"그래도 신문은 만든 거죠?"

"부수를 줄여서 그렇지 만들긴 만들고 고정 독자들에게는 우편으로 보내고 했지요."

"그럼에도 9년이면 오래도 지속해 오시네요."

"문제는 이로써 양이 차질 않는 겁니다."

"하고 싶은데 못 하는 것 또 있어요?"

"그것도 여러 햅니다. 급식 봉사입니다."

"아니 박 회장님도 노인과 소속인데 노인이 노인급식을 해요?"

"이것도 10년 넘었는데 그때만 해도 아직 경로우대자가 아닐 때 시작한 것입니다."

"어 하다 보니 노인이 되어 이제 봉사가 아니라 봉사를 받아야 할 나이가 된 거로군요."

"나이는 그렇지만 저는 생각하는 게 다릅니다."

"무엇이 다르지요?"

바로 아주 오래전, 일억은 인터넷에서 한국사이버인생대학이라는 사이트가 있었다는 것을 알고 인터넷 대학이지만 2013년부터 문 닫힌 그 인생대학 교재를 받아 2년을 배운 적이 있다.

'한국사이버인생대학'은 1999년 문을 열고 2003년 노무현 정부 출범 초기 운영자금 부족으로 문을 닫았다.

당시 이 대학의 1차 꿈은 단과대학으로 차츰 '한국정신문화대학'으로 발전시키고 훗날 84개 전공과목을 갖춘 '4년제 대학'으로 가려 한다는 그 취지가 좋아 박일억이 뒤늦게 공부한 사이버대학이다.

제15부

배워야
일도 한다

한국사이버인생대학

당시 대학에는 12개 기본 공통 정규 과목(각 21강/63시간 90분×21회)이 있었다. 기본 정과목은 12개 과목으로서 일억이 배운 과목이란

부모학,

아버지학,

어머니학,

부부학,

남편학,

아내학,

청년학,

자녀학,

며느리학,

시부모학,

노년학,

불륜학.

이상의 12개 과목의 기초를 수료하였다.

사이버대학이지만 만만히 보면 안 될 정도로 학문은 깊었고, 위 12개 학문 중 4권은 《부부학 콘체르토》라는 제목으로 책이 출간되어(검색 구입

가능) 시중에 유통되고 있으며,

아래 84개로 늘린다고 기획한 한국정신문화대학의 교재로 출간된
책도 있어서,

생각학 콘체르토,

대화학 콘체르토,

품위학 콘체르토이며,

더 훗날 펴낸 인성학연구통론이 또 5권의 책으로 나와 박일억이 한
다고 악을 쓰고 독학도 정신으로 공부를 했다.

참 좋은 대학이었다. 후일 대구의 모모대학교가 '한국정신문화대학
교'로 교명을 바꾸기 위해 교육부에 인가변경신청을 하기 위해 수차례
교육부를 방문하던 중 이사장 김00 씨가 별세하여 더 나아가지 못하였
는 바《민족의 스승 월남 이상재》전기 제5권에는 이와 같은 월남정신
문화대학 설립기획안을 포함하여 4년제 교과 강의 초고가 게재되어 있
는 바 전체는 너무 길고 그 중 아래로 내려 교과목만 살펴보기로 한다.

그 바쁜 박일억이 이렇게 방대한 꿈을 꾸는 사이버 인생대학에 들어
와 밤을 새워 공부하기를 2년, 그러나 선배 친구 후배는 이렇게 공부에
빠진 박일억을 모른다. 그냥 터미널 박일억이고 착한 주먹 박일억만 알
뿐이다.

대학 소개

정체학, 생각학, 언어학,

품위학, 관계학, 습관학,

세대학, 성공학, 실패학,

사랑학, 재물학, 미래학,

욕설학, 오프라인 대학 소개,

스승학, 제자학, 친구학,

상사학, 동료학, 후배학,

직장학, 조상학, 후손학,

밥상학, 개똥철학, 행복학,

결혼학, 침상학, 이혼학,

재혼학, 취미-여가학, 고풍학,

유언학, 강의학, 토론학,

분쟁학, 착각으로 사는 인생,

사이補인생학-1, 정신장애학,

지체장애학, 삶의 가치학,

종교학, 불교학, 기독교학,

TV종합학, P.C 종합학,

여행레저학, 건강요리학,

인생심리학, 심성교정계도학,

CEO학, 용모학, 명상학,

기도학, 감사학, 양심심도덕학,

근심걱정학, 사이補인생학-2,

인생경제학, 환란방지학,

환란대처학, 주-한 고전과 인생학,

삼국~청 고전과 인생학, 국제학,

과부학, 독신인생학, 모자인생학,

독거노년학, 인생잡학.

"그때 공부하느라고 애 많이 쓰셨지요?"

"뭐 하도 엄청난 분야고 저게 각 과목마다 21개씩 소강의 주제문이 또 있지 않았습니까? 머리가 나쁜 건지 굳어서인지 아직도 까마득한 게 배울 게 참 많다는 생각뿐입니다."

"아시지요? 저 과목 중에

인성학 이야기,

스승학 이야기,

정체학 이야기,

제자학 이야기,

학문학 이야기,

여성학 이야기

이상 6권의 책이 또 곧 출간된다는 것도?"

"알고 말고요, 제가 배우려고 도전했던 과목인데 왜 모르겠습니까. 물론 84개 교과목을 다 외지는 못합니다."

"그야 상관없는 일이고, 그러니까 박 회장이 공부에 관심이 엄청나고 또 실제로 공부만 한다는 걸 아직도 친구나 후배가 다 모른다는 거지요?"

"그걸 뭘 떠벌릴 일이겠습니까? 그러니까 밤이면 외롭고 잠은 안 오고 그렇다고 마누라 없다고 술이나 먹고 뭐, 그래도 봤습니다마는 책보고 공부하는 게 제일 좋더라고요."

"그래서 지금도 어디 대학원에 재학 중이라고요?"

"예. 이 역시도 아주 친한 친구 누구도 몰라요. 올해 대학원을 졸업합니다."

"무슨 대학입니까?"

"아,, 이거 책을 내자니 할 수 없군요."

"대전이지요?"

"예, 대전목원대학교문화예술원이라고 산업정보언론대학원 최고경영자(CEO) 과정입니다. 올해 졸업합니다."

"와~~ 초딩 5년 중퇴인데 이 어쩐 일이랍니까? 참 귀신도 속이는 분이라서? 하하, 이 말씀 아주 잘하셨습니다."

"아이구, 그냥 공부가 좋아서 소리소문없이 한다고 하는데 작가님께서 물으시니… 아무튼 늦게 이게 뭐냐 할까 봐 좀 쑥스럽습니다."

"아닙니다. 그러는 사람이 있다면 저는 그냥 욕을 퍼지룹니다. 공부가 미래 후손에게 남기는 최고의 유산 아닙니까? 아시지요?"

"나이 70이 넘게 살아온들 다 헛된데도 그걸 잡으려고 악을 쓰기만 했지 작가님 말처럼 다 손가락으로 빠져나가는 모래알이고 마치 바람 잡으려는 손처럼, 알고 보니 자식이 최고고 후손이 최고고 가족이 제일이더라는 생각뿐입니다."

"젊어서는 안 그랬지요?"

"하이구 아픕니다, 아퍼요 하하."

노인들

일억도 이제 완전 노인 축에 들어 버렸다.

노인들.

아무 일도 안 하고 집에서 그냥 노는 사람이 많다. 그러나 그들도 바쁘다. 더 바쁘다고들 난리들이다.

주로 공직에서 물러나 연금으로 사는 노년들인데 그들을 보면 연금이 나와 노년을 사는 데 돈 걱정은 하지 않아도 된다. 그러니까 그들은 취미활동만 하며 여생을 사는 그 정도를 넘어 펑펑 즐기는 사람들도 있다.

주로 등산,

혹은 산악회원으로 가입해 관광버스로 전국을 다니는 사람들이다. 아니면 여행이다. 그도 아니면 식도락가가 되어 맛집만, 그저 맛집만 찾아 돌아다닌다.

생각이 온통 먹는 맛에만 빠져 앉으나 서나 그저 먹는 타령만 한다.

그럼에도 손자 돌보기로부터 무언가 봉사를 하기도 하고 배운 경험과 경륜을 가르치기도 하지만 드물다.

"지금 고물가에 국제경제까지도 어려운데 공무원연금수령자는 예외인 것 같습니다."

"작가님. 우리가 흔히 금수저다 흙수저다 하는 것 있지요?"

"예."

"이게 현실은 금노인과 흙노인으로 바뀐 지 오래입니다."

"하하 금노인 흙노인? 재밌는 표현이네요."

"저는 금노인에게는 관심 없습니다. 무조건 흙노인에게만 관심이 많아요."

"그렇다고 연금 받는 것 자체를 뭐라고 하시는 건 아니죠?"

"그렇습니다. 평생 열심히 일하고 그 열매를 따는 건데 정치인이나 연구자들이 뭐라 하는 건 몰라도 저는 그저 흙노인에게만 관심이 많다는 것입니다."

"제 주변에도 말씀하신 금노인이 있습니다. 오히려 흙보다 금이 더 많고 흙노인이 적어요."

"적지요? 흙노인은 장수하지 못해 일찍 죽거나 병상에 누워있으니까 보이느니 금노인들인 것 같습니다."

"뭐 박 회장도 금노인 아닙니까?"

"금노인요? 저는 흙노인들만 자꾸 보여 그들이 딱한 마음에 금노인 싫습니다. 형편이 있고 없고의 문제가 아니라 생각이 금이면 금빛이라야 진짜 금노인이지 생각이 똥냄새 나는 똥노인이 금노인인 것처럼 사는 걸 보면 기분 상해요."

"정말 이 무슨 학자 같습니다. 생각이 더러우면 따라서 행동도 더러워져 금이 똥이 된다? 하하 박 회장님다운 말씀입니다."

일억이 막상 이제껏 꾸었던 꿈을 실천한다고 노인전문신문사를 창간하고 보니 보이느니 전부 흙노인들이다.

첫째는 외톨이다.

남편 없고 아내 없고 자식은 따로 떠나 살고 독거노인 천지다.

"참 타고났나 봅니다. 박 회장 같은 눈을 뜨고 보면 정말 딱한 게 노인입니다. 저도 좀 그런 면이 있어요."

"그런데 요즘 애들은 그렇지 않습니다."

"그렇군요. 요즘은 애들 세상, 세상이 전부 애들 중심으로 돌아가서 그런 것 같습니다."

"저도 손자 손녀가 여럿이지만 요즘 애들 참 부족함 없이 크는 세월입니다. 그런데 노인은 딱합니다."

"딱해도 뭐 어쩔 방도가 있나요?"

"노인신문 가지고는 부족하고 뭔가 노인 중에도 흙노인 대책이 없나 생각한 지 오래라서 무엇을 할까 아직도 궁리 중입니다."

"박 회장도 노인이면서 그런 건 젊은이들이 해야 되는 일 아닌가요?"

"젊은이들요? 요즘 젊은이들 어렵습니다."

"뭐가요? 형편 말입니까?"

"형편도 형편이지만 아예 노인이라면 거리두기에 철저한 지 오랩니다."

"거리두기는 코로나 때 그 말이지요?"

"코로나 때는 그게 맞아요. 그러나 부모가 늙으니까 부모 자식 거리두기로 살아 자동차로 몇 시간씩 가야만 만나보는, 코로나는 몇 미터였지 않습니까? 지금의 부모 자식 노인과 청년의 거리는 수백 킬로미터입니다."

"그러네요 정말."

"게다가 이건 물리적 거리입니다. 문제는 마음의 거리는 더욱 멀어 까마득하다는 뜻입니다."

"아 노인 문제 참 많이도 아시네요. 맞아요, 현실 마음의 거리두기도 있군요."

일억이 맞은 노년은 큰 부자는 아니지만 그래도 그냥저냥, 살아온 일생에서 오히려 지금 맞은 노년기가 더 낫다.

"금노인으로 사신다고 보세요?"

"아 아니 금노인요? 저는 연금 나오는 것도 없고 현금통장 이런 것 있은들 없는 거나 같습니다. 다만 살아온 인생에서 굶고 악쓰고 돈 버는 데만 몸을 던진 그런 세월에 비하면 지금이 제일 편하고 안정적입니다."

"아니 흙노인은 아니잖아요?"

"흙노인은 아니고 은노인?"

"그런데 마음만 은노인 아닙니까?"

"마음은 흙노인 심정입니다. 사람이 왜 사느냐고 할 때 젊어서 잘 산다고 성공 인생? 아니잖아요? 사람의 일생이란 누가 뭐래도 결론이라 할 노년기가 좋아야 잘 산 겁니다."

"그러고 보니 작가로 사는 제가 제일 부자 같습니다. 저는 욕심을 낸들 내나 마나라 비우고 살면서 매일 글만 쓰니까 금은동 흙노인 이렇게 비교 자체를 않으니까요."

"작가님은 평생의 낙이 있잖습니까? 친구… 글이라고 하는 좋은 친구. 그러나 친구가 있어도 까치 친구가 아니라 참새 친구들뿐이라면 어디 가 차 한 잔 밥 한 끼 사 줄 수도 얻어 먹을 곳도 없어 마음이 허허로운 노인이 많아요."

"제 얘기 말고 현실 흙노인 얘기 좀 더 해 보실래요."

석영노인사랑운동본부

"그래서 제가 이것도 벌써 한 10년 된 것 같습니다. 노인신문과 같이 시작한 급식봉사단체 '석영노인사랑운동본부'도 세웠습니다."

"석영이 큰 규모의 봉사단체입니까?"

"아니요. 소규모입니다. 전부 돈이니까 그런 큰돈은 없어 못 하고 진실한 마음껏 합니다."

"어디서 어떻게 무엇을 하는 겁니까?"

"10년이지만 이미 사업이라 할 돈벌이는 점점 줄이면서 노인신문과 급식봉사를 해보자니 돈이 산처럼 많으면 모를까 생각한 만큼 하지를 못하는 겁니다."

"그야 뭐 재벌회사 복지단체도 아니고 그렇다고 중앙정부나 지방정부가 하는 게 아닌 이상 규모가 클 수는 없는 거 당연하지 않겠습니까?"

"이것도 하다 말다 하면 그건 돈 문제가 아니고 진정성 문제입니다. 저는 적든 많든 꾸준하게 흙노인을 생각해 왔습니다."

"대전역 근처 급식소 얘기예요?"

"여태 직접 운영은 못 하고 후원으로 지원하는 정도지요. 이것도 다 다익선이라 돈이 하는 일입니다."

"그러나 돈만 준다고 흙노인을 챙겼다 하겠습니까?"

"물론 돈이 필요합니다. 그러나 돈? 그 앞에는 마음입니다. 그래서 지금도 많이 생각하고 있습니다."

"그간 코로나로 모이지를 못해 대전역 근처 급식소도 시들하지 않았던가요?"

"동광장과 서광장에서 무료급식을 하는 분들도 있지만 저는 주로, 각구별 동별 무료급식하는 분들이 있어요. 또 거의 드러나지 않는 좁은 골목에서 식당을 하며 나눔과 봉사정신이 있는 분들이 매주 어떤 요일을 정해 근처 독거노인을 대상으로 무료급식을 하는 분들이 여럿이 있거든요."

"그러면 주로 그분들을 후원했어요?"

"그래요. 그래서 식당 이름과 주인 이름을 말해도 되느냐 하니 아예 그러지 말라니까 밝힐 순 없지만, 이분들이 봉사하는 게 마음에 들어 적든 많든 여러 곳, 그쪽을 후원했습니다."

"참 이름 없이 빛도 없이 음지에서 홁노인을 챙긴다는 게 고마운 일이네요."

"사실 이런 분들이 달랑 밥만 주는 게 아닙니다. 식후 다과나 차담회를 하게도 해주는 겁니다. 외로운 노인들이 그날만 기다렸다 12시에 식사하고 차 마시며 놀다 너댓 시에 흩어집니다."

"동참도 하시네요."

"반기는 눈치면 동참도 하지만 자기들끼리 이야기하는 걸 좋아해서요."

"들어보면 주로 무슨 얘깁니까?"

"자식들 키워놓고 섭섭한 이야기가 많아요. 좀 잘 컸다는 자식들은 외국에서 살아 보기가 힘들고, 국내에 사는 자식들도 보면 사는 게 빠듯하니까 잘 오가지도 못하고, 특히 배우자를 잃고 혼자 사는 분들을 보면 얼굴색이 어둡습니다."

"박 회장이 혼자니까 그런 게 돋보여 더 그렇게 보는 건 아닐까요?"

"저는 얼굴색으로 보면 혼자라는 걸 아무도 모릅니다."

"그런데 왜 노인 노인하고 신문이다 급식이다 후원을 하는 겁니까?"

"그건 저도 실은 말을 안 해 그렇지 아시잖아요. 혼자입니다. 재혼을 하기도 그렇고 않기도 그렇고, 그렇다고 축 늘어진 얼굴로 살자니 자신이 너무 초라한 생각이 들고, 그래서 술을 꽤 먹었습니다."

"지금도 많이 하시나요?"

"아이구 작가님, 잘 모르시네요. 지금 저는 아주 특별한 날 빼고는 아예 술 안 합니다. 보셨듯이 제가 술 안 하지 않습니까? 전 같으면 누굴 만나게 되면 술잔이 앞에 없으면 만난 것 같지도 않았습니다."

"아 참 술을 안 하시는지 요즘 통 못 봤습니다."

"저는 사실 술로 살았습니다. 생각해 보면 평생 먹은 술값이 집 한두 채가 넘을지도 몰라요. 그건 외로우니까 달랠 방법이 없어서 그랬습니다."

"그러다 지금은 아예 금주입니까? 절주가 돼요?"

"지금은 사 주기는 해도 저는 안 합니다. 뭐 끊은 건 아닌데 나이가 이제 술 마실 나이도 아니지 싶은 게 술이란 또 뭔가 목적이 있을 때 술이지 맹목적 술은 의미가 없어요."

"목적과 술 무슨 말씀이죠?"

"목적은 돈이지요. 술을 먹어야 거래가 트이고 술을 먹어야 나를 좋아할 것 같은 그런 게 있습니다."

결국 술을 거의 끊은 일억이다.

"이제 생각해 보면 술이라는 것이 결국은 괴롭다는 증표더라고요. 마음이 안정되고 편해도 술을 먹는다고는 하지만 그렇게 되면 열 번에 한 번도 안 되고 백 번에 한 번입니다."

"아 괴롭다는 증거라고도 보시네요."

"행복해서 먹는 술도 없지 않지만 저는 지금, 술을, 게다가 많이 마시는 사람들 보면 저 속에 얼마나 아픈 삶의 고통이나 외로움이 있는가가 경험상 다 보여 자주 불쌍하기도 합니다."

"하하, 잘 못 알아듣겠군요."

일억과 술은 평생의 친구였다. 들어가면 엄마 없는 남매가 딱하고 혼자가 된 자신이 서글픔에 술이 아니면 마음을 가누기 힘들었기 때문이다. 그런데 술 깨면 후회다. 특히 술에 취하면 책을 못 보니까 억울해서다.

또 그 돈으로 애들 옷을 사면? 고기를 사 먹이면? 용돈을 주면?

그러다 생각이 멈춘 것이 바로 외로운 사람들의 현실이다.

외로운 노년

현실 지금도 세상에는 외로운 사람이 많다. 게다가 나이까지 많아져 노인이 된 것은 그렇다지만 건강까지 안 좋은 노인이 많다.

나이 많지, 돈 없지, 부인은 없지… 손으로 끼니를 끓여 먹는다는 것은 제대로 할 줄도 모르지만 의욕도 없다.

일억에게는 무수히 많은 이런 경험이 있다. 그래서 주로 중앙시장 단골 반찬가게에서 사다 먹고 먹이는데 돈이 문제가 아니고 서글프다. 또 자꾸 생각나는 것이 미숙이 해주던 반찬 맛이다.

이건 잊혀지지 않는 묘한 현상이다.

처음 미숙이 빚진 돈 10만 원 당장 내놓으라며 반찬거리 사서 저녁 해 먹어야 한다던 그때 미숙의 솜씨는 혜이가 고등학생 때(고등학교 중퇴) 하던 음식 솜씨 딱 그 정도 수준이었다. 그래도 그게 집밥이고 집 반찬이라 일억으로서는 꿀맛? 아니고 그게 바로 밥맛이라는 것을 알았다.

밥이나 반찬이란 맛이 첫째가 아니라는 것도 그때 알았다. 첫째는 누가 해주는 반찬이냐는 것이다. 말하자면 돈 줘야 해주는 식당 밥 말고, 엄마가 해주는 밥상이고 아내가 해주는 밥상은 맛하고 비교할 수 없는 마음이 들어 이를 사랑이 든 사랑밥상이라 할 것이다.

일억은 늘 늪지대에서 그렇게 살게 되자 세상에 이렇게 맛있는 세상이 있다는 걸 몰라 그런 생활에 깊이 젖어 들었다. 그러다가 막상 미숙이 떠나고 나니 다시는 이런 밥상을 받을 수가 없게 되었다.

매일 가게 가서 사다가 먹는 반찬과 찬거리를 사서 직접 해 먹는 반찬하고는 뭐가 다른지 말로는 잘 못 하지만 너무 다르다.

특히 생선조림이나 된장찌개 고기구이 이런 건 반찬가게에서 사 온들 이게 그 맛이 아니다. 그래도 기대를 가지고 이것저것 사다 굽고 튀기고 끓이고 볶아 보지만 이게 온갖 양념부터 버려진 남자의 주방일기 요리일지를 쓰려면 처량하고 부실하기가 한도 없고 때문에 쓰고 말할 이유도 없다.

"그래서 결국 흙노인을 위한 마음에서 석영노인사랑운동본부를 만든 거로군요."

"제대로 잘 넉넉하게는 못한다는 걸 알고 출발했습니다. 다만 노인의 심정과 현실을 보면서 남과 같이 드러내 보이지 않게 한다고 해 온 일이었습니다."

"이제 나이가 들어 더 크게 벌리기도 어렵겠고 마음은 있고 어쩌지요?"

"첫째는 멈추지 않는 것입니다. 등수니 외형이니 규모가 중요하다지만 더 중요한 것은 초심(初審)불변입니다. 물론 더 키워야지요. 그래서 동참할 친구 후배를 만나 동참을 요청하지만 선배들은 거의 죽고 친구들도 하나둘 세상을 떠나거나 병실에 누워 버렸습니다."

"아 기죽는 것 아닙니까?"

"아닙니다. 이런 정신은 내 것 같지만 후손과 후대들에게 이어 내려 가게 하자는 거니까요."

"그럼 다른 말씀 좀 더 들어볼까요?"

살아온 74년 해마다 서글픈 날이 대부분이었다. 셀 수도 없다.

일찍 집을 나와 떠돌이로 산 날들은 이미 앞에서 썼으니 더 말할 것 없지만 그건 일억 자신 이야기다. 그러나 미숙을 만나 15년여는 꿀맛 같은 날이 많았지만 그랬던 미숙이 떠나 홀로 아이들 남매와 살아온 세월이 30년이 넘다 보니 어느 한 해 한날 억장이 무너지고 서글프지 않은 날이 거의 없었지 싶다.

그 중 대표적인 날이 바로 아이들 생일날이다.

생일이 싫어

이젠 상규 나이가 40이 넘어 미숙이 집을 나간 30년 중 상규 결혼 전에만도 온전한 20년인데 혜이까지 남매 둘을 합치면 생일날만 40번이다. 매년 생일을 맞았을 때 일이다.

생일은 사실 낳은 엄마가 주인공이다.

몸을 찢어 아이들을 낳은 엄마 없는 생일맞이는 말 그대로 가슴이 먹먹하고 안 돌아오느니만도 못한 아픈 날일 뿐이다.

우선 생일이라고는 하지만 기쁜 날 대신 슬픈 날이 되고 만다. 아이들은 어떤지 모르지만 일억은 아이들 생일날이면 가슴이 아프다.

케이크를 사와 나이대로 세운 촛불을 끄라 하고 해피버스데이투유? 웃기는 얘기가 아니라면 눈물 나는 이야기다.

그래서 외식을 시켜 준다.

그러나 요샛말로 완전 노잼이다.

먹어도 맛을 모르겠고 집안 공기는 유독 어두워진다. 분명 아이들도 엄마니까 미숙을 생각하고 보고 싶고 그리울 건데 티를 내지 않고 참는 눈치다. 이런 속상한 공기에 일억의 가슴에는 눈물이 흐른다.

'아! 이게 지금 사람이 사는 건가?'

'아! 이게 아비인가?'

'애들을 저렇게 키우는 내가 부모라 할 것인가?'

'영화숙도 아니고 돈은 없고'

'돈이고 밥만이 생일은 아니로구나.'

이러다 보면 거의 신심마비 상태 지경이다.

그런 낌새를 차린 건지 아이들은 재잘거리고 맛있는 듯 먹지만 그걸 보는 일억의 심정은 무너지는 빙벽이다.

게다가 해마다 일억의 생일도 돌아온다.

그런데 생일이 오는 것 정말 싫다. 미숙 없는 일억의 생일은 비참해서다. 눈치도 모르는 친구들은

"야 우리 한잔 해야지? 오늘이 네 생일이잖아?"

"아 그러네. 뭐 그러자고."

친구는 그렇고 두 애들이 일억의 생일을 알게 된 것은 나중에 좀 커서부터다. 어려서는 그저 지들 생일만 달력에 적어놓고 기다리지만 일억의 생일은 모르더니 크면서 생일을 알기는 알지만 일억은 이게 왜 싫은 거지?

그러니까 생일은 술과 친구로 보내온 게 30년이다. 하지만 그전에는 아예 생일도 모르고 말도 하지 않았었다만.

생일도 싫지만 역시 싫은 날이 설이나 추석 같은 명절이다. 모르고 넘어가면 좋지만 세상이 설이다 추석이다 요란을 떠니 일억이나 아이들도 설이면 뭐 좋을 게 없는데도 설설 하고 추석 추석하고 명절을 기다려 싼다. 그러나 일억의 명절은 일 년 중 생일처럼 아주 기분이 나쁜 날이다.

명절은 무조건 싫어

터미널에서 일할 때는 명절이 돈벌이 대목장이었다. 그러다 강남고속호남선터미널에서 돈 벌 때도 명절은 단대목이라 하여 돈에 눈이 멀었지만 모든 것이 뿌리 빠지고 밑 빠진 독처럼 미숙이 떠난 후에는 명절 역시 암울한 날이었다.

명절이면 평택 일선이 형님 댁으로 가는 게 명절 나들이인데 그 역시도 미숙이 떠나자 가기가 싫어지다가는 이래서는 안 된다고 좀 지나서부터다. 참 이상한 일이다. 미숙의 빈자리가 이런 것일까?

일선이 형님은 판암동 집을 사고 엄니가 다녀가신 후에 집 구경 한번 오고 대흥동 큰 아파트를 샀을 때도 오시곤 했는데 일억은 명절이 돼야 제사 드린다고 가면서 혜이하고 상규도 데리고는 다녔다.

그런데 영 기가 죽는다. 혜이는 그 밝은 성격인데도 얼굴이 어둡고, 지금은 아니지만 상규는 반대로 너무 조용하니 말수가 적었는데 아무래도 엄마 없이 자란 환경의 영향을 받은 것 같은 것이 일억의 마음을 아프게 한다.

"아 이해가 되고 공감도 되고 알 만합니다. 이런 이야기는 말로 하기가 어렵지요?"

"참 서글픕니다. 나는 왜 이렇게 사는 걸까? 평생 기뻐 뛰어 보지를 못한 것 같습니다."

"그러니까 마음을 달랜다고 그래서 골프를 시작하게 된 건가요?"

"골프가 제 맘을 좀 달래줄까 했지만 골프도 짝이 맞아야 하여 하기는 해도 울적한 감정을 감추고 해야 해서 생각한 만큼의 재미는 없더라고요."

"뭐든 상대나 애들은 괜찮은데 아비니까 그렇게 느낀 건 아닐까요?"

"그렇기도 하겠지만 아닙니다. 잘 못 본 게 아니고 사람은 환경의 지배를 받기 때문에 애들 크는 걸 보면서 제가 잘못 본 건 아닌 것 같습니다. 마음 아픈 이야깁니다."

"말고도 더 있을 것 같습니다. 어린이날이거나 소풍 가고 수학여행 가는 날 등 애들이 기쁜 날이 많을 건데 어두운 날처럼 박 회장의 마음을 찌른 날들 말입니다. 많았지요?"

"아 예 예, 이 정도만 할까요? 여기까지만 해도 독자들 충분히 공감됐을 것 같으니까요."

"그럴까요?"

"대신 지금 이 책을 왜 내느냐고 할 때 작가님도 말씀했잖습니까? 바로 부부간에 서로 고마운 마음을 가지고 살라는 것 아니겠습니까? 저 박일억의 삶을 읽고 독자 자신의 지금이 얼마나 감사하고 이게 다 누구 덕인가 할 때 바로 아내와 남편 덕이라고 보면 일등이고 반대로 박일억보다 못하다면 읽고 그래도 감사하며 살 유익한 결실을 바라고 기대하며 내는 책이니까요."

출판 면담

2023년 봄이다.

"찾아가 뵐려고 하는데 가면 뵐 수 있을까요?"

작가에게 박 회장이 걸어 온 전화다.

"아 예 회장님, 저는 집에 있습니다."

"그럼 1시간 후에 도착하겠습니다."

이유는 없다.

늘 오던, 원래 자주 오던 사람이고 그냥 오는 사람이니까.

그런데 이날은 와서 생각지도 않은 말을 한다.

"나이가 들었는지 아무래도 이렇게 살다 죽어서는 안 되겠어서 책을
한 권 내고 싶습니다."

한다.

"아니 책이요?"

"오래전 김은섭 기자가 말해 들으셨지요? 제가 살아온 일생을 책으
로 내고 싶다는 생각입니다."

"아 그래요?"

"그래서 작가님께 좀 써 달라고 부탁하러 왔습니다."

"아 제가요?"

"아니다 하지 마시고 들어주세요."

하더니

"아 참 김 기자 말이"

"예 요즘도 만납니까?"

"자주는 못 봐도 만납니다."

"그런데요?"

"김 기자 말이 주필님은 월남 이상재 선생 제자니까 6년이나 그 엄청난 자료를 구하고 평생의 글 인생 총 정리한다고 5권을 내셨지만 그건 그분이 대한민국 태동기 역사의 국조(國祖/나라의 할아버지)시니까 모신 거지 아무나 주인공이라 보고 누구의 일생이라고 쉽게 쓰지는 않는다고 말해서 너무 잘 압니다. 맞지요?"

"맞아요. 그 말 한 적 있습니다."

"그래서 그 말을 듣고 제가 벌써 10년 넘게 고민을 했습니다."

"아 그랬어요?"

"나는 참 부족한 사람이고 못나고 못 배우고 자식이나 부모님 앞에 부끄러운 인생을 살았습니다."

"뭐 좀 듣기는 했지만 중요한 건 그럼에도 본인이 잘났다거나 자신을 모른다면야 그게 문제지 박 회장은 지금 하는 말만 들어봐도 그런 건 다 흘러간 과거지사 같은데요."

"과거가 흘러갔으면 그게 없던 일입니까? 부끄러운 건 부끄러운 거고 못난 건 못난 거고 잘못은 잘못 맞잖아요?"

"잘못은 잘못이라고 하는 그 자체를 아느냐 모르냐의 문제지 알면서도 감춘다거나 알면서도 고치지 않는다면 그게 진짜 잘못입니다. 저는 그렇게 봐요. 과거는 지금의 내가 바뀌면 지워지는 것이다."

"그래서 드리는 말씀입니다. 제 못난 인생을 누구나 읽고 삶에 유익이 될 만한 좋은 책을 내 달라고 말씀드리러 왔습니다."

"아 좋은 책? 그래요? 그런데 지금 마침 제가 시간이 없어요. 부강에 사는 안 박사라는 분이 책을 낸다며 제게 북코치를 해달라고 원고를 가져와 지금 그걸 보는 중입니다."

"아 급할 건 없고요. 천천히 하셔도 됩니다. 그런데 언제 끝나요?"

"글쎄 제가 쓰는 책이 아니고 쓴 책을 북컨설팅 해주는 거니까 두세 달 정도?"

"아 두 달이면 됐어요. 마치고 시작하시면 됩니다."

"그나저나 쓸 작가가 꼭 제가 적임자입니까?"

"대한민국 최고의 전기 작가 아니십니까? 게다가 문학평론가로 등단하려 준비도(당시) 하신다면서요?"

"최고는 아니지만 제가 흐름은 알지요. 그러나 중요한 건 박 회장의 일생에 대해 드문드문 들어 알기는 알지만 글도 설계를 해서 그 설계에 따라 써야 하기 때문에 한두 번 만나 차 몇 잔 마시고 쓰면 그건 부실해서 못 씁니다."

"열 번이고 스무 번 백 번이라도 와서 작가님과 먹고 잘 수도 있어요."

"아니 그런데 물어봅시다. 이게 갑자기 왜 하게 된 결심입니까? 한 번은 김 기자가 저에게도 하도 진지하게 말하길래 그러시겠느냐 물으니까 절래절래 하지 않았던가요?"

"맞습니다. 어림짝도 없다고 생각했기 때문입니다. 제가 제 인생을 아는데 저는 정말 내놓으면 안 될 아주 추하고 막 살았습니다."

"알아요. 우리가 벌써 10년이 넘고 헤이와 상규 애들도 잘 알고 사위 최원영이던가요? 저도 알고 며느리에 손자 길연이도 아는데 왜 모르겠어요?"

"그러니 김 기자가 똑똑한 사람인데 책을 내라는 헛소리 농담 친 것도 아니겠어서 거의 매일 밤 많이, 오래오래 생각해 보았습니다."

"그건 저도 그랬습니다. 그래서 만일, 아무리 아니다 하면서도 책을 낸다면 뿌리부터 줄기 가지 잎사귀 꽃 열매까지 여섯 단락을, 안 그려려 해도 자꾸만 구상이 되는 겁니다. 그래서 지워 내려고 한 번 물어봤지요? 작년에였던가요?"

"예 물어보셨어요."

"그때도 아니다 하면 내가 공연히 빈 머리공간에 박일억을 채우면 피곤하여 멈추고 있던 중이거든요."

"그런데 이번에 결심을 했습니다. 책을 내기로요."

"결심은 잘하셨는데 그럴 이유랄지 무슨 일이 있었어요?"

제16부

금노인과
흙노인

책을 내려는 이유

일억이 자신의 생애를 글로 써 남기려는 데는 목적과 이유가 있다 하였다.

첫째는

잘 못 살았다는 후회이며 그러니 후손들만은 바르게 잘 살라고 비는 마음에서라고 한다.

물론 일억은 당시의 부모 환경이 나빴다.

아버지는 돌아가셨으니 어머니가 재혼을 할 수도 있는데 그때를 좀 잘 참지 못하고 엄청난 충격에 그만 발길을 돌린 것부터가 인생이 짓꼬여 벼랑길로 빠지게 되고 말았다.

"그때 두세 번 다시 생각할 수는 없었다고 봐요?"

"제가 그게 잘못되어 제 발로 제가 저를 사지로 끌고 간 것 같습니다."

"어찌 보면 사춘기처럼 반항인데 그렇게 보면 그땐 철이 없어서 아닌가요?"

"물론 무슨 철이 있었겠습니까. 그저 내 엄마인데 다른 남자와 산다고 그 생각만 하니까 얼마나 충격을 받은 건지 나흘 연속으로 굶으면서도 배고픈 걸 모를 정도였다니까요?"

"그래요. 이미 돌아가셨지만 그때 어머니의 재혼 선택이 발단은 발단인데 이제 와 어린 박일억을 나무라지도 못하겠네요. 일억아 네가 받아들였어야지 왜 그랬느냐는 등"

"이런 걸 팔자니 운명이라 한다면 저는 다시 그때가 와도 아마 또 그럴 것도 같아요."

둘째는

자랑이 아니라 부끄러우니까 절대 입 닥치고 살다 죽어야 마땅하다 할 수도 있는 인생이지만 그렇다고 누구 하나 입을 열지 않고 전부가 다 감추면 그건 정직의 문제라고 본 것이다.

이에 기록 문화유산이니 이것이 인생이라는 말은 빼더라도 부끄러우니까 거꾸로 그래서 책을 내야 한다는 생각을 한 것이다.

즉, 일억이 감추면 후손들에게도 감추는 유전자가 내려간다고 본다는 건데 감추는 것도 미덕이라 하는 생각도 들어서 10년을 고민했다는 말이다.

"그러다 이번에 최종 결심을 한 건가요?"

"실은 작년부터 굳혔습니다. 와서 뵙고 말씀드린다고 하고는 입이 안 떨어져 그냥 간 게 여러 번입니다. 매우 망설였던 겁니다."

"아니 내 인생 내가 살고 내가 말한다는데 누구 눈치 볼 일 있나요?"

"맞습니다. 그런데도 눈치가 보이고 신경이 쓰이는 것은 어느 때 어느 연도를 보나 다 제가 살자니까, 이유는 딱 하나입니다. 안 그러면 죽으니까 싸우고 속이고 또 그러다 잡혀도 가고 끝내는 이혼까지 당하고 애들은 꼴이 아니라 정신적으로는 완전히 고아나 다름없이 컸으니 다 제 책임 아닙니까? 선뜻 용기가 나다가도 멈칫한 거지요."

"이해는 갑니다. 내놓을 게 없다는 거지요?"

"책을 내면 누구든 읽지 않겠어요? 특히 먼 훗날 제 손자들도 보지 않겠어요? 그리고 이딴 책을 뭐가 자랑스럽다고 내느냐고 꾸짖을지도 모르지만 어쩌면 그럼에도 버텨낸 삶이 장하다고도 하지 않을까요?"

"예 잘한 결정이십니다. 뭐 잘난 사람 잘난 대로 살고 못난 사람은 못난 대로 산다는 노래 가사처럼 잘났다는 사람들도 후벼 파보면 더러운 게 더 많을지도 모릅니다. 그래도 턱 하니 넥타이 턱 매고 금배지 달고 떵떵거리며 출판기념회 크게 한 사람들이 뒤로는 도둑질하고 간통하고 제 돈은 아끼고 전부 국민 혈세만 퍼 쓰면서도 나 잘났네 하는 것 자주 보지 않습니까? 오히려 솔직한 박 회장 자서전이 더 나을 수도 있습니다."

사람이 겉 다르고 속 다르면 안 된다는 생각에 결심했다 한다.

과거 일제 만행이 우기고 덮는다고 없어지는 것이 아니라 반대로 드러내고 사죄하는 것이 없애는 동시에 다시는 어두운 역사가 다시 올 구멍을 막는다는 생각에 망설이다 내린 일억의 결정이란다.

더 큰 출판 이유

셋째는

손자 길연이와 상연이 둘에게 남기는 말이라 한다. 길연이와 상연이 아직은 어리니까 커서 보라고.

세월은 일억은커녕 상규가 자라던 세월이 아니라 이제는 국제화 세계화의 시대다.

길연이가 어른이 되면 지금의 세상은 더욱 변할 것이다. 그러면 가장 먼저 과거가 지워진다. 이 말인즉 부모도 모르고 어른도 몰라 할아버지는 아예 지워질 우려가 있다.

요즘 어린이들 크는 걸 보면 엄마들부터가 뭐든 그저 애가 좋다는 대로, 애가 원한다면 마약도 좋다고 달라면 줄까 걱정인데 이런 걸 엄마 사랑이라고 거꾸로 가는 측면이 있다.

이러다 보면 할아버지는 머릿속에서 아예 삭 지우는 사람이 젊은 부부들이고 또 학교이며 사회현상이다.

이것은 옳지도 않고 후손들에게 유익하지도 않다. 오히려 해악이 된다. 요즘 다는 아니지만 많은 젊은 부모들이 양서는 머리 아프다면서 보지 말라 하고, 악서라도 안 보는 것보단 낫다면서 손자녀들 키우는 실태를 보면서 일억이 최종 결정을 내린 것이 바로 책 낼 출간 결심이다. 말을 해줘야 하고 책을 내 들려줘야 본다고.

문제는 들려준 책이 좋은 책이냐 나쁜 책이냐의 문제인데 좋든 싫든 할아버지의 일생이라면 던지지 말고 읽되 가려서 보기를 바랄 뿐이다.

잘못 산 건 그로서 아니구나 하면서 배우지 않으면 되고, 잘 산 것은 그렇구나 하고 배우면 되는 것이다.

이런 것을 분별력과 판단 능력이라 하는 것으로 세상이 아무리 거꾸로 돌아가도 인간만의 우수한 두뇌는 영원무궁 인간의 정신을 지배하고 다스릴 것이므로 외손자녀는 물론 길연이와 상연이가 커서 읽고 반면교사를 삼든지 혹은 직접적인 할아버지의 가르침으로 받기를 바라는 마음에서다.

"충분히 백번 옳은 판단을 하셨습니다. 아주 귀한 결정이고 참 훌륭하십니다."

"그런데 제가 제 삶을 제대로 말씀드려야 하는데 그게 걱정입니다."

넷째다.

가슴이 너무 아픈 애들 엄마 차미숙 부부 관련 소회가 너무 절실한 마음에 내린 결정이다.

부부란 사실 다 알아도 절대로 남은 모른다는 말이 있다. 그런데 더 이상한 건 부부 자신도 자기를 모르고 남편은 아내를, 아내는 남편을 다 알지 못한다.

잘라 말하면 일억은 혼자다.

아내 미숙은 남남이 됐다.

처음부터 연이 없던 남남이야 만나기도 하지만 미숙과는 연이 맺혔다가 끊긴 부부다.

갈라진 남남은 일반 남남과 달리 만나지지도 않는다. 그러면 됐지 뭐 할 말이 있나 하겠지만 그건 이러하다.

부부는 헤어지면 남남은 남남이 맞다. 그러니까 0촌, 무촌이라 한다. 촌수가 있지도 없지도 않다는 0촌.

그러나 부부는 이혼하면 남남이 되지만 엄마와 아들딸은 이혼이 안 된다. 이런 부모자식 간을 천륜이라 하는데 부부는 천륜이라 하지 않고 그냥 천생연분(天生緣分)이라 한다.

연분과 천륜이 다른 것은 이유 없이 부모 자식은 부부처럼 끊어지지 않는다는 사실이다.

즉 혜이 엄마고 상규 엄마는 끊을 수 없는 것인데 혜이와 상규는 일억과도 역시 아버지라 끊기지 않는다.

그러므로 일억과 미숙은 남남이지만 같은 자식의 어미 아비로서 남매를 사이에 두고 멀지만 끊기지 않는 연에 매인 사람이 차미숙이며 박일억이다.

이건 인륜이고 천륜이고를 떠나 현실이다. 아무리 거리두기 만 번을 해도 없는 듯 실존하는 인간의 법칙이라고 봐야 한다.

이에 네 번째에서는 다른 긴말 할 것도 없이 한마디만 한다.

그저 미안하다는 말이다.

누구 잘잘못을 따지고 이제 와 옳으니 그르니 능력이 있느니 없느니 사람이 글렀느니 아니니 다 별 무(無)소용이다.

그러나 이로써 다 말한 것은 아니고 고맙다는 말도 한다.

고마운 건 혜이와 상규를 낳아주고 그나마 길러준 것에 대한 고마움이다.

만일 차미숙이 아니라면 박혜이 박상규가 세상에 태어났을까? 이건 과학이다.

다른 남자 다른 여자를 만났다면 혜이나 상규는 세상에 태어날 확률이 완전 빵 제로다.

아들을 낳아주고 딸도 낳아준 미숙은 박일억의 일생에서 둘도 없는 존재다.

피차 미운 구석이야 어찌 없을까마는 미운 것도 고마운 것도 무게가 다르니 비교하면 안 되는 문제다.

미숙에게는 밤을 새워도 다 못 할 말이 쌓였다.

하나를 더 말한다면 참 부질없는 말이고 꼭 그래 달라는 말도 아니고 유언을 남기는 말이라 치고 한마디 더 한다면

죽기 전 사는 날 동안은 차미숙이 다시 돌아오기를 바란다는 마음 진심이다.

그러나 이 말은 혼자 한 말로서 흘려들어도 좋은 말이다. 다만 마음은 열어 놓고 있다는 의사표시일 뿐이다.

더불어 이것만은 확실하다.

혹여 살다가 나이 탓이든 다른 무슨 이유 뭐가 됐든 만약에 몸이 아
프거나 하면 그때는 간호해 남은 날이 병상일 뿐이라고 해도 좋으니 오
면 좋겠고, 그대로가 좋으면 그대로 살고, 만약에 남매나 손자녀들을 봐
서 일억이 싫더라도 온다면 마음 깊이 반길 테니 오면 된다는 말 진심
이다.

아버지 박일억

상규에게도 할 말이 있다.

아버지가 널 제대로 못 키워 힘들게 자란 것이 미안하다. 특히 엄마 없이 큰 네 성장기를 돈으로라도 갚을 수 있다면 꼭 갚아주고 싶다. 아버지는 부실했고 엄마도 없이 큰 네게 진 빚이 너무 많고 그러니 또 슬프고 너무 아프다.

나간 엄마지만 아버지 죽고 없거들랑 그때는 네 엄마를 모셔오기 바란다. 부모는, 특히 엄마는 아빠 탓이든 본인 판단 잘못이든 너를 두고 나간 것이 잘했다 한들 잘못했다 한들 묻고 따지지는 말기 바란다. 이유가 있다. 그런 선택은 잘못한 것인 이유가 재혼 재가 않고 수절했더라면 너나 나나 우리 가문에 얼마나 귀한 보배일지 모르는데 이건 수치스럽고 천지신명 앞에서도 옳지 못한 것 분명하지만, 아비가 죽고 나면 불쌍히 보고 회개라도 했다면 묻고 따지지 말고.

앞에서도 말했듯이 엄마와 자식은 이혼이 없는 천륜이라 땅에서는 끊어지지 않는 거니까.

하다 보니 마치 유언 같지만 그건 아니고, 무엇보다 중요한 건 길연이 형제를 잘 기르기 바란다.

이때 잘 기른다는 것은 몸과 마음이지만 아버지가 바라고 기대하는 손자들의 미래는 효(孝)의 개념이 없어질 것 같은 우려다.

길연이 형제는 이 더러운 세월에 묻히게 두지 말고 한국 전통에 따른 예의범절의 으뜸 부모공경을 잘 가르쳤으면 한다.

이 말은 아들 상규가 효도를 받게 하기 위한 것도 있지만 사실은 길연이 형제가 그래야 그 애들의 후손들도 효도를 알고 배워 받게 되기 때문이다.

효란 자신이 하지 않거나 생각하지도 배우지도 않은 후손은 자기도 모르기 때문에 가르치지도 못하여 결국 집안에 효 정신이 사라지고 만다.

그러니 세상에서는 이미 무너져가는 효를 지키되 우리 가정 후손만이 아니라 국가 사회에 효의 본을 보이고 또 가르치는 손자들이 되도록 기르기를 바라는 마음이다.

이런 말을 하려니 이게 전기 실화소설이라기보다 어느 한 집의 유언 같은 생각이 들기도 하지만 아버지는 아직은 건강해서 임종 때나 하는 유언은 아닌 줄 알지? 기왕 책을 내려고 하니 하고 싶은 말이 참 많기도 하구나.

이런 아버지가 한마디만 더 하면 손자들을 세상이 흐르는 대로 흐르게 두지 말고 세상을 잡아끄는 지도자로 믿고 뒤를 봐 주었으면 한다. 이 말은

아버지가 너를 그렇게 큰 인물로 뒤를 봐주지 못한 아쉬움과 후회 때문이다.

그러려면 특히, 아주 꼭 명심할 게 있다.

나처럼,

절대 그럴 일 없겠지만 며느리… 즉, 어미 없는 자식으로 키우면 아버지는 죽어서도 통곡할 것이다. 며느리에게도 같은 말을 하고 싶다. 세상에서 가장 불쌍한 사람이 누군지 아니 넌? 부모, 그 중에도 엄마 없이 크는 새끼들이다.

열정, 열변

박 회장이 열변을 토하기에 숨 좀 돌리고 하시라고 작가가 말을 끊었다.

"박 회장님. 참 듣기 어려운 귀한 말씀인데 조금 쉬었다 하시지요?"

"아 네네 제가 좀 흥분했나 봅니다. 죄송합니다."

"아녜요, 제가 거의 메모를 해가며 들었습니다. 안 그래도 그동안 100장도 넘는 기록을 써 오셔서 집필 자료로 썼는데 오늘은 기록이 아니라 말씀이네요."

"사실 저 처음입니다. 상규나 혜이한테 이런 말 한 적 없어요."

"애들한테 엄마 차미숙 이야기 잘 안해지지요?"

"한들 어려서야 당연 알아듣지도 못 할 거고 애들도 맘이 아플 것 같으니까 굳이 아픈 상처를 건드려 더 아프게 할까 조심돼서 피차 얘기를 피해 왔습니다."

"그럴 겁니다. 이런 아버지의 심정을 늙으면 모를까 더구나 클 때는 정말 모르지요."

"그런데 그건 모르세요?"

"그거라니요?"

"미숙 씨가 애들을 얼마나, 혹 말을 않고라도 혹 와서 뭔가를 좀 챙기고 갔느냐는 것 말입니다."

"아이구 제가 눈치로만 살았는데 그 낌새를 왜 모르겠습니까. 왔다 가면 압니다. 지들이 감춰 봤자 머리 꼭대기서 다 보입니다."

"그러면 물어도 봐요?"

"이니죠. 모른 척합니다. 사람이 영감이라는 게 있잖아요?"

"아비나 애들이나 슬픈 일이네요."

"그런데 어떨 땐 두드러집니다. 철철이 옷이 바뀌고 떨어졌을 용돈이 남게 보여요."

"아 애 엄마가 주고 갔나 보죠?"

"예 그래서 물어보면 원래 입던 거라느니 친구 엄마가 사 준 거라는 등 둘러대 거짓말을 하는 겁니다."

"애들 입장이라 본의 아니게 거짓말을 하는 거네요?"

"그럼 속아는 주지만 이게 참 서글픕니다. 어미 본능이라 먹이고 입 하고 용돈 주고 싶은 거야 모성앤데 이건 남편 싫은 것과는 다른 문제 거든요."

부부 사이라고 하는 것

무더운 여름이다.

"작가님, 메기탕이나 새우탕 드시러 대청댐 쪽 한 번 가실까요?"

"아 대청댐씩이나 가자고요?"

"그냥 바람도 쐬실 겸 맛있는 것도 드시고."

그래서 온 대청댐이다.

"메기탕에 민물새우탕도 같이 시켰어요."

"오늘 멀리 왔군요. 전망도 좋고 에어컨도 시원하니 참 좋습니다."

그리고 하다가 다 못한 말을 해보라 했다.

"부부라는 게 뭐라고 생각하세요?"

"부부는 자식들에게는 하나님이에요. 성경은 잘 모르지만 성경은 사람을 하나님이 창조했다 한다면서요?"

"그래요. 저는 기독교찬양선교사로 전국을 다니며 성경을 가르치던 사람이라는 말 들어서 아시죠?"

"알지요. 그러니까 번데기 앞에서 주름잡기 같지만 저는 성경에서 하나님이 사람을 창조했다는 건 모르지만 저는 이건 압니다."

"뭐죠?"

"사람은 부부가 창조했다는 것입니다."

"그렇다고도 하겠군요. 그래서요? 말해 보세요."

"상규를 하나님이 낳았다면 믿음이 있는 사람은 그렇다 하겠지만 저는 거기까진 모르니까 무조건 상규는 박일억과 차미숙 부부가 창조했다고 보는 겁니다."

"전에도 비슷한 말 한 번 들은 것 같은데 그러니까 부부란 무엇이라고 본 겁니까?"

"둘 중 하나만 바뀌면 절대 상규는 없다는 얘깁니다."

"그야 누가 아니라 할 사람 없겠지요?"

"아니 그걸 다 그렇다고 안단 말입니까? 이걸 모르는 사람들도 있어요."

"그럼 그들은 뭐라고 할까요?"

"그들은 그 아빠가 없고 그 엄마 없어도 태어날 상규라면 다른 집에서라도 태어났다고 말합니다. 그러니 부부가 별 게 아니라는 얘깁니다."

"하하 그야 나같이 신학을 아는 사람에게는 전혀 틀리는 말입니다."

"아니라니까요. 오히려 더 좋은 부자 재벌 집 아들로 태어났을 거라고도 해요."

"무식의 극치입니다. 과학을 조금만 알면 그런 되잖는 말입니다. 아닙니다."

"저는 기독교도 아니고 과학도 모르지만 아버지 일찍 돌아가시고 어머니 재가하고 집 나가 수십 년을 떠돌면서, 또 차미숙하고 결혼해 남매를 낳고 지금은 혼자 살며 평생 생각해 본 게 부부란 과연 무엇이며 어떻게 살아야 반듯하게 사는 건가의 문제였습니다."

"부부 연구시네요?"

"연구랄 것까지는 없고 고민 수준이지요."

"그래서 부부가 뭐며 어떻게 살아야 한다고 뭐 깨달은 게 있어요?"

"없습니다. 깨달아 봤자지요 뭐."

"아니 부부가 자식을 창조했다면서요? 그게 깨달음 아니고 뭐겠습니까. 그러니 2절이 뭔지도 알 것 아닙니까?"

"2절까지는 압니다."

"그러면 2절이 뭐죠?"

"2절은 아 2절이라면 부부는 자식을 낳기만 하고 기르지 않으면 안된다는 겁니다."

"뭐 이혼하지 말라?"

"이혼이고 별거고 이유 조건 없이 부부는 자식을 낳기만 하고 버리거나, 혹은 기르다 중간에 떠나거나, 시집 장가 짝짓기 전에는 죽지 않으면 둘이 한 집 한방에서 같이 살며 같이 키워야지 자식을 혼자 키우는 일은 없어야 한다는 깨달음이랄지 그런 겁니다."

"아 듣다 보니 장난 아니네요, 그런데 이게 미숙 씨 들으라고 하는 말입니까?"

"아니요. 미숙이는 중간에 이미 떠난 사람이고 떠나지 않고 사는 아들 며느리나 손자녀 후손들에게 하는 말입니다."

"그럼 3절도 있습니까?"

"사실은 있지요. 그런데 3절이 너무 어려워 저도 못다 풀어 고민 중입니다."

"연구 중으로 바꿔도 되겠네요만 3절은 뭐죠?"

"3절은 저와 같이 깨진 부부 문젭니다."

"깨진? 이건 결손가정 얘기죠? 이혼이나 별거하는 부부 얘기?"

"맞습니다. 그런데 이건 답이 안 나와요."

"그럼 기왕 말이 나온 거니까 여쭤볼게요. 깨진 부부의 경우 한쪽이 죽으면 어쩌죠? 박 회장님 부모님 경우처럼?"

"요때가 골치가 아픕니다. 그러면 재혼하냐 마냐의 문젠데 이건 예스냐 노냐, 사실 이건 간단합니다. 재혼할 수도 있고 말 수도 있으니까요."

"박 회장 어머니는 재혼한 경우지요?"

"그렇지요. 그러면 여기서부터 꼬입니다. 그러자 아들 일억이란 녀석이 그 꼴 싫다고 떠났잖습니까? 결국 돌아가신 아버지가 돌아가신 것부터가 부부 파괴고 아들을 꺾어버린 건데 어머니냐 아버지냐 잘잘못 따질 일도 아닌데다 어린 일억이를 후려칠 일도 아닙니다. 말하자면 사찰 입구 일주문 두 기둥 중 한 기둥이 부러지면 폭싹 쓰러지는 건 일주문 전체니까 자식들이 벼락을 맞는 겁니다."

"거 참 쉽지 않군요. 그래서 그러니까 3절은 자식이 맞는 벼락이다? 이건가요? 이게 끝입니까? 그러면 4절은 없어요?"

"부부타령 4절도 있기는 있어요. 바로 재혼해서 그 남자의 자식을 낳고 않고입니다."

"이건 남자 여자 같은 말이지요? 하여간 부부가 참 어렵네요."

"어려우니까 소중하고 귀하지 쉬우면 귀할 것도 없잖습니까?"

"예 잘 들었고요, 오늘은 여기까지만 하고 또 만나서 4절 합시다."

속초 홍게사랑 시종(始終)

혜이는 음식을 잘한다.

남편은 전 볼링국가 대표선수였다가 감독 코치로 다니고 상규는 대한잉크 과장으로 진급하더니 곧 차장이 된다던 때다.

"혜이 너 요리 공부 잘하니?"

"자격증은 아직 시험 보기 전이고 관심도 관심이지만 요리가 재미있고 하고 싶고 꿈이에요."

"그래. 그런데 너 바닷고기 요리에도 재주가 있어?"

"그럼요. 요리란 땅 하늘 바다, 그래서 육해공군이라 하지 않아요?"

"그러니까 육군이냐 해군이냐 혜이 너는?"

"다죠. 요리 시험은 다 봐요."

"그래? 그럼 아버지하고 속초 한 번 같이 갈래?"

"아니 요리 얘기하다 속초는 왜요?"

"아 속초에 사는 후배가 있는데 일찍 마음잡고 속초서 어선 있지? 그 선주들하고 모임도 하고 그러는데 식당도 하고 배도 가지고 있다거든. 한번 오세요 꼭 오세요 요즘 전같이 바쁘지도 않다면서 왜 안 오느냐 조른다."

"에잇 요리 얘기가 아니네 뭐. 혼자 다녀오세요."

"박 회장님! 이건 몇 년 전 이야기 아닙니까?"

"예 아시잖아요? 작가님이 이 책에서 현재 직업을 뭐냐고 물으시니까 이건 제가 혜이에게 차려주고 도와준 마지막 직업이라면 직업이니까 꺼낸 말입니다."

"그럼 이왕 말이 나왔으니 부부 4절은 이따 하기로 하고 말씀해 보세요."

"이것도 신문이나 급식봉사 하기 전입니다. 그때 저는 겸사겸사 속초를 갔습니다."

"그리고 '속초홍게전문점'을 내셨던 거지요?"

"예."

가장동 래미안 아파트 앞에 냈다. 혜이가 손바람 신바람을 냈다.

속초에서 직송해온 홍게는 계절에 따라 차이는 있지만 싱싱한 바다맛 그대로였다.

그런데 문제는 이게 소문이 나버렸다.

형님, 회장님, 친구야 하고 소문을 듣고 찾아오는 사람들로 골목이 꽉 차 버렸다.

속초 후배는 이러다 가게를 아주 큰 곳으로 옮겨 대전 최고의 속초홍게직판장으로 가자고는 하는데, 막상 해보니 일억에게는 체질상 맞지 않는다. 퍼주기도 분수가 넘쳐 앞으로도 밑지고 뒤로도 밑져 결국 혜이가 감당이 안 된다고 투정하기에 2년 하고 넘기고 만 것이다.

"아빠 손해 많이 봤지? 그러니까 아빠는 이제 끝났어 끝."

끝? 끝이 아니라 시작인 줄 알고 있는데 끝? 끝은 과연 그걸로 끝은 끝이기는 하였다.

"박 회장님. 누구든 황금기라고 하듯 전두환 시절처럼 돈과 명예와 권력도 해가 지듯 밤은 정녕 오는 것 같습니다."

"끝은 시작이라는 말도 있기는 한데 이제 돈도 싫더라고요."

"쓸 만치 벌어서 그런 건가요?"

"알고 돈이란 버는 게 최고 같지만 사실, 작가님도 아시지만 돈은 버는 것보다 쓰는 게 더 중요하다는 것 어려서 아버지가 해 주신 그 말이 정답이라는 것 알았습니다."

"맞아요."

"저는 사실 돈 엄청 벌었습니다. 그런데 엉뚱한 데다 썼습니다. 다시 그때로 돌아가면 또 그럴지도 모르지만 주로 남 도와주는 데 많이 썼어요."

"그 태진인가 삼수 간통 사건 그런 건가요?"

"아이구 그건 그냥 생각나니까 드린 말씀이고요, 말고도 재웠더니 통장과 도장까지 들고 튄 놈 등 엄청 많습니다. 자랑 될까 봐 말을 안 해 그렇지 대전에서 바닥 생활한 사람이라면 다들 압니다. 친구든 후배가 무슨 일만 생기면, 이건 자랑이 아닙니다."

"뭔 돈만 모으려고 좀 생기면 누가 와도 찾아오는 거지요?"

"찾아만 오는 게 아니라 일억 형한테 가보라고 추썩거립니다. 물었더니 그럼 일억이 형한테 가보라고. 이게 잔돈푼에 골병드는데 잔돈푼이 아닙니다."

"그러다 이혼도 당한 거고요?"

"애들 엄마 나무라지도 못합니다. 버느라고 속이고 벌어서 사람 살린다고 돈 주고 또 속이고 이건 오나가나 거짓말을 안 할 수가 없는 겁니다. 그러니 인생 참 뒷골목에서 벌들 뒷골목으로 다 나가버린 겁니다."

"문제는 사치하고 방탕한 건 아니잖아요?"

"작가님 그런 건 일절 없어요. 살아있는 친구들한테 물어보면 압니다. 제가 안 한 게 노름입니다. 하우스쟁이들이 그렇게 꼬드겨도 저는 노름은 안 했습니다. 물론 하우스쟁이를 좀 했다는 게 마음에 걸리지만 말입니다."

"또 안 한 것 있지요? 주먹질? 하하."

"그건 좀 아니네요, 주먹도 쓰기는 썼어요. 단 맞을 짓도 안 하니까 누가 때리지도 않지만 섣불리 무경우로 건드리면 주먹이 나갑니다. 길 상이 경우 말고도 있지만 그건 거의 말을 안 했습니다."

"결례가 될까 조심스러운데요, 그 계집질이라고 하는 거는요?"

"이건 미숙이가 원망스럽습니다. 미숙이와 헤어지고 나와서 한참은 술로 살았습니다. 그러다 보니 술이 사고를 내는데 당시는 돈도 없으니까 친구들이 술 사 주고 붙여 주고 술이 문제지만 미숙이가 그렇게 만든 측면도 있습니다."

"그러니까 온통 후회다? 이 말도 되지요?"

"후회 말고 모두 듣고 배울 만한 이야기라고 바꿔 주시면 더 좋고요."

부부 4절

이번에는 탑정저수지로 왔다. 여기는 붕어찜 전문식당이 있어 점심을 먹고 경치 좋은 2층 카페에 앉았다.

"저번에 하다 만 부부 4절 좀 더 시작해 보실까요?"

"4절은 재혼해 거기서 재혼하고 또 자식을 낳고 않고의 문제 말이지요?"

"맞아요."

"그때 어머니들 시대는 애가 생기면 낳지 않을 의술이 없었습니다. 그러나 요즘은 의술이 좋아 씨 다른 애들은 없을 수도 있지만 반대로 낳고 이혼하고 재혼하면 전 남편이나 전 부인하고 낳은 애들은 있습니다."

"이게 시대 변화인데 박 회장님은 남다른 경험자니까 어떻다고 보세요?"

"그걸 뭐라 할 수는 없습니다. 누가 됐든 일단 애들은 키워야 하니까요. 다만 생명은 누가 아비고 엄마라는 것보다 귀하다는 것입니다."

"그러나 이쪽까지는 무경험이지만 상규나 혜이 말고 일반 독자에게 뭐라고 하든, 어른이니까 해주면 좋은 말이 있지 않습니까?"

"있지요. 그런데 제가 듣기로 작가님은 국내 유일한 그 사이버대학에서 부부학 책을 낸 분이니 4절은 작가님께 제가 한 수 배우는 걸로 하면 좋겠는데요."

"아 예. 그런데 제가 쓴 부부학에는 4절 이런 건 없습니다, 그 책에서는 못 봅니다."

"하지만 그래도 우리보다는 다른 말씀 할 것 같은데요."

"예 그러시다면 뭐… 저는 기독교라 이렇게는 말할 수 있습니다. 기독교가 말하는 생명, 즉 자식은 내가 낳지만 낳도록 창조한 분이 하나님이시기 때문에 네가 낳든 내가 낳든 생명의 주인은 하나님이라는 겁니다. 이때 중요한 건 내가 낳아도 하나님의 자식, 네가 낳았어도 하나님 자식, 너나 네 자식 내 자식 모든 생명은 다 하나님의 소유이므로 너든 나든 따지지 말고 둘이 마음을 모아 누가 기르든지 잘 기르라는 것이 성경입니다."

"아 요즘 재혼 부부들에게 딱 맞는 말 같습니다. 누구 딸이고 아들이냐라는 건 인간의 법이고 하늘의 법칙은 누구든 다 어린 생명은 인류 전체가 모두 같이 잘 키워야 한다는 거네요?"

"맞습니다. 그런데 요즘 문제가 저출산 고령화 아닙니까? 기왕지사 이런 책을 내는 주인공으로서 박 회장님이 생각하는 것 있으신가요?"

"이건 뿌리부터 살펴봐야 합니다. 뿌리가 뭐냐? 돈입니다. 벌기는 힘든데 물가는 높고 그러니 집이고 직장이고 부부가 맞벌이를 해도 낳고 키울 엄두가 안 나는 겁니다."

"큰일입니다."

"제 답은 일을 하라는 겁니다. 도통 일 않고 거저 먹으려는 풍조에 지배당했습니다."

"비인서 고모부가 말한 그 일이 공부다 그 말입니까?"

"그렇지요. 좀 극단적으로 말하면 공부는 지금은 돈이 아닙니다. 일을 해야 되는데 힘든 건 싫고 돈은 많이 받고 싶고 그러니 실업자가 되는 거고 번다 한들 낭비하면 버나마나입니다."

"쓰기를 잘 써라?"

"그렇지요. 생기면 술부터 마시고 집과 애들 마누라는 벌어도 속이고 심지어는 그런 판에 지금도 애인 챙기는 못돼 먹은 놈들이 있습니다."

"못된 놈? 아 그렇지요."

"제가 아는 돈은 어쩌면 열심히 꾸준하게 뭐든 일만 하면 돈은 벌립니다. 그런데 벌면 뭐 합니까? 1차가 술집이고 2차가 애인이고 3차가 마누라도 아니고 못된 친구들, 돈이 아니라 마귀 벌이를 하는 겁니다. 저는 그러지는 않았어요. 죽는다는 놈 살린다고는 썼지만 멀쩡한 부인 두고 딴 짓 하다 병 걸리고도 정신 못 차리는 놈들이 한심하고 젤 무식한 놈들입니다."

"아 흥분하십니다, 지금?"

"세상이 이게 잘못됐습니다. 그러고도 장래가 풀리기를 바라면 그건 해가 서쪽에서 떠도 안 됩니다. 그러는 건 사실 무식하니 몰라 그렇지 아들 손자들에게 저주를 퍼붓는 짓입니다. 그래서 그런 놈의 자식을 보면 애들이 시집 장가도 못 가는 등 애들이 잘 안 됩니다."

"세상이 온통 타락하고 죄가 가득하다는, 그러면 평생 개 고생 한다? 독자들이 알아들을 것 같습니다. 그리고 아 이 책 참 좋다 할 것도 같습니다."

"그러니까 저출산 문제의 뿌리는 일이고 뿌리가 트는 씨앗은 벌었으면 탕진하지 말고 부인한테 줘라, 박일억 나처럼 친구 살린다고 퍼주는 것도 잘못한 것이다. 친구도 둘째고 첫째가 부인이다. 그런데 박일억은 사고도 쳤지만 그 따위는 아니었어요. 정신이 먼저 애인을 찾으니 이것이 저출산 이전 문제입니다."

"제가 지금도 메모를 해 가며 듣거든요."

"이건 제가 메모를 보고 하는 말이 아닙니다."

"그래도 술술 참 어른다운 말뿐입니다."

"할 말 더 있어요. 그나마 소위 영업용도 아닌 남의 자가용을(유부녀) 올라타고 지랄병을 합니다. 이런 도둑은 금은보석 도둑보다 더 나빠요. 말이 거칠어 죄송한데 유부녀 유부남은 독약이다~ 그 말입니다. 애인을 해도 피차 독신끼리도 얼마든지 많은데 임자 있는 여자가 임자 있는 유부남과 참 요즘 간통죄까지 징역을 면하니까 이건 정부와 법이 완전 썩어 문들어져 더 심합니다. 뭐 정부나 법 탓할 일은 아니지만 그러니 그 집이 복을 받겠어요? 사실 우리 남매가 이나마 사는 것은 저는 영업용이 아니거나 임자 없는 사람이 아니면 만나면 친구고 후배라도 상종을 끊었습니다. 그런 놈들 만나면 자칫 벼락 맞을 때 개평(덤)으로 나까지 다친다는 걸 알기 때문입니다."

늪지대 아리랑 초고 완성

이제 곧 늪지대 아리랑 74년의 대단원의 막을 내리게 된다. 주인공 박일억이 수십 번을 찾아오면서 작가처럼 밤새워 희미한 기억을 적어 살아온 이야기를 써 작가에게로 가지고 온 것이다.

말만 들어서는 정확성이 떨어질 건데, 작가도 작가지만 주인공 된 박일억의 열정이 대단하고 적극적이어서 초고는 석 달여 만에 마치고 초고 수정도 석 달여 잡아 지금 8월 말이니까 10월 말 중 출판사에 보내면 연말 안에는 이 책이 나올 것으로 본다.(늦어져 2024년 1월 출간됨)

"박 회장님 그간 애 많이 쓰셨습니다."

"작가님이 애쓰셨지 저야 뭐 한 게 있나요?"

"아닙니다. 친필로 써 온 저 많은 원고지. 저것 다 모아놨으니 가져가 상규한테 가보(家寶)처럼 보관하라 하세요. 아버지의 친필은 대를 물려야 합니다."

"아닙니다. 제 글씨가 영 아니잖습니까?"

"그렇지 않습니다. 저건 아버지 손으로 쓴 글씨여서 글을 잘 쓰고 못 쓰고로 평가할 일이 아닙니다."

"아닌 것 같아요. 맞춤법도 틀린 게 많고 아무렇게나 막 쓴 거라서요?"

"허허 정 그러면 내게 준 거니까 내 집필 기념으로 내가 보관하고 안 드릴 수도 있습니다."

"아참 작가님도 참. 뭐 그러셔도 돼요."

"이래도 못 알아들으십니까? 가서 상규한테 낱장 장장마다 코팅해서 구멍을 뚫던지 가보(家寶)로 보관하라 하세요. 안 하면 내가 할까요?"

"아이구 알았습니다."

이 책 늪지대를 쓴 과정은 이미 이 책에 썼다.

10년 전부터 움텄다고 하였고 수십 번 세종을 온 것과 장항 비인 금마 부산에 이어 이제 곧 평택으로도 취재를 가려고 한다.

그런데 책 못지않게 아주 소중한 기록이 공존한다. 바로 박일억이 직접 손으로 쓴 자신이 살아온 기억기록철 원고지다.

이것은 다른 사람은 몰라도 되고 볼 이유도 없다. 작가는 뚫어지게 보고 거기서 온갖 늪지대 비속어들도 알아서 썼고 무엇보다 글로나 말로 다 하지 못하는 늪지대 속 박일억이 된 심정으로 집중한 결과물이 이 책이다.

많은 집에서는 아버지나 어머니의 손때와 함께 작가가 아니라면 일기나 유품 또는 기록이 있지만 드물다. 그러므로 저 두툼한 박일억의 친필은 충분히 보관할 가치가 있다. 손자 길연이의 아들로 또 아들의 아들로… 손자 증손자 고손자로 이어 내릴 가치가 차고도 넘치는 참 귀한 기록물이다.

"그런데 박 회장님 엊그제 부산서 뭐가 왔다면서요?"

"부산 센터에서 전달해 준 것 같습니다. 바로 이겁니다."

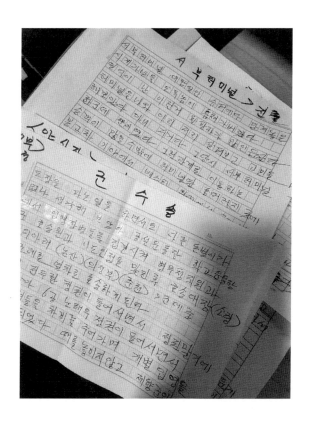

현 영화숙 피해생존자 진행

[Web 발신]

안녕하세요^^ 형제복지원사건 피해자종합지원센터입니다.

영화숙 · 재생원 피해자협의회(대표 손석주) 요청으로 안내 사항을 공지해 드립니다.

8월 18일(금) 오늘 날짜로 진실화해위원회에서 영화숙 · 재생원과 관련하여 직권조사를 하기로 최종 결정이 났습니다.

이에 문의사항이 있으신 분은 영화숙 · 재생원 피해자협의회로 문의하시기 바랍니다.

대표: 손석주(010-＊＊＊＊-0424)

"아 그러니까 7월 28일 찾아갔던 초량동 형제복지원사건 피해자종합지원센터에서 보낸 거네요?"

"그렇습니다."

"직권조사란 법률행위입니다. 국가인권인권위원회의 진실과화해진 상조사정리위원회라고 국가인권위원회 위원들이 하는 법집행이라고 보입니다."

국가인권위원회 진화위 직권조사

… 국가인권위원회는 인권침해나 차별행위가 있다고 믿을 만한 상당한 근거가 있고 그 내용이 중대하다고 인정할 때에는 진정이 없는 경우에도 이를 직권으로 조사할 수 있습니다(「국가인권위원회법」 제30조제3항). 국가인권위원회가 직권으로 인권침해 및 차별행위를 조사하기로 의결한 경우에는 7일 이내에 직권조사 의결서 또는 결정서를 피해자 및 인권침해 또는 차별행위를 하였다는 혐의를 받는 …

"알아는 듣겠습니다만 아직 제게는 연락이 오지 않았습니다"(그리고 며칠 후 연락이 와 4시간 진술을 받아 감).

"올 것 같은데 어떠세요? 지금 심정이?"

"아 영화숙의 영 자만 들으면 아직도 무섭습니다. 제 인생에서 힘든 고비가 많았지만 그때는 어릴 때라서 그런지 트라우마가 대단합니다. 건드리면 툭 터질 지경입니다."

"그럼, 이제 평택으로 갈까요?"

형 박일선 찾아 평택 동행

평택에는 박일억의 친형 박일선이 산다.

2023년 8월 23일 오늘.

작가와 박일억이 평택으로 일선을 만나러 가는 중이다.

박 회장의 차는 포르쉐에서 지금은 렉서스다.

천광노 작가와 영상 팀, 그리고 박 회장. 오늘은 첫날 장항으로 그날 간 동양화가가 빠지고 세 명이 타고 간다.

"박 회장님. 음… 책에도 위아래가 있습니다, 일선 형님은 현존하시는 박 회장의 친형님이니 웃어른입니다."

"그렇습니다."

"가서 뭘 할 거냐는 건 딱히 없어요. 다만 형님이시니까 이 책에서 꼭 만나 들어볼 말이 뭐 있느냐며 만날 필요가 없다는 생각은 옳지 않다고 봐요."

"그냥 뵙고 작가님과 인사나 나누려 가시는 걸로 하셔도 됩니다."

"그렇기는 해요. 윗사람이니까 그냥 찾아뵙고 인사만 드려도 됩니다. 그러나 이런 책이니까 갖출 예의랄지 그렇게 생각하고 편하게 가도 됩니다."

그런데 이건 아니라는 게 작가의 속내다. 현재는 책을 꾸밀 글감이 있다고 보이는 건 없지만 모를 일이다.

단, 당시 박일억을 데리고 50리 길 비인 탑생이로 같이 가던 일선의 심정에는 이미 만났던 탑생이 고종 4촌 형하고는 또 다른 심정이 있었을 수가 있다.

그러나 이게 크게 중요한 건 아닐 것이다. 하지만 일억이 형한테 말도 하지 않고 고모 집을 나오고는 종내 소식이 끊겨 죽었는지 살았는지 모르는 친형 마음이 어땠는지는 일선 형만이 알고 있는 것으로 가서 들어보면 작가에게는 느낌이 있을 것이라는 막연한 기대는 있다. 그야말로 아니면 말고 인사만 나누고 오면 되지만.

평택 도착은 11시 30분경이다. 처음 가본 일선 형 집에는 미군 부대 근처인 듯 로데오(차 없는) 거리인데 미국식 레스토랑이라 간판도 한글이 아닌 전부 영어뿐인 곳, 주변 마을이 다 그러하여 타국에 온 것 같은 곳이다.

전화를 바꿔주어 통화를 한 것은 두 번이었다. 어려서 잘 모르는 것을 박 회장이 묻다가 바꿔 준 건데 목소리는 씩씩하고 총기가 좋은 사람으로 느껴진 적이 있다가 오늘은 직접 만났다.

그런데 첫 마디가,

"나는 동생이 낸다는 책에서는 빠지고 싶습니다."

처음 하는 말씀이 왜 이런 책을 낸다고 여기까지 찾아오느냐는 것으로 들려 통화를 할 때와는 달랐지만 뒤이어 내가 형 노릇을 하지 못한 입장에서 사실 할 말이 없다는 뜻이었다.

그러니까 형 노릇을 못 한 형 이야기는 빼고 쓰면 좋겠다 한다.

사람은 각각 입장이 다르게 마련이다. 특히 동생이 전기를 쓴다는 것에 대하여 써라 마라 할 일도 아니지만 무엇보다도 형이라고는 하지만 동생 고생만 시키고 해 준 건 없다 보니 내세울 게 없다는 씁쓸한 심사가 엿보여 공감하는 마음이 들었다.

그런데 구태여 이 책에는 형이니까 형 이야기를 안 쓸 수는 없다는 말까지 할 필요는 없다는 생각에 그럼 알아들었으니 바로 간다 하고 하나만 여쭤본다고 말을 꺼냈다.

"비인에서 동생을 보내고 처음 본 것이 얼마 만이죠?"

물어보니 그저 오래되었다고만 한다. 이 책에서 쓴 일억이 장가들고 혜이를 낳은 다음 어머니를 찾아뵙던 그즈음인가 하니 그렇다고 한다.

한마디로 형 일선도 엄마 없이 산 것이다. 형제지간. 아무리 봐도 인물로나 인품으로 보나 그렇게 보이지 않는데 참 보고 싶은 어머니도 못 보고 살아온 안타까움이 묻어난다.

이때 의문은

어머니 김연례 여사는 일선이가 비인 있다는 걸 아는데 찾아와 봤는지 아닌지 궁금한데 묻는 걸 놓치고 왔다.

고작 20여 분의 짧은 만남이다.

곧 점심 식사 손님이 밀려올 때라고 하기에 일어서기로 하였다. 만나 뵌 결과 결론은 단 하나.

연거푸 다섯 번 정도로 기억된다.

"제 동생이 한다는 거니까 잘 써주세요."

"저는 빼시고 동생 이야기나 잘 써주세요."

비슷한 말을 짧은 시간에 다섯 번으로 기억한다.

잘 쓰고 못 쓰고는 없다 했다. 실화이기 때문에 창작소설처럼 꾸미는 책이 아니라고 하고 일어서려는데,

"제 동생은 나한테 아버지 대하듯 참 잘합니다."

멈칫하더니

"나는 내 동생이 때로는 형님같이 보일 정도로 잘합니다."

동생인데 형님같이라는 말,

그 깊은 의미는 무한대다.

둘 다 외롭게 자라나 이제 노년에 접어들면서 일억이 형에게 무엇을 어떻게 하는 건지 생각해 보니 좀 알 것 같다. 살아온 날들의 아픔을 스스로 보상받기 위해 형한테 잘한다고 온갖 마음을 다하는 것을 뜻한다고 느끼면서 형네 가게에 들어오면서도 네 개의 선물상자 보따리를 들고 들어와 주방 쪽으로 가서,

"형수님, 이게 가지고 왔습니다."

하면서 전하는 일억을 보았다.

검정 안경테 속에 비치는 일선이 형님 눈매에는 표현하기 어려운 감정이 교차되고 있다.

단 하나, 일선이 형님 속내는 모르지만 형편은 안정적이게 보인다. 가게도 이 좋은 자리에 근 50여 평이나 돼 보였고.

다시 세종으로 내려오는 차 안이다.

"우리 형은 건강은 참 좋아요. 비엠더블유로 차를 새로 바꾸려고 주문했다 하지 않아요?"

형제와 형제들 후손에게 일억이 형님을 아버지 대하듯 한다 하는 그런 우애와 사랑이 넘칠 것이 믿어진다.

장암(長岩) 박길림

"박 회장님! 제가 호(號)를 올려드리려고 하는데 어떠신지 받으시겠습니까?"

"아이구 예, 감사하지요."

"호는 제자가 올리면 헌호(獻號)라 하고 스승이나 임금이 내리면 사호(賜號)라 하는데 헌호의 마음으로 올려드리겠습니다."

"이이구 그러면 사호로 받아야지요. 내려주십시오."

"호는 쉬워요. 나를 아는 사람들이 쉽게 알아들으면 좋은 호이기 때문에 보통 자기가 태어난 고향의 지명을 많이 씁니다."

"아 예예."

"그래서 올리는 헌호는 장암(長岩)으로 하겠습니다."

"아 장항 읍내 장암리 사람이라는 거죠?"

"네 장항이 뿌리십니다. 부모님이 박 회장을 만든 재료랄지 원료가 장항 땅에서 나온 음식이었고, 특히 장암의 물입니다. 그래서 장암이라 할 때는 장암 박일억이라 하지 않고 본명을 붙여서 장암 박길림이라 합니다."

"아 장암 박길림, 아주 좋습니다. 영광입니다."

"맘에 들어 하시니 이제부턴 장암 선생이 되셨습니다. 호는 뒤에 회장이니 직함은 붙이지 않고 대개 선생을 붙입니다."

"갑자기 벼슬을 받은 기분입니다. 예 너무 좋습니다. 하하."

"자 그럼 장암 선생님! 살아온 일생 다 잘 알았고 책을 내는 목적도 알았으니 그럼 이제 좀 더 깊이 뭘 어떻게 살라는 건지 말해 보신다면 뭐죠?"

"앞서도 말했지만 그건 효도가 첫째인 것 같습니다. 그런데 요즘 효도 효도 하면 그게 진부하고 꼰대라고 외면합니다."

"그럼 효도 말고 더 좋은 말 없을까요? 효도가 밥 먹여 주느냐 하면 어쩌죠?"

"그게 걱정이기는 한데 제가 살아 보니 효심입니다. 효심보다 앞서는 학문도 없고 인성도 효심 여부여서 다른 말 열 번보다 알고 보면 효가 밥 먹여 주고 사람을 지켜주는 최고의 학문 같아요."

"아, 이거 저는 알아듣지만 독자나 후손들이 어찌 들을지 살짝 걱정됩니다."

"그럴 것 같습니다만 효는 인생의 겉옷 의상입니다. 이걸 벗어 던지면 사람의 본성이 추해지고 망가집니다."

"그런데 효도도 그렇고 효심도 어렵지 않나요? 구체적으로 효도란 어떻게 하는 거라고 하시겠습니까?"

"아까도 말했듯이 효도는 어려운데 효심부터 이해하면 효도는 따라온다는 뜻입니다. 먼저 마음으로 효를 이해하면 쉬워요."

"좀 더 깊이 들어가면?"

"요즘 용돈이나 잘 드리면 효도로 잘못 아는데 효도와 용돈은 다 다음 나중입니다. 돈이 효도는 아닙니다."

"그럼 돈 앞에 뭐죠?"

"돈이 효도라면 돈 앞이 효심입니다. 효심이 돈을 이겨요."

"이긴다?"

"그렇습니다. 돈은 없으면 못 드려도 돼요. 그러나 효심이 없으면 돈이 있어도 안 줍니다. 아예 줄 생각이 없어서 그래요."

"드리기보다 마음이 먼저라는 거죠?"

"요즘 자식들 안정된 집은 드뭅니다. 물론 부자라면 용돈 많이 줍니다. 그런데 자동이체라 본인도 모르게 나갑니다. 즉 효심은 떨어집니다."

"자동이체가 피차 편하지 않아요?"

"수동이체보다는 편하기는 하지만 소통 효도는 약하잖아요?"

"그것도 잘사는 자식들 얘기고 그렇게도 못 하는 자식들의 효심은 뭐죠?"

"전화입니다."

전화 효도

"전화로도 효도가 돼요?"

"이게 1등 효도라고까지 하고 싶은데 요즘 자식들 용돈은 둘째치고 전화를 안 합니다."

"바쁘니까 그렇다 하겠네요."

"안 바쁘면 전화하느냐? 그건 아니라는 겁니다. 바쁘다고 안 하는 자식은 시간 나도 안 합니다. 이걸 단정할 순 없지만 편하면 눕고 싶고 누우면 자고 싶다고, 말 타면 종 둔다고, 효도 안 하는 자식은 전화 효도도 못 하고 이러나저러나 안 합니다."

"그럼 용돈은 보낼까요?"

"돈은 다음, 그다음이라니까요. 돈으로 효도했다는 자식은 효심과는 무관하여 효 거래일 뿐입니다. 작가님 아들며느리도 미국 살지요? 그럼 돈을 받고 싶습니까? 아들 며느리 손자 손녀가 보고 싶습니까?"

"하하."

"돈은 달러로 보내도 찾기는 한국은행권입니다. 돈은 한국에도 흔해 터집니다."

"아니? 와."

"돈 보내서 효자라면 재벌 되면 효자 됩니까? 아니거든요. 가난하면

100% 불효자예요? 이것도 아니거든요."

"돈으로 효도는 못 하고 안 되는 거다?"

"돈이 효도라고 하는 자식은 절대로 불효자식입니다. 효도는 기억입니다. 감사입니다. 부모님 감사를 모르는 불효자식은 돈으로 효도를 사고파는 줄 알아서 막상 돈이 생기면 차부터 사고 애들 옷이나 사지 절대 부모 드리지 않습니다. 뭐든 돈돈 해서 그래요. 아니 돈이 썩어도 줄 수가 없습니다. 부모 걱정하질 않는 것은 효심이 없으니까 그래요."

"그렇다고 돈 없는 효자라니 어렵잖습니까?"

"작가님, 참 제가 이 책 낼 결심 왜 했는지 아시잖아요? 늙은 우리가 읽자는 책이 아닙니다. 돈 많아서 돈 자랑 하는 것도 아닙니다. 저도 상규 혜이 차 바꿔 주고 주머니 두둑이 채워주고 싶어요. 그러나 이걸 거꾸로 말하면 효도에 비유되고 부모사랑이라는 효심과 비교하면 차나 통장에 돈 재산 물려주는 것보다 진실한 인간다운 교육이 아파트 두세 채보다 아비 된 뭐죠? 그 장암 박일억의 정신을 물려주자는, 거꾸로 하는 효심에서입니다. 작가님도 그러니까 밤새워 진액을 쏟아 쓴다 하셨잖습니까?"

"아 그렇군요."

"요즘 젊은 자식들, 네 자식 내 자식 없이 모두 까꾸리 들입니다.

"까꾸리?"

"부산을 남쪽으로 가야 하는데 북쪽으로 갑니다."

"효도 얘기시죠?"

"아닙니다. 효심 얘깁니다. 마음이 없는데 효도가 되겠습니까?"

"아, 그래서 뭐죠?"

"안 죽었으면 매일 전화해라~ 이건 상규 헤이한테 내가 하는 유언이라 해도 좋아요."

"그게 쉽지 않다 하셨는데?"

"그러면 너희 자식들도 키우나 마나다, 그 자식은 그런 아비 어미를 더 닮아 크면 효도 효심 꽝이고 독수리 새끼 크면 날아가고 끝이듯이 결국 내(일억) 꼴이 외롭다면 네 꼴은 더 외롭고 더럽기까지 할 거다. 왜냐하면 안 가르치고 안 배우면 손자녀들 몰라요. 짐승 만드는 게 요즘 교육입니까?"

"상규는 착하고 똑똑하니까 장암 선생은 그런 걱정은 안 하셔도 될 것 같아요."

"아닙니다. 착하고 머리 좋고하고는 완전 다릅니다. 국회의원들이 머리 나빠 뒷돈 배임 횡령하고 감옥 갑니까? 도둑질하다 갑니다. 인정사정 봐주다 감옥 간 사람 봤어요? 아이큐(IQ:지능지수) 소용없고 이큐(EQ: 감성지수)가 중요한데 요즘 우리 자식들 우리 기성세대가 잘못 가르쳐서 부모를 모르니까 걱정입니다."

"그러니까 이게 상규한테만 하는 말이 아니라는 거지요?"

"한국인 전체에게 하는 말입니다. 우리는 아리랑 민족 아닙니까? '나를(孝) 버리고 가시는 님은 십 리도 못 가서 발병난다'는 건 누가 누굴 버리고 가느냐 하면 어미 아비 인륜도덕 인간다움, 즉 효를 버리고 가면 발병 난다고 보는 책입니다."

"맞아요, 작가인 저부터 귀를 열고 들을 말씀 같습니다."

"한 말씀 더하겠습니다. 요즘 스마트폰 사진 미어터지고 폰 영상 홍수잖아요? 그걸 할아버지 할머니한테는 안 보내고 자기네들끼리만 본대요. 핑계는 있어요. 눈이 어두워 잘 못 보시지 않느냐느니 보내면 친구들한테 날리고 자랑한다고 그게 싫단대요. 그래서 손주들 얼굴도 안 보여주어 다들 손자 꼴을 자기들만 보고 할아비는 못 본다는 노인도 있답니다."

"기가 차네요. 기독교에서는 내 새끼란 아예 없습니다. 무조건 하나님 새끼고 할아비 손자가 앞이거든요."

"결론은 사람다우냐라는 것입니다. 자식들이 우리 손자들을 조부모는 남이고 오직 자기 새끼라고만 키우면 큰일 나니까 이걸 어찌 말 않고 갈 수 있나요?"

"그럼 이제 그럼 제가 박 회장의 일생을 총정리해 보겠습니다."

長岩 일생 12가지 압축

1. 어려서 집을 나서 배고픔을 절감하여 배고픈 사람의 심정을 남의 일이 아닌 자기 자신처럼 본다.

2. 어려서 동냥아치(거지)로 살아봤기 때문에 거지를 불쌍히 보고 도와주려는 후천적 성격이 굳었다.

3. 이에 가난한 사람을 보면 내 것이 아까운 줄 모른다.

4. 누구나 뭐든지 이해가 가고 용서가 된다.

5. 누구나 입장을 바꿔 약자 편에서 판단한다.

6. 내가 아프면 남도 아프다는 것을 알아 사람을 때리지 않고 맞은 사람의 입장이 되어 영화숙 아이들 넷을 데리고 나온 경우다.

7. 의리와 신의를 지키려 내가 손해나는 것을 잊는다.

8. 그러다 위기에 처한 친구 후배를 위해 모아둔 돈을 거저 주다 아내를 고생시켰다.

9. 버리고 나간 아내가 밉고 원망스러워도 할 바 자신의 도리를 다하지 못한 내 잘못이라고 공감하지만 떠난 아내는 지금도 이런 일억의 마음을 모른다.

10. 돈을 버는 데는 수요자가 있으면 공급자가 있다는 아주 간단한 이치를 깨달아서 장항 봉이모래선달 기질로 업종을 바꾸면서 키

워나간다.

11. 미꾸라지 대야를 엎었던 기억에서 돈을 알게 된다. 버는 것이 중요하지만 더 중요한 것은 미꾸라지 대야 엎지르듯 관리를 잘 못하면 미꾸라지를 아무리 잘 잡아도 소용이 없다는 말은, 개같이 벌더라도 쓸 데는 꼭 정승같이 써야 한다는 것이다.

12. 문제는 길상이나 삼수 등 위기에 처한 친구를 위해 모아둔 돈을 쓰는 것은 미꾸라지 대야를 엎는 것이 아니라고 생각한 것으로 꼭 필요하여 착한데도 힘들게 사는 사람을 도우며 살라고 일억이라는 이름을 지어준 아버지의 뜻을 기억하는 삶을 산 것이다.

"자 박 회장님, 그야말로 이제 연극은 끝났습니다. 읽어준 독자 여러분께 감사의 말씀과 곁들여 마치는 말씀 있으면 하십시오."

"네네. 그런데 좀 길어도 되겠습니까?"

"길고 짧고는 상관없을 것입니다. 해보세요."

"네 작가님도 아시지만 때는 지금이야말로 바로 오나가나 늦지대로 보인다는 말씀입니다."

"그냥 생각나는 대로 말씀하세요."

현실 지금이 늪지대다

"때는 지금 참으로 살아가는 게 힘든 경제의 늪지대입니다, 물가는 높고 벌이는 늘지 않습니다. 지출은 많은데 무엇하나 그냥 넘길 수가 없는 절대절명입니다. 차라리 먹고 사는 식비는 별것 아닙니다. 소비문화가 도를 넘어 사치가 심합니다. 사람답게 살자니까 문화생활비랄지 통신비랄지 기름값은 최고치를 향하는데 차 없으면 못살아 고정지출이 먹는데 나가기보다 배보다 배꼽이 더 큰 경제가분수 세월입니다. 이게 경제 늪지대입니까?"

"보면 네 집 내 집 누구 하나 힘들지 않은 집 없어요. 이건 청년들도 마찬가지지요?"

"취업도 늪지대입니다. 50대1 100대1 희망하는 직장 취업확률이 너무 낮습니다. 모두가 다 대학을 졸업했는데 100에 99명이나, 50에 49명이 떨어져 취직을 못 하는 고용 늪지대가 현실입니다. 나라 위기가 꼭 전쟁만이 아니라고 보입니다."

"그러니까 나는 결혼하지 않겠다는 비혼주의 청년이 더 많다는 것도 늪지대라는 거네요?"

"그래서 인구절벽에서 추락하여 출산 늪지대 세월이 돼 버렸습니다. 이건 부모도 못 말리고 나라도 못 합니다."

"그래서 정부가 출산장려지원금에 양육비도 대주기는 하잖습니까?"

"아 낳아야 지원 대상이지 아예 결혼을 않는데 무슨 출산장려고 보육비 지원이라 하겠습니까? 이건 그렇게 되지 않는다고 봅니다."

"정말 무슨 방법이 없는 걸까요?"

"추상적인 것 같지만 단 하나 있다면 '한민족의 아리랑 정신 되찾기 운동'이라고 생각합니다."

"아 아리랑 정신 되찾기? 뭐죠?"

"한국인의 의(義)와 선(善)입니다. 옳고 착한 한민족 정신 말입니다. 옳지 않더라도 과거의 저처럼 아무리 환경이 그렇더라도 할 짓 말 짓을 삼가야 하는데 눈앞에 이득이나 당장의 쾌락을 위해서라면 정의도 없고 착한 본성도 내던지기 때문에 이건 인간성 망실로 점점 더 빠지는 수렁이 되고 맙니다. 즉 인성의 늪지대라는 거지요."

"늪은 어둠이고 아리랑만이 희망이라는 말씀이네요?"

"아리랑은 생존력입니다. 아리랑이 빠진 노력은 늪에서 나오지 못합니다. 앞에 말한 경제의 늪이나 저출산, 지구 위기, 고물가, 비혼주의, 몽땅 한마디로 답을 하라면 아리랑 정신으로 찾아야지 풀린다는 것입니다. 그래야 천지신명이 복을 주고 인간의 본능이 힘을 얻어 가정도 국가도 부부도 새 힘이 솟아납니다. 착하고 의로우면 길이 있지만 빠져버린 늪에서도 정신을 못 차리고 아귀다툼하듯 욕망을 따라가면 완전 더 깊은 늪지대로 빠져나올 수가 없게 된다는, 이것이 제가 펴내는 이 책《늪지대 아리랑》의 마지막 메시지입니다."

환경의 본질

2023년 10월 7일 오후 5시 대전 대둔산로 419 한밭프라자 905호다.

전국환경감시협회중앙본부에서 장암 박일림을 대표이사장 겸 총재로 추대하는 이사회를 열고 있다.

일억이 오래 생각해 왔고 이전 환경협의회 본부장으로 재임한 법인을 인수해 총재로 취임하려는 발기인 대회다.

일찍부터 일억은(책에서는 생략됨) 환경문제에 남다른 관심을 가지고 나름 동분서주 해 왔다.

"박 회장님이 말씀하셨지만 제가 이 책에 빠뜨려 정리합니다."

"뭐 꼭 책에 쓰고 않고는 중요하지 않습니다."

"하지만 평소 환경문제에 오래 헌신했고 마침 대표 겸 총재로 취임을 하게 되었으니 한 말씀 해주시는 게 어떠실까요?"

"그럼 곧 열 계획인 임식에서 하려고 준비한 수락연설문으로 대신하겠습니다. 저의 환경의식이라 해도 되니까요."

=취임사=

전국환경감시협회중앙본부/총재

존경하는 우리 전국환경감시협회중앙본부 총회에 참석한 대의원과 이사 회원 여러분!
먼저 부족한 사람을 우리 협회 총재로 추대해 주신 것에 대하여 무거운 책임 감과 더불어 깊은 감사의 말씀을 드립니다.

여러분도 아시는 것처럼 오늘 모인 우리 협회는 일찍이 설립되어 오랜 기간 왕성한 활동을 해 왔습니다. 여기에는 이번에 발전적 재창립에 동참한 이사님들도 계시고, 무엇보다도 그간 우리 협회를 이끌어 온 선대 회장 대표님들의 수고로운 땀의 결실이 맺혀 오늘에 이르렀다고 보아 다시 한 번 감사의 말씀 드리면서 우리 모두 선임 이사진과 회원들 앞에 큰 박수로 감사와 위로의 뜻을 표해 주시기 바랍니다/ 박수.

저는 70대 중반에 이르기까지 숱한 삶의 현장을 경험했습니다. 그것은 해방과 한국전쟁 후 같은 시대를 사는 누구나 비슷할 것입니다.
한때는 한강의 기적이 세계를 이끄는 저력이 되고 드디어 국민소득 3만 불을 넘어섰습니다마는, 참으로 안타까운 현실은 우리 생애 최고의 고난이었다고 할 IMF 외환위기 때보다 더 힘들다는 절규가 귀를 울리고 있습니다.
이것은 코로나19 팬데믹에 따른 여파라고도 볼 것이나 깊이 들어가 보면 본질은 둘러싼 환경의 문제가 전 지구적 세계 위기의 문제와 맞물려 돌아갑니다.

한국에는 환경단체가 많습니다. 지구촌에도 환경문제가 인류문제로 부각되고 있습니다. 정부에도 환경부가 있어 질병이나 대기, 수질, 토양환경 등등 우리가 듣고 보는 환경문제는 두 손으로 다 꼽지 못할 정도입니다.

때에 일본은 후쿠시마 원전오염수를 원전오염수가 아닌 그냥 처리수라는 두루뭉술한 말로 태평양에 쏟아붓고 있습니다. 이것은 과학이 말하는 인체나 해양오염 여부의 문제를 넘어 진실은 의식 오염현상, 즉 환경의식 피폐로 나타날까 우려됩니다.

우리는 이런 거대환경에 어떤 역할을 한다는 건 무리입니다. 아시는 것처럼 환경이란 자연(自然)환경과 인위(人爲)환경으로 대별되면서, 거대(巨大)환경과 미소(微少)환경으로 구분됩니다. 거대환경이란 지구적 우주적 환경이며, 바다와 육지의 해양 토질 환경을 말하는 것이지만 미소환경이란 현미경으로도 잘 보이지 않는 극미세 환경을 이르는 말입니다.

그러니까 우리 환경감시협회 출범은 거대도 아니고 미소도 아닌 지역환경이며 국내환경을 지키고 배우며 가르치면서 감시활동을 하자는 협회입니다.

짧은 말씀으로 마치겠습니다.

일컬어 우리는 지구를 어머니라 부릅니다.

어머니가 병들면 젖을 먹이지 못하여 절대절명 인류의 과제는 지구위기를 막고 지키는 것입니다. 이에 미력이나마 회원여러분의 적극적인 참여가 요구됩니다.

그러므로 진실한 환경이란 우리네 가정 환경입니다. 더불어 우리의 인격 환경입니다. 생각의 세계 속에 든 환경에 대한 감사와 고마움을 모르는 환경협회는 유명무실 존재이유도 약합니다.

회원 여러분!

이제 출발입니다.

출발이란 감시를 위한 배움과 인격도야가 본질입니다.

그런 다음에야 가르치며 살피고 감시도 해야 합니다.

부족하나마 총재로 취임한 저 박길림이 앞장서겠습니다.

모두의 동참과 힘찬 응원을 기대하며 다시 한번 추대해 주신 회원 여러분께
감사의 말씀 올립니다.

고맙습니다~!

환경운동가로 새 출발

작가는 실화소설을 마감하며 뭔가 중요한 걸 빠뜨렸나 살피다 있겠다 싶어 장암에게 두 가지를 물었다. 첫째는 남은 인생 삶의 최고의 목표는 무엇이며, 둘째는 그 이유가 무엇이냐는 것이다.

"예 그건 봉사입니다."

"아, 봉사로 산다는 것은 압니다. 그런데 이제 보니 환경문제에 관심이 많으신데 그럼 환경이 우선입니까, 봉사가 우선입니까?"

"선후(先後)가 있다고 보시나요?"

"있는 것 같습니다. 특히 전국환경감시협회중앙본부는 이미 환경부 승인단체고 그 단체는 아직 업무 파악이 덜 됐지만 회원이 10만여 명이라면서요?"

"그렇습니다. 그동안은 제가 재결하는 단체가 아니었으나 이제 할 것인데 160,000명의 회원이 있습니다."

"그렇다면 작은 소도시 인군데 조직이 잘 돼 있습니까?"

"전국 17개 광역시도마다 지부가 있고 지부마다 평균 1만 명으로 보아 16만 명입니다. 명단을 확인해 보겠지만 엄청 많은 회원이 참여하는 국내 굴지 큰 규모의 환경단체입니다. 광역시도 등록단체가 아니고 환경부 승인단체입니다. 첫 출발부터는 20여 년 됐고 환경부 승인은 2014

년부터니까 그로부터도 벌써 20년입니다."

"언제부터 거기 회원이었어요?"

"일반회원은 10년쯤 되었고 본부장은 5년 전쯤인가 그런데 사실 주인의식은 별로 없었습니다."

"그러면 일반회원인데 본부장을 하다 이제는 대표이사로 취임했다는 얘긴데 어떤 과정이 있었습니까?"

"그걸 말하자면 사실은 길어요."

박일억은 전국환경감시협회에 회원이 되기 아주 오래전, 약 15년여 전부터 성실한 기자이며 신문사를 경영하는 후배 최용근 아우와 가까이 지내왔다.

나이는 7년 연하여서 아우다. 일억을 형님 형님 하고 따르면서 귀가 따갑게 하는 말이,

"형님, 인생이 너무 아깝다."

면서, 꼭 환경운동 쪽에서 그 열정을 쏟으면 좋겠다 하고 자신도 '환경뉴스119'라는 환경신문사를 하고 있다면서 찾아오고, 오면 처음부터 끝까지 환경 얘기만 하는 아우다.

이에 일억은 큰 관심을 두지 않았다.

신문은 노인신문이 좋고 사는 것은 좀 여유가 생겼으니 노인봉사자로만, 그것도 드러나지 않고 숨은 봉사로 할 생각이었다.

그럼에도 최용근 아우는 뭔 소린지도 모를 말로 형님이 아깝다며 환경운동을 하셔야 한다고 백 번은 한 것 같다.

"아우야. 그런데 넌 왜 나만 보면 환경환경 하냐? 나는 환경이 어렵다

고 본다."

"어려운 건 어떻게 아세요?"

"아 뉴스 보고 알고 책도 봐서 아는데 환경은 전문 분야 아니니?"

"전문 분야지만 사람이 사는 모든 게 환경이에요 형님. 첫째는 부부 자식 교육 이런 것도 가정 환경이라 하잖습니까? 저부터도 어려운 건 배워가면서 하는 것이고 우선은 의지의 문제입니다."

"안 그래도 말이야, 너도 알지? 난 이미 전국환경감시협회중앙본부 에 들어가 있잖아?"

"그거 말고 형님은 일반회원으로 일하면 안 돼요. 본부장이라시는데 본부장 말고 대표회장이 되어야 할 분입니다. 리더십이란 닭 잡는 칼과 소 잡는 칼이 있다 하지 않습니까? 조막손이 아닌데 직급이 낮고 작습 니다."

용근 아우의 말이다.

일억이 오래 고민 아닌 고민도 하게 된다.

"아하 그런 과정이 있었군요. 그런데 환경뉴스119에 회장으로 오라 고는 않습니까?"

"모르겠습니다. 이 아우가 자기네 119 회장으로 모시고 싶은 눈치인 가도 싶은데 저는 이미 언론사 회장에 발행인이지요? 그러니 그 소리를 안 하는가도 싶기는 한데 잘 들어보면 제게는 남다른 환경운동가 기질 이 있다는 겁니다."

"그럼 자주 만나는 사이는 아니고 어쩌다 가끔 만나면 그런 말을 한다 그거죠?"

"아아 작가님, 그건 아니에요. 그 동생은 근 10년 넘게 거의 매일 만나지 않는 날이 없다고 할 정도입니다. 일주일에 네댓 번? 하여간 그렇게 오고 만납니다."

"어디 집으로 와요?"

"아니 우리 집 앞 그 금강다방."

"아 그래요?"

"심지어는 아침 출근하기 전에 꼭 차 한 잔씩 해야 되는 것이 습관이다시피 되었습니다."

"어허 저는 모르는 이름인데 그렇군요."

환경뉴스119-최용근

아우 최용근은 신문사가 셋이다. 〈한국매일신보〉, 〈환경매일방송 TV〉, 그리고 〈환경뉴스119〉다.

언론계 기자로 첫발을 디딘 지가 38년이란다. 일억과의 만남은 15년 전부터다.

일억의 나이가 선배여서 늘 전화하고 찾아와 밥도 사고 차도 사고 일억이 사기도 하고, 특별한 건 없지만 일억은 태생이 돈보다 사람이다 보니 오는 후배를 반겨 우정이 깊어졌다.

하여 용근 아우도 일억을 잘 알지만 일억도 용근 아우를 잘 알게 되어 가까이 터놓고 지내는 사이가 됐다. 피차 시시콜콜한 내용까지 모르는 게 없는 사이다.

"그래서 회장으로 오시라는 건 아니랬지요?"

"같이 환경운동을 하자 그겁니다."

"환경뉴스119 회장으로 오라는 게 속내가 아닐까요?"

"나를 아니까 그건 아닌데 하여간 아우는 환경맨이고 환경기자입니다. 지구가 어떻다느니 해양이 어떻고 가뭄, 폭설, 장마 요즘은 탄소중립 지구온난화 등, 하여간 환경 얘기만 하면서 환경운동이란 할 만한 사람이 꼭 해야 될 운동 어쩌구 그런 얘깁니다."

"거참 똑똑한 사람인가 보네요. 그래서 가랑비에 옷 젖듯 환경에 관심을 가질 수밖에 없게 된 거예요?"

"용근 아우 영향도 좀은 받았어요. 원래 저도 환경에 맹무식이 아닌데 이 아우가 기름을 퍼부으니까…"

"아하. 그래서 결국 앞서 말한 그 전국환경감시협회대표회장으로 갈 결심도 굳어졌다?"

"꼭은 아니지만 영향도 받았겠지요."

"좋은 아우 같습니다. 회장님의 그릇을 본 것 같아요."

"하여간 대충 결정한 건 아닙니다. 이 아우가 자꾸 큰 그릇이다, 크게 쓰임받으셔야 한다면서 바람을 불어넣는 거예요."

"바람이라니요?"

"감시협회사업계획에 신문사도 있지만 대표 회장이 되면 자기가 일찍 시작한 환경뉴스119를 자매지 협력업체로 해서 환경운동을 같이 하자는 게 그 아우 말입니다."

"그건 좋은 생각 같습니다. 벌써 15년이라는 연륜이 있으니 꼭 같은 조직 같은 사무실이 아니라도 서로가 협력하여 환경운동에 효과를 내면 좋지 않겠어요?"

"틀린 말은 없어요."

"그럼 언제 저하고도 좀 만나보면 좋겠습니다."

그러다 작가와 최용근 대표가 만나게 된다.

키가 크고 기골이 장대한데 눈은 착하게 보이면서도 예리하여 환경 전문기자답게 보인다.

"원래 고향이 대전이세요?"

"아 저는 평택이 고향입니다."

"대전은 언제 오셨지요?"

"15년 됐습니다."

"그럼 오자마자 박일억 회장을 만난 거네요."

"대전 하면 박일억, 제 안테나에는 바로 뜨더라고요."

"하하, 안테나에 뭐라고 떠요?"

"평가는 다른데 아주 의리 있는 대장부고 불의를 못 보고 뭐 장황하여 궁금하여 찾아봤습니다. 물론 일부러 관심과 기대를 가지고요."

"아 그러셨군요. 그런데 제가 궁금한 건 기자 생활은 언제부터죠? 오래했습니까?"

"벌써 38년입니다."

"그럼 고향 평택에서도 기자를 했어요?"

"그렇지요. 그땐 운영자가 아니었다가 대전 와서 첫 창간을 한 건데 그게 2007년입니다."

"아 바로 그 세 가지라고 들은 〈한국매일신보〉, 〈환경매일방송TV〉, 그리고 〈환경뉴스119〉… 동시 창간입니까?"

"예 동시입니다."

"재력이 있으신가요? 그래 아이들은 또 몇이나 두셨습니까?"

"저는 결혼을 안 했습니다. 혼자예요."

"아 그래요. 괜한 걸 물었나 보네요?"

"아닙니다, 괜찮아요 작가님."

"그때 집안에서 혼기라고 걱정도 했겠네요. 그래 집안은요?"

"저는 수성 최가입니다. 친할아버지가 군 장성이고 국회의원도 하셨고 국회국방위원장도 하시고…"

"와 요샛말로 금수저네요? 그것도 아주 큰 금수저?"

"그게 작가님이시니까 한 말이지 저는 집안 얘기는 거의 안 합니다."

"사실 저도 그냥 해보는 소립니다. 취재를 위해 진짜 듣고 싶은 얘기는 따로 있어요."

"아. 실화소설 작가시니까 취재가 목적이라는 말씀 알아듣습니다. 그럼 물어보시지요? 하하 제가 취재기자인데 오늘은 취재를 받네요."

"아니 뭐 그냥 대화입니다. 하나예요. 어째서 환경환경 환경언론이고 환경기자인지 그게 궁금합니다."

"작가님 잘 아시잖아요? 시대정신(時代精神)이라는 게 있습니다. 지금의 시대정신 하면 얼핏 남북통일, 국민통합, 경제발전 많은 말을 하지만 저는 환경과 인간이 가장 막중한 시대정신이라고 보기 때문에 언론을 통한 환경, 즉 그것도 급하니까 빨리 움직이자는 뜻으로 환경뉴스119라 한 것입니다."

"아 제호부터가 철학적입니다. 환경부에서 특별히 지원을 해줘도 될 제호네요?"

"예? 아 과연… 작가님 정말 대단하십니다. 제호가 철학적이다? 하하 제가 실은 대학에서 전공이 철학이었습니다만 제호를 알아보고 이런 말 한 분은 없어요."

"아 그래요? 쉬운데… 대학은 어디죠?"

"동국대학교 철학과입니다. 와 작가님하고 만나니 제가 제법 인정까지 받는 느낌입니다."

"아닙니다. 중요한 건 박일억 회장과 두 분의 환경철학이 뭉쳐지면 좋겠다는 생각입니다."

큰 그릇과 열정

이렇게 만나 차담을 하고 식사도 하며 도대체 박일억 회장에 대해 얼마나 잘 아느냐고 물었다.

"이 형님은 제가 매일 보고 싶은 사람 중에 첫 번째 되는 친형님 같은 분입니다."

"거의 매일 본다고요?"

"제가 형님 시간에 맞춰 주로 아침 출근 전에 가서 뵙습니다."

"그래서… 제가 쓴 이 원고를 거의 다 보셨다는 것도 맞아요?"

"아 예예 그렇습니다. 우선 글을 어쩌면 그렇게 재미있고 잘 쓰시는지 저도 뵙고 싶었습니다."

"아 그 얘기 말고 저를 만나면 하고 싶은 이야기가 있다 하시던데 그게 뭐지요?"

"저는 작가님을 만나면 일억 형님이 남은 인생 이제는 환경운동가로 살라는 말씀을 좀 해주시라고 부탁을 하고 싶었습니다. 너무 잘하실 분이라서요."

"아하 그래요? 맞아요. 하면 확실하게 하고 말면 마는 성격인데 열정하면 박일억 회장이다~ 이래도 된다고 봅니다. 저하고도 오래된 사이거든요."

"일억 형님과 환경은 지금부터 시작이라고 봐도 돼요. 앞으로 환경 쪽 일은 점점 더 늘고 커지는데 인재도 없지만 리더가 없습니다. 리더는 뭐랄까. 통솔력(統率力)이라 하겠군요. 지금 대학원도 경영 쪽에 가까워요. 게다가 일억 형님은 단체를 이끄는 리더십이 있는 분이라 저 형님의 저런 열정을 다른 데 쓸 게 아니라 멀리 크게 보면 환경에 쓰셔야 한다고 보는 겁니다."

"아 그 노인복지도 하시면서?"

"그렇지요. 노인신문도 하고 봉사도 하시면서 큰 에너지는 환경운동에 쓰셨으면 한다는 것이 제 생각입니다."

"큰 그릇 작은 그릇에서 간장이나 담는 작은 종지가 아니라는 거죠?"

"밥그릇 국그릇이 아니라 아예 가마솥이고 아주 큰 장독 거대한 큰 항아리여서 간장 종지 1만 개도 넘는 그릇이라는 뜻입니다. 군대로 치면 대장이지 병장이나 하사관을 하면 국가적으로도 손해라는 겁니다."

"와. 아예 장암 팬클럽 회장이 하는 말 같네요."

"이건 농담이 아니고 무책임한 말도 아닙니다. 저도 언론 생활 40년이라 사람을 볼 줄도 좀 아는데 환경운동을 하셔야 형님 성향에도 맞아요."

"아 네. 그런데 오히려 작가는 더 몰라본 것 아닌가 싶군요."

"아닙니다, 작가님은 저보다 더 잘 아십니다, 특히,"

"특히 뭐죠?"

"특히 일억 형님이 환경운동가가 되면 제가 볼 때는 박일억이라는 이름이 천 배나 커져 박천억이 된다고 보여요."

"야 朴千億? 천 배가 커진다는 거죠? 하하. 그리고 참 또 박 회장은 통솔력도 그렇지만 말도 잘하고 글도 잘 쓰거든요. 그런데 환경뉴스에서 칼럼도 썼나요?"

"썼지요. 정기적은 아니지만 오래전부터 제가 칼럼 달라고, 아이구 열 번 조르면 하나 보내주고 늘 바쁘다 하시니까 쉽지는 않아요."

"잘 조르셨습니다. 그럼 그 중에서 한두 편만 제게 보내주시겠어요? 독자들도 보시게."

"예 좋습니다."

"그럼 원고가 오면 아래에 신기로 하고 저나 박 회장한테 달리 하고 싶은 말 있으세요? 취재 중이니까."

"예 있습니다. 제가 여러 차례 말했듯이 아까운 분입니다. 사람을 보는 평가는 다르지만 저는 일억이 형님이 아니 천억이 형님이 저 엄청난 에너지와 열정을 작은 데 쓰지 말고 좀 더 큰 그릇에 맞게 큰일을 하셔야~ 그래서 인생의 꽃과 열매가 피고 맺혀 지구와 대한민국 환경을 위해 쏟아야 한다는 것입니다. 그래서 제가 10년 넘게 모시려고 찾아 뵌 건데 제발 그러셨으면 좋겠습니다. 작가님도 권해 주세요."

"아니 이미 결심하신 것 아닌가요? 박천억으로 사실 겁니다. 이제 대표회장도 되셨고."

며칠 후

환경뉴스119에 보냈다는 박일억 회장의 원고를 보내와 2편을 받았다.

=환경인 칼럼1=

환경, 공부부터 시작이다

박길림

전국환경감시협회중앙본부 대표회장

환경 하면 산, 들, 풀, 눌, 나무를 먼저들 떠올리지만 좀 더 알아야 할 것은 우리가 흔히 듣는 지구환경 위기다.

지금 거대한 지구는 힘들어한다. 이에 지구가 왜 이러는지는 아는 것 같지만 막상 물어보면 잘 모른다.
제대로 알려면 우선 자연적 환경과 인위적 환경부터 이해하고 들어가 보면 쉽다.

사람이 만든 환경을 인위적 환경이라 한다. 항만, 도로, 특히 많은 인구가 모여 사는 도시다.

우리는 지금 도회지 중심의 인위적 환경에서 사는데 이 도회지란 광역 상하수도와 광대역 교통망, 주택, 상가, 건물, 특히 아파트다. 아파트는 전기 수도 도로망 주차장과 많은 쓰레기가 배출되는 곳으로 환경성평가 검토를 기반으로 하여 집단주거에 필요한 인위적 요소의 집합체다.

도시환경과 농촌환경은 판이하게 다르다. 그러므로 환경은 배우지 않으면 생각 속에만 머문다.

환경부(장관/한화진) 홈페이지에 가 보면 5대 국정과제를 공지해 알리고 있다.
1. 건강한 생활환경.
2. 과학적인 탄소중립녹색정책 전환.
3. 기후 위기에 강한 물 환경과 자연생태계 조성.
4. 미세먼지 없는 푸른 하늘
5. 재활용을 통한 순환경제 완성.

쉽지가 않다. 생태계나 생태군계 생태군계 등 환경용어가 어떻게 다른지 분간도 어려운 것은 국민환경교육의 문제라 일반 국민은 뭘 어쩌라는 건지 배우기는 배웠어도 선뜻 이해하지 못하는 이들이 많아 어쩌라는 건지 모를 정도다. 그러나 답은 하나다. 환경이라 하면 공부부터 시작해야 한다는 뜻이다.

이에 환경부는 전공분야와 일반분야로 분리해 쉽게 가려 줘야 한다. 많은 국민들은 환경용어부터가 어려워 읽어도 무슨 말인지 모르고 들어도 무슨 뜻인지 공허해져 좋은 말이라는 정도만 알지 대처할 실질 방법이 무엇인지 몰라 막연하고 캄캄해진다.

폐기물이나 분리수거와 담배꽁초 줍기가 환경운동이기도 하지만 이로써 대기와 수질 등 거대환경 문제를 이해하기 어려운 것은 교육부의 교육 문제인 동시에 환경부의 환경교육 문제이기도 하다.
그러니 환경부는 쉽게 환경커리큘럼을 제작해 이를 가르치는 환경부만의 교육 프로그램을 만들었으면 한다.
환경운동을 한다는 사람들도 매연, 오폐수방류, 쓰레기 투기, 이 정도만 알고 환경캠페인 한다며 현수막을 들고 시위도 하던데 환경부는 우선 환경단체부터 효율적인 실용교육을 위한 교재를 만들어 가르칠 필요가 있다.
이를 위해 환경학개론 등을 쉽게 풀이한 교재로 국민 환경교육 뉴 패러다임을 개발하면 그들이 재교육에 참여함으로써 국민 환경의식이 향상될 것으로 보인다만 이것도 재원의 문제라 한다면 지출순위의 문제이기도 하다.

결론은 환경개념 인지다. 도회지든 농촌이든 환경이란 사람이 살아갈 여건을 말하는 것이므로 '환경 즉 인간을 위함'이라는 원론과 원리 이해가 전제되어야 한다.

우선 환경운동은 왜 하는가? 이에 답을 못 하면 안 된다.
답은 우리 인간을 위해 환경이 있고 인간이 살기 좋은 환경과 여건이 조성되려면 어떤 무엇부터 알아야 하는가에 대한 지식이 중요하다는 것이다.

인간과 환경의 관계는
첫째가 호흡이므로 공기(대기) 환경이며,
다음은 물(수질) 환경이며,
셋째는 오염방지(나빠짐지키기)를 위한 대처 실무다.

마침 여기 〈환경뉴스119〉라는 환경 미디어가 있어 국민 매스컴으로 자리 잡아 마땅한데 정부나 지자체가 본사와 같은 환경 의식에 공감력이 떨어지는 문제는 본사부터 앞서 효율적 환경공부에 정진해야 할 과제라고도 본다.

국내 모든 환경단체는 알기 쉽고 실효적인 환경공부를 위해 환경부와 함께 정진할 책무가 있다.

=환경인 칼럼2=

환경과 마약

박길림

전국환경감시협회중앙본부 대표회장

마약 청정(淸淨)국이라던 우리나라에 비상벨이 울리는 작금이다. 이에 우리 환경뉴스119가 마약과 무슨 상관이냐 한다면 그게 아니고 직간접 많은 관계 가 있다.

환경운동의 원리는 사람이 살아가기에 알맞는 조건이 곧 환경이 맞지만 그 조 건이 충족된다 한들 인간의 정신환경이 망가지면 자연, 생태, 지구온난화, 해 양, 수질환경이 아무리 좋아도 최상급 '정신환경'을 지키지 못하게 되어 자신 보다 소중한 자손들과 미래환경 붕괴로 긴급을 요하여 속히 환경뉴스119가 출동할 수밖에 없어 오늘 칼럼은 환경과 마약이 주제다.

근간 각종 뉴스보도를 보면 마약뉴스가 끊이지 않고 있어 이것 참 큰일이구나 걱정된다.

마약 중독의 원리는 간단하다. 예를 들면 굶주림의 원리와 같은 측면으로 정신 적 기근이며 정신건강 피폐로 배가 고픈 게 아니라 마음이 고프다는 비유다. 즉 '나는 내 정신만으로는 살기가 힘들다'고 하는, 바로 오늘 칼럼의 제목처럼 삶의 환경이 내 정신으로는 버티지 못하는 것 같은, 나름 제정신 이탈은 나중이고 우선 떠나고 본다는 이것이 바로 마약에 기대는 현상이다.

기댈 곳이 없는 사람은 쓰러진다. 아픈 사람은 의사에게, 외로운 사람은 친구나 동료 연인에게, 굶은 사람은 밥에 기대어 살듯 인간의 정신환경 문제도 기대고 의지할 가정환경이 버팀목이다. 이는 부부 부모자식 형제자매와 같은 가족구성원이 첫째요, 이어서 친구 직장 이웃과 사회를 넘어 마지막 반석은 국가라고 보아도 된다.

그러나 현실은 저출산에 핵가족으로 개인주의에 기울어져 인간 환경이 외로움과 직결되고 말았다.

환경이란 독립단어가 아니라 복합구조여서 풍선과 같은 것이 기본인 단어다. 바늘에 작은 곳이 찔려 여기가 터지면 풍선 전체가 터져, 얽힌 거대 환경과 미소환경이 거미줄처럼 둘 같지만 둘이 아닌 하나가 지구이며 환경이다.

정신환경도 동일하다. 배고픈 사람은 일단 이것저것 가리지 않다 과식하거나 잡식을 한다. 독초나 독버섯을 분별할 인지력을 잃어 술, 노래, 춤, 오락, 섹스, 별별 맛집 돌아치다 걸리면 끝장나는 마약을 먹고 마시고 흡입함으로써 종당에는 사망이요, 죽기 아니면 까무러치기 성 헤어나지 못할 늪에 빠지면 늦기가 십중팔구가 된다.

사실 사는 게 힘들다는 사람은 육체가 힘들다는 것이 아니다.
몸이 힘든 사람은 누구나 쉬면 얻는 평안을 알기 때문에 마약보다 잠이 좋고 술보다 쉬는 게 더 좋다.

그러나 마음이 힘든 사람은 술이 필요하다는 사실, 한편은 공감도 된다. 오죽하면 술 없이 잠도 못 자나 싶어 그나마 거기까지는 중태도 아니니 측은지심 말이다.

필자는 마약으로 폐인이 된 사람을 여럿 본 일이 있어 생생하다. 보면 사람이 아니다라는 말로도 부족하여 도저히 저건 살아있는 사람이라고 봐줄 수도 없었다.

자기도 자기 자신을 모른다는 것이 걱정이다. 그걸 알면 그나마 희망이 있겠는데 처음에야 당연 몰라 손을 댔겠지만 늪지대 원리처럼 점점 더 빠져 속절없이 무너질 수밖에 없어 속히 구하지 못하면 그 인생이 끝장난다.

마약이란 자신도 모르고 아무도 모르게 망가진다는 이게 무서운 것이다. 한번 밀반입되면 수십만 명이 투약할 분량이라니 나라까지 붕괴시킬 보이지 않는 미사일 핵무기와 다르지 않다는 이게 무서운 일이다. 하여 麻藥이 아니라 亡藥? 아니면 아예 死藥이라고 부르는 게 맞다 할 정도다.

이건 나라와 민족이 망(亡)해 가는 길초다. 국민들이야 마약이 얼마나 무서운지조차도 모르는 걸 뉴스가 알려줘 들어보면 이건 완전 대한민국 멸종약 같다. 이 문제에 대한 근본해결 문제를 생각해 보면 답은? 공허감이란 놈이 범인이다. 살기가 힘들단 뜻. 그러나 아무것도 위로받을 게 없다는즉슨, 인간관계 붕괴다.

행복하고 싶은데 불행하고, 성공하고는 싶은데 되지는 않고, 성적은 초라하고 돈은 궁하고, 나를 아끼고 사랑해주는 이성은 없고 결혼은 올려도 못 보고, 나는 좋은데 여건은 바닥이고, 효도하고 싶지만 자신도 가누지 못하겠고, 총체적 절망에 의지할 언덕이 없을 때 갈 곳은 피난처인데 종교도 냉기가 돌고 생활, 주거, 가정 환경 집안 분위기는 나쁘고, 마약이 도피처인 줄 착각하는 것이다.

사자가 얼룩말 떼를 사냥하는 걸 보면 거기도 답이 보인다. 무리에서 동떨어지는 녀석, 어려서 못 뛰고 병든 녀석, 바로 그런 약자를 공격해 잡아먹는 것과 원리는 동일하다.

우리 눈에는 보이지 않지만 세상에는 마귀와 천사가 공존한다. 성경을 보면 너희 대적 마귀가 우는 사자같이 두루 다니며 삼킬 자를 찾는다면서 깨어 기도하라 한다.

만사가 꼬이고 힘들고 지쳐 의지할 곳도 사람도 없고 실력도 없어 낙심에 빠져 얼룩말 떼 속 약한 것을 공격하듯 집중 타킷으로 쳐들어와 잡아먹히는 것이 마약이다.

단속만으로는 부족하다. 근본치료를 해야 한다. 그래야 대적 마귀가 마약을 들고 접근하지 못한다.
마약은 스스로가 거부하면 되는데 인물 좋고 돈도 있은들 기력이 없어 마약을 의지하니 답은 품어주는 것이다. 벗이 돼 주고 의지가 돼주고 버팀목이 돼줘야 한다.

때는 지금 처벌보다 청정국민환경, 우리네 청소년 학생들 지키기가 급하다. 코로나 때처럼 확산 예방을 위한 처방전이 급하다.

멀쩡한 자식, 이웃 학생, 위기다. 하나가 열로 백 천 만으로의 확산 위기부터 막아야 한다. 돈으로는 되지도 않고 잃어버린 정(情)을 나누는 것만이 답이다.

너 마약하니? 절대 그건 안 된다고 백 번 말해도 소용없어 이건 정신환경 문제다. 예비 마약 우려자가 내 가족이라면 속히 확산 방지에 국력을 투입할 때다.

출판기념회를 앞두고

장암 박길림 실화소설《늪지대 아리랑》을 제작할 출판사가 정해지고 마침내 인쇄에 들어갔다.

"축하합니다. 박 회장님의 삶이 실화소설이 되어 이제 곧 출간되다니 저도 꿈만 같습니다. 아, 곧 본인 책이 나오게 되니 어떠십니까?"

"전에 작가님 책 출판기념회 해드릴 때는 뿌듯하더니 이번에는 무조건 부끄럽습니다."

"그것뿐이에요?"

"아닙니다. 작가님이 그 어렵게 초고를 쓰고 스스로 1차 수정을 하고 저하고 2차 수정을 하고 또 미국에 작가님 아들 천일교 기자와 제 아들 박상규까지 교정을 보는 등, 우리 두 집의 공동작품 같기도 하고 무어라 표현을 못 할 정도로 감격스럽고 벅찹니다."

"이제 출판기념회를 준비해야지요?"

"며칠째 생각해 보는 중입니다."

"아니 왜요? 며칠씩 생각할 게 뭐가 있어요? 해야 하지 않습니까?"

"당연하니까 생각이 많습니다."

일억의 머리가 복잡하다. 출판기념회는 당연히 한다고 생각했는데 이 큰 경사에 차미숙, 절반의 주인공이기도 한 아내가 없기 때문이다.

기쁘면 생각나는 것이 아내일까? 아니고 슬퍼도 생각나는 사람이 아내일까? 일억의 지금 심정은 아내 생각으로만 가득 찼다. 차미숙도 이 책의 주인공이니까.

"주인공이라니 누구를 말하지요?"

"차미숙. 애들 엄마 이야깁니다."

"애들 엄마가 주인공이라니요?"

"이 경사에 애들 엄마가 없이 출판기념회를 하려고 하니까 이제 와 왜 자꾸 이건 신부 없이 하는 결혼식 같다는 생각이 드는 겁니다."

"아~ 그 얘기로군요. 거 참 새삼스럽습니다. 이미 잊어버린 분 아니에요?"

"당연하지요. 잊어버린 사람인데도 말입니다."

"그런데 왜 그래요?"

"열 번 생각해도 차미숙은 내 여자 부부라는 생각은 사라지고 없어졌는데도, 백 번을 생각하면 길연이와 상연이 할머니라는 것은 내가 잊고 지우려고 해도 안 되고, 이혼하고 어디서 혹 누구와 산다 하더라도 그것만은 지워지고 없어지는 것이 아니라는 생각이 생생히 살아나 그렇습니다."

"아 무슨 말인지 이해는 됩니다만."

"부부는 내가 만나 내가 결혼하고 사는 것 같지만, 막상 출판을 앞두고 생각해 보니 이건 분명 저나 애들 할머니가 스스로 정한 인연이 아니고 작가님이 말씀하신 대로 이건?"

"제가 무슨 말을 했나요?"

"작가님은 기독교인이라면서 여러 번 말했습니다. 부부는 내가 정해서 짝이 되는 게 아니고 하나님이 짝을 지어 주는 거라고."

"아 전에 제가 운영하던 한국이버인생대학 정규 과목에 있는 부부학 콘체르토 그 책에서 배운 부부의 만남에 대한 말이군요."

"천 번을 생각해도 저는 애들 할머니와 만나 혜이를 낳고 상규를 낳은 것은 제힘도 능력도 미숙의 의지나 뜻으로 생기고 낳은 게 아니고…"

"그건 맞아요. 낳기는 엄마들이 낳지만 '생겨나라~' 하신 이는 하나님이시며, 그 책에서는 천지신명(天地神明)이거나 삼신(三神)할머니의 점지하심이라 했으니까요."

"맞아요. 아무리 생각해 봐도 아들딸 혜이와 상규는 내 아들딸이지만 분명 천지신명께서 나와 미숙에게 내려준 게 태어난 이유이며 목적이라는 생각에서 딱 멈춰섰습니다."

"그러나 요즘 사람들 사실 이런 말 하면 웃어버립니다."

"웃거나 말거나 나이 들고 손주들이 뛰놀면 지들도 나와 마찬가지일 겁니다. 저도 젊어서는 그냥 이혼했다, 이걸로 끝이었는데 이렇게 나이가 들고 보니 인생이 세상에 온 목적 중에 목적 딱 하나만 뽑으라면 그건 자식을 낳고 기르는 것이라는 데서 꼼짝도 않습니다."

"하하 출판기념회를 앞두고 그 준비를 해야 할 주인공이 이러시니 이거 어쩌지요?"

"허 참, 이거 울적해져 저도 감당이 안 됩니다."

"그래요? 정이나 그러시면 미숙 씨를 오라고 연락을 해 보면 어떨까요?"

"바로 그 문제, 이게 맞나 저게 맞나 그게 나를 울적하게 하는 겁니다."

"그러면 오기는 올 것 같습니까?"

"원수 천진 건 아니니까 하루 오라면 글쎄요, 올지도 모르겠고 안 올지도 모르겠고, 그렇다고 이걸 헤이나 상규한테 상의를 할 수도 없는 일이고 아 제가 이 정도로 갈래를 못 잡는 것은 처음입니다."

출판기념회 현장

대전 00문화원강당이다.

장암 박길림 실화소설 '늪지대 아리랑 출판기념회'가 열리고 있다.

언제 어디서 어떻게는 생략하고 모두가 다 모였다. 큰 행사다.

비인 군산 금마 영화숙 동료들과 재생원 식구들과 세상 뜬 형님 선배 친구 후배 터미널 식구들, 하여간 일억과 일생을 같이 산 수백 명이 전부 다 멋들어지게 차려입고 다 모였다.

가장 바쁜 사람은 상규다. 헤이도 사위도 며느리도 각각 일억의 손자 손녀들을 데리고 왔다.

울려 퍼지는 손자 손녀들의 축하송과 애띤 목소리.

말로

할아버지 축합니다~를 외치더니 노래를 부른다.

해피버스데이투유가 아니고, 가사가 바뀌었다.

"출판 축합니다~

출판 축하합니다~

사랑하는 할아버지 출판 축하합니다~"

이어서

두 손을 높이 들어 흔들면서

"출판 축합니다, 박일억 우리 할아버지~~"

와 생각지도 못한 축하 이벤트에 함께한 하객들이 박수를 친다.

아내 차미숙 등장

바로 이때다.

순간 곱게 차려입은 차미숙이 앞으로 나와 환영의 인사말을 한다.

"제가 박일억의 아내 차미숙입니다. 박혜이 박상규를 낳은 엄마이고 길연이 상연이의 친할머니입니다."

이렇게 말문을 연 미숙이 오늘 출판기념회에 온 것이다.

47년 전.

미숙은 그때 문학소녀로 만났던 그 당시 수원 아가씨의 마음씨 과연 그때 그 마음 그대로다.

"왜는 뭐가 무슨 왜웁니까? 내가 내려온 게 싫어요?"

언제 들어본 말을 또 한다.

처음 만나던 그때가 겹친다.

"아니 아 아니요 아닙니다. 저야 너무 좋지요."

"오빠 우리 같이 살아요. 같이 살 돈벌이는 된다 하신 것 아니에요? 그 정도로 벌면 살고도 남겠네."

하더니

"일억 오빠 나한테 빚진 거 그 돈 준다 한 거 10만 원 당장 내놔. 반찬거리 사다 만들어야 저녁 먹으니까.”

나이 스무 살의 미숙과 스물여섯의 박일억.

의심의 여지가 없는 그때의 그 사람 차미숙이다.

“일억 오빠. 옛날 부르던 대로 일억 오빠라고 부르고 말할게 들어볼래요?”

“아 좋지 뭔데?”

“오빠가 나를 마누라가 아닌 딸처럼 아니면 여동생처럼 도무지 끊지 않고 기다려줘서 이렇게 다시 돌아와 남은 일생을 같이 살자고 하니 나는 정말 얼마나 고맙고 좋은지 이건 정말 말로는 표현을 다 못 하겠어 오빠!”

“아 그야 뭐 너무 당연한 거 아냐? 당연한 걸 가지고 뭘 그래.”

“아니야 오빠. 난 오빠에게 돌아올 자격을 다 잃은 나쁜 마누라고 나쁜 엄마였어.”

“아 이 왜 그래? 그런 소리 말라고 했지?”

“아니야 오빠. 나라고 생각이 없겠어. 나도 알 건 다 알아. 특히 교도소에 있는 오빠한테 지장 찍어달라 하고 오빠 곁을 떠난 것, 그건 용서 받지 못할 잘못이었거든.”

“그건 말이야. 나도 알고 생각해 봤는데 남들은 용서하지 않아도 나는 용서해야 돼. 그 이유는 같이 애들을 낳은 부부고 남편이니까.”

“남편이니까 더 용서가 안 된다 하면 안 되는 것 아냐? 오빠?”

“그건 철이 덜 났거나 아직 덜 늙었거나 인생 수업이 덜 된 세상 무지

랭이과 사람들 얘기고."

"그럼 오빠는 인생 수업이 다 된 거네."

"아니지. 인생 수업이란 뭔가를 아는 정도지."

"오빠 이제 보니 47년 전 그때보다 더 매력 있다. 그래 인생 수업이라고? 그게 뭔데 오빠?"

"사람은 나만 살다 죽는 게 아니라는 뜻이지."

"그게 뭔 소리야 오빠?"

"사람은 나는 죽고 내 대신 자식이 살고 자식도 죽고 손주들이 살기를 계속한다는 뜻이야?"

"그럼 우리 두 늙은이는 죽어도 끝나는 게 아니고 자손에 손손 대대로 이어지니까 죽는 게 아니라는 뜻이야?"

"생각해 봐. 우리 노인들이야 죽지만 대신, 우리가 사는 것과 다르지 않게 우리 후손들이 사니까 죽은 게 아니지? 상규가 잘 살면 그건 박일억이가 사는 거고 혜이가 잘 살면 또 차미숙이 죽었어도 이어서 사는 거 아닌가?"

"호호 그거 참 쉽고도 어렵네."

"하여간 잘 왔어. 정말 잘 왔어."

백 번 미안, 천 번 환영

"너무 늦어서 백 번 미안해 오빠."

"아니야 이젠 왔으니 천 번 고마워."

"난 그럼 만 번으로 할까 호호."

"그거 알지? 애들에게는 억만 배 그 이상 정말 더 이상 없는 하늘 땅 땅보다 더 큰 선물이 바로 차미숙 당신이야."

"천지신명께서도 잘했다 반기시겠지?"

"하나님 부처님 산신님 용왕님, 특히 돌아가신 아버님 어머님을 비롯한 조상님, 그리고 천지만물이 다 입을 모아 잘 왔다 차미숙, 미숙아 잘 왔고 일억아 미숙이한테 잘해주라고 우리를 응원하는 소리, 저 소리 안 들려? 나는 들리는데."

"그래요? 진짜 일억 오빠는 정말 시인이네 시인이야. 하늘땅 해와 달과 별 우주에서 우리를 축복하는 소리가 다 들리는 거예요? 와~~ 정말 일억 오빠는 진짜 시인(詩人) 중에 시인 인간 시인 맞다 맞아~ 그치?"

어?

아니?

일억이 이불을 확 젖히고 일어나 앉는다.

꿈이다.

"아~~ 이게 꿈이었네~~ 아 참…"

두 손으로 얼굴을 감싼 일억이 고개를 저으며 찡그렸다 웃는다.

"하하하… 말짱 꿈 같은 인생. 이게 내 꿈여? 개 꿈여? 아 하하하~"

(끝)

에필로그

평소 책이란 읽기가 쓰기만큼 어렵다는 생각에 독자가 읽기 쉽게 쓴다고 나름 300여 일 주야로 썼습니다.

끝까지 읽어주신 독자 여러분께 깊은 감사 말씀 올리면서,

출판시장 침체는 독자보다 작가의 책임이 크다는 생각입니다.

"읽어 얻은 것이 무엇이냐?"고 하는

왜 쓰고 왜 내느냐는 근본 질문을 하면서,

"그래서 뭘 어쩌란 말이냐?"는

결론을 고민하였습니다.

당대와 후대를 향해 착한 자 늪지대에 빠져도 솟는 〈순천(順天)자 흥(興)이요 역천(逆天)자 망(亡)〉임을 전하려는 몸부림이었습니다.

3~4독(讀)으로 힘든 시대 삶에 저자와 주인공의 동력이 전달되기를 기도합니다.

감사합니다.

저자 : 천광노

전기작가-문학평론가

010-5401-3639